BASTEI
LÜBBE
TASCHENBUCH

Weitere Titel der Autorin:

Der Herrscher des Himmels
Der vergessene Papst
Der Gottesschrein
Der Ring des Salomo
Das letzte Evangelium

Titel in der Regel auch als E-Book erhältlich

Über die Autorin:

Barbara Goldstein studierte Philosophie und Soziale Verhaltenswissenschaften, arbeitete als Managerin in der Personalabteilung einer Bank und verfasste zwei Sachbücher. *Das Testament des Satans*, ein neues Abenteuer der Buchhändlerin Alessandra d'Ascoli, ist ihr achter Historischer Roman bei Bastei Lübbe.
Besuchen Sie auch ihre Website: www.barbara-goldstein.de

Barbara Goldstein

DAS TESTAMENT DES SATANS

Historischer Roman

BASTEI
LÜBBE
TASCHENBUCH

BASTEI LÜBBE TASCHENBUCH
Band 16 739

1. Auflage: April 2013

Dieser Titel ist auch als E-Book erschienen

FSC
www.fsc.org
MIX
Papier aus verantwortungsvollen Quellen
FSC® C014496

Originalausgabe

Textredaktion: Dr. Lutz Steinhoff, München
Titelillustration: © Christina Seitz, Berkheim
Umschlaggestaltung: Christina Seitz, Berkheim
Satz: Urban SatzKonzept, Düsseldorf
Gesetzt aus der Garamond
Druck und Verarbeitung: GGP Media GmbH, Pößneck
Printed in Germany
ISBN 978-3-404-16739-5

Sie finden uns im Internet unter
www.luebbe.de
Bitte beachten Sie auch:
www.lesejury.de

Der Preis dieses Bandes versteht sich einschließlich
der gesetzlichen Mehrwertsteuer.

Und es entstand ein Kampf im Himmel:
Der Erzengel Michael und seine Engel kämpften mit Satan,
dem Verführer der Welt,
der mit seinen Engeln auf die Erde geworfen wurde.
Und sie haben ihn besiegt ...

Apokalypse des Johannes

Seit hundert Jahren tobt ein erbitterter Krieg zwischen England und Frankreich. Der König von England herrscht über ein Drittel Frankreichs, den Südwesten und den Nordosten. Nach der Schlacht von Azincourt, wo das französische Heer 1415 vernichtet wird, erobern die Engländer die gesamte Normandie – bis auf den Mont-Saint-Michel.

Nach der Unterzeichnung des Vertrages von Troyes trägt der englische König auch die Krone von Frankreich. Der Dauphin Charles ist entmachtet. Der Abt des Mont-Saint-Michel, Robert Jolivet, begibt sich 1420 nach Rouen in die Normandie, um sich dem englischen König zu unterwerfen. Die Mönche der Abtei halten jedoch dem Dauphin die Treue und bezeichnen ihren Abt als Verräter.

Pilgerfahrten zum Mont werden von der Besatzungsmacht untersagt. 1424 beginnen gleichzeitig eine Belagerung durch die englischen Garnisonen von der Küste aus und eine Seeblockade mit zwanzig Schiffen. Der Erzengel Michael und sein Sanktuarium auf dem Mont-Saint-Michel werden zu einem Symbol des französischen Widerstands gegen die Engländer.

Ein Jahr später ernennt der Dauphin Louis d'Estouteville zum Kommandanten des Mont. Mit seinen hundertneunzehn Rittern hält er den englischen Angriffen jahrelang stand. Trotz der Belagerung ist es möglich, den Mont bei Ebbe zu betreten und zu verlassen, weil die Flut mit ihrer reißenden Strömung und dem gewaltigen Tidenhub eine vollständige Absperrung unmöglich macht. Die Belagerten, vom Meer aus mit Vorräten versorgt, liefern den Engländern, die sich auf der zwei Meilen entfernten Insel Tombelaine festgesetzt haben, blutige Gefechte. 1434 wagen die Engländer mit einer gewaltigen Streitmacht einen Angriff, bei dem das Dorf unterhalb der Abtei zerstört wird. Sie werden jedoch von Louis d'Estouteville derart vernichtend geschlagen, dass – so ein Chronist – ›das gesamte englische Heer tot auf dem Watt liegen blieb‹.

Nach dem Tod von Jeanne d'Arc, deren Siege Charles VII. zum König von Frankreich machten, leistet der Mont-Saint-Michel noch immer erbitterten Widerstand. König Henry VI. ist davon überzeugt, nicht gegen Louis d'Estouteville und seine Ritter zu kämpfen, sondern gegen den Erzengel Michael und seine himmlischen Heerscharen. Seit jener Zeit wird Saint-Michel nicht mehr im strahlend weißen Gewand dargestellt, sondern mit Helm, Harnisch und flammendem Schwert …

Prolog

In der Abteikirche des Mont-Saint-Michel
11. Juni 1449
Gegen vier Uhr morgens

»Segnet mich, Pater«, flüstert die Gestalt, die sich zitternd vor Angst in die Dunkelheit zwischen den Säulen drückt. »Ich habe schwere Schuld auf mich geladen. Ich muss beichten. Jetzt gleich.« Die Stimme klingt gepresst. Atemlos und gehetzt.

Beunruhigt rafft der alte Mönch seinen schwarzen Habit und beugt sich vor, um dem Mann ins Gesicht zu sehen. Der fällt vor ihm auf die Knie und reckt ihm flehend die zum Gebet gefalteten Hände entgegen. Das Gesicht liegt im Schatten, doch der Mönch erkennt die Stimme wieder. Es ist Vittorino da Verona, der vor einigen Tagen im Auftrag des Papstes zum Mont-Saint-Michel gekommen ist. »Deswegen habt Ihr mich um vier Uhr morgens aus dem Bett gezerrt?«, murmelt er unwillig. »Kann die Beichte nicht bis nach der Prim warten?«

»Nein, Pater!« Von Entsetzen ergriffen sieht Vittorino vom verriegelten Holzportal bis zur aufgemauerten Wand am anderen Ende des Hauptschiffs, die den vor Jahren eingestürzten Chor mit der darunterliegenden Krypta verbirgt. Durch die Zerstörung des Altarraums und die Errichtung jener Wand aus schimmerndem graurosa Stein wirkt die Kirche auf erschreckende Weise wie … ja, wie enthauptet.

Keine Kerze erhellt den Altar aus Stein, der an die Dolmen

erinnert, die wuchtigen Steintische an der bretonischen Küste. Auch durch die bunten Glasfenster oberhalb der Säulen der Seitenschiffe, die Szenen des apokalyptischen Kampfes des Erzengels Michael gegen den Satan darstellen, fällt kein Licht. Durch die beiden offenen Fenster, die beim Einsturz des Chors zerborsten sind, wabern Nebelfetzen in die Kirche – geisterhafte Abbilder des Erzengels, der nachts in seiner Kirche als Feuersäule irrlichtern soll. Vittorino senkt schaudernd den Blick. Père Corentin de Sévérac hat ihm gestern anvertraut, dass der Erzengel diejenigen mit Feuer und Schwert bestraft, die sich gegen ihn versündigen …

»Eine Beichte um diese Zeit, mitten in der Nacht?« Obwohl eine schwarze Ledermaske sein Gesicht verhüllt, zieht der Mönch sich die Kapuze über den Kopf. »Seid Ihr in Todesgefahr?«

Wieder wirft Vittorino einen Blick über die Schulter, seine vor Entsetzen aufgerissenen Augen blitzen auf. Das nachdrückliche Nicken kann der bretonische Mönch nur erahnen. »Erteilt mir die Absolution, Pater. Jetzt gleich.« Die Stimme senkt sich zu einem atemlosen Flüstern. »Satan verfolgt mich.«

Monseigneur Saint-Michel, Erzengel Gottes!, fleht der maskierte Mönch erschüttert. Seit er vor drei Tagen auf dem Mont-Saint-Michel angekommen ist, hat Vittorino die Abtei und ihre berühmte Bibliothek erforscht. Codices, Schriftrollen und Manuskripte bis zum letzten Fetzen Pergament. Hat er das *Buch der Geheimnisse des Satans* gefunden? Und seine verborgenen Rätsel entschlüsselt?

Erschrocken ringt der Pater nach Atem, als er den Schemen bemerkt, der hinter Vittorino lautlos die Stufen von der Krypta heraufkommt und zwischen den Säulen verschwindet.

Ma Doue – mon Dieu, er hat es tatsächlich geschafft!, denkt

der Pater traurig und verbirgt seine zitternden Hände in den weiten Ärmeln der schwarzen Kukulle, eines wallenden Mantels, den er über seinem Benediktinerhabit trägt. Wird das Morden denn niemals enden?

Er sinkt auf die Knie. Die Kälte des Steinbodens dringt durch den dicken Wollstoff. Der Felsen, auf dem die Kirche genau an der Stelle errichtet worden ist, wo der Erzengel den Teufel besiegte, fühlt sich fest und unverrückbar an. Ein leichter Weihrauchduft weht von der Krypta herauf in die Kirche. Und noch etwas anderes glaubt er zu riechen. Etwas Metallisches. Wie Kupfer auf der Zunge schmeckt. Es ist Blut.

Der maskierte Mönch schließt die Augen und bereitet sich auf seine Aufgabe vor – seine Berufung durch Saint-Michel. Er zieht seinen Rosenkranz vom Gürtel und lässt die Perlen durch seine zitternden Finger gleiten.

Vittorino bekreuzigt sich. »Im Namen des Vaters und des Sohnes und des Heiligen Geistes. Amen.«

Der bretonische Mönch atmet tief durch und blickt über Vittorinos Schulter auf den Schatten, der sich langsam nähert. »Gott, der unser Herz erleuchtet, schenke Euch wahre Erkenntnis Eurer Sünden und seiner Barmherzigkeit.«

»Amen.«

»Bekennt nun Euren Frevel, Monseigneur.«

Stockend beginnt Vittorino da Verona zu sprechen. Der Papst habe ihn, den Leiter des päpstlichen Geheimarchivs im Vatikan, zum Mont-Saint-Michel entsandt. Um die Morde aufzuklären. Und um das Testament des Satans zu finden.

Also doch! Der Mönch keucht vor Entsetzen. Seine Bestürzung muss er nicht heucheln. Sein Blick huscht hinüber zu dem Schatten, der jetzt das Hauptschiff durchquert. »Das Testament des Satans?«

Mit gepresster Stimme berichtet Vittorino, was er getan hat.

Während der Pater den erschütternden Worten lauscht, glaubt er, sein Herz müsse stehen bleiben. Vittorino hat den Kodex des Teufels gefunden. Und das darin enthaltene Rätsel entschlüsselt. Er hat ... Dieu soit avec nous – Gott steh uns bei! ... Er hat den Schrein entdeckt.

Was Vittorino getan hat, ist die unheilvollste und gefährlichste Sünde, die der Pater sich vorstellen kann. Eine Todsünde, bei der selbst Gott zögern würde, ihn davon zu erlösen. Ein Frevel, der mit einem schrecklichen Tod bestraft wird.

Aufgewühlt wartet Vittorino auf die Absolution.

Der alte Priester schweigt mit gesenktem Blick, traurig, zornig. Er kann nicht sprechen.

Ein Keuchen entringt sich Vittorinos Kehle. »Pater?«

Wie erstarrt kniet der Benediktiner auf den Steinfliesen der Abteikirche. Langsam schüttelt er den Kopf. Dann bekreuzigt er sich. Er kann Vittorino seinen gottlosen Frevel nicht vergeben. Er kann das ›*Ego te absolvo*‹ nicht sprechen.

Aus den Augenwinkeln nimmt er wahr, dass die schwarze Gestalt in den Schatten des Seitenschiffs verschwindet.

Vittorino sieht den Pater an und nickt. »*Miserere mei Deus.* Gott sei mir gnädig.« Mit einem verzweifelten Blick auf den Mönch springt er auf und flüchtet aus der Kirche.

Der Schatten nähert sich und bleibt vor dem Mönch stehen. Der kommt ächzend auf die Beine und streicht seine Kukulle glatt.

»Er hat den Schrein gefunden«, flüstert der Hüter der Lade trotz des nächtlichen Schweigegebotes nach der Komplet. Sein Gesicht ist blutüberströmt, sein Habit mit Staub bedeckt.

»Du bist verletzt, Bruder.«

Der Hüter winkt ab und fährt sich mit dem Handrücken über die Stirn. »Er hat mich niedergeschlagen, als ich ihn überraschte, wie er sich über die geöffnete Lade beugte.«

»Er hat das Testament des Satans gesehen?«

»Ja.«

Der maskierte Mönch knirscht mit den Zähnen. »Gott verfluche ihn!«

»Was geschehen ist, tut mir leid«, murmelt der Hüter.

»Schon gut, Bruder.« Nach kurzem Zögern fügt der Pater hinzu: »Er kann uns nicht entkommen.«

»Du willst ...?« Der Hüter der Lade spricht das Schreckliche nicht aus.

»Weißt du, wie zwei Menschen ein schreckliches Geheimnis bewahren?«, fragt der Pater. »Einer von ihnen muss sterben.«

»Aber er ist ein Gesandter des Papstes! Seine Heiligkeit wird uns exkomm ...«

»Papst Nikolaus ist in Rom. Und Rom ist weit.«

»Und unser Abt? Wenn Kardinal d'Estouteville herausfindet, dass Vittorino spurlos verschwun...«

»Guillaume d'Estouteville will Papst werden. Er kann sich einen Skandal wie einen Mord auf dem Mont-Saint-Michel nicht leisten. Wie bei den anderen wird es keine Nachforschungen geben.« Der Pater atmet tief durch unter seiner Ledermaske. »Sieh nach dem Buch der Geheimnisse, Bruder. Es darf nicht entdeckt werden. Dann kehre in die Krypta zurück. Ich muss tun, was ich tun muss. So wie du.«

Der Hüter nickt. »Es ist mir eine Ehre, der Bruderschaft zu dienen.« Ermutigend legt er dem alten Bretonen die Hand auf die knochige Schulter. »Unsere Mission ist heilig, denn wir dienen Gott. Wir sind die Heerschar, die auf Erden für den Herrn kämpft. Wir sind auserwählt, denn wir beschützen die

Welt vor der Inkarnation des Bösen und reinigen sie von der Sünde, damit das Tausendjährige Reich Jesu Christi kommen kann. Das Königreich der Himmel ist nah!«, flüstert er eindringlich. »*Que l'archange soit avec toi, mon frère!* Der Erzengel steh dir bei, mein Bruder!«

Verzweifelt hetzt Vittorino durch den nebelverhangenen Kreuzgang zum Lavatorium im Schatten der Arkaden und spritzt sich kaltes Wasser ins schweißüberströmte Gesicht. Mit dem Ärmel seiner Robe wischt er es ab. Dass er dadurch das Blut des Hüters auf seiner Stirn verteilt, bemerkt er nicht. Er presst die Hände gegen seine bebenden Lippen. Seine beim Aufbrechen des Reliquienschreins abgebrochenen Fingernägel graben sich ihm schmerzhaft ins Gesicht.

Seit wie vielen Jahren wurde die Lade mit dem schrecklichen Vermächtnis Satans nicht geöffnet? Seit wie vielen Jahrhunderten wurde dieses Gegenstück zur Bundeslade in der uralten Krypta unter der Kirche verborgen? Vittorino fröstelt trotz der feuchtwarmen Nebelnacht. Jene Felsengrotte unter der unterirdischen Kapelle, die einem bretonischen Megalithgrab oder einem archaischen Tempel ähnelt, war ihm vorhin wie der Eingang zur Hölle erschienen.

Und dann war wie aus dem Nichts jener Schemen aufgetaucht, der sich für den Frevel rächen wollte. Der ihn in Todesangst versetzte und ihn überstürzt aus der Krypta fliehen ließ.

Aufgewühlt hastet Vittorino durch die Arkaden des Kreuzgangs zur offenen Westseite, wo sich ihm in einer sternenklaren Nacht ein überwältigender Blick auf das tief unter ihm liegende Meer geboten hätte, das bei Flut den Mont umspült. Schwindel erregend erheben sich die übereinander errichteten

Gebäude der Merveille, des »Wunders des Abendlandes«, am Rand des felsigen Abgrunds.

Die Welt um den Mont gibt es nicht mehr, denkt Vittorino schaudernd. Es scheint, als treibe die Insel, aus ihrer Verankerung gerissen, haltlos durch die Nacht.

In einer Wüste aus Wasser und Sand, umwabert von geheimnisvollen Nebeln und düsteren Legenden, liegt der Mont-Saint-Michel, seit einer vernichtenden Sturmflut eine Insel, die nur während der Ebbe erreichbar ist. Der schroffe Granitfelsen symbolisiert den ewigen Kampf des Guten gegen das Böse. Auf diesem vom Meer umtosten Felsen besiegte der Erzengel Michael den Satan und stürzte ihn aus dem Himmel in die Finsternis der Hölle.

In einer Nacht im Jahr 708 erschien Saint-Michel vor Aubert, dem Bischof von Avranches, und befahl ihm, auf dem Berg ein Sanktuarium zu errichten. Als Reliquie übergab der Erzengel, Bezwinger Satans und Anführer der himmlischen Heerscharen, dem Bischof das Testament des Satans ... mit dem Blut des gefallenen Engels der Finsternis. Jahrhundertelang verbargen die Mönche diese Tod und Verderben bringende Reliquie in einer mit Blei ausgekleideten Truhe in einer Felsengrotte, einer Krypta unter der Abteikirche.

Mit zum Himmel gerichtetem Blick flüstert Vittorino ein Gebet und erfleht Gottes Barmherzigkeit. Der Pater hat ihm die Absolution verweigert!

Die Mächte des Bösen sind entfesselt und bemächtigen sich des heiligen Berges ...

Er blinzelt in die Finsternis, kann jedoch wegen des dichten Nebels das Meer unter sich nicht erkennen. Ist Ebbe oder Flut? Furcht steigt in ihm auf. So schnell wie möglich muss er den Mont verlassen und nach Rom zurückkehren. Nur der Papst kann ihn noch retten.

Vittorino tastet nach dem ledergebundenen Notizbuch mit seiner Abschrift aus dem satanischen Kodex. Er schlägt das Büchlein auf und betrachtet die verschlüsselten Seiten, die außer Alessandra niemand entziffern kann. Eigentlich hätte sie an seiner Stelle hier sein sollen. Vor zweieinhalb Jahren, wenige Tage nach seiner Wahl zum Pontifex, wollte Papst Nikolaus seine Vertraute zum Mont-Saint-Michel schicken. Doch nach der heimtückischen Verschwörung der dominikanischen Inquisitoren, die Alessandra auf den Scheiterhaufen gebracht hatten, hat sie Rom für immer verlassen. Sie lebt jetzt mit ihrem Gemahl am Hof des Sultans von Granada.

Vittorino starrt die klammen Pergamentseiten an, die einen herben Duft nach Zitrone und Leder verströmen. Andere mussten sterben, weil sie dasselbe getan hatten wie er. Sie waren hingerichtet worden, ihre Seelen für alle Zeit in die Hölle verbannt. So schnell wie möglich muss er die Insel verlassen und das rettende Festland erreichen, die bretonische oder die normannische Küste, gleichgültig, nur fort von diesem schrecklichen Ort. In wenigen Stunden könnte er in Sicherheit sein.

Ein Knarzen lässt ihn erschrocken herumfahren.

Das Portal der Kirche!

Schlurfende Schritte. Unter dem hölzernen Gewölbe des Kreuzgangs sind sie ganz deutlich zu hören.

Ein Schatten huscht durch den Nebel zwischen den Säulen und wirbelt die ihn umwabernden Schwaden auf. Es ist der bretonische Pater. Er hat die schwarze Kapuze seiner Kukulle tief ins maskierte Gesicht gezogen. Seine Finger umklammern einen Dolch.

Vittorino fühlt sich, als ob der Boden sich bebend unter ihm auftut und er in die Hölle hinabstürzt. Der dichte Nebel ist beklemmend, erstickend.

Mein Gott, hilf mir! Die Fratres sind verrückt geworden!

Voller Entsetzen blickt er sich im Kreuzgang um. Er ist unbewaffnet, wie es die Ordensregel für die Michelots, die Pilger des Mont-Saint-Michel, vorschreibt. Er muss so schnell wie möglich verschwinden. Doch wohin?

Der Kreuzgang ist viel zu unübersichtlich. Hier kann er sich nicht verstecken.

Im Osten des Gevierts liegt das Refektorium, dessen Front mit den großen Fenstern und den beiden hohen Kaminen in dieser grauenvollen Nacht einer riesenhaften Teufelsfratze gleicht. Das Tor ist nachts verschlossen, um die Mönche nicht in Versuchung zu führen, heimlich aus der Küche bretonische Wurst und normannischen Käse zu holen.

Im Süden erstreckt sich hinter einem Durchgang ein Hof mit dem Portal zum Seitenschiff der Kirche. Und, ein paar Schritte weiter, die Tür zum Dormitorium, wo die vierundzwanzig Mönche der Abtei in ihren hölzernen Zellen schlafen.

Gebannt starrt Vittorino den Maskierten an, der immer näher kommt.

Das ist das Ende!, schießt es ihm durch den Kopf. Er wird mich töten!

Vittorino wirft sich herum und hastet an der Doppelreihe der Säulen entlang zu den nördlichen Arkaden. Plötzlich gleitet er aus auf den nebelfeuchten Steinfliesen. Beinahe wäre er gestürzt. Weg hier, nur weg!

In der Nordwestecke hastet er an der Tür zum geheimen Archiv vorbei, das sich über zwei Stockwerke erstreckt und bis hinunter zum Scriptorium unterhalb des Kreuzgangs reicht. In diesen Räumen hat er, der Leiter des vatikanischen Geheimarchivs, der vertraut ist mit den Protokollen von Konzilssitzungen, den Akten von Inquisitionsprozessen, der Privatkorrespondenz von Päpsten und den verbotenen apokryphen Evangelien, seine schreckliche Entdeckung gemacht.

Der Mönch folgt ihm mit flatternder Kukulle. »Ihr könnt mir nicht entkommen, Monseigneur! Das Geheimnis muss bewahrt bleiben!«

Wenn ich sterbe, ist die Wahrheit für immer verloren!, denkt Vittorino entsetzt und flüchtet, sein Notizbuch umklammernd, durch den Kreuzgang. Dort vorne, zwischen den Säulen, nur wenige Schritte entfernt, ist ein Durchgang zum Heckenlabyrinth des kleinen Gartens.

Hoffnung keimt in ihm auf. Vielleicht ist es noch nicht zu spät. Die hohen, ineinander verschlungenen Hecken sind ein Ort stiller Meditation zwischen Himmel und Erde, inmitten des Schweigens der Mönche, des Heulens des Windes und des Tosens des Meeres. Die beschnittenen Sträucher bilden ein unübersichtliches Labyrinth, ein Gewirr aus schmalen Wegen, in denen Vittorino raschelnd verschwindet. Abgerissene Blätter und Zweige rieseln zu Boden, der mit den Splittern der zerstoßenen Schalen von Jakobsmuscheln bedeckt ist. Seit die Michelots, die Pilger, nicht mehr zum Mont kommen, haben die Mönche keine Verwendung mehr für die Coquilles Saint-Jacques als Pilgerabzeichen. Doch es ist nicht der Gedanke an zerstoßene Muschelschalen, der Vittorino in den Sinn kommt, während er keuchend durch das Labyrinth hetzt, sondern die Vorstellung von knirschend zermahlenen Menschenknochen ... von seinen ausgebleichten Gebeinen, die nach seinem Tod hier verstreut werden ...

Fluchend bleibt der Mönch im Schatten der Arkaden stehen. Wenn er Vittorino ins Labyrinth folgt, begibt er sich in Gefahr. Wie leicht könnte der Jude ihm den Dolch entwinden, ihn niederstechen und entkommen. Doch er darf den Mont-Saint-Michel nicht verlassen! Er darf dem Papst nicht berichten, was er entdeckt hat!

Mit angehaltenem Atem kauert Vittorino auf den scharfkantigen Muscheln und lauscht auf ein leises Knirschen, das Knistern des Splitts, das von einer Ledersandale zur Seite getreten wird, das Rascheln der schweren Kukulle an den kleinen Zweigen.

Zwei Schritte, stehen bleiben.

Das Knirschen auf der anderen Seite der Hecke verstummt.

Einen Schritt.

Dasselbe Geräusch, wie ein Echo. Aber näher jetzt.

Zu nahe.

Während ihm der Mönch ins Labyrinth folgt, weicht Vittorino so leise wie möglich drei, vier, fünf Schritte zurück in Richtung der Kirche und blinzelt nach links und rechts in die Dunkelheit – von wo wird sich der Maskierte auf ihn stürzen? Er hat das Labyrinth während seiner täglichen Meditationen unzählige Male durchschritten – Vittorino kennt es nicht. In seinem Kopf spürt er ein dumpfes Pochen. Sein rasselnder Atem geht stoßweise.

Dort drüben! Eine Bewegung. Die Hecke rechts von ihm schwankt unmerklich. Zweige knistern. Blätter rieseln auf den Boden und werden knirschend im Muschelsplitt zertreten.

Vittorino hält den Kopf gesenkt und lauscht in die plötzliche Stille.

Der Mönch ist stehen geblieben.

Wie erstarrt kauert Vittorino zwischen den Hecken und versucht, seinen keuchenden Atem unter Kontrolle zu bringen. Sein Herzschlag dröhnt wie eine Glocke, und das Blut rauscht in seinen Ohren.

Sonst ist im dichten Nebel nichts zu hören. Absolut nichts.

Abgesehen von dem leisen Schnarchen, das aus dem Schlafsaal der Mönche bis zu ihm dringt.

Und den Schritten auf der Treppe, die vom Scriptorium

unterhalb des Kreuzgangs zum Kirchenportal heraufführt. Einer der Mönche war offenbar mitten in der Nacht noch in der Bibliothek. Ob er das Teufelsbuch entdeckt hat, das Vittorino nicht in sein Versteck zurückgebracht hat, bevor er in die Krypta eingedrungen ist, um das Testament des Satans zu finden?

Schon will Vittorino den Frater um Hilfe anflehen, als die Schritte plötzlich innehalten. Und schließlich umkehren. All' inferno! Er steigt wieder hinab ins Scriptorium.

Ein Rascheln hinter der Hecke!

Vittorino will aufspringen, da bricht eine Hand durch die Hecke, und ein Dolch verfehlt seine Halsschlagader nur um Haaresbreite. Keuchend duckt er sich unter der Klinge hindurch und hastet den gewundenen Heckengang entlang in Richtung des Dormitoriums. Dort bleibt er stehen und lauscht.

Todesstille.

Vittorino wagt einen Blick über den Rand der Hecke, um das Labyrinth im Kreuzgang zu überblicken.

Geisterhafte Nebelschwaden wabern zwischen den Spitzbögen und den beschnittenen Hecken.

Keine Spur von dem Benediktiner.

Wohin ist er verschwunden?

In diesem Augenblick fällt das Kirchenportal mit einem dumpfen Krachen ins Schloss. Leise Schritte, die im gewaltigen Hauptschiff widerhallen, entfernen sich.

Erleichtert aufseufzend sinkt Vittorino zu Boden und lehnt sich erschöpft gegen die spitzen Zweige, die sich in seinen Rücken bohren. Minutenlang widersteht er dem Drang, aus der Todesfalle des Heckenlabyrinths zu entkommen.

Nur einen Augenblick noch – bis der Mönch die Kirche verlassen hat. Denn Vittorino muss sie durchqueren, um die steile Abteitreppe zu erreichen, die von der Kirche zum Châtelet hinabführt, dem befestigten Tor der Abtei am Abgrund des Felsens.

Zu Tode erschrocken zuckt er zusammen, als plötzlich ein Krachen über ihn hereinbricht. Eine Möwe, die in einer bemoosten Regenrinne der Kirche nistet, flattert aufgescheucht hoch. Aus den Augenwinkeln nimmt Vittorino eine Bewegung wahr. Über die Schulter blickt er hoch zum steilen, mit gelbem Moos bewachsenen Schieferdach des Kreuzgangs, wo sich die Möwe schreiend in die Tiefe stürzt, um auf die andere Seite zu fliegen.

Dort oben lauert der Benediktiner vor einer offenen Holztür neben dem Kirchenfenster. Über ihm ragt der gewaltige Glockenturm auf. Mit den Füßen sucht er einen sicheren Stand auf dem schmalen, glitschigen Sims und starrt auf das Heckenlabyrinth hinab, das offen vor ihm liegt. Mit der gespannten Armbrust nimmt er kaltblütig Vittorino ins Visier, zielt und schießt.

Der Bolzen zischt durch den Nebel und verfehlt Vittorino nur knapp. Der Archivar des Papstes wirbelt herum und stolpert krachend und knisternd durch die schmalen Gänge des Heckenlabyrinths auf das rettende Kirchenportal zu, während der alte Priester mit ruhigen, besonnenen Bewegungen die Armbrust nachlädt und spannt, als vollziehe er eine heilige Handlung.

Dann legt er erneut an und zielt.

Vittorino stolpert über eine Wurzel und stürzt der Länge nach in den Muschelsplitt. Die Zweige kratzen sein Gesicht blutig, stechen ihm beinahe ein Auge aus. Doch der Bolzen zischt mehrere Handbreit über ihn hinweg. Vittorinos Hände packen die Zweige. Ächzend zieht er sich wieder hoch und humpelt mit schmerzverzerrten Lippen weiter auf den Mönch zu, der wieder nachlädt und spannt.

Vittorino erreicht den Ausgang des Labyrinths, hastet über den schmalen Streifen aus Muschelsplitt und verschwindet im Säulengang. Hier kann ihn der Mönch auf dem Dach nicht sehen, doch in Sicherheit ist er noch nicht. Nicht stehen bleiben!

Wenige Schritte entfernt erreicht er den Durchgang zu dem Hof mit dem Seitenportal der Kirche. Links windet sich eine Treppe hinauf zum Dach des Kreuzgangs, wo der Assassino lauert. Rechts verschwindet eine andere Treppe im Boden – sie führt hinunter zum Scriptorium.

Der Schuss trifft Vittorino in den Rücken, während er über den Hof läuft. Vor dem Kirchenportal bricht er zusammen und ringt nach Atem. Noch spürt er keinen Schmerz, noch fühlt er nicht, wie das Blut über seinen Rücken rinnt und sein Gewand durchnässt. Als er sich aufrichtet, um taumelnd wieder auf die Beine zu kommen, schlägt ihm der nächste Bolzen wie ein harter Faustschlag ins Rückgrat, zerschmettert zwei Wirbel und durchtrennt die Nerven.

Gott Israels, Gott meiner Väter, steh mir bei!, fleht Vittorino, dem der kalte Schweiß über das Gesicht rinnt. Ich muss das Kirchenportal erreichen! Wenn ich es bis in die Kirche schaffe, bin ich gerettet! Wenn ich vor dem Altar liege, wird er mich nicht töten!

Mit letzter Kraft kriecht Vittorino Handbreit um Handbreit vorwärts, keuchend vor Anstrengung, schluchzend vor Schmerz und Todesangst.

Keine Absolution! Keine Hoffnung auf Vergebung!

In die Hölle verdammt!

Auf den Ellbogen zieht er sich mühsam vorwärts.

Nur noch drei Schritte bis zu den Stufen.

Seine Beine kann er nicht mehr spüren. Aber er gibt nicht auf, quält sich mit verzerrtem Gesicht weiter vorwärts.

Zwei Schritte.

Während er sich mit letzter Kraft voranschiebt, überlegt er, wie er das schwere Portal aufstoßen soll. Er bäumt sich verzweifelt auf, sinkt wieder zu Boden.

Nur einen Schritt.

Ein erneuter Versuch, so vergeblich wie der letzte.

Die Stufen sind direkt vor ihm, er muss nur die Hand ausstrecken, um den feuchten Stein zu berühren. In diesem Augenblick bohrt sich ein Bolzen tief in seine rechte Schulter und zerfetzt seine Lunge.

Mit einem Stöhnen bricht Vittorino zusammen.

Tief unter der Kirche schließt der Hüter der Lade das Portal der Krypta hinter sich und verriegelt es. Fröstelnd rafft er seine klamme Kukulle und blinzelt in die dichten Weihrauchschwaden. Langsam gewöhnen sich seine Augen an die geheimnisvolle Dunkelheit, die nur von der Kerze durchbrochen wird, die Vittorino vorhin zurückgelassen hat.

Ein Gebet murmelnd stapft der Hüter die Geröllhalde hinauf, die die zweischiffige Kapelle bis fast zum Deckengewölbe anfüllt, und arbeitet sich vor bis zur vom Schutt befreiten Altarnische. Vor Jahrhunderten war diese Kapelle aus Sicherheitsgründen zugeschüttet worden, als die gewaltige Abteikirche über diesen Fundamenten errichtet wurde – zu Recht, wie der Einsturz des Chors und der Krypta vor einigen Jahren bewiesen hat.

Vor dem wuchtigen Steinaltar wurde er, der Bibliothekar der Abtei, von der Bruderschaft zum Hüter ernannt, nachdem sein Vorgänger ermordet worden war. Beinahe hätte er durch Vittorino dasselbe Schicksal erlitten. Nicht dass er Angst hat zu sterben. Oder zu töten. Nein, er entstammt einer alten

Familie von Tempelrittern. Er ist verwandt mit André de Montbard, einem der neun Gründer und dem fünften Großmeister des Templerordens, und mit dessen Neffen, dem heiligen Bernard de Clairvaux, dem geistigen Vater der Ritter Christi.

Frère Abelard de Montbard ist sich seiner Verantwortung als Hüter der Lade bewusst. Wer das Testament des Satans sucht, muss sterben. Das ist die heilige Mission der Geheimen Bruderschaft innerhalb der Abtei.

Die mit Blei ausgekleidete Lade aus uraltem zersplitterten Holz steht offen vor dem Altar. Die goldenen und purpurnen Brokatstoffe, die die satanische Reliquie verhüllen sollen, sind aus dem Schrein gerissen worden. Der Hüter kniet vor der Lade nieder und wickelt das Testament, das vor den Blicken der Sterblichen verborgen bleiben muss, behutsam in die schützenden Tücher. Dabei achtet er darauf, dass er es nicht berührt. Denn der direkte Kontakt mit der Reliquie des Satans endet so tödlich wie das Berühren der Bundeslade Gottes.

Doch selbst durch den dicken Brokatstoff kann er das Glühen des Metalls spüren – ein Phänomen, das ihn immer wieder in ehrfürchtiges Staunen versetzt. Das Metall fühlt sich warm an, als sei es eben erst aus dem Feuer gezogen und geschmiedet worden. In all den Jahren seit dem Sturz des Satans vom Himmel in die Hölle ist es nie erkaltet.

Tief durchatmend klappt Frère Abelard den schweren Deckel zu, lässt das schimmernde Messingschloss einrasten und verriegelt es.

Möge Gott der Allmächtige verhüten, dass es jemals wieder geöffnet wird und sich die Mächte des Bösen in der Abtei manifestieren!

Noch ganz versunken in die Erinnerung an das geheimnisvolle Buch, das er gerade eben auf einem Lesepult des Scriptoriums entdeckt hat, hält Père Yannic Créac'h den Atem an und lauscht in die nächtliche Stille. Doch alles ist ruhig. Kein Schrei, kein Schluchzen, nichts.

Beunruhigt steigt er die gewundene Treppe vom Scriptorium zum Hof weiter hinauf.

Was war das? Eine der Möwen, die im alten Gemäuer oberhalb des Kreuzgangs nisten?

Aber wer war das vorhin im Kreuzgang? Die schweren Schritte hatte Yannic durch das hohe Deckengewölbe bis ins Scriptorium hören können – was ihn vorhin veranlasst hatte, die Treppe zum Hof hinaufzusteigen, um zu horchen. Doch alles war still gewesen – was sein aufgeregtes Herzklopfen beruhigt hatte! Denn wie hätte er dem Pater Prior seine nächtliche Exkursion ins Scriptorium erklären sollen? Yannics unbändige Abenteuerlust und sein bretonisches Temperament verstoßen zwar nicht ausdrücklich gegen die Ordensregeln des heiligen Benedikt, werden aber vom Prior, der mit den Regeln unter dem Kopfkissen schläft, mit Sicherheit in der nächsten Kapitelversammlung als Verfehlung geahndet – falls Yannic entdeckt wird …

… was vorhin, bei seiner Rückkehr ins Scriptorium, um ein Haar geschehen wäre, als Frère Abelard, der Bibliothekar, das satanische Buch vom Lesepult nahm, es ins Archiv brachte und die Tür sorgfältig verschloss. Wirklich schade, denn Yannic hätte in dem prachtvoll illuminierten Folianten gern noch ein wenig geblättert.

Sobald er um die Ecke biegt und die letzten Stufen erklimmt, entdeckt er die Gestalt vor dem Kirchenportal.

»Gott im Himmel!«, flüstert er auf Bretonisch. Er rafft seinen Habit und kniet sich neben den Mann, aus dessen Rücken die Bolzen einer Armbrust ragen. Blut sickert aus den Wunden.

Yannic legt den Finger an dessen Halsschlagader und tastet nach dem schwachen, unregelmäßigen Herzschlag. Vorsichtig packt er den Sterbenden bei den Schultern und dreht ihn auf die Seite, sodass dessen Kopf auf seinem Knie liegt.

»Vittorino?«, flüstert er bestürzt.

Der Gesandte des Papstes schlägt die Augen auf und blinzelt Yannic an. Sein Gesicht ist blutverschmiert.

»Was ist geschehen?«, fragt Yannic.

Vittorino ringt nach Atem. Die Luft rasselt in seiner Lunge, die von einem Bolzen zerfetzt wurde. Seine Lippen bewegen sich.

»Wer hat auf Euch geschossen, Monseigneur?«

»Segnet ... mich ... mon Père!«, stößt Vittorino hervor. »Gebt mir die Sterbesakramente ... Ich flehe Euch an!«

Mit dem Daumen malt Yannic das Zeichen des Kreuzes auf Vittorinos Stirn, um ihn durch das Sakrament zu beruhigen. Das heilige Öl aus der Sakristei zu holen hätte zu lange gedauert. »Durch diese heilige Salbung helfe dir der Herr in seinem Erbarmen. Er stehe dir bei mit der Kraft des Heiligen Geistes«, betet Yannic mit sanfter, aber fester Stimme.

»Amen«, seufzt Vittorino.

Yannic malt das Kreuzzeichen in Vittorinos Handflächen. »Der Herr, der dich von Sünden befreit, rette dich, in seiner Gnade richte er dich auf.«

»Amen«, flüstert Vittorino voller Hoffnung und schüttelt den Kopf. »O Gott! Er hatte mir ... die Absolution verweigert ...«

»Wer? Wann?« Yannic hält bestürzt inne und runzelt die Stirn.

Doch Vittorino schüttelt nur den Kopf. Tränen rinnen ihm über das Gesicht.

Ein Knirschen über ihm lässt den Pater aufblicken. Er sieht gerade noch, wie eine schemenhafte Gestalt über die Dächer huscht und im Dunkel verschwindet. Dann fällt eine Tür auf der anderen Seite des Querschiffs ins Schloss.

»Wer war das?« Yannic sieht Vittorino an.

Der hebt unter großen Schmerzen den Kopf. Yannic folgt dessen Blick und bemerkt, dass er ein in Leder gebundenes kleines Notizbuch in der Hand hält. »Nehmt es!«

Yannic nimmt ihm das Büchlein aus der Hand.

»Gebt es Alessandra!« Vittorinos Stimme ist kaum mehr als ein gurgelndes Röcheln. Er wird an seinem Blut ersticken.

»Alessandra Colonna?« Nur sie kann Vittorino meinen. Alessandra besitzt ein großes Buchhandelsunternehmen in Florenz mit mehr Scriptoren und Illuminatoren als eine bedeutende Abtei wie Mont-Saint-Michel. Vittorino war der Leiter ihres Scriptoriums, bevor Papst Nikolaus ihn als Archivar des Archivum Secretum und Bibliothekar der neu gegründeten Bibliotheca Vaticana nach Rom berief.

Yannic hat Alessandra vor zwei Jahren in Rom kennengelernt. Damals hat er den Abt, Kardinal Guillaume d'Estouteville, zum letzten Mal besucht. Während er auf dem Campo dei Fiori auf das Ende des Konklaves wartete, das Alessandras Cousin, Kardinal Prospero Colonna, zum Pontifex machen sollte, war ihr Scheiterhaufen entzündet worden. Der neu gewählte Papst, nicht ihr Cousin Prospero, sondern ihr Freund Tommaso Parentucelli, nun Papst Nikolaus, hat sie im letzten Moment vor dem Feuertod bewahrt.

»Aber Alessandra lebt mit ihrem Gemahl in Granada«, wendet Yannic ein. »Ich war mit Kardinal d'Estouteville dabei, als sie sich gemeinsam mit Prinz Yared al-Gharnati, dem Wesir von Granada, von Seiner Heiligkeit verabschiedet hat, um Rom für immer zu verlassen.«

»Alessandra wird kommen«, flüstert Vittorino. Ermattet sinkt er zurück und schließt die Augen. »Sie wird meine Seele retten. Gebt ihr das Büchlein.«

Yannic zögert, dann sagt er: »Das werde ich.«

»Schwört es!« Vittorino beginnt zu husten.

Feine Blutstropfen spritzen Yannic ins Gesicht. Mit dem Ärmel seines Habits wischt er sich über die Stirn und das dunkle Haar, das in weichen Wellen sein Gesicht umspielt. »Ich schwöre es bei Saint-Michel!«

»Sie wird es finden.«

»Was?«, fragt Yannic verwirrt.

»Das Testament des Satans.«

Sofort denkt Yannic an das satanische Buch, in dem er eben noch geblättert hat. Doch bevor er nachfragen kann, strömt ein Schwall Blut über Vittorinos Lippen und rinnt auf Yannics Habit.

Der Bretone bekreuzigt sich und schließt Vittorinos Augen. Dann bettet er den Toten vorsichtig auf den Boden und erhebt sich. Unruhig tastet er nach dem Kreuz auf seiner Brust und küsst es, während er ein inniges Gebet für Vittorinos Seelenheil murmelt.

Dann schlägt er das Notizbuch auf. Mit blutigen Fingern blättert er darin. Die Seiten sind leer.

Sobald Yann verschwunden ist, huscht der maskierte Mönch in den Hof und kniet sich neben Vittorino.

Der verdammte Jude liegt auf dem Rücken, die Augen geschlossen, die Hände wie zum Gebet gefaltet. Hastig durchwühlt der Mönch die Taschen – Yann kann jeden Augenblick mit den anderen zurückkehren! –, doch er findet nichts. Er stößt einen bretonischen Fluch aus.

Wo ist das Notizbuch?

Noch einmal durchsucht er das Gewand, stülpt die Taschen um und tastet den Leichnam ab.

Nichts.

Nur ein zusammengefaltetes, blutverschmiertes Pergament, eine grob gezeichnete Karte der Abtei mit allen drei Ebenen. In der Mitte, an der höchsten Stelle des Mont, die Abteikirche, darunter die Krypten unter den Seitenschiffen. Im Norden das Gebäude der Merveille mit dem Kreuzgang und dem Refektorium, darunter das Scriptorium und der Gästesaal, darunter wiederum der Almosensaal und der Keller mit dem ummauerten Klostergarten, der an die Befestigungen grenzt. Ein blutrotes Kreuz und ein Gekritzel in italienischer Sprache, teilweise durchgestrichen und berichtigt, bezeichnen das Versteck der Lade unterhalb der Abteikirche:

~~Il Testamento~~
~~Il Legato~~
Le profezie apocalittiche del Diavolo

Die italienischen Worte für Testament und Vermächtnis hat Vittorino durchgestrichen und durch apokalyptische Prophezeiungen ersetzt. Ein Satz fällt dem Mönch ins Auge:

Le profezie apocalittiche del angelo Satana hanno come tema principale la fine del mondo – Harmagedon, la battaglia finale tra il bene e il male, tra il Dio e il Diavolo.

In Gedanken übersetzt er: Die apokalyptischen Prophezeiungen des Engels Satan beschreiben das Ende der Welt. Armageddon, der endzeitliche Kampf zwischen Gut und Böse, zwischen Gott und Satan.

Ja, Vittorino hat die Reliquie tatsächlich in der Hand gehalten und die Tod und Verderben verkündende Inschrift gelesen.

Der Pater faltet das Pergament zusammen und steckt es ein.

Behände springt er auf und versetzt dem Toten einen wütenden Tritt in die Seite. »Möge Gott der Allmächtige dich bis in alle Ewigkeit verfluchen!«, murmelt er auf Bretonisch. »Möge er deine verdammte jüdische Seele richten für das, was du heute Nacht getan hast!«

Dann schleift er den Toten in den Kreuzgang. Die Leiche muss verschwinden. Aber nicht dahin, wo die anderen vermodern.

Das erste Siegel

Und ich sah in der Rechten dessen,
der auf dem Thron saß,
ein Buch, mit sieben Siegeln versiegelt.
Und ich sah, als das Lamm eines von
den sieben Siegeln öffnete,
ein weißes Pferd, und der darauf saß,
hatte einen Bogen.
Und ihm wurde ein Siegeskranz gegeben,
und er zog aus,
um zu siegen.

Apokalypse des Johannes

Alessandra

Kapitel 1

Im Gästesaal des Mont-Saint-Michel
Tag des Erzengels Michael, 29. September 1449
Gegen Mitternacht

Leise dringt das Tosen des Sturms zu mir, ein unheilvolles Heulen, ein Stöhnen, wie von Engeln und Dämonen, die mit dem Wind durch die düsteren Gewölbe jagen. Die *mich* jagen.

Und da ist noch ein anderes Geräusch, leise und bedrohlich.

Mein Herz pocht, mein Atem geht stoßweise, und die Kälte kriecht mir das Rückgrat hoch, als ich stehen bleibe und horche.

Es sind Schritte.

Was, zum Teufel, verfolgt mich? Ein Schemen, eine gestaltlose Inkarnation von Blutgier und Gewalt. Das Bild des Engels der Finsternis schiebt sich vor mein geistiges Auge. Ist Satan hinter mir her?

Von Todesangst erfüllt, flüchte ich weiter. Ein Gang. Ein hallendes Gewölbe. In Dunkelheit gehüllt. Dann wieder ein Gang. Immer wieder wage ich einen Blick zurück, ob er mir noch folgt. In meiner Panik stolpere ich den gewundenen Korridor entlang, von dem ich nicht weiß, wohin er führt.

Vor mir ein Portal.

Eine Krypta mit gewölbter Decke. Kerzen auf dem Altar,

deren flackernder Lichtschein die Schatten aufgeregt tanzen lässt. An den Wänden aus grob behauenen Steinquadern leuchten Bilder auf. Sie zeigen eine wandelnde Feuersäule …

O mein Gott!

… sie zeigen *ihn*.

Ich muss verschwinden, sofort!

Nur du und ich.

Weiter!

Die Krypta mündet in einen Gang. Zwei Stufen nach unten. Ein Portal, zersplittertes Holz, schwarz gestrichen. Es ist offen. Ich trete ein.

In dem Gewölbe ist es dunkel. Ich muss mich an den Wänden entlangtasten. Meine Finger gleiten über … Was ist das? Kein Stein.

Knochen.

Totenschädel.

Erschrocken über das vielstimmige Flüstern, das ich plötzlich um mich herum höre und das von den Toten stammen muss, nestele ich das Feuerzeug aus der Zunderdose an meinem Gürtel, kämpfe gegen den Drang an, so schnell wie möglich zu entkommen, und hocke mich auf den Boden. Immer wieder blicke ich mich um, während ich versuche, einen Funken in den feuchten Zunder zu schlagen. Er verglimmt jedoch jedes Mal mit leisem Knistern, bevor ich den Docht der kleinen Kerze, die ich immer bei mir trage, entzünden kann.

Mein Blick huscht zum Portal. Ist er schon da?

Die Vorstellung, ihm ins Gesicht zu sehen! Ich schüttele mich vor Grauen.

Ich bin so überreizt, dass ich die Kerze fallen lasse. Sie rollt über den Steinboden und bleibt irgendwo zwischen den Knochen liegen.

Fluchend krieche ich über den Boden, um sie zu suchen.

Seine Schritte hallen im Gewölbe bedrohlich nahe wider.

Wo ist bloß die Kerze?

Da! Endlich ertaste ich sie.

Ich schlage einen Funken, aber der Zunder fängt nicht Feuer.

»Bitte, geh an!«

Funken blitzen auf, flackern über die Totenschädel um mich herum. Dann wird es wieder finster.

»Geh an, na los!«

Beinahe hätte ich mir den Feuerstein aus der Hand geschlagen, so sehr zittere ich.

»Geh an, verdammt! Na komm schon!«

Ein erneutes Aufblitzen, der Funke springt über, der Zunder glimmt knisternd auf, der Docht fängt Feuer.

Na endlich!

Gehetzt blicke ich mich um. Aus den Gewölbebögen starren mich menschliche Schädel aus leeren dunklen Augenhöhlen an. Tausende Knochen und Schädel sind zu grausigen Ornamenten aufgeschichtet. Ich bin in einer Gruft.

Über den gebleichten Knochen steht der Spruch:

WAS WIR SIND, WIRST DU BALD SEIN.

Eine Mahnung an die Vergänglichkeit. Eine Drohung.

Irgendwo hinter mir klappert es.

Todesangst pulsiert schmerzhaft durch meinen Körper.

Nur du und ich.

Ich fahre herum, blinzele die Reihen der bleichen Knochen entlang, die wie in einem Feuerschein aufglühen, kann ihn jedoch nicht sehen. Aber er ist hier. Ich kann seinen Atem hören.

Und das leise Knistern, das ihn umgibt, als ob er in Flammen steht …

Weiter!

Mit zitternden Fingern umklammere ich die Kerze, die im Luftzug flackert. Der irrlichternde Schein verleiht den Schädeln etwas Lebendiges, Bedrohliches. Sie scheinen sich zu bewegen. Mich anzusehen. Mich zu packen und festzuhalten.

Das vielstimmige Flüstern ist immer noch da.

Nichts wie weg!

Mit vor Anspannung hochgezogenen Schultern stolpere ich den schmalen Gang entlang. Nur nichts berühren! Und nicht zurückblicken! Die archaische Angst vor der Gefahr, die ich nicht sehen kann, droht mich zu überwältigen.

Dort vorn, am Ende des Gewölbes, schimmert Licht.

Ich schütze meine Kerze mit der offenen Hand und hetze darauf zu. Ein eisiger Lufthauch weht mir den Geruch von Blut in die Nase. Und von noch etwas anderem …

Ein Torbogen, neun Stufen nach unten, eine Krypta.

Oder ist es eine Gruft? Dieser dumpfe Geruch erinnert mich an Tod und Verwesung …

Trotzdem wage ich mich weiter vor.

Auf dem Altar der unterirdischen Kapelle flackern neun Kerzen. Daneben steht eine Truhe, der Deckel ist aufgeklappt. Darin liegt ein Buch. Es ist der größte Kodex, den ich je gesehen habe. Der hölzerne Umschlag ist mit schwarzem Leder bezogen und mit Ornamenten aus ziseliertem Metall beschlagen. Es sind satanische Symbole. Das Pergament ist getränkt vom Blut, das zwischen den Seiten herausrinnt und durch das zersplitterte Holz der uralten Lade auf den Altar tropft.

Ist dieses Buch das Testament des Satans?

Ein Krachen – hinter mir.

Wie erstarrt lausche ich auf das leise Schlurfen.

Nur du und ich, warte auf mich.

Er kommt.

Kaltes Entsetzen presst mir die Luft aus den Lungen. Wohin soll ich, wohin? Ich kann ihm nicht entkommen. Soll ich einfach aufgeben und auf das Unabwendbare warten? Nein.

In der Mitte der Kapelle steht ein großer Steinsarkophag. Darin kann ich mich verstecken – wenn ich die schwere Grabplatte aus Granit anheben kann.

Ich husche zum Sarkophag und lehne mich mit ausgestreckten Armen gegen den Deckel. Er bewegt sich nicht!

Die Schritte kommen immer näher.

Ich kann seinen Atem hören. Und das Knistern der Flammen ...

Mit aller Kraft stemme ich mich gegen die Granitplatte. Auf der Blutlache vor dem Altar gleiten meine Füße unter mir weg. Ich stürze. Doch ich rappele mich wieder auf und versuche es erneut.

Mit einem lauten Knirschen, als ob ein Steinsplitter zwischen Sarkophag und Deckel eingeklemmt ist, ruckt die schwere Platte eine Handbreit zur Seite. Na also!

Nach zwei weiteren Stößen ist die Öffnung breit genug für mich. Ich hebe meine Kerze und luge hinein.

Am Boden kleben die verwesenden Überreste eines Menschen, in Tücher gewickelt, auf denen ein gelblicher Schimmel liegt. Die Augen vertrocknet, die Gesichtshaut in Fetzen, kaum noch schwarzes Fleisch auf den bleichen Knochen. Ein ekelerregender Geruch steigt mir in die Nase, und ich muss würgen.

Gehetzt blicke ich mich um. Es gibt keine andere Möglichkeit, um ihm zu entkommen.

Ich lösche die kleine Kerze, werfe sie in den Sarkophag und klettere hinterher. Ich gleite auf den zersplitterten Knochen aus und breche mir fast die Hand, bis ich endlich auf dem

Leichnam liege und mit den ausgestreckten Händen versuche, den Deckel wieder über mich zu ziehen.

Bevor das Licht schwindet, sehe ich es: Kratzspuren im Granit. Mit der Spitze eines Dolches eingeritzt. Daneben eine verzweifelte Inschrift:

DIE HÖLLE IST HIER!

Mein Herz krampft sich schmerzhaft zusammen, meine Nackenhaare stellen sich auf. Ich kenne die Handschrift.

Ich habe Vittorino gefunden.

In der bedrückenden Enge ist der Gestank des Todes unerträglich. Ich muss würgen und halte die Luft an. Mühsam ringe ich meine Panik nieder: Kein Licht, keine Luft, keine Möglichkeit zu fliehen.

Und kein Platz, um mich zu bewegen. Vittorinos Rippen bohren sich schmerzhaft in meinen Rücken, mein Kopf liegt zwischen seinen Füßen.

Ich halte den Atem an und lausche.

Das Geräusch der festen Schritte überträgt sich durch den Granit des Sarkophags. Er ist in der Kapelle!

Was tut er denn?

»Aleessaandraaaa!«, flüstert er gedehnt.

Mit zusammengebissenen Zähnen liege ich still und rühre mich nicht. Das Krachen und Knirschen von Vittorinos Knochen würde mich verraten ... wie mein Zähneklappern.

Lebendig begraben!

Die Vorstellung, dass sich der Granit um mich herum zusammenzieht, um mich zu zerquetschen, ist übermächtig. Nur nicht in Panik ausbrechen! Atme ganz ruhig weiter, Sandra, trotz des fauligen Gestanks.

»Aleessaandraaaa! Ich weiß, dass du hier bist, du Satansbrut!«

Vor dem Sarkophag bleibt er stehen.

Erschöpft liege ich inmitten von Vittorinos Knochen. Ich versuche, mein rasendes Herz zu beruhigen – vergeblich. Meine Augen brennen, als ich in die Finsternis starre. Spinnweben streifen mein Gesicht. Staub knirscht zwischen meinen Zähnen. Meine Beine beginnen vor Anspannung zu zucken. Das Blut rauscht in meinen Ohren und schwillt zum schrillen Pfeifen an, wie bei einem Tinnitus. Keuchend ringe ich nach Atem, und das Gefühl zu ersticken wird immer stärker. Meine zitternden Glieder werden kalt und schwer.

Hat Vittorino dasselbe empfunden, als er in diesem Sarkophag erwachte? Als er die Innenseite des Granitdeckels mit seinen Fingern bearbeitete? Wie lange hat es gedauert, bis er tot war?

»Aleessaandraaaa! Du hast das Buch gefunden. Das Geheimnis muss gewahrt bleiben. Du kannst nicht entkommen.«

Die plötzliche Stille zerrt an meinen Nerven.

Blinzelnd starre ich in die Finsternis, die mich einhüllt wie ein Leichentuch. Was tut er?

Ein Knirschen, Stein auf Stein, lässt mich zusammenzucken. Scharf stoße ich meinen Atem aus.

Draußen herrscht eine Grabesstille.

Plötzlich kracht ein schwerer Gegenstand auf die Granitplatte über mir. Sie rumpelt einen Fingerbreit zur Seite. Licht fällt durch einen schmalen Spalt und erhellt den Sarkophag.

Einen Augenblick später folgt der nächste Schlag.

Buummm!

Der Sarkophag bebt unter den Hieben, die mit unglaublicher Wucht auf den Granit niedersausen. Staub rieselt auf mich herunter.

Buummm!

Wieder ein Schlag, und was für einer! Jeden Moment kann die Granitplatte mit einem explosionsartigen Knall zerbersten und auf mich herunterkrachen!

»Gott im Himmel, hilf mir ...«, flüstere ich panisch.

Das Hämmern hört nicht mehr auf.

Buummm ... Buummm ... Buummm ...

Urplötzlich zerbricht der Granit mit einem Krachen in zwei Hälften. Scharfkantige Steinsplitter regnen auf mich herab. Grelles Licht flutet durch den Spalt zwischen den Platten in den Sarkophag. Geblendet schließe ich die Augen und bedecke sie mit meinen Händen.

Rumpelnd schiebt er die Granitplatten zur Seite und beugt sich über mich.

Strampelnd kauere ich mich in einer Ecke zusammen und wimmere leise. Vittorinos zerschmetterte Knochen knirschen unter mir.

Er hebt beide Hände – in meiner Todesangst denke ich, er will nach mir greifen, mich zerreißen wie Vittorino, mich töten! Doch er greift in die Falten seiner schwarzen Kukulle und schiebt langsam die Kapuze zurück, sodass ich sein Gesicht erkennen kann ...

... sein überirdisch schönes Engelsgesicht, das wie eine tosende Feuersäule in Flammen steht ... Feuer wabert über sein Gesicht, und seine Augen glühen ...

Mit einem erstickten Keuchen schrecke ich aus dem Horrortraum. Noch ganz benommen bleibe ich mit geschlossenen Augen liegen, halb in dieser Welt, halb in der anderen.

Während der letzte Schlag der Glocke der Abteikirche dröhnend verhallt, genieße ich die Geborgenheit des großen Bettes, räkele meinen schweißnassen Körper in den weichen Kissen und lausche auf meinen Herzschlag und meinen Atem.

Wieder ein Albtraum, wie jede Nacht. Doch dieses Mal ein anderer. Nicht Elijas kleiner Körper sterbend in meinen Armen: »Mami!«, nicht Yared in seinem Blut, der Dolch des Hashishin noch in seiner Brust, nicht das entsetzliche Röcheln, mit dem er sein Leben aushauchte: »... liebe ... dich ... Leb wohl!« Nicht Schmerz, nicht Zorn, nicht Trauer, nicht der Gedanke an Vergeltung. Keine Blutspritzer von Yared im Gesicht. Keine Tränen. Kein Stöhnen, kein verzweifeltes Schreien der Überlebenden, die erkannt hat, dass sie als Einzige noch am Leben ist, während alles, was sie liebt, nicht mehr existiert. Kein Empfinden von Hoffnungslosigkeit, kein Gefühl von lähmender Ohnmacht, das wie Eiskristalle durch meine Adern rauscht und meinen ganzen Körper zittern lässt wie in einem Eissturm. Nein, dieses Mal war es anders. Ich habe niemandem beim Sterben zugesehen, nicht meinem Mann, nicht meinem Sohn, nicht den Hashishin, die auf Befehl des Sultans hingerichtet wurden.

Ich atme tief durch.

Nein, heute Nacht war es ein anderer Traum. Eine Reise in die Hölle. Nicht schlimmer als die Hölle, in der ich seit vier Monaten lebe. Aber auch nichts für schwache Nerven.

Vor wem bin ich geflohen?

Ein dunkler Schatten in wallender schwarzer Kukulle und mit einer Kapuze auf dem Kopf, ein nicht greifbares Wesen mit unklaren Umrissen. So hat Yannic ihn mir beschrieben: eine schreckliche Kreatur aus der Schattenwelt. Ein Diener Satans, die Inkarnation von Grauen und Todesangst.

Was er mir beschrieben hat, war für mich unvorstellbar. Und doch! Aufgewühlt von unserem Getuschel hatte ich diesen entsetzlichen Albtraum.

Yannic hat Todesangst, das hat er mir vorhin gestanden, als wir nach der Komplet endlich allein waren. Der Prior belauerte uns den ganzen Tag lang misstrauisch, während der gemeinsamen Stundengebete ebenso wie bei den Mahlzeiten im Refektorium. In der Abtei gilt das Schweigegebot, die Mönche verständigen sich nur durch Handzeichen. Was haben Yannic und ich also miteinander zu tuscheln?

Seine braunen Augen waren weit aufgerissen, als er sich mir nach dem Nachtgebet anvertraute, seine Hände zitterten so sehr, dass ich sie in meine nahm und festhielt. Er war noch gefangen in seinen Erinnerungen an jene nebelige Nacht. Seit dem Mord an Vittorino habe er seinen Seelenfrieden verloren, finde er nachts keine Ruhe mehr, fühle er sich verfolgt und bedroht. Oh, Yannic, wie gut ich dich in diesem Augenblick verstand, wie nahe du mir warst! In der Abbaye du Mont-Saint-Michel gehe etwas vor, das er nicht begreifen könne, vertraute er mir an. Die Toten, die Schatten, die Furcht. Das Böse sei Wirklichkeit geworden in den düsteren Gewölben unterhalb der Abteikirche. Im Flüsterton fügte er hinzu: »Die Konfratres glauben, Satan wolle Besitz ergreifen von der Welt.«

Blut und Tränen und Schmerz. Und Angst.

Er saß ganz still neben mir und schwieg, den Blick gesenkt, seine Hände in meinen. Sie fühlten sich ganz warm an, trotz seiner Angst. »Wisst Ihr, was noch merkwürdig war?«

»Was?«

»Meine Sachen sind durchwühlt worden. Mein silbernes Brustkreuz ist verschwunden.« Der Blick, mit dem er schließlich aufschaute und mich ansah, traf mich im Innersten. Das Gefühl, das er in mir auslöste, war so stark, dass mir ganz warm wurde. Tränen traten mir in die Augen …

Ich bin immer noch aufgewühlt von unserem Getuschel. Um mich zu beruhigen, atme ich langsam durch die Nase.

Nein, Kardinal Guillaume d'Estouteville hatte Unrecht, als er mir in Rom von Yannic erzählt hat: »Dieser Bretone ist aus Granit gemeißelt, unverrückbar und unzerstörbar wie ein Menhir – aber den Granit entdeckt man erst, wenn man zuvor die Eisschicht abgeschlagen hat. Seine Haltung hat etwas … Wie soll ich sagen? … etwas unerschütterlich Aufrechtes, wie ein Menhir – Yann Créac'h wirft so leicht kein Orkan um. So sind sie, diese Bretonen: ein Volk des Meeres und des Sturms, dem der Tod stets gegenwärtig ist. Mit einem unerschütterlichen Glauben an Gott. Ihr Kampf gegen die Naturgewalten hat sie stolz und verschlossen gemacht, beharrlich, beherzt, aufrichtig und leidenschaftlich.«

Nein, Guillaume, Ihr irrt Euch: Gestern Abend habe ich einen anderen Yannic kennengelernt, einen warmherzigen, feinfühligen und liebenswerten Menschen, der sich mir weit geöffnet hat, so weit, dass unser Gespräch mehr als nur vertraulich war. Die ganze Situation war … Wie soll ich sagen? … sehr intim. Nicht dass wir uns berührt …

Irgendetwas stimmt nicht, das spüre ich. Aber was?

Wonach riecht es hier eigentlich?

Nach Weihrauch. Und nach etwas anderem, einem süßlichen, berauschenden Duft, der ganz sicher nicht in eine normannische Abtei gehört. Ich habe diesen Geruch gestern schon wahrgenommen, irgendwo im Labyrinth der Krypten und Kapellen. Während unseres Rundgangs durch die Abtei hat mir der Prior, Père Yvain de Bayeux, erzählt, dass in vielen Sälen und Kapellen Weihrauch verbrannt werde, um Satan fernzuhalten.

Ich atme tief durch.

Was für ein grauenhafter Albtraum – Vittorino ermordet!

Und trotz meiner Anspannung, trotz Yannics eindringlicher Warnungen bin ich eingeschlafen. Dabei will ich doch heute Nacht in die Bibliothek, um das Testament des Satans zu suchen.

Ein leises Rascheln neben meinem Bett.

Jemand ist hier.

Blinzelnd schlage ich die Augen auf. Doch was ich über mir erkenne, ist nicht Saint-Michel, der von einem Strahlenkranz umgebene Erzengel, der mich vom bestickten Betthimmel herab anlächelt.

Kein Engel, sondern ein Dämon – der verhüllte Schemen aus meinem Traum, der sich über mich beugt!

Es ist noch nicht vorbei!

Ich spüre einen schmerzhaften Stich in meiner Brust. Mein Herzschlag dröhnt in meinen Ohren.

Hat er bemerkt, dass ich aufgewacht bin?

Mit gesenkten Lidern beobachte ich ihn im Schein der Stundenkerze, die am anderen Ende des Gästesaals vor den Kaminen brennt. Mit der Kerze bekämpfe ich meine Furcht vor der Dunkelheit. Seit ich in Jerusalem im Labyrinth unter dem Tempelberg eingemauert und in Rom in einem Gewölbe des Lateranpalastes verschüttet war, schlafe ich nur noch bei Licht.

Aus den Augenwinkeln nehme ich ein Aufblitzen wahr, ein Schimmern von Metall. Er hat einen Dolch in der Hand.

Eine Windbö des heraufziehenden Sturms dröhnt gegen die Fenster und lässt die Scheiben klappern. Der Schemen blickt auf. Im rötlichen Licht des Vollmonds kann ich sein Gesicht erahnen.

Erschrocken halte ich den Atem an.

Kein Engelsgesicht wie in meinem Albtraum! Vielmehr eine grauenhaft verzerrte Fratze wie von einem der dämonischen Wasserspeier an der Fassade von Notre-Dame de Paris! Ein Dämon aus dem Gefolge des Satans? Oder ein Mensch?

Nein, er muss einer der Mönche sein!

Der Prior, Père Yvain, hat mir gestern früh nach meiner Ankunft in der Abtei alle vierundzwanzig Mönche vorgestellt, bevor ich das Stundengebet mit ihnen feierte – das dachte ich zumindest: Abelard de Montbard, Jourdain des Îles, Padric of Caernarfon, Robin FitzAlan of Arundel, Conan de Saint-Brieuc, Raymond de Troyes. Und Yannic, den ich vor zwei Jahren in Rom kennengelernt habe, als er den Abt des Mont-Saint-Michel, Kardinal d'Estouteville, im Vatikan aufsuchte und ich mich vom Papst verabschiedete, um mit Yared und unserem Sohn nach Granada aufzubrechen.

Ich blinzele.

Was tut er?

Er beugt sich vor und stellt etwas auf den Nachttisch. Ein Gefäß, aus dem in silbernen Fäden duftender Rauch zur Decke aufsteigt. Der leise Windhauch von den Fenstern verwirbelt ihn und weht ihn zu mir herüber, sodass ich ihn einatmen muss.

Ich schnuppere. Ich kenne diesen schweren, süßen Duft aus Granada, aus Yareds Schlafzimmer, wenn wir nach einem anstrengenden Tag in der Alhambra entspannen wollten, um uns der Sinnenlust hinzugeben und uns zu lieben ...

Es ist Haschisch.

Daher der Albtraum. Und das Herzrasen.

Daher der Schwindel und die Übelkeit, die mich packen.

Ich muss die Luft anhalten, damit ich mich nicht wieder übergebe, wie gestern Abend beim Duft der überbackenen Coquilles Saint-Jacques à la normande, der Jakobsmuscheln normannische Art, im Refektorium am Tisch des Priors. Zur Beruhigung hat Yannic, der wohl ahnte, wie aufgewühlt ich nach all diesen Wochen noch bin, mir einen Becher Calvados gereicht. Zitternd habe ich den bernsteinfarbenen Apfelbrand hinuntergestürzt.

Meinem Ruf konnte dieser peinliche Vorfall nichts mehr anhaben. Die Fratres wissen, wer ich bin. Alessandra d'Ascoli, die illegitime Tochter des Inquisitors von Rom, die vor zwei Jahren nach einem Inquisitionsprozess auf dem Scheiterhaufen brennen sollte und im letzten Augenblick vom Papst gerettet wurde. Alessandra Colonna, die humanistische Gelehrte, als Contessa des Patrimonium Petri die Stellvertreterin Seiner Heiligkeit und die Vertraute von Papst Nikolaus. Al-Iskandra al-Rûmi, die einen Juden geheiratet hat, Prinz Yared al-Gharnati, den Wesir von Granada, und die mit ihm am Hof des Sultans lebte, bis Yared vor vier Monaten ermordet wurde.

»Die Inquisitoren hätten dich verbrennen sollen, comme la Pucelle Jeanne d'Arc!«, zischt der schwarze Schatten hasserfüllt. »Möge Gott dich in alle Ewigkeit verfluchen. Möge Saint-Michel deine Seele richten und in die Hölle hinabwerfen!«

Ich halte den Atem an und wage nicht, mich zu bewegen. Plötzlich blitzt die Klinge des Dolches im Licht des Blutmondes auf.

Er beugt sich über mich. Der Dolch ist nur wenige Fingerbreit von meiner Kehle entfernt!

Durch die halb geschlossenen Lider beobachte ich ihn, während sein Atem über mein Gesicht streicht. Er betrachtet das silberne Amulett mit dem Sigillum Dei, das ich im Ausschnitt meines offenen Hemdes um den Hals trage. Leicht wie ein Windhauch berühren seine Finger meine Haut, als er es umdreht, um die andere Seite zu betrachten.

Er hält bestürzt den Atem an, als er das Siegel Gottes erkennt und die magische Inschrift liest, dann legt er es sachte zurück auf meine Brust.

Unvermittelt wendet er sich ab und huscht durch den Gästesaal zu dem großen Eichentisch vor den Kaminen, wo neben einer Vase mit einem großen Strauß bunter Herbstblüten meine Satteltaschen liegen. Nach der Komplet hat Yannic mir die Blumen gebracht, die er offenbar selbst im Klostergarten geschnitten hat. Weiß der Himmel, wieso! Yannic ist für den Empfang von Pilgern und Gästen zuständig, Bettlern, Rittern und Königen, aber die Versorgung der hochrangigen Gäste mit Blumen gehört gewiss nicht zu seinen Aufgaben.

Der Gästesaal ist eine zweischiffige Halle, deren schlanke Säulen ein Kreuzrippengewölbe tragen und deren hohe Fenster aus buntem Glas an eine Kathedrale erinnern. Ein prunkvoller Empfangssaal für englische und französische Könige, die mit ihrem Gefolge zum Mont gepilgert sind. Mit Tapisserien aus Seidenbrokat an den Wänden. Und Fresken des Erzengels an den hohen Gewölbedecken. Große Kerzenleuchter und mehrere knarzende Scherenstühle stehen um einen jahrhundertealten Refektoriumstisch herum.

Leise seufzend drehe ich mich auf die Seite. Ich tue so, als würde ich schlafen, damit ich den Assassino beobachten kann. Der hält inne und blickt zu mir herüber. Als ich mich nicht bewege, wendet er sich wieder der Satteltasche mit meinem Gepäck zu. Zwei gefaltete und gesiegelte Pergamente zieht er hervor.

Das Breve des Papstes, dessen Fälschung mir wirklich gut gelungen ist, hat eine ganze Girlande von Siegeln, die, während er liest, leise gegeneinanderschlagen.

Der Assassino überfliegt das vermeintliche Beglaubigungsschreiben Seiner Heiligkeit, aus dem nicht hervorgeht, wieso ich mich in der Abbaye du Mont-Saint-Michel aufhalte. Kein Wort davon, dass ich die mysteriösen Todesfälle der letzten Jahre aufklären soll. Dass ich Vittorino, der seit Monaten verschwunden ist, finden und das Testament des Satans nach Rom bringen soll. Das Breve gewährt mir unbeschränkten Zutritt zur Klausur der Mönche: zum Dormitorium, zum Refektorium, zum Scriptorium mit der berühmten Bibliothek, ja sogar zu den täglichen Stundengebeten. Es fordert die vorbehaltlose Unterstützung des Priors zur Erfüllung meines päpstlichen Auftrags. Aber kein Wort von meiner umfassenden Handlungsvollmacht. Und kein Wort von meinem Status als Gesandte des Papstes.

»Es heißt, das Testament bestehe aus einem geheimnisvollen strahlenden Metall«, hatte Papst Nikolaus in Rom mit leuchtenden Augen geflüstert. Das Vermächtnis Satans fasziniert ihn. Genauso wie mich. »Es soll in einer mit Blei ausgekleideten Truhe liegen, die immer verschlossen bleiben muss. Wer sie öffnet, muss auf grauenvolle Weise sterben, wie von einem inneren Feuer verbrannt. Alessandra, ich will wissen, was dahintersteckt. Schau doch auf einen Sprung auf dem Mont-Saint-Michel vorbei, sei so gut, mein Liebes. Tu einem alten Freund diesen Gefallen.«

Papst Nikolaus und ich sind seit Jahren eng befreundet. Als Bischof von Bologna war Tommaso oft zu Gast in meinem Palazzo. Als ich traurig schwieg, beugte er sich vor, ergriff meine Hand und hielt sie fest.

Tommaso kennt alle Symptome eines akuten Anfalls meines Schatzsucherfiebers: aufgeregtes Herzklopfen, wuselige Ungeduld, Entschlossenheit, mich von nichts und niemandem aufhalten zu lassen, und das, was er frotzelnd meinen ›irren Blick‹ nennt: eine fast ekstatische Euphorie.

»Die Reise wird dir guttun, dich auf andere Gedanken bringen.« Seine Stimme klang sanft und tröstend. »Seit du nach dem Tod von Yared und Elija von Granada nach Rom zurückgekehrt bist, vergräbst du dich im Palazzo Colonna. Alessandra ... nein, Alessandra, lass mich bitte ausreden! Ich brauche dich. Ich will dich wiederhaben. He, du brauchst überhaupt nicht genervt die Augen zu verdrehen! Wie konnte ich dich bloß vor zwei Jahren nach Granada gehen lassen? Aber du musstest ja diesen Ju ...« Er räusperte sich. »... Prinz Yared heiraten, den Wesir von Granada. Deine Chuzpe möchte ich haben! Dann würde ich die Kirchenunion mit den Orthodoxen durchsetzen und den türkischen Sultan, der Konstantinopolis belagert, zum Teufel jagen. Aber ich bin ja nicht Alessandra Colonna, die weder Tod noch Teufel fürchtet, sondern nur die kleine unscheinbare Kirchenmaus Tommaso Parentucelli im viel zu großen Papstornat.« Er drückte meine Hand und flüsterte eindringlich: »Ich brauche dich. In Rom. In Byzanz, bei deinem ›geliebten Schwager‹, Kaiser Konstantin, dem der Dolch des türkischen Sultans schon an der Kehle liegt. Segele nach Byzanz, Alessandra, sprich mit Konstantin, rede ihm ins Gewissen! Er muss die Kirchenunion von Florenz endlich akzeptieren und lateinische Messen in der Hagia Sophia zulassen! Sonst ist er vielleicht der letzte Kaiser von Byzanz! Aber zuerst brauche ich dich auf dem Mont-Saint-Michel. Wenn es diese Tod und Verderben bringende Reliquie wirklich gibt, könnte sie uns im Kampf gegen den vorrückenden Islam helfen. Stell dir vor, ein Kreuzzug zur Rettung von Konstantinopolis, der letzten christlichen Bastion im Osten!«

Ich nickte stumm.

Er drückte meine Hand und lächelte zufrieden. »Also abgemacht. Du wirst morgen dem Geheimarchiv des Vatikans einen Besuch abstatten, um dich durch die Akten des Mont-Saint-Michel zu wühlen, und übermorgen abreisen. Kardinal d'Estouteville wird die Reise über Florenz, Chambéry, Orléans und Paris vorbereiten und den Papierkram erledigen. Du weißt schon: das päpstliche Breve mit der Handlungsvollmacht, das Schreiben an König Charles VII., der dich im Louvre empfangen soll, die Nachricht an Guillaumes Bruder Louis d'Estouteville, den Kommandanten des Mont-Saint-Michel, den Brief an den Prior ... Und wenn du mit dem Testament des Satans nach Rom zurückgekehrt bist, reden wir über deine Mission zum Kaiser von Byzanz. So, und jetzt komm endlich! Ich will mit dir zu Abend essen!«

Ende der Ansprache Seiner Heiligkeit.

Roma locuta, causa finita – Rom hat gesprochen, die Sache ist entschieden.

Der schwarze Schatten wirft das päpstliche Breve auf den Tisch und entfaltet das ebenfalls gefälschte Schreiben von Louis d'Estouteville, des Sénéchals der Normandie, an den Prior. Dem auf Wunsch des Abtes, Seiner Eminenz Kardinal Guillaume d'Estouteville, und auf Befehl des Königs, Seiner Majestät Charles VII., mein Aufenthalt in der Abtei angekündigt wird.

Kein Wort von meinem geheimen Auftrag durch den Kommandanten, der mit seinen Rittern neun Jahre lang den Mont-Saint-Michel gegen die Engländer verteidigte. Ich soll den vermeintlichen Geheimagenten des englischen Königs beobachten, der seit Jahren vergeblich versucht, den Mont zu erobern. Sir Robin FitzAlan, seit seiner schweren Verwundung im Hundertjährigen Krieg Frère Robin of Arundel, soll der englischen Garnison auf der benachbarten Insel Tombelaine Nacht für Nacht verschlüsselte Leuchtsignale senden und auf diese Weise einen englischen Angriff vorbereiten. Zugegeben, vielleicht war es doch keine so gute Idee, meine römischen Bravi und die normannische Eskorte, die Louis d'Estouteville mir aufgeschwatzt hat, in der Prieuré de Genêts zurückzulassen, einem Filialkloster der Abbaye an der Küste ...

Der Assassino faltet das Schreiben des Seigneur d'Estouteville wieder zusammen, zieht die Tasche zu sich heran und beginnt darin zu wühlen.

Was sucht er denn nur?

Schließlich verteilt er den Inhalt auf dem Tisch, stöbert durch meine Sachen, betrachtet verwirrt den purpurnen Mantel, den mein Cousin mir geliehen hat, und stopft am Schluss alles wieder zurück. Was immer er gesucht hat, hat er nicht gefunden.

Verstohlen taste ich nach dem kleinen Notizbuch in der Tasche meiner Hose – da ist es. Der kleine Silberstift, mit dem ich darin schreibe, steckt wie immer in der Wölbung des Buchrückens.

Ist es das, wonach er sucht? Aber wozu? Er kann meine Schrift doch ebensowenig lesen wie Vittorinos.

Abrupt wendet er sich um und kommt zu mir zurück. Seine angespannten Schultern sind hochgezogen – wie gestern die des Priors, als ich ihm das Breve des Papstes überreichte. Er riss es mir fast aus der Hand.

Nein, Yvain de Bayeux war ganz und gar nicht begeistert von meinem unerwarteten Auftauchen in seiner Abtei, mit päpstlichem und königlichem Schreiben im Gepäck, aber ohne bewaffnete Eskorte, die beredtes Zeugnis von meinem Status und meiner Macht abgelegt hätte. Yvain de Bayeux kann mich nicht einschätzen, und das verunsichert ihn. Und genau so hatte ich mir das gedacht.

Im Schein der Stundenkerze blitzt der Dolch auf.

Ich drehe mich wieder auf den Rücken, atme tief und gleichmäßig und stelle mich schlafend, während der Assassino näher kommt. Wer ist er?

Undeutlich nehme ich wahr, dass er neben dem Bettpfosten steht, der den Baldachin mit dem aufgestickten Saint-Michel stützt, unter dem schon die Könige von England und Frankreich geschlafen haben. Er starrt mich an, voller Hass und Zorn, aber auch voller verzweifeltem Entsetzen. Dann greift er zu seiner schwarzen Kapuze und streift sie ab.

Mein Gott! Ich halte die Luft an.

Ein hageres Gesicht wie aus grob behauenem Stein, gesprungen und abgeplatzt, starrt mich an. Die pergamenttrockene Haut in sich verdreht und verknotet, bedeckt von blutigen und eitrigen Wunden. Keine Haare, keine Augenbrauen oder Wimpern. Schwarze Augen, matt und leblos. Schmale, blutleere Lippen. Und eine Wunde im Gesicht, so tief, dass der Wangenknochen darunter zu sehen ist.

Ein lebendiger Toter!

Ich muss mich zwingen, still liegen zu bleiben und ruhig weiterzuatmen. Ich beobachte ihn aus den Augenwinkeln. Mein Blick gleitet an ihm herab, zum Skapulier seines Habits.

Spitze Knochen, wie Messerklingen unter der aufgeplatzten Haut. Und Hände, gekrümmt wie Klauen, über und über bedeckt von weißem Schorf und aufgerissenen, blutenden, eiternden Wunden.

Diese Ausgeburt der Hölle ist ganz gewiss ein Mensch! Mit einer fürchterlichen Krankheit!

Tommasos Worte kommen mir in den Sinn: »Das Testament des Satans soll in einer Truhe liegen, die immer verschlossen bleiben muss. Wer sie öffnet, muss auf grauenvolle Weise sterben, wie von einem inneren Feuer verbrannt ...«

Meine Nerven sind zum Zerreißen gespannt. Aber ich wage es nicht, mich zu bewegen. Obwohl er näher kommt, um sich über mich zu beugen.

Es ist totenstill, nur das Fauchen des Sturms ist zu hören ...

... bis weit entfernt, irgendwo in der Abtei, der durchdringende Klagelaut eines bretonischen Dudelsacks ertönt. Ist das Yannic, der diese sehnsuchtsvolle Melodie aus dem Finistère spielt?

Der wandelnde Dämon stößt einen Fluch aus. Welche Sprache ist das? Bretonisch?

In diesem Augenblick richte ich mich auf, packe die Hand mit dem Dolch und reiße sie schwungvoll über mich hinweg, sodass der Assassino, der nur noch aus Haut und Knochen zu bestehen scheint, mit einem überraschten Keuchen gegen das Bett taumelt, das Gleichgewicht verliert und auf mich fällt. Tief bohrt sich der Dolch in das Seidenlaken neben mir und schlitzt die mit Daunen gefüllte Matratze auf. Feiner Flaum quillt durch den Riss.

Der Assassino japst nach Luft. Er will die Klinge herausreißen, doch mit einem harten Schlag auf sein Handgelenk, den mir mein Großvater, der Condottiere des Papstes, beigebracht hat, entwaffne ich ihn. Er schreit auf vor Schmerz, weil ich ihm mit dem kraftvollen Hieb beinahe das knochige Gelenk breche. Als er sich aufrichtet, schlage ich mit der Innenseite meines Unterarms gegen seine linke Halsseite, was ihn benommen macht. Solange er sich nicht wehren kann, lege ich meinen Arm im Würgegriff um seinen Hals und halte ihn fest.

Ich umfasse seinen Nacken und drücke mit aller Kraft zu. Er ahnt intuitiv, was ich vorhabe, und entwindet sich mir tretend und wie ein Verrückter um sich schlagend, bevor ich ihn in wenigen Augenblicken in tiefer Bewusstlosigkeit versinken lasse, indem ich durch den festen Druck meiner Finger die Blutzufuhr zu seinem Gehirn unterbreche. An den Seiten des Halses befinden sich die Halsschlagadern und die wichtigsten Nervenstränge zum Gehirn. Wenn ich zu lange drücke, ist der Griff tödlich.

Seine Faust trifft mich ins Gesicht, sodass sich meine Umklammerung für einen Moment lockert. Sofort reißt er sich los, wirbelt herum und springt vom Bett, um durch den Saal zum Portal zu flüchten.

Ich hetze hinterher.

Was für ein Glück, dass ich für meine nächtliche Exkursion Hemd und Hose angezogen habe!

Noch ganz benommen taumelt er, stolpert über den Saum seiner Kukulle, gleitet auf den blau emaillierten Fliesen aus und fällt der Länge nach zu Boden. Ich packe seine Schulter und reiße ihn herum, um ihm den Dolch an die Kehle zu legen. Ich will wissen, wer er ist! Doch wieder reißt er sich los, rammt mir mit voller Wucht seine Faust in den Bauch, rappelt sich auf und torkelt zur Tür.

Das war ein Hieb!

Nach Luft japsend bleibe ich vornübergebeugt stehen, die Hände auf den zitternden Knien abgestützt, und warte, dass sich das Feuerwerk in meinen Nerven beruhigt und die Funken vor meinen Augen verglimmen. Ein gut gezielter Schlag auf den Solarplexus fühlt sich an, als hätte dich ein Blitz getroffen …

Als ich mich nach Atem hechelnd wieder aufrichte, ist der Assassino die Stufen hinaufgestolpert und in der Dunkelheit des Treppenhauses verschwunden.

Wohin ist er geflohen? Ins benachbarte Scriptorium, wo er sich zwischen den Schreibpulten und den Büchertischen versteckt? Oder die Treppe hinauf zum Refektorium, zum Dormitorium, zur Abteikirche und zum Kreuzgang?

Eine Welle der Übelkeit schüttelt mich.

Schwankend schleppe ich mich zum Tisch hinüber, wo neben meinen Reisetaschen die Karaffe mit Calvados steht, die Yannic mir vorhin dagelassen hat. Ich mache mir nicht die Mühe, mit zitternden Fingern eines der Gläser vollzuschenken, und nehme einen tiefen Schluck aus der Karaffe. Warm rinnt der Calvados durch meine Kehle.

Dann stoße ich mich von der Tischplatte ab und folge dem

Attentäter die Stufen hinauf und durch das offene Portal in die dunkle Treppengalerie. Rechts führt eine Tür ins Scriptorium, das zur Klausur der Mönche gehört. Eigentlich müsste sie verschlossen sein – aber von wegen! Links windet sich eine Treppe hinauf zum obersten Stockwerk der Merveille. Durch ein offenes Fenster fegt der Sturm in die Galerie.

Ich schleiche zur Treppe. Eines der Fenster, das offenbar vor Kurzem zertrümmert worden ist, wird von einem ölgetränkten Pergament im Spannrahmen notdürftig verschlossen. Das feine, transparent geschabte Pergament flattert nun in den heftigen Böen, die im Hof zwischen der Abteikirche und der Merveille umherwirbeln.

Langsam steige ich die Stufen hinauf und werfe einen Blick am zerfetzten Pergament vorbei nach draußen.

Keine Spur vom Assassino.

Kurz entschlossen klettere ich durch die Fensteröffnung, springe hinunter in den Hof und sehe mich um.

Vor mir ragen die Mauern des eingestürzten Chors der Abteikirche in die Höhe. Die Krypta ist in den letzten Jahren durch Kardinal d'Estouteville wiederaufgebaut worden. Das hölzerne Baugerüst für den neuen Chor oberhalb der Krypta sieht mit der im Wind flatternden Segeltuchverkleidung aus wie ein gestrandetes Wrack.

Links schlängelt sich ein Weg zu einem verborgenen Gärtchen, in dem schulterhoch die Brennnesseln wuchern. Ein Aussätziger kann keinen Schmerz empfinden – ob er sich in den hin und her wogenden Nesseln versteckt? Rechts führen etliche mit abgerissenen Zweigen bedeckte Stufen hinauf zur Krypta der dicken Pfeiler, dem massiven Fundament des neuen Chors. Bis zum Portal der Krypta sind es nur wenige Schritte. Es ist nur angelehnt und bewegt sich knarrend im Wind.

Ich atme tief durch und ziehe meinen Dolch.

Also dann!

Mit einem entsetzlichen Quietschen bewegt sich das Tor in den Angeln, als ich es aufstoße.

In der Krypta ist es finster wie in der Hölle. Selbst die wuchtigen Pfeiler keine drei Schritte hinter dem Portal kann ich nur erahnen, weil der Raum von dichten Weihrauchschwaden erfüllt ist, die etlichen in der Krypta verteilten Räuchergefäßen entströmen. Mit dem Dolch in der einen Hand, die andere vor mir ausgestreckt, damit ich nicht gegen eine der Säulen stoße, taste ich mich Schritt für Schritt vorwärts.

Ist er hier?

Ich bleibe stehen und lausche. Doch der Sturm heult so erschreckend laut durch diese Krypta, dass ich nicht einmal meinen eigenen Atem hören kann.

Der Weihrauch reizt mich zum Husten.

Sandra, du bist bescheuert! Was soll das? Tommaso hat dich nicht hierhergeschickt, damit du mitten in einer Sturmnacht in einer finsteren Krypta dein Leben riskierst! Und wenn er sich von hinten an dich heranschleicht? Komm schon, sei vernünftig und kehr um!

Wie die abgespreizten Finger einer Hand umgeben fünf tiefe Nischen die dicken Pfeiler, deren Gewölbe den neu errichteten Chor über mir tragen. Die andere Seite der Krypta bildet der massive Granitfelsen des Mont-Saint-Michel, auf dem die Abteikirche erbaut wurde.

Ein scharfes Rascheln, wie von Leder auf Stein, vor mir in der Dunkelheit. Also doch!

Ich gehe langsam weiter. Die nächste Nische hat an ihrem Ende zwei hohe Fenster und eine Tür, die vermutlich zu dem versteckten Gärtchen mit den Brennnesseln führt. Sie ist verschlossen.

Weiter! In der Finsternis zwischen den Pfeilern fegt der

Wind, ein eisiger Luftzug streicht mir über den Nacken. Die dichten Weihrauchschwaden machen mich schwindelig!

Durch die Fenster der nächsten Nische kann ich die Fassade des Kapitelsaals erkennen, das Tor zum Saal der Wachen, die das Festungstor der Abtei beschützen, und die große Treppe, die tief unter mir zur Terrasse vor der Kirche führt.

Ein leises Knarren – aus der nächsten Nische!

Ich husche zurück, biege nach links und spähe um die Ecke. Die Nische ist verlassen, aber die Tür scheint offen zu stehen.

Drei, vier Schritte, dann luge ich in den hölzernen Übergang, der die Krypta der dicken Pfeiler über die tief unter mir aufsteigende Abteitreppe hinweg mit der gegenüberliegenden Residenz der Äbte verbindet. Die überdachte Brücke, die mich an den Passetto in Rom erinnert, liegt dunkel und verlassen vor mir.

Es ist sinnlos, dem Assassino noch länger durch dieses Labyrinth zu folgen.

Und es ist schon nach Mitternacht. Bis zu den Vigilien, dem Nachtoffizium der Mönche, sind es keine zwei Stunden mehr. Ich habe keine Zeit zu verlieren. So schnell wie möglich muss ich in die Bibliothek, um das Testament des Satans zu suchen.

Yannic

Kapitel 2

Auf der Terrasse vor dem Portal der Abteikirche
Wenige Minuten nach Mitternacht

Ich habe den Tod gewählt, als ich ins Kloster ging, denke ich und lasse meinen Blick über das im Mondlicht schimmernde Watt hinweg nach Westen schweifen, zur bretonischen Küste.

Die Böen reißen an meinem Habit und zerzausen mir das Haar, während ich in schwindelerregender Höhe über dem felsigen Abgrund auf der Brüstung der Terrasse hocke. Die Westfassade der Abteikirche mit ihrem hohen Turm keine fünf Schritte hinter mir bietet keinen Windschutz, ebenso wenig das Dormitorium daneben. Der andere Turm ist schon vor Jahrzehnten eingestürzt.

Frierend ziehe ich die schwere Kukulle enger um mich und setze mich aufrecht hin. Mein Biniou Kozh, mein bretonischer Dudelsack, liegt noch auf meinem Schoß, aber heute konnte er mich nicht wie sonst beruhigen, deshalb habe ich wieder aufgehört zu spielen. Ich bin so aufgewühlt, dass ich am liebsten mit meinem Boot aufs Meer hinausgesegelt wäre, um allein zu sein und in Ruhe nachzudenken. Um die Gischt auf meinem Gesicht zu spüren und das Salz auf meinen Lippen zu schmecken. Aber es ist Ebbe, und das Watt tief unter mir liegt trocken. Dort unten, neben einem vom Wind aufgewühlten Priel, erkenne ich mein Boot, gekentert im nassen Sand.

Ich stelle mir vor, die Brüstung, auf der ich hocke, ist der schwankende Bug eines Bootes, das die hohen Wellen hinaufgleitet und auf der anderen Seite wieder hinabstürzt, hart aufschlagend auf dem gischtigen Wasser. Ich schließe die Augen und halte das Gesicht in den böigen Wind, der so stark von Cornwall herüberfegt, dass er mir den Atem nimmt. Es ist ein bisschen wie zu Hause, auf meiner Insel vor der Küste des Finistère, mitten im Atlantik.

Eine schwarze Wolkenfront schiebt sich vor den blutroten Vollmond, und es wird dunkel um mich. Ich kann nicht länger sehen, wie das wirbelnde Wasser mit der Geschwindigkeit eines galoppierenden Pferdes zurückströmt und den gefährlichen Treibsand aufwühlt. In der Bucht herrscht mit einer Höhe von fünfzig Fuß der mächtigste Tidenhub der Welt. Und wenn der Wind von Nordwesten noch stärker herandonnert, wird es in einigen Stunden eine gewaltige Sturmflut geben.

Ich atme tief durch.

Ich habe den Tod gewählt, doch nun erweckt Alessandra mich zu einem Leben, nach dem ich mich seit meiner Reise nach Rom gesehnt habe. Ich spüre, wie sie den Seidenfaden fest in der Hand hält, aus dem mein klösterlicher Kokon besteht, meine Welt der Stille.

Alessandra hat mein Herz und meine Seele berührt, als sie vorhin meine Hand in der ihren gehalten und mir mit Tränen in den blauen Augen anvertraut hat, was in Granada geschehen ist. Es waren nicht ihre eindringlich gehauchten Worte, die mich mitgerissen haben wie im Sturm der Gefühle, nicht die zarte Berührung ihrer Hände, die meine hielten, während sie sprach, nicht ihr langes dunkles Haar, das im Licht der Kerze seidig schimmerte, nicht ihre gefährliche Nähe, die die strenge Ordensregel verbietet, sondern ihre Beherztheit, mir ihre tiefsten Empfindungen zu offenbaren, ihre Traurigkeit und ihre Einsamkeit. Und ihre Sehnsucht.

Zwei Träume habe sie. Einer wunderschön: Granada im Sommer, wenn alles blüht, ein strahlend blauer Himmel über einem prächtigen Palast unterhalb der Alhambra, ihr Gemahl, der nach einer Besprechung beim Sultan neben ihr auf einem Diwan ruht und zärtlich seinen Arm um sie legt, ihr kleiner Sohn, der ausgelassen im Patio zwischen den Rosenbüschen herumtobt ... Ein Traum von inniger Liebe, von Zufriedenheit und Glück. Der andere voller Gewalt: Im Löwenhof der Alhambra liegen Yared und der kleine Elija in ihrem Blut, neben ihnen die fünf Hashishin, die den mächtigen Wesir des Sultans von Granada ermordet haben. Sultan Muhammad, fassungslos über den Tod seines besten Freundes, umarmt Alessandra und murmelt tröstende Worte.

Beide Träume sind gleich schmerzhaft – denn beide lassen sie mitten in der Nacht zitternd und allein zurück.

»Ich sehne mich nach Yared«, flüsterte sie und strich dabei gedankenverloren über eine Narbe auf ihrer Stirn. Ihr von der Sonne gebräuntes Gesicht zeigt in den Augenwinkeln und neben den Lippen die ersten Fältchen – sie ist schon vierunddreißig, vier Jahre jünger als ich. »Mit jeder Faser meines Körpers verzehre ich mich nach ihm. Nach seinem Lächeln, nach seinen sanften Augen mit den langen Wimpern, nach seinen seidigen Locken mit den ersten silbernen Strähnen, die sein Gesicht umrahmen, das er so oft an meine Schulter gelegt hat. Nach seinen sinnlichen Lippen, nach seinen zärtlichen Händen, die mich in Ekstase versetzen konnten, nach seinem Zauber, seiner Lebensfreude, seinem schallenden Gelächter, das man im ganzen Palast hören konnte, nach seiner Zärtlichkeit, seiner Ungeduld, wenn nicht alles nach seinem Willen geschah, nach seiner Chuzpe, sich über gesellschaftliche Regeln hinwegzusetzen, nach seinem herablassenden Blick, wenn er spürte, dass ich wütend auf ihn war, nach seiner Art, mich aufzuziehen, und nach seinen Frotzeleien, die mich in Rage bringen konnten, nach seinen kleinen Fehlern, die ich ihm so leicht verzieh, nach seinen bescheuerten Ideen, die mich zum Lachen brachten, nach seiner Liebe und seiner Treue.

Mir fehlen unsere Wortgefechte und die Versöhnung nach jedem Streit. Ich vermisse es, wie er sich schon mal nach anderen Frauen umschaute, und so manches Mal blieb es nicht dabei – Yared hatte Affären, auch außerhalb seines Harems voller williger Gespielinnen, die der Sultan ihm ins Bett legte. Yared konnte es einfach nicht lassen. Aber er kam immer wieder zu mir zurück, oft schon nach einer einzigen Nacht. Ich vermisse es, wie er mich liebte, selbstlos, zärtlich, leidenschaftlich und manchmal auch sehr grob. Ich vermisse es, wie er unseren Liebesakt in die Länge gezogen hat, indem er immer wieder mit seinen Liebkosungen innehielt, um unsere Lust ins Unermessliche zu steigern. Ich vermisse es, wie er seinen Kopf an meine Schulter legte und sich an mir rieb, weil er wusste, dass ich nach dem Liebesakt noch immer Lust verspürte, solange er sich in mir bewegte. Er empfand nichts dabei, und eigentlich war es ihm sogar unangenehm, aber er tat es trotzdem, weil er wusste, dass ich es mag. Wenn ich nachts aufwache, spüre ich noch manchmal seine Hände auf meiner Haut, seine Lippen auf meinen, seine Leidenschaft. Ich strecke die Hand aus, doch das Bett neben mir ist kalt und leer, ich bin allein. Ich bin verloren ohne ihn, ziellos, haltlos, hoffnungslos.

Es tut mir leid, dass wir nicht mehr Zeit füreinander hatten. Es tut mir leid, dass ich manchmal wütend auf ihn war, dass ich mich mit ihm gestritten habe und mich nicht immer bei ihm entschuldigt habe – ich war zu stolz. Es tut mir leid, dass ich ihn nicht so beschützen konnte, dass nicht einmal Gott ihn von mir hätte fortreißen können.

Yared war meine Liebe, für die ich alles aufgegeben habe, meinen Titel, meinen Namen, meine Heimat, meine Freunde, mein Ansehen, alles. Ich habe ihn gefunden und nie wieder gehen lassen. Nicht als er sagte, er könne als Jude nicht mit mir in Rom leben, und nicht, als er mich verließ, um nach all den Jahren des Exils als Wesir des Sultans nach Granada zurückzukehren. Nicht als er sterbend in meinen Armen lag, nicht als der Tod ihn mir entriss, während ich schrie und weinte, nicht als ich an seinem Grab stand und eine Hand voll Erde auf ihn hinabwarf.

Wie es ist, einen solchen Menschen zu verlieren, der dein Leben inspiriert, den Ehemann, den besten Freund, den Geliebten? Ich könnte sagen: Es ist ein Schmerz, der dir das Herz zerreißt. Es ist ein langsames Sterben, ein innerer Tod. Es ist die Hölle auf Erden. Es ist Vergessen, jeden Tag aufs Neue, solange du lebst. Es ist Einsamkeit. Die wenigsten Menschen, denen du dich anvertraust, verstehen dich. Also mach ich's kurz: Einen geliebten Menschen zu verlieren ist schwer. Sehr schwer.«

Noch immer aufgewühlt von ihrem Gefühlsausbruch blinzele ich gegen die Sturmböen an und starre hinunter zu meinem gestrandeten Boot mitten in einer Wüste aus nassem Sand.

Ich verstehe sie so gut. Ich weiß genau, was sie empfindet. So war es für mich, als Rozenn starb. Worte können diesen Schmerz nicht ausdrücken, sie klingen zu pathetisch, viel zu sehr nach Selbstmitleid. Der Schmerz ist immer noch da, er ist kein grelles Lodern mehr, sondern nur noch ein Glühen, das irgendwann zu Eis erstarren wird, aber nach all den Jahren kann ich das Leid und die Schuld noch spüren.

Ein verwundetes Herz heilt nur unter Qualen. Die Narben bleiben immer schmerzempfindlich.

Ich habe den Tod gewählt, als ich ins Kloster ging, als ich meinen Vater und meine Mutter und meinen Bruder verließ, meinen Leuchtturm, das letzte Licht vor den unendlichen Weiten des Atlantiks, meine Insel Ouessant, ein Schiff aus Stein. Und Katarin, meine kleine Tochter, die ich noch nie gesehen habe. Ich habe den Tod gewählt, den Frieden und die Stille, und was Alessandra mir anvertraut hat, erschüttert mich zutiefst. Eine solche Liebe!

Und trotzdem. Ungeachtet ihres eigenen Leides hatte sie die Kraft, sich mir anzuvertrauen.

Am Anfang fiel mir das Sprechen schwer, denn das Schweigen ist oberstes Gebot in der Abtei. Das gesprochene Wort gilt als verpönt. Mit meinen Fratres verständige ich mich durch Handzeichen. Wenn ich mit Padric, Robin oder Conan reden will, ziehe ich sie am Ärmel und lege meinen Finger an die Lippen. Dann verschwinden wir in einer dunklen Nische, murmeln das rituelle ›Benedicte‹ – ›Dominus‹ und flüstern miteinander, doch nie mehr als nur ein paar Worte. Alessandra beherrscht die Zeichensprache, weil ihr Vater, der Inquisitor, ein Dominikanermönch war. Aber trotzdem wollte ich mit ihr reden, mich ihr anvertrauen, mit Worten meine Todesangst beschreiben und die in den letzten Wochen unterdrückten Gefühle aus mir herauslassen. Und sie hat meine Hand gehalten, obwohl sie weiß, dass ich sie nicht berühren, dass ich ihr nicht einmal in die Augen sehen darf. Mit gesenktem Blick hätte ich vor ihr stehen sollen, demütig, bescheiden, voller majestätischer Würde, die Hände unter dem Skapulier verschränkt. Wie ein Schattenriss an der Wand. Aber ich saß neben ihr, ihr Knie berührte meines, ihr langes dunkles Haar offen um ihre Schultern, während ich mir nach der Komplet alles von der Seele redete und sie mich ganz vertraulich Yannic nannte, als würden wir uns seit Jahren kennen – nicht Pater Yann oder Père Jean, wie es die Ordensregel gebietet, die keine derartigen Vertraulichkeiten zulässt. Yannic Créac'h, der Mann neben ihr, dessen Hand sie hielt, nicht der unnahbare Priester im schwarzen Benediktinerhabit.

Der Blick, mit dem sie mich ansah, als ich von jener nebeligen Nacht sprach, war so voll von Wärme und aufrichtigem Mitgefühl, dass ich wegsehen und die Blumen anstarren musste, die ich ihr gebracht hatte. Alessandra trauert um ihren Freund Vittorino. Aber sie hat keine Angst. Und das bewundere ich an ihr. Diese Frau hat Chuzpe!

In gewisser Weise wurden wir heute Nacht zu ... Komplizen. Na ja, nicht ganz. Ich habe ihr Vittorinos Notizbuch nicht gegeben, dessen Geheimschrift ich zwar inzwischen sichtbar machen konnte, dessen Code ich jedoch noch immer nicht entschlüsseln kann.

Ich ziehe meinen Dudelsack vom Schoß, dabei entweicht ihm ein klagender Ton, und lege ihn neben mir auf die Brüstung. Dann ziehe ich das Büchlein aus meinem Habit, um darin zu blättern.

Kreise, Striche, Kreuze, Punkte – keine Schrift, die ich kenne, nicht Griechisch, nicht Hebräisch, nicht Arabisch. Und auch nicht die keltische Schrift, die nur aus gekreuzten Strichen und Punkten besteht und viel schlichter aussieht. Und doch erinnern einige der Zeichen an die Piktogramme auf den Menhiren in Carnac. Es ist ein Code, den ich auch mit Conans Hilfe nicht entschlüsseln kann. Conan kennt die meisten Cromlechs, riesige Kreise aus Menhiren, und viele Dolmengräber in Breizh, in der Bretagne, aber die seltsamen Hieroglyphen, die ich aus Vittorinos Notizbuch kopiert habe, kann auch mein Freund nicht lesen.

Und am Ende der vorletzten Seite steht:

HARMAGEDON

Was meinte Vittorino mit dem unheilvollen Wort, das er nicht verschlüsselte? Harmagedon, auf Französisch Armageddon, ist in der Apokalypse des Johannes der Ort der endzeitlichen Entscheidungsschlacht zwischen Gott und Satan, die auf einem Berg stattfinden soll.

In welcher Sprache schrieb Vittorino seine Gedanken nieder, seine Hoffnungen und Ängste? Italienisch? Lateinisch? Oder Hebräisch, worauf die Schreibweise von Harmagedon schließen lässt? Bevor er vor vielen Jahren konvertierte, war er in Verona ein jüdischer Rabbi gewesen – das hat er mir nach einem Stundengebet anvertraut. Er kannte Tora und Talmud, er wusste, was der entscheidende Kampf bedeutet: das Letzte Gericht, der Tag des Zorns, das Ende der Welt.

Was, zur Hölle, ist das Testament des Satans?

Und wieso wurde Vittorino ermor …

Der Wind wird immer stärker, doch das Geräusch hinter mir stammt nicht von einer Bö!

Das Portal des Dormitoriums fällt ins Schloss, der schwere Wollstoff einer Kukulle knattert im Wind wie ein loses Segel.

Erstarrt halte ich den Atem an und lausche in das Tosen des Sturms.

Da, ein Flüstern, ein ungeduldiges »Schscht! Sprich doch leiser!«.

Ich raffe meinen Habit, schwinge meine Beine über die Brüstung und husche in den Schatten des Kirchenportals fünf Schritte hinter mir.

Haben sie mich bemerkt?

Angespannt presse ich mich in die dunkle Nische neben dem Turm der Kirche und horche.

Zwei Fratres, die trotz des Schweigegebotes vor dem Portal des Dormitoriums miteinander tuscheln. Einer von ihnen ist der Prior, Père Yvain. Aber wer ist der andere? Le Coz, der Alte, wie Conan ihn respektvoll auf Brezhoneg, auf Bretonisch, nennt? Conan verehrt den Alten wie einen Heiligen. Oder ist es Le Fur, der Weise?

Ich verlasse meine Nische, lehne mich in den Wind und taste mich vor bis zur Ecke des Dormitoriums. Noch ein Stück weiter! Die Schulter an die moosüberwucherte Fassade gepresst wage ich mich noch ein bisschen vor und spähe um die Ecke zum Portal das Schlafsaals.

Da sind sie! Sie stehen im Schatten, doch im diffusen Kerzenschein, der durch die Fenster fällt, kann ich sie schemenhaft erkennen. Frère Loïc, der als Significator Horarium die Nachtwache halten sollte, ist wohl noch immer eingenickt, sonst wären sie nicht an ihm vorbeigekommen. So wie ich. Und Conan, dessen Bett vorhin zerwühlt und verlassen war.

Mit dem Rücken zu mir stehen die beiden an der Brüstung der kleinen Terrasse und blicken hinunter zum Klostergarten und zu den Befestigungsmauern an der steilen Nordflanke tief unter ihnen. Der Wind weht mir nur Fetzen eines hitzigen Streits entgegen. Das meiste kann ich nicht verstehen, aber eines höre ich ganz deutlich:

»Alessandra muss sterben!«

Alessandra

Kapitel 3

Im Scriptorium
Eine halbe Stunde nach Mitternacht

Das Dröhnen der Kirchenglocke ist im Heulen des Sturms, der von Norden gegen die großen runden Fenster des Scriptoriums donnert, kaum zu hören. Das ganze Gebäude der Merveille scheint mit Getöse zu erbeben. Und da ist noch etwas, weit entfernt und sehr leise: ein Schluchzen, ein verzweifeltes Weinen.

Mich schaudert, als ich mich an die Horrorgeschichten erinnere, die mir die Montois, die Einwohner des kleinen Dorfes zu Füßen der Abtei, gestern erzählt haben: In der Abbaye geschehen erschreckende Dinge. Keiner der Mönche wagt es, nachts die Kirche zu betreten, die Vigil wird deshalb in der Krypta Notre-Dame-des-Trente-Cierges abgehalten, in einem dichten Nebel aus Weihrauch. Seit dem Einsturz des Chors und der darunterliegenden Krypta der dicken Pfeiler geht Satan in der Abtei um. Mysteriöse Todesfälle geschehen, Menschen verschwinden spurlos, und in manchen Nächten ist unten im Dorf ein dämonisches Heulen aus der Abtei zu hören, »Ils sont complètement fous, ces moines – Die spinnen, die Mönche. Nehmt Euch in Acht, Madame! Morgen ist der Tag von Saint-Michel …«

Yannic drückte sich ganz ähnlich aus. Er bezeichnete die

Abtei als Ort irrealer Gelassenheit und verlogener Freude, die nur dazu dienen, die Furcht zu vergessen. Es werde immer unerträglicher. Von klösterlicher Stille habe er geträumt, als er sich entschloss, Mönch zu werden, von innerem Frieden. Er sollte seine Seele durchdringen, damit die Leidenschaft verstummen und er die Stimme Gottes hören könne. Aber davon sei er weit entfernt – zu aufgewühlt, zu misstrauisch, zu ängstlich.

Als das Tosen des Sturms ein wenig nachlässt, kann ich das leise Schluchzen deutlich hören. Woher kommt es? Beide Türen des Scriptoriums stehen offen, die zu den Krypten unterhalb der Abteikirche und die zur Galerie, durch die vorhin der Assassino entkommen ist.

Einen Augenblick lang starre ich die flackernde Kerze vor mir auf dem Lesepult an. Tief durchatmend taste ich nach dem Ring des Salomo an meinem Finger und wende mich wieder dem aufgeschlagenen Folianten zu, in dem ich bis eben geblättert habe.

Eine kostbare Chronik mit herrlichen Illuminationen, aber kein Hinweis auf das Testament des Satans, kein Wort, nichts.

Als ich mich von der Bank erhebe, um das Buch ins Regal zwischen zwei Pfeilern an der Seitenwand des Scriptoriums zurückzubringen, spüre ich, dass ich nicht mehr allein bin.

Bedächtig schiebe ich die herrliche Klosterchronik, die *Chronique de l'Eglise du Mont-Saint-Michel*, an ihren Platz zurück, halte den Atem an und lausche. Außer dem Tosen des Windes kann ich nichts hören.

Das Schluchzen ist verstummt.

Mit dem Rücken an das Bücherregal gelehnt, ziehe ich die Schultern hoch, spähe um die Ecke der Nische und sehe mich im Scriptorium um, in das nur von meiner Kerze auf dem Lesepult ein wenig Licht fällt. Feine Staubteilchen, die wie aufgewirbelter Goldstaub schimmern, wehen den Geruch nach Pergament, Tinte und Leder durch den weiten Raum.

Die Mitte des dreischiffigen Saals, des schlichtesten und gleichzeitig imposantesten der Abtei, nimmt eine lange Reihe von hohen Schreibpulten ein. Auf jedem Tisch liegt das Werkzeug der Scriptoren und Illuminatoren: Pergamentbögen, Tintengefäße und Farbtiegel, Lineale zum Ziehen der Zeilenlinien, Bimssteine zum Glätten des Pergaments, kleine Heftchen mit Blattgold, Pinsel, Federn und Federmesser. Auf einigen Tischen liegen auch aufgeschlagene Bücher, die gerade kopiert werden. Sie sind bedeckt von beweglichen Masken aus Pappe oder Leder, die immer nur eine abzuschreibende Zeile freilassen. Alles ist ganz ähnlich wie in meiner Buchwerkstatt an der Piazza del Duomo in Florenz, mittlerweile eines der größten Buchhandelsunternehmen Europas und, wenn ich in einigen Monaten damit beginne, Bücher nach dem neuen Verfahren aus Mainz zu drucken, mit Sicherheit das erfolgreichste.

An der Nordwand des Saals erheben sich zwei große Kamine, die im diffusen Licht wie die aufgerissenen Rachen von Dämonen aussehen …

Ich atme tief durch. Ratlos betrachte ich das Regal mit den Büchern, die ich eben durchgeblättert habe. Die Abbaye du Mont-Saint-Michel ist berühmt für ihre herrlichen Manuskripte. Nicht umsonst wird sie als ›Stadt der Bücher‹ gerühmt, und dieser Nimbus, diese Aura des Frommen und Heiligen, ist hier im Scriptorium zu spüren.

Mehr als zweihundert kostbare Handschriften stehen hier in diesen Regalen, Heiligenlegenden, Werke der Kirchenväter, Kommentare zur Bibel, Gebets- und Predigtsammlungen und die Ordensregel des heiligen Benedikt. Aber auch Abhandlungen über Kirchenrecht, Liturgie, Musik, Astronomie, Medizin, Mathematik, Theologie und Philosophie.

Doch all das ist nur ein kleiner Teil der berühmten Büchersammlung. Im Jahr 1300 stürzte einer der Türme an der Westfassade der Abteikirche ein, in dem die kostbarsten Folianten aufbewahrt wurden. Sic transit scientia mundi – dahin ist das Wissen der Welt!

All diese Bücher im Regal neben mir habe ich eben durchgeblättert. Doch weder habe ich das Testament des Satans gefunden noch einen Hinweis darauf. Aber das habe ich auch nicht erwartet.

Und jetzt?

Die Zeit verrinnt, in eineinhalb Stunden werden die Mönche für die Vigil geweckt. Ich muss mich beeilen.

Mein Blick irrt quer durch den Saal auf die andere Seite.

Entschlossen, aber wenig zuversichtlich, gehe ich zum geheimen Archiv hinüber, das wie ein Schwalbennest in einer Art Turm an der Nordwestecke der Merveille klebt. Den Plänen der Abtei zufolge besteht das Archiv aus zwei übereinander errichteten kleinen Räumen, die durch eine enge Wendeltreppe miteinander verbunden sind. Der eine Zugang befindet sich in der Westmauer des Scriptoriums, der andere unter den Arkaden des Kreuzgangs in der obersten Ebene der Merveille. In diesen Räumen werden die Schätze des Klosters und die wichtigen Dokumente aufbewahrt.

Neben der Tür steht ein gusseiserner Kerzenständer. Die acht Dornen sind leer, die dicken weißen Kerzen liegen verstreut auf dem Boden vor dem Archiv. Eine der Kerzen ist sogar über die Steinfliesen bis hin zu den Schreibpulten gerollt. Wie seltsam!, denke ich und rüttele an der Tür zum Archiv.

Sie ist verschlossen.

Mit der Schulter werfe ich mich dagegen, doch sie bewegt sich nicht. Ich weiche einige Schritte zurück bis zu einem der Kamine, nehme Anlauf und trete mit meinem Stiefel gegen das

Holz. Kreischend schrammt der metallene Riegel über den Stein. So geht's! Ein erneuter Tritt, dann schwingt die Tür auf und kracht gegen die Wand.

Das Getöse hallt wie Donner durch das Gewölbe des Scriptoriums.

Ich halte den Atem an und lausche auf Geräusche im Kreuzgang über mir, aber alles bleibt ruhig. Keine Schritte, keine aufgeregten Schreie. Die Mönche, erschöpft von den nächtlichen Stundengebeten, haben einen gesegneten Schlaf.

Durch ein hohes Fenster nach Westen fällt mattes Licht in den winzigen Raum, der bis unter die Decke vollgestopft ist mit gebundenen Akten aus Pergament und Papyrus. Eine gewisse Ähnlichkeit zum vatikanischen Geheimarchiv lässt sich nicht leugnen – was die Unordnung betrifft, gegen die auch Vittorino als päpstlicher Archivar in den vergangenen zwei Jahren nicht ankommen konnte. Dieselbe stickige, staubige Atmosphäre, die ich schon in anderen Klosterarchiven wie dem der Abtei Montecassino gespürt habe, der Eindruck einer Gruft, wo die Vergangenheit der Abtei begraben ... nein, verschüttet liegt.

Überall stapeln sich Codices, zerknickte Pergamentrollen und zerfallende Papyri, sogar auf den Stufen der schmalen Wendeltreppe. Ich fühle, wie mir die Zeit zwischen den Fingern verrinnt, als ich wahllos in den Dokumenten stöbere. Schicht um Schicht grabe ich mich durch das Sediment der Vergangenheit aus Papyrus und Pergament.

Schließlich finde ich hingekritzelte Aufzeichnungen zu den geheimnisvollen Todesfällen der letzten Jahrzehnte. Zu einer rätselhaften Krankheit, die einigen Mönchen den Tod gebracht hat. Und zu grausamen Morden mit zerfetzten Leichen, die von satanischen Zeichen aus Blut umgeben waren. Aber ich finde keinen Hinweis auf das Testament des Satans.

Dafür aber eine Randbemerkung: ›Aufzeichnungen auf Befehl des Priors abgebrochen, 14. Dezember 1446.‹ Und darunter: ›C. weiß mehr, als er zugibt. Kennt er den Mörder?‹

Vor drei Jahren! Der Chor und die Krypta waren 1421 eingestürzt, werden jedoch wegen der jahrzehntelangen Belagerung des Mont-Saint-Michel während des Hundertjährigen Krieges erst seit 1446 wieder aufgebaut.

Wieder lasse ich den Blick durch den kleinen Raum schweifen. Es ist hier drin, flüstert mir die leise Stimme in meinem Inneren zu, während ich die schmale Wendeltreppe hinaufblicke. Es *muss* hier drin sein, das spüre ich. Es wartet darauf, dass ich es finde.

Dann sehe ich es: Auf einer breiten Stufe auf halber Höhe hinauf zum Kreuzgang steht eine Truhe, zwei Ellen breit.

Als ich hinüberhuschen will, stolpere ich über eine unebene Bodenfliese. Sie ist dunkler als die anderen Granitplatten und passt nicht genau. Und sie scheint flacher zu sein, daher bin ich an der Kante hängengeblieben. Ist sie nachträglich eingefügt worden?

Mein Blick fällt auf eine zerborstene Steinfliese, die vor dem Fenster auf dem Boden liegt. Die beiden Hälften sind mit einem gusseisernen Krampen zusammengeflickt worden.

Wie ist denn das passiert? Na, egal.

Ich steige die Stufen hinauf zur Truhe, die ich eben entdeckt habe. Und, siehe da, sie ist verschlossen! Na, wenn das nicht ist, wonach ich suche.

Ich ziehe meinen Dolch, hebele das alte Schloss auf und spähe in die Lade. Ein uralter Kodex, in rotes Leder gebunden, kein Titel. Ich hebe ihn heraus und schlage ihn auf. Auf der ersten Seite erkenne ich das Wappen der Abtei: zehn silberne Saint-Jacques-Muscheln, darüber drei goldene Fleurs-de-Lys. Die Klosterchronik – wer sagt's denn!

Ich gehe die Wendeltreppe wieder hinunter, kehre ins Scriptorium zurück, wuchte den Folianten neben meinem Notizbuch auf das Lesepult und rutsche auf die unbequeme Holzbank.

Die Handschrift ist ein Purpurkodex, die Pergamentseiten aus fein geschliffenem Vellum sind mit kostbarem Purpur eingefärbt, die Schrift ist in schimmerndem Gold ausgeführt. Die Illuminationen stammen, da bin ich mir sicher, aus dem elften oder zwölften Jahrhundert. Sie sind auf Blattgoldhintergrund gemalt. Was für eine Pracht! Warum wird dieser Schatz weggeschlossen?

Fasziniert betrachte ich die Bilder, die die Gründung der Abbaye du Mont-Saint-Michel durch Saint-Aubert, den heilig gesprochenen Bischof von Avranches, darstellen. Besonders schön finde ich das Bild, wo sich Saint-Michel mit mahnend erhobenem Finger über den schlafenden Bischof Aubert beugt – fast wie in einer biblischen Verkündigungsszene.

Der Erzengel befiehlt Aubert, auf dem Mont Tombe, mitten in der Bucht, ein Sanktuarium zu errichten. Der Bischof zögert jedoch, dem Wunsch zu entsprechen. Saint-Michel, nicht gerade bekannt für seine sprichwörtliche Engelsgeduld, kehrt zurück und erinnert Aubert an sein Anliegen – und? Wieder keine Reaktion! Diese Bretonen sind hart im Nehmen. Als der zornige Erzengel den renitenten Bischof zum dritten Mal aufsucht, bohrt er ihm seinen feurigen Finger tief in den Schädel. Und der Bischof begreift, dass er sich besser nicht mit einem tobenden Erzengel anlegen sollte!

Trotz meiner Anspannung muss ich schmunzeln. Ich blättere weiter und überfliege die Goldschrift auf purpurnem Grund.

Im Jahr 708 legt Aubert den Grundstein zu einem ersten Oratorium auf dem schroffen Granitfelsen, auf dem der Erzengel mit seinen himmlischen Heerscharen gegen Satan kämpfte, ihn besiegte und in die Hölle hinabschleuderte. Nachzulesen in der Offenbarung des Johannes. Und in diesem Kodex, der jene apokalyptische Entscheidungsschlacht sehr anschaulich beschreibt.

Diese erste Kapelle in einer Felsengrotte, ein mit Megalithsteinen geschmückter Kultplatz der Kelten, befand sich an der Stelle, wo heute die zugeschüttete und versiegelte Krypta Notre-Dame-sous-Terre liegt, über der schließlich die Abteikirche errichtet wurde. Wie Erzengel eben so sind, hilft Saint-Michel durch ein Wunder beim Wegräumen der beiden gewaltigen keltischen Menhire.

Das nächste Bild zeigt zwei Mönche, die nach Italien wandern, um die Reliquie für das Sanktuarium vom Monte Gargano zu holen, wo sich in einer Felsengrotte das erste Heiligtum für San Michele befindet. Ein kleiner Fetzen des purpurnen Mantels des Erzengels wird auf den Mont-Saint-Michel gebracht.

Ich blättere die Seite um und finde ein Bild der ersten zwölf Mönche der Abtei, die damals noch bretonisch war und erst später unter normannische Herrschaft kam.

Als ich weiterblättere, erschrecke ich: ein Fluch!

Verflucht seist Du, Diener des Satans,
der Du diese Worte liest!
Saint-Michel vernichte Dich
und werfe Deine gottlose Seele
hinab in die Feuer der Hölle.

Dio mio! Die Schrift ist ein wenig verwischt und zerlaufen, das Pergament ein wenig wellig, als habe der Verfasser darauf gespuckt, um diesen Fluch zu besiegeln.

Es ist üblich, dass Manuskripte, die nicht wie Gefangene angekettet sind, Verwünschungen enthalten, um Dieben ins Gewissen zu reden: »Denjenigen, der dieses Buch stiehlt, möge Gott der Allmächtige strafen, alle Erzengel und Engel und alle Heiligen der Kirche Jesu Christi. Amen.« Oder so ähnlich …

Ich lege meine Hand auf die Seite, deren Schrift mit spitzer Feder mehrfach kreuz und quer durchgestrichen wurde, so stark, dass das Pergament an einigen Stellen aufgerissen ist. Anschließend wurden die Schrift und die wütenden Federstriche mit einem scharfen Messer oder einem Bimsstein weggeschabt und mit jenem Fluch in blutroter Schrift überschrieben. Am Rand hat ein Leser seinen ebenfalls weggekratzten Kommentar hinterlassen: »Wer die Wahrheit vernichtet, dient Satan! Verflucht seist du, Corentin!«

Das darf doch nicht wahr sein! Welcher ignorante Trottel zerstört einen so kostbaren Kodex?

Was könnte auf dieser Seite gestanden haben, das so gefährlich war, dass die Schrift zerstört und der Leser mit einem derart entsetzlichen Fluch belegt werden musste? Wieso, zum Teufel, wurde die Seite nicht einfach herausgerissen und verbrannt? Wer auf Pergament schreibt, muss doch wissen, dass Tinte niemals vollständig entfernt werden kann und dass die Schatten immer sichtbar bleiben.

Im Gegenlicht ist die Schrift noch schemenhaft zu erkennen. Ich ziehe die Kerze heran, spüre unter meinen Fingern die durch den Bimsstein aufgerauten Stellen auf dem glatten Pergament und entziffere mühsam den Text.

»Das gibt's doch nicht!«

Plötzlich zucke ich zusammen, als ich aus den Augenwinkeln wahrnehme, wie ein Schatten lautlos zwischen den Säulen des Scriptoriums hindurchhuscht.

Mein Herz setzt einen Schlag aus, eine Hitzewelle durchströmt meinen Körper. Ehrlich gesagt, find ich's hier so langsam ein bisschen gruselig.

Ich taste nach dem Amulett um meinen Hals, das mir ein jüdischer Rabbi in Jerusalem gegeben hat. Die hebräischen Schriftzeichen auf dem silbernen Anhänger lauten: »Niemand muss sich fürchten, der Gott an seiner Seite weiß.« Daneben das Siegel Gottes, der sechszackige Stern aus zwei ineinander verschlungenen Dreiecken als Zeichen des lebendigen Gottes, der Stern Davids und Salomos. Auf der anderen Seite des Amuletts steht der verborgene Gottesname, der nicht ausgesprochen werden darf. Er besteht aus zweiundvierzig Buchstaben. Vor vier Jahren haben sie mich zur verschollenen Bundeslade geführt. Dieses jüdische Amulett, das ich seit Jerusalem trage und das mir in Granada während des Attentats auf Yared das Leben gerettet hat, ist ein machtvoller Schutz gegen die Inkarnation des Bösen.

Abgesehen vom Sturm, der um die Mauern der Merveille tost, ist alles still.

Mein Blick huscht zwischen den Schreibpulten hindurch zur Tür des geheimen Archivs auf der anderen Seite des Scriptoriums. Eine der Schreibfedern auf meinem Pult bewegt sich im Luftzug und kippt aus dem Tintenfass. Die Tür des Archivs bewegt sich knarrend. Irgendwo hinter mir raschelt Pergament. Wie unheimlich!

Da! Gelbe Augen mit schmaler Iris scheinen in der Dunkelheit auf!

Unwillkürlich muss ich an scharfe Krallen denken.

Mit angehaltenem Atem beobachte ich die leuchtenden Augen, während sie, ohne zu blinzeln, zurückstarren. Als wollten sie mich willenlos machen. Ich bin so überreizt, dass ich die verkrampften Schultern hochziehe und den Griff meines Dolches umklammere.

Was lauert dort in der Finsternis?

Der Hüter des Erzengels

Intermezzo 1

An der Tür des Scriptoriums
Kurz nach halb ein Uhr nachts

Der Auserwählte tastet in der Dunkelheit die letzte Stufe hinab, huscht einen Schritt vorwärts, lehnt sich mit der Schulter gegen den Pfeiler und lugt um die Ecke in den Saal. Seine verkrümmte Klaue umklammert den Griff seines Dolches so fest, dass die Knöchel im matten Kerzenschein weiß hervortreten.

Da ist sie.

Sie sitzt mit dem Rücken zu ihm an einem Lesepult, hält das Siegel Gottes vor sich und starrt wie gebannt in die Schatten neben den Kaminen.

Was sieht sie dort?

Der Hüter der Lade wagt sich eine Handbreit vor und stellt sich neben dem Bücherregal auf die Zehenspitzen, kann hinter den Schreibpulten jedoch nichts erkennen.

Beschwört sie einen Dämon?

Arc'hael Mikael, steh mir bei!

Mit angespannten Schultern weicht er zurück in die Schatten und beobachtet sie.

Auf dem Lesepult liegt der Codex purpureus, den sie im aufgebrochenen Archiv gefunden hat, daneben ihr Notizbuch. Ihrem Ruf wird sie gerecht, denkt der Auserwählte bestürzt.

Diese Satansbrut fürchtet weder Tod noch Teufel. Die Seite mit dem Fluch ist aufgeschlagen.

Seine Hand krampft sich um den Griff des Dolches.

Während der Hüter sie nicht aus den Augen lässt, überkommt ihn ein tiefes, überwältigend schmerzhaftes Gefühl. Sie wird die Wahrheit erkennen. Aber das bestgehütete Geheimnis der Welt muss bewahrt werden.

Sie muss sterben.

Aber sie ist eine Auserwählte, wie er selbst ein Begnadeter des Erzengels ist, der ihn vor dem Tod bewahrt, der ihn mit Blut getauft und zum Hüter der Lade berufen hat, zum Wächter über die Mächte des Bösen. Das Sigillum Dei, mit dem verborgenen Namen Gottes beschriftet, verleiht ihr die Macht über alle Menschen, Engel und Dämonen, nur nicht über die Erzengel. Und der Satanspakt, für den sie in Rom zum Tode auf dem Scheiterhaufen verurteilt wurde, macht sie zu einer tödlichen Gegnerin, einer gefährlichen Verbündeten des Satans. Während der Satansmesse, die sie in San Giovanni in Laterano, der allerheiligsten Kirche der Christenheit, gefeiert hat, hat sie ein Priestergewand getragen, die weiße Albe eines Papstes. Ein Sakrileg!

Liliths Tochter, diese Dämonin in der Larve einer jungen Frau, schlank, hochgewachsen, geschmeidig und kräftig wie la Pucelle, schreckt offenbar vor nichts zurück! Sie trägt Hemd und Hosen, wie damals Jeanne! Ma Doue!

Lilith, die mit Gott selbst stritt, war eine gelehrte, starke und mutige Frau, die sich jedem Versuch, sie zu unterdrücken, resolut widersetzte. Die leidenschaftliche, sinnliche und stolze Lilith war Adams erste Gefährtin, bevor sie ihn nach einem heftigen Wortgefecht mit Gott verließ und Adam sich die bescheidene und gehorsame Eva zur Gefährtin nahm. Aber was hat es am Ende gebracht? Es war Eva, und nicht Lilith, die die

Frucht vom Baum der Erkenntnis des Guten und Bösen gekostet hat. Lilith aber blieb unsterblich, weil sie selbstbeherrscht und willensstark war und der Versuchung widerstand. Nein, stattdessen hat sie Gott dazu gebracht, ihr seinen heiligen Namen zu verraten, der ihr unbegrenzte Macht verlieh – eben jenen Namen, der auf dem Sigillum Dei eingraviert steht.

Liliths Tochter dort drüben, die die römischen Inquisitoren schon mit drei Jahren als Satans Brut vernichten wollten, ist ebenso unbezähmbar und gefährlich wie ihre Erzeuger, wie Lilith und Satan.

Der Hüter schaudert, wenn er daran denkt, was in dieser Nacht alles auf dem Spiel steht.

Wenn dieser Engel der Finsternis das verborgene Dämonenloch mit dem Liber Secretorum Diaboli, dem Buch der Geheimnisse des Satans, findet, steht uns allen eine schreckliche Nacht bevor. Blut wird in Strömen fließen, Hass und Gewalt werden über den Glauben und die Vernunft obsiegen. Dann werden die Siegel zerbrochen und die Posaunen ertönen …

Was tut sie denn jetzt?

Sie küsst das Siegel Gottes, das ihr so viel Macht verleiht.

Wie erstarrt beobachtet der Hüter sie. Sein Gesicht verkrampft sich, die Haut spannt sich über den Knochen. Blut rinnt aus der tiefen Wunde auf seiner Wange.

Noch fünf Minuten – bevor er losschlägt, muss er wissen, was sie vorhat. Fünf Minuten, nicht mehr.

Er spannt die Schultern an, die schmerzen von der Buße vor einigen Stunden. Die Reinigung von der Sünde ist unerlässlich für die heilige Aufgabe, die ihm der Erzengel übertragen hat. Nach der Komplet und dem Beginn des nächtlichen Schweigens hat der Hüter das schwere Kirchenportal hinter sich verriegelt, um sich im dunklen Altarraum vor der Statue von Sant Mikael zu geißeln. Schuld und Sühne. Keine Absolution ohne

Buße, keine Vergebung für einen Mord ohne Schmerz und ohne Blut. Auch wenn die Todsünde mit dem Segen des Erzengels für einen noch so heiligen Zweck begangen wird: die Welt vor den Mächten des Bösen zu bewahren und vor der Herrschaft des Satans.

Nach einem Gebet zum Allerhöchsten hat er die ›Disziplin‹ von seinem Gürtel gelöst, die Schultern entblößt und den Strick mit den hineingeknüpften Knoten auf die blutigen Striemen niedersausen lassen, die seit der Buße am letzten Freitag noch nicht verheilt sind. Während er vor Schmerz stöhnte und sich auf die bevorstehende Aufgabe vorbereitete, sang er den 50. Psalm:

»Unser Gott kommt, und er wird nicht schweigen. Feuer lodert vor ihm her, und rings um ihn stürmt es gewaltig. Er ruft dem Himmel und der Erde zu: ›Versammelt mir meine Frommen, die beim Opfer meinen Bund geschlossen haben!‹ Und die Himmel verkünden seine Gerechtigkeit. ›Opfere Gott und erfülle dem Höchsten deine Gelübde!‹«

Unterdessen drang wieder der ekelerregende Gestank von Tod und Verwesung und verbranntem Fleisch in die Kirche und vermischte sich mit dem Duft des Weihrauchs, den der Hüter entzündet hatte. Seit er im Auftrag des Arc'hael Mikael kurz nach dem Einsturz des Chors und seiner wunderbaren Rettung aus den Trümmern den ersten Mord begangen hat, lässt ihn dieser widerliche Gestank des Satans, ein metallischer Geschmack nach Blut, der wie Kupfer auf der Zunge schmeckt, nicht mehr los. Er hängt in seinem Habit, er klebt auf seiner blutigen und eitrigen Haut, ja, er scheint durch die knochentiefen Wunden aus seinem Inneren zu entweichen. Die Läuterung durch den Schmerz der Geißel oder der Nägel, die er sich in Hände und Füße bohrt, um die allerheiligsten Leiden nachzuempfinden, ändert nichts an diesem Selbstekel.

Der Hüter ist ein Auserwählter des Erzengels – und ein Verdammter, denn seine schreckliche Berufung mündet in einem langsamen, qualvollen Sterben. Ein grausames Schicksal, das er ohne Klagen auf sich genommen hat.

Während er Liliths Tochter beobachtet, die immer noch das Sigillum Dei vor sich hält, flüstert er die ersten Worte der Dämonenbeschwörung des Exorzisten: »Vade retro, Satana ...«

Seine Finger verkrampfen sich um sein silbernes Brustkreuz. Ein Tropfen Blut tritt aus der tiefen Wunde auf seiner Wange und rinnt ihm über das Gesicht. Mit dem Ärmel seiner Kukulle wischt er ihn fort.

Noch vier Minuten.

Yannic

Kapitel 4

Auf der Terrasse vor dem Dormitorium
Kurz nach halb ein Uhr nachts

»Alessandra muss sterben!«

Ich presse mich gegen die Fassade des Dormitoriums, an dem das Moos hochkriecht, und belausche das Getuschel von Prior Yvain und dem anderen Mönch, das im Fauchen des Sturms kaum zu verstehen ist. Hinter den beiden Schemen, die mir den Rücken zuwenden, schwebt die Insel Tombelaine in der Dunkelheit des Wattenmeeres. Die Prieuré, die die englischen Besatzer zur Festung ausgebaut haben, wird von Fackeln hell erleuchtet.

»Alessandra Colonna ... Vertraute des Papstes ... mir ein Schreiben Seiner Heiligkeit gezeigt ... seine Gesandte, ganz offiziell. Wir ... nicht einfach verschwinden lassen ... ist die Cousine von Kardinal Prospero Colonna, der im letzten Konklave beinahe Papst geworden wäre ... seine von Papst Martin, Gott hab ihn selig ... und die Tochter von Fra Luca d'Ascoli, dem ›Richter Gottes‹, der in Konstanz drei Päpste absetzte und das jahrzehntelange Schisma beendete. Und dafür beinahe zum Gegenpapst gewählt worden wäre. Alessandra ... nicht einfach spurlos ...« Das ist Père Yvains Stimme.

»Sie ist allein. Wo ist ihr Gefolge?«

Der Prior wendet sich ab und blickt hinüber zur normannischen Küste. »Keine Ahnung.«

»... war bei König Charles in Paris. Und bei Louis d'Estouteville im Château Valmont. Unser verehrter Kommandant hat... eine bewaffnete Eskorte mitgegeben ... Die normannische Küste wimmelt ja vor Engländern!«

»Verfluchte Bastarde!«, murmelt der Prior und blickt in Richtung der zwei Meilen entfernten Insel Tombelaine.

»... muss ihre italienischen und französischen Bewaffneten in der Prieuré de Genêts zurückgelassen haben. Aber warum? Wieso marschiert sie ... nicht mit ihrem bewaffneten Gefolge auf? Weshalb lässt sie sich nicht ... vom Prior und allen Mönchen mit den ihr zustehenden Ehren empfangen? Als Contessa des Kirchenstaates ist sie Stellvertreterin Seiner Heiligkeit des Papstes! Als päpstliche Gesandte ... Charles sie zu einer privaten Unterredung im Louvre empfangen! Und hier auf dem Mont? Nichts dergleichen! Überraschend taucht sie auf, reitet unbehelligt in Pfeilschussweite der englischen Bogenschützen ... Tombelaine vorbei, ohne einen englischen Geleitbrief, und tuschelt anschließend die halbe Nacht mit Yann Créac'h. Ich frage dich: Wieso?«

»... das Testament des Satans. Wie Vittorino da Verona.«

»Sie darf den Mont nicht mehr verlassen.«

»So einfach ist das nicht«, mahnt der Prior.

»Sie ist eine Frau.«

»Dieu du ciel, eine Frau! Das war Jeanne d'Arc auch! Aber anders als la Pucelle ... kein Bauerntrampel aus der Provinz ... während des Pontifikats ihres Cousins Papst Martin ... die Kirche fest in der Hand ihrer Familie, der Colonna ... was König Alfonso von Aragón, der Eroberer von Neapel, über Alessandra gesagt hat, als sie ... Jahren nach Granada ging? Er bedaure ihre Entscheidung aufrichtig. Sie sei der einzige Mann im Vatikan gewesen! Yann hat mir erzählt, dass er sie ... Rom gesehen hat: Sie trug eine Rüstung und ein Schwert, comme la Pucelle! Und ... Jahren hat sie mit ihren ... die Engelsburg eingenommen! Mit dem Segen Seiner Heiligkeit hat sie Giovanni Vitelleschi gestürzt, den mächtigsten Kardinal der Kirche, der sich selbst zum Papst machen wollte ... starb wenige Tage später im Kerker der Engelsburg. Sie soll ihn vergiftet haben, das hat Yann von Kardinal d'Estouteville gehört. Und der Papst soll Alessandra dafür die Absolution erteilt haben.«

»Incroyable, cette femme!«, schnaubt der andere, dessen Stimme ich im Tosen des Sturms noch immer nicht erkennen kann. »Aber ... Geheimnis bewahrt bleiben ... muss sterben.«

Ich muss sie warnen! Ich will mich schon abwenden, als ich meinen Namen höre:

»Und Yann?«

Ich bleibe stehen und lausche.

»Der spioniert doch sowieso für die Engländer.«

»Glaubst du? Ich dachte, Robin sei der englische Agent. Sir Robin FitzAlan ist der Cousin des Earls of ...«

»Unser letzter Abt, Robert Jolivet, war ein Verräter. Als die Engländer ... Normandie eroberten, hat er sich dem englischen König unterworfen, der den Mont-Saint-Michel von der Insel Tombelaine aus seit Jahren vergeblich belagert. Unser eigener Abt hat gegen uns Krieg geführt, auf der Seite der Engländer!«

»Mon Dieu, das ... ich doch!«

»Na also! Robert Jolivet hat Yann ... Paris kennengelernt, als der an der Sorbonne studiert hat. Er hat Yann in die Abtei gebracht. Er hat Yann dem englischen König als Prior des Saint Michael's Mount in Cornwall empfohlen. Unsere ehemalige Prieuré, einst französisch, ist seit 1414 englisch und untersteht jetzt der Äbtissin von Syon Abbey nahe London. In seiner einflussreichen ... als Prior war Yann etliche Male ... Audienz bei König Henry, der ihn sogar zum Abt des Klosters und Kommandanten der Festung ernennen wollte. Den Sohn eines bretonischen Leuchtturmwächters vom Ende der Welt! Damals in Cornwall nannte er sich Jean d'Ouessant oder John of Ushant, so nennen die Engländer seine Insel.«

»Deshalb muss Yann noch kein englischer Agent sein.«

»Er hat jahrelang in England gelebt.«

»Das hat Jourdain des Îles auch. Er nannte sich Jordan of the Islands und war Mönch in Canterbury Abbey, bevor er auf den Mont kam. So wie Robin.«

»Yann spricht fließend Englisch und die keltischen Sprachen Cornisch und Walisisch. Als Prior des Saint Michael's Mount hat er König Henry die Treue geschworen. Er ist mit Robin of Arundel befreundet, obwohl das seinen walisischen Freund Padric of Caernarfon gegen ihn aufbringt. Seit Wochen verhält er sich ... wirkt angespannt ... schläft nicht in seiner Zelle im Dormitorium, sondern schleicht nachts durch die Abtei. Er ist es, der die Leuchtsignale zur englischen ... Tombelaine sendet. Und sein Segelboot! Wie leicht kann er hinübersegeln, ohne dass wir es bemerken! Du hättest es ihm wegnehmen sollen, Yvain! Er hat kein Recht auf dieses Boot!«

»Yann hat die *Enez Eusa* mit eigenen Händen gebaut – das Boot trägt sogar den bretonischen Namen seiner Insel. Als Yann die Gelübde ... es auf Ouessant zurückgelassen. Bevor sein Vater bei einer Rettungsaktion eines in Seenot geratenen Schiffes verschwand und vermutlich in den hohen Wellen ertrank, vermachte er es Yann. Vor acht Jahren ... Henry ihn zum Prior ernannte, ist er damit von Ouessant über den Kanal zum Saint Michael's Mount gesegelt. Und nachdem er dem König alles vor die Füße geworfen hat, sein Amt als Prior, seinen Titel als Kommandant und seine Karriere als Abt, ist er mit diesem Boot von Cornwall in die Normandie gesegelt. Die *Enez Eusa* gehört der Abtei, da hast du recht. Aber es ist *sein* Boot. Ich kann es ihm nicht einfach wegnehmen!«

»Yvain … Yvain, glaub mir, diese Ouessantiner haben den allerschlimmsten Ruf. Das sind Strandguträuber, allesamt! Das Meer um Ouessant … gefährlichste der Welt, viel bedrohlicher als die Bucht des Mont … heißt nicht umsonst: ›Qui voit Ouessant, voit son sang – Wer Ouessant sieht, sieht sein Blut‹. Stell dir vor, Yvain, die Ouessantiner binden nachts ihren Kühen Fackeln an die Hörner, um die Schiffe in die Irre zu führen. Sie lassen sie an den Riffen zerschellen und bergen die Ladung, die durch die starke Strömung an den Strand gespült wird. Woher sonst soll ein armer Leuchtturmwächter so viel Geld haben, dass sein Sohn in Paris an der Sorbonne studieren kann? Vom Verkauf von ein paar Schafen, wie Yann uns erzählt hat? Schwachsinn! So einer ist Yann! Rettung aus Seenot? Pah! Sein Vater ertrank nicht bei einer Rettungsaktion, sondern bei einer Bergungsaktion! Ein Pirat war er! Und es geschah ihm recht!« Er schnaubt verächtlich.

Ich muss mich beherrschen, um nicht auf ihn loszugehen und ihm eine zu verpassen. Wie kann er meinen Vater derart verleumden – er ist verschollen, als er einem Schiff in Seenot helfen wollte! Ich war dabei. Ich habe versucht, ihn zu erreichen und in mein Boot zu ziehen, aber die Strömung war zu stark. Und plötzlich verschwand er, einfach so. Kein ersticktes Keuchen, kein gischtiger Wasserwirbel, kein sinkender Schemen unter den Wogen, nichts. Ich war keine zehn Ellen entfernt, dennoch habe ich nicht gesehen, wie er ertrank. Ich hab mich vorgebeugt, um ihm das Seil zuzuwerfen, hab nur kurz den Blick abgewandt, und weg war er. Es war schrecklich. Das war vier Tage, nachdem ich auf die Insel zurückgekehrt war, drei Tage, nachdem ich Pierric und Rozenn getraut hatte, und zwei Tage, nachdem ich zum ersten Mal mit der Frau meines Bruders geschlafen hatte. Neun Wochen später, nachdem sie mir gestanden hatte, dass sie von mir schwanger ist, verließ ich Rozenn und segelte mit meinem Boot zum Saint Michael's Mount …

Er ist noch nicht fertig mit mir: »Dieser verfluchte Bretone ist der Verräter, der einen neuen englischen Angriff auf den Mont vorbereitet! Der letzte endete … blutigen Massaker auf dem Watt!«

»… innere mich. Ich war damals schon auf dem Mont.«

»Also, Yvain: Wer, wenn nicht er? Wann, wenn nicht jetzt?«

Der Prior nickt langsam. »Du hast recht …ard. Gebe Gott …ment des Satans nicht in die Hände des englischen Königs fällt, falls er … Mont erobert«, seufzt Yvain. »Saint-Michel soit avec nous!«

»…tin sagt, dass Vittorinos …tizbuch verschwunden ist. Der verdammte Jude starb in Yanns Armen – er muss den Schlüssel zum Schrein haben. Das Geheimnis muss bewahrt werden, Yvain! Die Bruderschaft muss handeln, noch heute Nacht!«

»Mon Dieu, wie viele denn noch? Nichts von all dem darf außerhalb unseres heiligen Bundes bekannt werden!«

»Natürlich nicht. Aber Yann muss sterben.«

So, mir reicht's fürs Erste!

Eine geheime Bruderschaft innerhalb der Abtei, ein heiliger Bund? Ist ja interessant! Wer gehört ihm denn alles an, außer dem Prior und jenem Mönch? Wer ist er? Le Coz? Oder Le Fur?

Die Schultern gegen den Sturm hochgezogen husche ich zur Brüstung der Terrasse, greife nach meinem Dudelsack und hetze zum Kirchturm. Dahinter liegt die Abteitreppe, die auf der anderen Seite der Kirche zum Châtelet hinabführt. Ich muss Alessandra warnen. Sie ist in Lebensgefahr.

Während ich mit flatternder Kukulle zum Turm hetze, entweicht mit einem durchdringenden Brummen die restliche Luft aus dem Dudelsack.

Das Portal habe ich erreicht, als ich hinter mir einen Fluch vernehme: Sie haben mich entdeckt und folgen mir.

Mit Wucht stoße ich die Tür auf, hetze durch den dunklen Innenraum des Turms, reiße schwungvoll die gegenüberliegende Tür auf und stürme über die kleine Terrasse, die wie eine Klippe über den Abgrund ragt, zur nahen Treppe, die in die tiefe Schlucht zwischen der himmelwärts strebenden Abteikirche und der festungsartigen Abtresidenz hinabtaucht.

Gerade als ich die erste Stufe erreiche, höre ich hinter mir einen Schrei. »Es ist Yann! Er darf nicht entkommen!«

Ich werfe den Dudelsack fort, springe die unbeleuchtete Treppe hinunter und verschwinde durch einen schmalen Durchgang in die Krypta Saint-Martin, wo auf dem Altar eine Kerze einsam vor sich hin flackert.

Hastig sehe ich mich um.

Keine Nischen in den massiven Mauern, die das Fundament der Abteikirche über mir bilden, und die halbrunde Apsis hinter dem Altar ist zu klein. Auch hinter dem prächtigen Gobelin mit dem Erzengel, der die Seelen der Verstorbenen als bleiche Skelette zum Jüngsten Gericht führt, kann ich mich nicht verstecken.

Los, weiter! Die Stufen hinauf, einen gewundenen Gang entlang, dann tauche ich in die nachtschwarze Finsternis der Krypta der dicken Pfeiler unterhalb des eingestürzten Chors.

Die Luft der Krypta ist erfüllt von dichten Weihrauchschwaden, die sich aus etlichen Gefäßen zum Gewölbe emporkringeln. Du lieber Himmel, so viel Weihrauch ist vor zwei Jahren nicht verbrannt worden, als Königin Marie d'Anjou zum Mont pilgerte und mit ihrem Gefolge im Gästesaal residierte. Wen will der Prior mit den Weihrauchschwaden in die Flucht schlagen? Satan? Oder Alessandra, die er noch ein bisschen mehr zu fürchten scheint?

Hinter einem der gewaltigen Pfeiler verborgen bleibe ich stehen und horche in das Fauchen des Sturms zwischen der Merveille und dem Chor der Kirche – das Portal der Krypta hinter mir steht offen. Weiß der Himmel, warum!

Die Finsternis ist undurchdringlich, bis ein erstes Lodern des nahenden Gewittersturms den Nachthimmel erhellt und die Krypta in ein fahles Leuchten taucht. Der verwirbelnde Weihrauch bildet geisterhaft sich bewegende Ornamente aus Licht und Schatten.

Ein Schemen, dort in den Schatten zwischen den Säulen!

Der Prior hat seinen Dolch gezogen und kommt Schritt für Schritt näher. Er will mich in die Enge treiben. Hat er mich im Flackerlicht der Blitze gesehen?

Ein Gedanke durchzuckt mich: Wo ist der andere?

Der Hüter des Erzengels

Intermezzo 2

Auf der Terrasse vor dem Dormitorium
Viertel vor ein Uhr nachts

Noch immer kauert der Hüter in der Dunkelheit, beobachtet Liliths Tochter, und wartet.

Die Zeit ist gleich um. Es ist so weit.

Als er wie ein Raubtier vor dem Sprung seine schmerzenden Muskeln anspannt, spürt er, wie der Dämon wieder Besitz von ihm ergreift, eine dunkle Macht, der er sich nicht widersetzen kann – wie in jener entsetzlichen Nacht, als er seinen ersten Mord beging. Wie von Sinnen fiel er über den Frater her, der den verborgenen Schrein mit der Reliquie des Satans geöffnet hatte, und zerfetzte ihn mit seinem Dolch. Das Blut spritzte bis an die Wände und rann daran herab. Dann machte er sich an Gilles' Leichnam zu schaffen und wühlte mit beiden Händen in Blut und Scheiße, um mit seinen Fingern die rätselhaften Zeichen auf den Boden zu malen, die seine Konfratres zu Tode erschreckten …

Seine Muskeln verkrampfen sich, als er sich wie so oft an jene Nacht erinnert, als der Chor der Abteikirche über ihm einstürzte. Er lag mit ausgebreiteten Armen vor dem Altar und betete zum Arc'hael Mikael, als plötzlich die Erde bebte. Mit einem Donnergetöse brach die halbe Kirche über ihm zusammen. Die Steinquader aus dem romanischen Gewölbe hoch über ihm schlugen um ihn herum auf den Boden. Einer der massiven romanischen Strebepfeiler des Chors verlor durch das herabstürzende Gewölbe den Halt, neigte sich auf ihn zu, immer stärker, immer schneller, und drohte ihn zu erschlagen, als plötzlich ein zweiter Pfeiler seitlich gegen den ersten prallte und diesen zerschmetterte. Beide Pfeiler zerbarsten. Die Steinquader donnerten auf ihn herab und bohrten sich in die Granitplatten um ihn herum, die unter dem wuchtigen Aufprall zerplatzten wie dünne Eierschalen.

Es dauerte die ganze Nacht, bis seine Konfratres ihn aus den Trümmern geborgen hatten. Wie durch ein Wunder war er nicht verletzt worden. Sant Mikaels strahlende Lichtgestalt war die ganze Zeit an seiner Seite gewesen, hatte ihn im Arm gehalten, während er schrie und weinte, und ihm Trost gespendet. O ja, er kann sich noch gut an das wie in Flammen stehende Gesicht des Erzengels erinnern, das auf ihn herabschaute. Und an die Worte, die wie das Donnern eines Gewittersturms dröhnten.

Du bist mein. Ich habe dich erwählt. Als Wächter der Mächte des Bösen, als Hüter der Lade. Als Streiter an der Seite des siegreichen Erzengels, als Bewahrer der Welt.

Die blutigen Finger des Hüters schließen sich um den Griff des Dolches, während er zu Liliths Tochter hinübersieht, zu diesem Dämon in Menschengestalt. Er muss verhindern, dass sie die Reliquie mit dem Blut des Satans findet. Denn wenn ihr das Testament des Satans in die Hände fällt, wird dieses gottlose Biest, das in Rom im weißen Papstgewand schwarze Satansmessen feiert, die Macht des Bösen missbrauchen.

Ma Doue! Was tut sie denn jetzt?

Der Auserwählte unterdrückt einen Aufschrei des Entsetzens.

Alessandra

Kapitel 5

Im Scriptorium
Viertel vor ein Uhr nachts

Was, zum Teufel, lauert dort neben dem Kamin? Wie gebannt starre ich noch immer die gelben Augen mit der schmalen Iris an, die, ohne zu blinzeln, in der Finsternis aufleuchten. Ich hebe das Sigillum Dei und lese lautlos den verborgenen Gottesnamen. Dann warte ich ab, was geschehen wird.

Ein leises Tschirpen, so leise wie das Knistern des Dochtes der Kerze vor mir auf dem Tisch, im Sturm kaum zu vernehmen.

Ich wende den Blick nicht ab.

Ein erneutes Tschirpen, als werde ich von dem Wesen angerufen.

Herrgott, was *ist* das?

Die Augen kommen näher, dann bewegen sie sich nicht, als warteten sie ab. Schließlich wenden sie sich ab und verschwinden.

Ein Windstoß, stärker als die anderen, rüttelt an den Fenstern. Das Klappern der Scheiben, das Prasseln von abgerissenen Zweigen gegen das Glas und ein grauenvolles dämonisches Seufzen und Stöhnen wehen durch den Saal.

Nein, diese Abtei ist nichts für schwache Nerven!

Eine huschende Bewegung, dort drüben zwischen den Lesepulten!

Mit angespannten Schultern warte ich ab, blicke mich aufmerksam im Scriptorium um, ob von irgendwoher ein Angriff droht …

… und zucke erschrocken zusammen, als plötzlich der Kater neben mir auf die Holzbank springt und tschirpt. »Chhhrrr!«

»Tyson!«, rufe ich aus und fasse mir an die Kehle. »Hast du mich erschreckt, du Rabauke!«

Der Kater guckt zu mir hoch und maunzt.

»Komm her, du niedlicher Fratz!« Ich streiche ihm über das getigerte Fell. Tyson – sein Name wird von den Mönchen mal englisch, mal französisch ausgesprochen – hat vorhin genüsslich mein Abendessen verputzt, Coquilles Saint-Jacques à la normande aus der Muschelschale, während ich mich mit einem Glas Calvados begnügte.

Der verwöhnte Kater, ein ziemliches Dickerchen, maunzt zufrieden und legt eine seiner weißen Pfoten auf das Lesepult. Ich ziehe ihn, alle viere von sich gestreckt, auf meinen Schoß und streichele ihn, während ich auf der zerstörten Seite der Purpurchronik lese, was noch zu entziffern ist.

Das Buch der Geheimnisse des Satans.

»Also doch!«

Im Licht der Blitze erkenne ich die schemenhafte Schrift:

> … ein Buch, mit Satans Hilfe von einem Mönch verfasst, das in Buchstaben aus Feuer Geheimnisse offenbart, die selbst den Engeln des Himmels verborgen geblieben sind …

Sieh mal einer an! Was, zur Hölle, ist das für ein Buch? Ein Grimoire, ein magisches Buch, wie der *Schlüssel des Salomo*, mit dem ich in Rom eine Satansmesse gefeiert habe?

Ich richte mich auf und reibe mir die Augen – das Lesen im funzeligen Kerzenschein ist ziemlich anstrengend. Dann lehne ich mich mit dem auf meinem Schoß umhertapsenden Kater zurück und denke daran zurück, wie Prior Yvain de Bayeux mich gestern durch die Abtei geführt hat.

»Ein Testament des Satans? Nein, Euer Gnaden, eine solche Reliquie gibt es nicht. Ein Buch, glaubt Seine Heiligkeit? Dokumente im Geheimarchiv des Vatikans, die ein solches Vermächtnis des Satans erwähnen? In einer versiegelten Lade? Nein, das ist vermutlich nur eine von vielen düsteren Legenden, die sich um den Mont-Saint-Michel ranken. Ja, es ist wahr, dass Satan hier nachts erscheint. Doch Ihr braucht keine Angst zu haben, Euer Gnaden, der Erzengel wacht über sein Heiligtum.«

Entweder hat Yvain de Bayeux diese geheime Chronik nie gelesen, oder er hat mir ins Gesicht gelogen. Die Briefe des Priors, der 1421 an Papst Martin geschrieben hat, in den Ruinen der Krypta unter dem eingestürzten Chor sei neben einem Skelett eine bleiverkleidete Truhe entdeckt worden, die offenbar eingemauert gewesen ist, kann er nicht kennen, denn ich habe sie im Geheimarchiv des Vatikans entdeckt. Ebenso den Bericht, dass ein Gesandter des Papstes, der die Satansreliquie im Jahr darauf nach Rom bringen sollte, spurlos verschwunden ist. Vermutlich ist das einer der Mordfälle, über die ich vorhin im Archiv Aufzeichnungen gefunden habe. Falls es überhaupt Nachforschungen des Vatikans gegeben hat, sind sie nicht im Geheimarchiv dokumentiert. Mein Cousin, Papst Martin, war zu sehr mit der Beendigung des jahrzehntelangen Schismas und der Einigung der gespaltenen Kirche beschäftigt. Meinen Vater, den Inquisitor, hätte das Vermächtnis Satans sicher brennend interessiert.

Also: Hat der Prior gelogen? Oder hat er wirklich noch nie

vom Testament des Satans gehört? Oder von den geheimnisvollen Todesfällen von 1421 und 1422, von denen der damalige Prior, Jean Gonault, an Papst Martin berichtet hat? Denn hier auf diesem Palimpsest, auf dieser mutwillig zerstörten und mit einem bösartigen Fluch belegten Pergamentseite, ist von einem *Liber Secretorum Diaboli* die Rede. Ist dieses Buch der Geheimnisse des Satans auch das legendäre Testament des Satans?

Und wo ist eigentlich die Tod und Verderben bringende Truhe aus der eingestürzten Krypta der dicken Pfeiler geblieben, die Kardinal d'Estouteville so treffend als satanisches Gegenstück zum Gottesschrein bezeichnete, zur Bundeslade, die Yared und ich vor vier Jahren im Labyrinth des Tempelbergs von Jerusalem gesucht haben?

Ich atme tief durch.

Tyson räkelt sich zufrieden auf meinem Schoß, die Augen geschlossen, die Beine abgespreizt. Ich streichele ihm über den Bauch.

Wo ist dieses Buch der Geheimnisse des Satans?

Plötzlich kommt mir die zerborstene Bodenplatte in den Sinn. Ist sie vielleicht die Deckplatte einer geheimen Nische unter dem Boden des Archivs?

Ich packe Tyson, der die Augen aufreißt und protestierend maunzt, als ich ihn auf die Bank neben mir setze. Dann springe ich auf und haste zum Archiv hinüber.

Der Gedanke, dass ich zu spät komme, lässt mich nicht mehr los, während ich vor der eingefügten Granitplatte niederknie, über die ich vorhin gestolpert bin.

Drei Schritte entfernt liegt die geborstene Platte, die offenbar vorher die Vertiefung abgedeckt hat. Die beiden Teile der Steinfliese sind durch eine eiserne Klammer miteinander verbunden. Derartige Krampen werden verwendet, um geborstene Steine im Mauerwerk zusammenzuhalten und einsturzgefährdete Gewölbe abzustützen. Wie den Keller meines Palazzos an der Piazza del Duomo in Florenz. Seit Filippo Brunelleschi vor einigen Jahren die Domkuppel fertiggestellt hat, senkt sich der Boden unter der Kathedrale. Der Maestro hat sich den Schaden in meinem Keller angesehen und das Gewölbe unterhalb meiner Bibliothek mit derartigen Krampen absichern lassen.

Ich betrachte die zerbrochene Bodenplatte. Wie es scheint, hat jemand mit einem schweren Gegenstand darauf eingeschlagen, sodass der Granit gesprungen ist. Die wuchtigen Schläge müssen durch die ganze Merveille gehallt haben. Wer war es? Vittorino? Oder – daran mag ich gar nicht denken! – ist mir jemand zuvorgekommen?

Ich krieche zurück zur eingefügten Bodenplatte, die offenbar aus einem anderen Raum stammt, denn sie hat eine dunklere Farbe als die anderen Granitfliesen und passt sich nicht fugenlos ein. Warum die Bauarbeiter, die den Chor der Abteikirche errichteten, keine neue, passgenau gehauene Platte eingesetzt haben, kann ich mir denken: Niemand darf das Geheimarchiv betreten und das offene Versteck sehen!

Ich beuge mich über die Granitplatte. Die Kante auf der Seite zum Scriptorium weist helle Kratzer auf, als hätte Tyson daran seine Krallen geschärft. Eine Ecke ist abgesplittert, der Splitter ist jedoch nirgendwo zu sehen. Ist er beim Aufhebeln des Verstecks in die Vertiefung gefallen?

Yannics Kater sieht mir mit gesenktem Kopf neugierig zu, während ich auf der Suche nach einem verborgenen Mechanismus mit meinem Dolch in der Fuge herumstochere. Kein metallisches Klicken, kein Knirschen, nichts.

Tyson maunzt.

»Da hast du recht, Katerchen!«

»Miau!«

»Du sagst es! Dann eben auf die römische Art.« Ich gehe ins Scriptorium zurück und begutachte den gusseisernen Kerzenständer, der neben der Tür zum Archiv steht. Der Leuchter, dessen acht Kerzenhalter leer sind, reicht mir bis zur Schulter. Einer der schwarzen Füße weist Kratzspuren auf. Ich schleppe ihn ins Archiv, wuchte ihn auf die Seite, sodass die Dornen für die Kerzen zum Fenster zeigen, und lasse den zerkratzten Eisenfuß in die zersplitterte Fuge einrasten. Ja, so geht's.

»Tyson, hau ab!«

»Miau!«

»Ich sag's nicht zwei Mal!« Ich scheuche den neugierigen Kater fort, der sich maunzend trollt, aber sofort stehen bleibt und mich beobachtet, sobald ich auf die andere Seite des Archivs gehe und den Kerzenständer wie einen Hebel anhebe.

Ein Knirschen von Metall auf Stein. Der gusseiserne Fuß ruckt zwei, drei Fingerbreit in die Fuge. Während ich den wuchtigen Kerzenständer langsam aufrichte, hebt sich die Bodenplatte einen Spaltbreit.

Ich knie neben dem neugierigen Tyson nieder, der sich schon mit gesenktem Kopf in den Spalt schieben will, schubse ihn zur Seite – »He, Tyson, jetzt reicht's aber!« –, hebe die Bodenplatte an und wuchte sie zur Seite. Ich spüre, wie mir die Erregung bis in die Haarspitzen schießt. Eine Hitzwelle durchflutet meinen Körper, und meine Hände zittern vor Aufregung.

Ein geheimes Versteck!

Doch mein Anfall von Schatzsucherfieber währt nicht lange. Denn die Nische ist leer – bis auf ein Bündel Pergamente.

Der Boden weist eine Vertiefung in der Größe eines Buches

auf. Der satanische Kodex, falls er wirklich dort gelegen hat, ist verschwunden.

Jemand ist mir zuvorgekommen.

Wütend und enttäuscht blicke ich hinab in die Vertiefung. Im Dämmerlicht erkenne ich eine Inschrift. Ich beuge mich tief hinunter und entziffere die eingekratzten Buchstaben.

Noch ein fürchterlicher Fluch!

Wer den hier begrabenen Kodex liest, sei ein Diener Satans, der von den apokalyptischen Reitern bei lebendigem Leib in Stücke gehauen werden soll, während die Engel des Weltendes in ihre Posaunen blasen. Die sterblichen Überreste des Verdammten sollen in die tiefste Hölle geworfen werden. Denn der schlimmste aller Frevler, der durch sein Handeln die Macht Satans stärke und Unheil über die Welt bringe, habe sich auf diese Weise an Gott selbst versündigt.

Mein Blick fällt auf den abgeplatzten Rand der kleinen Gruft, denn nichts anderes ist dieses Versteck. Mit den Fingerspitzen fahre ich über den bröseligen Mörtel, der in die Vertiefung hinabrieselt und knisternd auf die Pergamente fällt. Bevor die Deckplatte zerbrochen wurde, ist der satanische Kodex eingemauert gewesen.

Schaudernd drehe ich den Ring des Salomo an meinem Finger. Wie die Mumie des Magierpapstes, die ich vor zwei Jahren in Rom ausgegraben habe. Papst Silvester hatte man genau wie mir einen Satanspakt nachgesagt, deshalb war seine Gruft in der Lateranbasilika mit Steinquadern versiegelt und einer Legende zufolge mit einem Fluch belegt worden.

Ich schüttele den Kopf. Was steht denn nur in diesem mysteriösen und schrecklichen Teufelskodex? Und vor allem: Wer liest ihn gerade?

Ich richte mich auf und blicke nachdenklich Tyson an, der mit großen Augen zu mir aufsieht.

Ich bin keinen Schritt weiter. Was jetzt?

Ich ziehe das Bündel Pergamente heran und schnüre es auf. Die Blätter sind nach Jahren sortiert. 1421 – 1422 – 1423 und so weiter. Ich ziehe eine Seite aus dem Jahr 1421 heraus und finde die detaillierte Zeichnung einer Leiche in grobkörniger roter Tinte. Der erste Mönch, der nach Entdeckung des Schreins ermordet wurde. Die Wunden sehen aus, als sei Satan mit scharfen Krallen über ihn hergefallen. Der Kopf ist abgetrennt, die Schädeldecke mit Wucht eingeschlagen, die Gehirnmasse aus der Schläfe hervorgequollen wie Eiter aus einem aufgestochenen Abszess. Ebenso die Augen, die mit einem spitzen Gegenstand, vielleicht einem Dolch, ausgestochen wurden. Die Leiche erinnert mich an die meines Ziehsohnes Angelo, der vor zwei Jahren, dem Anschein nach ebenfalls von Satan, erschlagen wurde.

Im Kommentar heißt es: ›Frère Gilles, November 1421.‹

Die Tinte fühlt sich rau an wie ... wie getrocknetes Blut.

Jetzt wird's wirklich gruselig.

Die Skizze wurde vermutlich mit dem Blut des Opfers gemalt!

Schaudernd blättere ich weiter.

Noch eine Leiche. Die Brust ist so stark zerfetzt, dass die Knochen des Brustkorbs zu sehen sind. Das Herz liegt in einer Blutlache neben dem Toten. Ebenso die Gedärme, die in der Form eines Pentagramms um ihn herum ausgebreitet sind. Wie bei der vorigen Leiche ist der Tatort mit Symbolen des Bösen geschmückt. Alles sehr anschaulich skizziert, mit schwarzrotem Blut. Vor allem das Brustkreuz des Fraters, das verkehrt herum tief in seinem After steckte. Nur die Kette schaute heraus.

Der Kommentar lautet: ›Frère Luc, Dezember 1421.‹

Und so geht es weiter. Die Skelettreste einer halb verwesten

Leiche, die offenbar exhumiert wurde – ›Frère Irénée, März 1422‹, offenbar bereits Wochen vorher gestorben und verschollen. Ein Schädel mit einem Schlüssel zwischen den Zähnen – ›Frère Michel, Mai 1422. Nur der Kopf. Der Rest des Leichnams konnte nicht gefunden werden.‹ Ein Leichnam ohne Genitalien, die Zunge zwischen den Beinen mit einem großen Nagel aufgespießt. Daneben ein blutiges Symbol: das Triskell der Kelten, ein Symbol der Dreifaltigkeit – Geburt, Leben und Tod oder Vergangenheit, Gegenwart und Zukunft. Es sieht aus wie eine dreiarmige, in sich selbst verschlungene Spirale – ›Frère Ronan, Juni 1422.‹ Dem Namen nach war er Bretone, daher das Triskell neben seiner Leiche, das schon in die uralten Menhire eingekratzt ist. Dem Nächsten wurden die Gedärme zerschnitten: eine Lache Urin und ein Haufen Kot sind auf dem Boden neben den Überresten zu einem umgekippten Kreuz verschmiert. Den Gestank kann ich mir lebhaft vorstellen, die Reaktion der Mönche auch – ›Frère Yves, Juni 1422.‹ Und noch ein zerstückelter Leichnam, das Gesicht zerfetzt. Ein auf dem Kopf stehendes Kreuz ist mit Draht an seinem Geschlecht befestigt. Kein Name und kein Datum. Ist er der Gesandte, den mein Cousin Papst Martin zum Mont geschickt hat, damit er das Testament des Satans nach Rom bringt?

Eiskalter Schweiß läuft mir über das Gesicht, während ich immer weiter durch diese Darstellungen unvorstellbarer Gräuel blättere. Den Horror, der seitdem in dieser Abtei das Leben der Mönche beherrscht, das Grauen und die Angst kann ich körperlich spüren. Kein Wunder, dass sie sich in dichte Weihrauchschwaden und fromme Gebete hüllen wie in eine schützende Rüstung.

Nun weiß ich, was mir bevorsteht, wenn der Assassino mich überwältigt. Ich atme tief durch, um die aufsteigende Übelkeit zu bezwingen.

Die Allgegenwart des Teufels in dieser Abtei ruft bei mir eine tiefe Beklommenheit hervor, ein unbestimmtes Gefühl der Angst, stärker als bei den Morden vor zwei Jahren in den Gewölben des Laterans und des Vatikans.

Wozu wurden diese schrecklichen Bilder angefertigt? Und von wem? Vom Serienmörder selbst, dem Schlächter Gottes? Oder ist er ein Henker Satans? Und wieso liegen die Zeichnungen in diesem Loch begraben?

Obwohl ich so übersättigt bin von diesem Horror, dass ich kotzen könnte, mache ich weiter. Mit der Faszination des Grauens suche ich nach einer verborgenen Botschaft in diesem Massaker, nach einem Muster, aber da ist nichts. Es ist schauderhaft, erschreckend und zugleich virtuos inszeniert. Zerfetzte Leichen, herausgerissene Eingeweide, abgetrennte Gliedmaßen, Köpfe, Hände, Zungen, Genitalien. Ekel, Wut, Hass und Angst. Gestank, Gewalt, Tod und Blut. Und rätselhafte Zeichen – umgestürzte Kreuze, umgedrehte Pentagramme, gespiegelte Gottessiegel, verwirbelnde Feuerspiralen, ineinander verkeilte Kettenglieder und viel Seltsames mehr.

Eine mit Blut gemalte Anthologie des Bösen.

Ein Abbild der tiefsten Hölle, eines schwarzen Abgrunds, der im Menschen selbst ist, bis in grausigste Details ausgemalt von einem Todeskünstler.

Ungewollt fühle ich mich an ein Geräusch erinnert, das ich nie vergessen werde. Das grässliche Schmatzen des Dolches, wie er in Yareds Brust eindrang und ihn tödlich verletzte.

Das Herz der Hölle, die Finsternis der Seele ist im Menschen selbst vergraben – du musst dich trauen hineinzusehen, dann wirst du die Wahrheit erkennen. Aber die Wahrheit wird dich nicht frei machen. Sondern elend und traurig.

Das Atmen fällt mir schwer, als würde ich ersticken. Meine Hände zittern so sehr, dass mir einige der Seiten aus den Fingern gleiten. Seit Yareds Tod vor vier Monaten habe ich diese Krisen, die mich immer wieder mit voller Wucht erwischen. Ich bin dann niedergedrückt von Gedanken, die mich zu Eis erstarren lassen. Ich denke an den Tod. Nicht an Yareds und Elijas Tod, sondern an meinen eigenen. In diesen Augenblicken bin ich ganz allein, Gott ist nicht da. Auch wenn Tommaso mir etwas anderes vorflunkert, um mich zu trösten.

Die Traurigkeit überwältigt mich, und ich versinke in der Tiefe eines bodenlosen schwarzen Ozeans. Einer grenzenlosen eisig kalten Leere, die keinen Platz für einen anderen Gedanken lässt als an die Trauer um den geliebten Menschen und an den Schmerz der im Herzen erfrorenen Gefühle. Ich kann nicht anders, ich muss weinen, es tut einfach zu weh. Ich muss niemandem beweisen, dass ich das alles mit einem tapferen Lächeln durchstehen kann, die Erinnerungen, die ich bewahren, und den Horror, den ich so gern vergessen will, die Traurigkeit, die Einsamkeit, die Sehnsucht nach einer zärtlichen Berührung, die Leere neben mir im Bett – niemandem muss ich vormachen, dass ich stark bin. Oder gefasst. Schluchzend berge ich mein Gesicht in den Händen und weine.

Tysons Maunzen lässt mich zusammenzucken.

Yannics Kater guckt mich mit großen Kulleraugen an.

Ich trockne meine Tränen und streichele ihn, und er schmiegt seinen Kopf in meine Hand. »Miau!«

»Ist schon gut, Tyson. Alles bestens. Mir geht's gut – so gut es mir in meiner kleinen privaten Hölle eben gehen kann.«

Schniefend blättere ich weiter durch die blutigen Höllenfantasien dieses erbarmungslosen Schlächters.

Dann die letzte Seite: keine Skizze, kein Name, kein Datum. »Aufzeichnungen über die Hinrichtungen auf Yvains Bitte abgebrochen, Dezember 1446.«

»Sieh mal einer an. Das hab ich doch schon mal irgendwo gelesen. Es gibt also noch mehr Tote.«

Ich schnüre die Skizzen wieder zusammen und werfe das Bündel zurück ins Loch.

Ratlos gehe ich ins Scriptorium zurück und rutsche auf die Holzbank des Lesepults, weil ich noch einmal in der Purpurchronik blättern will.

Tyson hopst hinauf, dreht sich einige Male um sich selbst und legt sich schließlich neben mich.

Ich streichele ihn, während ich die letzten Eintragungen der Klosterchronik überfliege. Kein Wort zu den Morden. Die Namen der Opfer kann ich in den Namenslisten der Mönche nicht finden. Sie sind offenbar getilgt worden. Nachdenklich blättere ich zurück zur weggekratzten Schrift auf der zerrissenen Seite mit dem Fluch.

Plötzlich sehe ich es. Unscheinbar steht es am oberen Seitenrand: Vittorinos Handzeichen, ein verschnörkeltes hebräisches Zeichen. Bevor Papst Nikolaus ihn nach Rom berief, war Vittorino der Leiter meines Scriptoriums in Florenz. Ich kannte ihn seit vielen Jahren, seit ich mit meinem Vater das Unternehmen mit der großen Bibliothek aufgebaut habe.

Vittorino hat diese Seite gelesen.

Was hat er herausgefunden, bevor er ermordet wurde? Hat er den satanischen Kodex gelesen? Wurde er deshalb hingerichtet?

Wo ist sein Leichnam?

Und sein Notizbuch? Wie ich hatte Vittorino immer ein ledergebundenes Büchlein bei sich, in dem er seine Notizen niederschrieb – Abschriften aus Büchern, Aussagen von Zeugen, Skizzen und Lagepläne.

Ein Strom von Gedanken stürzt auf mich ein. Mir schwirrt der Kopf. Wer, zur Hölle, hat dieses Notizbuch? Der Mörder? Oder Yannic, dem Vittorino es vielleicht anvertraut hat, bevor er in dessen Armen starb? Aber Yannic hat mir das Büchlein, das er mit Sicherheit nicht lesen kann, bisher nicht übergeben. Er hat es eigentlich nicht einmal erwähnt. Will er es mir nicht geben? Oder hat Vittorino es ihm nie anvertraut? Jede Antwort wirft eine neue Frage auf, eine gefährlicher als die andere.

Ich muss Vittorinos Grab finden. Vermutlich steckt das Notizbuch, das mich zum Testament des Satans führen kann, noch in seiner Tasche.

Ein Feuerwerk von Blitzen, ein infernalisches Lodern, erhellt das Scriptorium. Im kühlen Luftzug beginnt die Kerze wie irre zu flackern.

Tyson hebt den Kopf und blickt in Richtung der Tür, die zur Treppengalerie führt. Er richtet sich auf. Seine Augen verengen sich. Die Nackenhaare sind gesträubt, die Muskeln angespannt. Ich spüre seine Unruhe. Und seine Krallen auf meinen Beinen.

Was ist dort?

Plötzlich schnellt Tyson hoch, springt von meinem Schoß und flitzt durch das Scriptorium. Dann ist er in den Schatten verschwunden.

Der Mönch ist gekommen, um mich zu töten.

Mein Herz pumpt Eiskristalle durch meine Adern. Ich spanne die Schultern an, ziehe meinen Dolch und stehe vorsichtig auf.

Ein Geräusch – nahe der Tür.

Ich blinzele in die Dunkelheit. Wo steckt er?

In geduckter Haltung husche ich durch den Saal, haste die lange Reihe der Schreibpulte entlang, dann habe ich die Tür erreicht. Sie ist offen.

Keine Spur von dem Mönch.

Langsam gehe ich die Stufen hinauf und spähe in die Galerie. Leider kann ich nicht allzu weit sehen. Als ich mich durch die Tür schiebe, passe ich auf, damit ich auf dem mit Stufen durchsetzten Boden nicht stolpere und stürze.

Geradeaus vor mir ist die Treppe mit dem Fenster aus zerfetztem Pergament, durch das ich vorhin geklettert bin, um in die Krypta der dicken Pfeiler zu gelangen. Die Stufen nach oben verlieren sich in der Dunkelheit.

Der matte Lichtschein, der die Treppengalerie beleuchtet, fällt aus dem Gästesaal links von mir, wo noch immer die Stundenkerze brennt.

Ich werfe einen Blick in den Saal, doch er scheint verlassen zu sein. Meine Satteltaschen, die gefälschten Beglaubigungsschreiben, das zerwühlte Bett, alles ist unverändert. Wohin ist er verschwunden? Ich gehe wieder hinunter und wende mich mit entschlossenen Schritten zum anderen Ende des Saals, wo sich die kleine Kapelle Sainte-Madeleine befindet. Leise schiebe ich die Tür auf und trete ein.

Den Altar vor den hohen Fenstern aus buntem Glas kann ich erst erkennen, als ich unmittelbar davor stehe. Trotz des Sturms ist es so still, dass ich unwillkürlich den Atem anhalte. Ich spähe hinter den mit rotem Samt gepolsterten Betstuhl, aber dort ist niemand.

Also zurück in den Gästesaal und in die Galerie!

Plötzlich habe ich das Gefühl, dass ich mich ganz still verhalten sollte. Eine Minute vergeht, dann eine zweite. Mein Herz hämmert in meiner Brust, und das Blut rauscht in meinen Ohren.

Da ist wieder das Rascheln! Woher, zum Teufel, kommt es?

Ich blicke mich um.

Neben dem Portal zum Scriptorium gibt es noch eine kleinere Tür zu einem Gang, durch den die Könige und ihr Gefolge vom Gästesaal hinauf in die Abteikirche gehen konnten, ohne die Klausur der Mönche zu betreten und die Fratres bei ihrer Arbeit im Scriptorium zu stören.

Mit der einen Hand halte ich den Dolch, während ich mit der anderen die Tür öffne. Der schmale Korridor scheint dunkel und verlassen zu sein.

Schritt für Schritt taste ich mich durch die undurchdringliche Finsternis, die linke Hand fährt am rauen Mauerwerk entlang, die rechte Hand streckt den Dolch vor mir aus.

Als die Stundenkerze im Gästesaal, deren matter Schein gerade noch bis hierher dringt, plötzlich zu flackern beginnt, verliere ich die Nerven. »Verflucht!«

Regungslos bleibe ich stehen. Mit angehaltenem Atem lausche ich in das Tosen und Heulen des Sturms, das hier nur ganz leise als Säuseln zu hören ist.

Das Licht hinter mir wird wieder schwächer, flackert auf und droht zu verlöschen.

Ein Knarzen, wie von Holz – nebenan im Scriptorium!

Ich wirbele herum, haste zurück in den Saal und schlage die Tür hinter mir zu.

Leise Schritte, die sich rasch entfernen.

Er ist mir durch die andere Tür entwischt und hetzt zum Promenoir, dem Wandelgang der Mönche. Oder zur Krypta der dreißig Kerzen. Oder zum Kreuzgang oberhalb des Scriptoriums. Oder zur Kirche. Oder weiß der Teufel wohin – diese Abtei ist ein Labyrinth auf drei Ebenen, mit mehr Räumen als ein Schweizer Käse Löcher hat! Von den zugemauerten Gewölben und den geheimen Gängen, die auf dem Lageplan von Guillaume d'Estouteville verzeichnet sind, gar nicht zu reden!

In diesem Durcheinander übereinandergetürmter Krypten und Kapellen, Lagerräumen und Zisternen, Sälen und Galerien, versteckten Gärtchen und einem Beinhaus voller Knochen jemanden zu suchen, der nicht gefunden werden will? Völlig aussichtslos!

Ich stecke den Dolch ein und gehe zu meinem Lesepult zurück.

So langsam werde ich wirklich wütend!

Das Pult ist verwüstet. Das Tintenfass ist umgekippt, die Tinte rinnt über die Holzplatte und tropft auf die Schreibfedern, die verstreut auf dem Boden liegen.

Die Chronik, in der ich eben noch gelesen habe, ist verschwunden. Und auch mein Notizbuch.

Ein Schlurfen!

Ich fahre herum. Schritte nähern sich aus dem Promenoir.

Es ist nicht der Assassino. Es ist der Mönch, der vorhin so herzzerreißend geweint hat.

Meine Hand tastet nach dem Dolch, während ich durch den Saal haste und in den Schatten verschwinde.

Yannic

Kapitel 6

In der Krypta der dicken Pfeiler
Zehn Minuten vor ein Uhr nachts

Schritt für Schritt kommt der Prior bedrohlich langsam näher. Im Flackerlicht der Blitze funkelt sein Dolch. Gehetzt blicke ich mich in der weihrauchvernebelten Krypta um: Wo bleibt denn der andere? Ich bin doch schon seit ...

In diesem Augenblick wird hinter mir das Portal aufgestoßen. Ich wirbele herum. Das Flackern der Blitze beleuchtet einen Mönch mit tief ins Gesicht gezogener Kapuze. Und den Dolch in der Hand. Sein Gesicht liegt im Schatten.

Wo hat er so lange gesteckt?

Lautlos weiche ich zwischen den Pfeilern zu dem Felsen zurück, auf dem der Erzengel mit Satan kämpfte, und behalte dabei die beiden Fratres im Auge.

»Père Yann?« Die Stimme des Priors klingt angespannt. Als ich nicht antworte, flucht er leise: »Yann oder Jean oder John oder wie auch immer Ihr Euch nennt, Ihr verdammter Verräter! *We know that you are hiding here!*«

Na großartig!

Ich ziehe meinen Dolch, gehe hinter einem Pfeiler in Deckung und spähe um ihn herum. Einen Augenblick lang habe ich sie aus den Augen verloren.

Da sind sie! An den tiefen Nischen der Krypta entlang schleichen sie langsam aufeinander zu. Sie wollen mich in die Enge treiben. Doch in die Finsternis zwischen den gewaltigen Säulen wagen sie sich nicht vor, noch nicht. Seit dem Einsturz des Chores und der Krypta gilt dieser Ort als verflucht …

Vor einer Nische bleiben sie stehen und tuscheln miteinander. Père Yvain, kaum mehr als ein dunkler Schemen, deutet in meine Richtung.

Als wüsste er, wo ich mich verstecke!

Jäh fällt gleißendes Licht in die Krypta, gefolgt von einem ohrenbetäubenden Donnern. Es ist, als bebe die Erde!

Dann herrscht einen Augenblick lang vollkommene Stille, während glühende Funken vom Himmel regnen. Ich kann sie durch die Fenster in den Nischen sehen. Sind es Holzsplitter? Stammen sie vom Schieferdach des Turms?

Der Blitz ist irgendwo auf dem Mont eingeschlagen! In die Statue des Erzengels an der Spitze des Kirchturms?

»Monseigneur Saint-Michel!«, murmele ich und bekreuzige mich. Ich packe den Griff des Dolches noch fester und husche zurück zum Felsen. Erschrocken zucke ich zusammen, als etwas Weiches meine nackten Füße in den Sandalen streift.

Ein klägliches Maunzen.

O Gott, Tyson, mein Junge, es tut mir leid. Ich wollte dir doch nicht wehtun …

In diesem Augenblick schnellt mein Kater hoch, duckt sich unter meiner Kukulle hindurch und flitzt mit einem Fauchen in Richtung der Krypta Saint-Martin.

Meine beiden Verfolger halten inne. »Er versucht zu entkommen!« Der Prior deutet in die Dunkelheit. »Ich habe eine Bewegung gesehen! Da ist er!«

Während die beiden Mönche dem aufgescheuchten Kater hinterherjagen, laufe ich los. Fünf Schritte, sechs, sieben, dann habe ich das Portal erreicht. Ich ziehe es auf, raffe meinen Habit und hetze die Stufen hinunter. Links flattert das ölgetränkte Pergament eines Fensters in den heftigen Windböen – was ist denn hier passiert? Egal, weiter!

»... ist Tyson!«, hallt es aus der Krypta.

»Verdammtes Mistvieh! Irgendwann bringe ich es um!«

»Yann ist entkommen. Wir müssen ihn finden!«

Ich haste durch den Durchgang zwischen der Merveille und der Krypta. Vor mir verzweigt sich der Weg: Links führt eine steile Treppe hinunter zum Châtelet und zum Portal der Abtei. Rechts endet ein schmaler Weg vor einem morschen Gartentor. Im Gärtchen dahinter wiegen sich die Brennnesseln im Wind.

Hinter mir – Schritte!

Ich laufe auf das Gartentor zu, springe hinüber, rolle über die Schulter ab und lande mitten in den Brennnesseln auf der harten Erde. Hastig krieche ich zum Rand des Gärtchens und spähe über die niedrige Mauer. Dann ziehe ich die Kapuze hoch, um mein Gesicht vor den Nesseln zu schützen.

Ein rascher Blick nach oben: Der goldglänzende Erzengel, der an der Spitze des Kirchturms die Abtei gegen die Höllenmächte beschützt, ist verschwunden – ein böses Omen! Die Schieferplatten des Dachs wurden weggeschleudert, das vom Blitz getroffene Gebälk schwelt noch, der Sturm reißt den Rauch mit sich. Aber die Kirche brennt nicht, Gott sei Dank.

Da sind sie! Sie hasten die Stufen hinunter, zögern kurz an der Weggabelung und blicken sich unschlüssig an. Père Yvain kommt zum Gartentor und zerrt an den morschen Brettern. »Verschlossen!«

»Nun komm endlich, Yvain!«, drängt der andere, der immer wieder besorgt zum Kirchturm hochblickt. Dort oben stieben plötzlich Funken!

»Einen Augenblick noch, Abelard!«

Frère Abelard de Montbard – sieh mal einer an! ›The last Templar‹ gehört zur geheimen Bruderschaft? Robin nennt ihn stichelnd den letzten Tempelritter, wegen Abelards Verwandtschaft mit dem Großmeister der Templer und seinem stolzen, selbstherrlichen Auftreten im Konvent. Aber Robin kann gut lästern: Wären die Templer nicht untergegangen, wäre Sir Robin FitzAlan bestimmt kein Benediktiner geworden ...

Der Prior starrt angestrengt in die Dunkelheit, doch er scheint nichts zu erkennen als das Gewoge der Brennnesseln. »Yann?«, ruft er. Und nach kurzem Zögern: »John?«

»Yvain!« Abelard wird ungeduldig.

Widerstrebend wendet der Prior sich ab. »Ich komme.«

Wortlos läuft Abelard die Stufen hinunter zum Portal der Chapelle Sainte-Madeleine, des Empfangsraums zum Gästesaal, und wirft sich mit der Schulter dagegen. »Von innen verriegelt!«

Ich atme auf.

Alessandra hat meine Warnung beherzigt und sich im Gästesaal eingeschlossen, nachdem ich sie vorhin verlassen habe. Aber was, zur Hölle, hat das zerfetzte Pergament am Fenster zur Treppengalerie zu bedeuten? Ist jemand dort eingedrungen, um in den Gästesaal zu gelangen?

Sie ist in Lebensgefahr – ich muss sofort zu ihr!

Alessandra

Kapitel 7

Im Scriptorium
Wenige Minuten vor ein Uhr nachts

Ich ziehe den Dolch, während ich in der dunklen Nische neben der Tür zum Archiv verschwinde. Die Schritte kommen näher. Und wenn er nun die offene Tür bemerkt?

Dem verhallenden Schlurfen nach zu urteilen, bleibt er einen Moment im offenen Portal stehen. Dann kommt er langsam die Treppe herunter in den Saal. Jetzt kann ich ihn schemenhaft erkennen. Er schnieft und fährt sich mit dem Ärmel über das Gesicht – er hat vorhin so verzweifelt geweint.

Der Fall, den Tommaso mir anvertraut hat, wird immer rätselhafter!

Ich halte die Luft an und warte ab.

Mit schweren Schritten schlurft er zu einem der Lesepulte, rafft seine schwarze Kukulle, die über und über mit weißem Staub bedeckt ist, und lässt sich auf die Holzbank sinken. Er stützt die Ellbogen auf das Pult, birgt sein Gesicht in den Händen und beginnt erneut zu schluchzen.

Erschüttert stehe ich in meiner Nische, luge um die Mauerecke und beobachte ihn. Jeder Nerv in mir drängt zur Flucht – nichts wie weg aus dieser erdrückenden Atmosphäre der Abtei.

Unter der Kapuze trägt er wie die anderen Fratres ein Bonnet, eine Art Haube, die seine Tonsur verdeckt. Wegen des feuchtkalten Klimas auf dem Mont dürfen die Mönche zusätzlich zu ihrem Habit eine Kukulle und ein Bonnet tragen.

Als der Frater sein Gesicht hebt und sich über die rot geweinten Augen fährt, erkenne ich ihn. Es ist Frère Conan, ein junger Bretone aus Saint-Brieuc an den Côtes d'Armor, der bretonischen Nordküste.

Ich kann mich erinnern, dass Père Yvain mir bei der Vorstellung zugeflüstert hat, Conan habe eine Frau und einen kleinen Sohn in Saint-Brieuc. Nach der Sext habe ich mich im Kreuzgang mit Conan unterhalten. Er hat sich mir anvertraut, während wir gemeinsam das Heckenlabyrinth durchschritten, und mir von seiner Frau und seinem Sohn erzählt. Der Kleine ist acht – wie Yannics Tochter Katarin, die bei seinem Bruder im Leuchtturm auf der Insel Ouessant lebt und die er noch nie gesehen hat. Und doch liebt er sie innig, das habe ich ihm angesehen, als er mir von ihr erzählt hat.

Bevor Katarin geboren wurde, ist Yannic zum Saint Michael's Mount in Cornwall abgereist, um das Amt des Priors zu übernehmen und Henry VI., Herzog von Cornwall und König von England, die Treue zu schwören. Seit einigen Jahren ist der Saint Michael's Mount, der kleine Bruder des Mont-Saint-Michel auf einer Insel vor der Küste, das Wahrzeichen von Cornwall. Er ist keine französische Prieuré mehr, sondern untersteht als Priory der englischen Krone.

Warum ist Yannic nicht in England geblieben? König Henry wollte ihn zum Abt und zum Kommandanten des Saint Michael's Mount ernennen. Doch Yannic hat auf einen glänzenden Aufstieg verzichtet und ist als einfacher Mönch auf den Mont-Saint-Michel zurückgekehrt. Warum? Das ist eines der vielen Mysterien, die diesen verschlossenen Bretonen umgeben. Yannic ist ein unlösbares Rätsel. Und damit eine Herausforderung für mich.

Conans unsteter Blick irrt in meine Richtung und bleibt wie gebannt in den Schatten der Nische hängen.

Hat er mich gesehen? Nein, ich glaube nicht. Gestern habe ich bei der Besichtigung bemerkt, dass man die Tür des geheimen Archivs auch bei hellem Tageslicht hinter diesem Wald aus Säulen kaum erkennen kann. Trotzdem weiche ich einen Schritt zurück in die Schatten ...

... und stoße dabei gegen einen hölzernen Hocker, der mit Donnergetöse umkippt.

Gott im Himmel! Er wird kommen und nachsehen!

Ich presse mich gegen die Wand und umklammere den Dolch. Mein Herz pocht in meiner Kehle, die wie zugeschnürt ist. Meine Zunge klebt an meinem Gaumen.

Conan springt auf, das kann ich trotz des Sturms hören, und kommt zwei, drei, vier Schritte in meine Richtung. Dann bleibt er abrupt stehen. Und jetzt?

In der Stille zwischen zwei fauchenden Böen kann ich seinen gepressten Atem hören. Und seine Angst spüren. Eine archaische Angst vor der Gefahr, die im Dunkeln lauert und die man nicht sehen kann. O ja, an diese Angst, die mich in den Gewölben des Lateranpalastes packte, als ich glaubte, Satan wäre hinter mir her, kann ich mich noch sehr gut erinnern! Intuitiv drehe ich den Ring des Salomo an meinem Finger, den ich damals im Grab des Teufelspapstes fand.

»Bitte tu mir nichts!«, flüstert Conan mit bebender Stimme. Der Wollstoff seiner Kukulle raschelt. Bekreuzigt er sich? »Monseigneur Saint-Michel, steh mir bei! Beschütze mich vor der Macht des Satans, der mir in finsteren Nischen auflauert. Und der sich an mir rächen will.« Er schluchzt auf, atmet tief durch, dann betet er weiter: »Notre Seigneur Jésus Christ, ich bitte dich, vergib mir, was ich getan habe. Schenke mir deine Gnade und Barmherzigkeit und nimm mich auf!« Er bekreuzigt sich und küsst seine Finger. »Amen, amen, amen.«

Conan wirbelt herum, prallt in seiner Panik gegen ein Lesepult, das umstürzt und auf den Boden poltert, stürmt mit wehender Kukulle durch den Saal, in dem seine Schritte laut widerhallen, und flüchtet aus dem Scriptorium. Ich kann ihn die Treppe hinaufpoltern hören. Er will in die Kirche.

Ich muss hinterher.

Mit dem Dolch in der Hand verlasse ich die dunkle Nische und husche zwischen den Säulen hindurch.

Dann sehe ich ihn, am anderen Ende des Saals. Ein Schemen, in der Finsternis mehr zu erahnen als zu sehen, starrt zu mir herüber. Der Assassino! Wie lange steht er schon dort?

»Va all' inferno!«, rufe ich. »Du mörderische Satansbrut!«

Mit einem sardonischen Lachen wendet die Dämonenfratze sich ab und verschwindet.

Was soll das? Will er, dass ich ihm folge? Damit er mich in einem finsteren Gang überwältigen kann, weil er weiß, dass er hier im Scriptorium keine Chance gegen mich hat? Zur Hölle mit ihm!

Ich muss wissen, was hier vorgeht!

Wo ist Conan gewesen, weshalb ist sein schwarzer Habit ganz weiß vom Staub? Wieso glaubt er, dass Satan hinter ihm her ist?

Ich habe eine furchtbare Ahnung … Ich darf keine Zeit mehr verlieren!

Yannic

Kapitel 8

Im verwilderten Klostergarten der Merveille
Kurz vor ein Uhr nachts

Die beiden Mönche hetzen an mir vorbei, sie laufen die gewundene Treppe hinunter in den Hof unterhalb des Gärtchens. Die Tür des Almosensaals scheint offen zu stehen, denn die beiden trennen sich. Die Schritte des einen verklingen in den Gewölben der Merveille, während der andere sich in Richtung des Châtelets entfernt.

Jetzt aber raus aus den Brennnesseln – so langsam wird's ungemütlich. Ich klettere über das Gartentor, husche hinauf zu dem offenen Fenster, hocke mich auf den Fenstersims und schwinge meine Beine hinüber. Dann stehe ich in der Treppengalerie, in die Licht fällt von einer Kerze im Gästesaal. Aber wieso ist die Tür nicht verriegelt?

Da ist das Ende der Galerie. Geradeaus führt eine Tür zum Scriptorium. Sie ist geschlossen. Rechts führt der Gang zum Gästesaal.

Ich gehe die Stufen hinunter und luge um die Tür herum in die große Halle. Das Bett am anderen Ende ist zerwühlt.

»Alessandra?«

Keine Antwort.

Was ist geschehen? Wo ist sie?

Ich gehe hinüber zu dem Tisch vor den beiden Kaminen,

wo die Satteltaschen mit ihrem Gepäck liegen. Hier hat sie vorhin meine Hand gehalten, während wir getuschelt haben.

»Alessandra!« Meine Stimme hallt durch den Saal.

Ich warte ab, doch nichts geschieht.

Mit Blick auf die beiden gewaltigen Kamine am Ende der Halle ziehe ich die Taschen zu mir heran und spähe hinein. Viel Gepäck schleppt sie nicht mit sich herum!

Außer den zwei Beglaubigungsschreiben, die sie gestern Morgen dem Prior gezeigt hat, krame ich die Pilgermuschel hervor, eine marmorierte Coquille Saint-Jacques. Ich habe ihr die Muschel bei ihrer Ankunft in der Abtei überreicht. Immer tiefer wühle ich mich durch ihre persönlichen Dinge, kann jedoch ihr Notizbuch nicht finden. Schade, ich hätte gern die Codes in ihrem und Vittorinos Büchlein verglichen. Vermutlich hat sie es mitgenommen – aber wohin?

Schließlich ziehe ich einen Seidenmantel hervor und entfalte ihn schwungvoll. Der Purpur eines Kardinals?, frage ich mich verwirrt. Unschlüssig werfe ich die Taschen auf den Tisch und sehe mich im Saal um.

Und jetzt?

Mein Blick fällt auf die Stundenkerze. Sie ist ganz schief heruntergebrannt. Ich betrachte sie genauer. An einer Seite ist heißes Wachs hinuntergelaufen. Aber wieso?

Ich habe da so eine Ahnung …

Die Kamine!

Ich ducke mich unter dem hohen Kaminsims hindurch, das mich um drei Handbreit überragt, trete in die Mitte der Feuernische und spähe mit zurückgelegtem Kopf nach oben. Durch die runde Öffnung des Schlots hoch über mir fällt ein Schimmer Licht. Ich stelle mich auf die Zehenspitzen und taste mit beiden Händen den rußschwarzen Kaminsims ab.

Nichts.

Ich verlasse den Kamin und betrete den nächsten. Mit schmierigen Fingern fahre ich über die rußige Innenwand.

Wieder nichts.

Doch dann sehe ich über mir etwas im unablässigen Flackern der Blitze im Kaminschlot schimmern. Unwillkürlich muss ich grinsen. Na also, wer sagt's denn!

Ich schleppe einen der Faltstühle vom Refektoriumstisch in den Kamin und steige hinauf. Ja, so geht's.

Den Dolch, den sie mit heißem Wachs an der Innenseite des Kaminsimses befestigt hat, lasse ich hängen. Offenbar ist sie sich der Gefahr bewusst – sie hat das Waffenverbot umgangen und eine Klinge in die Abtei geschmuggelt. Neben dem Dolch kleben zwei Pergamentbögen am Mauerwerk. Ich reiße sie ab, steige hinunter und bringe den Stuhl zurück zum Tisch.

Gerade will ich den ersten Bogen auseinanderfalten, als ein plötzliches Krachen mich herumfahren lässt. Der Sturm hat den abgerissenen Ast einer Eiche gegen eines der Fenster geschleudert. Dieses ist dabei zerbrochen. Die Scherben liegen auf dem Boden verstreut. Der Wind presst sich mit einem schrillen Geräusch, als ob die Engel die Nokturnen singen, durch die scharfkantige Öffnung.

Ich wende mich ab und betrachte den ersten Brief im Licht der Stundenkerze. Ein eigenhändiges Schreiben von Louis d'Estouteville, mit seinem persönlichen Siegel, sieh mal einer an! Ich überfliege das eng beschriebene Dokument, das Alessandra im Namen von König Charles beauftragt, den englischen Agenten festzunehmen und nach Paris bringen zu lassen, wo ihm der Prozess gemacht werden soll. Ist ja interessant!

Ich klappe den Brief zusammen und entfalte den anderen.

Ein päpstliches Breve, aha! Mir stockt der Atem, als ich die ersten Zeilen überfliege. Eine umfassende Handlungsvollmacht! Alessandra ist nur dem Papst für ihr Handeln verantwortlich, nicht aber dem König von Frankreich.

Gebannt lese ich weiter.

Ma Doue – mon Dieu! Das darf doch nicht wahr sein!

Verwirrt starre ich auf die Zeilen oberhalb des päpstlichen Siegels. Das kann Seine Heiligkeit doch nicht tun! Mein Blick huscht hinüber zu dem purpurnen Mantel auf dem Tisch, dem Ornat eines Kardinallegaten. Also stimmen die Gerüchte, die ich in Rom über sie gehört habe. Kein Wunder, dass Kardinal d'Estouteville sich derart aufgeregt hat, als er mir davon erzählte. Nach Papst Martins Tod vor achtzehn Jahren ist die Kirche noch immer fest in den Händen der Colonna.

Aber wieso lässt sie ihr bewaffnetes Gefolge, das ihr Leben schützen soll, in der Prieuré de Genêts und kommt allein zum Mont, um den Mord an Vittorino …

Ein verzweifelter Schrei lässt mich aufhorchen. Ich hebe den Kopf und lausche in das Tosen des Windes in den Eichen an der Nordflanke. Ein dumpfes Stöhnen, irgendwo in der Merveille, gefolgt von einem weiteren schrillen Schrei. Wie von einem Menschen in Todesangst.

Nicht schon wieder!

Kurz entschlossen falte ich das päpstliche Breve zusammen und schiebe die beiden Vollmachten zu Vittorinos Notizbuch unter meine Kukulle. Die Fälschungen lasse ich auf dem Tisch liegen, als ich so schnell wie möglich den Saal verlasse und, während der nächste Schrei durch die Räume hallt, die Tür des Scriptoriums aufreiße.

Ein Schemen kommt mir entgegen! Mit einem Fluch weicht er vor mir zurück und flüchtet zwischen den Schreibpulten hindurch auf die andere Seite des Saals zur Wendeltreppe, die das Scriptorium mit den anderen Sälen der Merveille verbindet. Die Tür schlägt hinter ihm zu. Er ist verschwunden.

Wer auch immer es ist – es ist nicht Padric. Denn die verzweifelten Schreie meines Freundes kann ich noch immer hören. Padric ist im Cachot du Diable, im Kerker des Teufels. Ma Doue, mein Gott, steh ihm bei! Ich renne los. Ich muss ihm helfen. Doch als ich an Conans Tisch vorbeistürme, bleibe ich abrupt stehen.

Das darf doch nicht wahr sein!, denke ich erschüttert, als ich die Blutschrift betrachte. Im Kerzenschein sehen die triefend nassen Buchstaben aus, als wären sie mit Blut hingekritzelt worden. Was für eine erschreckende Drohung! In dieser Abtei nimmt heute Nacht das Böse Gestalt an!

Padric schreit wie von Sinnen. Ich muss zu ihm.

Alessandra

Kapitel 9

In der Abteikirche
Gegen ein Uhr nachts

Leise lasse ich das Portal hinter mir ins Schloss gleiten und blicke mich im Seitenschiff der dunklen Kirche um. Der Himmel über dem Kreuzgang ist jetzt schwarzgrau, düster, bedrohlich und bewegt. Nur dort, wo der Vollmond stehen sollte, zieht sich ein seltsam rosafarbener Streifen wie eine blutleere Ader durch das Gewoge.

Das Schreien aus den Tiefen der Abtei zerrt immer stärker an meinen Nerven. Ich glaube, es dringt aus dem Cachot du Diable, aber ich bin mir nicht sicher. Gerade eben habe ich dort unten, im Vorraum der Krypta der dreißig Kerzen, eine Bewegung wahrgenommen, ein leises Rascheln. Ich dachte, es wäre Tyson, der durch die Abtei streunt. Aber ich habe nicht nachgesehen, weil ich Conan hinterhergestürmt bin, die Treppe hinauf zur Kirche.

Ich gehe langsam weiter ins Hauptschiff. Das gewaltige Gewölbe schwebt scheinbar schwerelos hoch über mir, die Holzbalken der Verstrebungen wirken wie eine Fledermaus, die ihre Flügel schützend über das Kirchenschiff hält. Riesige Schwingen mit schwarzen Adern. Ich fühle, wie ein Schauer mir über den Rücken kriecht, und fröstele im kühlen Luftzug, den der Nordweststurm verursacht.

Es riecht nicht nach Weihrauch, sondern nach Stein und feuchter Erde. Wie in einem offenen Grab.

In der Kirche herrscht Totenstille. Wo ist Conan?

Dann kann ich ihn schemenhaft erkennen. Mit ausgebreiteten Armen liegt er wie ein Gekreuzigter vor der Statue von Saint-Michel oberhalb des Altars und betet leise schluchzend.

Das steinerne Abbild des Erzengels wirkt Furcht erregend, nicht nur wegen der bizarren Beleuchtung durch die grellen Blitze. Saint-Michel ist eine majestätische Gestalt in seinem wehenden Gewand aus Granit, ein stolzer Fürst der Engel mit ausgebreiteten Flügeln und einem Strahlenkranz auf den windzerzausten Locken, ein kämpfender Anführer der himmlischen Heerscharen, das Flammenschwert hoch erhoben. Satan windet sich unter dem Fuß des Siegers und blickt zu ihm auf. Sein Flammenschwert hat er verloren.

Minutenlang warte ich ab und lausche erschüttert seinem verzweifelten Gebet. Seit dem Schlag vorhin sind meine Nerven zum Zerreißen gespannt, und ein Brennen steigt mir in die Kehle. Ich will schon zu Conan hinübergehen, um ihn zu trösten, als plötzlich ein metallisches Knirschen durch die Kirche hallt. Das Portal fällt ins Schloss. Erschrocken zucke ich zusammen, und kalter Schweiß bedeckt meine Haut. Sie kribbelt, als wäre ich gerade in einem eisigen See geschwommen.

Ich husche in den Schatten des linken Querschiffs, wo es an der Seitenwand eine Treppe hinunter zu einer Seitentür gibt. Die Abteikirche auf der Spitze des Mont ist wie eine gigantische Treppe angelegt, eine Himmelstreppe, die von der westlichen Terrasse in mehreren Stufen zum höchsten Punkt des Berges führt, der sich genau hier befindet, unter dem Glockenturm. Wohin führt die Tür dort unten? Egal, nur hinunter und in die Schatten!

Gegen die kalte Mauer gelehnt spähe ich um einen Pfeiler

herum und beobachte Conan, der sich aufgerichtet hat und zum Portal blickt.

Schlurfende Schritte nähern sich dem Altar.

Ich spüre, dass Conan in Gefahr ist. Beunruhigt warte ich ab, was geschehen wird.

Der Schatten bleibt vor Conan stehen. Der schlingt seine Arme um die Beine des anderen und fleht: »Mon Père, nehmt mir die Beichte ab! Jetzt gleich!«

»Was hast du getan, Frère Conan?«

Der junge Mönch schluchzt auf. Ich kann kaum verstehen, was er dem Pater anvertrauen will.

Der sinkt neben Conan auf die Knie und legt ihm tröstend einen Arm um die Schultern.

»Im Namen des Vaters und des Sohnes und des Heiligen Geistes. Amen«, flüstert Conan mit brechender Stimme. Er bekreuzigt sich und küsst seine Finger.

»Gott, der unser Herz erleuchtet, schenke dir wahre Erkenntnis deiner Sünden und seiner Barmherzigkeit.«

»Amen.«

»Bekenne deine Sünden, mein Sohn.«

Das wenige, was ich verstehen kann, lässt mir das Blut in den Adern gefrieren. Conan hat das Testament des Satans gefunden. In einer Krypta unter der Kirche.

»*Quoi?*«, flüstert der alte Priester erschüttert. Er wendet sich voller Entsetzen ab und birgt sein Gesicht in den Händen. »Um Gottes willen!« Eine Weile steht er so, während Conan, vor ihm kniend, vergeblich auf die Absolution wartet. Dann hebt der Pater den Blick gen Himmel und bekreuzigt sich.

Bestürzt blickt Conan zu ihm auf. »Mon Père?« Als der nicht reagiert, packt Conan ihn an den Armen. »Die Absolution!«

Ich kann es nicht glauben! Der Priester verweigert Conan die Vergebung seiner Sünden!

Weinend bricht er zusammen.

Wieder bekreuzigt sich die schwarze Gestalt. Dann schimmert matt die Klinge eines Dolches.

Um Gottes willen! Er wird doch nicht ...?

Während Conan erschrocken aufspringt und zum Altar zurückweicht, eile ich die Stufen hinauf ins Querschiff und weiter in den Altarraum vor dem abgetrennten eingestürzten Chor.

Bestürzt dreht sich der Pater mit der Ledermaske zu mir um. Seine matten Augen, die mir vorhin so erschreckend leblos erschienen, sind weit aufgerissen. Ich werfe mich mit der Schulter gegen ihn, um ihn von Conan wegzudrängen. Er taumelt und stürzt. Sein Dolch fällt klappernd zu Boden und schlittert über die Steinfliesen.

Während er sich wieder aufrappelt, packe ich Conan am Ärmel und zerre ihn vom Altar weg. »Kommt mit!«

Verwirrt starrt er mich an. »Euer Gnaden ...«

»Sofort!«, herrsche ich ihn an und stoße ihn grob ins Hauptschiff der Kirche. »Ihr seid in Lebensgefahr!«

Mit einem verstörten Blick auf den maskierten Mönch, der auf den Knien nach seinem Dolch sucht, wendet Conan sich um und hetzt mit fliegendem Habit durch das rechte Seitenschiff.

Ich hinterher. Nicht weil ich mich vor dem Assassino fürchte. Sondern weil Conan weiß, wo das Testament des Satans verborgen ist.

Ich folge ihm ins Seitenschiff zu einer Treppe, die er vor mir hinabstürmt. Von unten dringt ein Lichtschimmer herauf, der die Stufen schwach beleuchtet. Zwei Stufen auf einmal renne ich hinunter, durchquere einen Torbogen, dann führt eine Treppe steil nach unten zu den Gewölben unterhalb der Kirche. Dort bleibe ich auf dem feuchten Stein schlitternd stehen. Wo ist Conan?

Der Gang vor mir biegt nach rechts ab – eine Treppe führt wieder hinauf zu den Krypten. Geradeaus geht es zu den verlassenen Gemächern der Äbte, die teilweise eingestürzt sind. Dort befindet sich auch der Kerker.

Keine Spur von Conan.

Ich gehe zurück zur Treppe, die ich gerade hinuntergestürmt bin, und lausche. Keine Schritte, kein Keuchen, kein Rascheln, nichts. Weder vom Assassino, der mir offenbar nicht folgt, noch von Conan, der sich irgendwo in der Dunkelheit verbirgt.

Ich werfe einen Blick in die Totenkapelle, deren zweites Portal zum Beinhaus führt. Eine Maus flitzt über den Altar und sucht nach Krümeln von zerbrochenen Hostien. Eine Kerze flackert vor sich hin, und es riecht schwer und süßlich nach verwelkten Veilchen. Aber hier ist niemand. Versteckt Conan sich zwischen den ausgebleichten Knochen des Ossuariums?

Ich horche.

Nein, kein gruseliges Knochengeklapper, kein verzweifeltes Schluchzen. Er ist wie vom Erdboden verschluckt.

Ich wende mich ab und verlasse die Kapelle. Wieder ein Blick nach rechts die Treppe hinauf zur Kirche: kein gestaltloser Schemen, der mir folgt. Ich bin allein.

Also gehe ich zurück zur Biegung des Ganges und weiter die Stufen hoch, die in eine niedrige Höhle zu führen scheinen. Auf den Tritten stehen mehrere Gefäße mit Weihrauch. Aber es riecht nach etwas anderem. Derselbe Duft wie vorhin neben meinem Bett. Wozu, zur Hölle, lässt der Prior Haschisch verbrennen? Um Satan fernzuhalten? Oder die Mönche, die im Haschischrauch grauenvolle Wahnvorstellungen haben, wie ich vorhin in meinem Albtraum?

Der Fall, den Papst Nikolaus mir anvertraut hat, wird immer beängstigender. Welche verborgenen Mächte sind hier am Werk?

Yannic

Kapitel 10

Im Cachot du Diable
Kurz nach ein Uhr nachts

Als ich das Gefängnis des Teufels betrete, kauert Padric mit erhobenen Armen in einer Ecke des kleinen Raums und schreit auf Walisisch: »Lass mich in Ruhe! Ich habe alles gebeichtet, meinen Stolz, meine Leidenschaft! All meine Sünden! Meine Seele ist rein!«

Ich weiß, was mein Freund um sich herum zu sehen glaubt: einen endlos tiefen Abgrund, lodernde Höllenfeuer, die ihm aus der Tiefe entgegenschlagen, brennende Seelen. Ich weiß, dass er in diesem Zustand den Schmerz des Feuers körperlich spürt, dass er sogar entsetzliche Brandblasen davon bekommen kann.

Ich lehne am Türrahmen und beobachte ihn. Ich darf ihn nicht berühren.

»Padric ...«

»Hörst du, Satan? Lass mich endlich in Ruhe und verschwinde!« Erschöpft sinkt er gegen das Mauerwerk, birgt sein Gesicht in beiden Händen und schluchzt. Padric ist wieder in die Fänge des Höllenfürsten geraten, der ihn in die unendliche Gottesferne verschleppt, in die ewige Verdammnis. Satan macht Gott einmal mehr Padrics Seele abspenstig.

»Padric ...«, beginne ich.

»Gott ist ungerecht!«, schreit er mit sich überschlagender Stimme. »Er hat mich verdammt!«

»Padric!«

Er blickt auf, sieht einen Schatten auf sich zukommen und schreit von Höllenangst geschüttelt: »Nein! Geh weg, geh weg, meine Seele bekommst du nicht!«

»Padric!« Ich raffe meinen Habit, knie neben ihm nieder und lege ihm die Hand auf die bebenden Schultern. Gott, wie er zittert! »Ich bin's.«

»Yann?« Er tastet nach meiner Hand. »Er ist hier«, flüstert er und späht mit aufgerissenen Augen über meine Schulter.

Dumpfe Schläge dröhnen plötzlich aus dem Scriptorium.

»Nein, das ist er nicht, Padric«, beruhige ich ihn. »Nur wir beide sind hier.«

Padric lauscht auf das Getöse. »Bist du sicher?«

»Ganz sicher. Komm, wir gehen in den Kreuzgang hinauf und an die frische Luft.« Ich helfe ihm auf. Ich will den Cachot du Diable so schnell wie möglich verlassen, bevor Yvain und Abelard, die mich vermutlich immer noch suchen, mich in die Enge treiben. Ich schiebe Padric zur Treppe. »Hast du wieder bei Corentin gebeichtet?«

»Heute ist doch das Fest von Saint-Michel.«

»Wann ist er denn vom Festland zurückgekommen?«

»Weiß nicht.«

»Padric, ich bitte dich, such dir einen anderen Beichtvater als Corentin. Versteh mich nicht falsch, ich schätze Le Coz. Er ist ein Heiliger. Aber er macht dir Angst, Padric, indem er dir in seinem heiligen Eifer Höllenqualen androht und Satan hinterherhetzt.«

»Gott hat mich verdammt!«, nuschelt Padric, während wir die Treppe hinaufgehen.

Alessandra

Kapitel 11

Vor der Krypta Notre-Dame-sous-Terre
Kurz nach ein Uhr nachts

Der matte Lichtschimmer, der die dichten Weihrauchschwaden in ein mystisches Glühen taucht, stammt von einer Kerze in der Krypta Notre-Dame-sous-Terre. Zwischen den Räuchergefäßen auf dem Treppenabsatz bleibe ich stehen und spähe in die Kapelle, deren Tür gestern verschlossen war.

Feuchtkalte, muffige Luft weht mir entgegen, sodass ich nur ganz flach atme. Prior Yvain hat mir gestern während der Besichtigung erzählt, die karolingische Krypta sei aus statischen Gründen mit Bauschutt angefüllt worden, um den Einsturz der Abteikirche darüber zu verhindern.

Ich betrete die Kapelle, die bis zur Decke mit Geröll gefüllt ist. Nur der Bereich hinter dem Portal ist freigeräumt, was der Krypta ein höhlenartiges Aussehen verleiht. Von einer Reihe massiver Pfeiler getrennt erstrecken sich zwei vermutlich gleich große Schiffe zu einem Chor, den ich in der Dunkelheit nur erahnen kann. Nur in der Mitte der Kapelle, zwischen den Pfeilern, hat sich die Schutthalde gesetzt, sodass eine Art Pfad entstanden ist, der ins Herz der Finsternis führt.

Notre-Dame-sous-Terre, erinnere ich mich, während ich wie gebannt in die Dunkelheit jenseits der Geröllhalden starre, ist an der Stelle errichtet worden, wo Aubert, der renitente Bischof von Avranches, auf Befehl des tobenden Erzengels das erste Heiligtum errichten sollte. An diesem geheimnisumwitterten Ort tief unter der Erde gab es ein mit Menhiren geschmücktes Felsgrottenheiligtum der Kelten. Ich lasse meinen Blick über die Decke der Kapelle schweifen und stelle mir vor, ich bin in einem bretonischen Dolmengrab. Ob es in der Dunkelheit noch Reste der Megalithe gibt, auf denen die neun Druidinnen, von denen Yannic mir erzählt hat, Blutopfer darbrachten? Oder einen keltischen Goldreif in einer Grabhöhle mit einem Skelett?

Ich kann's nicht lassen – die Schatzsucherin plant ihre nächste Ausgrabung …

Der flackernde Lichtschein der Kerze fällt in den vorderen Teil der Krypta, das Herz der Hölle versinkt jedoch in tiefstem Dunkel. Ich will zur Kerze zurückgehen, die auf der Schutthalde steht, aber irgendetwas hält mich zurück. Intuitiv spüre ich, dass es hier noch etwas zu entdecken gibt. Ich stapfe weiter, starre in die Finsternis, kann jedoch nichts erkennen.

Also zurück zur Kerze. Mit ein paar Tropfen Wachs ist sie auf einem Stein befestigt. Daneben liegt ein in schwarzes Leder gebundenes Buch. Ich schlittere über den Schutt, der unter meinen Füßen den Abhang hinunterrutscht, und hebe es auf.

Es wiegt schwerer, als ich dachte. Ich schlage es auf und lese fasziniert den Titel, der mit roter Tinte auf das leicht gewellte Pergament geschrieben wurde.

☆

LIBER SECRETORUM DIABOLI

☆

Das Buch der Geheimnisse des Satans. Das darf doch nicht wahr sein! Als ich umblättere, zittern meine Finger – mein unheilbares Schatzsucherfieber, akutes Stadium! Ist dieser Foliant ein Grimoire, wie vorhin im Scriptorium vermutet? Ein magisches Buch wie der *Schlüssel des Salomo*, mit dem ich vor zwei Jahren in Rom eine Satansmesse gefeiert habe?

Auf dem Titelblatt prangt das Sigillum Dei, das ›Siegel Gottes‹, das ich auf meinem Amulett um den Hals trage:

Gebannt schlage ich die Seiten um und lese die Kapitelüberschriften: Das Buch vom Pakt mit Gott. Das Buch der Engel und Dämonen. Das Buch der neun Tore. Das Buch von einem Thron königlicher Pracht.

Ich bin nicht sicher, ob dieses *Liber Secretorum Diaboli* wirklich ein Grimoire ist. Ich blättere weiter.

Das Buch Azazel. Das Buch Azrael. Das Buch Asmodai.

Belial und Ornias und Lilith. Und Arôtosael und Sphandôr. Und Marmarath und Balthial und Asteraôth. Engel und Dämonen, die ich von der Satansmesse her kenne. Eben mein engster Freundeskreis, wie Seine Heiligkeit zu frotzeln beliebt.

Und da ist Beelzebul. Der Herr der Dämonen.

Als ich die nächste Seite aufschlage, traue ich kaum meinen Augen: Das Buch Michael? Was sucht der Erzengel und Bezwinger Satans in diesem satanischen Buch?

Hastig überfliege ich den lateinischen Text, der etliche herrliche Miniaturen in Rot und Blau auf Blattgoldhintergrund umgibt: »*Archangelus Michael, nomen suum significat ›Quis est ceu Deus‹* – der Erzengel Michael, dessen Namen bedeutet: ›Wer ist wie Gott?‹« Und eine Zeile weiter: »... besiegte Satan auf dem Mons Sancti Michaeli Archangeli und stürzte ihn und sein Gefolge aus Engeln in die Feuer der Hölle ...«

Der apokalyptische Kampf auf dem Mont-Saint-Michel, den auch die Offenbarung des Johannes beschreibt!

Und zwei Seiten weiter, nach der Gründung der Abtei: »... und übergab Aubert die vom Blut des Satans triefende Reliquie: das Vermächtnis des Satans, auf dass er sie tief im Felsen verberge und von den Mönchen bewachen lasse ...«

Welche Reliquie? Ehrlich gesagt, ich bin verwirrt. Ist dieses Buch das Testament des Satans, das ich nach Rom bringen soll?

Ich sehe mich in der Kapelle um. Was, um alles in der Welt, ist heute Nacht hier geschehen, dass Conan um sein Seelenheil fürchtet und jener Pater ihm die Absolution verweigert und ihn töten will?

Ein dumpfes Donnern, das in den unterirdischen Gewölben widerhallt, lässt mich zusammenzucken. Ist das der Sturm, der durch die Säle fegt?

Ich schließe den Folianten, nehme die Kerze, gehe zur offenen Tür und spähe in den Treppengang, der links und rechts in der Finsternis verschwindet. Durch die Weihrauchschwaden, die langsam zur gewölbten Decke aufsteigen, kann ich nichts erkennen. Nein, es ist nicht der Wind. Von weit entfernt dröhnen dumpfe Schläge zu mir, wie von schweren Folianten, die aus den Regalen gerissen und auf den Boden geschleudert werden.

Der maskierte Mönch? Sucht er das Buch der Geheimnisse?

Yannic

Kapitel 12

Im Kreuzgang
Kurz nach ein Uhr nachts

»Gott hat mich verdammt!«, wiederholt Padric leise, als wir schließlich den Hof erreichen und durch den Durchgang in den Kreuzgang gehen.

An Satan ist Padric nie verzweifelt, wohl aber an Gott. Furchtbare Visionen von Satan künden immer wieder von seinem Kampf, den er niemals gewinnen kann. Nicht gegen sich selbst und nicht gegen Corentin, der Padrics Gewissenskonflikt noch schürt. Er hält ihn für einen Besessenen. Auf seine Art ist dieser Heilige unbarmherzig und grausam. Nicht dass er Padric nicht verstehen *will*. Aber er kann es einfach nicht. Denn sein Leiden, der Schmerz, den er jeden Tag erträgt, und das langsame Sterben seines Körpers haben Corentin de Sévérac hart und unnachgiebig gemacht. Padric ist achtunddreißig, genau wie ich. Und genau wie ich hat er seine Familie verlassen, um ins Kloster zu gehen. Genau wie ich hat er gegen den Zorn seines Vaters und die Tränen seiner Mutter gekämpft. O ja, ich verstehe ihn sehr gut.

»Komm, Padric, setz dich zu mir.« Ich ziehe ihn neben mich auf die Steinbank im Säulengang. »Gott hat dich nicht verdammt. Du verdammst Gott. Du wirfst ihm den Fehdehandschuh hin, wild und ungestüm wie immer, weil du ihn in deiner Verzweiflung für ungerecht hältst. Und für unbarmherzig. Aber er liebt dich, Padric, wie einen Sohn.«

Padric schüttelt verzweifelt den Kopf und starrt auf das wogende Heckenlabyrinth im Inneren des Kreuzgangs.

Ich ziehe sein silbernes Brustkreuz aus den Falten seiner Kukulle und drücke es ihm in die Hand. »Schau auf Jesus Christus, Padric. Er ist dein Bruder. Er wird dich erlösen.«

Er stiert das Kreuz an und antwortet nicht.

Ich lege ihm die Hand auf die Schulter. »Padric?«

Er schüttelt langsam den Kopf. »Yannic, ich zweifele«, flüstert er schließlich.

»Nicht mehr als ich.« Ich deute auf den Gekreuzigten in seiner Hand. »Nicht mehr als *er*.«

»Doch, Yannic. Seit vor ein paar Wochen mein Vater gestorben ist, weiß ich nicht mehr, was ich tun soll.«

Ich will ihn unterbrechen, doch er hebt die Hand.

»Nein, lass mich bitte ausreden. Wir haben darüber gesprochen: Ich bin sein einziger Sohn, sein Erbe. Meine drei Brüder sind im Kampf gefallen. Ich bin der Letzte unseres Namens. Mein Vater hat mit Owain Glyndŵr für die Freiheit gekämpft. Vor vielen Jahren hat er mit Owain die Burg von Caernarfon belagert, seit Jahrhunderten das Symbol, wie Wales durch die Engländer unterdrückt wird. Owain Glyndŵr war der letzte Waliser als Prince of Wales. Mein Vater Rhys ritt an seiner Seite, als er Wales von den Engländern zurückeroberte. Und er war bei Owain, als er starb. Ich bin Padric ap Rhys, sein Sohn. Ich muss seinen Kampf fortsetzen. Und ich muss mich um meine Schwester Gwenllian kümmern. Sie ist jetzt ganz allein.«

Gwenllian habe ich kennengelernt, als ich nach Rozenns Tod und meinem Zusammenbruch einige Wochen bei Padrics Familie in Wales war, um wieder festen Boden unter die Füße zu bekommen. Mit Padrics Schwester habe ich damals am Strand lange Gespräche geführt, die fast einer Lebensbeichte glichen. Meine Tränen haben sie nicht gestört, sie hat mich einfach in den Arm genommen und mich weinen lassen. Gwenllian hat mir sehr geholfen, über Rozenns Tod hinwegzukommen.

Ich atme tief durch. »Hast du dich Père Corentin anvertraut?«

»Als du bei Alessandra warst.«

»Und?«

»Le Coz sagt, ich habe die Gelübde abgelegt und sei damit für die Welt gestorben.« Er fährt sich durch das zerraufte Haar. In den letzten Wochen, seit Padric trauert, ist seine Tonsur zugewuchert und unter einem Dickicht von wirrem blondem Haar verschwunden. Er ähnelt inzwischen mehr einem Ritter als einem Mönch. Padric in Helm und Harnisch, das kann ich mir gut vorstellen. Ich habe ihn ja schon so gesehen, damals in Caernarfon. »Ich könne das Erbe meines Vaters nicht antreten, sagt er. Und ich dürfe nicht zum Schwert greifen und Blut vergießen. Auch nicht für die Freiheit von Wales von diesen verdammten englischen Besatzern.«

»Le Coz hat recht. Solange du ein Mönch bist, sind dir die Hände gebunden.«

»Es ist unerträglich!« Padric hebt die Arme, als wolle er seine Ketten sprengen. »Ich im Kloster, im Exil in der Normandie – und die verdammten Engländer in Caernarfon.«

»Padric ...«

Seine blauen Augen funkeln, das Licht der Blitze spiegelt sich darin. »Yannic, ich meine es ernst. Ich muss etwas anderes tun, als nur zu hoffen und zu beten. Mit einem frommen Flehen zu Saint-Michel kann ich meine Heimat nicht retten. Ich will kämpfen. Für die Freiheit und für die Unabhängigkeit von Wales. So wie Louis d'Estouteville hier auf dem Mont gegen die Engländer gekämpft hat.«

Padric ist kein sanfter Mensch, und ich brauche viel Geduld und Besonnenheit, um ihn zu bändigen. Gnadenlos bohrt er seinen Finger in die Wunden anderer. Mit verletzenden Worten setzt er Robin oft zu. Und auch mich verschont er nicht. Padric wirft mit Flüchen um sich, und er ist nicht eben zimperlich, wenn es darum geht, seinen Willen durchzusetzen. Er ist so schroff und kantig wie der Granitfelsen, auf dem die Abtei steht. Und wenn sein plötzlich aufflammender Zorn ihn packt und er mit der Faust auf den Tisch haut, ist er kaum noch zu halten. Seit sein Vater Rhys tot ist, ist Padric noch unbeherrschter geworden, noch aufsässiger. Und noch empfänglicher für die Anfechtungen und die Selbstzweifel, die ihn innerlich zerreißen, seit ich ihn als sein Prior in Saint Michael's Mount aufgenommen habe.

Padric, der Rebell, kämpft sein ganzes Leben lang, zuerst gegen seinen Vater, aus dessen überlebensgroßem Schatten er sich herauskämpfen musste, und später, nachdem er ins Kloster eingetreten war, einen Ort der Stille und der Selbstdisziplin, gegen Gott. Die Bußen, die ich ihm in Saint Michael's Mount auferlegte, konnten ihn nicht schrecken – im Gegenteil, je härter ich ihn bestrafte, desto trotziger kämpfte er gegen mich, seinen Prior. Irgendwann habe ich aufgegeben: Padric braucht keinen Beichtvater, den er stellvertretend für einen als unbarmherzig und ungerecht empfundenen Gott beschimpfen kann, sondern einen Freund, der zu ihm steht, der ihm vergibt und der ihn mit sanfter Hand führt. So polterig Padric daherkommt – hinter der rauen, scharfkantigen Austernschale verbergen sich ein weiches Herz und eine sanfte Seele, die zu Gefühlen wie herzlicher Wärme und aufrichtiger Freundschaft fähig sind. Und zu tiefer Leidenschaft, bis an die Schmerzgrenze.

»Du hast dich also entschieden.« Ich bemühe mich um einen ruhigen Ton. Aber mein Versuch, nicht enttäuscht zu klingen, scheitert. Meinem besten Freund kann ich nichts vormachen.

Padric antwortet nicht. Er sieht mich auch nicht an.

»Vor acht Jahren hast du dich gegen das Portal von Saint Michael's Mount geworfen und gebrüllt: Lasst mich rein! Jetzt rüttelst du wieder am Tor und schreist: Lasst mich wieder raus!«

Padric schnaubt. »Das trifft's ganz gut. Nur war der Saint Michael's Mount damals, als du dort Prior warst, kein Kerker, wie es der Mont-Saint-Michel in den letzten Jahren geworden ist, seit Yvain die Herrschaft an sich gerissen hat.« Er schließt die Augen und lehnt seinen Kopf gegen das Mauerwerk des Kreuzgangs. Dann fragt er leise: »Wirst du mir helfen?«

Als ich nicht sofort antworte, wirft er mir einen seiner eindringlichen Blicke zu. Padric weiß genau um die Wirkung seiner Augen. Sie sind so blau, so hell und so strahlend wie der Himmel kurz vor Sonnenaufgang. Um die helle Iris liegt ein dunkler Ring, tiefblau wie das aufgewühlte Meer unterhalb der Steilklippen meiner Insel, nahe dem Leuchtturm.

»Yannic?«

Ich atme durch. »Ich bin dein Freund, Padric. Was erwartest du von mir? Dass ich dich nach Wales schicke, in den ruhmreichen Tod in der Schlacht? Oder dass ich dir ein bisschen Vernunft einprügele, damit du hier in der Abtei in aller Ruhe weiterhin dein Gewissen wunddenkst? Damit du gegen Gott kämpfst? Und mit Satan um deine unsterbliche Seele ringst? Damit du mit dem Andenken an deinen Vater haderst, weil du glaubst, du hättest ihn enttäuscht, als du dich ihm widersetzt hast? Und weil du ihm nun doch nachfolgen willst?«

Zugegeben, meine Worte klingen hart und gefühllos. Enttäuscht und verbittert. Wieder atme ich tief durch und fahre sanft, aber nicht weniger eindringlich fort:

»Bürde mir diese Verantwortung nicht auf, Padric, bitte! Ich will sie nicht tragen. Ich bin nicht mehr dein Prior, vor dem du demütig kniest, und auch nicht mehr dein Beichtvater. Ich bin dein Freund, dem du dich anvertrauen kannst, ohne dass er dir mit verständnisvollem beichtväterlichem Gequatsche ins Gewissen redet oder dir eine unsinnige Buße auferlegt.«

Er scheint mir aufmerksam zuzuhören. Also weiter im Text:

»Wie auch immer du dich entscheidest, für Wales oder für dich selbst, für den Kampf auf dem Schlachtfeld oder den Gewissenskonflikt in deiner Zelle, ich stehe zu dir, Padric. Ich breche im Morgengrauen nach Rom auf und rede mit Kardinal d'Estouteville, damit er dich von deinen Gelübden entbindet, wenn es das ist, was du willst. Oder ich segele mit der nächsten Flut nach Caernarfon und hole Gwenllian hierher, damit sie hier bei dir in Sicherheit ist. Aber ich werde nicht für dich entscheiden!«

Padric streicht sich die blonden Haare aus der Stirn und sieht mich an. »Yannic, ich halte es hier nicht mehr aus. Nicht die Belagerung durch die Engländer, nicht die Stimmung in dieser Abtei, aus der es kein Entkommen gibt. Die Mauern erdrücken mich. Der Weihrauchduft erstickt mich. Die Erscheinungen des Erzengels nachts in der Kirche erschrecken mich zu Tode. Und die Stundengebete mitten in der Nacht in Gegenwart des Satans, der in jedem Weihwasserbecken lauert, rauben mir noch den letzten Nerv. Meine Finger sind eiskalt vor Angst und zittern, wenn ich mein Brevier umklammere, während Le Coz predigt, auf dem Mont öffne sich das Tor zu Himmel *und* Hölle.

Die Montois unten im Dorf haben recht: Langsam verlieren wir alle den Verstand. Wir belauern uns, verdächtigen uns und bedrohen uns gegenseitig. Die Stimmung ist düster und gewalttätig. Die Spannung lässt die Luft knistern, wie vor einem Gewittersturm. Ein Spion schleicht durch die Abtei, weil er uns an die Engländer verraten will. Er ist einer von uns, ein Freund, ein Bruder, der beim Stundengebet neben dir in der Kapelle steht und mit dir den Friedenskuss tauscht – oder ist es ein Judaskuss? Und ein Mörder im schwarzen Habit hinterlässt eine Spur aus Blut und rätselhaften Zeichen. Auch er ist einer von uns – aber wer? Wieso tötet er Mönche? Und wer ist sein nächstes Opfer? Robin oder Conan? Du, Yannic? Oder ich?

Ich kann nicht mehr. Und ich will auch nicht mehr. Seit dem Mord am Gesandten des Papstes und dem geheimnisvollen Verschwinden seines Leichnams habe ich Angst, Yannic, furchtbare Angst. Genauso wie du. Das Böse ist entfesselt, etwas Unheimliches, Gewalttätiges und Blutgieriges nimmt Gestalt an in der Abtei.« Und mit bebender Stimme fügt er an: »Satan ist auf den Mont-Saint-Michel zurückgekehrt! Er ist hier.«

Alessandra

Kapitel 13

In der Krypta Notre-Dame-sous-Terre
Kurz nach ein Uhr nachts

Die dumpfen Schläge hallen noch immer durch den Gang. Ich verlasse die Krypta, hetze die Treppe hoch und biege nach rechts ab ins Promenoir, in die Wandelhalle der Mönche mit dem niedrigen Kreuzgewölbe, das sich gefährlich nach unten durchzubiegen scheint.

Die Stimmung in diesem Raum ist erdrückend, als breche das Gewölbe jeden Moment über mir zusammen und begrabe mich unter den Trümmern. Kein Wandteppich, kein Fresko heitert die lastende Stimmung auf, die die Mönche im Winter jeden Mittag ertragen müssen, wenn es im Kreuzgang zu kalt ist für die Meditation und den Mönchen im eisigen Wind die Gedanken im Kopf festfrieren.

Aus der gegenüberliegenden Türöffnung flackert Licht. Trampelnde Schritte kommen eine Treppe herauf. Jemand kommt mir entgegen, eine flackernde Kerze in der Hand. Als er mich sieht, bleibt er abrupt stehen, unschlüssig, wie er sich verhalten soll.

Ich klemme mir das schwere Buch unter den linken Arm und ziehe meinen Dolch.

Mit einem erstickten Keuchen stürmt er zwischen den Säulen hindurch auf eine Treppe nahe der Seitenwand zu. Das

Kerzenlicht verschwindet nach unten in die Salle de l'Aquilon, in den Saal des Adlers.

Ich lege den Kodex in eine Felsnische am Ende des Promenoirs, vermutlich ein Rest des zerstörten keltischen Heiligtums, und folge ihm die Stufen hinunter.

Unten bleibe ich stehen. Er ist nicht mehr da!

»Merda!«, sagen wir Römer, wenn wir so richtig in Rage sind. Diese Abtei ist das reinste Labyrinth! Unübersichtlich, beklemmend und bedrohlich.

Ich sehe mich um. Von hier aus kann der Assassino durch den Klostergarten in die Merveille entkommen, in den Almosensaal, den Gästesaal, das Scriptorium, das Dormitorium. Oder, in die andere Richtung, durch den Kerker wieder hinauf in die Abteikirche.

Plötzlich durchzuckt mich ein Gedanke: der Kodex!

Ich haste die Treppe wieder hinauf und reiße den Folianten an mich.

Aufatmend eile ich weiter in die Treppengalerie. Die Treppe rechts führt hinauf zum Hof zwischen Kreuzgang und Kirche, wo Vittorino starb. Geradeaus, im Vorraum der Krypta Notre-Dame-des-Trente-Cierges, liegt der Cachot du Diable, der Kerker des Satans, der dort einer Legende nach an einer Säule angekettet war – wer's glaubt! Die verzweifelten Schreie vorhin, kamen sie von dort? Wie auch immer, der kleine Raum ist jetzt dunkel und verlassen. Links von mir ist die Tür zum Scriptorium. Im Saal ist es finster wie in Dantes Inferno.

Ich bleibe in der offenen Tür stehen und lausche. Doch nur der Sturm ist zu hören. Ein Heulen, wie von Engeln und Dämonen, die einander durch den Himmel jagen, erfüllt den Saal. Die Montois haben recht: Es klingt grauenvoll.

Mit der Kerze in der Hand gehe ich hinunter in den Saal und lege das Buch auf ein Schreibpult. Die Bücherregale sind verwüstet. Die Folianten, die ich vorhin auf der Suche nach dem Testament des Satans durchgeblättert habe, liegen auf den Steinfliesen. Daher das Krachen, das ich eben gehört habe! Ich wende mich um. Die Tür zum Archiv steht offen – augenscheinlich hat er auch dort nach dem Teufelskodex gesucht.

Eine Frage drängt sich mir auf: Ist er der Hüter dieses Buches, der jeden tötet, der den Folianten lesen will? Vittorino. Conan. Yannic. Mich. Das verspricht ja eine aufregende Nacht zu werden. Denn genau das habe ich vor.

Dann erst sehe ich die Blutschrift auf dem Schreibpult vor mir. Ich glaube, es ist Conans Tisch. Ich habe ihn gestern dort neben Yannic arbeiten sehen. Mit roter Farbe hat der maskierte Mönch auf die Holzplatte gekritzelt:

Du wirst sterben

Die Handschrift ist meiner sehr ähnlich – was soll das?

Schnaubend schüttele ich den Kopf, verriegele die Türen, damit ich nicht mehr gestört werde, schlage den Folianten auf und beginne vom Vermächtnis des Satans zu lesen.

Yannic

Kapitel 14

Im Kreuzgang
Kurz nach ein Uhr nachts

Besorgt schaut Padric zwischen den Säulenreihen hindurch zum Himmel hinauf. »Solch einen Gewittersturm habe ich lange nicht mehr erlebt.«

»Der Wind kommt von Nordwesten und drückt die Flut in die Bucht. Und wir haben Vollmond. Und damit Springtide. Ich glaube, wir werden eine gewaltige Sturmflut bekommen. Nicht mit dieser High Tide. Aber mit der nächsten.«

»Du musst es ja wissen.« Mein Freund sieht mich von der Seite an. Es geht ihm besser, seit er dem ewigen Höllenfeuer entkommen ist – Gott sei's gedankt, dass es nur eine kurze Vision war, ohne Erschöpfung und ohne Verletzungen. »Siehst müde aus, Yann«, meint er. »Warst du noch gar nicht im Bett?«

»Ich hab Dudelsack gespielt. Ich musste nachdenken.«

Er lehnt sich zurück und legt den Kopf gegen die Säule hinter ihm. »Du warst lange bei ihr.«

»Wir hatten viel zu besprechen.«

»Und?«

Ich sehe ihn an. »Und was?«

»Ach, komm schon, Yannic! Man kann dich wirklich keine fünf Minuten allein lassen.«

»Sei nicht albern.«

»Doch, im Ernst. Du hast dich in sie verguckt!«

»So ein Unsinn!«

»Ach ja? Du hast sie gestern sehr zuvorkommend empfangen.«

Ich stöhne entnervt. »Lies nach in der Ordensregel, Padric, Kapitel 53: ›Alle Fremden, die kommen, sollen aufgenommen werden wie Christus. Die Brüder sollen ihnen voll dienstbereiter Liebe entgegeneilen. Nach dem gemeinsamen Gebet sollen sie als Zeichen der Gemeinschaft den Friedenskuss austauschen.‹ Nichts anderes habe ich getan!«

»Friedenskuss, ha! Du hast sie auf die Lippen geküsst!«

»Du doch auch, Padric! Du hast ihr doch auch den Frie…«

»Ha! Und was war dann? Du hast sie berührt!«

»Die Ordensregel gebietet, dass ich ihr die Füße wasche und dabei den Psalm ›O Herr, deine Barmherzigkeit haben wir …‹«

»Du zitierst die Ordensregel? Das ist ja mal ganz was Neues! Die Füße, Yannic! Deine Hand lag aber auf ihrem Knie!«

»O nein!«

»O doch! Du hast dich in sie verliebt!«

»Ach Quatsch.«

»Doch, hast du. Robin hat's auch gemerkt.«

»Sieh mal einer an! Ihr redet wieder miteinander?«

Padric grinst frech. »Wir lästern. Über dich. Über die langen Blicke, die du ihr während des Abendessens zugeworfen hast, obwohl doch die Regel fordert, dass du die Augen gesenkt halten sollst. Über die Art, wie du ihr den Becher Calvados gereicht hast – du hast sie dabei berührt, noch dazu absichtlich. Du hast es geradezu darauf angelegt. Und die Blumen, die du unten im Garten geschnitten hast! Ihrer Majestät der Königin hast du vor zwei Jahren keine Blumen gebracht …«

»Padric!«

»... aber in die warst du ja auch nicht verliebt.«

»Sag mal, spinnst du? War mit deinen Coquilles Saint-Jacques was nicht in Ordnung? Oder hast du nur ein bisschen zu viel Calvados getrunken? Du bist ja völlig ...«

»Du empfindest etwas für sie, gib's zu!«

Ich zögere.

Ich erinnere mich, wie sie mich angesehen hat, während sie meine Hand gehalten hat. Ihr Atem hat mein Gesicht gestreichelt, ganz sanft und warm, wie eine leise Brise. Ein Glühen wallt durch meinen Körper und erregt mich sanft, wie vorhin. Nicht dass ich mich nicht beherrschen könnte, wenn ich es wollte! Aber, ehrlich gesagt, habe ich es genossen, mit dem Feuer zu spielen. Es hat das Eis in mir zum Schmelzen gebracht, die raue Eisschicht, die seit Rozenns Tod mein Herz umschließt und vor weiteren Verletzungen schützt. Es hat sich gut angefühlt.

Ich denke an ihren geschmeidigen Körper, den sie stählt für ihre Expeditionen nach Alexandria, Byzanz und Jerusalem. Sogar die Sahara wollte sie durchqueren, um nach Timbuktu zu gelangen. In jener Stadt mitten in der Wüste vermutet sie die Handschriften der verschollenen Bibliothek von Alexandria. Um sich auf diese Forschungsreise vorzubereiten, ist sie in den Bergen und Gletschern der Sierra Nevada oberhalb von Granada herumgeklettert. Alessandra ist eine Frau, die jeden Mann um den Verstand bringen kann ... so oder so. Die einen hecheln ihr hinterher, haben feuchte Träume, verehren sie als Gelehrte, bewundern ihren Mut als Entdeckerin, rühmen ihren scharfen Intellekt, der dem ihres berühmten Vaters Fra Luca d'Ascoli in nichts nachsteht, achten sie als Vertraute von Papst Nikolaus, die als Contessa des Patrimonium Petri auf Wunsch Seiner Heiligkeit sogar an den Konsistoriumssitzungen der Kardinäle teilnimmt und neben ihrem Cousin sitzt,

Prospero Kardinal Colonna. Die anderen hassen sie für ihr resolutes Auftreten, für ihren Einfluss und ihre Macht, beschimpfen sie als ›Päpstin‹ und als ›einzigen Mann im Vatikan‹ und versuchen, sie zu töten. Nein, Alessandra lässt niemanden unbeeindruckt …

»Yannic?«

Ich sehe ihn an. »Hör auf, Padric!«

»Wem willst du dich anvertrauen, wenn nicht deinem besten Freund? Père Corentin? Der schubst dich mit einem gezielten Tritt hinunter in die tiefste Hölle. Fünf Verstöße gegen die Ordensregel an einem Abend, wenn nicht noch mehr! Das macht dir so schnell keiner nach, Yannic, ehrlich! Die nächste Kapitelversammlung bestreitest du ganz allein. Wir anderen werden gar nicht zu Wort kommen, um unsere Verfehlungen zu bekennen …«

»Zieh dir die Decke über den Kopf, Padric, und schlaf noch ein bisschen. Bis zur Vigil ist es noch eine Stunde.«

Aber dieser walisische Sturkopf lässt nicht locker: »Also: Bist du verliebt? Ja oder nein?«

»Du nervst.«

»Weißt du, was deinem glaubwürdigen Auftreten als Heiliger widerspricht, der jeder Versuchung widerstehen kann? Nein? Ich sag's dir: Deine stürmische Affäre mit Rozenn, der Frau deines Bruders, in der Nacht nachdem du die beiden getraut hast. Und deine Tochter, diese niedliche kleine Rotznase, die keine Ahnung hat, dass ihr Onkel, den sie noch nie gesehen hat, ihr wirklicher Vater ist. Du warst seitdem nicht mehr zu Hause. Du wirst Katarin niemals sagen, dass *du* ihr Papa bist, nicht wahr?«

Ich schüttele den Kopf. »Wozu sollte ich ihr und Pierric das antun? Die beiden kommen prima miteinander aus. Rozenn ist tot. Nur ich weiß, was damals geschehen ist. Und du.«

Padric lässt mich nicht aus den Augen, als er versonnen nickt. Er weiß doch, dass ich niemals nach Hause auf meine Insel und zu meinem Leuchtturm zurückkehren werde. Ich könnte meinem Bruder und meiner Tochter vor Scham nicht in die Augen sehen. Und er weiß auch, dass ich Heimweh habe, wenn ich Dudelsack spiele. Und dass ich meine Tochter schon ganz gern kennenlernen würde. Und wenn's nur von weitem wäre, ohne ihr zu gestehen, wer ich bin, ohne ihre Hand zu halten und ohne ihr zu sagen, was ich ihr für ihr Leben wünsche: Liebe ohne Leiden. Das, was ich nie hatte.

Rozenn hat gewartet, dass ich eines Tages den Mut habe, zu ihr zurückzukommen. Aber das konnte ich nicht. Pierrics Brief erreichte mich schließlich auf dem Rückweg von Canterbury Abbey. Ich habe ihn Padric gezeigt, weil ich bei ihm Trost suchte. Er hat mir damals beigestanden. Während eines Sturms war Rozenn ins Meer hinausgeschwommen, bis die Kräfte sie verließen. Sie war einfach nicht mehr umgedreht. Sie fanden sie erst Tage später. Der Tod schien ihr der einzige Ausweg zu sein, nachdem sie alle Hoffnung aufgegeben hatte. Ihre Ehe mit Pierric muss die Hölle gewesen sein.

Liebe ohne Leiden, das wünsche ich unserer Tochter von ganzem Herzen. Einen Menschen, der sie liebt und beschützt, der sie nie verlässt und der ihr niemals ihre Sehnsucht und ihre Träume entreißt. Nicht so einen eigensinnigen und erbarmungslosen Menschen wie ihren Vater, der in der Verwirrung seiner Gefühle glaubte, die Liebe zu Gott über die Liebe zu einer Frau stellen zu müssen. Und der Rozenn, die er von ganzem Herzen liebte, damit in den Tod trieb.

»Tut mir leid«, murmelt Padric, der mich gerührt beobachtet hat. »Ich wusste nicht, dass es dir nach all den Jahren immer noch so nahe geht.«

»Tut es.«

»Du lebst immer noch mit Rozenn.«
»Ja.«
»Und benimmst dich manchmal wie ein Idiot.«
Ich schnaufe.
»'tschuldige.«
»Ist schon gut.«
»Sicher?«
»Ja.«
»Gut.« Padric legt mir die Hand auf die Schulter und drückt fest zu. »Also, um noch mal auf meine Frage zurückzukommen: Alessandra gefällt dir, stimmt's? Du würdest sie gern mal mit zum Segeln nehmen. Deine Hitzeschübe kannst du dann ja im Meer abkühlen.«
»Du Mistkerl!«
Er haut mir auf die Schulter, schüttelt mich und lacht übermütig: »Ich hab dich auch gern, ehrlich! Bist ein Mordskerl, Yannic, ein echter Freund. Und Freunde wie wir vertrauen einander und erzählen sich, was sie bewegt, hab ich recht?« Als ich nicht sofort antworte, schlägt er mit patriarchalem Gestus das Kreuzzeichen über mir und nuschelt: *»Ego te absolvo a peccatis tuis in nomine ...«*
»Padric, sei so gut. Du bist kein Priester!«
»Ich nicht, aber du.«
Womit wir wieder bei seiner Frage angekommen wären.
Ich stöhne entnervt. »Ja«, gebe ich schließlich zu – er lässt ja doch nicht locker. »Ich finde sie ganz bezaubernd.«
»Ha! Dachte ich's mir doch!«, schmunzelt er, und seine grau-blauen Augen leuchten dabei wie mein Leuchtturm in der Abenddämmerung. »Und sie, empfindet sie etwas für dich?«

Der Hüter des Erzengels

Intermezzo 3

Im Refektorium
Kurz nach ein Uhr nachts

Nur wenige Schritte entfernt schlägt der Hüter das Notizbuch auf und blättert durch die mit einer seltsamen Schrift beschriebenen Pergamentseiten. Es sind dieselben Zeichen wie in Vittorinos Büchlein, das seit jener Nacht spurlos verschwunden ist. Hat Vittorino es Yann gegeben, bevor er starb?

Wenn es Yann gelingt, die Geheimschrift zu entschlüsseln, wird er wie Conan den verborgenen Schrein in der Krypta finden. Er wird das Schloss aufbrechen, den Brokatstoff zur Seite schlagen, in den das schwach glühende Metall gehüllt ist, und das Testament des Satans lesen.

Gott bewahre! Ich muss verhindern, dass Yann sich mit Liliths Tochter verbündet, die ebenfalls nach der Tod und Verderben bringenden Reliquie sucht. Ihrem Charme und ihrer Chuzpe ist er offenbar schon erlegen. Wie Seine Heiligkeit der Papst, der ihr ebenso willfährig ist. Oh, Yann, mein Junge, du enttäuschst mich maßlos! Ich hatte Großes mit dir vor! Aber so …

Der Hüter schüttelt traurig den Kopf.

Das Geheimnis muss gewahrt bleiben. Auch um den schrecklichen Preis, dass Yann, den er lieb hat wie einen eigenen Sohn, sterben muss wie alle anderen.

Arc'hael Mikael, steh mir bei in dieser schweren Stunde!

Der Hüter zieht den Silberstift aus dem Buchrücken, mit dem Liliths Tochter in ihr Notizbüchlein schreibt. Mit schnellen Strichen bereitet er die Falle vor, die schon bald zuschnappen wird.

Seit Vittorinos Tod ist alles vorbereitet. Die Bruderschaft hat sie seit Wochen erwartet. Die Progression des Todes, die sie ein für alle Mal vernichten wird, ist nun unaufhaltsam in Gang gekommen. Die Bruderschaft des Erzengels wird siegen, wo die Inquisitoren vor zwei Jahren so grandios gescheitert sind.

Ein sardonisches Lächeln tritt auf seine aufgeplatzten Lippen, als er unter dem Symbol, das er eben skizziert hat, einige Zeilen in Alessandras Handschrift niederschreibt.

Sie sind ihr Todesurteil.

Alessandra

Kapitel 15

Im Scriptorium
Zehn Minuten nach ein Uhr nachts

Behutsam streiche ich über das gewellte Pergament mit dem Titel: *Liber Secretorum Diaboli* – das Buch der Geheimnisse des Satans. Das vergilbte Pergament lässt keinen Zweifel zu an seinem Alter. Zehntes oder elftes Jahrhundert. Nach fast fünfhundert Jahren ist der Kodex in ausgezeichnetem Zustand, als wäre er die meiste Zeit in einem luftdichten Raum verwahrt gewesen, ohne Feuchtigkeit und ohne Schimmel. Am oberen Rand des Titelblattes entdecke ich Vittorinos Handzeichen. Er hat dieses Buch also gelesen.

Der Foliant ist in einen hölzernen Umschlag mit Lederbezug und Ornamenten aus Metall gebunden. Er war mit sieben Siegeln aus rotem Lack versiegelt. Alle wurden aufgebrochen. Unwillkürlich kommt mir ein Vers der Apokalypse in den Sinn: ›Und ich sah in der Rechten dessen, der auf dem Thron saß, ein Buch, mit sieben Siegeln versiegelt.‹ Grauenvolle Dinge werden geschehen, wenn Christus die Siegel öffnet.

Das Buch besteht aus … ich schlage die letzte Seite auf … aus über sechshundert durchnummerierten Pergamentseiten. Die letzten wurden herausgerissen. Die zerfetzten Reste, die eine nahezu unleserliche Schrift aufweisen, hängen noch im Buch. Nur eine Hand voll Seiten fehlt!

Das Buch hatte ursprünglich ... ich fingere rasch durch die zerfetzten Blätter ... sechshundertsechsundsechzig Seiten.

Sieh mal einer an! 666 – die Zahl des Satans aus der Offenbarung des Johannes!

Ich blättere zurück zum Anfang.

Der Foliant ist in einer karolingischen Minuskel verfasst, einer Schriftart, die gegen Ende des achten Jahrhunderts während der Herrschaft Karls des Großen entwickelt und bis ins elfte Jahrhundert verwendet wurde. Die Sprache ist Latein. Der Stil und die Art der Schrift verändern sich nicht, als wäre dieser Kodex in kurzer Zeit von einem einzigen Mönch verfasst worden.

›... ein Buch, mit Satans Hilfe von einem Mönch verfasst, das Geheimnisse offenbart, die selbst den Engeln des Himmels verborgen geblieben sind.‹ So beschrieb die Chronik, die ich vorhin im geheimen Archiv entdeckt habe, diesen Kodex.

Anders als die Bibel, die den Werdegang Gottes beschreibt – als Schöpfer und Zerstörer, als Befreier und Gesetzgeber, als Eroberer und Rächer –, zeichnet dieses Gegenstück zur Bibel das Leben des Teufels nach. Seine Verbannung als Engel aus dem Himmel, beschrieben in dem ›Buch über den Pakt mit Gott‹. Sein Kampf gegen den Erzengel Michael hier auf dem Mont-Saint-Michel, nachgezeichnet in einer Apokalypse, deren Beschreibung der himmlischen Entscheidungsschlacht viel ausführlicher ist als die Version in der Bibel. Dann folgt Satans Sturz in die Hölle, wo er als Fürst der Finsternis die Herrschaft über die Dämonen übernimmt, die ihm in seinem Kampf gegen Gott zur Seite stehen – nachzulesen in den Kapiteln ›Das Buch der neun Tore‹, ›Das Buch vom Thron königlicher Pracht‹ und ›Das Buch der Engel und Dämonen‹. Dann lese ich von Satans Versuchung Jesu in der Wüste und sein Auftreten als Antichrist – diese Darstellungen bilden das ›Evangelium nach Satan‹:

Der Fürst der Hölle, dessen Macht und Herrschaft über die Finsternis dem lichterfüllten Reich Gottes gegenübersteht, verdunkelt den Verstand der Menschen und gewinnt auf diese Weise Einfluss auf ihren Willen. Satan, der Herrscher der Welt, bedient sich der List, gibt sich den Anschein des Guten, des Heiligen, des Engels des Lichts. Dieser finsteren Macht können die Gläubigen nur mit dem Wort Gottes Widerstand leisten, mit dem festen Glauben an Jesus Christus. Jeder, der nicht Gott nachfolgt, steht unter der Macht des Satans.

Ich muss an das Buch meines Vaters denken, das mir in Rom in die Hände fiel: ›Es steht dem Menschen frei, sich in seinem Denken und Handeln zu Gott zu erheben, um ihm ähnlich zu werden, oder zur teuflischen Bestie zu entarten. Das Böse steckt im Menschen selbst. In jedem von uns ...‹

Luca hatte recht. Der Teufel steckt in uns allen, wie eine Pestbeule, die irgendwann aufbricht und ihren ätzenden, giftigen und ansteckenden Bluteiter entleert, wie ein wucherndes Krebsgeschwür des Bösen, das immer schneller Metastasen bildet und sich so lange unaufhaltsam ausbreitet, bis das ganze System zusammenbricht. Dann: Exitus. Die Hinrichtung des Menschen, der einen Satanspakt geschlossen haben soll, im Feuer oder im Wasser. Und, Stufe zwei: die ansteckende, seuchenartige Ausweitung des Phänomens, der Zusammenbruch des gesamten Systems, der Gesellschaft – Massenhysterie, psychische Unzurechnungsfähigkeit, Halluzinationen wie Zeichen Gottes und Satansvisionen, panische Gebete und Gewalt – jeder gegen jeden.

Ich muss kein Inquisitor sein wie mein Vater, um die Mechanismen des Bösen zu verstehen, die, erst einmal in Gang gekommen, kaum noch aufzuhalten sind. Sie ähneln der tödlichen Maschinerie der Inquisition, mit lautem Kettengerassel, quietschendem Foltergerät und menschenverachtendem Terror. Nein, ich muss kein Inquisitor sein, Gott bewahre! Aber ich muss denken und handeln wie ein Inquisitor, wie vor zwei Jahren im Prozess gegen mich. Und aus diesem Grund hat Tommaso mich hergeschickt: als Inquisitor mit umfassender päpstlicher Handlungsvollmacht.

Lagebesprechung beim Abendessen: »Es gibt kein heiliges Buch, das von Satan selbst verfasst wurde, kein Papyrusfragment eines satanischen Evangeliums, kein Spruch, der von ihm selbst stammt, nichts. Eine Menge Grimoires, mit denen die Dämonen beschworen werden können, schwarze Bibeln mit einem Pentagramm auf dem Einband, liturgische Handbücher für Satansmessen, Prozessakten der Inquisition über Satanserscheinungen, Erfahrungsberichte der Exorzisten über Teufelsaustreibungen, du kennst das alles, du weißt wovon ich spreche, Alessandra. Aber es gibt kein Werk von Satan selbst verfasst, als Gegenstück zur Heiligen Schrift. Mit einer Ausnahme: Das Testament des Satans. Als Papst, Stellvertreter Gottes auf Erden und Hüter des wahren Glaubens, *muss* ich wissen, welches Vermächtnis er der Welt vermacht hat. Mir ist bewusst, dass du gewisse Grenzen überschreiten wirst, um dich auf das Terrain des Satans vorzuwagen. Ich bete darum, dass du in der Lage sein wirst, wieder heil zurückzukommen. Zu deiner Sicherheit nimmst du einen Exorzisten mit nach Frankreich. He, du brauchst überhaupt nicht die Augen zu verdrehen, Alessandra! Das ist mein letztes Wort!«

Denkst du! Da nützt es nichts, mit der päpstlichen Faust auf den Tisch zu hauen. Auf dem Mont-Saint-Michel herrscht weder Henry von England noch Charles von Frankreich. Sondern der Ausnahmezustand. Der Pater wartet wie alle anderen in der Prieuré de Genêts auf mich. In Frankreich also.

Müde reibe ich mir die Augen und widme mich wieder dem Teufelskodex.

Satans Aufstieg und Fall, sein Kampf, sein Sturz, seine Herrschaft über die Welt. Aber kein Wort vom Testament des Satans! Ich spüre, wie mir die Zeit zwischen den Fingern zerrinnt. In einer Dreiviertelstunde wird die Glocke die Mönche zur Vigil rufen.

Bevor ich das hingekritzelte Kolophon am Ende des Buches entziffere, blättere ich zurück zu der Seite, die ich vorhin in der Krypta überflogen habe. Da steht es!

›... und übergab Aubert die vom Blut des Satans triefende Reliquie: das Vermächtnis des Satans, auf dass er sie tief im Felsen verberge und von den Mönchen bewachen lasse ...‹

Das war's. Die einzige Erwähnung des Vermächtnisses.

Eines Nachts erscheint Saint-Michel im Traum vor Aubert und befiehlt ihm, auf dem Mont-Saint-Michel ein Sanktuarium zu errichten. Als Reliquie übergibt er ihm das bluttriefende Testament des Satans.

Na toll, aber ich bin keinen Schritt weiter! Ich brauche einen Hinweis, einen Code, verborgene Schriftzeichen in den Ornamenten am Seitenrand, weggekratzte Marginalien, ein Bild der Reliquie und ihres Schreins, irgendetwas!

Entnervt blättere ich durch den Kodex, lese ein paar Zeilen im Buch der Rituale und erfahre, dass ein Priester die Kapelle mit dem Satansschrein betrat, um Blut auf den Deckel zu spritzen. Und dass er die unheilige Lade in eine Wolke aus Weihrauch hüllte, damit die Mächte des Bösen ihm nicht schaden konnten.

Blutopfer und Weihrauchschwaden ... Das liest sich fast wie die alttestamentlichen Zeremonien vor der Bundeslade, denke ich und erinnere mich an Gottes Gebot an Moses: ›Verfertige eine Lade aus Akazienholz! Überziehe sie mit reinem

Gold von innen und von außen. In die Lade sollst du das Gesetz legen, das ich dir geben werde!‹ Der Gottesschrein mit Gold verkleidet, die Satanslade mit Blei. Ist die Lade, in der das Testament des Satans aufbewahrt wird, ein Gegenstück zur Bundeslade?

Das Buch der Rituale enthält magische Beschwörungen, satanische Symbole, aber auch Gebete zum Schutz vor dem Bösen und eine Satansaustreibung, die der Besessene an sich selbst durchführen kann, ohne Exorzisten. Dieser Abschnitt des Kodex ist also ein Grimoire. Es heißt, dass sich zwischen den Seiten dieser Zauberbücher Dämonen verbergen und dass sie durch das bloße Öffnen des Buches herausgelockt werden …

Gut zu wissen.

Am Ende des Buches befindet sich ein Kolophon, eine Art Schlussformel oder Nachwort, das üblicherweise Angaben über den Verfasser, den Auftraggeber sowie Ort und Jahr der Niederschrift enthält. Die letzten Seiten bis Seite 666 sind herausgerissen – aber wieso?

Ich beginne, den Text zu lesen … und bin erschüttert.

›Bevor ich von diesem Leben in ein anderes hinübergehe, muss ich mein Gewissen vor Gott und allen Menschen erleichtern, auch wenn dieses Bekenntnis, so hoffe und bete ich, niemals gelesen wird. Was ich getan habe, habe ich aus freiem Willen getan. Was ich erlitten habe, ist eine Strafe des allmächtigen Gottes, der über mich richtet. Möge sein Urteil gerecht sein …‹ Und am Ende der Seite: ›… will ich durch die Gnade Gottes im Vergessen Frieden finden.‹

»Das ist unglaublich!«, murmele ich, schüttele den Kopf und lese fasziniert weiter:

›… den Schrein in alle Ewigkeit zu verbergen, damit er niemals gefunden wird …‹

Der Mönch, der diesen Kodex im apokalyptischen Jahr 999 verfasst hat, als der panische Schrecken vor dem Ende des Jahrtausends und der erwarteten Wiederkehr Christi um sich griff und die Menschen ihr eigenes Requiem sangen, wurde mit seinem Buch in einer Krypta lebendig eingemauert! Das muss in der Krypta der dicken Pfeiler gewesen sein, unterhalb des Chors, der 1421 einstürzte. Damals fand man ein Skelett, wie der Prior Papst Martin berichtete.

Der Frater, der sich selbst als *Hüter der Lade* bezeichnet, litt Höllenqualen, die er sehr anschaulich beschreibt. Blutende und eiternde Wunden am ganzen Körper und im Gesicht, was ihn wie einen Dämon aussehen ließ ...

Ich blicke auf. Die Fratze vorhin an meinem Bett! Dieselben Symptome! Leidet der Assassino an derselben Krankheit wie der Verfasser des Buches und Hüter der Lade? Was mich gleich zur nächsten Frage führt: Verursacht der Schrein mit dem Testament des Satans dieses Leiden? Ist der Assassino ein Hüter der Lade? Hat er die fehlenden Seiten herausgerissen?

Mühsam entziffere ich die Handschrift, die immer unleserlicher wird. Und wirrer. Oft reihen sich Worte und Sätze ohne Punkt und Komma aneinander. Dadurch verschwimmt manchmal die Beziehung der Satzteile zueinander. Nur durch aufmerksames Lesen kann ich den oft dunklen Sinn ergründen. So viel verstehe ich: Der Mönch, der seinen Namen nirgendwo genannt hat, litt unter furchtbaren körperlichen und seelischen Qualen, bevor ihm der Tod die Feder aus der Hand nahm. Seine Worte zu lesen ist, als würde ich ihm beim Sterben zusehen. Am Ende war er der Meinung, er vollende sein Buch, eingemauert in der Krypta, mit der Hilfe Satans. Der Antichrist wäre bei ihm, die ganze Zeit. Entsetzlich!

Schaudernd erinnere ich mich, wie ich vor zwei Jahren in

den Gewölben des eingestürzten Lateranpalastes verschüttet war. Stunde um Stunde habe ich das Buch des Teufelspapstes in mein Notizbuch kopiert und dabei gespürt, wie ich immer schwächer wurde, immer müder, immer verwirrter …

Ich konzentriere mich wieder auf das Kolophon, das immer mehr zur Lebensbeichte wird, zu einem verzweifelten Aufschrei: ›Ich bete zum allmächtigen Gott, dass die Krypta, die zu meinem Grab geworden ist, niemals geöffnet wird und dass das Vermächtnis des Satans bis zum Ende der Zeit verborgen bleibt. Ich bete von ganzem Herzen und mit all meiner schwindenden Kraft, dass niemand jemals diese Worte lesen wird, denn wenn …‹ An dieser Stelle bricht der Text ab. Die folgenden Seiten sind aus dem Kodex herausgerissen worden.

Denn wenn … *was?* Was geschieht, wenn das Vermächtnis des Teufels entdeckt wird?

Ich vermute, dass auf den fehlenden Seiten vom Testament des Satans die Rede war. Im Jahr 999 wurde es zusammen mit dem Hüter in einer Kammer unter der Abteikirche eingemauert, damit es für alle Zeit verborgen blieb. Aber dann stürzten 1421 der Chor und die Krypta ein, und beim Wegschaffen der Trümmer wurde die Kammer mit dem Skelett entdeckt. Und dann?

Und dann die Morde. Der letzte vor vier Monaten, kurz bevor Vittorino in die Abtei kam. Der Bibliothekar, der Amtsvorgänger von Abelard, wurde auf grauenvolle Weise ermordet – sein Leichnam war von rätselhaften Zeichen aus Blut umgeben. Musste er sterben, weil er den Schrein geöffnet hatte, nachdem er im Archiv die Purpurchronik mit dem Fluch auf der weggekratzten Seite gelesen hatte?

Und wo ist das Testament des Satans jetzt? Vittorino hat es in der Hand gehalten, Conan hat es seinen Seelenfrieden genommen … nur ich habe keine Ahnung, wo ich danach suchen soll.

Vittorino hat dieses *Liber Secretorum Diaboli* gelesen. Conan auch. Es hat sie zur Reliquie geführt. Also muss das Versteck irgendwo in diesem Kodex bezeichnet werden. Aber wie kann das sein? Das Buch wurde im Jahr 999 mit seinem Verfasser eingemauert. Die Lade mit der Reliquie wurde jedoch 1421 aus der Krypta der dicken Pfeiler geholt und an einem anderen Ort begraben. Aber wo?

Irgendwo unter der Kirche … in einer verborgenen Kammer … einer Krypta … einer Gruft … einer Nische im Felsen … mit anderen Worten: Irgendwo in dieser labyrinthischen Abtei.

Ich blättere weiter durch den Kodex und betrachte die kostbaren Illuminationen, die in den Text eingestreut sind. Sie sind in Tinte ausgeführt und nachträglich koloriert und mit Blattgold verziert worden. Sie entstanden also vor der Niederschrift des Textes, der sich der Form der Szenen anpasst und sie umfließt.

Das erste Bild zeigt Jesus Christus in wallendem Gewand auf einem Wolkenthron, als er sich Johannes offenbart. Das ist der Beginn der Apokalypse des Johannes.

Ich schlage das nächste Bild auf. Die Öffnung des Buches mit den sieben Siegeln. Im Hintergrund Gott auf seinem himmlischen Thron, der von flammenden Feuerschalen umgeben ist, ihm zu Füßen das Lamm. Im Vordergrund ein wogendes Gemetzel: Scheuende und steigende Pferde mit wehenden Mähnen, auf ihren Rücken Reiter mit zum Kampf erhobenen Armen, unter ihren Hufen sterbende Blutopfer. Die apokalyptischen Reiter, alle mit Totenschädeln anstelle von Gesichtern, fallen mit Sensen und Schwertern übereinander her und schlachten die Menschheit ab. Am Bildrand: Saint-Michel, auf sein Flammenschwert gestützt, abwartend.

Daneben der entsprechende Vers der Apokalypse: ›Und ich sah, als das Lamm eines von den sieben Siegeln öffnete, ein weißes Pferd, und der darauf saß, hatte einen Bogen. Und ihm wurde ein Siegeskranz gegeben, und er zog aus, um zu siegen. Und als das Lamm das zweite Siegel öffnete, sah ich ein anderes, ein feuerrotes Pferd. Und dem, der darauf saß, wurde gegeben, den Frieden von der Erde zu nehmen und die Menschen dahin zu bringen, dass sie einander schlachteten. Und ihm wurde ein großes Schwert gegeben.‹

Die nächste Illustration zeigt das Zerbrechen des siebten Siegels. Engel in langen Gewändern, die ein wenig an die wallenden Kukullen der Benediktiner des Mont-Saint-Michel erinnern, die Flügel ausgebreitet, blasen in ihre Posaunen. Um sie herum der Text:

›Und als das Lamm das siebte Siegel öffnete, entstand ein Schweigen im Himmel. Und ich sah die sieben Engel, die vor Gott stehen. Und es wurden ihnen sieben Posaunen gegeben. Und ein anderer Engel stellte sich an den Altar. Er hatte ein goldenes Räuchergefäß. Und der Rauch des Weihrauchs stieg mit den Gebeten auf aus der Hand des Engels vor Gott. Und der Engel nahm das Räuchergefäß und füllte es mit dem Feuer des Altars und warf es auf die Erde. Und es geschahen Donner und Stimmen und Blitze und ein Erdbeben. Und die sieben Engel, die die sieben Posaunen hatten, machten sich bereit, um zu posaunen.‹

Ich blättere weiter.

Saint-Michel im Kampf mit Satan, mitten im wogenden Himmel oberhalb des schroffen Granitfelsens des Mont-Saint-Michel. Der Erzengel trägt einen goldenen Harnisch und hält sein glühendes Flammenschwert in der Hand. ›Und es entstand ein Kampf im Himmel: Der Erzengel Michael und seine Engel kämpften mit Satan, dem Verführer der Welt, der mit seinen

Engeln auf die Erde geworfen wurde. Und sie haben ihn besiegt.‹

Der unterlegene Satan stürzt aus dem Himmel, die fledermausartigen Flügel weit ausgebreitet. Doch er fällt immer schneller. Seine Flügel fangen Feuer. Als leuchtender Feuerball prallt er schließlich auf den Mont. Glutflüssige Lava spritzt hoch, die Erde öffnet sich zu einem tiefen Abgrund, in dem Satan versinkt, zusammen mit der zurückkehrenden Flut des Meeres. Dann schließt sich der Höllenschlund wieder. Ein letztes Brodeln von schäumendem Wasser. Dann ist es vorbei.

Eindrucksvolle Darstellung, ganz ehrlich!

Aber das nächste Bild verblüfft mich noch mehr.

Johannes, der Verfasser der Apokalypse, erblickt das himmlische Jerusalem. Das Neue Jerusalem soll entstehen, nachdem Himmel und Erde am Ende der Zeit vernichtet worden sind. Ein Symbol für Hoffnung und Erlösung. Doch Johannes erblickt die Vision nicht auf den Wolken des Himmels oder schemenhaft am fernen Horizont! Die Silhouette gleicht verblüffend dem einzigartigen Schattenriss des Mont-Saint-Michel als Säule des Himmels! Mit einem Unterschied: der eingestürzte Chor der Abteikirche ist wiederaufgebaut. Jetzt wird's interessant!

Die nächste Darstellung kommt mir bekannt vor. Saint-Michel, der Sieger des endzeitlichen Kampfes, beugt sich über Aubert und rammt ihm seinen Flammenfinger in den Schädel, um seiner Hoffnung auf ein Heiligtum auf dem Mont Nachdruck zu verleihen.

Weiter!

Die Abbaye du Mont-Saint-Michel ist errichtet – im Jahr 999, als dieser Kodex entstand, zuerst nur ein kleines Sanktuarium auf dem Gipfel des Mont, wo heute die Krypta Notre-Dame-sous-Terre liegt. Keine gewaltige Abteikirche, keine großartige Merveille, die viel später errichtet wurde, kein Dorf am Abhang des schroffen, nur von einigen Büschen bewachsenen Felsens. Saint-Michel in purpurnem Mantel, mit ausgebreiteten Engelsflügeln und seinem Flammenschwert in der Hand, von dem noch das Blut des Satans tropft, übergibt Aubert die satanische Reliquie. Zumindest besagt das der umgebende Text. Von einem Testament des Satans finde ich in dem Bild keine Spur. Ebenso wenig von einem Schrein, der mit Blei ausgekleidet wurde.

Nur Saint-Michel, Bischof Aubert und das Sanktuarium in der Felsengrotte, aus der die keltischen Menhire entfernt wurden. Sonst nichts. Kein Kodex, weder aus Pergament noch aus jenem strahlenden Metall, das Tod und Verderben bringt – vermutlich die geheimnisvolle Krankheit, an der die Hüter der Lade leiden. Und auch kein Blutkelch als Gegenstück zum Heiligen Gral, dem Symbol der Erlösung durch das Blut.

Der Assassino ist ebenso sterbenskrank, wie es jener Hüter war, als er eingemauert wurde. Aber Prior Yvain behauptet, es gebe keinen Schrein und kein Testament des Satans. »Va all' inferno! Du weißt etwas, Pater Prior, ganz sicher weißt du etwas! Die Aufzeichnungen über die mysteriösen Morde, die ich im Archiv gefunden habe, wurden am 14. Dezember 1446 auf deinen Befehl abgebrochen. Da warst du schon im Amt, du Mistkerl!‹

Anders als in der Ordensregel vorgesehen, wählen die Mönche ihren Prior selbst. Die Amtszeit dauert drei Jahre. Die nächste Wahl steht also in den kommenden Wochen an. Und Yannic, der einige Jahre Prior auf dem Saint Michael's Mount war, will Yvain de Bayeux herausfordern, das hat Kardinal d'Estouteville mir anvertraut – Guillaume hält sehr viel von Yannic, der fast ein halbes Jahr in seinem Palazzo in Rom gewohnt und mit seinen Kindern Agostino und Girolamo im

Garten gespielt hat. Guillaume wäre es mehr als recht, wenn Yannic Prior wäre.

Ich blättere zum nächsten Bild: Es zeigt Harmagedon, den Ort der Entscheidungsschlacht zwischen Gut und Böse, die auf einem Berg stattfinden soll. Das Wort *Harmagedon* kommt in der Heiligen Schrift nur ein einziges Mal vor, daher ist es nicht möglich, den Ort eindeutig zu benennen. Aber diesen Felsen kenne ich – es ist der Mont-Saint-Michel. Darunter der Text: ›Das Böse ist mächtig. Es wird immer stärker. Doch es ist nicht unbezwingbar. Das Gute wird am Ende siegen.‹

Ich atme tief durch.

Auch hier keine Spur von einem Testament des Satans.

Was habe ich übersehen, was falsch verstanden? Ich weiß es nicht. Dennoch habe ich das Gefühl, dass während des Blätterns etwas mit mir geschehen ist, anders kann ich dieses Empfinden nicht beschreiben. Es gibt eine unterschwellige Botschaft, die ich nicht entschlüsseln kann. Mein Unbehagen sagt mir, dass ich recht habe: Ich habe etwas übersehen, etwas Wichtiges, Entscheidendes.

Aber was?

Yannic

Kapitel 16

Im Dormitorium
Kurz vor halb zwei Uhr nachts

Lautlos schleiche ich den Gang zwischen den hölzernen Zellen des Dormitoriums entlang. Dabei behalte ich Frère Loïc im Blick, der neben dem Tisch mit der Nachtkerze eingenickt ist und mittlerweile genauso laut schnarcht wie die schlafenden Mönche, über die er als Significator Horarium, als Wächter der Zeit, neben der Stundenkerze wachen sollte. In einer halben Stunde soll er die Glocke zur Vigil läuten, um die Fratres zu wecken.

Hinter mir zieht Padric mit einem Ruck den Vorhang seiner Zelle zu und sinkt auf das Bett – es knarrt leise, als er sich hinlegt, zwischen dem rauen Laken und den piksenden Halmen und Ähren des Strohsacks eine bequeme Position sucht und dabei seinen Habit ordnet, damit er zum Stundengebet nicht völlig zerknittert ist. Die Abtei ist feucht, die Laken und das Stroh sind immer klamm, wenn man zitternd und frierend ins Bett kriecht, und der Habit müffelt schon nach nassem Seetang, wenn er frisch gewaschen von der Leine kommt.

Noch zwei, drei Schritte, dann habe ich meine Zelle erreicht. Ich taste nach dem Dolch an meinem Gürtel und spähe in die dunkle Kammer, die kaum größer ist als das Bett mit dem unbequemen Strohsack und das schmale Regal mit den wenigen Habseligkeiten, die mir die Ordensregel gestattet …

… und die jetzt alle über die zerwühlte Bettdecke verstreut liegen: der nackte Crucifixus, der über dem Bett hing, die ›Disziplin‹, mit der ich mir jeden Freitag mit nacktem Oberkörper den Rücken blutig geißele, während ich den 50. Psalm bete. Das Nähzeug. Das Rasiermesser. Der kleine Spiegel. Die Kräuterseife, die meine Mutter mir geschickt hat und die so herrlich nach meiner Insel duftet, nach den moosigen runden Steinen an kantigen Felsstränden, nach dem violett blühenden Heidekraut, nach den regendurchtränkten matschig weichen Schafsweiden, nach der glitzernden Meeresgischt zwischen den Klippen der Steilküste, wo die Möwen nisten, und nach den windigen blau-grauen Weiten des Atlantiks. Und da ist auch Katarins Brief in ihrer krakeligen Kinderschrift, die Pierrics windschiefem Gekritzel so ähnlich ist, dass es mich jedes Mal, wenn ich ihn sehe, traurig macht.

Yvain und Abelard haben meine Zelle durchwühlt! Schon wieder! Das letzte Mal war mein Brustkreuz verschwunden.

Was fehlt diesmal?

Oje! Mein Brevier liegt zerrissen vor dem Bett, unter dem Haken mit meinem zweiten Habit. Erschüttert hebe ich das Buch auf und blättere darin. Was haben sie gesucht? Vittorinos Notizbuch? Oder etwas anderes … etwas, das Alessandra mir vorhin gegeben haben könnte?

Ich ziehe die beiden Briefe hervor, die sie hinter dem Kaminsims versteckt hatte, und betrachte die Pergamente. Ich wollte sie unter meinem Bett verstecken, aber nein, das kann ich wohl vergessen. Viel zu gefährlich, für sie und für mich.

Also schiebe ich das Breve von Papst Nikolaus und das Schreiben des Seigneur d’Estouteville wieder unter meine Kukulle und verlasse meine Zelle.

Wo ist sie nur?

Im Tosen des Sturms husche ich zur Tür, die in die Kirche führt. Ein kurzer Blick zurück: Loïc schläft fest, niemand steckt den Kopf aus seiner Zelle, niemand folgt mir. Dann los! Ich stoße die Tür auf und steige die Stufen empor zum Seitenschiff.

Die Kirche wirkt verlassen. Das Dach über mir sieht aus wie ein im Sturm gekentertes, kieloben schwimmendes Schiff.

Ein eisiger Schauer rieselt mir über den Rücken: Terribilis est locus iste – schrecklich ist dieser Ort. Es scheint, als ob er einatmet und ausatmet, als wäre er lebendig. Während des Tages ist er eine herrliche Kathedrale, wie aus Sonnenlicht gewoben, ein Stein gewordener Hymnus zur Verherrlichung des Erzengels, aber nachts strömt dieser Ort Böses aus.

Kein Wunder, dass alle glauben, der Erzengel wandele nachts in seiner Kirche und strafe diejenigen, die sich gegen ihn versündigen. Die Reliquien des Erzengels werden in einer Truhe verwahrt, die niemals geöffnet werden darf. Ein Mönch wagte es, das Schloss aufzubrechen, weil er sehen wollte, um zu glauben. Sein Unglaube erzürnte den Erzengel – der Mönch fiel auf der Stelle tot um.

Ich gehe zum Altar, knie vor der Granitstatue des Erzengels nieder, bekreuzige mich und spreche ein Gebet zu Saint-Michel. Das Furcht erregende Bildnis lasse ich dabei nicht aus den Augen. Diese Statue ist verwünscht. Sie scheint zum Leben zu erwachen, sich zu bewegen und mit knackenden steinernen Gelenken über den liegenden Satan herabzusteigen – ein Aufenthalt nachts in der Kirche ist auch ohne einen Gewittersturm nichts für schwache Nerven.

Im Jahr 1045, in der Nacht zum 16. Oktober, kurz vor der Vigil, sah ein Mönch drei Engel mit Kerzen, die wie Pilger gekleidet waren. Als er sich ihnen näherte, ohne sich respektvoll vor ihnen zu verneigen, erschien eine unsichtbare Hand, die ihm derart eine geknallt hat, dass er ohnmächtig hintenüberkippte. 1050 sahen zwei Mönche, die im südlichen Querschiff achtlos die Messe zelebrierten, plötzlich eine Flamme aus dem Altar schießen, die wie ein Blitz in ihre Körper einschlug und ihnen in einer Stichflamme die Haare versengte. 1050 und 1263 haben die Mönche nachts eine ganze Stunde lang die Engel das *Kyrie eleison* singen hören, so schön und harmonisch, dass sie glaubten, sie wären im Himmel.

Am 17. Februar 1270 kehrten die Mönche nach dem Nachtoffizium ins Dormitorium zurück, als plötzlich drei laute Donnerschläge sie erschreckten. Voller Panik flüchteten sie sich in die Kirche, wo Engel aus loderndem Feuer um den Altar herumwirbelten. Die erschrockenen Mönche läuteten die Glocken und flehten Gott um Hilfe an. Denn eine Schar feuriger Gestalten flog mit einem gewaltigen Flattern durch den Himmel über der Kirche. Das muss eine schreckliche Nacht gewesen sein! Am nächsten Tag, als die Mönche im Kreuzgang waren, schoss ein Lichtstrahl aus dem Flammenschwert des Erzengels auf dem Turm der Kirche.

Und 1102 stattete Saint-Michel selbst seiner Kirche einen Besuch ab, als irrlichternde Feuersäule, die durch die gesamte Basilika wandelte. Le Coz hat ihn auch gesehen, als er 1421 unter den Trümmern des eingestürzten Chors verschüttet war. Es war eine feurige Lichtgestalt, die zu ihm gesprochen hat.

Ich bekreuzige mich. Terribilis est locus iste.

Und dann sind da noch die geheimnisvollen Lichterscheinungen über dem Mont, die man vom Meer aus beobachten kann und die wie Leuchtfeuer schimmern. Um das Jahr 1000 hat der Bischof von Avranches nachts eine derart hell strahlende Erscheinung über dem Mont beobachtet, dass er befürchtete, die Abtei brenne lichterloh. So ein Leuchten, wundervoll wie ein Polarlicht, habe ich selbst schon gesehen, als ich während eines Sturms nach Sonnenuntergang in der Bucht gesegelt bin.

Ja, der Mont ist das Tor zu einer anderen Welt, ein mystischer Übergang zwischen Himmel und Erde und Hölle.

Nachdem ich mich erhoben und den Fuß des Erzengels auf Satans Schulter geküsst habe, wende ich mich um. Die für das Fest von Saint-Michel geschmückte Kirche wirkt verlassen.

Plötzlich sehe ich die Blutstropfen vor dem Altar.

Alessandra

Kapitel 17

Im Scriptorium
Gegen halb zwei Uhr nachts

Ich bin sicher, ich habe etwas übersehen. Aber was? So komme ich keinen Schritt weiter. Vittorino hat dieses Buch gelesen. Er hat das Testament gefunden. Ich muss sein Notizbuch suchen. Und dafür muss ich Vittorinos Leichnam finden. Bevor noch mehr Menschen sterben!

Entschlossen klappe ich das *Liber Secretorum Diaboli* zu und stehe auf. Ich gehe zur Tür, entriegele sie und verlasse das Scriptorium. Im Gästesaal schiebe ich den Folianten unter die Matratze meines Bettes.

Als ich am Tisch vorbeikomme, stutze ich. Mein Gepäck ist durchwühlt worden. Meine Habseligkeiten liegen über den Tisch verstreut. Und ein Scherenstuhl ist verschoben.

Beunruhigt beuge ich mich in den Kamin und blinzele im Flackerlicht der Blitze nach oben. Mein Dolch ist noch da, dort oben am Kaminsims. Aber die beiden Briefe sind verschwunden.

»Merda!«, fluche ich und schlage mit der Faust gegen das Mauerwerk.

Ich sehe zum Bett hinüber. Der Kodex ist dort nicht sicher. Aber wo sonst soll ich ihn verstecken?

Yannic

Kapitel 18

In der Abteikirche
Gegen halb zwei Uhr nachts

Blut? Ich knie mich hin und berühre mit den Fingerspitzen die dunklen Spritzer. Das Blut ist schon getrocknet, aber es ist ganz sicher heute Nacht vergossen worden. Ma Doue, was war hier los?

»Alessandra?«, flüstere ich beunruhigt in das Fauchen des Sturms hinein.

Keine Antwort.

»Alessandra!«

Stille. Sie ist nicht hier.

Plötzlich ein lautes Krachen. Ich fahre herum. Das Hauptportal reißt auf. Die Torflügel prallen gegen das Mauerwerk. Gleißendes Licht, so hell, dass es in den Augen schmerzt, flutet in die Kirche, dringt in jede Nische und verwandelt die Schwärze in ein geisterhaftes Weiß.

Dann ein ohrenbetäubender Donner, gefolgt von einem bedrohlichen Grollen, das in ein rauschendes Flattern übergeht, in ein stürmisches Wirbeln, als ob die Engel, Flügelspitze an Flügelspitze, durch den Himmel jagen. Die ganze Kirche zittert und dröhnt wie eine große Glocke.

Ich muss schlucken und spüre dabei, wie mir das Herz in der Kehle schlägt.

Mann Gottes, Yannic, reiß dich zusammen! Es war der Sturm, der das Portal aufgestoßen hat. Vermutlich war es nur nicht richtig verriegelt. Ja, so muss es sein. Es war ganz bestimmt der Sturm.

Ich bleibe noch einen rasenden Herzschlag lang regungslos stehen und beobachte das dämonische Toben vor dem Portal. Die Böen rasen vom Meer heran, von Cornwall, und prallen mit voller Wucht gegen die Kirche. Das infernalische Lodern der Blitze erleuchtet das Hauptschiff – ich bin allein.

Komm schon, Yannic, es war nicht Satan, der sich gegen das Tor geworfen hat, um in die Kirche zu gelangen! Ein bisschen mehr Gottvertrauen könnte nicht schaden!

Tief atme ich die feuchtkalte Nachtluft ein, die in die Kirche weht und die nach Gewitterregen riecht, nehme meinen Rosenkranz und gehe, während die Perlen durch meine Finger gleiten, zum Portal. Hereingewehte Zweige knistern unter meinen Sandalen, während ich mich gegen die beiden Torflügel lehne, um sie zu schließen und zu verriegeln.

So, das war's. Ich verschwinde ins dunkle Seitenschiff. Gerade will ich die Treppe zur Krypta Notre-Dame-sous-Terre hinuntergehen, als ich plötzlich ein verzweifeltes Weinen höre.

Ich bleibe stehen und lausche.

Alessandra

Kapitel 19

Im Gästesaal
Gegen halb zwei Uhr nachts

Sobald ich die Teufelsbibel versteckt habe, verlasse ich den Gästesaal, durchquere das Scriptorium, haste durch die niedrigen Gewölbe des Promenoirs und erreiche die weihrauchvernebelte Treppengalerie, die zur Krypta Notre-Dame-sous-Terre hinabführt.

Sieh an, das Portal der Krypta, wo Conan den Teufelskodex zurückgelassen hatte, ist jetzt verschlossen.

Ich werfe mich mit der Schulter dagegen – vergeblich.

Also steige ich weiter die Treppe hinunter zur Totenkapelle Saint-Étienne, die hinter der nächsten Biegung des gewölbten Treppenganges liegt. Vor dem Eingang zur Kapelle führt eine Treppe hinauf ins Seitenschiff der Abteikirche. Diese Stufen sind Conan und ich vorhin hinuntergerannt. Und dann verschwand er spurlos, irgendwo hier.

Ich betrete die Kapelle. Vor dem Altar neben der Tür zum Friedhof der Mönche steht ein Sarkophag aus Granit. Es ist der Knochenkasten aus meinem Albtraum! Die Totenkapelle ist still und verlassen. Ich gehe die Stufen hinauf zum Beinhaus.

Die dreischiffige Halle, in der zwischen den Arkadenbögen die Knochen der Mönche aufbewahrt werden, ist dunkel. Und so gruselig, dass ich mich, wie in meinem Traum, immer wieder umsehe, ob mich nicht doch eine kalte Knochenhand von hinten packt.

Das flackernde Licht meiner Kerze wirft riesige Schatten, die über die Wände huschen. Die Totenschädel mit den leeren Augenhöhlen, die mir im Flackerlicht der Kerze und der Blitze zuzuzwinkern scheinen, sind zusammen mit den ausgebleichten Knochen in den Wandnischen zu Ornamenten aufgestapelt. Kreuze und Buchstaben: Alpha und Omega. Der erste und letzte Buchstabe des griechischen Alphabets stehen in der Apokalypse des Johannes für den Anfang und das Ende. Sie sind Symbole des auferstandenen Christus als Richter. Der Erzengel Michael geleitet die von ihm gewogenen Seelen zum Jüngsten Gericht.

Anders als in den Katakomben in Rom pocht mir das Herz vor Grauen bis zum Hals. In den Katakomben herrscht eine tiefe Grabesstille, doch hier heult der Sturm wie eine Meute losgelassener Dämonen. Und da ist wieder dieses herzzerreißende Weinen, ganz leise. Ist das Conan?

Schließlich stelle ich die Kerze auf den Boden. Die Totenschädel bewegen sich nun nicht mehr, die Knochen haben aufgehört zu klappern. Dafür zerbirst mit einem Donnerhall der Himmel. Kein Wunder, dass die Kelten fürchteten, ihnen könnte der Himmel auf den Kopf fallen.

Einmal kurz durchatmen, dann weiter!

Während der Donner noch polternd grollt, taste ich mich an einer Mauer entlang. Als meine Finger ein Spinnennetz berühren, zucke ich wie aufgescheucht zusammen. Nicht, dass ich Angst vor Spinnen habe. Ich finde sie genauso ekelig wie Fledermäuse oder Ratten. Aber die düstere Stimmung hier kostet mich den letzten Nerv. Da fehlt doch nur noch eine große Blutlache und eine zerfetzte Leiche, wie damals in Rom.

Da, ein Geräusch!

Ich bleibe stehen und lausche.

....

Was ist das?

....

Da, schon wieder!

Ein leises Rascheln, ein Kratzen. Es war ganz sicher nicht der Sturm. Als einer der Totenschädel neben mir ruckt, schnappe ich keuchend nach Luft. Beinahe hätte ich vor Schreck geschrien! Was ist dort?

....

Reiß dich zusammen, Sandra!

Über mir raschelt es schon wieder.

....

Ist das Tyson, der durch die Abtei streunt?

In dem Augenblick als ich meinen Kopf hebe, um hinaufzusehen, landet ein pelziges Wesen in meinem Gesicht und klammert sich daran fest. Igitt, eine Maus!

Mit beiden Händen wische ich mir das Tier vom Körper. Es fällt auf den Boden und flitzt in die Finsternis zwischen den Gebeinen.

Sobald sich mein Herzrasen einigermaßen beruhigt hat, gehe ich weiter. Behutsam, um ja gegen keinen Knochen zu stoßen, spähe ich in alle Gewölbenischen. Die meisten sind bis zum Schlussstein mit Gebeinen angefüllt. Doch Vittorinos sterbliche Überreste kann ich nirgendwo entdecken. Er ist seit vier Monaten verschwunden – er kann noch nicht vollständig zerfallen sein. Es riecht muffig und staubig, nach Gruft und Tod. Aber es stinkt nicht nach Verwesung. Und es gibt keine Fliegen. Eines ist sicher: Hier ist Vittorino nicht!

Also gehe ich zurück in die Totenkapelle. Mit der Kerze in

der Hand bleibe ich vor dem Granitsarkophag stehen. Ob er da drin ist, wie in meinem Horrortraum?

Ich stelle meine Kerze auf den Altar und lehne mich mit aller Kraft gegen die Granitplatte. Es knirscht. Sie ruckt! Also noch einmal! Mit einem Rumpeln, das durch die Kapelle hallt, gleitet die Platte eine Handbreit zur Seite. Ein entsetzlicher Gestank entweicht dem Sarkophag, wie von verfaulten Veilchen. Ich verhülle mein Gesicht mit einem Tuch, hole die Kerze vom Altar und luge durch den Spalt, wobei ich nur ganz flach atme.

Ein Leichnam. Ein Gewand aus schwarzem Wollstoff.

Erschüttert blicke ich in den Sarkophag und halte den Atem an, um die mit Moder und giftigem Schimmel verpestete Luft nicht einzuatmen.

Das Gesicht … der Blick lässt mir das Blut in den Adern gefrieren. Der aufgerissene Mund ist im Todesschrei erstarrt, den ich noch immer zu hören glaube.

Ist das Vittorino?

Yannic

Kapitel 20

In der Abteikirche
Gegen halb zwei Uhr nachts

Das verzweifelte Weinen dringt von dem Seitenportal im südlichen Querschiff zu mir. Ich haste hinüber, schiebe es auf und spähe hinaus auf die Terrasse vor der Abteitreppe. Sie ist verlassen.

Ich trete in den Sturm hinaus, lasse das Portal hinter mir ins Schloss fallen und gehe hinüber zur Brüstung, um auf die Stufen hinunterzusehen, die zwischen der Abteikirche und der Residenz des Abtes zum Châtelet hinabführen.

Ich muss mich weit über die Brüstung lehnen, um ihn zu sehen: Etliche Ellen unter mir hockt er im Windschatten des Mauerwerks auf den Stufen und schluchzt zum Gotterbarmen. Ich kann ihn nicht erkennen, weil er mir den Rücken zudreht. Die Kapuze hat er hochgezogen und den Kopf gegen die Mauer gelehnt. Aber ich weiß auch so, wer er ist.

Er zerreißt seinen Habit und schneidet sich mit einem Dolch in die Haut. Versucht er, seine Seele von unerträglichen Schmerzen zu befreien, von einem Höllenfeuer, das ihn innerlich verbrennt?

»Habe ich nicht geschworen, dir zu dienen?«, schluchzt er und stößt sich den Dolch in die Handfläche, als wolle er sich selbst ans Kreuz nageln. »Habe ich nicht geschworen, für dich zu sterben? Ma Doue, mein Gott, vergib mir, was ich getan habe. Erlöse mich!«

Erschüttert starre ich zu ihm hinunter.

»Ma Doue, in meiner Not flehe ich dich an: Libera me a malo! Erlöse mich von dem Bösen!«

Als ich einen Schritt zurücktrete, um die Treppe hinunterzugehen und Conan zu trösten, sehe ich einen Schatten langsam die Stufen heraufkommen.

Auch Conan scheint ihn gesehen zu haben. Panisch springt er auf und stolpert dabei fast über den Saum seiner Kukulle. »Vade retro, Satana!«, brüllt er die rituelle Formel für einen Exorzismus und hebt den Dolch anstelle seines Kreuzes. »Das Heilige Kreuz sei mein Licht. Der Drache wird mich nicht beherrschen. Weiche zurück, Satan! Verführe mich nicht – was du tust, ist böse!« Und dann ein erstickter Schrei – »Herr, erlöse mich von dem Bösen!« – und Conan wirft sich mit dem Dolch auf den anderen, der mitten auf der Treppe stehen geblieben ist.

Im fahlen Licht der Blitze erkenne ich sein Gesicht.

Conan stürmt die Stufen hinab auf ihn zu, rempelt ihn mit der Schulter an, sodass der Alte zurücktaumelt und die Treppe hinabstürzt. Mein Freund hält kurz inne, spuckt Le Coz, den er doch als Heiligen verehrt, ins Gesicht und flüchtet weiter die Treppe hinunter, bis er plötzlich verschwunden ist.

Gott im Himmel, was geht hier vor?

Alessandra

Kapitel 21

In der Totenkapelle Saint-Étienne
Gegen halb zwei Uhr nachts

Erschüttert blicke ich in den Sarkophag und halte den Atem an. Das ist nicht Vittorino.

Ich betrachte die Fetzen des schwarzen Wollstoffs. Sie gehörten einst zu einem Benediktinerhabit.

Nein, es ist nicht mein väterlicher Freund. Erleichtert atme ich auf. Es ist der ermordete Bibliothekar der Abtei. Wie hieß er noch? Geoffrey, glaub ich. Ja, genau: Geoffrey Le Roy.

Und Vittorino?

Hat sein Mörder ihn entkleidet, hat er festgestellt, dass Vittorino beschnitten war – ein getaufter Jude. Vermutlich liegt mein Freund in ungeweihtem Boden begraben.

Mit der Faust schlage ich auf den Rand des Sarkophags, so fest, dass es wehtut. So langsam gerate ich wirklich in Rage! Wenn ich den Assassino zu fassen kriege, dann gnade ihm Gott!

Also los! Ich muss das Testament des Satans finden, bevor noch mehr Morde geschehen.

Ich schiebe die Granitplatte zurück, bekreuzige mich und spreche ein kurzes Gebet für den Toten, dessen Ruhe ich gestört habe.

Mit der Kerze verlasse ich die Totenkapelle.

Wo ist Vittorino begraben?

Yannic

Kapitel 22

Auf der Abteitreppe
Gegen halb zwei Uhr nachts

Mit gerafftem Habit haste ich die Treppe hinunter, um Le Coz, der stöhnend vor Schmerz auf den Stufen liegt, aufzuhelfen. Er scheint nicht verletzt zu sein.

Ächzend lässt er sich auf einer Stufe nieder und zupft die blutige und eitrige Gaze wieder vor sein entstelltes Gesicht. Seine Ledermaske hat er beim Sturz verloren. Ich gebe sie ihm, und er dankt mir mit einem Nicken.

Den bretonischen Namen ›Le Coz – der Alte‹ hat Conan ihm gegeben. ›Der Schweigsame‹ hätte es besser getroffen. Denn weder weiß ich, wie alt er ist, noch wie lange er schon auf dem Mont ist. Seit Menschengedenken, frotzelt Padric. Beim Einsturz des Chors 1421 wurde er verschüttet, aber wie durch ein Wunder nicht verletzt. Der Arc'hael Mikael habe ihm beigestanden, während er aus den Trümmern geborgen wurde. Eine flammende Lichtgestalt sei die ganze Zeit an seiner Seite gewesen und habe ihm Mut zugesprochen und Kraft gegeben. Seither genießt er den Ruf eines Weisen, der mit dem Erzengel spricht, eines Heiligen. Conan, den die alten Kelten faszinieren, nennt ihn augenzwinkernd einen wiederauferstandenen Druiden.

Vor vielen Jahren war er der Bibliothekar und Archivar der

Abtei. Als sein langsames Sterben begann, legte er sein Amt nieder. Seit einigen Monaten ist Abelard sein Nachfolger.

Le Coz leidet Höllenqualen, körperlich wie seelisch: hohes Fieber, plötzliche Ohnmachtsanfälle, spontane Blutungen, wie die Stigmata eines Gekreuzigten, unerträgliche Schmerzen und apokalyptische Visionen, die an Besessenheit grenzen und an epileptische Anfälle erinnern. Mitten in der Nacht schreckt er schreiend hoch und schlägt wie von Sinnen um sich. Oft führe ich ihn dann in die Kirche und ertrage seine rätselhaften und düsteren Predigten über das nahe Ende der Welt, bis er sich wieder beruhigt hat und Yvain oder Abelard ihn ins Bett bringen und festschnallen.

Woran Le Coz leidet, hat bisher niemand herausgefunden. Der Infirmarius, der an der Sorbonne Medizin studiert hat, ringt nur verzweifelt die Hände. Und die Doctores, die er regelmäßig auf dem Festland aufsucht, zucken ratlos mit den Schultern. Gestern Morgen, als Alessandra in die Abtei kam, verschwand er in aller Stille nach Genêts oder Avranches. Yvain hat ihn ihr nicht vorgestellt, weil er, wie es scheint, schon fort war. Aber wann ist er zurückgekehrt? Ich habe ihn gar nicht übers Watt kommen sehen …

Na, wie auch immer. Wir können Le Coz nur auf eine Weise helfen: Wir müssen ihn ertragen, wie er ist. Auch wenn er uns allen die Feuer der Hölle schürt.

Ich deute auf den Platz neben ihm und gebe ihm zu verstehen, dass ich trotz des nächtlichen Schweigens mit ihm reden muss.

Le Coz legt seine flache Hand auf den Stein. Ich darf mich neben ihn setzen. Er wird sein Schweigen für mich brechen.

Ich atme tief durch. »Benedicte.«

»Dominus«, beantwortet er den rituellen Gruß.

»Ehrwürdiger Vater …«, beginne ich auf Brezhoneg, auf

Bretonisch, doch ich zögere, denn er nestelt immer noch an der Gaze herum, die sein Gesicht verhüllt. »Bitte gestattet mir, Euch zu helfen.«

»Yann ...«

Ich winke ab.

Er lässt die Hände sinken und wendet mir das Gesicht zu. Mit wenigen Handgriffen habe ich den Verband wieder in Ordnung gebracht, ohne ihm Schmerzen zuzufügen.

»Ich danke dir, Yann. Du bist der Einzige, der sich nicht scheut, mich zu berühren. Die anderen ekeln sich vor meiner Dämonenfratze. Aber du hast keine Angst.« Ich erahne ein Lächeln auf seinen aufgerissenen Lippen. Er setzt seine Maske auf und verschnürt sie unter seiner Kapuze. Dann legt er mir vertraulich die Hand auf den Arm und sieht mich an. »Du willst wissen, was heute Nacht vorgeht.«

Ich nicke.

Er senkt seine Stimme zu einem Flüstern, das ich im Tosen des Sturms kaum verstehen kann, und ergreift die ›Disziplin‹ für die Selbstgeißelung, die an seinem Gürtel befestigt ist. Er trägt sie immer bei sich. »Das Böse ist entfesselt, Yann, mein lieber Junge. Dein Freund Conan hat recht: Er ist hier. Padric hat ihn auch gesehen. Satan bemächtigt sich dieses Berges.«

Ich starre ihn an. Hat er wieder eine seiner schrecklichen Visionen?

Le Coz nestelt den Rosenkranz von meinem Gürtel, legt ihn mir in die Hand und schließt meine Finger darum, sodass nur das Abbild des Gekreuzigten hervorschaut. »An diaoul zo paotr mat pa vez graet e did dezhañ – der Teufel ist ein guter Mann, solange man ihm zu Willen ist. Sei wachsam, Yann: Satan geht um! Der Böse sucht sich Jünger«, flüstert er eindringlich, während er beunruhigt über seine Schulter blickt.

Ich hebe die Augenbrauen.

Das apokalyptische Donnergetöse des Gewittersturms über uns verleiht der Situation die angemessene Dramatik – Corentin de Sévérac sagt nur ein Wort:

»Armageddon.«

Alessandra

Kapitel 23

Vor dem verwilderten Klostergarten der Merveille
Kurz nach halb zwei Uhr nachts

Ich stütze mich mit beiden Händen auf das morsche Gartentor und spähe in das Gärtchen. Die hohen Brennnesseln wogen im böigen Wind hin und her. Im Lodern der Blitze sehen sie aus wie ein tosendes Meer. Darüber peitschen die Zweige der Bäume. Ihre Umrisse heben sich schwarz vom Nachthimmel ab.

Alles scheint lebendig zu sein, unheimlich und irgendwie feindselig. Das ständige Rauschen, Knistern und Knacken der Blätter und Zweige um mich herum ist entnervend. Hinter mir flattert das Pergament des zerborstenen Fensters im Wind.

Ich packe den Griff meines Dolches fester und steige über das Tor in den Garten. Mit vorgestreckten Armen schiebe ich mich durch das dichte Gestrüpp auf die andere Seite. Während ich mich zur Gartenmauer vorkämpfe, trete ich auf einen morschen, im Sturm abgerissenen Ast. Mit einem lauten Knacken zerbricht er.

»... nur die Blätter im Wind rauschen«, dringt ein Flüstern von unten herauf. »... nur eingebildet ...«

»Nein, ganz sicher nicht«, zischt eine zweite Stimme. »Da oben im Garten ist jemand ... nachsehen ... Es ist ...«

Mit der Schulter gegen die hüfthohe Steinbrüstung gelehnt

luge ich vorsichtig hinunter. Eine Treppe führt hinab in den Hof zwischen dem Châtelet rechts von mir und der Merveille links. Dort unten stehen zwei Mönche und flüstern miteinander. Einer von ihnen ist der Prior.

Ich halte den Atem an und lausche, aber ich kann kaum etwas verstehen. Das Flüstern wird lauter, nachdrücklicher, als würde jeden Augenblick ein Streit zwischen den beiden ausbrechen.

Plötzlich herrscht eine beunruhigende Stille. Was tun sie?

Ein Zweig auf den Stufen direkt unter mir knackt. Sie kommen!

Gerade noch rechtzeitig werfe ich mich in das Gewoge der Brennnesseln, presse mich flach auf den festgestampften Boden und beobachte den Mönch, der am Gartentor stehen bleibt und in den Garten sieht. Im Licht der Blitze kann ich sein Gesicht erkennen: Es ist Frère Abelard. Ich halte den Kopf tief am Boden und atme die kühle Luft ein, die nach feuchter Erde riecht.

Père Yvain tritt neben Frère Abelard. »Und?«

»Nichts zu sehen.«

»Komm jetzt, Abelard ... uns beeilen. Die Vigil ... halben Stunde. Und ... Leiche noch fortschaffen.«

»Sie ist gefährlich. Gott strafe sie!«, flucht Frère Abelard, wendet sich ab und folgt dem Prior zum zerfetzten Fensterpergament.

Sie wollen in den Gästesaal. Sie wollen mich töten.

Sobald sie verschwunden sind, richte ich mich auf und blicke über die Brennnesseln hinweg, die mir ins Gesicht peitschen.

Vor mir liegt der Gästesaal, darüber das Refektorium. Gegenüber die massiven Mauern der Krypta der dicken Pfeiler, darüber die Baustelle des neuen Chors. Die Strebemauern sind gerade einmal drei Ellen hoch, die Holzgerüste ragen wie die Masten eines Seglers in den Sturmhimmel.

Nein, Vittorino ist nicht in diesem Gärtchen begraben …

Ein Trampeln unten im Hof, gefolgt von einem leisen Schluchzen!

Dann kommt jemand keuchend die Treppe herauf.

Geschwind krieche ich zur Brüstung, richte mich auf und spähe hinunter …

… so wie der andere, der anscheinend die Bewegung über sich bemerkt hat, zu mir heraufblickt.

Yannic

Kapitel 24

Auf der Treppe zur Krypta Notre-Dame-sous-Terre
Zwanzig Minuten vor zwei Uhr nachts

Die lange Treppe vor mir führt hinunter in die Geschichte, in die Zeit der Merowinger und der Karolinger.

Als ich das Ende der Stufen erreiche, beißt mir Weihrauch in die Kehle. Ich gehe um die Ecke und bleibe abrupt stehen. Auf den Stufen hinauf zur Krypta Notre-Dame-sous-Terre tauchen Dutzende Kerzen die dichten Weihrauchschwaden in ein goldenes Licht. Trotz des prächtigen Glühens, das einer Kathedrale würdig wäre, scheinen die Stufen nicht in den Himmel zu führen, sondern in die Hölle. Wer hat die Kerzen angezündet?

Ich schaudere, als ich an Corentins mahnende Worte zurückdenke.

Armageddon.

Gott gegen Satan, hier auf dem Mont, wo sich der Böse heute Nacht seine Jünger sucht.

Jeder gegen jeden. Misstrauen, Furcht, Verrat und Gewalt.

Und Alessandra als Fremde unter uns, als Frau. Wir alle wissen, dass sie vor zwei Jahren von der Inquisition zum Tod auf dem Scheiterhaufen verurteilt worden ist, weil sie Satansmessen gefeiert und einen Pakt mit dem Bösen geschlossen haben soll, um ihren Cousin, Kardinal Colonna, zum Papst zu machen.

Alessandra wird das erste Opfer sein.

Ich raffe meinen Habit und gehe langsam die Stufen hinauf. Mitten zwischen den Kerzen bleibe ich wieder stehen. Wer hat das Ewige Licht hierhergebracht? Die silberne Lampe stammt aus Notre-Dame-des-Trente-Cierges, wo in einer Viertelstunde die Vigil gehalten werden soll. Das Ewige Licht steht für die Gegenwart Gottes.

Die Stufen davor sind übersät von Andachtsbildchen des Erzengels und den Seiten eines Buches. Ich hebe ein herausgerissenes Blatt auf. Ein lateinisches Gebet. Neben dem Hymnus auf der Rückseite erkenne ich meine eigene Handschrift. Die Seite stammt aus meinem Brevier, das ich vorhin in meiner Zelle gefunden habe.

Ich schüttele den Kopf und betrachte das Durcheinander, das mich umgibt. Sollen die heiligen Texte und die Bilder Satan aufhalten?

Herr, unser Gott, steh uns allen bei! Wenn das erst der Anfang ist, wie wird dann erst das Ende aussehen?

Ich zögere. Ich habe das seltsame Gefühl, dass ich nicht mehr allein bin. Dass jemand in der Nähe ist und mich beobachtet.

Im dichten Nebel spähe ich blinzelnd um mich. Hinter der Krypta liegt der Gang fast vollständig im Dunkeln. Durch das hohe Fenster am Ende des Aufgangs flackert nur das grelle Lohen der Blitze herein.

Niemand ist zu sehen, weder vor mir noch hinter mir. Und doch spüre ich es: etwas Bedrohliches, Gewalttätiges, Böses.

Alessandra

Kapitel 25

Im verwilderten Klostergarten der Merveille
Viertel vor zwei Uhr nachts

An die Brüstung gelehnt spähe ich hinunter – so wie der andere, der die Bewegung über sich bemerkt hat, intuitiv zu mir heraufblickt. Es ist Conan.

Ein erstickter Schrei entringt sich seiner Kehle. Sein Blick wirkt gehetzt und panisch, die Augen sind weit aufgerissen, sein schweißnasses Gesicht ist blutüberströmt und bleich wie ein Totenschädel.

Ein eisiger Schauer rieselt mir über den Rücken – und ihm wohl auch. Denn er wirbelt jäh herum und stürmt mit wehender Kukulle die Stufen wieder hinunter und schlittert unten um die Brüstung herum. Immer wieder dreht er sich um, als hätte er panische Angst vor irgendetwas, das ihn verfolgt und ihm nach dem Leben trachtet. Dann hetzt er durch den Hof und verschwindet aus meinem Blickfeld. Das Portal des Almosensaals knallt hinter ihm zu.

Ich warte ab, doch nichts geschieht. Keine Schritte, keine Schreie, nur Stille.

Tief durchatmend lehne ich mich gegen die Brüstung. Die Quaddeln, die die Haare der Nesseln verursacht haben, brennen entsetzlich.

Wieso ich in diesem Augenblick nach oben blicke und die

Seile an den Baugerüsten beobachte, die lose in den Böen flattern – keine Ahnung. Ist ja auch egal, denn plötzlich glaube ich zu wissen, wo Vittorino begraben ist!

Also zurück durch das Dickicht, über das Gartentor und eine schwankende Leiter hinauf zum Chor! Von dort wage ich einen Blick nach unten: keine Spur von Yvain und Abelard.

Ich wende mich um. Die schlanken Strebepfeiler des Chors, die den Rand der Plattform säumen, erheben sich wie Wächter der Kirche. Über mir ragt der wuchtige Kirchturm auf, in den vorhin der Blitz eingeschlagen hat.

Guillaume hat mir vor meiner Abreise voller Begeisterung die Baupläne gezeigt. »Noch ist nicht viel zu sehen, da habt Ihr recht, Alessandra. Aber der neue Chor wird so schön wie die Sainte-Chapelle in Paris.« Das sagte der stolze Abt – der ehrgeizige Kardinal, der das nächste Konklave als Papst verlassen will. Doch wer als Papst ins Konklave geht, kommt als Kardinal wieder heraus ... Dieses römische Sprüchlein kennt mein Cousin Prospero, dem im letzten Wahlgang nur zwei Stimmen fehlten, nur zu gut.

Die Plattform, die in einigen Jahren der Altarraum der Abteikirche werden soll, steht voller behauener Steine, Kisten mit Werkzeugen und Seilen, Brettern für Gerüste, Schubkarren, einem Tisch, an dem vermutlich der Baumeister arbeitet, einem Hebekran.

Die Baustelle erinnert mich ein wenig an jene des Florentiner Doms, wo Filippo Brunelleschi vor einigen Jahren die große Kuppel errichtete. Als ich während der Reise zum Mont in meinem Palazzo in Florenz übernachtete, konnte ich sehen, dass Maestro Filippo während meiner zweijährigen Abwesenheit in Granada die Laterne aus weißem Marmor auf die gewaltige Kuppel gesetzt hat. Vor zehn Jahren, während des Unionskonzils in Florenz, als der römische Papst und der byzantinische Kaiser über die Kirchenunion verhandelten, war die Kuppel noch unvollendet. Ich kann mich noch gut erinnern, wie ich in jener Nacht dort oben auf dem Rand des Oculus stand und in den offenen Altarraum hinabstarrte. Der Assassino im schwarzen Benediktinerhabit war keine drei Schritte entfernt. Kardinal Vitelleschi hatte meinem Sekretär Caedmon befohlen, nach meinem Vater nun auch mich zu ermorden. Ich habe den Todessprung gewagt, habe das Seil des Hebekrans gepackt und mich in die Tiefe gestürzt.

Damals lebte Niketas noch, der Bruder des Kaisers von Byzanz. Bevor ich Yared in Jerusalem kennenlernte, war Niketas meine erste große Liebe. Er war ein Mönch, ein Erzbischof, ein Metropolit, einer der höchsten Würdenträger der byzantinischen Kirche. Seine Ehrentitulatur war länger als die des römischen Papstes. Er sollte der erste Kardinal der vereinigten katholisch-orthodoxen Kirche werden, vielleicht sogar der nächste Papst. Seit Yared tot ist, muss ich oft an Niketas denken, eigentlich jeden Tag. Ich erinnere mich dann an den Duft seines Haares und seiner Haut. Niketas roch immer ein wenig nach Weihrauch. Ich habe mein Gesicht in sein schwarzes Haar gedrückt und diesen betörenden Duft ganz tief eingeatmet. Gott, wie ich den geliebt habe!

Yannic riecht ganz ähnlich, aber auch nach Meer und Wind und Muscheln und Algen, als sei er eben erst von einem langen Segeltörn mit seinem Boot in die Abtei zurückgekehrt. O ja, Yannic erinnert mich so sehr an Niketas, dass es schmerzt. Aber ein Mönch? Nein, nie wieder! Nicht nach dem Inquisitionsprozess während des Konklaves vor zwei Jahren, wo ich zum Tod auf dem Scheiterhaufen verurteilt wurde, während mein Cousin in der Kirche des Klosters nach dem Willen der ›Colonna! Colonna!‹ skandierenden Römer zum Papst gewählt werden sollte. Perfide Inquisitoren!

Ich schnappe mir ein Seil, lege es mir über die Schulter und steige die Leiter wieder hinunter in den Hof. Dann klettere ich durch das offene Fenster in die Treppengalerie und wage einen Blick in den Gästesaal. Er ist verlassen. Yvain und Abelard suchen mich offenbar woanders.

Also hinauf ins Refektorium!

Die Tür zum Kreuzgang ist verriegelt – von innen. Mit einem Ruck schiebe ich den Riegel zur Seite und öffne die Tür einen Spaltbreit, um in das Geviert zu spähen. Niemand zu sehen. Also dann!

Ich schlüpfe hinaus und ziehe das Portal hinter mir zu. Dann wende ich mich nach links und husche durch die Arkaden in den kleinen Hof, wo Vittorino, wie Yannic gesagt hat, ermordet wurde. Vor mir das Seitenportal der Abteikirche, rechts die Treppe hinunter zum Scriptorium und die Stufen hinauf zur Tür des Dormitoriums, hinter mir der Durchgang zum Kreuzgang.

Ich empfinde nichts, obwohl ich mich auf den Mord konzentriere, wie Yannic ihn mir beschrieben hat, auf Vittorinos Schmerzen, auf seine Hoffnungslosigkeit, seine letzten Gedanken vor dem Tod. Der Tatort hat keine Ausstrahlung mehr, keine Stimmung, er löst kein Erschrecken aus, wie damals jene neu entdeckte Geheimkammer in den Gewölben des Lateran, wo man geradezu herausgefordert wurde, den Mord in der Fantasie nachzuvollziehen. Den Mörder kann ich mir nur als nebeltrüben Schemen dort oben auf dem Dach des Kreuzgangs vorstellen – so wie Yannic ihn mir beschrieben hat.

Ich versuche, mir die Szene vorzustellen: Vittorino liegt auf dem Rücken, Yannic kniet neben ihm und gibt ihm die Sterbesakramente. Und dann? Hat Vittorino ihm sein Notizbuch mit den Aufzeichnungen über das Testament des Satans in die

Hand gedrückt? Hat er Yannic schwören lassen, dass er es an mich weitergibt?

Nein, ich kann nichts fühlen.

Ich drehe mich um.

Wohin kann der Assassino den Leichnam geschleppt haben? Er wird ihn nicht getragen haben, sondern gezogen.

Zurück in den Kreuzgang!

Vor der Doppelreihe der Säulen bleibe ich stehen und blicke mich um. Vor mir liegt das Heckenlabyrinth – dort kann sein Grab nicht sein. Den Irrgarten bin ich gestern nach der Sext schon mit Conan abgeschritten, während die Mönche nach dem Mittagsmahl im Kreuzgang lasen oder meditierten. Ich wende mich zur Westseite der Merveille, wo es ein großes offenes Fenster gibt, von dem aus ich in den Klostergarten tief unter mir hinunterblicken kann.

Die dreibogige Fensteröffnung, die von je zwei Säulen flankiert wird, hat im mittleren Teil keine Brüstung. Ob Vittorino hier hinuntergeworfen wurde?

Ich lehne mich über den Abgrund. Selbst wenn Vittorino noch nicht tot gewesen wäre, als Yannic ihn verließ – diesen Sturz hätte er ganz sicher nicht überlebt. Wenn ich den Assassino in die Finger kriege, dann gnade ihm Gott der Allmächtige!

Mein Blick schweift zur Gartenmauer, dann weiter zur felsigen Nordflanke, wo ein Eichenwäldchen im Sturm rauscht. Dahinter wütet das Meer.

Im gleißenden Licht der Blitze schimmern die Wellen wie flüssiges Quecksilber. Das Wasser ist inzwischen zurückgekehrt, der Mont ist für die nächsten sechs Stunden wieder eine Insel. Bei einem Sturm aus Nordwest gleicht die Bucht des Mont-Saint-Michel der Lagune von Venedig, wenn der Scirocco von Süden das Wasser vor sich her schiebt. Eine Sturmflut kann länger dauern als sechs Stunden. Zugegeben, es war eine bescheuerte Idee, Eoghan Walleys und meine bewaffnete Eskorte in der Prieuré de Genêts zurückzulassen.

Ein letzter Blick nach unten, dann trete ich den Rückzug an.

Es ist Zeit, eine Grenze zu überschreiten.

Yannic

Kapitel 26

Auf der Treppe vor der Krypta Notre-Dame-sous-Terre
Viertel vor zwei Uhr nachts

Niemand zu sehen, weder vor mir noch hinter mir. Und doch spüre ich etwas: die Anwesenheit von etwas Bedrohlichem, Gewalttätigem, Bösem. Wild pocht das Herz in meiner Brust.

Ich warte ab, doch nichts geschieht.

Also weiter!

Als ich mit dem Ewigen Licht in der Hand das Promenoir betrete, höre ich plötzlich Schritte. Dann schlägt nicht weit entfernt ein Portal zu. Ich bleibe stehen und lausche. Die Schritte entfernen sich rasch. Als würde jemand fliehen.

»Alessandra?«, rufe ich und ziehe meinen Dolch.

Nur Donnergrollen.

Mit hochgezogenen Schultern gehe ich weiter, die Klinge fest umklammert. Die Blitze erleuchten nur das erdrückend niedrige Gewölbe des Saals, während die Säulen im Dunkeln bleiben – es sieht aus, als schwebe über mir ein gigantisches Geflecht von pulsierenden schwarzen Adern aus geripptem Stein.

An der Treppe hinunter zur Salle de l'Aquilon am Ende des Wandelgangs bleibe ich stehen. Doch abgesehen vom Tosen des Sturms ist es still. Langsam gehe ich die Stufen hinab in das Gewölbe. »Alessandra?«

Ein leises Schluchzen weht mit dem eisigen Luftzug durch die Räume. Woher kommt es?

Das Ewige Licht flackert und droht zu verlöschen. Mit meiner Kukulle schütze ich es vor dem Windhauch, aber vergeblich. Es zuckt wie irre weiter.

Angespannt wage ich mich weiter vor. Hinter der Tür am Ende des Saals herrscht tiefe Finsternis. Ich gehe durch die Salle de l'Aquilon und dann die Stufen hinunter in einen dunklen Gang. Rechts rüttelt der Sturm am Portal zum Klostergarten an der Nordflanke, das eben zugeschlagen wurde. Links öffnet sich der Gang, der einige Schritte geradeaus führt und dann vor einer dicken Wand nach rechts zu den Kerkern abknickt.

»Alessandra! Keine Angst, ich bin's, Yannic.« Ich packe den Griff des Dolches noch fester.

Ein gequältes Stöhnen, ein Schluchzen. Es ist nicht Alessandra.

Langsam gehe ich den Gang entlang und halte das Ewige Licht vor mich. »Conan! Wo bist du?« Das Echo meiner Stimme hallt von den Wänden wider und verklingt. Plötzlich ist es still. »Conan!«

»Yannic?« Eine Stimme aus dem Dunkel.

»Ja.«

Ein Schniefen hallt durch den Gang. »Bitte geh, Yannic!«

»Lass mich dir doch helfen, Conan!«

Er fängt wieder an zu weinen. »Nein!«

»Conan ...«

»Verschwinde, lass mich allein!« Wieder bricht er in Tränen aus und schnieft: »Lass ... mich ... in Ruhe.«

Gott im Himmel, was ist denn in ihn gefahren? Ich biege um die Ecke und sehe mich um. Keine Spur von meinem Freund.

»Conan, wo bist du?«

»Hau ab! Ich mein's ernst.«

Die dumpfe Stimme dringt aus dem Kerker. Ich durchquere den Raum und stehe nach wenigen Schritten im Verlies, einem Gewölbe mit zwei tiefen Schächten im Boden, in die die Gefangenen gesteckt werden. Als Letzte waren hier mehrere Engländer eingekerkert. Die Jumeaux, die Zwillinge, so heißen diese seltsamen Zellen, in denen die Gefangenen angekettet wurden, sind berüchtigt für ihre menschenverachtende Grausamkeit. Ich nenne sie die Vorhölle, den Wartesaal zur Hölle. Dort werden die Seelen eingesperrt, bevor sie zum Gericht geführt werden. Dort wartet man darauf, dass sich das Schicksal erfüllt.

Jedes Mal, wenn ich herkomme, befällt mich ein lähmendes Gefühl der Beklemmung. Ich bin nicht nur für den Empfang der Pilger zuständig, sondern gemeinsam mit dem Bailli, dem Stellvertreter von Louis d'Estouteville, auch für die Versorgung der Gefangenen.

Conan kauert neben den Kerkerschächten und hebt abwehrend die Arme. »Verschwinde!«

»Mach ich«, besänftige ich ihn. »Aber erst sagst du mir, was mit dir los ist.« Dann erst sehe ich die Blutlache, die ihn umgibt. Ich stelle das Ewige Licht ab und knie mich neben ihn. »Um Gottes willen, Conan! So viel Blut ...«

Sein Habit ist nass von seinem Blut, sein Gesicht, seine Hände ... Der blutige Dolch liegt in seinem Schoß. Ich nehme ihn weg.

Conan ist bleich wie der Tod. Schweiß rinnt ihm wie Tränen über das Gesicht. In seinen Augen schimmert Entsetzen. »Lass mich«, murmelt er schwach.

Erschüttert nehme ich seine bluttriefenden Hände und drehe sie um, sodass ich seine Handgelenke betrachten kann. Blut läuft aus den Schnittwunden und tropft auf meinen

Habit. Mein Herz krampft sich zusammen, als ich an Rozenn denken muss. »Ist das ein Ausweg?«

Er stöhnt heiser. »Es ist ... der einzige Weg ... aus dieser Hölle«, haucht er so leise, dass ich ihn kaum verstehen kann. Er wird immer schwächer. Er stirbt. »Die Hölle ... Yannic ... die Hölle ist hier ...« Tränen laufen ihm über das Gesicht und vermischen sich mit seinem Blut. Erschöpft lehnt er den Kopf gegen das Mauerwerk und nuschelt etwas vom Reich Satans, das über uns hereinbrechen wird, von einer Finsternis, die sich über die Welt ausbreitet, von einer Geißel der Menschheit und einem Tractatus Satanicus, einer Teufelsbibel, die ein schreckliches Geheimnis über die gefährlichste aller Reliquien birgt. »... und du wirst sein wie Gott, Yannic, *wie Gott!* Der hebräische Name des Erzengels Michael bedeutet: ›Wer ist wie Gott?‹ Der abtrünnige Engel Satan wollte wie Gott sein, deshalb ist er aus dem Himmel vertrieben und in die Hölle gestürzt worden.« Er schnieft. »Verstehst du? Ich habe dasselbe getan! Ich war so stolz! So gierig! Ich habe nach Gottgleichheit gestrebt, wie Satan, nach Macht, nach Herrschaft über die Welt! Ich habe ... O Gott, was habe ich getan!« Wieder beginnt er zu weinen.

Er redet ziemlich wirres Zeug, ich versteh ihn einfach nicht.

»Lass mich dich verbinden, Conan«, bitte ich ihn sanft.

Er schüttelt nur den Kopf und zieht die Hände weg, die seltsame Verbrennungen aufweisen. Die rechte Handfläche ist stärker aufgerissen als die linke. Durch die aufgewölbten Risse ist das rohe Fleisch zu sehen. Es sieht aus, als habe Conan ein glühendes Stück Metall im offenen Schmiedefeuer angefasst.

»Willst du beichten?«

»Er hat mir ... die Absolution ... verweigert.«

»Um Gottes willen! Wer?«

»Was ich getan habe ... ist unverzeihlich ... Das sehe ich jetzt ein.« Conan schüttelt fast unmerklich den Kopf. »Yannic? Ich habe mich gegen dich versündigt. Ich habe ...« Er stockt.

»Was?«

»Ich habe dich ... belogen ... betrogen ... auf eine so schändliche und verräterische Art ... das Notizbuch ... Vittorinos Büchlein ...«

»Was ist damit?«

»Hast du's noch?«

»Ich hab's hier in meiner Tasche.«

»Dann hast du's ihr also nicht gegeben.«

»Nein.«

»Vernichte es!«, flüstert er. »Verbrenn es!«

»Aber wieso?«

Er reißt sich ein Büschel Haare aus. Sie bleiben kleben an der blutigen Hand. »Es führt dich ... geradewegs ... in die Hölle!«

Entsetzt starre ich ihn an. Und stelle mir vor, wie Conan in einigen Jahren aussehen wird. Ich erschauere. Er wird so grauenvoll aussehen wie ... Le Coz!

»Du konntest den Code entschlüsseln.«

Er nickt schwach. »Letzte Nacht. Die seltsamen Schriftzeichen kenne ich nicht. Aber die Sprache ist halb Italienisch, halb Lateinisch. Vergib mir, Yannic, ich habe ...«

Conan hat das Testament des Satans gefunden!

Er sieht mein Entsetzen. »Yannic ...«

»Ist schon gut, Conan.«

»Und versprich mir ... dass du mir nicht in die Hölle folgst.« Er hebt seine Arme und zeigt mir die Schnitte an seinen Handgelenken, aus denen immer noch Blut strömt. »Gib die Suche auf, Yannic. Sie führt dich ins Inferno deines Gewissens. Und in die Hölle von Tod und Verderben.«

Traurigkeit schnürt mir die Kehle zu. Auf diese Weise einen Freund zu verlieren! Ihm beim Sterben zuzusehen! »Ich versprech's dir«, presse ich mit heiserer Stimme hervor.

»Und sag meiner geliebten Youenna und meinem kleinen Ronan ...« Mit dem Ärmel wischt er sich über das von Schmerz, Tod und Höllenangst verzerrte Gesicht.

»Was, Conan? Was soll ich ihnen sagen?«

»Sag meiner Frau und meinem Sohn, dass ich sie liebe. Und dass ich von ganzem Herzen bereue, ins Kloster zurückgekehrt zu sein, wo ich mit ihnen doch so glücklich war.«

»Ich sag's ihnen«, flüstere ich erschüttert. Vor mir sehe ich nicht Conan, der in meinen Armen stirbt, sondern Rozenn, deren Körper von den Wellen gegen die Klippen geschleudert und zerschmettert wurde. Das Atmen fällt mir schwer.

Mein Freund ahnt, was in mir vorgeht. »Tut mir leid.«

»Ist schon gut«, winke ich ab.

»Nein, ist es nicht, und es tut mir leid. Mögen Gott und sein Erzengel dich beschützen, Yannic!«

»Und dich.«

»Lass mich jetzt allein!«

»Conan ...«

»Yannic, bitte!« Verzweifelt birgt er sein blutüberströmtes Gesicht in seinen Händen und weint mit zuckenden Schultern.

Schweigend stehe ich auf und deute auf das Ewige Licht neben den Kerkerschächten. »Ich lass dir das Licht da, damit du ...« Ich kann nicht weitersprechen.

Conan ist von tiefster Dunkelheit umfangen, fern von Gott, fern von Erlösung. Es tut mir weh, ihn so zu sehen. Was für ein schreckliches Gefühl, wenn man sich von Gott verlassen meint. Selbst das Ewige Licht scheint angesichts des Grauens nicht mehr so hell zu brennen wie vorhin.

Nach einem letzten Blick auf meinen sterbenden Freund erhebe ich mich und verlasse den Kerker mit Tränen in den Augen. Sobald ich den Gang erreiche, bleibe ich stehen, lehne mich mit dem Rücken gegen die Wand und weine.

Es dauert eine Weile, bis ich mich beruhigt habe. Dann trockne ich die Tränen mit dem Ärmel meiner Kukulle, die ganz nass ist von Conans Blut. Ich muss mich umziehen, bevor sie mich für Conans Mörder halten! Und den der anderen Opfer, die von satanischen Symbolen aus Blut umgeben waren!

Mit der Faust schlage ich gegen das Mauerwerk.

Was geht hier vor?

›Du wirst sterben!‹ drohte die Blutschrift, die ich vor einer Stunde auf Conans Pult im Scriptorium gelesen habe.

Woher konnte der Verfasser wissen, dass Conan Selbstmord begehen würde? Gott steh uns allen bei! Die Mächte des Bösen sind entfesselt! Ich muss zu den anderen, sofort!

Noch während ich die Treppe hinaufhetze, kann ich ganz leise hinter mir einen panischen Schrei hören, gefolgt von einem Fluch: »Möge Gott dich bis in alle Ewigkeit verfluchen! Was hast du getan?«

Alessandra

Kapitel 27

Im Almosensaal
Viertel vor zwei Uhr nachts

Geschwind laufe ich durch den Almosensaal, der zu Yannics Reich gehört. Als Hôtelier ist er für den Empfang von Gästen zuständig und als Aumônier für die Verteilung der Almosen an die Pilger, die hier ihren Weg über die Chemins du Paradis, die Pilgerwege ins Paradies, beenden und im Almosensaal übernachten. Doch durch die englische Belagerung ist die reichste und mächtigste Abtei Frankreichs von der Welt abgeschnitten. Seit dem Besuch von Königin Marie vor zwei Jahren bin ich die erste Pilgerin auf dem Mont.

Nebenan liegt der Keller der Abtei, dessen schlichtes Kreuzgratgewölbe mit den massiven Pfeilern das Scriptorium und den Kreuzgang trägt. Die Säulen machen den Raum, der nur wenige Fenster hat, dunkel und unheimlich. In diesem kühlen Keller an der Nordseite der Abtei werden die Vorräte gelagert, aber wegen der Belagerung ist er bis auf einige Kisten mit Obst und Gemüse, mehrere Säcke und Weinfässer nahezu leer.

Die Tür am Ende öffnet sich zu einer Treppe hinunter in den Klostergarten. Der letzte Gewölbebogen führt zu einer Lastenrampe, über die die Vorräte in die Abtei gebracht werden. Mithilfe eines Laufrades kann ein hölzerner Lastschlitten wie auf Gleitschienen über eine steile Rampe heraufgezogen werden. Der Schlitten lehnt an einem der Pfeiler.

Ich trete an den Rand, streiche über die Nesselquaddeln an meinen Armen und Händen und blicke in die Tiefe. Die Rampe führt steil nach unten, verschwindet zwischen den wogenden Baumkronen des Eichenwäldchens und erreicht etliche Ellen tiefer den Strand mit dem Saint-Aubert-Brunnen, der einzigen Frischwasserquelle auf dem Mont, die seltsamerweise nur drei Schritte von der Meeresbrandung entfernt liegt. Den nächsten Halt für das Auge bietet die mit Fackeln erleuchtete Prieuré auf der Insel Tombelaine, die zwei Meilen entfernt liegt – und hinter dem Granitfelsen? Das sturmgepeitschte Meer. Und dahinter? Die Inseln Jersey und Guernsey. Und dann ist es nicht mehr weit bis England.

Von dort naht drohend das Unheil. Vom Sturm zerfetzte Wolken, von innen durch ein unablässiges Lodern in Schwefelgelb, Purpur und Violett erhellt, rasen mir entgegen. Über dem unsichtbaren Horizont, dort wo Himmel und Meer miteinander verschmelzen, dräut eine beängstigende Schwärze wie ein gähnender Höllenschlund. So etwas habe ich noch nie gesehen – dieser Sturm wird schlimmer als das Gewitter vor vier Jahren über dem Tempelberg in Jerusalem! Damals ergossen sich die Regenfluten durch die schmalen Gänge des Labyrinths unter dem Tempelberg, während ich auf der Suche nach dem Gottesschrein durch die Zisternen kroch. Wenn der Regen mit Wucht zur Erde herunterrauscht, vielleicht sogar mit Hagelkörnern, dann wird es lebensgefährlich für mich dort unten am Steilhang!

Ich habe keine Zeit mehr zu verlieren. Los geht's!

Entschlossen nehme ich das Seil von der Schulter, binde das eine Ende um eine Aufhängung des Laufrades und werfe das andere über die Rampe in die Tiefe. Dann flechte ich mir meine langen Haare zu einem Zopf, damit sie mir in den starken Böen nicht ins Gesicht wehen. Nachdem ich durch die Öffnung auf die Rampe geklettert bin, lasse ich mich, in kleinen Schritten rückwärts gehend, Handgriff um Handgriff am rauen Seil hinab. Die Verbrennungen an meinen Händen schmerzen so sehr, dass ich nicht richtig zupacken kann – aber das ist nichts gegen das Brennen in meinem Gesicht, wo mir der Wind die Nesseln um die Ohren gehauen hat.

Unter mir das Toben des Meeres, über mir das schwarze Brodeln der Eichen. Nur noch ein paar Ellen, dann stehe ich am Schlussstein der rutschigen Rampe und befestige das Ende des Seils mit einem Knoten an einem der großen, von der Gischt umspülten Felsen. So kann es, falls es entdeckt wird, von oben nicht hochgezogen werden. Dieses Seil ist die einzige Möglichkeit für mich, in die Abtei zurückzukehren.

Der Strand besteht aus großen Felsen, die, im Licht der Blitze deutlich zu erkennen, mit gelbem Moos überwuchert sind. Neben mir ragt der Saint-Aubert-Brunnen aus den schroffen Felsen, ein gemauertes Brunnenhaus, das auch bis zur Hochwasserlinie mit Moos bewachsen ist. Im Nordwesten liegt, wie ein Schiff im Sturm, die Saint-Aubert-Kapelle, die auf einem ins Meer ragenden Felsen errichtet wurde. Der Priel, der die Kapelle umgibt, schimmert wie gehämmertes Silber: Die Flut kehrt unaufhaltsam zurück. Schon bald wird das rasch heranströmende Wasser das Watt überspülen. Der Mont wird wieder eine Insel sein, vom Festland abgeschnitten. Eine Welt für sich, eine Welt der Einsamkeit, der Meditation und des Schweigens, eine Welt der bestialischen Gewalt.

Hinter mir, zwei Meilen entfernt, liegt die Tombelaine, vermutlich schon vom Wasser umgeben. Und über mir, oberhalb der Baumkronen, der schwarze Schattenriss der Abtei, wie aus der Nacht herausgebrochen. Eine Bastion des Glaubens, die allen Angriffen …

Na, wer sagt's denn. Leuchtsignale. Aus einem der Fenster des Kreuzgangs direkt über mir blinkt ein Licht, das die schmale Fensternische erhellt. Also doch! Louis d'Estouteville hatte recht: Es gibt einen englischen Agenten auf dem Mont. Einer der Mönche ist ein Verräter.

Ich blicke zur Tombelaine hinüber: Da kommt die Antwort.

Ein greller Blitz zuckt über den Himmel und schlägt östlich der Insel ein, nahe der Prieuré de Genêts. Die Luft um mich herum vibriert. Ein zweiter Blitz, dann folgt ein lang gezogenes tiefes Donnergrollen, das in einem merkwürdigen Flattern endet.

Hastig krame ich den roten Wachsstift aus der Zunderdose an meinem Gürtel und sehe mich nach einer Schreibunterlage um. Mein Notizbuch ist mir ja vorhin gestohlen worden. Doch außer dem Felsen neben mir gibt es nichts, worauf ich schreiben könnte. Für jedes Leuchtzeichen kratze ich einen Strich auf den Stein.

//-//-///-////-/-/-//-///-/-/////-/-/-/-////

Das war's. Ich zähle rasch durch: zwei-zwei, drei-vier, eins-eins, zwei-drei, eins-fünf, eins-eins, eins-vier.

Diesen Code kenne ich. Der Grieche Polybios, der dieses Verschlüsselungsverfahren im zweiten Jahrhundert vor Christus in seinen *Historien* beschreibt, hat es nicht einmal erfunden. Es ist noch viel älter.

Rasch kritzele ich die Tabelle mit dem Code auf den Felsen und zähle die Buchstaben aus. Zwei-zwei: Zweite Zeile, zweiter Buchstabe: G. Dritte Zeile, vierter Buchstabe: O. Und so weiter. Im Klartext: Go ahead! Mit anderen Worten: Wir empfangen dich, mach weiter!

Ich wende mich um, lege den Kopf in den Nacken und blinzele hinauf zum Kreuzgang, wo wieder Leuchtsignale aufflackern. Und ich strichele mit.

Während meiner Reise hatte ich sechs Wochen lang Zeit, mit dem schottischen Befehlshaber meiner Bravi Englisch zu lernen – was bei Sir Eoghan Walleys so manchen herzlichen Lachanfall verursachte, bis ich ihm pikiert vorhielt, mein italienischer Akzent sei ja wohl nicht schlimmer als sein schottischer. Ewan, so spreche ich seinen Namen aus, hatte frech gegrinst und »Aye, Mylady!« gehechelt. Mein entnervtes »Buzz off, Eoghan. Go and annoy someone else!« ließ ihn vor Lachen beinahe aus dem Sattel kippen. Verdammter schottischer Trotzkopf! Keinen Respekt hat er! Aber ein guter Kämpfer ist er – wie Sir William Walleys, der schottische Freiheitskämpfer, mit dem er irgendwie verwandt ist.

Nach sechs Wochen Seite an Seite mit Eoghan verstehe ich zwar noch nicht genug Englisch, um alles zu kapieren, was der Geheimagent Seiner Majestät der Garnison auf der Tombelaine mitzuteilen hat. Nur so viel: Er berichtet von meiner Ankunft auf dem Mont, *at command of His Holiness the Pope.* Und er fürchtet, dass ich ihn enttarne – was den geplanten Angriff auf den Mont gefährden würde.

Verdattert starre ich nach oben. Wie kann er von meinem geheimen Auftrag wissen? Der Prior kennt nur die gefälschten Schreiben von Louis d'Estouteville und Papst Nikolaus. Kein Wort von meinem Auftrag und von meiner Handlungsvollmacht. Davon kann nur derjenige wissen, der vorhin die Dokumente im Kamin gefunden hat. Eines ist sicher: Es war nicht der Assassino, denn er hat mein Gepäck schon vorher durchwühlt und die gefälschten Briefe für echt gehalten.

Nein, jemand anderer ist im Gästesaal herumgeschlichen, während ich im Scriptorium war! Yannics Freund Robin? Vor seiner Verwundung in der Schlacht, wo ihm das Bein zerfetzt wurde, war Sir Robin FitzAlan ein Ritter Seiner Majestät.

Darüber, dass auch Yannic der Verräter sein könnte, will ich lieber nicht nachdenken. Was habe ich ihm alles anvertraut! Ich muss bescheuert gewesen sein!

Von der Tombelaine wird bereits eine Antwort gesendet:

›By order of His Majesty the King: Kill her!‹

Eoghan wäre stolz auf mich: Das verstehe ja sogar ich. Das verspricht ja wirklich eine aufregende Nacht zu werden.

Der Gedanke an den Tod auf dieser gottverlassenen Insel weit entfernt von Rom wird immer stärker. Einen Moment lang bin ich versucht, Eoghan die verabredete Nachricht zu senden, falls ich in Gefahr gerate: *›Wish you were here.‹* Aber ich kann keine Leuchtsignale zur Prieuré de Genêts senden, bevor ich nicht wieder in der Abtei bin. Und außerdem ist die Überfahrt von Genêts in einem Boot viel zu gefährlich. Welcher Highlander kann schon im Sturm segeln?

Ich habe keine Zeit mehr zu verlieren. Der Wind wird immer stärker, er schiebt mich mit Gewalt vor sich her. Bald wird es schütten. Und gleich beginnt das Nachtoffizium der Mönche. Bis dahin muss ich Vittorino und sein Notizbuch gefunden haben. Na dann! Ich mache mich auf die Suche.

Schon beim Abstieg habe ich bemerkt, dass der Granitfelsen unter dem Dickicht der Eichen von unzähligen tiefen Spalten durchfurcht ist. Einige sind groß genug, um eine Leiche darin verschwinden zu lassen.

Der Hüter des Erzengels

Intermezzo 4

Auf der Treppe vor der Krypta Notre-Dame-sous-Terre
Kurz nach zwei Uhr nachts

Der Auserwählte hastet zwischen den flackernden Kerzen hindurch, die Abelard vor dem Portal von Notre-Dame-sous-Terre aufgestellt hat.

Seine Hände triefen von Blut. Es ist vollbracht.

Das Sterben hat begonnen. Wenn Alessandra wüsste, welche Schuld sie damit auf sich geladen hat!

Er lauscht. Nicht weit entfernt hallen Schritte und die aufgeregten Stimmen der Konfratres durch die Säle der Abtei. Yann hat sie alarmiert.

Yann, mein Junge, was hast du ihnen erzählt? Doch nicht, dass dein Freund Conan Selbstmord begangen hat!

Der Hüter lacht trocken, als er das Ende der Treppe erreicht und sich nach rechts in den dunklen Saal wendet, der zum Cachot du Diable führt.

Nein, ganz sicher nicht!

Yann wird alles tun, um seinen Freund zu schützen und um ihn davor zu bewahren, in ungeweihtem Boden verscharrt zu werden, ohne würdige Totenmesse mit Weihrauch und Kerzen, ohne Glockengeläut und ohne Gebete für sein Seelenheil. Yann ist selbstlos und treu. Er wird lügen und betrügen. Und aus freiem Willen Schuld auf sich laden, damit Conans Seele gerettet wird.

Und damit wird er in die Falle tappen, die für Alessandra bestimmt ist.

Schade um ihn, wirklich schade!

Wie gern hätte er ihm sein Amt vererbt, damit er endlich in Frieden sterben kann. Viel Zeit bleibt ihm nicht mehr.

Yann wäre ein vortrefflicher Hüter des Geheimnisses geworden, ein würdiger Nachfolger als Oberhaupt der geheimen Bruderschaft, opferbereit, aufrichtig und entschlossen. Und hart und unverrückbar wie der Granit, aus dem die Abtei errichtet wurde. Yann wäre der Beste von uns allen.

Ein vollkommener Diener des Arc'hael Mikael.

Yannic

Kapitel 28

Im Kerker
Kurz nach zwei Uhr nachts

»Aber hier ist er nicht!«, dröhnt Yvains Stimme aus dem Verlies mit den Jumeaux.

»*Was?*« Ich schiebe mich durch die Reihen der aufgeregt tuschelnden Mönche und betrete die Zelle, wo ich Conan vorhin sterbend zurückließ.

Nur noch eine schimmernde Blutlache.

»Er ist nicht hier.« Der Prior funkelt mich mit finsterem Blick an, als hätte *ich* Conan angefallen und weggeschleppt, um seine Leiche zu schänden.

Als ich vorhin ins Dormitorium stürmte, habe ich nur gesagt, dass ich Conan schwer verletzt gefunden habe, blutend, sterbend. Warum Yvain mich wegen meines bluttriefenden Habits nicht beschuldigt hat, Conan ermordet zu haben? Keine Ahnung! Aber ich bin sicher, dass ich es bald herausfinden werde …

Wenn Yvain mit geballten Pranken auf dich zukommt, wie gerade jetzt, hast du das Gefühl, du würdest von einem den Abhang herabpolternden Felsen überrollt. Da gibt's nur eins: Stellung halten, auf keinen Fall zurückweichen oder ängstlich den Blick senken. Und dann, ohne ein Zeichen der Schwäche zu zeigen, Kopf hoch, Schultern zurück, auf zum Gegenangriff!

Yvain ist groß, breit und schwer, wie ein Menhir. Geduckte Haltung, als wolle er über dich herfallen. Grobe Gesichtszüge, wie aus Granit gehauen, grauer Bart und lockiges graues Haar, das verschwitzt unter seinem Bonnet hervorquillt. Seine Stimme passt zu seinem wuchtigen Äußeren – es ist ein tiefes, kehliges Grollen, wie von einem Dolmen, der über einem zusammenbricht.

Robin und Padric stellen sich neben mich und geben mir Rückendeckung. Yvain tritt den Rückzug an. Denn mit den beiden erfahrenen Kämpfern an meiner Seite haben er und Abelard keine Chance, mich zu töten.

Er bedenkt Robin mit einem bösen Blick, dann wendet er sich ab.

Yvain hasst Robin. Er hat seinen Vater im Kampf gegen die Engländer verloren, als sie die Normandie eroberten. Innerhalb von zwei Tagen wurden zwölf seiner Verwandten getötet – sein Vater, seine Onkel, seine Brüder, seine Cousins und ein Neffe, der noch nicht einmal vierzehn war. Das Haus der Familie wurde geplündert und niedergebrannt, die Frauen vergewaltigt und verschleppt. Yvains Schwester lebt noch immer irgendwo in Kent, wo und wie, weiß ich nicht.

Yvain, damals in königlichem Auftrag in Bayeux, um mit den Eroberern einen Waffenstillstand auszuhandeln, wurde auf eine normannische Burg gebracht. Wochenlang schmachtete er bei Wasser und Brot in einem Turmverlies, mit schweren Ketten an den Beinen. Er glaubte, dass er hingerichtet werden sollte. Wie er schließlich doch noch freigekommen ist, weiß ich nicht. Und wie er trotz der Belagerung auf den Mont-Saint-Michel gekommen ist, ist mir ein Rätsel.

So verworren die Geschichte auch ist, die er mir eines Abends bei einem Becher Calvados erzählt hat, eines ist klar: Yvain hasst die Engländer bis aufs Blut. Und noch etwas:

Solange Yvain als Prior die Abtei verteidigt, werden die Engländer den Mont-Saint-Michel ganz umsonst belagern.

Während der Prior die Suche nach Conan organisiert – »Immer zu dritt, niemand geht allein! Nehmt Euch in Acht: Das Böse geht um!« – zieht Robin mich zur Seite. Padric folgt uns in eine Ecke des Verlieses.

»Yann, was ist hier los?«, fragt Robin ernst, während er sich die Kapuze vom Kopf zieht. Er trägt kein Bonnet. Sein dunkles Haar, das er nach all den Monaten als Mönch noch immer lang trägt wie ein englischer Ritter, ist zerwühlt vom Schlaf. Seine Tonsur und sein Bart wirken dagegen gepflegt. Ich habe ihm erst gestern mit dem Rasiermesser gedroht.

In kurzen Worten berichte ich, was in den letzten Stunden geschehen ist. Mein Gespräch mit Alessandra. Yvains und Abelards Beschluss, mich zu töten. Meine Flucht durch die Abtei. Conans Selbstmord will ich ihnen nicht zumuten.

»Du, ein englischer Agent?«, fragt Padric ungläubig und starrt meinen blutnassen Habit an.

Robin lässt mich nicht aus den Augen. Er hat bemerkt, durch welche Tür ich das Dormitorium betreten habe, als die Mönche sich in Zweierreihe aufstellten, um zum Stundengebet in die Krypta zu gehen. Er weiß, dass ich nicht auf dem schnellsten Weg vom Kerker ins Dormitorium gekommen bin. Und dass ich einige Minuten im Kreuzgang war.

»Père Yann, Frère Padric, Frère Robin!«, teilt uns der Prior mit patriarchalischem Gestus als Suchtrupp ein. »Ihr durchsucht den Westflügel. Die anderen kommen mit mir.«

Sobald unsere Mitbrüder das Verlies verlassen haben, sieht Padric mich an. »Ich werde das Gefühl nicht los, dass *wir* Conan finden sollen.«

Robin schnaubt. »Und ich fürchte, wir finden etwas, das wir gar nicht finden *wollen*.«

»Du meinst, etwas anderes als einen Freund, der ermordet wurde und dessen Leiche von satanischen Zeichen umgeben ist?« Padric bekreuzigt sich. »Gott sei seiner Seele gnädig.«

»Kommt jetzt!«, sage ich. »Wir bleiben zusammen. Niemand geht allein.«

Meine Freunde folgen mir in den Vorraum des Kerkers. Hintereinander gehen wir eine Treppe hoch. Robin, der vor mir die Stufen hinaufsteigt, bleibt auf halber Höhe plötzlich stehen und lehnt sich mit ausgestrecktem Arm gegen die Wand. »Oh my God!«

»Was ist?«

»Blut.« Er rafft seine Kukulle und hinkt weiter.

Hinter mir fragt Padric: »Hast du die Blutlache im Kerker gesehen? Wie konnte Conan sich hier heraufschleppen?«

Ich drehe mich zu ihm um. »Wer sagt denn, dass *er* es war?«

»Du meinst, er wurde getragen?«

Ich deute auf das verschmierte Blut. »Eher gezogen.«

»Wer war das? Satan?«, fragt Padric mit aufgerissenen Augen.

»Ach Quatsch. Derselbe, der Frère Geoffrey erschlagen hat. Der Vittorino ermordet hat. Und all die anderen.«

»Einer von uns.«

»Genau.«

»Aber wer?«

»Das werde ich herausfinden«, verspreche ich ihm. »Sobald wir Conan gefunden haben. Weiter geht's!«

Von der Treppe führt eine Blutspur in den Gang, der sich links und rechts im Dämmer verliert.

Robin bleibt so abrupt stehen, dass ich von hinten gegen ihn pralle. Er dreht sich zu mir um. »Und jetzt?«

Unschlüssig spähe ich in beide Richtungen.

Padric berührt mich an der Schulter und deutet nach rechts. »Dahinten ist eine Treppe. Wohin führt die?«

»Weiß ich nicht. Ich war nicht oft hier.«

»Und ich noch nie.«

»Ich vermute, dort geht es in den eingestürzten Flügel an der Südwestseite der Abtei.«

Robin zieht seinen Dolch und geht zur Treppe. »Bleibt bei mir.«

»Wie Mylord befehlen.« Padric verdreht die Augen, dann drängt er sich an mir vorbei.

Ich ziehe ihn am Ärmel und zische: »Padric, sei so gut, lass den englisch-walisischen Krieg für eine Stunde ruhen. Bis wir Conan gefunden haben.«

Ungestüm reißt er sich los und wendet sich ab.

Robin wartet an der Treppe auf uns. Er deutet hinauf zu einer Tür. »Der Gang ist verschlossen. Hinter der Tür muss die Plattform des abgestürzten Teils liegen.«

Padric späht in das Gewölbe hinter uns. »Auch nichts.«

Wir gehen zur Blutspur zurück, stoßen einige Schritte weiter auf einen Quergang und wenden uns nach links. Wir befinden uns nun direkt unter der Krypta Notre-Dame-sous-Terre.

Robin bleibt stehen und lehnt sich gegen die Wand. Sein Gesicht ist schweißnass.

»Du siehst krank aus, Robin. Was ist los?«

Er verzieht das Gesicht zu einem gequälten Lächeln. »Mein Bein.«

Bei einem Sturz während eines Kampfes hat er sich schwer am Bein verletzt. Das war das Ende seiner Träume auf dem Schlachtfeld und bei Hofe. Als Cousin von Sir William Fitz-Alan, dem Earl of Arundel, kann Robin auf einen glänzenden Aufstieg als Ritter und Feldherr zurückblicken. Doch nach seiner Verwundung in der Schlacht hat er sich ins Kloster zurückgezogen. Nachdem wir uns vor einigen Jahren in Canterbury Abbey kennengelernt haben und ich auf der Rückreise von meinem Besuch beim Erzbischof einige Tage gemeinsam mit ihm zu Gast in Arundel war, hat Robin sich entschieden, mir als sein Prior zum Saint Michael's Mount zu folgen.

»Hast du Schmerzen?«, frage ich besorgt.

»Und wie!«, knirscht er. »Es ist dieser Sturm. Er zerrt an allen Nerven.«

»Padric kann dich ins Dormitorium bringen, damit du dich hinlegen kannst«, schlage ich vor. »Ich gehe allein weiter.«

»Vergiss es!«

»Robin …«

»Nein! Ich lass dich nicht allein! Du brauchst nicht genervt die Augen zu verdrehen, Yannic.« Er deutet auf eine Nische. »Kurze Pause. Ich kann nicht weiter. Ich muss mich hinsetzen.«

Padric und ich helfen Robin auf die andere Seite des Ganges, wo er sich stöhnend auf einer Steinbank niederlässt und eine silberne Flasche unter seiner Kukulle hervorzieht. Ich knie mich vor ihn hin und hebe sein ausgestrecktes Bein auf mein angewinkeltes Knie. Vielleicht sind die Schmerzen für ihn so ein wenig erträglicher.

Robin entkorkt die Phiole und nimmt einen tiefen Schluck. Dann hält er sie mir hin und deutet auf Conans Blut auf meinem Habit. »Siehst aus, als könntest du auch was vertragen.«

»Deine Medizin?«, frage ich, bevor ich ebenfalls trinke.

Robin grinst matt. »Die beste und stärkste.«

Ich reiche die Flasche an Padric weiter. »Yec'hed mad.«

»Yec'hed mad.« Er prostet mir zu. Er beherrscht das Bretonische wie das Walisische. Seine Mutter stammte aus Breizh, aus der Bretagne. Sein Vater Rhys hat sie während seines jahrelangen Exils in Rennes geheiratet. Padric und Gwenllian sind in Rennes geboren, deshalb fiel ihm die Entscheidung, mir zum Mont zu folgen, nicht schwer.

Während er trinkt, wende ich mich an Robin. »Hat dein Cousin dir wieder ein Fässchen schottischen Whisky geschickt?«

Robin nickt. »Es lagert im Vorratskeller.«

»Gut zu wissen«, murmele ich und nehme Padric das Fläschchen aus der Hand, um noch einen Schluck zu trinken. Hitze breitet sich in meinem Körper aus wie glühende Lava. Trotz der widerlich kühlen Nässe des Blutes, das meinen Habit durchtränkt, wird mir ganz warm. Und ein wenig schwindelig. »Auf deinen Cousin, den Earl of Arundel. Möge Sir William dir noch viele Fässer schicken. Ich helfe dir auch, sie zu leeren!«

»Das nenn ich echte Freundschaft!« Robin prostet mir zu und kippt den restlichen Whisky hinunter. Mit dem Handrücken wischt er sich über die Lippen. »So selbstlos!«

»Und ich nenne es echte Brüderlichkeit, dass du die anderen mit diesem Teufelszeug nicht in Versuchung führst.«

»Finde ich auch.« Robin grinst frech und steckt die leere Flasche wieder ein. »Aber du weißt ja: Keine gute Tat bleibt ungestraft.« Er deutet auf die ›Disziplin‹ an seinem Gürtel. Dann atmet er tief durch und lässt sich von uns aufhelfen.

Ich klopfe mir den Staub aus der Kukulle. Und weiter geht's.

Padric wirft einen Blick in die Zisterne, findet jedoch keine Spur von Conan. »Er ist nicht hier!«, murmelt er und blickt sich unruhig um. »Wozu sollte der Mörder seinen Leichnam überhaupt durch die Abtei schleppen? Was soll das?«

Ich antworte nicht. Ich habe eine furchtbare Ahnung …

»Kommt jetzt! Hier geht's nicht weiter.« Ich deute auf das Ende des Ganges. »Wir müssen zurück.«

»Und wohin? Ich kenne mich hier unten nicht aus.«

»Ich auch nicht.«

»Aber du warst doch schon einige Male hier, Yannic«, wendet Padric ein. »Als Beichtvater der englischen Gefangenen.«

»Ich war in den Verliesen«, gebe ich zu. »Aber nicht in diesen Gängen. Sie sind einsturzgefährdet.«

»Na toll, dass du's doch noch erwähnt hast! Deine Nerven möchte ich haben!« Fluchend drängt Padric sich an mir vorbei, nuschelt irgendetwas über mein bretonisches Gottvertrauen und poltert den Gang hinunter.

Ich folge ihm langsam mit Robin, der sich schwer auf meine Schulter stützt. Sein Gesicht ist verkniffen, die Lippen aufeinandergepresst. Er hat starke Schmerzen in seinem steifen Bein und kann kaum auftreten. »Alles in Ordnung?«

»Ja.«

»Und der Schmerz in deinem Bein?«

»Wird schlimmer.«

»Willst du dich ausruhen?«

Er schüttelt den Kopf.

Robin – ritterlich, aufrecht, stolz und mit Idealen, die aus hartem Stahl geschmiedet sind – hat Jahre gebraucht, bis er sich seine Schwäche und seine Verletzlichkeit eingestehen konnte. Das Schlachtfeld, das er als Krüppel verlassen hat, die Absturzstelle vom Höhepunkt seiner ritterlichen Karriere, verlegte er zu allem entschlossen in die Abtei. Seine zerstörten Illusionen, die er in seinem Gepäck mit auf den Saint Michael's Mount brachte, hat er immer noch: Sein Schwert, das er in jener Schlacht trug, liegt entgegen der Ordensregel immer noch unter seinem Bett – er weigert sich standhaft, es beim Prior abzuliefern. Bei den Stundengebeten, den Beichten, den selbstquälerischen Bußübungen, den demütigenden Arbeiten in den Latrinen, den Geißelungen mit der ›Disziplin‹ – immer muss er alle anderen noch übertreffen, um vor sich selbst bestehen zu können. Seine Bereitschaft zu leiden ist bewundernswert. Und erschreckend. Auf seine Art ist Robin genauso abgründig tief und so maßlos wie Padric.

»Wo bleibt ihr denn?«, drängt Padric, der uns voller Ungeduld entgegenkommt. »Hab was gefunden.«

Alessandra

Kapitel 29

Im Eichenwäldchen an der Nordflanke
Kurz nach zwei Uhr nachts

Scheinbar endlos lange bin ich bergauf, bergab über die steile Nordflanke geklettert, während Äste und Zweige mir ins wunde Gesicht peitschten und aufgewirbelter Staub mir in die Augen flog. Die dichte Vegetation erschwerte das Fortkommen. Gestrüpp behinderte jeden Schritt. Einige Male bin ich auf dem karstigen Fels ausgerutscht und der Länge nach hingefallen, doch im letzten Augenblick konnte ich mich immer an tief hängenden Ästen festhalten, bevor ich abstürzte und den Abhang hinunterpurzelte. Ich habe mir Ellbogen und Beine aufgeschürft und mir fast den Arm ausgerenkt, aber ich gebe nicht auf.

Er *muss* hier irgendwo sein.

In der Finsternis den felsigen Boden zwischen den Wurzeln und den Stämmen abzusuchen ist unmöglich. Trotzdem krieche ich über den Boden, schiebe Äste zur Seite und spähe ins wogende Dickicht.

Nichts.

Der Sturm wütet immer schlimmer. Er wirbelt Staub auf, der mir ins Gesicht weht. Ich reibe mir die tränenden Augen.

Blinzelnd taste ich mich weiter durch das Gestrüpp. Ameisen weisen mir den Weg.

Plötzlich, unter meinen Fingern – was ist das? Da zwischen den Wurzeln?

Yannic

Kapitel 30

In den Gängen des Westflügels
Kurz nach zwei Uhr nachts

»Hab was gefunden«, verkündet Padric.

»Und was?«

Padric hält uns Conans blutverschmiertes Silberkreuz in der offenen Hand hin.

»Wo war es?«, fragt Robin.

Padric deutet zurück über die Schulter. »Da hinten.«

Robin sieht mich von der Seite an. »Glaubst du, der Mörder hat es aus Versehen fallen lassen?«

Bedächtig schüttele ich den Kopf. »Es soll uns zu Conan führen.«

»Verdammt!«

Padrics Blick wandert von Robin zu mir. »Yvain will, dass wir unseren Freund finden. Er weiß, wo Conan ist.« Er wartet meine Antwort nicht ab. »Wer hängt da noch mit drin?«

»Abelard«, vermute ich. »Er will mich töten.«

»Aber weder Yvain noch Abelard können Conans Leichnam aus dem Verlies geholt haben«, wendet Robin ein. »Als Yannic ins Dormitorium kam, um uns zu holen, standen beide an ihrem Platz in der Reihe. Und ihre Habite waren nicht blutüberströmt wie der von Yannic.«

»Es gibt einen dritten Mann«, sage ich.

»Den Mörder von Geoffrey und Vittorino und den anderen.«

»Genau.«

»Na toll, eine echte Verschwörung!«, regt Padric sich auf.

»Und ein englischer Geheimagent!«, wirft Robin ein und guckt mich dabei an.

Hat er mich im Kreuzgang beobachtet?, frage ich mich beunruhigt.

»Wieso siehst du Yannic dabei an?« Padric geht auf ihn los, um mich zu verteidigen. »Spinnst du? Hat dir der Whisky den Verstand vernebelt?«

Robin will ihn zurechtweisen, aber ich gehe dazwischen:

»Waffenstillstand, ihr Hitzköpfe! Ich bin's wirklich langsam leid. Wenn ihr euch prügeln wollt, von mir aus! Dann verlasst die Abtei, geht runter zum Strand und haut euch dort gegenseitig eins in die Fresse, um die Ehre von England oder Wales zu verteidigen. Derweil suche ich Conan.«

Mit einem derben walisischen Fluch wendet Padric sich abrupt um und verschwindet um die Ecke.

Ich folge ihm mit Robin, der sich immer noch auf mich stützt.

»Mach ihm keine Vorwürfe«, bittet er mich. »Er ist so, seit sein Vater gestorben ist. Padric ist der einzige überlebende Sohn. Der Letzte seiner Familie. Der Erbe.«

Robin weiß, was es bedeutet, der Erbe zu sein. Er ist der älteste von elf legitimen Söhnen seines Vaters, Sir Julian FitzAlan, der selbst nicht wusste, wie viele Bastarde er gezeugt hatte, sei es in England, in Schottland, in der Normandie oder in der Bretagne. Von dort stammt der bretonisch-schottisch-englische Clan der FitzAlans, die seit fast zweihundert Jahren die Earls of Arundel stellen.

In seiner Zeit als lebenslustiger Ritter, der kein Saufgelage mit anschließender Rauferei in den rattenverseuchten Gassen von London ausließ, hat auch Sir Robin FitzAlan, ganz der Sohn seines Vaters, nur selten im eigenen Bett geschlafen. Aber im Gegensatz zu mir legt mein Freund keinen Wert darauf, seine Rangen kennenzulernen. Robin war nie so leidenschaftlich verliebt, wie ich es war, als ich Rozenn zum ersten Mal begegnete, am Tag vor ihrer Hochzeit mit meinem Bruder.

»Padric weiß, dass er der Letzte seiner Familie ist. Wir haben darüber gesprochen«, sage ich. »Er will nach Wales zurückkehren und kämpfen.«

Robin fährt mit den Fingern durch seinen Bart und nickt versonnen. »Gott schütze ihn! Möge der Allmächtige ihm den Tod auf dem Schlachtfeld ersparen!«

»Amen. Padric ist wie ein Bruder für mich. Ich habe meinen Bruder Pierric verloren. Ich werde ihn nie wiedersehen, weil ich nie mehr nach Hause zurückkehren werde. Ich will Padric nicht auch noch verlieren.«

»Ich auch nicht. Obwohl er mir manchmal ganz schön auf die Nerven geht.«

Ich muss lachen, ich kann nicht anders. Robin hat ja recht: Padric geht uns beiden derzeit ziemlich auf die Nerven.

Als wir Padric eingeholt haben, hat er sich wieder beruhigt. Er weicht meinem Blick aus und deutet auf eine Blutspur auf dem Boden. »Hier habe ich Conans Kreuz gefunden.«

»Und wieso haben wir es vorhin nicht gesehen, als wir hier durchgekommen sind?«, frage ich erstaunt. »Wir hätten doch darüber stolpern müssen.«

Padric zuckt mit den Schultern. »Keine Ahnung.«

»Vielleicht weil's eben noch nicht da war«, schlägt Robin vor.

»Dann muss der Mörder in der Nähe sein«, vermutet Padric.

Ich spitze die Lippen und nicke.

»Und beobachtet uns?«

»Davon kannst du ausgehen.«

»Hast du was gehört?« Seine Stimme verrät seine Anspannung.

»Nein.«

»Einen Verdacht?«, fragt Robin.

Ich schüttele den Kopf.

»Raymond? Jourdain? Die beiden stecken ständig die Köpfe zusammen.«

»Das tun wir auch.«

»*Ha!* Aber wir gehen nicht miteinander ins Bett«, platzt Padric heraus. Ich muss ihn ziemlich verdutzt angeguckt haben, denn Padric beginnt zu lachen: »So was gibt's, stell dir vor! Vielleicht nicht auf deinem einsamen Felsen, diesem Möwenschiss mitten im Atlantik, mit einer Hand voll Einwohnern und einer Herde Schafe, wo du Gefahr läufst, aus Versehen eine Cousine zu ficken oder vor lauter Verzweiflung eine Heidschnucke zu vergewaltigen, aber ...«

»Was ist mit Aimery?«, unterbricht ihn Robin.

»Weil er in seinem letzten Leben ein dominikanischer Inquisitor war? Nein!«

»Und Thierry? Er ist in letzter Zeit ein bisschen still. Und oft allein im Kreuzgang.«

»Er will seine Ruhe haben. Er hat sich mit Yvain gefetzt.«

»Wer tut das nicht?«, seufzt Robin und verdreht genervt die Augen. Er und der Prior geraten öfters aneinander. Yvain glaubt nicht an Robins spirituelle Erweckung. Er ist ihm zu weltlich, zu ritterlich, zu kriegerisch, zu streitsüchtig. Und, das sagt er ihm sogar ins Gesicht, zu *englisch*. Und das lässt Yvain, dessen Familie während der englischen Besatzung der Normandie viel Leid und Unrecht ertragen musste, meinen Freund büßen.

»Wir sollten weitergehen«, drängt Padric.

Er wendet sich um, doch ich halte ihn auf. »Nicht da lang, Padric! Er ist hinter uns her geschlichen, um die Spur zu legen. Wir gehen zurück.« Ich deute den Gang hinunter, durch den wir gekommen sind.

»Aber wir haben dort alles abgesucht!«, protestiert er.

»Nein, haben wir nicht. Geh voran, Padric.«

»Wohin?«

»Bis zur Treppe, die zum abgestürzten Anbau führt.«

Er hebt die Augenbrauen. »Du glaubst, dass Conan da draußen im Sturm ist?«

»Warum nicht?«

Vor der Tür am Ende der Treppe bleiben wir stehen. Sie ist verschlossen.

Ich zögere, denn ich habe plötzlich das Gefühl, das ich nicht sehen will, was sich dahinter verbirgt.

»Und nun?«, fragt Padric. »Wir haben keinen Schlüssel.«

»Zurück, alle beide!«

Padric und Robin weichen zurück.

»Was hast du vor?«, fragt Padric. »He, warte mal! Der Prior hat bestimmt einen Schlüss ...«

»Na, dann geh und hol ihn! Da wo ich herkomme, machen wir das so!« Mit Anlauf werfe ich mich gegen das Holz. Knirschend gibt es einen Fingerbreit nach. Die Tür ist nicht verriegelt, sie ist nur verzogen und verklemmt. Also zurück, die Stufen hinunter! Als ich mich noch einmal dagegen werfe, schwingt sie auf, schrammt über den unebenen Boden und kracht gegen einen der Strebepfeiler.

Der Sturm, der uns entgegenbläst, schleudert mir eisige Regentropfen ins Gesicht. Wie winzige Eiskristalle brennen sie auf meiner Haut.

Padric und Robin drängen sich mit flatternder Kukulle hinter mir auf die Plattform, die vor dem Absturz ein zweigeschossiger Anbau mit zwei Sälen war. Die Böen reißen ihnen die Kapuze vom Kopf. Padric bindet die Bänder seines Bonnets zusammen, damit es nicht wegfliegt.

Ich gehe bis zum Abgrund und scheuche dabei eine Möwe auf, die aus einem Dickicht hinter einem Schutthaufen hochflattert und sich mit im Wind zuckenden Flügeln schreiend in die Tiefe stürzt: Oookh ... oookh ... oookh.

An den gerippten Fundamenten entlang starre ich hinunter zum felsigen Strand, wo die Möwe tief unter mir auf dem wuchtigen Festungsturm landet, der aus dem von der Flut überspülten Watt ragt. Neben dem Wehrturm schlingert mein Boot auf den gischtgekrönten Wellen.

Ich drehe mich um. Vor mir ragt die Innenwand der eingestürzten Säle auf. Auf einem Sims, einst der Boden des oberen Saals, wuchert Gestrüpp, zwischen dem vermutlich die Schwalben nisten, die tagsüber zwitschernd durch den Kreuzgang flitzen. In einem Arkadenbogen zwischen zwei Stützpfeilern entdecke ich einen dunklen Schemen.

Wie ein abgestürzter Engel liegt Conan auf dem Rücken und starrt mit offenen Augen zum Himmel hinauf. Der schwarze Stoff seines Habits flattert wie ein gebrochener Engelsflügel in einer schwarz schimmernden Lache aus Blut. Seine Augen sind weit aufgerissen, als hätte er im Augenblick des Todes etwas Entsetzliches gesehen, etwas Unbegreifliches. Der Teufel selbst hat Conan seine Aufwartung gemacht – so scheint es.

Robin stützt sich schwer auf mich. »Oh my God!«, stöhnt er, als er das blutige Zeichen erkennt. »So viel Blut! Er sieht aus, als wäre er geschlachtet und ausgeblutet worden.« Ohne mich loszulassen, bekreuzigt er sich mit schleppenden Bewegungen. »Herr, schenke ihm dein Erbarmen. Und uns allen. Diese Abtei ist das Schlachtfeld des Teufels.«

Padric kniet neben uns nieder und schlägt erschüttert die Hände vor die Lippen, als er im Lodern der Blitze das Sigillum Dei aus Conans Blut entdeckt. »Das kann doch nicht sein!«, brüllt er gegen den Sturm an und blickt zu mir hoch. »Wie kann ein Mensch so abgrundtief böse sein!« Er dreht sich zu mir um und blickt mich mit aufgerissenen Augen an. »Conan war unser Freund! Robin hat recht: Er wurde geschlachtet und ausgeblutet, wie ein Lamm auf einem Opferaltar. Ein Blutopfer für Satan!« Er schluckt. »Yannic ... es tut mir so leid!«

Ich raffe den blutigen Saum meines Habits und knie neben Conan nieder. Im Licht der Blitze glänzt etwas um seinen Hals. Ich schiebe die Stofffalten des Skapuliers zur Seite und ziehe eine Kette hervor. Etwas glänzt matt in meiner Hand. Eine Münze, die sehr alt zu sein scheint. Ich halte sie ins Licht. Sie zeigt das Bild des Erzengels in Helm und Harnisch und mit dem Flammenschwert in der Hand. Unter seinem rechten Fuß zertritt Arc'hael Mikael den Satan.

Die ganze Nacht kommt mir vor wie ein schrecklicher Traum, aus dem es kein Erwachen gibt. Ich schüttele entsetzt den Kopf und starre das Amulett an.

Bevor er die Hölle betrat, in die ich ihm nicht folgen sollte, bevor er Selbstmord beging, um anschließend ermordet zu werden, hat Conan sich mit dieser Münze gegen den Teufel gerüstet. Was hat er im Todesringen gesehen? Was war das letzte Grauen vor seinem Ende?

Ich blicke auf. »Hol die anderen, Padric!«

Verstört zeigt mein Freund auf die Blutschrift neben dem rätselhaften Symbol. »Aber ...«

»Sofort!«

»Ist gut!« Und weg ist er.

Ich hänge mir Conans Amulett um den Hals. »Robin, hilf mir mal!«

»Aye, Mylord. Aber was hast du vor?«

Ich sage es ihm.

»Bloody hell!« Umständlich hockt er sich neben mich – sein steifes Bein bereitet ihm Schmerzen. »But this is utter madness!« Er schüttelt den Kopf. »Oh, Yann, in was bist du da bloß hineingeraten! Du wirst sterben, wie Conan!«

Alessandra

Kapitel 31

Im Eichenwäldchen an der Nordflanke
Kurz nach zwei Uhr nachts

Plötzlich, unter meinen Fingern – was ist das? Da zwischen den Wurzeln?

Ein grauenvoller Anblick! Eine halb abgenagte Hand ragt aus einem mit Flechten überwucherten Felsspalt.

Mit einem erstickten Schluchzen falle ich zwischen den Eichen auf die Knie, nestele mein Feuerzeug aus der Zunderdose und versuche, den Kerzenstummel zu entzünden. Doch keine Chance, einen Funken in den Zunder zu schlagen – der mit winzigen, wie Puder wirbelnden Eiskristallen durchsetzte Sturm ist zu stark!

Ich ziehe das Tuch vor das Gesicht. An der Hand und dem Arm entlang taste ich mich nun nach unten vor. Die Knochen und das verweste Fleisch zu berühren kostet mich eine ziemliche Überwindung. Ob ich Vittorino gefunden habe, kann ich nicht einmal sagen. Der Leichnam ist zu stark verwest.

An der Luft, den Elementen ausgesetzt, verwest ein Körper schneller als in einer Gruft. Das Stadium, das Geoffrey in seinem Sarkophag gerade erlebt, hat *er* längst hinter sich: Er ist schon in einen tieferen Höllenkreis hinabgestiegen.

Ich beuge mich über den Felsspalt und schiebe meinen Arm bis zur Schulter hinein, kann jedoch kein Notizbuch ertasten.

Ameisen krabbeln mir über die Hand und den Arm hinauf bis in den Ärmel meines Hemdes. Ich schüttele sie ab.

So geht es nicht, der Spalt ist zu tief.

Gerade als ich hinunterspähe, taucht ein Blitz die Nische in fahles Licht. Die Haut des Gesichts ist zu einer grauenhaften Totenfratze verzogen, die zu mir heraufzuschauen scheint.

Ich muss ihn herausziehen. Ich packe das skelettierte Handgelenk, ziehe daran – und kippe nach hinten. Der abgetrennte Arm fällt neben mir zwischen die Wurzeln.

Ich setze mich auf und betrachte ihn verwirrt. Nein, das darf doch nicht wahr sein! Und doch …

Mein Herz krampft sich schmerzhaft zusammen. Der Assassino hat den Mann, der wie ein zweiter Vater für mich war, in Stücke gehauen, um ihn in den Felsspalt zu zwängen.

Wie Brennholz fürs Höllenfeuer!, denke ich schaudernd.

Wenn ich vorher noch nicht so richtig in Rage war – jetzt bin ich es! Ich bin so zornig, traurig und frustriert, dass ich weinen muss, ich kann nicht anders. »Ich werde dich rächen, Vittorino«, presse ich hervor. »Das schwöre ich, so wahr mir Gott helfe.«

Nach einer Weile wische ich mir die Tränen ab und taste noch einmal bis zur Schulter in das Grab. Ich fühle das kratzige Moos, das weiche Laub, das der Sturm in den Spalt gewirbelt hat, die zerbrochenen Knochen, das vertrocknete, verweste Fleisch, das Haar auf dem zertrümmerten Schädel und – ganz unten in der Felsnische – ein Bündel Stoff, seine Kleidung. Ich zerre daran. Knochensplitter knirschen über Granit. Schließlich geben Vittorinos ineinander verkeilte Knochen nach. Ich ziehe die Robe aus dem Spalt und breite sie neben mir aus, um die Taschen zu durchsuchen.

Kein Notizbuch.

Entweder hat es der Mörder …

... oder ...

Na los, Sandra, trau dich, es auszusprechen, auch wenn's wehtut!

... oder Yannic hat es.

Ich knirsche mit den Zähnen. Und ich habe diesem Mistkerl vertraut! Als wüsste ich es nicht besser, als wäre ich noch nie verraten worden und noch nie mit dem Tod bedroht! Ich balle meine Fäuste. Ich dulde keinen Verrat. Der Letzte, der mich verraten hat – Fra Santino de Angelis, der dominikanische Inquisitior, der mich durch seine perfiden Intrigen auf den Scheiterhaufen gebracht hat –, ist tot.

Yannic muss das Büchlein haben – Vittorino muss es ihm gegeben haben, bevor er starb. Mein Freund hätte das Geheimnis um das Testament des Satans niemals mit ins Grab genommen, nicht er, der Hüter der schrecklichsten Geheimnisse der unheiligen römischen Kirche! Vittorino muss sich Yannic anvertraut haben!

Ich bin maßlos enttäuscht von Yannic, und ich zittere vor Wut. Wie konnte ich ihm bloß glauben!

Trotzig wische ich mir die Tränen aus dem Gesicht, dann schiebe ich Vittorinos Arm zurück in den Felsspalt. Jetzt kann ich nichts mehr für ihn tun. Aber wenn das alles hier vorbei ist, werde ich seine sterblichen Überreste nach Rom mitnehmen, damit er dort mit Tommasos Segen beigesetzt werden kann.

Als ich sein Gewand wie ein Leichentuch über ihm ausbreiten will, sehe ich etwas Dunkles in einem Spalt der Nische hängen. Eine Fledermaus, denke ich zuerst. Aber nein, die hätte ich doch aufgescheucht.

Noch einmal greife ich in die Felsspalte. Es ist ein Schiefertäfelchen, wie es die Mönche am Gürtel tragen. Auf den nächsten Blitz muss ich nicht lange warten.

ICH HABE DICH ERWARTET

Dieselbe Schrift wie die Drohung auf Conans Schreibpult:

DU WIRST STERBEN

Alle Dämonen der Hölle beschwöre ich auf diesen perfiden Mistkerl herab, während ich Vittorinos sterbliche Überreste in den Stoff hülle. Anschließend klettere ich hinunter zum Felsenstrand, wo das Wasser mittlerweile erheblich gestiegen ist, wasche mir die Hände und blicke zum Himmel empor.

Ich muss wieder hinauf in die Abtei, und zwar schnell. Es ist schon nach zwei, und die Zeit zerrinnt mir zwischen den Fingern. Ich bin nicht zum Stundengebet erschienen.

Was, wenn sie nach mir suchen?

Intermezzo 5

Im Kreuzgang
Einige Minuten nach zwei Uhr nachts

Im Kreuzgang beugt sich der Hüter über das Lavatorium im Schatten des Säulengangs und lässt kaltes Wasser über seine blutüberströmten Hände rinnen. Anschließend wäscht er sich das Gesicht, nestelt die verklebte Gaze wieder über seine Wunden und setzt seine Ledermaske auf.

Er muss sich beeilen, ihm bleibt nicht viel Zeit. Noch vor der Vigil in der Krypta neben dem Scriptorium muss er das verschwundene Liber Secretorum Diaboli finden und zurück ins Dämonenloch bringen, wo es zusammen mit den Skizzen wieder eingemauert werden muss.

Aber wo ist die Bible du Diable? Hat Alessandra sie gelesen? Gott bewahre! Dann weiß sie, wo das Vermächtnis des Satans verborgen ist.

Und die Blutskizzen von den Opfern? Hat sie darin geblättert? Wenn sie die Zeichen richtig deutet … Ma Doue!

Wo steckt sie überhaupt?

Unvermittelt überkommt ihn ein Gefühl der Angst und der Verzweiflung. Er glaubt, sich übergeben zu müssen, und reißt sich die Maske herunter, um tief durchzuatmen. Trotz aller Vorbereitungen, trotz endloser Gespräche mit Yvain und Abelard verläuft diese Nacht alles andere als geplant.

Alessandra ist gerissen, denkt er. Forsch und unberechenbar.

Wir haben sie unterschätzt. Aber das wird sich ändern.

Sie ist allein. Sie ist unbewaffnet. Sie kann nicht entkommen.

Der Hüter zieht ihr Notizbuch aus seinem Habit und schlägt die Seiten auf, die er vorhin in ihrer Handschrift verfasst hat. Ihr Ruf als Satans Tochter, der an ihr klebt wie Pech und Schwefel, wird ihr zum Verhängnis werden.

Und da ist ja noch die Blutschrift neben Conans Leiche. Das magische Symbol, der kryptische Text und das Blutopfer sind gewiss ihr Todesurteil.

Die Inquisitoren sind gescheitert, aber wir werden sie bezwingen! Das Geheimnis wird gewahrt bleiben!, beruhigt er sich selbst.

Er setzt seine Ledermaske wieder auf, zieht die Kapuze seiner Kukulle hoch und hält sie mit der Hand unter dem Kinn zusammen, damit der Sturm, der im Heckenlabyrinth tobt, sie ihm nicht vom Kopf weht.

Mit gesenktem Blick huscht er zum Portal des Refektoriums, dann geht er über die Treppe der Merveille in den Gästesaal hinunter – dort wird Alessandra das Buch der Geheimnisse versteckt haben.

Die dunkle Gestalt, die sich aus den Schatten des Kreuzgangs löst, um ihm zu folgen, bemerkt er ebensowenig wie die scharfe Klinge, die im grellen Licht der Blitze gleißt und funkelt wie feingeschliffenes Glas.

Yannic

Kapitel 32

Auf der Plattform des eingestürzten Westflügels
Einige Minuten nach zwei Uhr nachts

Die ganze Nacht erscheint mir wie ein wirrer Traum, als ich Conans Leichnam anstarre, ein Horrorwahn, aus dem es kein Erwachen gibt. Ich schüttele entsetzt den Kopf. »Hol die anderen, Padric!«

Verstört zeigt mein Freund auf die Blutschrift ›hoc arcanum sacerdotis – das Geheimnis des Priesters …‹ neben dem rätselhaften Symbol. »Aber …«

»Sofort!«

»Ist gut!« Und weg ist er.

»Robin, hilf mir mal!«

»Aye, Mylord. Aber was hast du vor?«

»Wir müssen die Blutschrift verwischen.«

»Aber wieso?«

»Na, dann lies sie doch!«

Seine Lippen bewegen sich, als er wispernd den lateinischen Spruch entziffert. Er beherrscht das Lateinische nicht sonderlich gut. Aber dafür reicht es. »Verdammter Mist!«

»Du sagst es. Geoffrey und die anderen waren von rätselhaften Zeichen umgeben. Ihre Leichen waren grausam zerfetzt, ihre Schädel zertrümmert, wie von einer Bestie mit scharfen Krallen. Aber bei Conan ist es anders. Das Sigillum Dei und die Blutschrift weisen ja wohl eher auf eine Satansmesse hin.«

»Bloody hell!« Robin kniet sich neben mich und reibt mit dem Saum seines Gewandes auf den blutigen Buchstaben herum, um sie unleserlich zu machen. »Aber das ist Wahnsinn!« Er schüttelt verzweifelt den Kopf und blickt mich an. »Oh, Yann, in was bist du da bloß hineingeraten! Du wirst sterben, wie Conan!«

Ich ziehe Conans Amulett hervor und zeige ihm das Bildnis des Erzengels, auf dessen Schutz vor den Mächten des Bösen unser Freund vertraute.

In diesem Augenblick stürmt Yvain mit flatternder Kukulle auf die Plattform und prallt mit Padric zusammen, der gerade erst die Tür erreicht hat. Der Prior stößt ihn grob zur Seite und kommt zu Robin und mir herüber, während die anderen Brüder nacheinander die Plattform betreten und mit entsetzten Gesichtern, bleich wie Hostien, vor dem Leichnam stehen bleiben und sich bekreuzigen.

»Gütiger Gott!«

»Der Herr sei uns gnädig!«

»Seht euch das an!«

Ich schiebe die Münze unter mein Skapulier, stehe auf und helfe Robin auf die Beine. Der ganze Berg scheint unter der Wucht des Sturms zu beben. Die heftigen Windstöße lassen meine Kukulle knattern wie ein loses Segel. Ich nicke dem Prior knapp zu. »Père Yvain.«

Frère Raymond drängt mich zur Seite und übergibt sich. »Herr im Himmel!«, ächzt er. Raymond war mit Conan eng befreundet, er war sogar einmal zu Gast bei Conans Frau Youenna und seinem kleinen Sohn Ronan.

»Père Yann«, raunzt mich der Prior nach Raymonds Auftritt an, während er den verhassten Engländer nur mit einem verächtlichen Seitenblick bedenkt: »Frère Robin.« Dann wendet er sich wieder an mich. Sein Blick ist tödlich. Ich frage mich, ob ich nicht besser gleich hier tot umfallen sollte – es würde ihm die blutige Drecksarbeit ersparen. »Père Yann, ich dachte, ich hätte mich klar ausgedrückt«, fegt mir eisig der Wind um die Ohren. »Ihr solltet mich verständigen, sobald Ihr die Leiche gefunden habt, nicht nachdem Ihr den Mord aufgeklärt habt!«

»Père Yvain, ich ha ...«

»Père Yann, ist Euch eigentlich klar, wie Ihr jetzt vor den Brüdern dasteht? In Eurem blutbefleckten Habit?«, droht er mir ganz unverhohlen und richtet sich dabei auf wie ein wuchtiger Menhir, der gleich mit Getöse umstürzt und mich unter sich begräbt. »Mit beiden Händen in Frère Conans Blut, um die Spuren zu verwischen? Père Yann, wie konntet Ihr!«

Er lässt mich stehen und geht zu Conan hinüber, um mir Zeit zu geben, in Ruhe darüber nachzudenken, ob ich den Mordanschlag auf mich nicht besser unerwähnt lassen sollte. Andernfalls, da bin ich mir sicher, wird er mich persönlich ans Kreuz nageln.

Ich betrachte Conans Blut an meinen Händen.

Robin wispert: »Yvain will dir den Mord anhängen.«

Ich nicke. »Und die anderen der letzten Jahre.«

»Oh my God!«

Padric tritt zu uns. »Robin und ich, wir stehen dir bei, Yannic. Wir weichen nicht von deiner Seite. Wir schützen dein Leben mit unserem.«

Ich nicke stumm.

»Wir müssen herausfinden, was die Blutschrift bedeutet«, flüstert Robin. »Vielleicht verrät sie den Mörder?«

Wir drängen uns durch die Reihen unserer aufgeregt tuschelnden Konfratres zu Conans Leiche, die einen schrecklichen Anblick bietet. Unser Freund ist von zwei Lachen seines Blutes umgeben. Es scheint, als habe er sich im Todeskampf gegen das Böse gewehrt, das ihn jedoch überwältigt und zu Boden geworfen hat. Dabei hat er die abgespreizten Arme und Beine hin und her bewegt, wie ein Kind, das sich ausgelassen in eine Schneeverwehung fallen lässt und mit wedelnden Armen und Beinen einen Schneeengel macht, mit wallendem Gewand und flatternden Flügeln. Das Blut der beiden Flügel stammt aus seinen aufgeschnittenen Pulsadern.

Aber es ist kein Engel aus Schnee. Sondern ein Engel aus Blut. Umgeben von einem magischen Symbol.

Mit ausgebreiteten Armen und geschlossenen Beinen liegt Conan da, wie im Gebet vor dem Altar, nur auf dem Rücken, in einem Sigillum Dei, das mit seinem Blut gemalt wurde. Der sechszackige Stern ragt seitlich unter seiner Kukulle hervor, der umgebende Kreis weist zu seinen Füßen eine blutige Schrift auf.

»Er hat verzweifelt gekämpft, aber der Engel der Finsternis hat ihn überwältigt«, murmelt Yvain und bekreuzigt sich. Er blickt auf und sieht mich eindringlich an. »Mögen wir alle uns als stärker erweisen im Kampf gegen die Mächte des Bösen als unser Bruder. Saint-Michel steh ihm bei und geleite ihn sicher ins Angesicht Gottes.«

Ich blicke in die Runde. Einige murmeln mit aufgerissenen Augen ein Gebet, andere bekreuzigen sich mit zitternden Händen und blicken sich unruhig um, ob der Engel des Todes noch in den Schatten lauert, um das nächste Opfer in die Finsternis zu zerren. Etliche fehlen. Vermutlich suchen sie irgendwo in der Abtei nach dem Leichnam.

»Père Yann!«, poltert Yvain. »Ihr habt Frère Conan gefunden. Habt Ihr unserem Bruder schon die Sterbesakramente gegeben?«

»Nein, bisher nicht.«

»Und wieso nicht?«, blafft er mich an.

Ich spüre ein Kribbeln in den Händen – am liebsten hätte ich ihm eine …

Robin packt mich am Arm. »Lass ihn, um Gottes willen!«, flüstert er mir zu. »Die Situation ist gefährlich und kann jeden Augenblick außer Kontrolle geraten.«

Ich nicke und zwinge mich zu einem beherrschten Lächeln, auch wenn meine Nerven zum Zerreißen gespannt sind. Robin hat recht. Wenn Yvain die anderen gegen mich aufhetzt und sie die Beherrschung über ihre Gefühle von panischer Angst und ohnmächtigem Zorn verlieren, die sich seit Monaten in ihnen aufgestaut haben, werde ich diese Nacht nicht überleben.

Während ich neben Conan niederknie, flackert das hysterische Getuschel der Fratres wieder auf und greift wie ein Schwelbrand um sich:

»Diese Abtei ist verflucht!«

»Seht nur, das Sigillum Dei! Und die Blutschrift! Ist Conan das Opfer eines satanischen Fluchs?«

»Der Engel des Todes geht um.«

»Und einer von uns feiert Satansmessen und beschwört Engel und Dämonen! Gott verfluche ihn!«

»Und dann noch der Sturm und die Flut! Wir sind vom Festland abgeschnitten! Wir können nicht entkommen.«

»Eine schreckliche Nacht!«

Ich ringe mit einer überwältigenden Traurigkeit, als ich meinem Freund, der Selbstmord begangen hat, das heilige Sakrament erteile. Es ist nicht recht, aber ich tu's trotzdem. Ich fröstele, als ich seine blutnassen Hände falte, als ich seine Haut berühre, die noch nicht kalt geworden ist, als ich seine Augen schließe und einen Moment sein wirres Haar berühre und dabei die eisige Kälte spüre, die mit einem schmerzhaften Kribbeln in mir aufsteigt – die kalte Wut.

Conan weist Verletzungen auf, die er sich nicht selbst beigebracht haben kann. Wie es scheint, hat er seine Arme hochgerissen, um einen Angriff mit einer Klinge abzuwehren. Die Schnittwunden haben noch geblutet, also sind Conan diese Verletzungen nicht post mortem zugefügt worden. Ma Doue, mein Freund lebte noch, als er hierhergebracht wurde!

Die kalte Wut tut mir gut. Wie ein eisiger Wind reißt sie die Traurigkeit, die Ohnmacht und die Angst mit sich fort und hinterlässt nur kristallklare Kälte.

Ich raffe meinen Habit und stehe auf. Als eine Sturmbö mich ergreift und ich taumele, packt Robin mich am Arm und hält mich fest. »Alles in Ordnung?«

Ich atme tief durch und nicke.

Vielleicht ist es Conan gelungen, seinen Mörder zu verletzen? Unauffällig blicke ich mich um, ob einer der Fratres Blut auf seinem Habit hat. Aber ich bin der Einzige, der vor Blut trieft.

»Du siehst blass aus, Yannic, und du zitterst. Und du hast Blut im Gesicht. Darf ich?« Mit dem Ärmel seines Habits wischt Robin mir über die Stirn. »Sollen Padric und ich dich ins Dormitorium bringen? Du solltest dich hinlegen.«

»Nein, es geht schon«, winke ich ab. »Ich will wissen, wer das getan hat. Und was die Blutschrift bedeutet.«

Denn ich befürchte das Allerschlimmste.

Mein Gefühl sagt mir, ich bin in eine Falle getappt, die gar nicht mir galt. Aber nun hänge ich mit drin.

Erneut lese ich die kryptische Schrift, die Conans Leichnam umgibt:

HOC ARCANUM SACERDOTIS SUB LUNA ET SOL
OPUS SATANAE EST SIC DECEM QUI MIHI PER

Die letzten Buchstaben, die vermutlich auf den Mörder verweisen, haben Robin und ich noch verwischen können, bevor Yvain und die anderen auf die Plattform gestürmt sind.

»Das Geheimnis des Priesters ... unter Mond und Sonne ... ist ein Werk des Satans ... auf diese Weise zehn ...«, stammelt Raymond neben mir.

Raymond ist der Spross eines uralten normannischen Adelsgeschlechts, das schon mit Guillaume le Conquérant, William the Conqueror, in Hastings die Engländer das Fürchten lehrte. Nach Raymonds Eintritt in den Orden, was er gegen den Willen seines Vaters tat, hielt ihn seine Familie fast ein Jahr lang auf der väterlichen Burg gefangen. Mein alter Herr tobte auch, als ich ihm sagte, dass ich die Gelübde ablegen wollte, aber am Ende gab er nach. Er verkaufte fast unseren gesamten Besitz, um mir das Studium in Paris zu ermöglichen, ›in der Fremde‹, wie er immer zu mir gesagt hat. Das Festland, die Bretagne westlich von Rennes inbegriffen, war für ihn ein Leben im Exil. Aber mich derart zu behandeln wie Raymonds Vater seinen Sohn, das wäre für meinen alten Herrn undenkbar gewesen. Raymond gelang schließlich die Flucht aus der Burg seiner Familie auf den Mont-Saint-Michel. Seit Geoffreys Tod vor vier Monaten ist er nun Abelards Adlatus und hilft ihm in der Bibliothek und im Archiv.

Raymond sieht mich an. »Zehn *was*? Zehn weitere Opfer?« Als ich den Kopf schüttele, fährt er mit seiner Übersetzung fort: »Zehn ... die durch mich ... Dieu du Ciel, das ergibt doch überhaupt keinen Sinn!«

»Noch zehn Morde? Um Gottes willen!«, flüstert Aimery entsetzt und bekreuzigt sich langsam.

»Ich glaube ...«, beginne ich und verstumme wieder.

»Was?«, knurrt Yvain.

»Der Spruch ist ein Anagramm.«

»Sieh an!«, stutzt er mich auf ein für ihn erträgliches Maß zurecht. »Da Gott Euch offenbar erleuchtet hat, Père Yann, seid so gut und erweist uns unwissenden Trotteln doch die Gnade, an Eurem gottgegebenen Wissen teilzuhaben.«

»Ein Anagramm ist ein Wort oder Satz, der durch Umstellung der Buchstaben gebildet wird.«

»Ist Eure Lektion beendet, Père Yann?«

»Ist sie, Père Yvain.«

»Wie schön.« Sein Lächeln lässt mich frösteln. »Nachdem wir nun Euer staunenswertes Wissen angemessen gewürdigt haben, könntet Ihr doch gleich noch mit Eurem exzellenten Latein glänzen. Damit wir die ganze Größe Eures Genies ermessen können. Nun, wie lautet der Text?«

Robin packt mich warnend am Arm. »Lass dich nicht provozieren!«, wispert er.

»Das weiß ich nicht«, gebe ich zu.

Yvain schnaubt. »So.«

Einige der Fratres haben die Schiefertäfelchen hervorgezogen, die sie an einer Schnur am Gürtel tragen, um sich während des Schweigens miteinander zu verständigen. Mit unseren Handzeichen kann man vieles ausdrücken, aber nicht alles.

»Deus... Satanas... Lucifer!«, orakelt Aimery düster. »Die unheilige Dreifaltigkeit der Luciferianer. Man kann die Namen aus den Buchstaben bilden.« Der ehemalige Inquisitor, der aus dem Dominikanerorden geworfen wurde, deutet auf die Blutschrift.

»Die Anhänger des Lucifer?«, fragt Raymond mit aufgerissenen Augen.

»Sie glauben, dass Lucifer zu Unrecht aus dem Himmel verbannt wurde. Sie verehren ihn als Engel des Lichts und als Befreier der Menschen aus der Unterdrückung durch Gott. In Messen, die von Priesterinnen geleitet werden.«

Raymond bekreuzigt sich.

»Nach deren Glauben ist Gott der König des Himmels. Satan regiert als Fürst die Hölle. Lucifer ist ein Erzengel, der mächtigste von allen. Er rebelliert gegen Gottes Herrschaft und wird auf die Erde verbannt, wo er sich mit Lilith verbündet. Engel und Menschen sind in der Lage, in einem Akt der Liebe Kinder zu zeugen. Sie sind machtvolle Wesen mit verborgenen Kräften.«

»Um Gottes willen!«

»Jesus Christus war ein Sohn Lucifers.«

Raymond starrt Aimery entsetzt an.

»Lucifer will die Welt von Gottes Herrschaft befreien. Wie Prometheus schenkt er den Menschen das Wissen, damit sie das Fundament des Glaubens untergraben.«

»Wie die Humanisten«, murmelt Raymond.

Der ehemalige Inquisitor nickt. »Bedenkt, was Ihr da sagt, Frère Raymond. Papst Nikolaus ist ein Humanist.«

Abelard schiebt seinen Adlatus Raymond grob zur Seite und stellt sich neben mich. Er wirft mir einen Blick zu, der mich schaudern lässt. Seine Augen sehen aus wie zwei schwarze Perlen in schleimig feuchten Austern. Sie sind blutunterlaufen vom vielen Lesen: Seit Wochen steigert sich Abelard in die theologische und naturwissenschaftliche Berechnung des Weltendes hinein. Sein Blick bleibt an Aimery hängen. »Ich dachte, ihr Dominikaner hättet diesen Abtrünnigen schon vor Jahrzehnten das Handwerk gelegt.«

»Ich bin jetzt Benediktiner«, empört sich Aimery.

»Ich vergaß, dass Ihr nun zur Elite gehört, bitte verzeiht!« Abelard schnaubt. »Wir Benediktiner nehmen wirklich jeden auf …« Er sieht mich verächtlich an. »… nicht wahr, Père Yann?«

»Lasst ihn doch endlich in Ruhe!« Padric will auf Abelard losgehen, aber ich packe ihn am Ärmel und reiße ihn zurück.

»Padric, sei so gut! Ich kann mich selbst verteidigen.«

»Ich fasse es nicht! Wie kann er dich ...«

»Padric!«

Er atmet tief durch und hebt beide Hände zum Zeichen, dass er nachgibt. »Schon gut.«

Abelard verzieht die Lippen zu einem Grinsen. »Ihr habt Eure Gefolgsleute gut im Griff, Mylord«, höhnt er und benutzt dabei die Anrede, die mir als Prior des Saint Michael's Mount zustand.

König Henry hatte mir viele Privilegien und Freiheiten gewährt und mich den Besitz der Priory wie ein Lord regieren lassen. Das Einzige, was mich von einem Earl unterschied, war der Benediktinerhabit. Und ein Sitz im Parlament. Aber dem hätte, wenn es nach Henry gegangen wäre, schon bald abgeholfen werden können. Er war enttäuscht, als ich ihm sagte, dass ich stattdessen von meinem Amt als Prior zurücktreten wollte.

»Ihr wollt in die Bretagne zurückkehren«, vermutete er während meiner letzten Audienz in seinen Privatgemächern.

»Nein, Mylord, in die Normandie.«

»Le Mont-Saint-Michel?«

»Ja, Mylord.«

»Der Mont wird immer noch belagert, John. Der Mont-Saint-Michel ist nicht so angenehm wie der Saint Michael's Mount.«

»Ich weiß, Sire.«

»Wir führen immer noch Krieg gegen Frankreich.«

»Ich weiß, Sire.«

»Warum, um Himmels willen, wollt Ihr dann zurückkehren?«

»Der Mont ist mein Zuhause.«

»Eure Insel ist Euer Zuhause, John of Ushant, Jean d'Ouessant, Yann of Enez Eusa.«

»Nein, Mylord. Mit der Frau, die ich liebte, habe ich auch meine Insel, mein Leuchtfeuer und meine Heimat verloren. Lasst mich gehen, Sire. Lasst mich auf den Mont zurückkehren.«

Er zögerte lange, doch schließlich nickte er. »Ihr habt meine Erlaubnis, John, wenn es das ist, was Ihr wirklich wollt. Unter einer Bedingung dürft Ihr zurückkehren. Ich möchte Euch um einen Gefallen bitten.«

»Einen Gefallen, Mylord?«

»Einen Gefallen, John. Ihr seid Bretone, und ich bin nicht der Herzog der Bretagne. Ich bin der König von England und Frankreich. Vergesst niemals, dass Ihr mir einst die Treue geschworen habt, John, dann werde ich auch niemals Eure Loyalität gegenüber der Krone von England und Frankreich vergessen.«

»Ja, Sire.«

»Sehr gut, wir sind uns also einig.« Er reichte mir die Hand, und ich schlug ein …

»Arcanum sacerdotis opus satanae est …« Raymond reißt mich aus meinen Erinnerungen. Er deutet auf die Blutschrift zu meinen Füßen.

»So weit waren wir doch schon!«, schimpft Abelard ungeduldig, und sein Adlatus zieht den Kopf ein.

»Secretum secretorum sub ara occulta … et sanguis …«, wagt Thierry eine Entlüsselung des Anagramms. »Das Geheimnis der Geheimnisse unter dem verborgenen Altar … und das Blut …«

»Wessen Blut?«, flüstert Lucien zu Tode erschrocken.

Jedes Dorf hat seinen Trottel – wir haben Lucien, der uns immer wieder zum Lachen bringt. Ein Horror für jeden Priester, der vor der Königin von Frankreich in der Abteikirche eine feierliche Messe zu Ehren des Erzengels zelebrieren soll, wenn Lucien drei Schritte neben dir eine seiner Anwandlungen hat – meine Missa solemnis endete damals im Chaos. Ich habe selten so gelacht wie während dieser Messe, als Lucien mir als Priester beistand – wer braucht noch tollpatschige, kichernde Ministranten, wenn er Lucien an seiner Seite weiß?

Was tun, wenn die brennende Kerze dem Skapulier zu nahe kommt und den Habit in Flammen setzt? Was tun, wenn der Kelch auf dem Altar keinen Messwein enthält, weil der nach einem tiefen Schluck in der Sakristei vergessen wurde? Was tun, wenn man über eine Altarstufe stolpert und der Teller mit den Hostien quer durch die Kirche schießt? Oder man vom Weihrauchdunst benebelt in die Knie geht? Was tun, wenn einem vor Lachen die Tränen über das Gesicht rinnen und man sich gar nicht mehr beruhigen kann? Lucien fragen, der kennt sich mit sowas aus. Kompetent und zuverlässig vermasselt er dir deine Messe. Aber wenn er dich mit seinem strahlenden Lächeln anguckt, kannst du ihm nicht mal böse sein. Doch heute Nacht bringt dieser alberne Spinner, den Königin Marie, wenn's nach mir gegangen wär', als Hofnarren nach Paris hätte mitnehmen können, kein Wort heraus. Lucien hat Todesangst.

»Und die restlichen Buchstaben? Soundsoviel Fuß unter dem Altar, oder was?«, wendet Robin ein. »Vielleicht ist es eine Schatzkarte. Die uns zu einem verborgenen Schatz führt.«

»Schwachsinn!«, enthält uns Abelard seine Meinung nicht vor.

»Wie war das?«, fragt Robin in scharfem Tonfall nach.

»Bullshit!«, fasst Abelard seinen Kommentar wie immer knapp und präzise zusammen.

»Fuck off, you ...!« Robin geht mit geballten Fäusten auf Abelard los und stößt ihn zurück.

»Robin!«, ermahne ich ihn, aber er schlägt weiter auf Abelard ein. »For God's sake, Robin!«, brülle ich. »Zurück! Ich dulde kein derartiges Verhalten!«

»Oops!«, kommentiert Padric boshaft.

Yvain, zur Abwechslung mit mir einer Meinung, hilft mir, die beiden auseinanderzuzerren. »Abelard, hör auf! Schluss jetzt, alle beide! In meiner Abtei wird nicht geprügelt!«

Padric verschränkt trotzig die Arme und fordert Yvain heraus: »Und ich walisischer Einfaltspinsel dachte, Kardinal d'Estouteville wäre unser Abt. Heute Morgen war er's noch. Aber sollte Seine Heiligkeit unterdessen Euch zum Abt ern...«

»Padric!«, weise ich ihn zurecht. »Halt die Klappe, sei so gut.«

»Oops!«, kommentiert nun Robin trocken.

»Das gilt auch für dich«, fängt er sich gleich noch eine.

»Aye, Mylord.«

»Pater Prior«, meldet sich Frère Piccolet zu Wort und fuchtelt mit seinem vollgekritzelten Schreibtäfelchen herum.

»Was ist?«, raunzt Yvain ihn an.

Piccolet deutet auf die Blutschrift. »Und wenn es nun ein Vers aus der Apokalypse ist?«

Yvain runzelt die Stirn und wechselt einen raschen Blick mit Abelard. »Und welcher?«

»Offenbarung des Johannes, Kapitel 6, Vers 1: Die ersten Worte lassen sich aus der Blutschrift bilden: ›*Agnus aperuisset unum de sigillis* – Das Lamm öffnete eines der Siegel.‹ Ihr wisst schon, das erste der sieben Siegel.«

Beunruhigtes Getuschel und ängstliche Blicke.

»Es gibt kein G«, wendet Aimery, unser Inquisitor, ein. »Sigillum wird mit G geschrieben, bis der Papst etwas anderes verkündet. Da ist aber kein G auf deinem Täfelchen.«

Piccolet, der angesichts der nahenden Apokalypse schon Blut und Wasser geschwitzt hat, guckt verdattert auf seine Schiefertafel. »Oh, ich … äh … tut mir leid, ich wollte nicht …«

»Schon gut«, winkt Yvain ab.

Einige der Fratres atmen sichtlich erleichtert auf.

Dann ein Schrei: »Ich hab's!«

Alessandra

Kapitel 33

Auf der Treppe zum verwilderten Klostergarten der Merveille
Einige Minuten nach zwei Uhr nachts

Immer noch zornig über Vittorinos Tod und Yannics Verrat – dieser Mistkerl hat das Notizbuch! – keuche ich die Treppe vom Hof hinauf zum Gärtchen mit den wogenden Brennnesseln. Ich brauche Vittorinos Büchlein, um das Geheimnis des Teufelskodex zu verstehen. Yannic kann sich auf was gefasst machen!

Ein kurzer Blick in die Runde: Vor mir das offene Portal der Krypta der dicken Pfeiler, aus der ein grauenvolles Heulen dringt, über mir die Baustelle des neuen Chors mit dem im Sturm schwankenden Gerüst, neben mir das flatternde Fensterpergament.

Niemand zu sehen. Die Mönche sind in der Krypta der dreißig Kerzen und feiern die Vigilien.

Ich schwinge meine Beine über das Fenstersims und steige in die dunkle Treppengalerie. Obwohl die Tür zu dem verborgenen Gang zwischen dem Gästesaal und der Treppe zur Abteikirche offen steht, kann ich nichts hören. Keine Gebete, kein Gesang der Psalmen, kein Te Deum.

Keine Vigilien?, frage ich mich erschrocken. Ich bin nicht zum Stundengebet erschienen, das vor einer Viertelstunde gehalten werden sollte – suchen sie etwa nach mir?

Ich husche zur offenen Tür des Gästesaals.

Wo ich abrupt stehen bleibe.

Ein Mönch steht mit hochgezogener Kapuze am Tisch und stöbert in meinen Sachen, die er über die Tischplatte verstreut. Der Purpurmantel meines Cousins hängt über einer Stuhllehne.

Erst verschwinden die echten Beglaubigungsschreiben aus dem Versteck im Kamin und nun …

Mein Blick huscht hinüber zum zerwühlten Bett. Das Laken wurde herausgerissen und liegt zerknüllt auf dem Boden. Die Matratze hängt schief im Bettgestell.

Das Buch der Geheimnisse des Satans!

Siedend heiß durchläuft mich der Schreck: Hat er es gefunden?

Ich sehe zurück zum Tisch. Neben den gefälschten Beglaubigungsschreiben von Tommaso und Louis liegt ein Schwert. Die Scheide ist angeschlagen, der Griff abgenutzt. Eine tödliche Waffe. Eine englische Waffe.

Ist er Sir Robin FitzAlan?

Ich versuche sein Gesicht zu erkennen, aber es liegt im Schatten, obwohl er neben der Stundenkerze steht.

Als er sich abwendet und die zweite Tasche durchsucht, fällt der Lichtschein einen Lidschlag lang unter die Kapuze. Schwarzes Leder. Ein verwundetes, verbundenes, verborgenes Gesicht? Eine entstellte Dämonenfratze, die an die steinernen Wasserspeier von Notre-Dame de Paris erinnert?

Ist er der Assassino?

Yannic

Kapitel 34

Auf der Plattform des eingestürzten Westflügels
Zwanzig Minuten nach zwei Uhr nachts

»Ich hab's!«, ruft Padric aufgeregt. »Ich hab die Lösung!«

Yvain wendet sich zu ihm um, der noch auf seiner Tafel herumkritzelt. »Und?«

»Da steht: ›*Hoc est corpus meum et hic est sanguis meus …*‹«

»Das ist ja wohl die Pervertierung der heiligen Messe und der Eucharistie schlechthin!«, empört sich Yvain, der Abelard wieder einen langen Blick zuwirft. »Und weiter?«

»Bin ich noch nicht.«

Ich blicke Padric über die Schulter. »Lass mal sehen!«

Er hebt das Schiefertäfelchen, damit ich sein Gekrakel entziffern kann.

Ich muss mich zusammenreißen, damit die anderen mir mein Erschrecken nicht anmerken. ›*Hoc est corpus meum et hic est sanguis meus …* Dies ist mein Leib und dies ist mein Blut.‹ Auf Padrics Tafel sind nicht mehr viele Buchstaben, aus denen der Satz vervollständigt werden könnte. Das darf doch nicht wahr sein! »Gib mir mal den Stift, Padric!«

Er hält ihn mir hin. »Alles in Ordnung, Yannic?«

Ich muss wohl aschfahl geworden sein, denn Padric haut mir sanft auf die Schulter. »He!«

Ich kritzele auf dem Täfelchen herum. Kein Zweifel, das Verb heißt ›sacrificantur‹, eine andere Wortstellung ergibt keinen Sinn.

»Yannic! Du machst mir Angst! Was ist los mit dir?«

Sacrificantur – sacrificare, opfern, Präsens, Indikativ, Passiv. ›Dies ist mein Leib und dies ist mein Blut, die geopfert werden.‹

Yvain hat recht: Das klingt ganz nach einer Verhöhnung der Eucharistiefeier. Anstelle von Brot und Wein liegt ein Mensch auf dem Altar in Form eines Sigillum Dei.

Die restlichen Buchstaben lassen mir das Blut in den Adern gefrieren. Sie ergeben einen Namen.

Mir bleibt fast das Herz stehen, als sich plötzlich von hinten eine Hand auf meine Schulter legt. »Yann? Du siehst aber gar nicht gut aus, mein Junge. Und du zitterst. Ich hoffe, da steht nicht dein Name.«

Alessandra

Kapitel 35

Im Gästesaal
Zwanzig Minuten nach zwei Uhr nachts

Ist er der Assassino? Oder verbirgt Yannic sich hinter der schwarzen Maske?

Ich ziehe meinen Dolch und warte ab. Und wenn es wirklich Yannic ist? Ich packe den Griff noch fester. Wenn er den Saal verlassen will, muss er an mir vorbei.

Er wendet sich um und geht mit der Sturmlaterne zu den Fenstern. Unter seinen Füßen knirschen Scherben. Offenbar hat der Sturm einen Ast gegen ein Fenster geschleudert, das dabei zerborsten ist. Er späht durch das scharfkantige Loch hinüber zur Tombelaine. Dann hebt er die Sturmlaterne und gibt Leuchtzeichen. Was er der englischen Garnison mitzuteilen hat, kann ich jedoch weder sehen noch hören, denn eine heftige Bö übertönt das Geklapper der Signale.

Während er auf eine Antwort wartet, husche ich zum Tisch hinüber und ziehe vorsichtig das Schwert aus der Scheide. Die Klinge ist abgenutzt und schartig, aber immer noch scharf wie ein Rasiermesser.

Ich packe den Griff mit beiden Händen und halte das Schwert leicht nach hinten über meinen Kopf. Diese Stellung heißt *La Posta di Falcone* – die Wacht des Falken. Ein Hieb kann den Schwertarm des Gegners abtrennen. Oder, wenn ich die Klinge herumreiße, dessen Kopf. Mit erhobenem Schwert schleiche ich mich an ihn heran.

Da, Leuchtzeichen von der Tombelaine.

Durch die Glasscheiben kann ich das schwache Blinken kaum erkennen. Die ersten Signale bekomme ich nicht mit.

Ich schleiche mich noch näher an. Jetzt kann ich mitlesen.

S–I–R–E–O–G–H–A–N–W–A–L–L–E–Y–S

Mich durchzuckt es kalt.

Sir Eoghan Walleys?, frage ich mich verwirrt. Woher wissen sie von Eoghan? Er ist in der Prieuré de Genêts. Oder ist er entgegen meinem Befehl zur Tombelaine geritten?

Eoghan, du schottischer Trotzkopf, was tust du denn?

Der Assassino signalisiert der englischen Garnison.

Was geht hier vor? Was ist mit Eoghan?

»Zeit zu beichten!«, sage ich laut.

Der Frater fährt herum und starrt mich erschrocken an. »Geh zum Teufel!«

»Was bekommst du für deinen Verrat?«

Im Kerzenschein sehe ich sein Gesicht. Er hat es mit schwarzem Leder verhüllt – nur die Augen sind zu erkennen.

Ich zögere einen Moment, ihn mit einem Hieb zu töten: Ist er Yannic?

Er wirft sich zur Seite und versucht, an mir vorbei zur Tür zu gelangen. Aber gegen das Schwert kann er nichts ausrichten.

Ich lasse die Waffe niedersausen, doch ich verfehle ihn. Die Klinge verfängt sich in dem dicken Wollstoff und schlägt mit der Spitze auf den Fliesenboden.

Er zieht seinen Dolch und wirft sich mit erhobener Klinge auf mich.

Ich weiche zurück und reiße das Schwert hoch, doch er ist so tollkühn, dass er noch einmal auf mich einsticht. Sein Dolch verfehlt nur knapp meinen Hals.

Er ist viel zu nah für die lange Klinge des englischen Schwertes! Zurück, Sandra, zurück!

Mit einem Hieb schlage ich ihm den Dolch aus der Hand. Er fällt klappernd zu Boden. Aber er gibt nicht auf. Sofort geht er mit der geballten Faust auf mich los und trifft mich im Gesicht.

Benommen taumele ich zurück.

Noch ein Hieb. Wieder stolpere ich rückwärts. Dann reiße ich das Schwert hoch.

Er bleibt stehen. Er weiß, was ihn erwartet: der Tod.

Meine Finger sind schweißnass, mein Herz pocht wie wild.

Und wieder zögere ich, ihn jetzt zu töten.

Und wenn es nun doch Yannic ist?

Was empfinde ich für ihn? Ist da noch etwas anderes als Enttäuschung, Erbitterung und Wut?

Plötzlich prescht er vor, wirft sich mit der Schulter gegen mich, sodass ich stolpere und stürze, wirbelt herum und flüchtet mit wehender Kukulle zum Tisch. Er zieht etwas unter dem Purpurmantel hervor, der über die Stuhllehne gleitet und zu Boden fällt, schiebt es unter sein Skapulier und stürmt aus dem Gästesaal.

Ich rappele mich auf und hebe seinen Dolch auf.

Verdammt! War das die Teufelsbibel?

Yannic

Kapitel 36

Auf der Plattform des eingestürzten Westflügels
Zwanzig Minuten nach zwei Uhr nachts

Mir bleibt fast das Herz stehen, als sich plötzlich von hinten eine Hand auf meine Schulter legt. »Yann? Du siehst aber gar nicht gut aus, mein Junge. Und du zitterst. Ich hoffe, da steht nicht dein Name: Ioannis.«

Ich drehe mich zu ihm um. Es ist Le Coz. Er muss eben erst gekommen sein. Wo ist er die ganze Zeit gewesen?

»Komm, Yann!« Corentin hakt sich bei mir unter, tätschelt meinen Arm, wie er es oft tut, wenn wir vertraulich miteinander reden, und führt mich durch die Reihen der Fratres, die respektvoll zurückweichen. Yvain starrt mich nachdenklich an. Abelards Blick ist hasserfüllt.

Corentin hält ein ledergebundenes Büchlein in der Hand, das er zwischen den Falten seiner Kukulle verbirgt, als er sich umwendet und um Ruhe bittet: »Meine Brüder ... meine Brüder! Seid still und rüstet euch mit dem Schwert des Glaubens! Denn der Antichrist ist hier!«

Ein beunruhigtes Raunen weht durch die Reihen.

»... hab's dir ja gleich gesagt!«, flüstert Piccolet mit vor Angst aufgerissenen Augen. »Er ist hier!«

»Er ist hier!«, bestätigt Corentin. Das Notizbuch hält er

immer noch, als ob er es völlig vergessen hat, in der Hand, sodass nur ich es sehen kann. Was hat er damit vor? »Er ist hier, meine Brüder!«, ruft er mit sich überschlagender Stimme und steigert sich langsam in jene prophetische Erregung hinein, die in seinen Messen die Menge wie eine gewaltige Welle erfasst und mit sich reißt. Dann scheint er zu wachsen, er richtet seinen schmerzverkrümmten Körper auf, hebt beschwörend die Arme und predigt mit donnernder Stimme, als wäre er ein alttestamentlicher Prophet mit Furcht erregenden Visionen, als spräche der Erzengel selbst zu ihm, als hinge sein Leben davon ab, der Welt das Wort Gottes zu verkünden.

Wenn die Montois in einigen Stunden die Messe besuchen, um mit uns den Tag des Erzengels zu feiern, werden sie gebannt seiner Predigt lauschen, atemlos, schweigend, mystisch erregt. Und mit einem leisen Grauen im Blick, wenn sie nach der Messe für Saint-Michel wieder ins Dorf hinabsteigen. Die Mönche sind verrückt, heißt es unten im Dorf. Diesen Ruf haben wir vor allem unserem apokalyptischen Umkehrprediger zu verdanken, der die Gläubigen mit schrecklichen Visionen der Apokalypse und des Jüngsten Gerichts das Fürchten lehrt. Sie glauben ihm, denn sie wissen, dass er den Einsturz des Chors unverletzt überlebt hat und dass ihm die feurige Gestalt des Erzengels erschienen ist, der ihn mit seinem Flammenfinger berührt und damit auserwählt hat. Der Nachhall des Wunders, das ihn gerettet hat und dessen Nachwirkungen noch wie leise Vibrationen spürbar sind – niemand kann sich dem entziehen. Sie glauben ihm, sie verehren ihn wie einen Heiligen, sie küssen seine Hände, sie betteln um seinen Segen, aber sie haben auch grauenvolle Angst vor dem Menschen hinter der schwarzen Ledermaske, bei dem man nie weiß, ob er einen ansieht oder nicht.

Wenn dieser endzeitliche Prophet predigt, ist er von einem

Dämon besessen, den er selbst ›den Geist des Erzengels‹ nennt, ›das Licht‹ oder ›die Klarheit‹. Jener Dämon geißelt ihn, treibt ihn an, jagt ihn in die Höhen des Himmels hinauf und inspiriert seine Rede bis zur rücksichtslosen Missachtung aller Folgen.

Wenn er sich während einer Predigt in der Menge verliert, wenn er sein Wesen in sie ergießt, wenn er ihnen seine Gefühle, seine Hoffnungen und Ängste aufzwingt und sie an seinen Visionen teilhaben lässt, wenn er sich selbst in den glänzenden Augen der Gläubigen neu erschaffen kann, dann, und nur dann, lebt er. Denn in dieser Ekstase kann er für einen Augenblick sein eigenes Leiden vergessen, seine Schwäche, sein langsames Sterben, und zu etwas Stärkerem werden, zu etwas Übermächtigem und Unbesiegbarem. Seine Leidenschaft und sein Wille konzentrieren sich auf die Ausübung dieser Macht.

Um die Mönche aufzurütteln, steigert er sich rasch zu dramatischer Höhe und jagt ihnen mit seiner Heftigkeit einen Schrecken ein, der seinem Namen gerecht wird. Der bretonische Name Corentin bedeutet Wirbelsturm.

Die Fratres wiegen sich im Gegenwind seiner Rede, ducken sich im Stakkato der ihnen entgegengeschleuderten Worte, reißen erschrocken die Augen auf, ballen die Fäuste und werden so zu einer lebendigen Antwort auf die Stimme, die mit Donnerhall vom Himmel zu kommen scheint:

»... das Evangelium des Todes!« Nach einigen Worten über die luciferianische Trinität Deus, Satanas und Lucifer ist Corentin jetzt bei seinem Lieblingsthema angekommen. »Armageddon! Der Mont-Saint-Michel ist zum apokalyptischen Schlachtfeld geworden, meine Brüder. Gott gegen Satan, Gut gegen Böse. Unser Bruder Conan ist das erste Opfer dieses Kampfes auf Leben und Tod! Viele sind berufen, meine Brüder, aber nur wenige sind auserwählt, in dieser

Schlacht gegen das Böse zu siegen! Satan ist hier, mitten unter uns!«

Corentin wendet sich ab und pocht mit seinem Zeigefinger auf die Brust von Jourdain. »Er ist in dir, Jourdain des Îles.«

Jourdain weicht erschrocken zurück und bekreuzigt sich hastig. Das linke Augenlid beginnt zu flattern. Das hat er immer, wenn er unter immenser psychischer Belastung steht, schon damals, als ich ihn vor acht Jahren in Canterbury Abbey kennenlernte. Er kann nichts dagegen tun.

Jourdain ist ein Normanne, wie man ihn sich vorstellt: hochgewachsen, blondes, fast weißes Haar und blaue Augen wie seine Vorfahren, die ›Nordmanni‹ der alten Chroniken, die norwegischen Wikinger. Wie ich stammt Jourdain von einer Insel. Und wie Robin hat er die funkelnde Rüstung gegen das schwarze Ordensgewand getauscht, den Helm gegen die Tonsur, das Schwert gegen das Brevier. Jourdain ist sehr fromm. Wenn das Sonnenlicht auf seinem blonden Haar glänzt, glaubt man, einen Heiligenschein zu sehen. Padric zieht ihn oft damit auf, indem er scheinbar geblendet den Blick abwendet. Padric und Jourdain, der Waliser und der Wikinger, die beiden haben sich gesucht und gefunden. Dieselben lautstarken dramatischen Auftritte, dieselbe anstrengende, aber liebenswerte Art, derselbe umbarmherzige Humor, ohne Rücksicht auf Verluste.

»Satan ist in dir, Raymond de Troyes.«

Raymond schüttelt entsetzt den Kopf und flüstert ein halbherziges »Nein!«.

Doch Corentin kennt keine Gnade. »Er ist in dir, Robin of Arundel. Und in dir, Padric of Caernarfon.«

Padrics Augen sind aufgerissen, wie vorhin, als er nach seiner Beichte bei Corentin im Cachot du Diable seine Satansvision hatte. Er ist schon wieder dem Teufel auf der Spur, auf dem schnellsten Weg ins Höllenfeuer. Ich taste nach seiner Hand und umklammere sie, um ihm Halt zu geben und ihn notfalls mit Gewalt aus seiner Vision herauszureißen, bevor seine Seele im Feuer schmurgelt. Der Blick, mit dem er mich ansieht, trifft mich im Innersten. Padric hat panische Angst – drei Worte von Corentin, nur drei Worte, und mein Gespräch im Kreuzgang, um Padric zu beruhigen, ist zunichtegemacht. Na toll!

Warum Corentin mich verschont? Keine Ahnung! Aber der Kelch geht an mir vorüber.

»Satan trägt die Maske des Guten, des Vollkommenen, des Heiligen. Er kann sich in jedem von uns verbergen! Seid wachsam! Es wird eine Schlacht geben, kein Kampf im Himmel zwischen Engeln und Dämonen, sondern eine Schlacht hier auf Erden, auf dem Mont, in dieser Abtei, mit zerfetzten Leibern, mit gebrochenen Knochen, mit zertrümmerten Schädeln, mit Schmerz und Blut und Tod. Das erste Siegel ist zerbrochen!

›Und ich sah, als das Lamm eines von den sieben Siegeln öffnete, ein weißes Pferd, und der darauf saß, hatte einen Bogen. Und ihm wurde ein Siegeskranz gegeben, und er zog aus, um zu siegen.‹«

Verstohlen taste ich nach Conans Amulett unter meinem Skapulier, aber ich ziehe es nicht hervor.

Ich spüre, wie Padric zu zittern beginnt, als Corentin auf Conans Leichnam zu seinen Füßen deutet:

»Da, der Siegeskranz! Keine Krone und kein Lorbeer, nein!« Seine Stimme ist kaum mehr als ein Flüstern, das sich im Tosen des Sturms verliert. »Das Sigillum Dei ist der Siegeskranz! Wem von uns wurde er gegeben? Wer von uns hat den Leib und das Blut unseres geliebten Bruders geopfert?«

Als Corentin verstummt, ist niemand zu einer Regung imstande. Seine Worte werden vom Sturm fortgerissen.

Dann wogt plötzlich beunruhigtes Geschrei auf.

»Meine Brüder … meine Brüder, hört mir zu!« Corentin wedelt mit dem ominösen Notizbuch, um sich erneut Gehör zu verschaffen. »Das erste Siegel der Offenbarung ist heute Nacht zerbrochen! Die schreckliche und blutige Progression des Todes ist in Gang gekommen. Wir müssen beten! Aber wir müssen auch die Zeichen deuten. Wann wird das nächste Siegel zerbrochen? Wann wird das nächste Opfer sterben? Wer von uns kann die Zeichen deuten?«

Niemand wagt sich vor, alle starren Corentin an und warten ab, was er zu sagen hat.

»Wir haben jemanden zu Gast in der Abtei, der sich mit magischen Symbolen auskennt, mit apokalyptischen Zeichen und mit den Regeln für den Umgang mit dem Satan.«

Verwirrtes Gemurmel und bestürzte Gesichter.

»Seine Heiligkeit höchstselbst hat sie mit seinem päpstlichen Segen zu uns geschickt. Sie wird uns helfen, wenn wir sie darum bitten! Sie wird uns erklären, was hier vorgeht. Sie wird die Mächte des Bösen bannen, die uns bedrohen!«

Atemlose Stille. Meint er das ernst?

Erst jetzt bemerke ich, dass sein Brustkreuz verkehrt herum hängt. Hat er das Kreuz verloren und wieder angelegt, ohne zu bemerken, dass der Gekreuzigte zur Brust gewandt hängt?

»Ihr alle wisst, wer ihr Vater war. Fra Luca d'Ascoli, der ›Richter Gottes‹, der während des Konzils in Konstanz drei Päpste absetzte und damit das jahrzehntelange Schisma der Kirche beendete. Fra Luca d'Ascoli, der dominikanische Inquisitor von Rom, der Freund und Vertraute von Papst Martin, der Stellvertreter Seiner Heiligkeit. Fra Luca d'Ascoli, den sein Freund der Papst zum Kardinal ernennen wollte und der vor einigen Jahren, bevor er ermordet wurde, zum Gegenpapst gewählt werden sollte. Fra Luca d'Ascoli, den Papst Nikolaus heiligsprechen will. Er war ihr Vater.«

Er schweigt einen Augenblick, dann fährt er fort: »Ich habe Fra Luca damals in Konstanz kennengelernt, als er das Schisma beendete und die Kirche rettete. Mir wurde die Ehre zuteil, einige Worte mit ihm wechseln zu dürfen, um an seiner großen Weisheit teilzuhaben. Was für ein Mensch er war! Ein Heiliger! Ein ›Richter Gottes‹!«

Corentins Worten kann sich niemand entziehen. Meine Konfratres starren ihn ehrfürchtig an, während sie sich von der Kraft seiner Worte mitreißen lassen.

Padric tritt einen Schritt vor.

»Alessandra ist ihrem Vater sehr ähnlich. Dieselbe Leidenschaft, dieselbe Entschlossenheit, derselbe Mut. Vor zwei Jahren hat der verstorbene Papst, Gott hab ihn selig, sie beauftragt, eine Reihe von geheimnisvollen Morden und schrecklichen Satanserscheinungen im Lateran aufzuklären. Wir sollten sie bitten, dasselbe für uns zu tun! Die Morde aufzuklären. Und die Zeichen zu deuten. Wir sollten sie bitten, wie ein Inquisitor zu ...«

Ein Tumult bricht los.

»Die Inquisition hat Alessandra als Antichrist verflucht!«, übertönt Aimery, der ehemalige Dominikanerinquisitor, das aufgebrachte Geschrei. »Sie ist zum Tode auf dem Scheiterhaufen verurteilt worden. Père Yann hat uns doch von dem Prozess erzählt, als er vor zwei Jahren aus Rom zurückkehrte! Er war dabei, als sie im Kapitelsaal von Santa Maria sopra Minerva den Inquisitoren trotzte, während in der Basilika nebenan ihr Cousin zum Papst gewählt werden sollte.«

Mich überläuft es heiß und kalt.

Padric sieht mich von der Seite an. »Alles in Ordnung?«

Ich schüttele nur den Kopf.

»Alessandra ist der Antichrist – das hat Père Yann gesagt.«

»Das habe ich so nicht ...«, will ich mich und damit Alessandra rechtfertigen, aber Corentin legt mir die Hand auf den Arm:

»Yann ... Yann, bitte! Lass mich reden!« Er wendet sich zu Aimery um und ergreift dabei den verdrehten Crucifixus auf seiner Brust. »Es ist wahr. Alessandra wurde in einem Inquisitionsprozess zum Tode verurteilt. Sie stand auf dem Scheiterhaufen auf dem Campo dei Fiori. Yann hat sie dort oben gesehen, er war keine fünf Schritte von den brennenden Holzscheiten entfernt. Er hat uns darüber berichtet. Aber er hat auch gesehen, wie Seine Heiligkeit sie gleich nach dem *Habemus Papam* vom Scheiterhaufen heruntergeholt hat, um ihr das Leben zu retten. Der Papst ist seit vielen Jahren mit Alessandra befreundet. Er vertraut ihr. Er verleiht ihr höchste Würden. Als Contessa des Patrimonium Petri ist sie Vikarin des Papstes, also seine Stellvertreterin. Und er hat sie zu uns geschickt. Warum sollten wir ihr nicht vertrauen?«

Ich starre auf das Schiefertäfelchen in meiner Hand.

»Und selbst wenn Alessandra einen Satanspakt geschlossen hat, um ihren Cousin zum Papst zu machen – was die Inquisition nicht beweisen konnte –, so ist es doch besser, Satan mit dem Beelzebul auszutreiben, als weiter abzuwarten. Das Böse ist mächtig, aber es ist nicht unbesiegbar. Mit ihrem Rat und ihrem Beistand können wir ...«

Padric stößt mir den Ellbogen in die Seite. »Hörst du das?« Als ich nicht aufblicke, fragt er wieder: »Yannic?«

»Lass mich!«

»... kann mit den früheren Morden nichts zu tun haben ... muss einer von uns gewesen sein ...«, redet Corentin unbeirrt weiter.

›*Hoc est corpus meum et hic est sanguis meus qui sacrificantur.* Dies ist mein Leib, und dies ist mein Blut, die geopfert werden.‹

Nur noch wenige Buchstaben sind übrig.

Während Corentin sich in eine apokalyptische Drohpredigt hineinsteigert und die anderen in Angst und Schrecken versetzt, atme ich tief durch und kritzele auf dem Täfelchen herum.

Corentin droht gerade mit dem sechsten Siegel, als ich den Satz endlich vollständig entschlüsselt habe.

»›Und ich sah, als das Lamm das sechste Siegel öffnete, ein großes Beben. Und die Sonne wurde schwarz wie ein härener Sack. Und der Mond begann zu bluten. Und die Sterne des Himmels stürzten auf die Erde, geschüttelt von einem starken Wind. Und der Himmel schwand dahin, und jeder Berg und jede Insel wurden fortgerissen, wie von einer starken Flut.‹« Er reckt eine mahnende Hand in den Himmel: »Dies ist die Nacht der Nächte, meine Brüder! Seht die Finsternis, die uns umgibt. Seht den blutroten Mond, der seit Mitternacht hinter den schwarzen Wolken verschwunden ist! Seht den Sturm und die Flut, die alles mit sich reißen und verschlingen wird ...«

»Ma Doue!« Entsetzt starre ich das Schiefertäfelchen an. Meine schlimmsten Befürchtungen werden wahr.

Padric sieht mich mit aufgerissenen Augen an. Corentin hat ihn wieder in der Gewalt. »Was ist?«

Ich antworte nicht.

»... denn gekommen ist der große Tag des Zorns. Und wer vermag zu bestehen?«, steigert sich Corentin weiter in seine apokalyptische Predigt hinein, um die anderen zu zwingen, sich bei Alessandra Rat zu holen.

Robin nimmt mir das Täfelchen aus der Hand und wirft einen Blick auf den entschlüsselten Text. *»Oh my God!«*

Ich nicke stumm.

»›Und ich sah einen anderen Engel von Sonnenaufgang heraufsteigen, der das Siegel des lebendigen Gottes hatte … das Sigillum Dei …‹«

Padric reißt Robin das Täfelchen aus der Hand und liest. Dann blickt er mich erschrocken an. »Das ist … so perfide und so böse, dass ich dafür keine Worte finden kann.«

»Du sagst es.«

»›Und als das Lamm das siebte Siegel öffnete, entstand ein Schweigen im Himmel. Und ich sah die sieben Engel, die vor Gott stehen. Und es wurden ihnen Posaunen gegeben. Und ein anderer Engel stellte sich an den Altar. Er hatte ein goldenes Räuchergefäß. Und der Rauch des Weihrauchs stieg mit den Gebeten auf aus der Hand des Engels vor Gott. Und der Engel nahm das Räuchergefäß und füllte es mit dem Feuer des Altars und warf es auf die Erde. Und es geschahen Donner und Stimmen und Blitze und ein Beben. Und die sieben Engel mit den Posaunen machten sich bereit, um zu posaunen.‹«

Das Wort ›Unheil‹ hängt schwer in der Luft. Bis zur Verheißung der Rettung durch Alessandra ist es nur noch ein kleiner Schritt – gleich hat er sie überzeugt. Corentin kann niemand entkommen.

Ich habe keine Zeit mehr zu verlieren!

Corentin blickt in meine Richtung, aber wegen seiner Maske kann ich nicht mit Gewissheit sagen, ob er mich ansieht oder nicht. Doch ich habe das unbehagliche Gefühl, dass er mich die ganze Zeit beobachtet hat. Und dass er jetzt gerade lächelt.

Padrics Blick irrt von mir zu Corentin, dann sieht er mich wieder an, verwirrt, panisch. »Um Himmels willen, was jetzt?«

Mit dem Finger wische ich die Schrift auf dem Schiefertäfelchen weg und gebe es Padric zurück.

In einer dramatischen Vision, die ihn viel Kraft zu kosten scheint, breitet Corentin das Ende der Welt vor uns aus. Ein Flammenmeer, darin dunkle Schatten von brennenden menschlichen Gestalten, die sich in Todesqualen winden und vor Schmerzen schreien, während sie dem verzehrenden Feuer ausgeliefert sind, das die Dämonen schüren.

Weiß er eigentlich, was er da tut?

Er erwidert meinen Blick. Er weiß es.

»›... und der Sohn des Menschen wird seine Engel aussenden, und sie werden alle Gesetzlosen zusammentreiben, um sie ins Feuer zu werfen. Dann werden die Gerechten leuchten wie die Sonne im Königreich Gottes ...‹ Tut Buße, meine Brüder, kehrt um und besinnt euch, denn das Ende ist nah!«

Er macht eine dramatische Pause.

»Heute spreche ich nicht zu euch als euer Bruder oder als euer Vater, sondern stellvertretend für alle Menschen dieser Welt. Die Menschheit steht heute Nacht vor ihrem Schicksal, das in der Apokalypse aufgezeichnet steht. Armageddon, das Ende der Welt, ist nah, wenn die Progression des Todes nicht aufgehalten wird. Aber wir haben die Macht ... und wir haben den Willen ... und wir haben den Mut, die Katastrophe abzuwenden und die Schlacht gegen das Böse zu gewinnen«, ruft Corentin zu seinem Kreuzzug auf. »Mit Alessandras Unterstützung wird es uns gelingen. Lasst uns beten, meine Brüder!« Der alte Bretone kniet vor dem Sigillum Dei nieder, und die anderen folgen zögernd seinem Beispiel und bekreuzigen sich.

Jetzt oder nie!

»Wir sind die Auserwählten des Erzengels, die auf Erden für Gott kämpfen sollen«, betet Corentin laut für uns alle. »Seigneur, notre Dieu et notre Père, auf dich allein hoffen wir. Wir wissen, dass es kein Heil gibt außer in dir. Herr, weise uns den Weg aus der Finsternis. Ist dein Sohn Jesus Christus denn nicht für unsere Sünden gestorben? Erbarme dich unser, Herr, wir flehen dich an! Schenk uns die Kraft und den Mut, den Anfechtungen des Teufels standzuhalten.« Erschüttert lauschen wir diesem wortgewaltigen Bekenntnis seines Glaubens an die Macht Gottes, diesem Ausdruck der demütigen Erkenntnis der eigenen Schwäche und des tiefen Vertrauens in der Qual der Gottverlassenheit. »Tilge die Bosheit aus unseren Herzen, erlöse uns von dem Bösen, vergib uns unsere Schuld und schenke uns Seelenstärke, Beherztheit und einen unverrückbar festen Glauben. Denn der Engel des Todes ist unter uns. Er bringt Tod und Verderben, und er wird …«

Robin sieht aus dem Augenwinkel, dass ich Schritt für Schritt in die Schatten zurückweiche und wendet sich zu mir um. »Yannic?«, flüstert er. »He, wohin willst du? Yannic, for God's sake, wenn du jetzt verschwindest, könnten sie *dich* für den Mörder halten, weil Conans Blut an deinen Händen ist … He, warte doch mal!«

Alessandra

Kapitel 37

Im Gästesaal
Zwanzig nach zwei Uhr nachts

Als ich die Schritte aus der Treppengalerie näher kommen höre, verschwinde ich in die Schatten des Kamins neben der Chapelle Sainte-Madeleine, wo ich vorhin nach dem *Liber Secretorum Diaboli* gesucht habe. Unter dem Kaminsims gehe ich in Position und hebe das Schwert zum Todesstoß.

Stille.

Er ist stehen geblieben und späht in den Gästesaal.

Ich bin gespannt, wer er ist. Und was er vorhat.

Behutsame Tritte auf der Treppe hinunter in den Saal.

Jetzt kann ich ihn sehen. Er geht zum Tisch und sieht sich um. Die herausgezerrte Matratze des Bettes scheint ihn zu verunsichern.

»Alessandra?«

Ich packe das Schwert noch fester und mache mich bereit zum Sprung.

Langsam kommt er in meine Richtung. Wenn er einen Blick in die Kapelle werfen will, muss er an mir vorbei.

Fünf Schritte. Vier.

Wieder bleibt er stehen. Hat er mich gesehen?

»Alessandra?«

Vorsichtig um sich schauend, geht er weiter. Er scheint die Gefahr zu spüren.

Drei Schritte. Zwei.

Jetzt! Mit erhobenem Schwert stürze ich aus dem Kamin, stoße mit voller Wucht gegen seine Schulter, sodass er ins Taumeln gerät, packe ihn am Skapulier und schleudere ihn gegen die Wand neben dem Kamin. Dann liegt Sir Robins Schwert an seiner Kehle.

»Yannic, sieh mal einer an!«, knirsche ich wütend. »Dass du Mistkerl dich noch hertraust! Das nenn ich Chuzpe!«

»Alessandra, nehmt das Schwert herunter, ich bitte Euch. Ich will Euch nichts tun. Ich bin gekommen, um Euch zu warnen. Ihr seid in Lebensgefahr!«

»Ist mir schon aufgefallen, du Verräter!«

»Ich habe Euch nicht ver…«

»Ha!«, lache ich trocken.

»Lasst uns verhandeln!«, ächzt er mit dem Schwert an seiner Kehle. Der hat Nerven!

»Worüber?«

Seine Hand verschwindet unter seiner Kukulle.

»Das würde ich an deiner Stelle nicht tun!«, warne ich ihn.

Er hält meinem Blick stand. »Es ist kein Dolch.« Behutsam zieht er einen kleinen Gegenstand aus seinem Habit, klappt ihn auf und zeigt ihn mir.

Vittorinos Notizbuch! Er hat die Geheimtinte aus Zitronensaft lesbar gemacht.

»Also doch!«, knirsche ich. »Her damit!«

Als ich nach dem Büchlein greifen will, klappt er es zu und verbirgt es hinter seinem Rücken. »Nein!«

»Wie war das?«

»Ich sagte: Nein. Was gibt's daran misszuverstehen?«, trotzt er mir. »Ich will verhandeln.«

»Sag dein Sprüchlein auf. Du hast meine ungeteilte Aufmerksamkeit.«

In kurzen Worten schildert er mir, was seit Mitternacht geschehen ist. Conan hat Selbstmord begangen. Yannic trauert um seinen Freund, der Vittorinos Code entschlüsseln konnte und Yannic schwören ließ, ihm nicht in die Hölle zu folgen, sondern das Notizbuch zu verbrennen. Yannics Stimme bebt, als er mir beschreibt, wie Padric, Robin und er den Leichnam gefunden haben, mit Sigillum Dei und blutigem Anagramm.

»Das Siegel Gottes ist dasselbe wie auf Eurem Amulett. Und die Blutschrift beschuldigt Euch des satanischen Ritualmordes. Es wird nicht mehr lange dauern, bis das Anagramm entschlüsselt wird.« Als ich das Schwert herunternehme, drängt er: »Wir sollten von hier verschwinden, sofort!«

Ich hebe die Augenbrauen. *»Wir?«*

»Ich will das Testament des Satans finden.«

Hat Conan nicht gesagt, dass die Suche nach der Reliquie Yannic ins Fegefeuer seines Gewissens führen wird? Hat er Yannic nicht schwören lassen, ihm nicht in die Hölle zu folgen, aus der er nur durch Selbstmord entkommen kann?

Ich schüttele den Kopf. »Kommt nicht in Frage. Vergiss es.«

»Ich will, dass das Morden in dieser Abtei endlich aufhört.«

»Nein.«

Er wedelt mit dem Notizbuch.

»Du kannst es nicht lesen«, sage ich.

»Stimmt«, gibt er zu. »Aber *du* kannst es.«

Ich haue ihm einen römischen Fluch um die Ohren, aber der schreckt ihn nicht: Yannic reicht mir die Hand zum Bund. »Es-tu d'accord?«

Du lieber Himmel, das mit uns beiden kann ja was werden!

Schließlich schlage ich ein. »Oui, nous sommes d'accords.«

»Très bien.« Er gibt mir Vittorinos Büchlein. »Und jetzt los, wir haben nicht mehr viel Zeit, bis sie kommen, um dich zu holen. Corentin überredet die Fratres, dich um Unterstützung bei der Aufklärung des Ritualmordes zu bitten. Aber das ist eine Falle. Er will dich zum Tatort holen, damit du im Angesicht der Leiche ein Geständnis ablegst. Ich habe vor zwei Jahren den Inquisitionsprozess in Santa Maria sopra Minerva gegen dich gesehen. Ich weiß, wie unerschrocken du den Inquisitoren getrotzt hast. Noch ein Wort von dir, noch einen Hinweis auf Verfahrensfehler, die den ganzen Prozess ad absurdum führen, und der Inquisitor, der fest entschlossen war, dich zum Tode zu verurteilen, hätte vor Wut in die Tischkante gebissen. Aber gegen Corentin kannst du nichts ausrichten – er weiß, was damals geschehen ist. Er wird sich nicht auf einen Prozess einlassen. Er hat dein Notizbuch, nicht wahr?«

»Er hat es mir gestohlen, als ich vorhin im Scriptorium war.«

»Na, siehst du! Vermutlich belastet es dich mit dem Mord.«

»Er hat es dir gezeigt?«, frage ich ungläubig.

»Nein, er hielt es in der Hand, als er die Fratres ...«

»Er rechnet damit, dass du mich warnst! Und dass du damit in dieselbe Falle tappst wie ich. Er opfert eine seiner Spielfiguren.«

»Mich.«

»Genau.«

»Alessandra, dein Name steht auf dem Boden neben Conans Leiche. Du trägst das magische Zeichen um den Hals, das Sigillum Dei, das auch seine Leiche umgibt. Corentin weiß, dass du in Rom Satansmessen gehalten hast.«

»Du hast es ihnen erzählt.«

»Gott vergebe mir.«

Ich atme langsam durch. In der Ferne kann ich Schritte hören. Schnell kommen sie näher.

Yannic packt entschlossen meine Hand mit dem Büchlein. »Wir müssen verschwinden!«

»Augenblick noch!« Ich schiebe das Schwert in die Scheide und haste zum Tisch, wo ich den Purpurmantel meines Cousins an mich nehme. Dann kehre ich zu Yannic zurück. »Wohin?«

»In die Chapelle Sainte-Madeleine.« Er wendet sich um und rennt mit fliegender Kukulle in die Kapelle, wo ich eben unter dem Altar nach dem satanischen Kodex gesucht habe.

Ich hinterher.

Das aufgeregte Getuschel der Fratres wird immer lauter. Gleich werden sie den Gästesaal betreten!

»Nun komm schon!« Yannic entriegelt die Tür der Kapelle, zieht sie einen Spalt breit auf und schiebt mich in den Sturm hinaus. Dann folgt er mir, zieht die Tür hinter sich wieder ins Schloss und deutet nach rechts. »Da lang.«

Zwei Stufen hinauf, dann durch das offene Portal in die Krypta der dicken Pfeiler. Im Licht der Blitze huschen wir durch den dichten Weihrauchnebel auf die andere Seite der Säulenhalle.

Ein Torbogen. Ein gewundener Gang. Eine flackernde Kerze auf einem Altar in einer halbrunden Wandnische: die Krypta Saint-Martin.

Ich packe Yannic am Ärmel, ziehe ihn zum Altar und schlage Vittorinos Notizbuch auf.

»Was hast du vor?« Gehetzt blickt er sich um.

»Wonach sieht's denn aus?« Hastig blättere ich durch die Seiten und überfliege Vittorinos verschlüsselte Aufzeichnungen. Die zerstörte Seite mit dem Fluch im Purpurkodex. Vittorinos Gedanken zu dem weggekratzten Kommentar des unbekannten Lesers: ›Wer die Wahrheit vernichtet, dient Satan! Verflucht seist du, Corentin!‹

»Leg los!«, drängt Yannic.

Rasch lese ich Vittorinos Notizen vor: »Corentin de Sévérac war der Bibliothekar der Abtei. Nur er und sein Adlatus kannten das Versteck des Kodex in der Truhe im Geheimarchiv. Corentin hat die Seite mit dem Hinweis auf die Teufelsbibel zerstört und mit einem Fluch belegt. Die weggekratzte Marginalie stammt von seinem Adlatus Geoffrey Le Roy, der ihm als Bibliothekar nachfolgte und der vor Kurzem ermordet wurde. Abelard de Montbard folgte ihm nach. Ist Corentin der Mörder, der die grauenhaften Skizzen angefertigt hat? Und ist er der Hüter des Schreins?«

Yannic wirkt plötzlich erschrocken und bestürzt.

In aller Kürze erkläre ich ihm, dass der *Codex purpureus* einen Hinweis auf das *Liber Secretorum Diaboli* enthält. Und dass ich das Buch gefunden habe, das Conan in der Krypta Notre-Dame-sous-Terre zurückgelassen hatte. Yannic kennt den Folianten. In der Nacht, als Vittorino ermordet wurde, hat er den Teufelskodex im Scriptorium entdeckt – Vittorino hatte ihn dort gelassen, als er das Testament des Satans suchte. Yannic hat darin geblättert, bis Abelard im Scriptorium auftauchte und ihn wieder unter der Bodenplatte des Archivs verbarg.

»Conan hat das Testament gefunden«, murmelt Yannic.

»Und darüber war er so verzweifelt, dass er Selbstmord beging.«

»Ma Doue!« Yannic birgt das Gesicht in beiden Händen. Ich kann mir vorstellen, was in ihm vorgeht.

Er steckt in einem furchtbaren Gewissenskonflikt – eine erste Vorahnung des inneren Infernos, von dem Conan sprach. Yannic steht vor der Entscheidung, wen von uns er opfern muss: Conan, den er als Selbstmörder ins Höllenfeuer verdammen muss, um mich, seine angebliche Mörderin, vor dem Todesurteil zu bewahren. Oder mich, um Conans unsterbliche Seele vor der ewigen Verdammnis zu retten. Wie auch immer er sich entscheidet – für Conan oder für mich: Er weiß, es ist ein Satanspakt. Und den kann er nicht gewinnen.

Ich will ihm tröstend die Hand auf die Schulter legen, doch er wendet sich ab und geht zwei Schritte weiter. »Bitte nicht.«

Was hat er denn nun schon wieder? Ich lasse ihn in Ruhe nachdenken und blättere weiter durch Vittorinos Notizbuch. Er hatte das Buch der Geheimnisse des Satans in ihrem Versteck im Archiv gefunden, nachdem er die Bodenplatte mit einem gusseisernen Kerzenleuchter zertrümmert hatte. Er hatte sie gelesen. Und das Bilderrätsel entschlüsselt.

Verwirrt starre ich auf die Seite. Welches Bilderrätsel?

Ich wusste, dass ich etwas übersehen habe!

Weiter! Doch ab jetzt bestehen die Aufzeichnungen nur noch aus unzusammenhängenden Sätzen und Worten, die keinen Sinn zu ergeben scheinen. Die Schrift wird immer unleserlicher, zittriger, erregter. Vittorinos geistige Gesundheit scheint in Gefahr gewesen zu sein, sobald er den Schrein geöffnet hatte.

»Komm jetzt, wir müssen weiter! Sie können uns jeden Moment finden«, drängt Yannic.

Offenbar hat er sich entschlossen, ein Unrecht hinzunehmen, um ein noch schlimmeres zu verhindern. Aber wie hat er sich entschieden? Für Conan oder für mich?

»Nein, warte!«

»Alessandra, wir *müssen* jetzt verschwin…«

»Einen Augenblick noch!«

Kein Hinweis darauf, wo Vittorino die Lade gefunden hatte. Nur rätselhafte Anmerkungen zu apokalyptischen Prophezeiungen Satans über Harmagedon, dem Ort der Entscheidungsschlacht zwischen Gut und Böse, die seinen kryptischen Worten zufolge auf dem Mont stattfinden soll.

Und auf der letzten Seite sein Abgesang: ›So etwas Schönes und gleichzeitig Schreckliches habe ich noch nie gesehen. Es ist eines Erzengels würdig, der sein wollte wie Gott.‹ Die Worte hat Vittorino mehrmals mit dem Silberstift eingekreist. Dabei hat er so stark aufgedrückt, dass das Pergament teilweise eingerissen ist. Und dann:

›Gott sei uns allen gnädig! Denn wenn …‹

Das war's. Denn wenn … *was?*

Offenbar wurde Vittorino bei seinen Aufzeichnungen unterbrochen. Und anschließend ermordet.

»Und?« Yannic blickt mir über die Schulter.

»Nichts.« Ich schüttele den Kopf. »Er war so verwirrt wie Conan. Kein Wort, wo das Testament verborgen ist.«

»Aber Conan hat es doch gefunden.«

Ich atme tief durch. »Hast du ihm das Notizbuch gegeben?«

»Ich habe ihm nur ein paar Zeilen gezeigt.«

»Weißt du noch, welche?«

Yannic nimmt mir das Büchlein aus der Hand und blättert darin. Dann reicht er es mir zurück und deutet auf eine Seite. »Das habe ich abgeschrieben.« Er zeigt auf ein Wort. »Siehst du? Kreis mit Punkt, Kreis, Kreuz, Kreis, Strich, Kreis. Das sah für mich aus wie *Satana* – das italienische Wort für Satan.«

»An der Sorbonne, sagtest du?«, ziehe ich ihn auf.

Er ignoriert mein Gefrotzel. »Welche Schrift ist das? Ich habe sie noch nie gesehen.«

»Das ist Tifinagh. Die Schrift der Tuareg. Mein Freund Tayeb, der jetzt als Professor an der Sankoré-Universität von Timbuktu lehrt, hat sie mir beigebracht. Ich benutze sie seit zehn Jahren.«

»Seit du mit Tayeb, der jahrelang in deinem Palazzo in Florenz gelebt hat, nach Timbuktu reisen wolltest, um die verschollene Bibliothek von Alexandria zu suchen.«

»Du weißt davon?«

»Seine Heiligkeit hat mir davon erzählt. Er ist begeistert von der Idee, die Bibliotheca Alexandrina im Vatikan wiederzueröffnen.«

»Vittorino, sein Bibliothekar, war genauso begeistert von dieser Schrift. Als Code ist sie nicht zu entschlüsseln. Und weißt du, warum? Tifinagh hat fünfundfünfzig Zeichenvariationen, doppelt so viele wie das lateinische Alphabet. Darunter etliche, die es im Italienischen und Französischen von der Aussprache her nicht gibt. Keine Vokale. Keine Worttrennungen. Die Wortrichtung ist nicht festgelegt, je nach Verfasser kann sie von links nach rechts, von rechts nach links oder von oben nach unten gelesen werden. Vittorino und ich schreiben Tifinagh jedoch *mit* Vokalen, weil es für uns leichter zu lesen ist. Selbst Tayeb hat Schwierigkeiten, meine Notizen zu entziffern. Wenn Conan also unseren Code entschlüsseln konnte, habe ich die allergrößte Hochachtung vor ihm.«

»Acht Jahre Sorbonne. Conan hat seine Zeit nicht mit Lateinisch, Griechisch und Hebräisch vertrödelt, so wie ich. Die alten Kelten haben ihn fasziniert – er konnte sogar die keltischen Ogham-Runen lesen.«

»Erstaunlich.«

»Das war er. Und das wurde ihm zum Verhängnis.«

Ich sehe ihn von der Seite an. »Du gibst dir die Schuld an seinem Selbstmord.«

»Ich habe ihm Vittorinos Büchlein gezeigt und ihm vom Testament des Satans erzählt. Dadurch habe ich Conan in Gefahr gebracht. Ich trage die Verantwor...«

»Das ist Unsinn, und das weißt du auch.«

Da guckt er!

»Du gehst mir auf die Nerven mit deinem priesterlichen Gequatsche. Ihr Priester seid nicht als Heilige vom Himmel gefallen. Ihr könnt Fehler machen wie alle anderen Menschen.«

»Autsch.«

»Soll ich dir gleich noch eine verpassen?«

Wider Willen muss er lachen und hebt abwehrend beide Hände. »Nein, danke, fürs Erste reicht's.«

»Gut.«

»Du hast keine sonderlich hohe Meinung von uns Priestern.«

Ich weiß nicht, wie lange wir uns anstarren, um uns gegenseitig abzuschätzen. Schließlich sage ich: »Ich bin im Vatikan aufgewachsen. Mein Vater war Priester, mein Bruder, mein Sohn, mein Cousin, der eine Papst, und mein Freund, der andere Papst. Und mein erster Gemahl.«

»Niketas.«

»Genau.«

»Wie seid ihr miteinander ausgekommen?«

»Prima.«

»Wie hat *er* das geschafft?«

Die stichelnde Betonung auf dem ›*er*‹ ist mir nicht entgangen. »Niketas hat mich mit derartig selbstgerechtem Gehabe verschont. Er war nicht mein Priester, sondern mein Gemahl, auch wenn wir nie verheiratet waren. Denn weder die katholische noch die orthodoxe Kirche hätte uns ihren Segen gegeben. Niketas war mein Mann, wenn du verstehst, was ich meine.«

»Ich habe eine Tochter. Ich weiß, wie man das macht.«

»Dann muss ich's dir ja nicht erklären.«

Yannic lacht trocken. »Ich kann mich noch ganz gut daran erinnern, auch wenn's acht Jahre her ist.« Er deutet auf den Absatz, den er Conan gezeigt hat. »Und was steht da nun?«

»Das ist ein Hinweis auf ein Bilderrätsel im *Liber Secretorum Diaboli*, das Vittorino la Bibbia del Diavolo nennt.«

Ein Krachen aus der Krypta der dicken Pfeiler erschreckt uns. Hat der Sturm das Portal zugeschlagen?

»Und weiter?«, fragt Yannic gehetzt. Sein Blick irrt zum Durchgang zur Krypta.

»Nichts weiter. Ich verstehe nicht, was er mit seinen kryptischen Anmerkungen gemeint hat. Ich muss mir die Bilder der Apokalypse im Teufelskodex noch mal ansehen. Irgendwas habe ich übersehen. Oder falsch gedeutet.«

Yannic nickt ernst. »Conan hat das Rätsel gelöst und das Testament des ...«

Aus der Krypta hallt plötzlich ein Ruf. »Hier ist sie nicht!«

Ich fluche entnervt.

»Lass uns verschwinden!«, drängt Yannic. Er nimmt mir das Büchlein aus der Hand und steckt es ein. Dann packt er mich an der Hand und zieht mich hinter sich her.

Yannic

Kapitel 38

Im Portal der Krypta Saint-Martin
Gegen halb drei Uhr nachts

Hinter uns kann ich Schritte hören.

Ein paar Stufen. Ein offener Gang. Ein Durchlass zur großen Freitreppe, die nach links zum Châtelet und dem Portal der Abtei hinabführt und nach rechts zur Kirche hinaufführt.

Ich bleibe stehen und lausche.

»Was ist?« Alessandra versucht, an mir vorbei zur Treppe zu spähen.

»Sie kommen, um uns in die Enge zu treiben. Los, weiter!« Ich schiebe mich an ihr vorbei.

Ein schmaler Durchgang, der an der Krypta Saint-Martin vorbeiführt, wo meine Konfratres schon nach ihr suchen. Ein sturmdurchtoster Innenhof. Das Beinhaus. Ein matter Lichtschimmer dringt aus der angrenzenden Totenkapelle.

Ich taste mich an der Wand aus aufeinandergestapelten Knochen und Schädeln entlang und hetze an zwei Seitengängen vorbei. Dann biege ich nach links ab und ziehe Alessandra so ungestüm in eine finstere Nische im hintersten Gang, dass sie ins Stolpern gerät und mit der Schulter gegen mich prallt. Mit dem Rücken stoße ich gegen die Gebeine. Über uns ruckt ein Kieferknochen, ein Schädel knirscht mit den Zähnen. Irgendwo zwischen den Knochen fiept eine Maus.

Wir horchen angespannt.

Drei oder vier Mönche trampeln die Treppe hinunter und betreten den Gang zwischen Ossuarium und Krypta. Der Schein einer Fackel wirft einen Schatten auf den Boden, es sieht aus wie eine immer größer werdende Blutlache. Langsam gleitet er näher.

Alessandra lehnt sich gegen mich. Trotz des dicken Wollstoffs, aus dem mein Habit besteht, kann ich die Wärme ihres Körpers spüren. Das Pochen ihres Herzens. Verstohlen rieche ich an ihrem Haar, das sie zu einem Zopf geflochten hat, und atme den Duft ein. Es fällt mir schwer, mich nicht zu bewegen. Ein warmes, erregendes Gefühl, das ich lange mit der Geißel niedergerungen habe, strömt durch meinen Körper und sammelt sich heiß in meinen Lenden.

Die Glut ist noch nicht erloschen, denke ich, und ich frage mich, ob ich darüber lachen oder weinen soll. Das Feuer der Leidenschaft, das seit Jahren unter der Asche weiterschwelt, kann jederzeit wieder auflodern. Warum habe ich mich all die Jahre gequält und gegeißelt? Wieso habe ich gekämpft, um die Leidenschaft und die Liebe zu besiegen, die mich mit Rozenn ein paar Wochen lang so unendlich glücklich gemacht hat?

Ich drücke meine Nase in ihr duftendes Haar, berühre die seidigen Strähnen mit meinen Lippen und atme tief ein. Alessandra rührt sich nicht. Ihr kann unmöglich entgangen sein, wie sehr sie mich erregt.

»Gib mir mal die Fackel, Raymond.« Der Schatten verschwindet, der Lichtschein nähert sich, der Mönch leuchtet in das erste Seitenschiff des Beinhauses.

Ich lege meinen Arm um sie und halte sie fest.

Das zweite Seitenschiff.

Ich presse sie ganz fest an mich.

Und jetzt das dritte Seitenschiff.

Ich kann ihn über Alessandras Schulter hinweg sehen. Er ist keine vier Schritte von uns entfernt.

Eine Bewegung im Durchgang zur Totenkapelle lässt ihn erschrocken herumfahren.

Alessandra

Kapitel 39

Im Ossuarium
Gegen halb drei Uhr nachts

Tyson huscht die Stufen herauf und bleibt im Torbogen stehen. Seine Augen leuchten, als er sich aufmerksam umblickt und immer wieder in unsere Richtung guckt und maunzt.

Yannic hinter mir erstarrt. Offenbar besteht die Gefahr, dass Tyson zu uns herüberkommt.

Der Kater lässt sich nieder und wartet. Als Yannic nicht reagiert, drapiert er sich, alle viere von sich gestreckt, der Länge nach auf den Boden. Nur der Schwanz bewegt sich. Den Kopf legt er zwischen die weißen Pfoten und blinzelt in unsere Richtung. »Miau!«

Was so viel bedeutet wie: Komm und spiel mit mir! Nun mach schon!

»Jourdain?«, ruft Raymond von draußen.

Tysons Kopf ruckt hoch, sein Blick huscht zum Eingang.

Der Mönch, der ihn beobachtet hat, wendet sich mit knirschenden Sandalen um. »Was ist?«

»Ist sie dort?«

Jourdain schwenkt die Fackel und sieht sich unschlüssig um – einen Schritt weiter, nur einen kleinen Schritt, und er muss uns sehen. »Nein, hier ist sie auch nicht.«

Seine Stimme kommt mir irgendwie bekannt vor. Ich weiß nur nicht, wieso. Habe ich mich gestern nach der Sext mit ihm im Kreuzgang unterhalten, wie mit Conan? Nein! ›Va au Diable!‹, hat er vor wenigen Minuten gerufen. Er ist es!

»Dann komm, wir müssen weiter!«, dröhnt es vom Portal her.

Nach einem letzten Blick in unsere Richtung verlässt Jourdain das Beinhaus, und es wird wieder dunkel.

Yannic stößt mich von sich, bevor seine Erregung noch offenkundiger wird. Was ich an meinen Schenkeln gespürt habe, war nicht das Notizbuch in seiner Kukulle.

»Tut mir leid!«, wispere ich.

Er atmet tief durch, um sich zu beruhigen. »Ist nicht deine Schuld. Ich hab dich festgehalten und gegen mich gepresst.« Seine Stimme klingt heiser.

»War's schön?« Was hätte ich darum gegeben, jetzt sein Gesicht sehen zu können. Es ist mir nicht entgangen, wie er mich den ganzen Abend angesehen hat.

Er schluckt trocken. »Mir hat's gefallen«, gibt er schließlich zu. Verlegen? Oder beschämt? Von wegen!

Ich taste nach seiner Hand. »Komm jetzt.«

Er folgt mir zu dem Durchgang in die Chapelle Saint-Étienne, die von einer Kerze auf dem Altar erleuchtet wird.

Tyson guckt erwartungsvoll zu uns hoch. »Miau!«

Yannic bückt sich, streichelt das Dickerchen zärtlich und verspricht ihm eine Makrele. Dann richtet er sich wieder auf.

Eine Maus nutzt die Unaufmerksamkeit des Katers, flitzt an dem Sarkophag entlang und verschwindet in einer Nische. Tyson hetzt die Stufen hinunter der Maus hinterher.

Yannic und ich durchqueren die Totenkapelle und betreten

das Treppengewölbe. Rechts windet sich die Treppe hinauf in die Kirche. Links führt ein Gang über etliche von Kerzen beleuchtete und mit Pergamentfetzen bedeckte Stufen hinauf zur Krypta Notre-Dame-sous-Terre.

Schon will ich die Stufen hinaufsteigen, als Yannic mich grob am Arm packt. Schritte hallen durch den gewölbten Gang. Fackelschein kommt auf uns zu.

»Vier oder fünf Fratres«, flüstert Yannic. »Sie kommen uns aus dem Promenoir entgegen. Wir müssen zurück.«

Ich blicke mich um. »Wohin?«

Yannic deutet über seine Schulter. *»Lauf!«*

Ich wende mich um, haste zurück, stolpere um ein Haar über Tyson, der uns gefolgt ist und der fauchend zur Seite springt, und hetze, zwei Stufen auf einmal, die steile Treppe hinauf zur Kirche. Im dunklen Seitenschiff lehne ich mich außer Atem gegen eine Säule und warte auf Yannic.

Aber er folgt mir nicht.

Von unten dröhnen die Stimmen der Fratres herauf. Doch im heller werdenden Schein der Fackeln kann ich Yannic nicht sehen. Verflucht! Er hat noch das Notizbuch! Die Frage, ob er sich für Conan oder für mich entschieden hat, ist ein für alle Mal geklärt, denke ich verbittert. Er hat mich erneut verraten!

Ich bin so wütend, dass ich mich verschlucke. Nur mühsam kann ich den Hustenreiz unterdrücken.

Ich spähe die Treppe hinunter. Sie kommen! Nichts wie weg!

Ich wirbele herum, um zum gegenüberliegenden Portal zu huschen, das in den Kreuzgang führt, aber auch von dort nähern sich Stimmen, die im kleinen Hof vor dem Kirchenportal widerhallen. Sie sind schon da!

Yannic hat mich ins offene Messer laufen lassen!

Hastig blicke ich mich um, während die Schritte hinter mir die Treppe hinaufpoltern. Das Hauptportal? Zu weit entfernt. Das südliche Seitenportal zur Abteitreppe? Und dann? Das Portal des Châtelets ist verriegelt. Die Abbaye du Mont-Saint-Michel ist eine Festung. Ich kann weder die Abtei noch die Insel verlassen. Die Flut kommt unaufhaltsam – in weniger als einer Stunde, gegen drei Uhr, erreicht das Wasser den höchsten Punkt. Soll ich schwimmen? Unmöglich, die Strömung ist zu stark! Ich würde abtreiben und ertrinken. Wegsegeln mit Yannics Boot? Aussichtslos. In diesem Sturm würde ich keine Küste erreichen, die bretonische nicht, auch nicht die normannische oder die englische.

Ich atme tief durch, werfe mir den Purpurmantel über die Schultern, haste zum Altar, schiebe das Schwert darunter und knie vor der Granitstatue des Erzengels nieder.

Ich bekreuzige mich. Ohne das Breve des Papstes nützt mir Prosperos Kardinalsmantel allerdings wenig. Aber die Vollmacht ist aus dem Versteck im Kamin des Gästesaals verschwunden. Wer hat sie? Yannic! Gott verfluche diesen Verräter! Wie konnte ich so bescheuert sein und ihm vertrauen? Wie konnte ich auch nur einen Augenblick lang annehmen, er würde sich gegen seine Freunde und seine Heimat, das Kloster, für mich entscheiden, um mir das Leben zu retten?

Die vier oder fünf Mönche hinter mir bleiben stehen, als sich das Seitenportal zum Kreuzgang öffnet und weitere Fratres mit Fackeln die Kirche betreten. »Da ist sie!«

»Betet sie?«

»Scheint so.«

Trotz des Sturms kann ich das Schlurfen ihrer Sandalen auf dem Steinboden der Kirche hören, das Rascheln ihrer Gewänder, ihren gepressten Atem. Sie kommen näher.

Ich spanne meine Schultern an und umklammere den Griff

meines Dolches, bereit zum Kampf. Robins Schwert liegt zwei Schritte entfernt.

Erneut wird das Seitenportal geöffnet. Der Sturm fegt mehrere Mönche in die Kirche. Dann fällt das Tor mit einem dumpfen Geräusch ins Schloss.

Aufgeregtes Getuschel.

»Da ist sie!«

»Das sehe ich!«

Schritte nähern sich.

Ich halte den Blick gesenkt und gebe vor, in ein Gebet versunken zu sein.

Ein Mönch bleibt neben mir stehen. »Euer Gnaden?«

Ich bekreuzige mich langsam und blicke auf. Meine Nerven sind zum Zerreißen gespannt.

Père Yvain faltet seine Hände in den Ärmeln seines Habits. »Euer Gnaden, bitte verzeiht, dass wir Euch aus Eurem frommen Gebet herausreißen.«

»Schon gut«, winke ich ab. »Die Vigil habe ich offenbar verpasst. Die Kapelle war dunkel und verlassen. Deshalb habe ich mich hierher zurückgezogen.«

Er guckt mich an, als sei ich nicht ganz bei Trost. Nachts allein in der Kirche? »Die Vigil hat noch gar nicht stattgefunden«, presst er schließlich hervor.

»Ich dachte, Père Yann habe vergessen, mich zu wecken.«

»Nein, Euer Gnaden. Einer der Brüder ist ermordet worden.«

Schwungvoll schlage ich meinen Mantel zurück und erhebe mich. Nicht, dass er mir galant aufgeholfen hätte, o nein! Yvain richtet sich auf und strafft die Schultern, um auf mich herabsehen zu können, aber das misslingt ihm. Denn ich bin so groß wie er.

Ein Mönch mit schwarzer Ledermaske tritt neben den

Prior. Kein Zweifel, er ist der Assassino mit der Dämonenfratze. »Euer Gnaden, darf ich Euch Père Corentin de Sévérac vorstellen, den ehemaligen Bibliothekar unserer Abtei. Père Corentin – Contessa Colonna, Vikarin des Papstes.«

Der Assassino nickt mir höflich zu. »Che piacere! Come sta?«

»Benissimo, grazie!«, bedanke ich mich. »Ihr sprecht Italienisch, venerabile Padre – ehrwürdiger Vater?«

»Nur ein wenig«, winkt er ab. »Kaum ausreichend, um mich vor dreißig Jahren während des Konzils in Konstanz mit Eurem hochverehrten Vater zu unterhalten, Fra Luca d'Ascoli, Gott hab ihn selig, und an seiner großen Weisheit teilzuhaben. Ist es wahr, dass der Papst Fra Luca wegen seiner Verdienste um die Beendigung des Schismas heiligsprechen will?«

»Ja, das stimmt.«

»Und wann ...«

»Nicht, solange ich es verhindern kann. Nicht, solange ich in den Konsistoriumssitzungen des Kardinalskollegiums mein Veto einlege und diesen Irrsinn verbiete. Seine Heiligkeit der Papst hat das Verfahren auf meinen Wunsch ausgesetzt. Zugegeben, mein Cousin, Kardinal Prospero Colonna, ist nicht begeistert, denn eine solche Heiligsprechung eines Mitglieds des mächtigen Colonna-Clans bedeutet ein immenses Ansehen. Aber auch er wird meine Entscheidung respektieren, wenn er im nächsten Konklave zum Pontifex gewählt wird.«

Für einen Moment ist er sprachlos.

»Der Prior sprach von einem Mord«, erinnere ich ihn mit fester Stimme und einer resoluten Selbstsicherheit, die ich nicht empfinde. Ich bin angespannt, und es fällt mir schwer, den Anschein zu erwecken, ich sei beherrscht und gelassen.

Meine Finger, die unter dem Mantel den Griff meines Dolches umklammern, sind schweißnass.

Ich werfe einen Blick in die Runde. Da steht Robin neben Padric und beobachtet mich mit vorgereckter Unterlippe. Eoghan macht das auch, wenn ihm etwas nicht passt. Ob Robin sein Schwert unter dem Altar entdeckt hat?

»Äh, ja. Frère Conan ist ermordet worden.« Corentin rückt seine Ledermaske zurecht. »Die Umstände sind rätselhaft.«

Ich hebe die Augenbrauen.

»In Anbetracht der Tatsache, dass Euer Vater ein berühmter Inquisitor war und Ihr als seine Tochter ...« Er stockt. »Was ich sagen will: Der Papst hat Euch vor zwei Jahren mit der Aufklärung eines mysteriösen Mordes im Lateran betraut. Ein Dominikaner schien nach einem Satanspakt vom Widersacher Gottes in Stücke gerissen worden zu sein. Eine zerfetzte Leiche, satanische Zeichen, ein Grimoire ... Père Yann hat uns davon berichtet.« Corentin deutet auf Yannic, der inzwischen neben ihn getreten ist, und legt ihm die Hand auf den Arm.

Wie ein Vater seinem Sohn, schießt es mir durch den Kopf.

Ich starre Yannic an. Er weicht meinem Blick nicht aus. Er wirkt ernst, still und ... ja, irgendwie traurig. Weil er sich nun doch gegen mich entschieden hat?

Was geht in dir vor, Yannic? Du bist mir ein Rätsel, das schwierigste und erschreckendste Rätsel von allen.

Corentin ergreift wieder das Wort. »Euer Gnaden, Ihr habt also Erfahrungen mit Todesfällen, in denen Satan selbst des Mordes verdächtig erscheint. Würdet Ihr uns mit Rat und Tat zur Seite stehen, um den Tod von Frère Conan aufzuklären? Die Montois werden in wenigen Stunden die Abtei besuchen, um mit uns den Gottesdienst zu feiern. Uns bleibt nicht mehr viel Zeit«, sagt er eindringlich. »Wie es scheint, ist Satan in dieser Nacht auf den Mont zurückgekehrt. Das erste Siegel der Apokalypse ist zerbrochen. Und ich fürchte, das ist noch nicht das Ende.« Er senkt seine Stimme zu einem Flüstern. »Das zweite Siegel wirft schon seine Schatten drohend über uns …«

Das zweite Siegel

Und ich sah, als das Lamm das zweite von den sieben Siegeln öffnete, ein feuerrotes Pferd. Und dem, der darauf saß, wurde gegeben, den Frieden von der Erde zu nehmen und die Menschen dahin zu bringen, dass sie einander schlachteten. Und ihm wurde ein großes Schwert gegeben.

Apokalypse des Johannes

[illegible]

Aber Selbstmord? Der Gedanke lässt mich erschauern.
Corentin betritt die Plattform. [illegible] Alexandra [illegible]

[illegible]

Yannic

Kapitel 40

Auf der Plattform des eingestürzten Westflügels
Zwanzig vor drei Uhr nachts

»Versprich mir, dass du mir nicht in die Hölle folgst. Gib die Suche auf, Yannic. Sie führt dich ins Inferno deines Gewissens. Und in die Hölle von Tod und Verderben.«

Ich schlucke trocken und blicke auf Conans Leichnam hinab. Die heftigen Sturmböen zerren an ihm und lassen ihn aussehen, als lebe er noch, als atme er, als kämpfe er verzweifelt, als schlage er mit letzter Kraft um sich, um den Dämon abzuwehren, der ihn überwältigt hat, weil Conan das schrecklichste aller Geheimnisse aufgedeckt hatte. Ein verbotenes Wissen, dessen Bewahrung sogar das Töten erfordert. Aus diesem Grund stehe auch ich auf der Todesliste.

Conan hat die Hölle gefunden. Ich stehe schon vor der offenen Pforte des Infernos. Ich kann das lodernde Feuer von Hass und Zorn und den Schwefelgestank von Niedertracht und Verrat schon spüren. Und ich habe Angst.

Aber Selbstmord? Der Gedanke lässt mich erschauern.

Corentin betritt die Plattform. Er hat sich bei Alessandra untergehakt und führt sie zu Conan.

Ich wende mich mit dem Rücken zum Sturm, ziehe meine Kapuze hoch, sodass mein Gesicht im Dunkeln liegt, und beobachte ihn. Corentin, der wie der Schatten des Todes durch die Abtei geistert und Mönche erschlägt? Der Leichen zerfetzt? Der mit Blut und Kot satanische Symbole auf den Boden pinselt? Der die unsterblichen Seelen seiner Konfratres ohne Sündenvergebung in die Hölle verbannt? Der durch sein blutrünstiges Handeln nicht Gott, sondern Satan huldigt? Böses gebiert Böses. Ist Corentin ein Jünger des Satans?

Was hat er vor? Wie will er Alessandra in die Knie zwingen? Er muss doch wissen, dass in einem Machtkampf während eines Inquisitionsprozesses nicht er der Sieger sein wird. Sie wird *ihn* in die Knie zwingen, mit päpstlichem Segen. Ich taste nach dem Breve unter meiner Kukulle. Sie kann ihn exkommunizieren, der Papst hat ihr die Macht dazu verliehen.

Corentin *kann* den Kampf gegen sie nicht gewinnen.

Und trotzdem habe ich furchtbare Angst um sie.

Yvain beobachtet sie und mich abwechselnd. Er wirkt beunruhigt, ja beängstigt. Er weiß, dass sie das Testament des Satans sucht. Hat sie es mithilfe von Vittorinos Notizbuch vielleicht schon gefunden? Eine Frage, die mich umtreibt: Alessandra misstraut mir. Ihr Blick eben in der Kirche hat mich ins Herz getroffen. Hat sie mich belogen, als sie sagte, Vittorinos Aufzeichnungen seien wirr und schwer zu deuten?

Yvain fürchtet sie zu Recht. Die Stimmung in der Abtei ist seit Monaten angespannt. Die Fratres sind verwirrt, ängstlich, misstrauisch und zornig. Ein Wort von ihr – oder von mir –, eine Erwähnung des Testaments des Satans, und diese bedrohliche Situation entlädt sich in Hass und Gewalt. Padric und Robin werden die Ersten sein, die auf dieses Schlachtfeld stürmen, um sich gegenseitig kampfunfähig zu schlagen.

Die Böen reißen an meiner Kukulle, sodass ich beinahe taumele.

Das perfide Mysterienspiel, das Corentin hier an Conans Leichnam inszeniert, ist lebensgefährlich. Was hat er vor?

Das erste Siegel der Apokalypse sei zerbrochen. Und das sei noch nicht das Ende, hat er soeben in der Kirche verkündet. Denn das zweite Siegel werfe schon seine Schatten über uns. Was meint er mit dieser geheimnisvollen Prophezeiung? Und was meint er mit der Progression des Todes? Was steht in ihrem Notizbuch, das ihr gefährlich werden könnte?

»Eine glückliche Fügung, dass Ihr heute Nacht in unserer Abtei zu Gast seid!«, beteuert Corentin, als er mit Alessandra vor dem Sigillum stehen bleibt. »Und dass Ihr uns helfen wollt.«

Alessandra legt den Purpurmantel ab und reicht ihn Yvain, der ihn sich über den Arm hängt. Neben Conans Leichnam kniet sie in Hemd, Hosen und Stiefeln geschmeidig nieder und krempelt sich die Ärmel hoch.

Ein diffuses Unbehagen, eine düstere Vorahnung überkommt mich mit der Wucht panischer Angst.

Corentin stellt sich neben sie. »Ihr habt Euch gestern mit Frère Conan unterhalten.«

Alessandra blickt auf. »Im Kreuzgang, während der Meditation. Er hat mir den Weg durch das Labyrinth gezeigt.«

»Worüber habt Ihr gesprochen?«

»Über private Dinge.«

»In dieser Abtei gibt es keine privaten Dinge. Die Ordensregel ist sehr streng: Armut, Gehorsam, Schweigsamkeit und Demut. Ein Mönch besitzt nichts, kein Buch, keine Schreibtafel, keinen Griffel. Er kann ohne Erlaubnis des Abtes oder des Priors nicht einmal über sich selbst verfügen.«

Sie sieht ihn lange an. »Frère Conan hat mir von seiner Frau und seinem kleinen Sohn erzählt.«

»Es ist ungewöhnlich, dass ein Mönch sich einer Frau anvertraut.«

»Und nicht Euch, seinem Beichtvater? Frère Conan hoffte, dass ich Verständnis zeige für seine Lage. Ich habe drei Jahre lang mit einem Mönch zusammengelebt.«

»Seine Seligkeit der Metropolit und Erzbischof von Athen.«

»Niketas hat dem Papst den Kardinalspurpur zurückgegeben und all seine Ehrentitel niedergelegt, um mit mir in Florenz zu leben. Wir waren sehr glücklich miteinander. Wir haben einen Jungen an Sohnes statt angenommen.«

»Und was hat das mit Frère Conan zu tun?«

»Er hat mich um Rat gefragt.«

Corentin schnaubt. »Ich nehme nicht an, dass Euer Gespräch dem Beichtgeheimnis unterliegt?«

»Ich bin kein Priester.«

»Also?«

»Frère Conan hat mir gestanden, wie sehr er seine Frau und seinen Sohn liebe. Und wie sehr er darunter leide, von ihnen getrennt zu leben, nachdem er mit ihnen so glücklich war. Frère Conan spielte mit dem Gedanken, die Abtei zu verlassen und Kardinal d'Estouteville um die Aufhebung der Gelübde zu bitten. Er wollte von mir wissen, ob Niketas seine Entscheidung jemals bereut hat, als er mit mir zusammenlebte. Und ob ich mich bei Seiner Eminenz für ihn einsetzen wolle. Wir kennen uns seit vielen Jahren.«

Aufgeregtes Getuschel.

»Und wie lautete Eure Antwort?«

Alessandra hält Corentins Blick mühelos stand. »Wer bin ich denn, über ihn zu richten? Den Orden zu verlassen ist allein seine Entscheidung«, erklärt sie resolut. »Nicht meine. Und nicht die von Guillaume.«

Ein Raunen weht über mich hinweg.

Alessandra wendet sich Conan zu. »Ich brauche Licht.

Frère Raymond, Frère Jourdain, Père Lucien, stellt Euch mit den Fackeln auf die andere Seite und haltet sie hoch«, befiehlt sie. »Und bleibt außerhalb des blutigen Kreises, damit Ihr keine Spuren verwischt. Ja, so ist es gut. Frère Aimery, Ihr wart ein dominikanischer Inquisitor, Ihr assistiert mir. Kommt zu mir herüber. Alle anderen treten zurück und bilden einen schützenden Kreis. Noch weiter! Und jetzt enger zusammen! Gut so! Père Lucien, Eure Fackel! Wollt Ihr Frère Conans Habit in Brand stecken?«

Die Mönche verrenken sich den Kopf, weil sie beobachten wollen, wie Alessandra Conans Leichnam untersucht.

Yvain knirscht mit den Zähnen und kann sich nur mühsam beherrschen, weil sie sehr resolut das Kommando übernimmt. Seine Hände krallen sich in den Purpurmantel über seinem Arm, den er wohl am liebsten zerfetzen würde.

Corentin legt ihm mahnend die Hand auf den Arm, dann tritt er neben Alessandra. »Nun?«

Sie sieht zu ihm auf. »Wie es scheint, hat Satan Frère Conan seine Aufwartung gemacht, denn die ganze Inszenierung mit Siegel und Blutschrift spricht auf den ersten Blick für einen Satanspakt ...«

Alessandra

Kapitel 41

Auf der Plattform des eingestürzten Westflügels
Viertel vor drei Uhr nachts

»... aber das ist eine Lüge.«

Corentin bannt mich mit seinem Blick.

Ich rufe den Inquisitor. »Frère Aimery! Seid Ihr mit dem Leitfaden für Inquisitoren vertraut, den mein Vater verfasst hat?«

»Selbstverständlich, Euer Gnaden.«

»Wir werden entsprechend vorgehen. Wie Ihr wisst, sind bei einem Mord die ersten vierundzwanzig Stunden entscheidend. Wenn man bis dahin keinen Verdächtigen hat, ist der Fall nicht mehr zu lösen. Also: Untersuchung der Leiche. Sicherung der Spuren: Blut und Symbole. Bestimmung der Mordwaffe. Befragung der Zeugen. In diesem Fall gibt es nur einen: Père Yann Créac'h. Er war der Letzte, der Frère Conan lebend gesehen hat. Sein Habit ist getränkt vom Blut des Opfers. Nach der Vigil werden er und alle anderen verhört, ohne Ausnahme. Das gilt auch für Prior Yvain. Ich will wissen, wer während der Nacht das Dormitorium verlassen hat, wann, wie lange und aus welchem Grund. Und wer das bezeugen kann. Ich will wissen, ob noch jemand außer Père Yann Blut auf seinem Habit hat. Verstanden?«

»Verstanden.«

»Très bien. Bevor ich's vergesse: Niemand verlässt den Tatort ohne meine Erlaubnis. Dann legen wir mal los. Père Yvain, ist der Tatort verändert worden?«

»Ja.«

»Inwiefern?«

»Père Yann hat Frère Conan die Sterbesakramente gegeben, ihm die Hände gefaltet und ihm die Augen geschlossen.«

Ich betrachte Conans Gesicht, eine Maske des Grauens und des Schmerzes. Plötzlich schiebt sich das Gesicht meines Sohnes über das von Conan. Ich kann mich nicht dagegen wehren. Leise stöhne ich auf. Es ist eine Art Totenklage …

Angelo wurde vor zwei Jahren unter ähnlich geheimnisvollen Umständen ermordet. Er sah aus, als wäre er von einer wilden Bestie mit scharfen Krallen angefallen worden. Sein Schädel war zertrümmert, Knochensplitter und Teile seines Gehirns lagen in einer Lache aus Blut. Sein Gesicht war bis zur Tonsur weggerissen, die Gesichtsmuskeln waren zerfetzt, die lidlosen Augen starrten hinauf zum Gewölbe, sein lippenloser Mund war zu einem Todesschrei verzerrt. Meinen Sohn so sterben zu sehen. Das Kind, das ich geliebt habe. Den jungen Mann, mit dem ich mich erbittert gestritten habe, weil er so sein wollte wie ich. Weil er mir getrotzt hat wie ich meinem Vater. Weil er gegen meinen Willen Mönch und Priester wurde und sich Prospero, der meinen Sohn wie einen Neffen liebte, als Verbündeten gegen mich gesucht hat.

»Dein Junge war erst achtzehn?«, hat Yannic gestaunt. »Und schon zum Priester geweiht?«

»Auf dem Weg in den Himmel hat er sogar die Erzengel überholt.«

Ich atme tief durch. Ich weiß noch, welches Entsetzen ich bei Angelos Anblick empfand. Seine Leiche war noch grauenhafter zugerichtet als die von Conan.

In diesem Augenblick würde ich am liebsten aufstehen und gehen, einfach weggehen, zurück nach Hause. Wo immer das ist. Dieses Gefühl, ein ohnmächtiges Empfinden eines unabwendbaren Schicksals, droht mich zu überwältigen.

»Und er hat versucht, die Blutschrift unleserlich zu machen«, fährt der Prior fort. »Die letzten Buchstaben hat Père Yann verwischt.«

Ich werfe Yannic einen raschen Blick zu, aber er hat die Kapuze hochgezogen, sodass ich sein Gesicht nicht erkennen kann. »Ich werde ihn später dazu befragen«, sage ich nur und wende mich wieder der Leiche zu.

Conan liegt so, wie Yannic es mir vorhin beschrieben hat.

Meine Finger fühlen sich ganz kalt an, als ich die gefalteten Hände behutsam voneinander löse und die Arme in die Position zurückschiebe, in der sie lagen, als Conan starb: in die Blutlachen. Er sieht aus wie ein geflügelter Blutengel. Die Totenstarre hat noch nicht eingesetzt. Sie beginnt normalerweise ein bis zwei Stunden nach dem Tod an den Augenlidern, den Gesichtsmuskeln und den Fingergelenken. Ein heftiger Kampf, wie Conan ihn mit letzter Kraft geführt zu haben scheint, sorgt normalerweise dafür, dass die Totenstarre schneller einsetzt – aber davon kann ich noch nichts fühlen.

»Woran, glaubt Ihr, ist Frère Conan gestorben?«, fragt Yvain.

Ich schiebe die Ärmel von Conans Habit hoch und betrachte die Schnitte an den Pulsadern, die Conan sich selbst beigebracht hat. Und die anderen Wunden an seinen Armen, die von einem Angriff mit einem Dolch herrühren. Keine dieser Wunden war tödlich. »Frère Raymond, Frère Jourdain, Père Lucien, Ihr leuchtet mir. Alle anderen drehen sich um. Ich muss Frère Conan entkleiden.«

»Wozu?«, ereifert sich Yvain.

»Um die Todesursache festzustellen. Die Engelsflügel aus Blut zeigen, dass Frère Conan noch lebte, als er von seinem Mörder hierhergebracht wurde. Tote bluten nicht.«

»Und die tiefen Schnitte an den Handgelenken …?«

»… sind nicht tödlich. Die Pulsadern wurden quer zum Handgelenk aufgeschnitten und sind daher nur oberflächlich verletzt. Wären sie mit langen Schnitten der Länge nach aufgeschnitten worden, wäre der Tod in kürzester Zeit eingetreten. Nein, Frère Conan ist nicht an diesen Verletzungen gestorben. Er hätte gerettet werden können, wenn er verbunden worden wäre.«

Yannic schluchzt auf, wendet sich ab und birgt sein Gesicht in den Händen.

Ich mache eine kreisende Bewegung mit dem Finger, und die Fratres, mit Ausnahme von Yvain und Corentin, der zu Yannic hinübergeht, um ihn zu trösten, drehen sich um und wenden mir den Rücken zu. Denn die Ordensregel verbietet die Nacktheit des Körpers. Die Mönche schlafen nachts in ihrem Habit und legen im Bett nicht einmal den Gürtel ab. Den Anblick von Conans misshandeltem Körper erspare ich ihnen. Ich habe die Blutskizzen gesehen. Ich befürchte das Allerschlimmste. »Frère Aimery, kniet Euch hinter Frère Conan und helft mir, damit ich ihn entkleiden kann.«

Kukulle. Skapulier mit Kapuze. Habit. Untergewand. Erst als ich ihm das blutgetränkte Leinengewand über den Kopf ziehe und er nackt vor mir liegt, weiß ich, woran er gestorben ist. Obwohl ich die Skizzen gesehen habe und auf das Schlimmste vorbereitet bin, muss ich würgen.

»Mon Dieu!« Frère Aimery schlägt sich die Hand vor den Mund, drängt sich an Frère Jourdain vorbei, der die Farbe eines Totenschädels angenommen hat und entsetzt den Leichnam anstarrt, beugt sich über den Abgrund und übergibt sich.

Ich drehe mich um zu Père Yvain, dessen Gesicht aussieht wie weißes Kerzenwachs. »Ich denke, damit ist Eure Frage nach der Todesursache beantwortet.«

Der Prior nickt schwach und starrt voller Entsetzen auf die aufgerissene Bauchhöhle, aus der die Eingeweide hervorquellen. Conans Mörder hatte den Darm zu einem Pentagramm geformt, das beim Entkleiden ein wenig verrutscht ist, dass aber immer noch von der Brust bis zu den Genitalien reicht. Im Licht der Fackeln scheinen sich die blutverschmierten Darmwindungen zu bewegen, übereinanderzugleiten und sich ineinander zu verschlingen wie Schlangen in einem Nest. Ekelhaft. Und erschreckend. Denn Tote bluten nicht. Conan lebte also noch, als ihm das angetan wurde.

Beängstigend, wozu Menschen fähig sind!, denke ich wütend und verbittert zugleich. Und das soll *ich* getan haben? Corentin ist noch perfider als die Inquisitoren in Rom, die eine Satansmesse im Pantheon für mich inszeniert und meinen Kater geschlachtet haben, um ihn auf den Blutaltar zu legen. Ein rotes Buch mit meinem Teufelspakt, darunter mein Name in Blut, ein Thron für Satan vor dem Altar, ein Stapel Grimoires, ein weißes Priestergewand, Hunderte von Kerzen, Weihrauch, Blut, der ganze Hokuspokus. Corentin geht noch weiter als die Inquisitoren, um mich in die Knie zu zwingen, noch viel weiter. Er würde mich persönlich bis zum Höllentor geleiten und die Stufen hinunterstoßen. Gott verfluche ihn!

Ich stehe auf und blicke auf Conan hinunter. Dann nehme ich die Kukulle aus schwarzem Wollstoff und breite sie wie ein Leichentuch über ihn.

Nun zu den Spuren. Ich trete einen Schritt zurück und betrachte das Sigillum und die Blutschrift zu Conans Füßen. ›Hoc arcanum sacerdotis sub luna et sol opus satanae est sic decem qui mihi per …‹

Das war's, der Rest ist unleserlich. Schwer zu sagen, wie viele Buchstaben Yannic und Robin verwischen konnten, bevor die anderen kamen.

Ich blicke zu Yannic hinüber. Er steht am Abgrund, dreht mir den Rücken zu und starrt aufs Meer hinaus. Weint er noch um seinen Freund, den er hätte retten können?

»Die Blutschrift scheint ein Anagramm zu sein.«

Père Yvain nickt. »Das hat Père Yann auch schon vermutet.«

Erneut lese ich den Text. »Und? Was bedeutet es?«

»Das würden wir gern von Euch wissen.«

»Irgendwelche Vorschläge?«

»Nur verschiedene mehr oder weniger absurde Satzkonstruktionen, bei denen jedoch immer Buchstaben übrig blieben, die also nicht die Lösung sein konnten.«

»Ich würde sie gern hören.«

»Frère Aimery, würdet Ihr der Contessa Colonna Euren Vorschlag vortragen?«

»Ja, Pater Prior«, ächzt er mit belegter Stimme, fährt sich mit dem Ärmel über den Mund und taumelt herüber. Sein Gesicht ist schweißüberströmt. Er räuspert sich. »Aus den Buchstaben lassen sich die Worte ›Deus Satanas Lucifer‹ bilden.«

»Die Dreifaltigkeit der Luciferianer.«

»Genau«, nickt Aimery.

»Frère Thierry!«, ruft der Prior den Nächsten auf.

Der Frater hebt sein Schreibtäfelchen und liest vor: »Secretum secretorum sub ara occulta … Das Geheimnis der Geheimnisse unter dem verborgenen Altar.«

»Frère Padric!«

»Pater Prior?«

»Euer Vorschlag!«, erinnert ihn Père Yvain sichtlich genervt.

Aus dem Augenwinkel nehme ich wahr, dass Yannic die Schultern hochzieht und sich zu mir umdreht.

Padric, der das ebenfalls bemerkt hat, druckst herum.

»Was ist?«

»Hab's verschusselt …«

»Wie war das?«

»Ich hab das Täfelchen abgewischt, als mein Vorschlag verworfen wurde«, nuschelt Padric. »Ich hab's vergessen!«

»Das darf doch nicht wahr sein!«

Lucien hebt die Hand, schnipst mit den Fingern und hopst dabei herum wie ein Sechsjähriger, der es nur noch mit knapper Not bis zu den Latrinen schaffen kann. »Ich weiß, was du gesagt hast, Padric, ich weiß es.«

Der Prior dreht sich zu ihm um. »Raus damit!«

»Hocuspocus meum et hicus …«

Yvain verdreht entnervt die Augen. »Père Lucien!«

»Ja, Pater Prior?«

»Haltet die Klappe!«

»Ja, Pater Prior«, murmelt Lucien enttäuscht.

»Und lernt endlich Latein! Da kriegt man ja das kalte Grausen.«

»Ja, Pater Prior. Yannic … ich meine Père Yann hat schon versucht, es mir beizubringen. Wir hatten richtig viel Spaß dabei. Und wir haben viel gelacht. Aber …«

»Seid still!«

Trotz ihrer Anspannung beginnen einige Fratres zu kichern.

»Ja, Pater Prior. Ich will nur noch sagen, dass es nicht Yannics … ich meine Père Yanns Schuld ist, dass ich …«

»Ruhe!«

Das Gelächter wird lauter und ausgelassener.

»Ja, Pater Prior«, nuschelt Lucien, woraufhin sich die ersten

Fratres prustend abwenden und sich die Tränen aus den Augenwinkeln wischen. »Yannic ... ich meine Père Yann hat sich wirklich Mühe gegeben, aber irgendwann hat er's dann doch entnervt aufgegeben ...«

Der Prior schnaubt. »*Das* kann ich mir vorstellen!«

Brüllendes Gelächter.

Lucien lächelt wie ein liebenswerter Trottel.

»Ruhe! Haltet Euch gefälligst an die Ordensregeln«, brüllt der Prior. »Und Ihr, Père Lucien, hört auf so albern zu grinsen!«

Lucien wendet sich mit ernster Miene um, zwinkert mir verschwörerisch zu und kehrt an seinen Platz zurück.

Ich glaub's einfach nicht! Was war denn das? Ein Ablenkungsmanöver? Wie auch immer, Padrics ›Hoc est corpus meum ...‹ ist jedenfalls erst einmal vergessen. Bleibt die Frage: Kennt Lucien die richtige Lösung? Aber wieso, wenn er doch kein Latein ... Ich stutze und suche seinen Blick.

Er strahlt mich an und spielt weiter den harmlosen Idioten. Dabei spricht er exzellent Latein, sonst hätte er das komplexe Anagramm mit mehr als fünfundsechzig Zeichen nicht lösen können, völlig ausgeschlossen. Es gibt Tausende von falschen Lösungen, die alle keinen Sinn ergeben. Aber nur eine richtige.

Ich erhasche einen Blick auf sein Schreibtäfelchen, das an einer Schnur von seinem Gürtel baumelt. Es ist abgewischt.

Nicht zu fassen, dieser verzogene Bengel hält sie alle zum Narren. Und amüsiert sich dabei köstlich. Aber wieso hilft er mir?

Yannic

Kapitel 42

Auf der Plattform des eingestürzten Westflügels
Viertel vor drei Uhr nachts

»Aufgemerkt!«, donnert der Prior, und es klingt, als stürze Stonehenge ein. »Wer nicht mit der Aufklärung des Mordes beschäftigt ist, nimmt Schiefertäfelchen und Griffel und versucht, das Anagramm zu lösen. Ich bin sicher, dass uns der Text einen Hinweis auf den Mörder gibt. Und der ist unter uns! Der Herr verfluche ihn! Père Corentin sprach vom ersten Siegel, das zerbrochen wurde. Das zweite Siegel schwebt über uns wie ein Damoklesschwert. Menschenleben sind in Gefahr. Also los!«

»Père Yann!« Alessandra winkt mich zu sich, und ich gehe zu ihr hinüber. »Père Yann, darf ich Euch als Zeugen befragen? Ihr habt Frère Conan als Letzter lebend gesehen.«

»Das stimmt.«

»Wo war das?«

»Im Kerker.«

»Ist das weit von hier?«

»Nur ein paar Schritte.«

Sie wendet sich zum Prior um, der unser Gespräch stirnrunzelnd verfolgt. »Père Yvain, ich möchte mir später den Kerker ansehen. Vielleicht finden sich dort weitere Hinweise.«

Yvain nickt missmutig. »In Ordnung.«

Alessandra sieht wieder mich an. »Frère Conan war Euer Freund.«

»Ja.«

»Wann habt Ihr ihn gefunden?«

»Vor einer Stunde.«

»In welchem Zustand?«

»Er war sehr aufgewühlt. Er weinte. Und er hatte Angst.«

»Wovor?«

»Das kann ich nicht sagen.«

»Weil es dem Beichtgeheimnis unterliegt?«

»Weil … Frère Conan sehr verwirrt war.«

»Inwiefern?«

»Er sagte: ›Die Hölle ist hier.‹ Er weinte dabei.«

»Was meinte er damit? Dass das Reich Satans hier auf dem Mont ist?«

»Ja.«

»Hatte er Angst vor der ewigen Verdammnis?«

»Nein.«

»Furcht vor dem Satan?«

»Nicht mehr als wir alle. Das Böse ist in dieser Abtei.«

»Todesangst?«

Ich schlucke trocken. »Ich dachte, er stirbt. Ich wusste nicht, dass er gerettet …«

»Schon gut. Glaubt Ihr an Gott?«

»Ich bin Priester.«

»Beantwortet meine Frage!«

»Ja, ich glaube an Gott.«

»Und die Vergebung der Sünden?«

»Ja.«

»Und den Satan und die Macht des Bösen?«

Ich zögere.

»Père Yann?«

»Ich glaube an die Macht des Bösen. Ich glaube, dass ein Einzelner imstande ist, eine Illusion zu erschaffen, die sich auf düstere Legenden stützt, einen kollektiven Wahn, eine Massenhysterie. Ich glaube an die Macht der archaischen Furcht vor Schatten. Und ich glaube an die Macht der Todesangst.«

»Und Satan?«

»Frère Conan wurde nicht von Satan ermordet. Sondern von einem Menschen aus Fleisch und Blut.«

»Wie kommt Ihr darauf?«

»Während ich die Treppe zum Dormitorium hinauflief, konnte ich hinter mir einen furchtbaren Schrei hören. Das war Frère Conan. Dann rief er einen Fluch: ›Möge Gott dich bis in alle Ewigkeit verfluchen! Was hast du getan?‹«

Aus den Augenwinkeln nehme ich wahr, dass Corentin erschrocken zusammenzuckt. Alessandra hat es auch bemerkt.

»›Was hast du getan?‹«, wiederholt sie.

»Ja.«

»Und was bedeutet das?«

»Keine Ahnung.«

»Habt Ihr die Stimme erkannt?«

Ich schüttele den Kopf.

»Eine Vermutung, was Frère Conan getan haben könnte, das mit dem Tod bestraft wird?«, provoziert sie Corentin mit voller Absicht.

»Nein.«

»Hat Frère Conan bei Euch gebeichtet?«

»Nein.«

»Wer war sein Beichtvater?«

»Père Corentin.«

»Ein Mensch aus Fleisch und Blut«, sinniert sie mit dem erhobenen Zeigefinger an ihren Lippen, wendet sich ab und geht einige Schritte, scheinbar in Gedanken versunken. Schließlich bleibt sie wieder vor mir stehen. »Das Böse ist nicht so geheimnisumwittert und schemenhaft, wie wir uns gern einreden wollen. Es ist immer da. Ich bin ihm schon begegnet.«

Ich weiß, worauf sie hinaus will. »In Rom?«

Alessandra nickt. »Im Vatikan.«

Corentin tritt neben uns, schiebt seinen Arm unter meinen, deutet auf Conans Leichnam und fragt sie: »Glaubt Ihr an den Satan, Euer Gnaden?«

»Das letzte Mal, als ich ihm in den Gewölben des Vatikans begegnet bin, hat er meinen Sohn erschlagen.«

Corentin schnauft unter seiner Maske. »Tut mir leid, das wusste ich nicht ...«

»Schon gut«, winkt sie ab. »Am Ende stellte sich heraus, dass die Inkarnation des Bösen ein blutdürstiger Dominikaner war, der mich aus Rache ermorden wollte und durch ein Versehen meinen Sohn tötete.«

»Ihr glaubt nicht an Satan?«, murmelt Corentin dumpf.

»Nein. Ich glaube an die Freiheit des Menschen und seine Unfähigkeit, damit umzugehen.«

Corentin nickt bedächtig – er wirkt enttäuscht und beunruhigt, dass sein hinterlistiger Plan nicht aufgehen könnte. »Glaubt Ihr an Gott?«, fragt er mit streitbarem Unterton.

»Mein Cousin war Stellvertreter Gottes auf Erden«, antwortet sie ruhig. Sie lässt sich von ihm nicht provozieren. »Mein Vater war ›der Richter Gottes‹. Mein Großvater war Condottiere, also Feldherr der Kirche. Mein Cousin Prospero ist Kardinal und vermutlich der nächste Papst. Die römische Kirche ist seit dreißig Jahren fest in der Hand der Colonna. Ich bin in einem goldenen Käfig aufgewachsen, habe an den Gitterstäben gerüttelt, die Unterwerfung verweigert, die Regeln missachtet und durch meinen Trotz den Unwillen Seiner Heiligkeit herausgefordert – aber am Ende, Père Corentin, bin ich, was ich bin. Der Papst schenkt mir sein Vertrauen und ernennt mich zu seiner Vikarin, zu seiner weltlichen Vertreterin im Kirchenstaat. Nach dreißig Jahren Kampf bin ich noch immer eine Gefangene Gottes.«

»Seid Ihr eine gläubige Katholikin?«

Sie schmunzelt. Offenbar hat sie die Frage erwartet. »Das ist eine Frage, die ich gern beim Abendessen mit Seiner Heiligkeit diskutieren werde. Er wird sich prächtig amüsieren. Bin ich eine gläubige Katholikin? Ich würde sagen: Nein. Dafür habe ich zu lange mit einem orthodoxen Mönch zusammengelebt, dafür habe ich mich während meiner Reisen zu sehr mit den anderen Glaubensrichtungen unserer vereinigten Kirche beschäftigt: denen der Byzantiner, der Syrer, der Armenier, der Kopten, der Äthiopier. Bin ich Christin? Ich würde sagen: Ja. Trotz meiner Ehe mit einem Juden, trotz meines jahrelangen Aufenthaltes im muslimischen Granada, wo mich der Sultan immer wieder gedrängt hat, zum Islam zu konvertieren. Aber überlassen wir die Entscheidung doch Seiner Heiligkeit. Ich werde ihn bitten, Euch sein abschließendes Urteil zukommen zu lassen.«

Corentin schnaubt. »Père Yann hat uns berichtet, dass Ihr in Rom Satansmessen gefeiert habt?«

»Ja, ich habe ...«

Ein Tumult bricht los, die Fratres machen ihrem Entsetzen Luft, und sie hat Mühe, sich Gehör zu verschaffen.

»Im Auftrag des Papstes habe ich einen Mord im Lateran untersucht«, erklärt sie mit fester Stimme. »Mit seinem Segen habe ich die Umstände des Todes eines Dominikaners nachvollzogen, der scheinbar nach einem Satanspakt zerfetzt wurde. Gemeinsam mit einem Inquisitor habe ich die Rituale vollzogen ...«

»Im Priestergewand!«

»... habe Satan angerufen ...«

»In der weißen Albe eines Papstes!«, dröhnt Corentin.

»... und habe vom Papst die Absolution erhalten!«, übertönt sie ihn.

»Die Absolution?«, höhnt er.

»Mit Brief und Siegel.«

»Incroyable!«

»Und die Moral von der Geschicht: Mit Satan paktiert man besser nicht! Denn wer erschien, als ich das Böse beschwor? Ein Dominikaner, ein leibhaftiger Inquisitor!«

Aimery will auf sie losgehen, aber Yvain hält ihn zurück.

Alessandra dreht sich zu ihm um. »Frère Aimery, falls ich Euch beleidigt habe, tut es mir leid. Zumal Ihr die Seiten gewechselt habt und nun zu den Guten gehört.«

Aimery knirscht wütend mit den Zähnen.

»Ihr kennt Euch also mit satanischen Ritualen aus?«, fragt Corentin.

»Ich kenne einige Grimoires.«

»Den *Schlüssel des Salomo?*«

»Mit diesem Buch habe ich die Satansmesse nachvollzogen.«

»Wie ist der Ablauf einer solchen Messe?«

»Alle Handlungen werden durch die Macht Gottes vollzogen, nicht durch die Macht Satans, wie von den Inquisitoren oft angenommen wird. Was die Menschen nicht begreifen, macht ihnen Angst. Alle Anrufungen sind an Gott gerichtet, nicht an Satan. Bevor die Messe gefeiert werden darf, muss der Zelebrant einige Tage fasten, um sich rituell zu reinigen, und eine Beichte ablegen, um dem Bösen zu entsagen.«

»Wie lautet der Text?«, bohrt Corentin nach.

»An den genauen Wortlaut kann ich mich nicht mehr erinnern. Aber die Beichte beginnt in etwa so: ›Herr, mein Gott,

Herrscher über Himmel und Erde, demütig bekenne und bereue ich in deiner Gegenwart meine Sünden, damit mein Feind, der Satan, keine Macht über mich hat und mich an meinem letzten Tag nicht verhöhnen kann. Allmächtiger Vater, gewähre mir durch deine Gnade die Macht, die Engel und Dämonen, die ich rufen werde, zu bezwingen.‹ Woraufhin der Priester, der die Beichte hört, das Kreuzzeichen auf die Stirn des Zelebranten malt und das ›*Ego te absolvo a peccatis tuis in nomine Patris et Filii et Spiritus Sancti*‹ spricht.«

Corentin nickt stumm.

»Die Vorbereitungen sind also aufwändiger als für eine Missa solemnis«, fährt sie fort. »Im *Schlüssel des Salomo* gibt es genaue Anweisungen für die Stunde, zu der eine solche Messe gefeiert werden soll, für die Anrufung der Erzengel und Engel, für die Konstruktion des magischen Kreises, in dem der Zelebrant während der Messe die Rituale vollzieht, für die Form der Beichte und des rituellen Reinigungsbades vor der Messe, für die Gebete zu Engeln und die Flüche gegen Dämonen, für die Konstruktion von Pentagrammen, für die innere Haltung – äußerste Konzentration. Dasselbe gilt für den Famulus, der bei der Messe assistiert. In meinem Fall war das Fra Santino de Angelis, ein Dominikanerinquisitor.«

»Er hat mit Euch die Satansmesse gefeiert?«

»Auf Wunsch des Papstes. Fra Santino war ein Exorzist.«

Erneut bricht ein Tumult aus.

»Ruhe!«, brüllt Yvain, aber es dauert eine Weile, bis alle sich wieder beruhigt haben und Corentin erneut das Wort ergreift:

»War ein Exorzismus nötig?«

»Nein.«

»Hattet Ihr Angst?«

»Nicht so viel wie Fra Santino. Er drückte mir ein gefaltetes

Pergament in die Hand. Der Zettel enthielt die Formeln für einen Exorzismus, mit Psalmen und Anrufung von Saint-Michel. Wenn er die ersten Anzeichen von Besessenheit zeigte, sollte ich ihn exorzieren.«

»Ihr ihn, den Priester?«

»Ja.«

»Ist es dazu gekommen?«

»Nein.«

»Ihr habt die Erzengel angerufen?«

»Das gehört zum Ritual.«

»Auch Saint-Michel?«

»Sicher.«

Wieder brandet wütendes Geschrei auf.

»Und ist Saint-Michel erschienen?«

»Nein.«

»Ihr habt ihn also nicht mit seinem Flammenschwert gesehen.«

»Satan war schneller als der Erzengel«, erklärt sie bissig. »Der Inquisitor in der Maske des Teufels erschien sehr bald, um seinen Komplizen, Fra Santino, aus der Satansmesse zu erlösen und um mich zu töten. Das Ganze war eine Verschwörung der Inquisitoren gegen mich.«

Corentin nickt bedächtig. »Ihr erwähntet die Konstruktion von magischen Kreisen und Pentagrammen.«

»Ja.«

»Ähneln diese Kreise demjenigen, das Frère Conans Leichnam umgibt?«

Alessandra blickt hinüber zu Conan. »Ja.«

»Inwiefern?«

»Das ist das Sigillum Dei, das im *Schlüssel des Salomo* auch das ›Große Pentagramm‹ genannt wird, wobei es in einigen Handschriften als ›Hexagramm‹ gezeichnet wird.«

»Also als sechszackiger Stern, nicht als fünfzackiger.«

»Genau.«

»Als Stern Salomos und Davids. Als jüdisches Symbol. So wie auf dem Amulett, das Ihr um den Hals tragt.«

»So ist es.«

»Woher habt Ihr es?«

»Ein Rabbi in Jerusalem hat es mir geschenkt.«

»Darf ich es sehen?«

Alessandra zieht das silberne Amulett unter ihrem Hemd hervor und zeigt es ihm. Corentin tritt ganz nah an sie heran und betrachtet es eingehend: »Das Sigillum Dei. Mein Hebräisch ist nicht sonderlich gut. Was bedeuten diese Zeichen?«

»›Niemand muss sich fürchten, der Gott an seiner Seite weiß.‹«

»Ah.« Corentin dreht das Amulett um. »Und das da?«

»Das ist der verborgene Name Gottes, der nicht ausgesprochen werden darf.«

»Lest ihn vor!«

»Nein.«

»Wieso nicht? Sprecht ihn aus, na los!«

»Nein.« Ihre Stimme ist hart geworden. Unnachgiebig.

»Ihr weigert Euch, den Namen Gottes auszusprechen?«

»Ja.«

»Wieso? Er ist heilig. Was habt Ihr zu befürchten?«

Darauf will er also hinaus! Im Judentum wird der Gottesname nicht ausgesprochen, sondern durch Adonai, der Herr, oder Ha-Schem, der Name, ersetzt. Sie dazu zu zwingen, den Gottesnamen auszusprechen, ist perfide. Mich überkommt es heiß und kalt. Habe ich nach meiner Rückkehr aus Rom erwähnt, dass ihr Vater, der Inquisitor, ein Jude war? Ich weiß es nicht, ich habe ihnen so viel erzählt, was damals in Rom geschehen ist, ich kann mich nicht mehr erinnern …

»Ich bin …«

»Sprecht den Gottesnamen aus!«, unterbricht er sie schroff.

»Nein!«, trotzt sie ihm.

Ich will eingreifen, aber Robin packt mich warnend am Ärmel. »Lass sie!«

»Ihr habt Angst!«, donnert Corentin.

»Das ist nicht …«

»Doch, Ihr habt Angst, das sehe ich! Was fürchtet Ihr? Gottes Zorn?«

»Nein!«

»Doch! Ihr fürchtet Gottes Zorn. Ihr seid besessen.«

»Nein!«

»Euer Blick ist irr! Ihr wütet! Am liebsten wollt Ihr um Euch schlagen! Das sind Zeichen von Besessenheit! Das Böse hat Euch in seiner Gewalt!«

Entsetzt beobachte ich, wie sich die Fratres bekreuzigen und ihre Brustkreuze vor sich halten.

»Sie ist besessen.«

»Sie huldigt dem Fürsten der Finsternis.«

»Sie ist eine Jüngerin des Satans. Das hat der Inquisitionsprozess doch bewiesen. Sie wurde zum Tode auf dem Scheiterhaufen verurteilt.«

In einer dramatischen Geste zieht sich Corentin den umgedrehten Crucifixus über den Kopf und hält ihn am ausgestreckten Arm vor sich, als wolle er die Mächte des Bösen bannen, die ihn zu überwältigen drohen. »Ein Dämon hat von Euch Besitz ergriffen.«

»Nein!«

»Satan hat Euch gezwungen.« Corentins Stimme wird immer lauter.

»Was?«

»Er hat Euch gezwungen, das Sigillum Dei mit Frère

Conans Blut auf den Boden zu malen. Nicht Ihr habt ihn ermordet, sondern Satan, der in Euch ist.«

»Das ist Schwachsinn!«, weist sie ihn scharf zurecht.

»Und er hat Euch gezwungen, die Blutschrift auf den Boden zu malen. Was bedeutet sie?«

»Woher soll ich das wissen?«

»Ihr habt sie doch geschrieben!«, brüllt er.

»Nein, das habe ich nicht!«, übertönt sie ihn noch.

»Warum steht dann Euer Name neben der Leiche?«

Plötzlich herrscht eine atemlose Stille.

Alessandra

Kapitel 43

Auf der Plattform des eingestürzten Westflügels
Wenige Minuten vor drei Uhr nachts

Ich schlucke trocken. »Mein Name?«

Corentin zieht etwas aus der Kukulle und hebt es über seinen Kopf, damit es alle sehen können. »Euer Notizbuch. Ich habe es im Gästesaal gefunden, als wir Euch suchten. Ich habe darin geblättert und war ... entsetzt ...«

Ich atme tief durch. Großer Gott, was steht da drin?

»Ihr habt Frère Conan ermordet. Unter der Macht des Satans!«, ruft Corentin.

»Das ist nicht wahr!«

»Ihr seid besessen!« Er schwenkt das Notizbuch über seinem Kopf und hetzt damit die Mönche gegen mich auf. »Ihr seid beherrscht vom Bösen!«

»Nein!«

Yvain tritt neben ihn und nimmt ihm das Büchlein aus der Hand, um darin zu blättern. Im Licht der Fackeln liest er die letzte Seite. »Mon Dieu!«, flüstert er erschüttert und nickt, als koste es ihn unendliche Überwindung, sich die Wahrheit einzugestehen, den Fratres zu, die ihn gespannt beobachten.

Gott, hilf mir!, denke ich und gerate langsam in Panik.

Ein wüster Tumult: Die Fratres recken die Fäuste und brüllen durcheinander. Entsetzt blicke ich mich um, als sie johlen:

»Herr, verfluche sie!«

»Vernichte die Feindin Gottes!«

Eine Stimme übertönt alle anderen: »Exorziert sie!«, fordert Abelard lautstark und spuckt aus. »Treibt ihr den Dämon aus!«

Corentin tritt vor mich, so nah, dass ich ihm in die Augen sehen kann. »Ihr seid besessen«, redet er nun in besänftigendem Tonfall auf mich ein.

Ich schüttele den Kopf. »Nein, das ist nicht wahr!«

»Die Satansmesse, die Ihr gefeiert habt, hat Euch zu seinem Opfer gemacht.« Seine Stimme senkt sich zu einem *rectus tonus*, also einem Singen in gleichbleibender Stimmlage. »Ihr seid gefährlich! Ihr wisst nicht mehr, was Ihr tut!«

»Ich bin …«

»Satan hat Macht über Euch.«

»Nein, hat er nicht.«

»Wir müssen Euch helfen, Euer Gnaden.«

»Nein, das …«

»Seid unbesorgt, wir werden Euch retten. Euch wird nichts geschehen.«

»Verschwindet!«

»Ganz ruhig, Euer Gnaden! Ich will Euch nichts tun. Nur dem Dämon in Euch.«

»Lasst mich in Ruhe!«

»Entspannt Euch! Ihr braucht all Eure Kraft. Der Kampf gegen den Satan wird sehr anstrengend.«

»Va au diable!«

»Mach ich, Alessandra. Ich bin schon beim Satan. Denn ich bin bei dir.« Er kommt immer näher, bis kaum noch eine Hand zwischen uns Platz hat. »Ganz nah bei dir, spürst du das? Ich will dir helfen.«

Ich stoße ihn so abrupt von mir, dass er taumelt und rückwärts zu Boden geht. »Du verfluchter Mörder! *Du* hast Conan getötet. Und all die anderen. Ich habe die Skizzen gesehen, die du mit ihrem Blut gemalt …«

Wütendes Geschrei übertönt mich:

»Herr, bestrafe sie für ihren Frevel!«

»Exorziert sie!«

Viele spucken auf den Boden. Ein wirksames Mittel gegen den Teufel.

Corentin richtet sich auf. »Packt sie! Haltet sie fest, sie ist gefährlich! Sie kann den Namen Gottes nicht ertragen. Ein eindeutiges Zeichen, dass sie von Satan besessen ist!«

Die Mönche kommen beunruhigt näher, der Kreis schließt sich. Sobald sie Schulter an Schulter stehen und den anderen neben sich spüren, werden sie mutiger. Und bedrohlicher.

»Packt sie!«, kreischt Corentin und rappelt sich auf. »Na los, worauf wartet Ihr?«

»Père Corentin!«, brüllt Yannic, um mich zu retten. Abelard rempelt ihn grob zur Seite, sodass Yannic gegen Padric prallt, der ihn jedoch auffangen kann. »Das ist doch Wahnsinn! Was tut Ihr! Sie ist nicht besessen, und das wisst Ihr genau! Ihr könnt sie nicht exorzieren!«

»Sei still, Yann!«, schreit Corentin. »Halt dich da raus!«

Jetzt! Ich presche zwei Schritte vorwärts, werfe mich mit voller Wucht gegen Corentin, der erneut rückwärtsstolpert und zu Boden stürzt. Ich reiße ihm die Maske herunter und verpasse ihm einen Schlag, der ihn vor Schmerz keuchen lässt. Die Gaze über seinem Gesicht verfärbt sich rot. »Du verdammter Mörder!«

Abelard packt mich an den Schultern und zerrt mich von Corentin weg. Die heranstürmende Horde feuert ihn durch wüstes Geschrei noch an und brüllt wild durcheinander:

»Hau ihr eins in die Fresse, na los, nun mach schon!«

»Ja, Abelard, mach sie fertig!«

Die Mönche wogen heran wie die zurückkehrende Flut. Arme packen mich von hinten, halten mich fest und heben mich hoch. Dolche werden gezogen. Das Gefolge des Erzengels wappnet sich gegen das Böse. Ich wehre mich verzweifelt, reiße einen Arm los und schlage panisch um mich, treffe Gesichter, Augen, Nasen, Lippen, verletze mich an einer scharfen Klinge, strampele wie eine Irre mit den Beinen, hänge mich an die Mönche, die mich beinahe fallen lassen, ziehe die Knie an und trete so fest wie möglich zu. »Lasst mich los!«

Jourdain presst sich beide Hände in den Schritt und sinkt röchelnd auf die Knie. »O Gott, sie hat mich …«, ächzt er vornübergebeugt mit weit aufgerissenen Augen. »Dieses Biest!«

»Haltet sie doch fest!«, brüllt Yvain, dessen Nase von einem meiner Schläge blutet. Er wischt sich das Blut mit dem Handrücken ab.

Einige Mönche beten mit gesenkten Köpfen und bekreuzigen sich.

Erneut kann ich meinen rechten Arm losreißen, taste panisch nach dem Dolch und ziehe ihn heraus.

»Sie ist bewaffnet!« Corentin setzt seine Maske wieder auf. »Nehmt ihr die Klinge ab! Sonst wird sie euch abschlachten wie Frère Conan. Sie ist besessen! Und gefährlich!«

Trotz des kalten Sturms rinnt mir Schweiß über die Stirn. Ich zittere am ganzen Leib. Und ich habe das Gefühl, dass sich mein Gesichtsfeld an den Rändern verdunkelt. Mein Herz rast, das Atmen fällt mir schwer, die Muskeln sind vom Kampf verkrampft, und die Panik verfinstert meinen Geist. Mein Blick huscht über die verzerrten Gesichter, die mich umgeben. Was kann ich tun, um mich zu retten?

Abelard entwindet mir den Dolch.

»Hört auf damit!«, brüllt Yannic und will etwas unter seiner Kukulle hervorziehen, aber Yvain packt ihn an der Schulter und stößt ihn grob zurück. Yannic gibt nicht auf: »Schluss jetzt! Hört auf damit, *sofort!*«

Robin und Padric stellen sich ihm in den Weg und halten ihn auf, als er auf Corentin losgehen will. »Yann, um Gottes willen! Setz nicht dein Leben aufs Spiel!«

Corentin bannt mich mit seinem Blick. »Warum wehrst du dich, Alessandra? Ich will dir doch nur helfen, dich befreien, dich retten. Vertrau mir!«

Mein panisches Schreien geht in Schluchzen über – ein entsetzliches Gefühl, als habe er mir den Dolch in den Leib gerammt und mich aufgebrochen wie Conan, um mein Innerstes herauszureißen. Und genau das tut er jetzt:

»Sei ganz ruhig, Alessandra«, redet er auf mich ein wie auf ein kleines Kind, das flennt, weil es sich beim Spielen das Knie aufgeschlagen hat. »Entspann dich! Ich will dir nicht wehtun!«

Schmerz, nichts als Schmerz und Verzweiflung und Angst.

O Gott, was tut er mir an?

Blindwütig trete ich um mich und schmettere meinen Fuß so hart ich kann gegen eine Schulter.

Piccolet fällt schreiend auf die Knie, beugt sich vornüber und hält sich mit schmerzverzerrtem Gesicht den Arm. »Sie hat mir den Arm ausgerenkt! Tut das weh!«

Ein Dutzend Hände packen mich, zerren mich mit erbarmungslosem Schwung von Piccolet weg und reißen an meinem Hemd, das an der Schulter aufklafft. Eine Sturzflut von Flüchen ergießt sich über mich. Abelard tritt nach mir und trifft mich in die Seite – ich ringe keuchend nach Atem, als ein Hagel von Tritten und Schlägen auf mich niedergeht.

Ich werde in die Tiefe gerissen von einem Strudel, der jeden vernünftigen Gedanken mit sich in die Finsternis reißt.

Armageddon. Und ich mittendrin.

Corentin wirft dem stöhnenden Piccolet einen kurzen Blick zu, dann redet er weiter besänftigend auf mich ein: »Sei still, Alessandra. Sei ganz ruhig. Alles wird gut!«

Einige Mönche singen leise einen Psalm, der zum Ritual des Exorzismus gehört: *»Gott wird sich erheben. Seine Feinde werden sich zerstreuen. Und die ihn hassen, werden fliehen vor seinem Angesicht.«*

Gefangen in der Hölle! Mit lauter verrückt gewordenen Mönchen, die mich exorzieren wollen, weil sie *mich* für besessen halten! Und keine Möglichkeit, die Abtei zu verlassen!

»Wie Rauch auseinandergetrieben wird, so treibst du, o Herr, sie auseinander. Wie Wachs vor dem Feuer zerschmilzt, so werden die Gottlosen umkommen vor dem Angesicht Gottes.«

Verzweifelt hasche ich nach den letzten Funken von Vernunft, die Sturm und Wahn mit sich zu reißen drohen.

»Aber die Gerechten werden sich freuen. Sie werden frohlocken vor dem Angesicht Gottes und jubeln vor Freude.«

Corentin tritt vor mich, während die Fratres den Psalm singen. Ihre Dolche funkeln im Licht der Blitze. Er schlägt das Kreuzzeichen über mir. »Der Teufel ist herabgestiegen. Er ist zornig, da er weiß, dass ihm nur eine kurze Frist gegeben ist. Das erste Siegel ist zerbrochen. Armageddon ist nah.«

»Schwachsinn! Das Ganze ist eine perfide Inszenierung!«, ächze ich und werde sofort zum Schweigen gebracht.

Abelard schlägt mir hart ins Gesicht: »Halt den Mund!«

Corentin packt ihn an der Schulter. »Lass sie, Abelard. Es ist nicht *sie*, die da spricht. Sondern derjenige, der in ihr ist und sie in seiner Gewalt hat. Tritt zurück, es geht los.«

Yvain hebt die Arme und scheucht die Fratres, die mich nicht festhalten, zurück. Schulter an Schulter bilden sie einen Kreis um mich – Flucht unmöglich.

»Haltet sie fest!« Corentin tritt vor mich, nimmt mein Amulett und hält es mir vor die Augen, sodass ich den Gottesnamen erkennen kann. »Lies!«

»Nein!«

»Sprich den heiligen Namen aus!«

»Verreck doch!« Ich trete mit aller Kraft zu, aber er springt zurück und weicht mir aus, sodass ich ihn nicht treffe.

»Gepriesen sei der Herr, Tag für Tag! Er trägt uns. Er ist unsere Rettung. Gott ist ein Gott der Erlösung. Er führt uns heraus aus dem Tod.«

»Gestehe, dass du Frère Conan ermordet hast!«

»Das war ich nicht!«

»Na gut, du hast recht. Es war der Dämon in dir. Warum hat *er* dich gezwungen, es zu tun?«

»Ich war es nicht!« Er macht wirklich Ernst! »Du warst es!«

»Nein!«, brüllt er.

»Doch, du warst es!«

»Seht ihr, der Dämon spricht aus ihr!«

»Du warst es, Corentin!«

»Yvain?«

Der Prior tritt zu Corentin und gibt ihm mein Notizbuch.

Ich halte den Atem an. Ein lähmendes Gefühl der Ohnmacht überkommt mich. Ich kann mich gegen ihn nicht wehren. Je heftiger ich um mich schlage, je lauter ich schreie, je mehr ich tobe, desto besessener bin ich doch! Gott verfluche diesen perfiden Mistkerl – die Falle war seit Monaten vorbereitet!

Ich bin gefangen. In der Hölle eines sich immer mehr ausweitenden und steigernden Wahns. Die Feuer der Angst und des Zorns sind seit Monaten geschürt worden. Sono pazzi questi frati – die Mönche sind völlig durchgeknallt …

Corentin schlägt das Büchlein auf und liest mit Donnerstimme vor: »*Hoc est corpus meum et hic est sanguis meus qui diabolo sacrificantur* … Dies ist mein Leib und das ist mein Blut, die dem Teufel geopfert werden …« Er macht eine dramatische Pause. »… *von Alessandra!*«

Das zornige Geschrei der Mönche und der lauter werdende Psalmengesang übertönen ihn beinahe.

Corentin deutet auf die Blutschrift um Conans Leichnam und wartet, bis sich die Fratres wieder einigermaßen beruhigt haben: »Du hast mit roter Tinte ›Du wirst sterben!‹ auf sein Schreibpult geschrieben – es ist deine Handschrift! Du hast dieses Anagramm verfasst! Du hast Frère Conan ermordet! Dein Name steht dort mit seinem Blut geschrieben!«

Yannic

Kapitel 44

Auf der Plattform des eingestürzten Westflügels
Wenige Minuten vor drei Uhr nachts

Die Hölle bricht los. Die Schlacht Gut gegen Böse hat begonnen. »Exorziert sie! Notfalls mit Gewalt!«

»Sie tut das Werk des Satans!«, kreischt Corentin.

Die Fratres stöhnen entsetzt auf. Der schon fast panische Psalmengesang verhallt im Toben des Sturms.

»Sie ist Liliths Tochter. Sie betet ihren Vater Lucifer an. Sie huldigt ihm, sie hat sich ihm unterworfen. Der Mord an Conan, ein blutiges Opferritual, strömt den stinkenden Schwefelgeruch des Satans aus. Gottes Gnade und Barmherzigkeit ist mit Blut besudelt, mit Füßen getreten, vergewaltigt und zurückgestoßen. Sie hat Gottes Gebote gebrochen und ist zum Antichrist geworden. Aber ihre unsterbliche Seele kann gerettet werden!«

Tosendes Geschrei, das jede Vernunft mit sich reißt.

»Helft mir, sie zu retten!«

Frenetisches Brüllen, stärker als der Sturm, dessen Böen uns fast umwehen.

»Im Namen Gottes und seines Sohnes Jesus Christus werden wir sie von dem Dämon befreien, der sie in der Gewalt hat! Haltet sie fest, sie wird mit gewaltigen Kräften um sich schlagen! Alle anderen zurück!«

Ma Doue!, was soll ich tun? Das ungläubige Entsetzen lähmt mich – Robin und Padric halten mich fest. Sie fürchten, ich könnte Corentins nächstes Opfer sein.

»Betet zu unserem Herrn Jesus Christus für die Erlösung ihrer Seele!«, ruft der maskierte Priester mit sich überschlagender Stimme, und einige der Fratres knien nieder, bekreuzigen sich und murmeln Gebete. Padric und Robin bleiben bei mir.

Corentin erschreckt mich zutiefst. Immer mehr erinnert er mich an Gilles de Rais. Der ehemalige Marschall von Frankreich wurde vor neun Jahren als Serienmörder hingerichtet. Der Waffengefährte von Jeanne d'Arc, der Held des Guerre de Cent Ans, ein gottesfürchtiger Mystiker, der zum berüchtigsten Todesengel wurde: Hundertvierzig Opfer, aber vermutlich noch viel mehr! Böses tun um des Guten willen? Wie Gilles de Rais ist Corentin de Sévérac in seinem exzessiven Rausch irgendwie auf die andere Seite geraten. Die dunkle Seite.

»Père Corentin!« Ich ziehe das päpstliche Breve aus meiner Kukulle, um Alessandra das Leben zu retten. »Corentin! Yvain! Abelard! Schluss jetzt, hört auf mit diesem Wahnsinn!«

Sofort werde ich niedergebrüllt. Geballte Fäuste drohen in meine Richtung.

Corentin wendet sich zu mir um. »Halt dich da raus, Yann!«

»Er hat recht, Yannic. Lass sie!«, mahnt Robin und packt mich am Arm.

Ich schüttele ihn ab und trete auf Corentin zu, doch der wendet mir den Rücken zu und beginnt mit dem Exorzismus: »Du hast Frère Conan ermordet. Welcher Dämon hat dich dazu angestiftet? Du kannst dich retten, Alessandra. Nenn mir seinen Namen! Dann kann ich ihn bannen!«

»Ich bin nicht besessen!«, schreit sie. In ihren Augen flackert namenlose Angst.

»Mein armes Kind«, beruhigt sie Corentin mit sanfter Stimme und berührt sachte ihr langes Haar, das sich während des Kampfes aus dem geflochtenen Zopf gelöst hat. »Auch jetzt hat er dich in seiner Gewalt.«

»Nein, das ist nicht wahr!«

Corentin spricht leise ein Gebet und bekreuzigt sich. »Im Namen des Vaters, des Sohnes und des Heiligen Geistes ... Alessandra, du musst mit ›Amen‹ antworten.«

»Nein!«

»Lasst sie in Ruhe!«, fordere ich energisch.

»Halt dich da raus, Yann!« Corentin fährt unbeirrt mit dem Ritual fort. »Wir bitten dich, allmächtiger Gott, segne uns in deiner Güte ... Gewähre uns die Gnade, durch die Gegenwart des Heiligen Geistes vor den Versuchungen des Satans beschützt zu sein. Durch Jesus Christus unseren Herrn ...«

Alessandra wehrt sich mit allen Kräften gegen die sechs Mönche, die sie auf den Boden drücken und festhalten, sie stöhnt vor Schmerz, reißt sich los, schlägt um sich und tritt zu. Sie sieht wirklich aus wie ... wie eine Besessene!

Sie leidet Höllenqualen, während Corentin sie exorziert. Die sonst weder Tod noch Teufel fürchtet, hat eine panische Angst. Die sonst so willensstark ist, ist am Ende ihrer Kräfte. Sie wehrt sich verzweifelt gegen die Dämonenbeschwörung. Für Corentin der Beweis, dass sie besessen ist, und die Rechtfertigung für sein perfides Handeln! Alessandra weint schluchzend – sie ahnt, dass dieser quälende Exorzismus noch nicht das Ende ist.

Corentin, du verfluchter Mistkerl!

»Nenn mir deinen Namen!«, übertönt er die schreienden Fratres, die sie nur mit Mühe festhalten.

»Ich bin Alessandra.«

»Deinen Namen, Dämon!«, beharrt Corentin.

»Alessandra di Luca d'Ascoli!«

»Deinen Namen, Dämon!«

»Ich bin nicht besessen!«

»Im Namen Jesu Christi, weiche zurück, Satan, Lucifer, Belial, oder wer immer du bist, Azazel, Azrael, Asmodai! Lass sie in Frieden!« Corentin beugt sich über sie, streicht ihr zärtlich über das wirre Haar und malt ihr das Kreuzzeichen auf die schweißnasse Stirn. Als sei er nicht nur Exorzist, sondern als fürsorglicher Beichtvater um ihre unsterbliche Seele bemüht, die er aus den endlosen Qualen des Höllenfeuers zu retten hofft. »Mein armes Kind!«

»Gott verfluche dich, Corentin!« Sie versucht sich aufzurichten, wird aber sofort wieder auf den Boden geschleudert. Raymond und Jourdain liegen schon fast auf ihr, um sie niederzuhalten. »Du bringst mich um!«

»Herr, erbarme dich ihrer!«, antwortet Corentin ungerührt. »Nimm mein Flehen gnädig an! Erlöse sie aus ihren Qualen!«

Alessandra sieht mich an, erkennt das Breve in meiner Hand. Hoffnung schimmert in ihren Augen, als sie Corentin anblickt. »Bete, Priester, bete! Für dein eigenes Seelenheil!« Erneut will sie sich aufrichten, doch Abelard kniet sich auf ihre Schultern und zwingt sie auf den Boden. Und kommt ihr damit zu nah. Trotz der Tritte in ihre Seite, reißt sie ihren Arm los, der Jourdain aus den Händen gleitet, und rammt Abelard die geballte Faust dahin, wo's so richtig wehtut.

Stöhnend beugt er sich vornüber, während Alessandra bereits die nächsten wuchtigen Schläge und Tritte austeilt – durch ihre jahrelange Vorbereitung auf die geplante Expedition durch die Wüste nach Timbuktu verfügt sie über eine erstaunliche Kraft.

»Haltet sie doch fest!«, brüllt Corentin.

»In Gottes Namen, hört auf mit diesem Irrsinn!« Ich dränge Corentin zur Seite, stoße Robin zurück, der mich aufhalten will, packe Jourdain an den Schultern, um ihn von ihr herunterzuzerren, kämpfe mich gegen Raymonds Fäuste zu ihr durch und helfe ihr auf. Sie taumelt gegen mich, fängt sich aber sofort wieder und wendet sich abrupt zu Corentin um.

»Père Corentin de Sévérac!«, herrscht sie ihn an und setzt sich resolut gegen das Geschrei der Fratres durch, die, aufgehetzt durch Corentin, glauben, Gottes Willen zu tun. »Was du mir angetan hast, wirst du an Leib und Seele büßen!«, droht sie ihm mit heiserer Stimme und wischt sich die Tränen aus dem Gesicht. »Kraft meines Amtes als päpstliche Sonderbevollmächtigte, das mir von Papst Nikolaus verliehen worden ist, erkläre ich diesen Hokuspokus für beendet. Als Vikarin mit Sondervollmacht unterstehe ich direkt dem Papst. Für mein Handeln habe ich mich nur vor ihm zu verantworten, und nur er kann über mich richten. Du kannst es nicht!«

»Der Dämon hat sie in seiner Gewalt!«, kreischt Corentin. Er scheint zu ahnen, was sie vorhat.

Und tatsächlich: Sie richtet sich auf, entreißt Yvain den Purpurmantel und legt ihn sich schwungvoll um die Schultern. »Kraft meines Amtes und meiner Macht, die mir von Papst Nikolaus verliehen worden sind«, verkündet sie unerbittlich mit fester Stimme, »und kraft dieses Dokumentes, das Seine Eminenz Kardinal d'Estouteville in Rom ausgefertigt hat, exkommuniziere ich dich, Corentin.«

Corentin stößt einen Schreckensschrei aus.

»Im Namen des allmächtigen Gottes, Vater, Sohn und Heiliger Geist, im Namen des Petrus, des Fürsten der Apostel, und im Namen aller Heiligen verbiete ich dir die Kommunion des Leibes und des Blutes unseres Herrn Jesus Christus. Ich verbanne dich aus der Kirche und verdamme dich ins ewige Feuer mit Satan und seinen Engeln. Corentin, du bist festgenommen, im Namen Seiner Heiligkeit. Kardinal d'Estouteville wird über dich richten. Gott sei dir gnädig.«

»Das kannst du nicht tun!«, übertönt Corentin nur mit Mühe das Höllenspektakel, das nun losbricht. »Du bist kein Pries ...«

»Doch, das kann sie.« Ich falte das Breve auseinander und halte es den verstörten Gesichtern der Fratres entgegen. Jourdain, der plötzlich aschfahl geworden ist, bekreuzigt sich. »Papst Nikolaus hat ihr Generalvollmacht verliehen und sie zu seiner Sonderbeauftragten ernannt. Das ist seine Unterschrift. Und das ist das Signum unseres Abtes, Kardinal d'Estouteville.«

Plötzlich ist es still, nur der Sturm tobt noch um uns herum.

Yvain reißt mir das Breve aus der Hand und wirft einen Blick darauf. »Das ist nicht die Vollmacht, die sie mir gestern gezeigt hat«, poltert er. »Kein Wort stand davon drin! Das ist doch Irrsinn! Eine Frau als päpstliche Sonderbevollmächtigte ... das ist so ...«

»... so, als ob eine Frau wie Jeanne d'Arc ein Heer führt, um Frankreich von den Engländern zu befreien?«

»Das ist Irrsinn!«, brüllt Yvain mich nieder. »Es gibt zwei Breves! Eines davon ist eine Fälschung!« Er zerreißt das Pergament in zwei Teile, die er emporschleudert, damit sie der Sturm fortwirbelt. »Dieses hier!«

»Du verdammter ...!« Ich will auf ihn losgehen, aber Robin und Padric packen mich und reißen mich mit Gewalt zurück.

»Sag mal, spinnst du?«, empört sich Padric. »Bist du jetzt völlig verrückt?«

»Padric hat recht«, mahnt Robin ernst. »Du riskierst dein Leben. Yvain und Abelard werden dich töten.«

»Beruhige dich, Yannic!«, wispert Padric, dann wendet er sich an Yvain. »Père Yann ist verwirrt, Pater Prior. Er steht unter dem Bann des Dämons, der Alessandra in seiner Gewalt hat.«

»Offensichtlich!«, knirscht Yvain. »Alessandra hat ihm seinen Verstand geraubt. Und sein Herz. Père Yann ist in sie verliebt.«

»Lass es gut sein, Yvain.« Corentin legt ihm beschwichtigend die Hand auf den Arm, dann wendet er sich zu mir um. »Yann, mein lieber Junge. Bitte beruhige dich. Ich ahne, was du für sie empfindest. Aber es darf nicht sein. Du bist Mönch. Und Priester. Du hast deine Gelübde vor Gott abgelegt. Lass ab von ihr! Sie schadet dir!«

Ich will etwas sagen, doch Padric umklammert meinen Arm. »Yann, um Gottes willen, sei jetzt still!«

Corentin, der offenbar verstanden hat, was Padric mir zugeraunt hat, wendet sich mit blitzenden Augen zu Alessandra um. »Nehmt sie fest!«

Alessandra wehrt sich erbittert, doch sie wird von sechs Mönchen festgehalten, die wütend auf sie einschlagen. Raymond und Jourdain zwingen ihre Arme auf den Rücken und fesseln sie mit einem ledernen Gürtel, während Alessandra nacheinander Yvain und Abelard exkommuniziert. »Der Bischof von Avranches wartet in der Prieuré de Genêts auf mich. Martin Pinard kennt das Breve des Papstes mit meiner Vollmacht. Er wird mein Urteil bestä...«

»Bringt sie endlich zum Schweigen!«, donnert Yvain. »Sie ist den Einflüsterungen des Satans erlegen! Sie darf uns nicht anstecken!«

Jourdain stopft ihr ein zusammengeknülltes Tuch in den Mund. Sie reißt die Augen auf und würgt.

»Mein Exorzismus hat nichts bewirkt«, gesteht Corentin und gibt sich müde und erschöpft vom Ringen mit dem Satan. »Der Dämon in ihr ist zu stark, ich bin zu schwach. Nun muss Gott selbst über sie richten.«

Ich stöhne entsetzt. »Ein Gottesurteil?«

Schon werde ich wieder niedergebrüllt, doch Corentin hebt gebieterisch den Arm, und sofort kehrt Ruhe ein. Abelard spitzt unwillig die Lippen, und auch Yvain passt es ganz und gar nicht, dass Corentin schützend seine Hand über mich hält.

Corentin sieht mich an und nickt bedächtig – als sei seine Seele von ängstlichen Sorgen um Alessandra zerrissen, als sei sein Gewissen gequält, wenn er jemanden bestraft, der seine schreckliche Tat nicht gestanden hat. Aber was soll er tun? Er sieht mir fest in die Augen, als läge ihm viel daran, mich von der Rechtmäßigkeit seines Handelns zu überzeugen. Nein, er kann sich auf keinen Kampf gegen sie in einem Prozess einlassen – er wird verlieren, wie die Inquisitoren in Santa Maria sopra Minerva, die sie exkommuniziert und ihres Amtes enthoben hat. Der Papst hat Alessandras Urteil bestätigt und die Inquisitoren, die an der Verschwörung gegen sie beteiligt waren, samt und sonders zum Teufel gejagt.

Gegen den Papst kann Corentin nicht bestehen, er wird ihn die Stufen zur Hölle hinabstoßen. Aber gegen Corentin, der Gott auf seiner Seite hat, der Alessandra exorziert, um sie mit einer eindrucksvollen Inszenierung seiner priesterlichen Macht doch noch aus den Klauen des Teufels zu retten, kommt wiederum der Papst nicht an. Ein gerissener Spielzug, das muss ich zugeben. Das Spiel ist zu Ende, der Sieger triumphiert. Ihn, Corentin, trifft keine Schuld an einem Urteil Gottes.

»Die Inquisition hat sie vor zwei Jahren zum Tode auf dem

Scheiterhaufen verurteilt. Aber der Papst hat sie aus dem Feuer gerettet«, sagt Corentin zu den Fratres, ohne mich dabei aus den Augen zu lassen. »Dieses Mal kann nur Gott selbst sie aus den tosenden Fluten retten.«

Allmächtiger Gott, steh ihr bei! Das ist ihr Todesurteil.

Alessandra

Kapitel 45

Vor dem Portal des Châtelets im Saal der Wachen
Gegen drei Uhr morgens,
kurz vor dem höchsten Stand der Flut

»Öffnet das Tor!« Yvains Stimme hallt wie ein Beben durch den Saal der Wachen. Der in Stufen ansteigende Raum im Châtelet, der sich zur Abteitreppe und zum Hof der Merveille öffnet, ist erfüllt vom aufgeregten Geschnatter der Mönche.

Ein lautes Krachen dringt durch den Saal. Der Riegel wird zurückgeschoben. Rumpelnd wird das Portal der Abtei von zwei Mönchen aufgeschoben.

Meine Hände sind gefesselt. Angstvoll wende ich mich zu Yannic um.

Ernst und eindringlich redet er auf Robin und Padric ein, doch die schütteln immer wieder den Kopf und wenden sich ab. Ich glaube, Yannic spürt, dass ich ihn ansehe, aber er weicht meinem Blick aus. Er kann mir nicht in die Augen sehen. Hat er sich von mir abgewandt? Hat er der tyrannischen Macht der hysterischen Masse nachgegeben, die Corentin hinterhertrabt? Ist er zum Täter geworden, um nicht selbst zum Opfer gemacht zu werden?

In diesem Augenblick hasse ich ihn von ganzem Herzen, ich kann nicht anders. Dieser Mistkerl!

Geschrei brandet auf, als Corentin die Stufen zum Portal

hinuntersteigt und vor mir stehen bleibt. Die Augen unter der Ledermaske schimmern wie schwarzer Obsidian. Tot. Und kalt.

»Hohin herhe ich hechracht?«, nuschele ich mit dem zerknüllten Tuch im Mund.

Er lacht nur, lässt mich stehen und geht zum Portal hinunter.

Jourdain packt mich an der Schulter und stößt mich vor sich her zum Tor des Châtelets.

Je weniger die Masse vernünftig denken kann, desto mehr handelt sie zu allem entschlossen. Entfesselte Massen fühlen die Verantwortung nicht mehr, denn die Gesamtschuld aller ist aufgeteilt. Das wirkt enthemmend und flößt dem Einzelnen das berauschende Gefühl von Macht, Recht und Unbesiegbarkeit ein. Die Herrschaft der Masse bedeutet immer nur Zerstörung, Auflösung und Anarchie. Und ist die entfesselte Masse erst einmal in Bewegung, ist sie kaum noch aufzuhalten.

Vorwärts gestoßen von Jourdain stolpere ich die lange und steile Treppe hinunter in den Hof des Châtelets. Über mir ragen die Zwillingstürme der Abtei in den wolkenzerwühlten Sturmhimmel. Vor mir, hinter einem Torbogen, führt Le Gouffre, der Höllenschlund, hinunter zur Grande Rue des kleinen Dorfes zu Füßen der Abtei: eine lange Treppe, die im Licht der Blitze tatsächlich in die tiefste Hölle hinabzuführen scheint.

Durch den Torbogen kann ich die Insel Tombelaine sehen, wie sie über dem sturmgepeitschten Meer zu schweben scheint. Und dahinter flackern die Sturmlaternen der Prieuré de Genêts.

Sir Eoghan Walleys. Wie lauteten die verschlüsselten Leuchtsignale, die von der Tombelaine an Jourdain gesendet wurden? Wo ist Eoghan jetzt?

Ich kaue auf dem Knebel herum. Wenn ich ihn mit Zunge und Gaumen zerdrücke, kann ich ihn vielleicht ausspucken.

Die Mönche versammeln sich im Hof wie zu einer Festprozession. Ihre Fackeln sehen aus wie die Flammen der Hölle. Aimery drückt Yannic einen brennenden Kienspan in die Hand. Er sieht mich immer noch nicht an.

Wie hat mein Vater damals geschrieben? ›Es steht dem Menschen frei, sich in seinem Denken und Handeln zu Gott zu erheben, um ihm ähnlich zu werden, oder zur teuflischen Bestie zu entarten. Das Böse steckt im Menschen selbst. In jedem von uns ...‹

Ich blicke mich um. Luca hatte recht: Als Teil einer enthemmten Masse steigt der Mensch, so gebildet und besonnen er auch sein mag, mehrere Stufen des Menschseins hinab und wird zur Bestie, die nur ihren Trieben gehorcht. Und diese Triebe schützen ihn vor Zweifeln. Ein Verdacht wird zur Gewissheit, Furcht und Verunsicherung werden zu loderndem Hass. Und lodernder Hass wird zu Gewalt.

Corentin hat sie völlig in seinen Bann geschlagen. Er missbraucht sie skrupellos, um mich zu vernichten. Er formt sie zu einem Wesen mit einer Seele und einem Ziel, sagt ihnen, wie sie denken, fühlen und handeln sollen, verwirrt ihren Verstand, macht ihnen Angst, entflammt ihre Leidenschaft, hetzt sie gegen mich auf und versteckt sich anschließend in einem gottesfürchtigen ›Wir‹, gegen das der Papst nicht ankommt.

»Hohin ringt ihr ngich?«, frage ich Aimery neben mir, als wir den Hof in westlicher Richtung verlassen und auf einem unbefestigten Trampelpfad oberhalb der spitzgiebeligen Schieferdächer des Dorfes an der Abtei entlanggehen.

Das Dorf scheint nur aus versetzt aneinandergebauten Dächern zu bestehen. Links windet sich eine steile Treppe an einem winzigen ummauerten Garten vorbei in eine schmale

Gasse zwischen zwei beinahe übereinandergestapelten Häusern. Unten in der Grande Rue und in den steilen Seitengässchen brennen nur wenige Sturmlaternen. Die Häuser sind dunkel. Die Montois schlafen. Genauso wie die königlichen Bogenschützen in der Maison de l'Arcade, die den Mont gegen einen Angriff der Engländer verteidigen sollen. Sie stehen unter dem Befehl des Bailli, des Stellvertreters von Louis d'Estouteville, der unten im Dorf lebt und oben in der Abtei ein Arbeitszimmer hat. Er arbeitet eng mit Yannic zusammen.

Ich blicke nach oben: Hoch über mir, jenseits der wogenden Wipfel, stößt die Residenz der Äbte bis hinein in die Sturmwolken.

»Ist nicht weit!«, nuschelt Aimery.

Ich lache trocken. Wie auch – auf einer Insel, die zweihundertfünfzig mal dreihundert Schritte groß ist?

Im Weitergehen wende ich mich um und blicke über meine Schulter zurück. In einer Zweierreihe folgen mir die Fratres mit ihren Fackeln. Lucien singt einen Psalm, und die anderen fallen in den frommen Gesang ein. Wie eine feierliche Prozession für Saint-Michel, denke ich. Nicht wie eine Hinrichtung.

Ein seltsam kaltes, lähmendes Gefühl strömt mit leisem Prickeln durch meinen Körper.

Der Weg führt noch hundert Schritte geradeaus, unter den Stützen des eingestürzten Anbaus hindurch, wo Robin und Raymond in diesem Augenblick Conans Leichnam in die Totenkapelle tragen. Dann windet er sich um den schroffen Granitfelsen herum und fällt steil ab zum Meer. Dort endet er an einer kleinen Hafenmole. Die gischtigen Wellen werfen sich gegen die Granitfelsen. Yannics Boot schwankt auf den Wellen und zerrt an der straff gespannten Kette, mit der es festgemacht ist.

Jourdain gibt mir einen Stoß in den Rücken und zeigt mir die Richtung: nach rechts.

Lucien drängt sich an ihm vorbei und fasst mich am Arm. »Ich führe dich.« Er strahlt mich an und nimmt mir den Knebel aus dem Mund. »Wir müssen über die Granitfelsen klettern, siehst du? Pass auf, das Moos ist glitschig.«

»Warum tust du das?«

Er antwortet nicht. Als ich ausrutsche, packt er mich und zieht mich hinter sich her zur Saint-Aubert-Kapelle, die mittlerweile von der Flut umspült ist.

Auf der ummauerten Terrasse vor der kleinen Kapelle aus Granit versammeln sich wenig später die Mönche, die nacheinander über die Felsen klettern, auf dem Hintern einen steilen Absturz hinunterrutschen und schließlich die schmale Treppe heraufkommen. Die Saint-Aubert-Kapelle ist eigentlich nur bei Ebbe über das Watt zugänglich.

Abelard hockt sich auf die Mauer, schwingt die Beine hinüber und gleitet hinunter auf einen nassen Felsen. Ein, zwei tastende Schritte nach rechts, in Richtung Kapelle, dann zieht er etwas an einer langen rostigen Kette heran.

Ich blinzele gegen den Sturm, der mir winzige Eiskristalle ins Gesicht weht. Es ist ein kleiner Käfig aus geflochtenem Draht. Eine Reuse für Krabben und Hummer.

»Steig auf die Mauer!«, befiehlt mir Corentin.

Lucien legt seinen Arm um mich und hilft mir hinauf.

Ich drehe mich zu Yannic um, aber er sieht mich nicht an. Mein Herz krampft sich zusammen.

Corentin blickt zu mir auf. »Gestehe deine Tat!«

Die ängstliche Sorge, ein Geständnis zu erhalten, ist nur zu verständlich. Der Papst wird ihm den Kopf abreißen.

»Ich habe nichts zu gestehen.«

»Widersage dem Satan, der dich in seiner Gewalt hat.«

»Ich bin nicht besessen. Ich bin unschuldig an Conans Tod.«

»Dann möge Gott dein Richter sein.«

»Und deiner, Corentin de Sévérac. Möge er sich deiner verdammten, verrottenden Seele erbarmen.« Ich nicke zum überwucherten Felssturz hinter ihm. »Ich habe Vittorinos Leichnam gefunden. Und sein Notizbuch.«

Er stößt einen bretonischen Fluch aus – wie gern hätte ich jetzt seine Höllenfratze gesehen, ohne Gaze, ohne Maske.

»Abelard!«, faucht er wütend. »Steck sie in den Käfig!«

Der Frater zieht die tonnenförmige Reuse aus den Wogen und wuchtet sie neben sich auf einen Felsgrat. Im Innern des festen Drahtgeflechts hängen Reste von Makrelen als Köder – der ölige Gestank ist trotz des Sturms ekelerregend. Zwei große gefleckte Hummer richten sich auf, recken ihre langen Fühler und spreizen kampfbereit ihre kräftigen Scheren.

Abelard will sie aus der Reuse nehmen, aber Corentin winkt ab. »Lass sie drin. Dann hat sie ihren Spaß und fühlt sich nicht so allein.« Mit seinen Händen deutet er das schmerzhafte Zwicken von Hummerscheren an und lacht hämisch.

Ich fluche leise. Kein Vergleich zu dem Attentat auf Yared und mich in Jerusalem, als der Assassino uns giftige Skorpione unter die Bettdecke schob, aber auch nichts für ein empfindliches Gemüt. Die Reuse ist groß genug für Hummer, jedoch nicht für einen Menschen, der sich in der Enge des Drahtgeflechts mit gefesselten Händen gegen die kräftigen Scheren nicht wehren kann.

»Na los, rein mit dir!« Abelard hält die Klappe aus geflochtenem Draht auf und hilft mir, als ich auf den tonnenförmigen Käfig klettere und umständlich mit den Füßen voran durch die enge Öffnung an der Oberseite hineingleite. Sobald ich mit angezogenen Beinen und hinter dem Rücken verschränkten Armen auf dem Boden kauere, schließt er den verrosteten Metallriegel, den ich von innen kaum erreichen kann. Und mit gefesselten Händen schon gar nicht.

»Und ab mit ihr!«, kommandiert Corentin, der sich weit über die Mauer lehnt, um an Abelard vorbei zu mir herübersehen zu können. Der eine Hummer stürzt sich sofort mit seinen Scheren auf meine Reitstiefel, der andere marschiert bereits an meinen Beinen nach oben.

Verdammt! Der Hummer hat mein Knie erreicht, guckt mich aus schwarzen Stielaugen an und schwenkt drohend seine Scheren.

»Lass sie hinunter ins Wasser!«, befiehlt Corentin.

»Schon dabei!« Abelard packt die rostige Kette, stemmt sich mit dem Fuß gegen den Käfig und lässt ihn langsam zur Seite kippen, bis ich mit dem Kopf nach unten über den gischtigen Wellen hänge. Salzwasser spritzt mir ins Gesicht und dringt in Mund und Nase. Sofort muss ich husten.

Ich blicke in die dunkelgrauen Wellen. Die Farbe des Wassers lässt mich an Kälte und an einen langsamen Tod denken.

»Wie tief ist es?«, keuche ich.

»Noch nicht tief genug«, zischt Abelard, während er mich langsam an der Kette hinunterlässt. »Aber das wird sich schnell ändern. Der höchste Stand der Flut ist gegen Viertel nach drei. Wenn wir nach der Vigil zurückkommen.«

»Ich kann's kaum erwarten!«, knirsche ich mit salzigem Sand zwischen den Zähnen.

Er lacht trocken. »Kann ich mir denken! Und los geht's!«

Mühsam wende ich den Blick und spähe hinauf zur Terrasse vor der Kapelle, wo sich die Mönche die Köpfe verrenken, um zu sehen, wie Abelard mich ins Wasser hinablässt. Sie sehen ernst aus. Wie bei einem Begräbnis.

Yannic lehnt an der Mauer und schaut hinaus aufs Meer. Padric hat ihm den Arm um die Schultern gelegt und redet auf ihn ein.

Mit einem Ruck senkt sich mein Käfig in die Fluten. Die Wellen, die gegen den Granitfelsen der Saint-Aubert-Kapelle branden, schwappen über mich hinweg. Der Hummer an meinem Bein wird weggespült und landet zwischen meinen Füßen. Ich trete nach ihm, verfehle ihn jedoch. Dann schnappt eine Schere in meine Stiefelspitze. Tut das weh!

Die Reuse sinkt tiefer ins Wasser, prallt weich auf den Sandboden, schwankt unter dem Aufprall einer Woge, gleitet einige Fußbreit über den aufwirbelnden Sand und droht zu kippen und mich unter die Wasseroberfläche zu reißen. Doch ich stemme die Beine ins Drahtgeflecht und werfe mich in die Gegenrichtung. Der Käfig bleibt aufrecht stehen. Mühsam richte ich mich in der engen Reuse auf, die Beine angewinkelt, der Rücken gekrümmt, die Schultern verdreht. Aber der Kopf ist über Wasser – noch!

Ich blinzele mir das Meerwasser aus den Augen. Corentin blickt zu mir herunter und schlägt das Kreuzzeichen. »Gott steh dir bei!«

»Du Todesengel! Meine Rache wird furchtbar sein!«

Lachend wendet er sich ab, steigt die Treppe hinunter und lässt sich von Jourdain die steile Felsklippe hinaufhelfen, um über die Granitfelsen in die Abtei zurückzukehren. Nach und nach verschwinden die Fackeln von der kleinen Plattform vor der Kapelle, nur ein Schatten bleibt in der Finsternis zurück.

Yannic lehnt sich gegen den Sturm und blickt zu mir herab. Padric, der schon die Treppe hinabgestiegen ist, kehrt zu seinem Freund zurück, legt ihm den Arm um die Schultern, zieht ihn mit sanfter Gewalt von der Brüstung weg und redet auf ihn ein. Nach einem letzten Blick zu mir folgt ihm Yannic, klettert den schroffen Granitfelsen hinauf, wendet sich ein letztes Mal zu mir um und verschwindet.

Ich bin allein.

Nein, nicht ganz. Die Hummer paddeln um mich herum.

Das Meer kommt mit brutaler Gewalt, unaufhaltsam steigt das Wasser, das mir, wenn ich den Kopf zurücklege, bis zu den Lippen reicht. Mit Wucht branden die Wellen über mich hinweg, und jedes Mal atme ich das Salzwasser durch Mund und Nase ein. Viertel nach drei ist High Tide. Und wie spät ist es jetzt? Wie lange bleibt mir noch, bevor ich ertrinke?

Gottesurteil – von wegen! Wenn ich das hier überlebe, kann Corentin sich auf was gefasst machen!

Der Schwung des tosenden Wassers reißt mich herum, schleudert mich durch den engen Käfig. Würgende Panik steigt in mir auf, und mein Blut gefriert zu Eis. Als ich verzweifelt aufschluchze, schlucke ich erneut Wasser und muss husten.

Im Donnern des Gewittersturms kriecht die Flut unaufhaltsam an den moosüberwucherten Felsen hinauf – der größte Tidenhub der Welt! Das Wasser steigt so schnell!

Einer der Hummer krabbelt an meinem rechten Arm empor. Ich werfe mich gegen das Drahtgeflecht und versuche ihn an den Maschen abzustreifen, doch vergeblich. Er rammt mir seine Scheren in den Oberarm. Ich schreie vor Schmerz und schlucke erneut Wasser.

Als ich panisch nach dem anderen trete, gleite ich auf dem verwobenen Metall aus und sinke unter die Wasseroberfläche.

Es ist dunkel um mich. Und laut. Das aufgewirbelte Wasser dröhnt in meinen Ohren. Und dann passiert es: Unter dem Druck einer Woge neigt sich die Reuse zur Seite und richtet sich nicht wieder auf, weil sie offenbar im lockeren Sand feststeckt. Ich kann nicht mehr atmen! Panisch unterdrücke ich einen Schrei. Ich reiße die Augen auf und blicke mich hektisch um. Sand wirbelt auf und wabert wie Nebel um mich herum.

Ein Schatten treibt auf mich zu, ein dunkler Schemen vor der Schwärze des Meeres. Was ist das? Verfilztes Portulak von den von tiefen Prielen durchzogenen Salzwiesen, wo die Salzlämmer weiden? Ein Geflecht aus Wurzeln aus den mückenverseuchten Sümpfen rings um die Bucht? Ein Schwarm Fische? Oder aufgewirbelter Sand? Oder …

Es kommt direkt auf mich zu! Es lebt!

Yannic

Kapitel 46

Auf der Abteitreppe
Gegen drei Uhr morgens

Traurig hebe ich meinen Dudelsack auf und presse ihn an mich, dann raffe ich meinen Habit und nehme die letzten Stufen der Abteitreppe hinauf zur Kirche. Wie gelähmt stoße ich das Portal auf und gehe durch das dunkle Seitenschiff, um die endlose Treppe zur Totenkapelle hinabzusteigen.

»Père Yann!«, weht es leise durch das Labyrinth der Gänge.

In der Tür der Chapelle Saint-Étienne bleibe ich stehen und bekreuzige mich. Conan liegt mit gefalteten Händen auf dem als Katafalk geschmückten Sarkophag. Robin und Raymond haben ihn aufgebahrt. Der Anblick meines Freundes treibt mir die Tränen in die Augen. Ich muss schlucken, während ich vortrete und seine steifen, kalten Hände in meine nehme. Auf dem Weg in die Hölle habe ich dich bald eingeholt, Conan.

»Père Yann? Die Vigil!« Der Significator Horarium läutet die Glocke, die mich zum Stundengebet rufen soll. *»Père Yann!«* Sie suchen mich.

Ich richte mich auf, drücke Conans Arm, als lebte er noch, und verlasse die Totenkapelle, um die Stufen zur Krypta Notre-Dame-sous-Terre hinaufzugehen.

»Yannic?« Robins beunruhigte Stimme hallt mir entgegen.

Die Weihrauchschwaden aus den Räuchergefäßen vor dem Portal der Krypta sind so undurchdringlich wie die Herbstnebel über der Bucht. Und so dicht, dass sie mein Gefühl, als sei ich gelähmt, noch zu verstärken scheinen.

Unter meinen Sandalen rascheln und knistern die herausgerissenen Seiten meines Breviers.

Ich verharre mitten in der Bewegung. Reglos bleibe ich einen Augenblick auf den Stufen stehen, horche angespannt und taste nach der Münze mit Saint-Michel unter meinem Skapulier. Plötzlich fühle ich mich beobachtet.

»Yannic! Um Gottes willen, wo steckst du?« Padric. In großer Angst. Fürchtet er, ich könnte ermordet werden?

Ich lausche dem verklingenden Echo und gehe langsam weiter die Treppe hinauf.

Dann geschieht es! Wie eine schwarze Fledermaus schießt plötzlich ein Schemen aus einem Torbogen links von mir und prallt mit Wucht gegen mich. Sein Gesicht liegt im Schatten der Kapuze, sodass ich ihn nicht erkennen kann, während ich seitwärts taumele, über die erste Stufe stolpere, das Gleichgewicht verliere und mit hochgerissenen Armen rückwärts die Treppe hinunterstürze. Während ich die Stufen hinunterpurzele, reiße ich mit meiner Kukulle die Kerzen um, die die Seiten meines Breviers in Flammen setzen.

Der Attentäter folgt mir. Aus dem Augenwinkel nehme ich das Funkeln eines Dolches wahr.

Es ist so weit!, schießt es mir durch den Kopf. Er wird mich töten!

Als ich mich benommen von dem Aufprall aufrichten will, um mich gegen ihn zur Wehr zu setzen, beugt er sich über mich und versetzt mir einen Schlag gegen den Hals, der mir die Sinne schwinden lässt. Als wäre ich betrunken von Robins Whisky.

Ich kämpfe verzweifelt dagegen an, nicht in die Bewusstlosigkeit wegzugleiten. Ich versuche, die Hand zu heben, aber sie ist wie am Boden festgenagelt.

Der gesichtslose Schemen kniet neben mir nieder und tastet meine Kukulle ab.

Mein Dolch.

Er zögert, dann lässt er ihn stecken. Wieso tut er das?

Vittorinos Notizbuch!

Er zieht es mir aus der Tasche, blättert hastig vor und zurück, dann reißt er mit einem Ruck die Seiten heraus, faltet sie zusammen und steckt sie ein. Das zerrissene Büchlein schiebt er mir wieder in den Habit.

Dann verschwindet er.

Verzweiflung überkommt mich. Alessandra braucht die Notizen, um das Testament des Satans zu finden.

Alessandra ...

... in den tosenden Fluten ...

... tot ...

... wie Rozenn ...

Heiße Tränen rinnen mir aus den Augen.

Das ist das Letzte, was ich spüre.

»Yannic! Um Gottes willen!«, hallt eine Stimme in die Finsternis in mir. »Yannic! Hörst du mich?«

Als ich flatternd die Augen aufschlage und ins grelle Licht blinzele, kniet Padric neben mir.

Alessandra

Kapitel 47

In der Hummerreuse vor der Saint-Aubert-Kapelle
Gegen drei Uhr morgens

Der Schatten flitzt direkt auf mich zu!

Ich blinzele mir den Sand aus den Augen, werfe mich gegen den geneigten Käfig, den ich jedoch nicht aufrichten kann, um wieder atmen zu können. Von panischem Schrecken ergriffen lasse ich einige Luftblasen aus meinem Mund entweichen, die blubbernd an die tosende Wasseroberfläche steigen.

Er wird immer größer, immer bedrohlicher!

Dann ist er direkt vor mir und guckt mich durch die Drahtmaschen hindurch an.

Ein Delfin.

Er wendet sich ab, schnellt durch das brodelnde Wasser, verschwindet hinter mir und taucht vor mir wieder auf, um neugierig in den Käfig zu spähen. Hektisch versuche ich, meine Hände aus den sich im Salzwasser weitenden Lederfesseln zu winden.

Der Delfin gibt klickende Geräusche von sich.

Endlich kann ich eine Hand befreien. Ich packe den Hummer, der neben meinem Kopf herumschwimmt und stoße ihn nach unten gegen das Drahtgeflecht des Käfigbodens. Eine Schere zwickt in meinen Stiefel und reißt ein Loch hinein.

Mir geht die Luft aus. Ich muss auftauchen und atmen, aber ich kann nicht.

Mit der Schulter werfe ich mich gegen das Drahtgeflecht. Umsonst! Ich kann es nicht öffnen.

Ich muss atmen! Sonst ertrinke ich!

Nochmal! Mit voller Wucht pralle ich gegen das Drahtgeflecht. Nichts.

Nicht aufgeben, Sandra! Versuch es noch einmal! Du schaffst es!

Der Delfin schießt in die Dunkelheit davon, kommt jedoch gleich wieder zurück.

Eine Welle braust über mich hinweg, dann strömt das Wasser vom Ufer zurück. Die Reuse schwankt hin und her. Ich muss mein Gesicht gegen das Maschengeflecht pressen, um noch Luft holen zu können.

Leise vor sich hinklickend, dreht der Delfin eine Runde um meinen Käfig, dann taucht er ab und ist verschwunden.

Ich blicke mich um, ob ich ihn irgendwo entdecken kann. Entsetzt reiße ich die Augen auf!

Nein, nicht das!

Ein Mascaret, eine gewaltige Gezeitenwoge, rollt auf mich zu. Je näher sie kommt, desto höher scheint sie zu werden.

Das ist das Ende.

Yannic

Kapitel 48

Vor der Treppe zur Krypta Notre-Dame-sous-Terre
Kurz nach drei Uhr morgens

»Yannic! Um Gottes willen!« Als ich flatternd die Augen aufschlage, beugt sich Padric über mich. »Wer hat dir das angetan?«

»... nicht gesehen«, bringe ich unter Mühen hervor.

»Bist du verletzt?«

Ich schüttele den Kopf. Mir ist, als wäre ich betrunken.

»Warte, ich helf dir!« Padric packt mich bei den Schultern und stemmt mich hoch in eine sitzende Position. »Geht's?«

»Nein.«

»Gut.« Er hilft mir auf die Beine. »Komm jetzt. Alle warten auf dich. Das Gebet soll beginnen.«

»Lass mich, Padric. Ich muss zu Alessandra ...«

»Vergiss es. Das darfst du nicht.«

Wer sich dem gemeinschaftlichen Stundengebet entzieht, begeht eine schwere Sünde und muss bei der nächsten Beichte vor Gott und seinem Beichtvater Rechenschaft ablegen. Diesen Gehorsam habe ich bei meiner Priesterweihe feierlich gelobt.

»Padric, die Flut steigt. Alessandra wird ster ...«

»Yvain will, dass du an seiner Stelle die Vigil hältst.«

Ich taumele gegen ihn und lege meine Stirn an seine Schulter.

»Yann … Yann, um Gottes willen! Sei vernünftig! Du kannst sie nicht retten!«

Mit dem Ärmel wische ich mir die Tränen aus dem Gesicht.

Padric lässt mich nicht aus den Augen. »Geht's?«

»Nein.«

»Komm schon.« Er legt sich meinen Arm um die Schulter und zerrt mich die Stufen hinauf ins Promenoir.

Im Cachot du Diable, dem Vorraum zur Krypta Notre-Dame-des-Trente-Cierges, haben sich unsere Konfratres bereits zu einem besinnlichen Augenblick reglosen Wartens im dunklen Raum vor der Kapelle formiert. Dreiundzwanzig gestaltlose Schemen, jeder an seinem Platz in der Zweierreihe längs der Wand, dem Licht zugewandt. Das Licht der dreißig Kerzen, das durch die offene Tür fällt, taucht ihre gesenkten Gesichter unter den Kapuzen in ein düsteres Licht.

Ich will zu meinem zugewiesenen Platz in der Ordnung unseres Klostereintritts neben Robin, Padric und Jourdain gehen, als sich Corentin, der ganz vorn hinter dem Prior steht, sich zu mir umwendet. »Père Yann?« Er macht eine einladende Geste in Richtung der Tür. »Führe uns zur Vigil in die Kapelle!«

Ich zögere. »Das ist die Aufgabe des Priors.«

»Oder des Subpriors. Seit dem Tod von Frère Geoffrey hat Père Yvain keinen Stellvertreter. Wir haben abgestimmt, Yann. Deine Buße und deine Trauer um Rozenn sind ab sofort beendet. Wir alle sind der Meinung, dass du dem Erzengel lange genug als einfacher Mönch in tiefer Demut und selbstauferlegter Erniedrigung gedient hast. Und dass du dem Konvent auf dem Saint Michael's Mount ein ausgezeichneter Prior warst. Du bist jetzt unser Subprior.«

»Mylord, wenn ich bitten darf!« Robin versetzt mir einen Stoß, der mich taumeln lässt.

Padric packt mich bei den Schultern und schiebt mich unerbittlich vor sich her zu Corentin, der mich mit Yvain und Abelard erwartet.

Die Glocke ruft zum Gebet.

Corentin nickt mir zu.

»Benedicite!«, murmele ich.

»Dominus!«, antworten mir meine Konfratres.

Zögernd gehe ich an Corentin vorbei und betrete die hell erleuchtete Krypta. Weihwasserbecken. Kapuze und Bonnet abstreifen. Bekreuzigen. Eine Wendung, ein Kniefall. Dann stehe ich vor dem Altar und beobachte die anderen, die sich in absoluter Lautlosigkeit in zwei Reihen vor der halbrunden Altarnische aufstellen.

Es ist wie in einem Traum. Einem Horrortraum.

Noch nie war ich Gott ferner.

Mein Brevier liegt zerfetzt auf den Stufen von Notre-Dame-sous-Terre. Ich muss die gesamte Liturgie der Vigil auswendig hersagen. Ich weiß, wie ich meine Hände halten soll, wie ich mich verneigen muss, wie ich die Psalmen zu singen habe, wie ich den Friedenskuss gebe …

Ohne nachzudenken, spule ich meinen Text ab.

»Herr, öffne meine Lippen, damit mein Mund dein Lob verkünde …«

Das Invitatorium.

Ein Psalm.

»Venite exultemus. Kommt, lasst uns jubeln vor dem Herrn und jauchzen vor dem Fels unseres Heils …«

Die Antiphon, der liturgische Wechselgang zur Psalmodie.

»Venite adoremus. Kommt, lasst uns ihn anbeten …«

Ein Hymnus.

Welcher?

Heute ist das Fest von Saint-Michel. Also die lange Liturgie.

Die Form der Stundengebete soll ein kollektives Bewusstsein schaffen. Ein Gefühl der Einheit. Eine Gewissheit, dass das Ganze größer ist als die Summe seiner Teile.

Noch nie war ich dem Ganzen ferner.

Subprior? Nein, ich gehöre nicht mehr dazu, ich bin keiner mehr von ihnen.

Ich bin verloren, denke ich verzweifelt. Gott ist nicht da. Ich bin allein in der Finsternis. Gefangen im Sog des Untergangs.

Noch nie war ich mir selbst ferner.

Die dreißig Kerzen hinter mir auf dem Altar flackern im Luftzug, als einer der Schatten mit gesenktem Kopf die Krypta verlässt. Es ist Raymond. Weint er?

Der Gesang meiner Mitbrüder klingt schwerelos, wie in engelsgleicher Harmonie.

Aber ich spüre kein mystisches Glücksgefühl. Die Macht des Wortes und die Erhabenheit der gregorianischen Gesänge berühren mich nicht mehr.

Die Nokturnen.

Auswendig sage ich meinen Text auf.

Yvain beobachtet mich. Es passt ihm nicht, dass ich seinen Platz einnehme. Warum hat er sich Corentin gefügt?

Die Cantica.

Lob und Dank, Vertrauen und Bitte, Trauer und Freude, Buße und Glaubenszuversicht.

In mir ist keine Glut der frommen Andacht. Kein Vertrauen.

Nur Trauer. Und Finsternis.

Mein ganzes Leben ist in einer einzigen Nacht über mir zusammengebrochen, und ich schaffe es nicht, mich unter den Trümmern herauszuwühlen, um mich zu retten.

Nein, der Mont-Saint-Michel ist nicht mein Berg der Verklärung. Er ist ein Schlachtfeld. Ein Kampf zwischen Himmel und Hölle, zwischen Gott und Satan.

Ein Ringen zwischen Herz und Verstand. Zwischen Schuld und Sühne. Zwischen einem heiligmäßigen Leben als Mönch und der erbarmungslosen Opferung eines geliebten Menschen und aller Empfindungen von Leidenschaft und Liebe.

Die Lesung aus der Offenbarung des Johannes:

»Und es entstand ein Kampf im Himmel. Der Erzengel Michael und seine Engel kämpften mit Satan, dem Verführer der Welt, der mit seinen Engeln auf die Erde geworfen wurde. Und sie haben ihn besiegt.«

Wo ist der Arc'hael Mikael? Ist er am Ende doch dem Satan unterlegen?

Der getragene Gesang des Te Deum, während die großen Glocken der Abteikirche läuten.

Und wo ist Gott?

Die Responsorien und Psalmodien rauschen wie ein Sturm an mir vorbei, in dem mir Lucien zum Führer wird. Irgendwann nimmt er mir einfach die Heilige Schrift aus der Hand, legt mir die Hand auf die Schulter und schiebt das Buch zurück auf den Altar. Dann kehrt er an seinen Platz zurück.

Während der Hymnen huscht Tyson in die Krypta und verkrümelt sich an seinen Platz vor dem gusseisernen Kerzenständer unterhalb der Statue der Maria mit Kind, der ›Mutter der Gnade‹, neben der Altarapsis. Er streckt sich und schließt die Augen.

Am Ende das Gebet.

Ich spüre Corentins Blicke.

Was soll ich ihnen sagen? Was kann ich ihnen mit auf den Weg geben?

Ich bin leer.

Aber nicht für Gott.

Eine ungestillte Sehnsucht erfüllt mich. Jemand anderes nimmt seinen Platz wieder ein.

Rozenn.

Mein Herz krampft sich schmerzhaft zusammen, als ich mich erinnere, wie ich sie zum ersten Mal gesehen habe. Während die anderen mit gesenktem Kopf darauf warten, dass ich den Segen spreche, denke ich an sie …

… O Rozenn, hier stehe ich nun wie am Bug meines Bootes, das auf den Wellen hin und her geworfen wird, und segele auf das Ende meines Lebens zu, das Ende meiner Sehnsucht nach Zärtlichkeit und Liebe – denn diese große Liebe, diese wilde Leidenschaft, die uns zusammengebracht hat, kann ich nach all den Jahren noch immer spüren. Du fehlst mir so.

Ich weiß noch, wie es war, als ich dich zum ersten Mal sah. Es war am Tag vor Pierrics Hochzeit. Vor dem Haus meines Vaters neben dem Leuchtturm hatten sich die Ouessantiner versammelt und aßen und tranken und tanzten ausgelassen. Ich kam allein vom Hafen herüber. Ein Fischerboot hatte mich zu unserer Insel am Ende der Welt gebracht. Pierric stürmte auf mich zu und riss mich in seine Arme. »Yannic, großer kleiner Bruder, bin ich froh, dass du uns trauen willst! Ma Doue, wie lange ist es her, dass du das letzte Mal zu Hause warst? Mama wird sich freuen! Und unser alter Herr erst! Yannic, mein Kleiner, ist das schön, dich zu sehen.« Lachend wirbelte er mich herum und drückte mir einen Becher in die Hand. »Trink, Yann! Na los, zier dich nicht!«

Nachdem ich den schwarzen Habit abgelegt und meine alten, selbst geschnitzten Holzschuhe, die immer noch unter meinem Bett standen, wieder angezogen hatte, stürzten wir uns ins Vergnügen. Meine Familie und meine Freunde nach all den Jahren wiederzusehen war schön. Meine Mutter. Meinen Vater, der von seinem Leuchtturm heruntergestiegen war, um seinen ›verlorenen Sohn‹ in die Arme zu schließen. Ronan, mit dem ich mich als Kind geprügelt habe, Gwennic, Alan, und all die anderen, die ich auf Enez Eusa zurückgelassen habe. Kräftiges Schulterklopfen, fröhliches Gelächter, freundschaftliche Rangeleien, gemeinsame Erinnerungen und noch mehr Calvados. In kürzester Zeit war ich abgefüllt.

Irgendwann zog Pierric mich hinter sich her und schleppte mich zu dir. »Yannic, mein Kleiner, darf ich dir meine Braut vorstellen? – Rozenn, das ist mein großer kleiner Bruder. Er war Mönch und Priester auf dem Mont-Saint-Michel. König Henry hat ihn zum Prior des Saint Michael's Mount ernannt. Wir alle sind mächtig stolz auf ihn. Yannic wird uns morgen trauen. Ich meine, falls er bis dahin wieder nüchtern ist …«

Ich weiß nicht mehr, wie lange wir uns angesehen haben, ohne dass Pierric verstand, was in jenem Augenblick zwischen uns geschah. Oder wie oft wir an jenem Abend miteinander zu den Klängen von Pierrics Dudelsack getanzt haben, ausgelassen herumwirbelnd und eng aneinandergeschmiegt, dein Körper ganz nah an meinem, deine Hand in meiner, dein Blick in meinem. Oder wie viele Becher Calvados ich noch in mich hineingeschüttet habe, um den Schmerz der Leidenschaft zu bekämpfen, der mir den Atem raubte.

Ich wusste, dass du es auch gespürt hast. Dass du dasselbe empfunden hast wie ich. Dass Glückseligkeit unerträglich schmerzt.

Wärst du doch schon in jener Nacht zu mir gekommen, Rozenn, als Pierric diese sehnsuchtsvollen, traurigen Lieder auf dem Biniou Kozh spielte! Hättest du mich doch früher aus meiner Verwirrung erlöst! Wie viel Leid wäre uns allen erspart geblieben, wenn du nicht am nächsten Morgen meinen Bruder geheiratet hättest, wenn ich nicht eure Hände vor dem Altar ineinandergelegt hätte, wenn ich nicht auf dich verzichtet hätte, um dich ihm zu überlassen, der so viel mehr Recht auf dich hatte als ich und so viel weniger Liebe für dich als ich. Wie viel Unglück, wie viel Schuld, wie viel Sühne hat es mir gebracht!

Ich habe dich so sehr geliebt, Rozenn. So sehr, dass es mich beinahe um den Verstand gebracht hat, als Pierric mir zum Saint Michael's Mount schrieb, dass du ins Meer hinausgeschwommen bist und dass du nie mehr zurückgekommen bist. Ich habe aufs Meer hinausgesehen, das auch immer meine Zuflucht war, und habe geweint.

Du bist fort, Rozenn, und ich bin wieder allein. Nicht einmal unsere Tochter Katarin ist mir geblieben …

Ich höre, wie die Fratres leise die Krypta verlassen.

Corentin kommt zu mir herüber und schließt mich herzlich in die Arme. »Yann, mein lieber Junge«, flüstert er an meiner Schulter, »ich bin ja so froh, dass du dich besonnen hast.«

Ich will etwas sagen, doch er hebt die Hand. »Lass uns später reden, Yann. Es gibt da etwas, das du wissen solltest.«

Alessandra

Kapitel 49

In der Hummerreuse vor der Saint-Aubert-Kapelle
Kurz nach drei Uhr morgens

Mit der Faszination des Grauens beobachte ich den Mascaret, eine gewaltige Flutwelle, die auf mich zudonnert und schon den ganzen Horizont ausfüllt. Immer näher, immer höher. Ein Schwindel der Panik erfasst mich, in dem ich zu versinken drohe. Nicht das, nicht das!

Es ist Vollmond. Und Springflut. Das Wasser steigt unablässig weiter, das kann ich an den bemoosten Felsen erkennen, auf denen die Kapelle errichtet wurde.

Mein Blick richtet sich nach vorn auf die Welle, die mit atemberaubender Geschwindigkeit näher kommt.

Die Wassermassen der Flut rauschen vom Atlantik durch den Ärmelkanal, stoßen gegen die normannische Küste, prallen zurück und lassen die nachströmenden Fluten zu einem gewaltigen Tidenhub ansteigen. Der Mascaret ist eine wirbelnde Gezeitenwelle, die dem höchsten Stand der Springflut vorausgeht, wenn enorme Wassermassen heranströmen. Gestern habe ich die sichelförmige Wellenformation, die sich mit der Schnelligkeit eines galoppierenden Pferdes durch die Bucht pflügt, vom Kreuzgang aus beobachtet. Ein eindrucksvolles Naturereignis. Und so eine Gezeitenwelle, nur höher und aufgewühlter, rauscht mit erschreckender Geschwindigkeit auf mich zu. Das

Wasser hat eine ungeheure Kraft – gestern hat es zwei Seehunde, die weit draußen auf den Sandbänken herumtollten, mit sich in die Bucht gespült. Wenn die Woge mit der Wucht eines Brechers über mich hinwegbrandet, wird das Wasser nicht mehr zurückweichen. Der Käfig wird durch den Aufprall der Wasserwirbel umkippen. Und ich ertrinken.

O Gott, hilf mir doch! Was soll ich tun?

Aufgepeitscht vom Sturm rast die Woge auf mich zu.

Yannic

Kapitel 50

In der Krypta Notre-Dame-des-Trente-Cierges
Viertel nach drei Uhr morgens

»Yann, mein Junge, ich habe dir etwas anzuvertrauen, das dem Beichtgeheimnis unterliegt«, fügt Corentin in kryptischem Tonfall an.

Ich nicke langsam. »Wir reden später.«

Corentin sieht mir nachdenklich in die Augen, dann wendet er sich ab und folgt den anderen aus der Krypta.

Ich bleibe allein zurück. Sobald meine Konfratres den Cachot du Diable verlassen haben, verlasse auch ich die Kapelle. Tyson folgt mir zum Scriptorium. Auf der Treppe bleibe ich erschrocken stehen und weiche lautlos zurück.

Raymond, der sich während der Vigil entfernt hat, beugt sich über ein Lesepult und blättert in einem dicken Kodex. Siedend heiß überkommt mich der Schreck. Ist es das *Liber Secretorum Diaboli*, dessen Bilderrätsel Alessandra zum Testament des Satans führen kann?

Nein, der Foliant vor Raymond hat einen purpurroten Einband, die Bible du Diable ist dagegen schwarz.

Was treibt Raymond mitten in der Nacht? Wieso verschwindet der Adlatus des Bibliothekars während des Stundengebets? O Gott, ich ahne es …

Tyson guckt zu mir hoch. »Miau!«

Raymond fährt erschrocken herum. Im letzten Augenblick verschwinde ich in dem finsteren Gang, der zur Treppengalerie vor dem Gästesaal führt.

Er springt auf und stürmt die Treppe herauf, um in den Cachot du Diable zu spähen. Aber der Raum ist dunkel und verlassen – die anderen sind bereits unterwegs zu Alessandra.

Ich halte den Atem an, als Raymond keine drei Schritte entfernt an mir vorbeigeht, den maunzenden Tyson auf den Arm nimmt und streichelt und die Stufen ins Scriptorium hinabsteigt. Es folgt ein quietschendes Knarzen. Wahrscheinlich rutscht Raymond zurück auf die Holzbank des Lesepults, um weiterzulesen.

Nichts wie weg!

Ich raffe meine weite Kukulle und husche durch den Gang zum Gästesaal und zur Chapelle Sainte-Madeleine, deren Portal sich zu dem geheimen Gärtchen öffnet. Dann haste ich die Treppe hinunter und quer über den Hof. Vom Portal des Châtelets dringt lautes Gepolter zu mir. Wer will um diese Zeit in die Abtei?

Egal, weiter in den Almosensaal und den Keller mit der Lastenrampe. Ich stutze: An einer Aufhängung des Laufrades ist ein langes Seil befestigt. Irgendjemand ist vor mir zum Eichenwäldchen hinabgestiegen. Ich spähe nach unten, kann aber zwischen den rauschenden Baumwipfeln nichts erkennen.

Ich habe keine Zeit mehr zu verlieren.

Es ist High Tide.

Alessandra bleiben nur noch wenige Augenblicke.

Intermezzo 6

Am Portal des Châtelets
Viertel nach drei Uhr morgens

»Öffnet das Tor!« Dumpfes Gepolter dröhnt durch den Saal der Wachen, als ob auf der anderen Seite jemand mit den Stiefeln gegen das Portal tritt.

Corentin zieht den Riegel zurück und schiebt das Tor einen Spalt breit auf. »Es ist drei Uhr morgens! Was ist denn?«

»Lasst mich rein. Ich muss mit dem Pater Prior sprechen.«

»Wer seid Ihr?« Corentin blinzelt. Im Licht der Fackeln im Saal der Wachen kann er den anderen nur schemenhaft erkennen. Hoch gewachsen, breite Schultern, rotblondes schulterlanges, wirres Haar, das zu Zöpfchen geflochten ist.

»Sir Eoghan Walleys.«

»Engländer?«

»Schotte«, schnaubt der andere. »Seit wann tragen Engländer Belted Plaids? Das ist das Tartan des Walleys-Clans.«

»Wieso hat man Euch unten an der Porte de l'Avancée passieren lassen?«

Eoghan entfaltet einen Geleitbrief und schiebt ihn durch den Spalt.

Corentin erkennt die Unterschrift von Louis d'Estouteville auf den ersten Blick. Er gibt das Schreiben zurück. »Es ist mitten in der Nacht, Sir Eoghan. Was wollt Ihr vom Prior?«

»Er soll mich zur Contessa Colonna führen. Ich bin der Befehlshaber ihrer römischen Leibwache und der normannischen Eskorte, die ihr Seigneur Louis d'Estouteville auf Wunsch des französischen Königs zur Verfügung gestellt hat.«

»Verstehe.«

»Es ist wichtig.«

»So.«

»Sie ist in Lebensgefahr. Ich war vorhin in der englischen Garnison in der Priory auf der Tombelaine. Ich habe Leuchtzeichen gesehen, die vom Kreuzgang dieser Abbey aus gesendet wurden. Und die Antwort des englischen Kommandanten: ›By order of His Majesty the King: Kill her!‹ *Ich bin so schnell wie möglich herübergekommen. Ich muss sie warnen.«*

»Kommt herein, Sir Eoghan.« Corentin schiebt das Portal auf, sodass Eoghan die Abtei betreten kann, und verriegelt es hinter ihm sofort wieder. »Sie ist im Gästesaal und schläft tief und fest – die Glocke zur Vigil hat sie wohl nicht gehört, denn das Stundengebet hat sie verschlafen.«

Hinter sich auf der Abteitreppe kann Corentin die Schritte der Fratres hören, die nach dem Gottesurteil zur Saint-Aubert-Kapelle zurückkehren wollen, um nach Alessandra zu sehen.

Gott verfluche Liliths Tochter und verbanne dieses Biest ins Höllenfeuer!

»Sie war also nicht zum Stundengebet in der Kapelle?«, fragt der Schotte alarmiert.

»Ma Doue!«, stößt Corentin in geheucheltem Entsetzen aus. »Ihr glaubt doch nicht …«

»Bringt mich zu ihr, sofort!«

»Folgt mir!« Corentin deutet auf die Tür neben dem Kamin im Saal der Wachen. »Hier entlang, Sir Eoghan, dies ist der kürzeste Weg zu ihr …«

Alessandra

Kapitel 51

In der Hummerreuse vor der Saint-Aubert-Kapelle
Viertel nach drei Uhr morgens

Ich hole tief Luft und tauche hinunter zu den Hummern, während schließlich der Mascaret über mich hinwegbrandet und mit Donnergetöse gegen die Granitfelsen hinter mir prallt. Die Reuse wird von der schäumenden Strömung umgeworfen und mitgerissen, bis sie an der gespannten Kette auf dem Meeresboden liegen bleibt – direkt vor den Stufen, die vom Watt zur Kapelle hinaufführen.

So nah, und doch unerreichbar fern!

Nun mach schon, Sandra! Der Riegel, mit dem die Luke verschlossen wurde! Ich ziehe die Beine an und drehe mich im engen Käfig um, sodass die Luke wieder über meinem Kopf ist.

Die Brandung braust über mich hinweg. Sand und Algen gleiten über mein Gesicht. Ein kleiner Fisch oder Wurm verfängt sich in meinen Fingern. Angeekelt wedele ich ihn fort.

Mit der einen Hand wehre ich die Hummer ab, mit der anderen taste ich nach dem Riegel.

Da ist er.

Gott, ist mir kalt! Mein Kopf dröhnt vor Schmerz, meine vor Kälte tauben Finger zittern, und ich bekomme diesen Verschluss nicht auf! Am liebsten hätte ich vor Wut laut geschrien!

Blubbernd steigen die Luftblasen an die schäumende Oberfläche. Meine Finger bluten. Aber der Riegel klemmt nach wie vor. Ich denke noch: Unter Wasser sieht mein Blut schwarz aus. Ein seltsamer Anblick: schwarzes Blut, das aus meinen Fingerspitzen quillt.

Da tost ein zweiter Mascaret über mich hinweg, kleiner als der erste, und bricht sich an den Felsen. Der Sand tanzt in einer wirbelnden Spirale aus schillernden Luftblasen um mich herum. Das Wasser scheint zu kochen. Ein greller Blitz erleuchtet den Himmel, als wäre es heller Tag. Den grollenden Donner kann ich trotz des Tosens des Wassers hören.

Ich muss hier raus! Ich muss auftauchen! Verzweifelt ruckele ich an dem Verschluss herum, während die Hummer auf mir herumkrabbeln. Ich kann sie auf meiner Haut spüren. Ich kralle meine Finger in das Drahtgeflecht und zerre immer wieder. Nichts zu machen. Hätte ich jetzt einen Dolch, dann könnte ich den Draht zerschneiden.

Luft holen, sofort! Keine Zeit mehr! Mir platzen gleich die Lungen, mein Herz rast wie verrückt!

Grelle Lichtfunken tanzen vor meinen Augen, das Meer um mich herum schimmert perlmuttfarben.

Wieder ein fahlweißer Blitz, ganz nah jetzt! Das Gewitter entlädt sich direkt über dem Mont.

Langsam atme ich die letzte Luft aus und spüre, wie mit einem gierigen, endlosen Atemzug eiskaltes Wasser und feiner Sand in meine Lungen strömt.

Ein letzter Gedanke: Das war's.

Meine blutenden Finger lösen sich aus dem Käfiggitter.

Ich huste und schlucke eiskaltes Wasser, vermischt mit feinem Sand.

Dann wird es schwarz um mich.

Das dritte Siegel

Und ich sah, als das Lamm das dritte von
den sieben Siegeln öffnete, ein schwarzes Pferd.
Und der darauf saß,
hatte eine Waage in seiner Hand.

Apokalypse des Johannes

Yannic

Kapitel 52

Auf der Rampe von der Merveille zum Felsenstrand
Viertel nach drei Uhr morgens

Armlänge um Armlänge lasse ich mich an der steilen Lastenrampe hinab, bis ich die karstigen Granitfelsen erreiche, an denen sich bereits die Flut bricht.

Komme ich zu spät?

Ein greller Blitz, ein gewaltiger Donner, dann klatschen die ersten dicken Regentropfen auf die Felsen.

Während ich mir Kukulle, Skapulier und Habit vom Leib reiße, weitet sich der Regen bereits zu einem sturzflutartigen Gewitterguss aus. Erschrocken bemerke ich, dass ich Conans Arc'hael-Mikael-Amulett verloren habe. Hat der Attentäter es mir abgenommen, als er Vittorinos Notizbuch zerriss?

Die eisigen Tropfen prasseln auf meine nackte Haut, während ich die Sandalen von den Füßen schleudere und meine Sachen auf das Dach des Saint-Aubert-Brunnenhäuschens werfe, damit sie von der immer noch steigenden Flut nicht fortgespült werden. Ich klettere über die Felsen und stürze mich kopfüber ins Wasser, um die wenigen Schwimmstöße zur Kapelle hinüberzukraulen.

Das Wasser ist tief, die Brandung gewaltig. Jede herandonnernde Woge droht mich an die Felsen zu schleudern. Ich werfe einen Blick über das Meer. Weit draußen haben Himmel und Wasser sich miteinander verbunden. Alles ist schwarz und bedrohlich.

Mit kraftvollen Zügen schwimme ich an den hoch aufragenden Felsen entlang. Über mir erkenne ich die Wehrmauer, die fast senkrecht vom Klostergarten bis zum Felsenstrand herabführt. Jetzt ist es nicht mehr weit.

Eine Welle spült mich ans Ufer, und mein Knie stößt schmerzhaft gegen einen Granitfelsen unter der Wasseroberfläche. Dann sehe ich vor mir die mit rostfarbenem Moos überkrusteten Stufen, die zur Saint-Aubert-Kapelle hinaufführen. Ich taumele durch die in der engen Felsnische verwirbelnden Wogen, stolpere die schmalen Stufen hinauf und erreiche den Treppenabsatz unterhalb der Kapelle.

Blick nach unten: Die rostige Kette hängt gespannt über dem tosenden Wasser, die Reuse ist nirgendwo zu sehen.

Wie gelähmt starre ich einen Augenblick hinab, von einer Erinnerung überwältigt, die keine ist: Rozenn zwischen den hohen Wogen des stürmischen Atlantiks. Verzweifelt schluchzend vor Enttäuschung und Einsamkeit, benommen vor Erschöpfung, zitternd vor Kälte sich gegen die Wucht der Wellen stemmend, aufgebend, sterbend. Ein letzter Blick zum Himmel. Dann nur noch das Meer, das über ihr zusammenschlägt, der Sog, der sie mit Macht nach unten zieht, und die Finsternis des bodenlosen Abgrunds … Später, viel später wird ihr zerschmetterter Körper in der Brandung zwischen den steilen Klippen gefunden …

Ich schüttele die Erinnerung ab.

Von der obersten Stufe werfe ich mich kopfüber ins Wasser und tauche unter.

Die Reuse liegt direkt vor den Stufen. Durch das Drahtgeflecht berühre ich Alessandra an der Schulter.

Sie rührt sich nicht.

Ein Hummer schnappt nach mir. Hastig ziehe ich meine Hand zurück und zerre an dem Riegel herum, mit dem Abelard die kleine Luke verschlossen hat. Er klemmt.

Kurz entschlossen schwimme ich zurück zur Treppe, steige aus dem wirbelnden Wasser und ziehe die Reuse Stufe für Stufe hinter mir aus dem Wasser heraus.

Während der Sturzregen auf mich niederprasselt und das Wasser mir in die Augen rinnt, mache ich mich wieder über den rostigen Riegel her. Mit dem Griff meines Dolches hämmere ich so lange dagegen, bis er mit einem Quietschen nachgibt.

»Alessandra?«

Sie hängt vornübergebeut in der engen Reuse und rührt sich nicht. Ich berühre ihr wirres Haar. Es fühlt sich kalt an.

»Alessandra!«

Keine Reaktion.

Ich packe sie an den Schultern und richte sie auf. Ihr Kopf sackt gegen das Drahtgeflecht. Ein Hummer glotzt mich mit seinen schwarzen Augen an, die Scheren kampfbereit gehoben. Rasch packe ich ihn, ziehe ihn aus dem Käfig und schleudere ihn ins Meer.

Dann beuge ich mich wieder über die Reuse, schiebe den Arm bis zur Schulter durch die Luke und taste nach einem Halt an ihrem Körper. Aber ich schaffe es nicht, immer wieder rutsche ich ab. Also gut, dann eben auf die bretonische Art: Ich lege meinen Arm um ihre Schultern, als wollte ich sie auf hoher See aus Seenot retten, und zerre sie durch die enge Luke.

Ja, so geht es!

Sie gleitet aus dem engen Käfig heraus und fällt so schwungvoll auf mich, dass ich rückwärts auf die Stufen pralle. Mit den Füßen taste ich nach der Reuse und schiebe sie mit einem kräftigen Tritt ins Wasser zurück. Dann richte ich mich auf, nehme

Alessandra in die Arme und trage sie die wenigen Stufen zum Absatz hinauf, wo die beiden Treppen zusammentreffen. Dort lege ich sie auf den Boden.

Sie ist kalt wie der Tod. Ihre Haut ist bleich wie Kerzenwachs. Ihre Augen sind geschlossen. Sie atmet nicht mehr.

Allmächtiger Gott, tu mir das nicht an! Erst Rozenn und jetzt auch noch Alessandra!

Als ich mit Tränen in den Augen aufblicke, sehe ich durch den dichten Regenschleier die sich nähernden Fackeln.

Sie kommen. Wir müssen hier weg.

Ich schüttele Alessandra an den Schultern.

Nichts.

Ich schlage ihr ins Gesicht.

Nichts.

Ich beuge mich über sie, halte ihr die Nase zu, öffne ihre Lippen und beatme sie. Meine Hand auf ihrem Brustkorb hebt sich. Gut. Weiter. Beatmen. Ein Mal. Zwei Mal. Drei Mal. Mit beiden Händen stemme ich mich auf ihren Brustkorb, um sie zu reanimieren. Ich kann ihre Rippen unter meinen Händen spüren. Ein Mal. Zwei Mal. Drei Mal. Nichts, keine Reaktion. Also weiter. Beatmen. Reanimieren. Nichts. Beatmen. Reanimieren. Immer noch nichts. Sie rührt sich nicht.

Der Fackelschein kommt trotz des Sturzregens immer näher, obwohl meine Konfratres auf den steilen, glitschigen Felsen nicht sonderlich schnell vorankommen.

Beatmen. Reanimieren.

Kaum wahrnehmbar kann ich unter meinen Händen einen Herzschlag spüren. Ich taste nach ihrer Halsschlagader. Ja, da ist was, ganz leise, ganz schwach, wie die Bewegungen eines aus dem Nest gefallenen und zu Tode erschrockenen Spatzenkükens in meiner Hand!

Nochmal!

Ich lege meine Lippen auf ihre und hauche ihr Leben ein.

Das Herz schlägt kräftiger.

Nochmal!

Mein Beatmen ist wie ein leidenschaftlicher Kuss.

Ihre Lider flattern.

Meine Verzweiflung wird von einer Woge der Erleichterung fortgerissen.

Nochmal!

Sie beginnt zu husten und einen Schwall Meerwasser zu erbrechen. Ich drehe ihren Kopf zur Seite, sodass das Wasser auf den Boden rinnt und sie nicht daran erstickt.

Zitternd liegt sie da, die Knie angezogen, die Arme um die Schultern geklammert, und stöhnt leise. Sie muss Schmerzen haben, denn sie blutet aus mehreren Wunden, die ihr die Hummer mit ihren kräftigen Scheren beigebracht haben.

»Alessandra!«

»Yannic?« Sie blinzelt in den niederrauschenden Regen. »Du verdammter Mistkerl!«, stößt sie röchelnd hervor und schlägt ohne jede Kraft nach mir. »Ich hasse dich!«

»Wir müssen von hier verschwinden.« Ich beuge mich über sie, hebe sie schwungvoll hoch und stemme mich gegen den Sturm, der uns umzureißen droht. »Leg deinen Arm um mich«, keuche ich. »Ja, so ist es gut. Halt dich an mir fest. Gut so.«

Sie legt ihren Kopf an meine Schulter und birgt ihr Gesicht an meiner nackten Haut, während ich mit ihr die Stufen ins tosende Wasser hinunterstolpere.

»Kannst du schwimmen?«

Sie nickt.

»Wir müssen zur Lastenrampe schwimmen. Ich werde dich hinter mir herziehen.«

»Das ist Wahnsinn«, krächzt sie und muss wieder husten.

»Es gibt keinen anderen Weg. Ich wollte dich zu meinem Boot bringen, um dich zum Festland hinüberzusegeln, aber die anderen kommen bereits über die Felsen. Wir haben keine Zeit mehr zu verlieren. Wir müssen hier weg.« Ich lasse mich mit ihr rückwärts ins gischtende Wasser fallen, packe sie unter der Achsel, hebe mit der Hand ihr Kinn über das Wasser, sodass sie nicht allzu viel schlucken muss, und ziehe sie am Ufer entlang hinter mir her. Nur wenige strampelnde Schwimmstöße – für mehr hätte meine Kraft ohnehin nicht ausgereicht, denn die Brandung wird immer stärker.

Endlich haben wir die Rampe erreicht. Ich nehme sie in die Arme und trage sie zum Schlussstein, wo ich sie absetze.

Erschöpft lässt sie sich zurücksinken und lehnt sich mit dem Rücken gegen die Steine. »Dio del Cielo – Gott im Himmel!«

»Geht's?«

Sie atmet tief durch. »Augenblick noch.«

Ich decke sie mit meiner wollenen Kukulle zu, die ganz schwer vor Nässe ist.

Die anderen haben die Terrasse der Kapelle erreicht, schwenken ihre Fackeln und spähen hinunter zur Reuse. Gleich werden sie entdecken, dass sie nicht mehr da ist.

»Alessandra?«

Sie schnauft und blinzelt mich an. »Siehst müde aus!«, nuschelt sie so leise, dass ich sie im Rauschen des Regens kaum verstehen kann. »Hast mir das Leben gerettet.«

»Schon gut.«

»Was ich vorhin gesagt habe ... dass ich dich hasse ...«

»Vergiss es.«

Ihr Blick folgt meinem ausgestreckten Arm zur hell erleuchteten Kapelle, die nur wenige Schritte entfernt ist. Die leere Reuse wird hochgezogen. Wütendes Geschrei brandet auf. Plötzlich prasseln Hagelkörner auf uns herab. Schnell bedecken sie den Felsenstrand mit glitzerndem Weiß.

Ich fahre herum. Aus der Schwärze rast ein gewaltiger Hagelschauer auf uns zu.

Hastig werfe ich meinen Habit über und schlüpfe in meine Sandalen. »Wir müssen weg hier!«

Sie atmet tief durch. »Wohin bringst du mich?«

Alessandra

Kapitel 53

Im Ossuarium
Gegen Viertel vor vier Uhr morgens

Ein dumpfer Schrei! Erschrocken zucke ich zusammen. Gott im Himmel, was war das? Ein Mensch im Todeskampf!

Yannic?, denke ich voller Angst. Angespannt lausche ich in das Stöhnen und Heulen des Sturms. Doch der entsetzte Schrei ist im niederrauschenden Eisregen verklungen.

Zitternd hocke ich in der dunklen Nische zwischen den grinsenden Totenschädeln und starre die nassen Fußabdrücke an, die Yannic und ich hinterlassen haben. Im Licht der Kerze auf dem Altar der Totenkapelle schimmern sie verräterisch. Ich horche mit angehaltenem Atem.

Noch fünf Minuten. Wenn Yannic bis dahin nicht zurück ist, verschwinde ich.

Trotz der Kälte läuft mir der Schweiß über das Gesicht. Mein Herz rast, und das Blut rauscht in meinen Ohren. Ich mache einen tiefen Atemzug und reibe mit den Händen über meine feuchtkalte Haut. Ich bin nackt. Yannic hat mir eben die tropfnassen Sachen ausgezogen, sich neben mich gelegt, mich fest in die Arme genommen und mit seinem Körper gewärmt.

Wer außer Yannic und mir ist noch in der Abtei?

Bevor er verschwunden ist, um mir trockene Sachen zu holen, hat er mir erzählt, er habe Raymond im Scriptorium gesehen, wie er in einem Kodex blätterte. In der Klosterchronik.

Corentin hatte sie mir vorhin gestohlen und später ins Archiv zurückgebracht. Raymond ist der Adlatus des Bibliothekars. Er hat einen Schlüssel zum Archiv. Er hat den Kodex in der verschlossenen Truhe gefunden. Hat er Conan von der Chronik erzählt? Die beiden waren eng befreundet. Stellt Raymond, gequält von Schuld und Grauen, Nachforschungen an zu Conans mysteriösem Tod? Noch einer, der nicht glauben will, dass ich Conan ermordet habe. Und noch einer, der hinter dem Testament des Satans her ist.

Bleibt die beklemmende Frage: War er es, der da eben wie in Todesqual geschrien hat? Gott steh uns allen bei, in dieser Abtei geht immer noch der Todesengel um!

Noch drei Minuten.

Ich starre das keltische Kreuz an, das vor mir an einem Pfeiler der Arkaden hängt, lausche dem leisen Trippeln der Mäuse über mir auf den Schädeln und zucke erschrocken zusammen, als plötzlich etwas meine nackte Schulter berührt.

Igitt, eine Spinne! An einem Faden lässt sie sich von der Decke herab und krabbelt nun über meinen Rücken. Mit zitternden Fingern wische ich sie weg. Die Wand aus Schädeln scheint näher zu rücken, die Nische schließt sich immer enger um mich. Seit ich im Tempelberg eingemauert und im Lateranpalast lebendig begraben war, ertrage ich diese Enge nicht mehr.

Soll ich noch länger warten?

Ein Schluchzen der Verlassenheit: Wo bleibt Yannic bloß?

Ist er wieder niedergeschlagen worden, wie vorhin, als Vittorinos Notizbuch zerfetzt wurde? Ich wollte die codierten

Seiten nochmal lesen. Ich habe das Gefühl, dass ich vorhin irgendetwas übersehen habe. Vittorino hatte das Testament des Satans gefunden. So wie Conan. Aber wo?

Ich muss das *Liber Secretorum Diaboli* finden. Ob es noch in seinem Versteck liegt? Ich muss das Bilderrätsel lösen ...

Ich lausche auf Schritte, aber alles bleibt still.

Yannic kommt nicht. Was ist passiert?

Ein Gefühl von Hoffnungslosigkeit überwältigt mich und treibt mir Tränen in die Augen. Ich muss schlucken. Dann zwinge ich mich, tief durchzuatmen, um mich zu beruhigen.

Die Zeit ist um.

Er kommt nicht.

Ich kann nicht länger warten.

Yannic

Kapitel 54

Auf der Treppe zum Scriptorium
Zehn Minuten vor vier Uhr morgens

Das Echo der Schritte verhallt. Im Scriptorium ist es wieder still. Wer war das?

Vorsichtig husche ich die letzten Stufen hinunter, werfe rasch einen Blick ins dunkle und verlassene Scriptorium und haste durch das Promenoir zum düsteren Treppengewölbe vor der Krypta Notre-Dame-sous-Terre. Auf dem Treppenabsatz bietet sich mir ein Bild der Verwüstung. Die Kerzen sind, als ich gestürzt bin, umgefallen und die Stufen hinuntergerollt, die herausgerissenen Seiten meines Breviers sind verbrannt. Das flackernde Licht lässt das Gewölbe wie eine große Höhle aussehen, die tief ins Innere der Erde hinunterführt. Zum neunten Höllenkreis. Das Herz der Finsternis scheint nicht mehr weit entfernt zu sein.

Ich blicke nach unten. Schimmert da etwas? Rasch steige ich die Stufen hinunter. Conans Arc'hael Mikael. Ich habe ihn beim Sturz verloren. Ich hänge ihn mir wieder um und schiebe ihn unter den Habit, den ich vorhin in meiner Zelle angelegt habe.

In der Totenkapelle liegt Conan aufgebahrt. Ich gehe an dem Leichnam vorbei zum Durchgang ins Ossuarium, steige die Stufen hinauf und tauche in die Düsternis. »Alessandra! Ich bin's.«

Schweigen.

Ich folge den immer noch nassen Spuren zur Nische, wo sie auf mich warten wollte. Sie ist nicht mehr da. Die Steine, auf denen wir vorhin eng aneinandergeschmiegt gelegen haben, sind noch feucht. Ihre tropfnasse Kleidung ist verschwunden. Ich wende mich um. Nasse Fußabdrücke führen aus der Nische die Stufen hinunter in die Totenkapelle. Dort werden sie schwächer, schließlich finde ich keine mehr. Ich bleibe unter dem Portal stehen und spähe nach rechts die Treppe hinauf zum Seitenschiff der Kirche. Nichts. Und auch auf den Stufen hinauf zum Promenoir ist mir nichts aufgefallen. Ich muss sie …

Plötzlich höre ich ein Knirschen. Ist sie doch im Beinhaus?

»Yannic?«

Geschwind husche ich zurück in die Totenkapelle und stopfe die Sachen, die ich für Alessandra aus dem Gästesaal geholt habe, unter Conans Kukulle. Gerade noch rechtzeitig!

Robin kommt die Stufen herunter in die Kapelle. »Yannic! Was machst du denn da?« Er starrt auf meine Hände, die die Falten von Conans Habit glatt streichen.

»Ich bete. Für Conan.«

Er nickt versonnen. »Hab dich schon überall gesucht. Wo hast du denn gesteckt?«

»Im Dormitorium. Hab mir den blutigen Habit ausgezogen.«

»Alessandra ist verschwunden.« Ich muss ihn wohl ziemlich bedeppert angesehen haben, denn er fügt an: »Aus dem Käfig.« Sein Kopf ruckt in Richtung Ossuarium. »Die anderen sind eben zurückgekehrt. Sie haben Raymond gefunden. Er ist tot.«

Erschüttert folge ich Robin durch das Beinhaus. Die nassen Fußspuren scheint er nicht zu bemerken. Wir durchqueren den Hof und betreten die Krypta Saint-Martin, wo die anderen in betretenem Schweigen einen Leichnam anstarren.

Raymond liegt unterhalb des Gobelins von Saint-Michel an der Seitenwand vor der Altarapsis der Kapelle: Der Erzengel als Seelenwäger des Jüngsten Gerichts. Im Licht der Kerzen schimmert und funkelt die golddurchwirkte Tapisserie.

Jourdain kniet neben Raymond, presst sein tränennasses Gesicht in dessen Skapulier und weint. Er scheint Raymond aufrichtig geliebt zu haben.

Lucien neben ihm betet leise, um Jourdain zu trösten: »Der Herr ist mein Licht und mein Heil – wen soll ich fürchten?«

Die anderen, wie Abelard, der bleich wie ein Totenschädel ist, sind still. Erstarrt vor Angst. Niemand fummelt Schiefertäfelchen und Griffel hervor, um das blutige Anagramm zu Raymonds Füßen zu entschlüsseln.

Und auch ich kann mir denken, was dort steht.

Yvain nickt mir erschüttert zu, als ich neben ihm stehen bleibe. »Père Yann.« Der Prior nickt in Richtung des Bibliothekars. »Frère Abelard hat ihn gefunden. Er ist fassungslos.«

»Kann ich mir vorstellen.«

»Frère Raymond war sein Adlatus. Habt Ihr als Subprior Einwände, wenn ich Frère Jourdain als Nachfolger vorschlage?«

»Nein.« Ich blicke mich um. »Wo ist Père Corentin?«

Yvain sieht mich von der Seite an, als habe er nicht verstanden, antwortet aber nicht. Sein Entsetzen ist nicht geheuchelt. Er wusste nichts von diesem Mord. »Was haltet Ihr davon?«

Raymonds Leichnam: dieselbe Haltung wie Conan, die Arme ausgebreitet, die Beine geschlossen, wie ein Gekreuzigter. Mein Blick huscht zum Gobelin über ihm.

Der Erzengel im weißen Gewand und prächtig schillernden Gefieder mit der Seelenwaage am Tag des Jüngsten Gerichts. Mit ernster Miene wiegt Saint-Michel die guten und die bösen

Taten gegeneinander auf und führt die Seelen der Verstorbenen, die wie bleiche Skelette aussehen, zum Gericht Gottes. Eine herrliche Tapisserie, die ich oft während meiner Messen in dieser Kapelle betrachtet habe – ich kenne jeden Engel, jedes vor Angst schlotternde Skelett bis zum letzten Nadelstich.

»Das dritte Siegel der Apokalypse«, murmele ich und zitiere die Offenbarung des Johannes. »›Und ich sah, als das Lamm das dritte von den sieben Siegeln öffnete, ein schwarzes Pferd. Und der darauf saß, hatte eine Waage in seiner Hand.‹«

Yvain nickt. »Genau. Die Waage des Erzengels. Das dritte Siegel«, wispert er. »Die Progression des Todes ist in Gang gekommen. Seht sie Euch an, Père Yann: Das Grauen hat sie gepackt.« Seine Stimme bebt vor Angst. »Denn wenn Frère Conan das erste Siegel ist und Frère Raymond das dritte – wer ist dann das zweite Siegel?« Mit einer Geste deutet er in die Runde. »Zweiundzwanzig Fratres – es fehlt doch niemand!«

Ich sehe ihm fest in die Augen. »Wo ist Père Corentin?«

Und wo, zur Hölle, ist Alessandra?

Das vierte Siegel

Und ich sah, als das Lamm das vierte von den
sieben Siegeln öffnete, ein fahles Pferd.
Und der darauf saß, dessen Name war:
Der Tod.
Und die Hölle folgte ihm nach.

Apokalypse des Johannes

Alessandra

Kapitel 55

Im Gästesaal
Kurz vor vier Uhr morgens

Sobald ich mir das Hemd in die Hose gestopft habe, ziehe ich die Karaffe mit dem Calvados heran und nehme einen kräftigen Schluck. Die Wärme, die sich in mir ausbreitet, tut mir gut.

Und weiter geht's. In der Chapelle Sainte-Madeleine knie ich vor dem Altar nieder und ziehe das *Liber Secretorum Diaboli* hinter dem Altartuch hervor. Ich hatte den Kodex dort versteckt, bevor ich mich auf die Suche nach Vittorino und seinem Notizbuch gemacht habe. Jourdain hat ihn nicht gefunden, als er vorhin mein Gepäck durchwühlte und wegen Eoghan Leuchtzeichen zur Tombelaine schickte.

Woher wissen die Engländer von Eoghan? War er auf der Tombelaine?

Mit dem Folianten unter dem Arm gehe ich in den Gästesaal zurück. Jourdains Sturmlaterne steht noch vor dem Fenster.

Soll ich? Ich zögere. Kann ich Yannic vertrauen? Wo steckt er überhaupt?

Also gut. Ich nehme die Sturmlaterne, gehe damit zum nordöstlichen Fenster des Saals und entzünde die Kerze mit dem Feuerzeug an meinem Gürtel. Der Deckel der Silberdose ist mit Wachs wasserdicht verschlossen, der Zunder ist noch trocken. Ich blicke hinüber zur Prieuré de Genêts und sende meine Nachricht:

E–O–G–H–A–N–W–I–S–H–Y–O–U–W–E–R–E–H–E–R–E

Dann warte ich auf seine Antwort.

Drei Minuten. Vier. Fünf.

Nichts.

Also nochmal.

Nicht der Funken einer Antwort.

Ich will mich schon abwenden, als es plötzlich von Genêts herüberblitzt.

E–O–G–H–A–N–A–U–F–T–O–M–B–E–L–A–I–N–E–
E–N–G–L–I–S–C–H–E–R–A–N–G–R–I–F–F–S–T–E–H–T–
B–E–V–O–R–B–R–I–N–G–T–E–U–C–H–I–N–
S–I–C–H–E–R–H–E–I–T–A–D–R–I–A–N–O

Ich stutze. Wieso auf Italienisch?

»Eoghan auf Tombelaine. Englischer Angriff steht bevor. Bringt Euch in Sicherheit. Adriano.« Der Venezianer Adriano ist Eoghans Stellvertreter. »Hast du in der letzten Stunde mal aus dem Fenster gesehen, Adriano? Acqua Alta! Und nicht nur ein oder zwei Ellen hohe Wellen auf der Piazzetta! Wie soll ich denn hier weg?«

Kein Licht von der Tombelaine. Aber ich bin sicher, dass die Engländer mitgeschrieben haben.

Wo ist Eoghan?

Ich lösche die Laterne und schiebe sie unter das Bett, dessen

Matratze immer noch schief im Bettgestell hängt. Dann nehme ich den Kodex und mache mich auf den Weg ins Ossuarium, wo ich das Rätsel der apokalyptischen Bilder lösen will.

Als ich die Treppengalerie betrete, pralle ich erschrocken zurück: Licht im Scriptorium!

Lautlos husche ich die Stufen hinunter und spähe um den Pfeiler mit dem Bücherregal herum. Die Codices, die Corentin auf der Suche nach der Teufelsbibel aus dem Regal gerissen hat, liegen noch immer auf dem Boden.

Abelard steht an Raymonds Schreibpult und blättert in einem Folianten. Es ist die Klosterchronik, in der Raymond gelesen hat.

Der Bibliothekar klappt den Kodex zu, klemmt ihn sich unter den Arm, nimmt die Kerze und verlässt das Scriptorium.

Ich schleiche hinter ihm her. Bevor es dunkel wird im Saal, stecke ich noch rasch ein paar Wachslichter ein, die in den Kerzenhaltern der Pulte stecken. Gerade als ich die Stufen zum Cachot du Diable hochsteige, höre ich einen leisen Ruf aus dem Gästesaal: »Hier ist sie nicht!«

Jetzt aber nichts wie weg!

Abelard geht durch das Promenoir und betritt die Treppengalerie, wo er zwischen den wabernden Weihrauchwolken verschwindet. Mit der Schulter lehne ich mich an den Durchgang und luge um die Ecke. Abelard biegt nach rechts ab. Er will in die Amtsräume des Abtes Robert de Torigni, die nach dem Einsturz des Infirmariums an der Westflanke der Abtei, wo Conans Leichnam gefunden wurde, den Krankensaal und die Apotheke beherbergen.

Was will er dort?

Der Eingang liegt auf dem Treppenabsatz schräg gegenüber der Krypta Notre-Dame-sous-Terre. Der erste Raum ist das Infirmarium: drei schmale Betten hinter weißen Vorhängen, alle zurückgezogen und gerafft, ein Tisch mit chirurgischen Instrumenten, die das Herz jedes Folterknechtes der Inquisition angesichts von Qualen und Schmerzen höher schlagen lassen, ein Regal mit medizinischen Büchern, bei denen mich das kalte Grausen packt:. Kein arabisches Werk ist darunter.

Abelard ist nebenan. Er spricht mit jemandem.

Ich husche näher heran und lausche: Es ist Corentin.

Abelard wirft ihm die Klosterchronik auf den Tisch.

Ich kann nicht alles verstehen, was sie sich an den Kopf werfen, nur so viel: Abelard ist offenbar beleidigt, er verliert gegenüber Corentin, dem Oberhaupt der geheimen Bruderschaft, die Beherrschung und redet sich in Rage. Raymond ist tot. Abelard trauert um seinen Adlatus. Und Yannic ist Subprior – eine Stellung, die eigentlich Abelard als dem Hüter der Lade zusteht.

»... konntest du ihm so viel Macht geben?«, empört sich Abelard. »Und was willst du überhaupt mit Yann besprechen?«

»... uns belauscht?«

Abelards Antwort kann ich nicht verstehen.

Je länger ich horche, desto klarer wird mir: Abelard meutert, weil er furchtbare Angst hat, dass Corentin Yannic in die Geheimnisse der Bruderschaft einweihen könnte. Und vielleicht sogar zum Hüter des Schreins ernennen.

Von draußen dringt lautes Gepolter herein: Die Fratres, die nach mir suchen, haben die Treppengalerie erreicht. Eine Kerze rollt über die Stufen nach unten.

»Wo steckt sie denn bloß?«, flucht Aimery.

Corentin und Abelard verstummen.

Schritte kommen auf mich zu!

Mir bleibt fast das Herz stehen. Zitternd presse ich mich gegen die Wand und blicke mich gehetzt um: Wohin kann ich entkommen? Auf der einen Seite Corentin und Abelard, auf der anderen die Fratres, die jeden Augenblick das Infirmarium betreten werden.

Ich sitze in der Falle.

Ein Rascheln – hinter mir.

Erschrocken werfe ich mich herum.

Yannic

Kapitel 56

In der Merveille
Viertel nach vier Uhr morgens

Merveille: Keller, Almosensaal, Gästesaal, Scriptorium, Refektorium, Kreuzgang, Abteikirche.

Nichts.

Also wieder hinunter aus himmlischen Höhen in die irdischen Gefilde: Garten der Merveille. Krypta der dicken Pfeiler.

Nichts.

Wohin ist sie geflohen?, denke ich panisch und wische mir den strömenden Regen aus dem Gesicht. Sie war im Gästesaal. Sie hat sich trockene Sachen angezogen, das habe ich an den Satteltaschen auf dem Tisch gesehen. Sie war in der Chapelle Sainte-Madeleine. Das Altartuch war verschoben, als hätte sie etwas darunter hervorgezogen. Aber keine Spur von ihr.

»Was nun?«, keucht Padric. Robin ist bei den anderen, um das Schlimmste zu verhindern, falls Alessandra entdeckt wird.

Ich deute über die durch den prasselnden Regen niedergedrückten Brennnesseln hinweg zum Hof zwischen Merveille und Châtelet. »Lass uns runtergehen.«

»Na gut.« Padric folgt mir die rutschigen Stufen hinunter.

»Der Turm.« Ich gehe zum Portal des Almosensaals, wo sich in einem Wehrturm eine Wendeltreppe bis zum Refektorium hochwindet. Ich steige ein paar Stufen hoch.

Von oben höre ich Schritte und Getuschel. Ein Suchtrupp kommt mir entgegen.

Ein rascher Blick aus dem Fenster auf Le Gouffre, den Höllenschlund, die Treppe vom Châtelet hinunter ins Dorf. Und wenn sie nun gar nicht mehr in der Abtei ist? Ich spüre eine Woge der Erleichterung. Und wenn sie geflohen ist?

Erleichtert? Ja, und wie! Aber auch ein wenig enttäuscht, nach allem, was vorhin zwischen uns geschehen ist. Unsere enge Umarmung. Ihre nackte Haut auf meiner. Ihre Hände, die mich sanft berührt haben. Ihre stillen Tränen, als sie an Yared dachte, während sie in meinen Armen lag. Es gibt so vieles, was ich ihr sagen wollte, aber ich konnte es nicht …

Ich besinne mich. »Zurück!«

Padric, der hinter mir die Treppe hinaufgestiegen ist, macht kehrt, und ich folge ihm in den Hof der Merveille. »Wohin?«

»Ins Châtelet.«

Fünf hastige Schritte durch den dichten Regenschleier, ein paar Stufen, dann stehen wir im Saal der Wachen mit dem Portal der Abtei und dem großen Kamin.

Der Schreck presst mir die Luft aus den Lungen. »Das Tor ist von innen verriegelt.«

Padric sieht mich von der Seite an. »Sie ist also noch hier.«

Ich schüttele den Kopf. »Sie kann über die Lastenrampe entkommen sein. Zum Brunnen. Oder zur Kapelle.«

Ich hoffe so sehr, dass sie in Sicherheit ist.

Padric blickt über meine Schulter. »Sieh mal.«

Ich drehe mich um. Die Tür neben dem Kamin steht einen Spaltbreit offen. Dahinter führt eine Treppe hinauf zur Belle-Chaise, dem Saal des Gerichts. »Komm!«

Ich stoße die Tür auf. Padric hechelt hinter mir die Stufen hinauf in den Gerichtssaal. Mitten im Saal bleibe ich stehen.

Ein grellweißer Blitz, gefolgt von einem rumpelnden Donnergrollen, beleuchtet ein apokalyptisches Bild.

Padric ächzt, als er den abgetrennten Kopf entdeckt. »Das Schwert ... O mein Gott!« Er muss würgen. »›Und ich sah, als das Lamm das zweite von den sieben Siegeln öffnete, ein feuerrotes Pferd. Und dem, der darauf saß, wurde gegeben, den Frieden von der Erde zu nehmen und die Menschen dahin zu bringen, dass sie einander schlachteten. Und ihm wurde ein großes Schwert gegeben.‹«

Ich nicke langsam. »Wir haben das zweite Siegel gefunden.«

Alessandra

Kapitel 57

Im Infirmarium
Viertel nach vier Uhr morgens

Die Mönche kommen immer näher.

Als es plötzlich hinter mir raschelt, nehme ich rasch ein chirurgisches Instrument vom Tisch und fliehe hinter einen der Vorhänge zwischen den Betten.

Robin steht in der Tür des Nachbarraums zum Infirmarium und zur Apotheke, wo Corentin und Abelard, nachdem sie hastig die Kerze gelöscht haben, genauso atemlos in der Finsternis verharren wie ich. Er späht zu mir herüber. Hat er mich gesehen?

Meine Finger schließen sich um den Griff des scharfen Instruments, das aussieht wie der Haken.

Robin steht immer noch reglos in der Tür.

Das Herz klopft mir bis zum Hals.

»Du hast mich zu Tode erschreckt«, sagt er plötzlich.

Ich halte die Luft an. Und warte ab.

»Komm her.« Robin scheint sich hinzuknien. »Na, komm. Bist ein gutes Katerchen.«

»Miau.«

»Komm schon, Tyson, lass uns verschwinden und Yannic suchen.« Robin nimmt den Kater auf den Arm, richtet sich ächzend auf, durchquert das Infirmarium und verschwindet in der Galerie, wo die anderen auf ihn warten. »Hier ist sie nicht.«

Erleichtert atme ich auf, als der Suchtrupp weiterzieht.

In der Apotheke wird die Kerze wieder entzündet, während das Getuschel weitergeht, jedoch noch leiser als zuvor. Ich husche hinüber zur Tür und lausche.

Ich kann nicht alles verstehen, aber eines ist sicher: Abelard tobt vor Zorn. Raymonds Tod hat ihn zur Besinnung gebracht. Und er hat Angst, er könnte das nächste Opfer sein. Der Kirchenbann, den ich vorhin im Namen des Papstes über ihn verhängt habe, hat ihn zu Tode erschreckt. Die Pforten der Hölle stehen weit offen für ihn …

»Warum hältst du deine Hand über Yann? Wieso rettest du ihn?«, empört er sich. »Und was willst du mit ihm besprechen?«

Corentins Antwort kann ich nicht verstehen, weil er sich abwendet und einen schweren Gegenstand aus einem Regal zieht.

Abelard schlägt mit der Faust auf den Tisch, wendet sich um und eilt aus dem Raum.

Gerade noch rechtzeitig kann ich hinter den Vorhang schlüpfen, dann stampft er schnaubend vor Wut an mir vorbei, verschwindet in der Galerie und poltert die Stufen hinunter. Ein Schlüssel rasselt in einem Schloss. Dann rumpelt ein Portal ganz in der Nähe.

Ein Klappern, aus der Apotheke.

Zurück zur Tür. Ein verstohlener Blick in den Raum: Corentin hat die Purpurchronik auf dem Tisch aufgeschlagen. Mit einem Tuch betupft er die Pergamentseiten mit einer wasserhellen Flüssigkeit, wartet ab, bis sie ein wenig angetrocknet ist, und blättert weiter. Als er das Tuch erneut an der Flasche benetzt und sie auf den Tisch stellt, kann ich die lateinische Aufschrift lesen.

Wer den Kodex liest, wird sterben.

Erschrocken zucke ich zusammen, als hinter mir jemand über die zerfetzten Seiten aus Yannics Brevier die Treppe heraufknirscht. Ich muss hier verschwinden, sofort!

Der Hüter des Erzengels

Intermezzo 7

In der Krypta unter der Abteikirche
Gegen halb fünf Uhr morgens

Lautlos schließt Corentin das Portal hinter sich und verharrt einen Augenblick mit gesenktem Kopf. Die Bürde seines Amtes als Hüter des Erzengels drückt ihn nieder. Eine Woge der Verzweiflung brandet über ihn hinweg. Zurück bleibt der Sog der Traurigkeit.

Er zieht die Schultern hoch, die noch von der Geißelung schmerzen, und riecht wieder den Gestank von Tod und Verwesung, den Duft des schwarzen Engels. Er hängt zwischen den Falten seiner Kukulle und scheint seinen Wunden zu entströmen wie ein Pesthauch. Angeekelt von sich selbst verzieht Corentin das Gesicht unter der Maske. Die Gaze, die die knochentiefen Wunden bedeckt, ist durchtränkt.

Viel Zeit bleibt ihm nicht mehr. Aber es ist noch so viel zu tun. So viel zu besprechen. So viel zu beichten und zu bereuen. Er muss die Worte weitergeben, mit denen er einst durch den Erzengel selbst initiiert wurde. ›Du bist mein. Ich habe dich erwählt.‹

Er muss einen Erben benennen, einen Wächter der Mächte des Bösen. Einen Hüter der Lade. Einen mutigen Streiter an der Seite des Arc'hael Mikael, als Bewahrer der Welt. Einen wahrhaftigen Menschen, opferbereit, aufrichtig und entschlos-

sen, den besten von allen. Einen vollkommenen Diener des Engelsfürsten.

Die Beichte bei ihm wird nicht leicht werden.

Corentin atmet tief ein, dann wendet er sich mit kraftvoller Geschmeidigkeit um und dringt langsam in die Kapelle vor. Das Geröll unter seinen Sandalen knirscht leise. Die Luft ist kalt und feucht, sie riecht nach dem Staub von Jahrtausenden. Um ihn herum ist es still wie in einer Gruft. Nur ein entfernter Lichtschimmer dringt in die Dunkelheit der Grotte.

Plötzlich erfüllt ein Kratzen den Raum. Wie von etwas Schwerem, das zwei oder drei Schritte über den Splitt gezogen wird. Dann herrscht wieder Stille, die in den Ohren dröhnt.

Er ist also gekommen.

Corentins Atem geht stoßweise.

›Sei ohne Furcht!‹, wispert eine leise Stimme in seinem Inneren. ›Der Erzengel hält schützend seine Hand über dich. Deine Mission ist heilig.‹

Corentin bekreuzigt sich, während er die Geröllhalde hinunterschlittert und in den Lichtschein einer Kerze tritt.

Der andere kniet vor dem geöffneten Schrein, der jetzt wieder vor der verborgenen Grotte unter dem Altar steht, wo Conan ihn um Mitternacht entdeckt hat. Die schimmernden Brokatstoffe sind noch immer herausgerissen. Die Tod und Verderben bringende Reliquie liegt unverhüllt in der Truhe.

Als der andere ihn bemerkt, bleibt Corentin drei Schritte hinter ihm stehen.

»Was für eine grauenvolle Nacht.«

Corentin nickt versonnen. »Sie ist noch nicht vorbei.«

Der andere steht auf und dreht sich zu ihm um.

Trotz seiner Traurigkeit spürt Corentin die dämonische Macht heiß und prickelnd durch seine Adern pulsieren.

Fiat voluntas Dei – Gottes Wille geschehe! Ein Verrat am

Erzengel und seiner Bruderschaft kann nicht vergeben werden!

Mit plötzlicher Klarheit erkennt der andere sein Schicksal.

Zu Tode erschrocken reißt er die Augen auf. Er stößt einen erstickten Schrei aus und fährt herum, außer sich vor Angst, um vor Corentin das Testament des Satans zu erreichen.

Das fünfte Siegel

Und ich sah, als das Lamm das fünfte von den sieben Siegeln öffnete, unter dem Altar die Seelen derer, die geschlachtet worden waren um des Wortes Gottes und um des Zeugnisses willen, das sie hatten. Und sie riefen mit lauter Stimme: Bis wann, heiliger und wahrhaftiger Herrscher, richtest und rächst du unser Blut an denen, die auf der Erde wohnen. Und es wurde ihnen gesagt, dass sie noch eine kurze Zeit abwarten sollten, bis auch ihre Brüder vollendet seien, die ebenso wie sie getötet werden sollten.

Apokalypse des Johannes

[illegible]

[illegible]

[illegible]

[illegible] Und was bedeutet das? Tod durch Verhungern? Unsere Vorräte [illegible]

[illegible]

Yannic

Kapitel 58

Im Saal des Gerichts
Gegen halb fünf Uhr morgens

»Wir haben das zweite Siegel gefunden.«

Padric sieht mich an. »Wer ist das?«

Ich starre den nackten Leichnam an. Der abgeschlagene Kopf liegt zwischen den Beinen. »Keine Ahnung.«

Padric flucht. »Wird das Morden denn niemals enden?«

»Wir müssen Corentin finden, bevor er erneut zuschlägt. Wir müssen das vierte Opfer finden. Das vierte Siegel.«

»›Und ich sah, als das Lamm das vierte von den sieben Siegeln öffnete, ein fahles Pferd. Und der darauf saß, dessen Name war: der Tod. Und die Hölle folgte ihm nach.‹« Padric schnauft. »Wer von uns ist das vierte Opfer? Du? Oder ich? Wo? Und wann? Der Vers gibt keinen Hinweis auf die Tat. Nicht wie bei den anderen: Conan mit dem Sigillum Dei, Raymond mit der Seelenwaage und er hier mit dem Schwert.«

»Der Vers geht noch weiter, Padric: ›Und ihnen wurde Macht gegeben, zu töten mit dem Schwert und mit Hunger und mit Tod und durch die wilden Tiere der Erde.‹«

»Und was bedeutet das? Tod durch Verhungern? Unsere Vorräte reichen trotz der Belagerung noch wochenlang. Tod durch ein Tier? Dein verschmuster Kater wird wohl kaum über einen von uns herfallen.«

Ungeduldig unterbreche ich ihn. »Tod durch Gift«, schlage ich vor. »Tod durch tierisches Gift. Schlange, Spinne, Skorpion, Salamander, such's dir aus.«

»Und wer ist das nächste Opfer?«

»Ich habe nicht den Schimmer einer Ahnung.«

»Und wo?«

»Ich kann keine Blutlinie erkennen, die sich durch die Abtei zieht, kein Pentagramm, kein satanisches Zeichen.«

»Und wann?«

»Woher soll ich das wissen?«, gebe ich genervt zurück. Was hat er denn plötzlich?

»Conan starb gegen zwei Uhr, er hier schätzungsweise gegen drei, Raymond kurz vor vier. Eine scheinbar unaufhaltsame Progression des Todes. Wann stirbt der Nächste? Um fünf Uhr? Also in einer halben Stunde?«

»Ich weiß es nicht.«

»Und dann? Das apokalyptische Buch hat sieben Siegel. Das sind noch vier Tote.«

»Ich fürchte, du hast recht.«

»Ich glaub dir kein Wort!«, poltert er plötzlich los.

»Wie meinst du das?«

Padric bohrt mir seinen Finger in die Brust. »Yannic, du weißt doch, was hier vorgeht! Du weißt, wieso Conan und Raymond sterben mussten! Du weißt, wer ihr Mörder ist. Yannic, um Himmels willen, sag mir, warum heute Nacht die Apokalypse losbricht! Wozu der ganze Hokuspokus: das Blut, die Rätsel, der Weihrauch, die Kerzen, die zerfetzten Seiten deines Breviers? Worum geht es hier? Und hau mir keine weiteren Lügen um die Ohren, sei so gut! Oder willst du am Ende auch Robin und mich auf deinem Gewissen haben?«

Alessandra

Kapitel 59

Im Keller der Merveille
Viertel vor fünf Uhr morgens

Erleichtert verriegele ich das Portal des Kellers hinter mir, husche durch das finstere Gewölbe, wuchte ein Fässchen mit schottischem Whisky zu einem der Pfeiler und lasse mich darauf nieder. Eine Kerze. Sobald der Docht im eisigen Luftzug des Sturms, der durch die Öffnung der Lastenrampe hereinfegt, endlich aufflammt, schlage ich das *Liber Secretorum Diaboli* auf meinen Knien auf und ziehe Vittorinos Notizbuch aus der Tasche. Die meisten Seiten sind herausgerissen, die wenigen Zeilen, die ich noch entziffern kann, geben keinen Hinweis, wo Vittorino das Testament des Satans gefunden hat. Also nochmal von vorn:

Im Geheimarchiv, zu dem nur der Bibliothekar Abelard und sein Adlatus Raymond Zutritt haben, liegt in einer verschlossenen Truhe der Purpurkodex. Diese Chronik enthielt einen Hinweis auf das Buch der Geheimnisse des Satans, den Corentin aber von der Seite gekratzt hat und die er dann mit einem grauenhaften Fluch belegt hat. Das *Liber Secretorum Diaboli* war unter dem Boden des Archivs eingemauert, bis Vittorino die Granitplatte zerbrach, das Buch las und das Testament des Satans fand. Er wurde ermordet. Yannic erhielt sein Notizbuch, dessen Code er Conan zeigte. Heute Nacht gräbt Conan den Folianten aus, liest ihn und findet das Testament des Satans. Conan wird ermordet. Raymond forscht nach, dringt ins Archiv ein, liest die Chronik und … wird ermordet.

Und ich habe die Teufelsbibel.

Vittorino hat dieses Buch gelesen. Und er hat das Bilderrätsel entschlüsselt, das er in seinen Notizen erwähnt. Langsam blättere ich durch den Satanskodex, vom Titelblatt bis zum Kolophon des sterbenden Verfassers, das so wirr und so unleserlich ist wie Vittorinos letzte Worte, und betrachte die apokalyptischen Bilder. Dabei stoße ich wieder auf die Seite mit der einzigen Erwähnung des Testaments des Satans:

›… und übergab Aubert die vom Blut des Satans triefende Reliquie: das Vermächtnis des Satans, auf dass er sie tief im Felsen verberge und von den Mönchen bewachen lasse …‹

Das war's.

Also zurück zu den rätselhaften Illuminationen.

Die Öffnung des Buches mit den sieben Siegeln durch das Lamm vor dem göttlichen Thron. Davor ein blutiges Gemetzel: die apokalyptischen Reiter mit Siegeskranz, Schwert und Waage, den Symbolen der ersten drei Siegel, die heute Nacht zerbrochen wurden. Conan. Raymond. Und wer noch?

Ich suche das nächste Bild.

Das Zerbrechen des siebten Siegels. Engel in langen Gewändern blasen die Posaunen. Der Anfang vom Ende: Tod und Verderben.

Weiter!

Saint-Michel mit seinen himmlischen Heerscharen im Kampf mit Satan. Am unteren Bildrand der Mont-Saint-Michel.

Weiter!

Satan stürzt aus dem Himmel in die Hölle.

Weiter!

Das himmlische Jerusalem, dessen Silhouette dem Schattenriss des Mont-Saint-Michel gleicht.

Weiter!

Saint-Michel befiehlt Aubert, auf dem Mont ein Sanktuarium zu errichten.

Das geschieht im nächsten Bild: Im Jahr 999, als dieser Kodex entstand, war die Abtei nur ein kleines Oratorium auf dem Gipfel des Granitfelsens, wo zuvor ein keltisches Heiligtum mit zwei hoch aufragenden Menhiren gewesen war. Saint-Michel schwebt mit ausgebreiteten Engelsflügeln vom Himmel herab. In der ausgestreckten Hand hält er sein Flammenschwert, von dem noch das Blut des Satans tropft. Aubert, der vor dem Erzengel kniet, hebt anbetend beide Hände. Saint-Michel übergibt dem Bischof von Avranches die satanische Reliquie.

Das besagt der Text.

Kein Testament des Satans.

Kein Kodex. Keine Schriftrolle mit dem Vermächtnis des Bösen. Kein Blutkelch. Kein Schrein. Kein Knochen. Nichts.

Nur Saint-Michel mit seinem Flammenschwert.

Ich weiß, es ist da, es muss da sein, direkt vor meinen Augen. Aber ich sehe es nicht.

Ich starre Saint-Michel an, bis mir die Augen tränen. Sein Gesicht. Seine Augen. Seine Lippen. Sagt er etwas? Sein purpurner Mantel. Ein kleiner Fetzen davon wird in dem Reliquiar in der Abteikirche aufbewahrt. Sein funkelnder Harnisch. Seine Hände. Eine Hand ist zu einer gewährenden Geste ausgestreckt, die andere hält das Flammenschwert.

So nah, Sandra! Du musst doch nur hinsehen!

Aubert hebt beide Hände, als ob er die Reliquie entgegennehmen will.

Mein Blick huscht zwischen Aubert und Saint-Michel hin

und her, der an seinem Gürtel die prächtig verzierte Scheide seines Schwertes trägt. Dann sehe ich es plötzlich! Nur ein kleiner Federstrich und ein bisschen rote Farbe!

O mein Gott! Kann es sein ...?

Die Menhire. Die Grotte. Das Schwert.

Ich hab's!

Als ich das Buch schließen will, schlage ich unwillentlich das letzte Bild auf: Armageddon. Die letzte Schlacht zwischen Gut und Böse auf dem Mont-Saint-Michel. Darunter der Schriftzug: ›Das Böse ist mächtig. Es wird immer stärker. Doch es ist nicht unbezwinglich. Das Gute wird am Ende siegen.‹

Entschlossen klappe ich den Kodex zu.

Allein kann ich das Testament des Satans nicht finden. Allein kann ich den Kampf nicht gewinnen, um die Progression des Todes aufzuhalten. Ich muss Yannic suchen.

Der Hüter des Erzengels

Intermezzo 8

Im Scriptorium
Kurz vor fünf Uhr morgens

Ma Doue, jetzt schon? Bestürzt verbirgt Corentin sich in den Schatten der Treppe und blickt hinunter ins Scriptorium, wo Jourdain, halb hinter einer Säule verborgen, an einem Lesepult sitzt und in der Purpurchronik blättert.

Corentin beugt sich vor und späht um die Ecke, um zum Geheimarchiv hinüberzusehen. Jourdain hat die Tür aufgeschlossen – Abelard hatte ihm den Schlüssel übergeben, den Raymond als sein Adlatus zuvor verwahrt hatte.

Diese Nacht ist verflucht.

Mit einem lähmenden Gefühl der Traurigkeit beobachtet Corentin den Frater, der wieder seine Finger mit der Zunge anfeuchtet, um die durch das Gift verklebten Seiten umzublättern.

Das ist sein Todesurteil.

Jourdain hat gerade die Seite mit dem Fluch aufgeschlagen, als ein Geräusch an der Tür zum Gästesaal ihn herumfahren lässt. »Hast du mich erschreckt!«

Padrics Gesicht ist grau wie ausgebrannte Asche. »Die Laudes beginnen gleich. Die Fratres versammeln sich schon im Kreuzgang. Was machst du hier?«

»Sieh mal, was ich gefunden habe.« Jourdain winkt seinen Freund heran und zeigt ihm den Fluch.

Padric rutscht neben ihn auf die Holzbank und zieht den Kodex zu sich heran. »›Verflucht seist du, Diener des Satans, der du diese Worte liest! Saint-Michel vernichte dich und werfe deine gottlose Seele hinab in die Feuer der Hölle!‹«, liest er und bekreuzigt sich erschrocken. »Gott im Himmel!«

Jourdain deutet auf die weggekratzte Schrift, die noch schwach zu lesen ist. »Guck mal hier!«

Padric beugt sich tief über den Kodex und blinzelt im Kerzenschein. »Das Liber Secretorum Diaboli – das Buch der Geheimnisse des Teufels?« Er blickt auf. »Was soll das sein?«

Jourdain entziffert die schemenhafte Schrift. »›… ein Buch, mit Satans Hilfe von einem Mönch verfasst, das in Buchstaben aus Feuer Geheimnisse offenbart, die selbst den Engeln des Himmels verborgen geblieben sind …‹«

Padric lehnt sich zurück. »Glaubst du, dass Conan und Raymond wegen dieses Buches gestorben sind?«

»Ich weiß es nicht. Aber ich werde es herausfinden.«

»Wo hast du's gefunden? Ich hab's noch nie gesehen.«

»In einer Truhe im Geheimarchiv. Komm, ich will dir noch was zeigen. Was zum Gruseln, weißt du. Eine Reise in die Hölle. Ein Abstieg in den grauenvollen Abgrund der menschlichen Fantasie. Du wirst es nicht glauben, bis du es siehst.«

Padric folgt Jourdain zur offenen Tür des Archivs. Ihre aufgeregten Stimmen hallen durch das Heulen des Sturms bis zu Corentin, als Jourdain seinem Freund das Dämonenloch und die darin verborgenen Blutskizzen zeigt. Corentin beobachtet seine Konfratres so angespannt, dass er erschrocken zusammenzuckt, als plötzlich die Glocke der Kirche zum Stundengebet ruft.

Als er sich umwendet, steht Yann hinter ihm und mustert ihn mit einem Blick, der Corentin das Blut gefrieren lässt. Wie lange steht er schon dort?

Yannic

Kapitel 60

In der Sakristei der Abteikirche
Das Stundengebet der Laudes um fünf Uhr morgens

Während Lucien mir das weiße liturgische Gewand über den Kopf zieht, bereite ich mich im Stillen auf das Stundengebet vor.

Werde ich das ›Vergib uns, wie auch wir vergeben‹ sprechen können, wenn Corentin vor mir kniet?

»Hältst du nachher auch die Morgenmesse, wenn die Montois in die Abtei kommen?«, fragt Lucien, während er an meinem Gewand herumzupft.

»Yvain hat mich darum gebeten.«

»Ich werde dafür sorgen, dass das Altartuch nicht verrutscht und den Kelch mitreißt. Oder dein Messgewand Feuer fängt.«

Ich muss lächeln. »Danke für den ›Hokuspokus‹ vorhin. Du hast Alessandra das Leben gerettet.«

»Ach Quatsch, das warst du.« Als ich nicht antworte, sieht er mir in die Augen. »Du liebst sie.«

Ich nicke nur.

»Glaubst du, eure Liebe hat eine Zukunft?«

Traurig senke ich den Blick und schüttele den Kopf.

Lucien legt mir die Hand auf die Schulter. »Komm jetzt.«

Ich folge ihm in die erleuchtete Abteikirche und gehe zum Altar hinüber.

Die meisten Konfratres haben sich schon eingefunden. Mit ausgebreiteten Armen liegen sie in einer festgelegten Formation in ihren weißen Gewändern vor dem Altar und murmeln Gebete. Jourdain und Padric betreten nacheinander die Kirche, huschen mit gerafften Roben an ihre Plätze, bekreuzigen sich und legen sich auch auf den Boden.

Ich lasse meinen Blick über die Reihen der Betenden schweifen. Einundzwanzig Fratres. Drei fehlen. Conan. Raymond. Und wer noch? Ich schreite die Reihen im Hauptschiff ab. Jourdain. Padric. Robin. Lucien. Guillaume. Aimery. Piccolet. Thierry. Yves. Brioc. Loïc. Auf der anderen Seite, im Querschiff: Yvain. Corentin. Und ... ein leerer Platz.

Ich wende mich an den Prior. »Père Yvain?«

Er stemmt sich hoch und blickt zu mir auf.

Ich deute auf den Platz neben ihm. »Habt Ihr dem Frater einen Dispens erteilt?«

Yvain sieht sich verwirrt um. Offenbar ist ihm noch nicht aufgefallen, dass der nicht zu den Laudes erschienen ist. »Nein.«

»Wann und wo habt Ihr ihn zuletzt gesehen?«

»In der Krypta. Als wir Raymond fanden.«

»Vor einer Stunde also.«

Yvain ist bleich wie Kerzenwachs, als er sich erhebt und sein Gewand glatt streicht. »Mon Dieu! Ihr glaubt, dass er ...?«

»Wir müssen ihn suchen.«

Mit zitternden Händen bekreuzigt er sich. »Der Erzengel steh uns bei!« Den Blick zu Corentin, der ebenfalls aufsteht, meidet er geflissentlich. Yvain hat Todesangst.

»Der Gottesdienst in Gegenwart des Fürsten der Engel muss warten, bis wir unseren Bruder in Christo gefunden haben.«

Yvain nickt schwach. Schweiß rinnt ihm über die Stirn, und seine Augen sind weit aufgerissen, als er mit bebender Stimme die Suche organisiert: »Immer zu dritt oder zu viert. Niemand geht allein. Père Yann, Frère Aimery, Frère Robin, Frère Padric, Frère Jourdain und ich selbst führen die Suchtrupps an: Merveille, Abtresidenz, Wehrtürme, Kirche und Krypten, Beinhaus, jede finstere Nische. Los geht's!«

Alessandra

Kapitel 61

Am südlichen Seitenportal der Abteikirche
Fünf Uhr morgens

Fluchend lehne ich mich gegen das Seitenportal, durch das ich eben hereingekommen bin. Vor dem Stundengebet wollte ich mit Yannic über das Testament des Satans reden. Ich weiß jetzt, wo es ist.

Was nun? Ein rascher Blick durchs Seitenschiff: Die Treppe zur Krypta Notre-Dame-sous-Terre ist nur wenige Schritte entfernt. Also los!

Während sich die Fratres im Altarraum zu Suchtrupps formieren, hetze ich in geduckter Haltung durch die Schatten hinter den Säulen des Hauptschiffs und haste so schnell, dass ich beinahe ausrutsche und stürze, die Treppe hinunter. Unten bleibe ich stehen und lausche. Sie kommen!

Los, weiter! Aber wohin? Ich sehe mich um. In die Totenkapelle und weiter ins Beinhaus? Oder in die Säle der Merveille auf der anderen Seite?

Vier oder fünf Mönche keuchen zu mir herunter.

Panisch werfe ich mich herum.

Yannic

Kapitel 62

Vor der Treppe zur Krypta Notre-Dame-sous-Terre
Kurz nach fünf Uhr morgens

»Waren da nicht Schritte?«, fragt Lucien, der am Ende der Treppe neben mir stehen bleibt und die Stufen zum Promenoir hochspäht.

»Hab nichts gehört.«

Er zuckt die Schultern. »Wo lang?«

»Wir teilen uns auf. Frère Loïc, Frère Brioc, ins Offiziliat von Abt de Torigni. Wir treffen uns in fünf Minuten. Im Promenoir.«

Die zweistimmige Antwort: »Ja, Pater Subprior.«

»Lucien, du kommst mit mir.«

Während die Mönche in den Räumen gegenüber der Treppengalerie verschwinden, folgt mir Lucien hinauf zur Krypta Notre-Dame-sous-Terre. Ein Herbstnebel über der Bucht ist nichts gegen die dichten Weihrauchschwaden, die uns umwabern – das Gewoge kann es nur noch mit einer Missa solemnis mit Lucien an meiner Seite aufnehmen.

»Guck mal, Yannic: Das Portal ist nur angelehnt.«

Sieh mal einer an! Notre-Dame-sous-Terre gilt in dieser Abtei als das Herz der Hölle. Das Tor zur Krypta ist immer verschlossen. Und davor schmurgelt immer Weihrauch, um den Satan fernzuhalten.

Ein schreckliches Gefühl von Ohnmacht überkommt mich. Ich fühle mich den Ereignissen, die Corentin heraufbeschworen hat, hilflos ausgeliefert. Ich bin gezwungen zu handeln. Ich muss die scheinbar unabwendbare Progression des Todes aufhalten, die Siegel für Siegel auf die Apokalypse zusteuert. Aber was soll ich denn tun? Ohne Alessandra kann ich es nicht schaffen.

»Komm!« Ich stoße das Portal auf und spähe in die Krypta. Eine Kerze auf dem Abhang einer Geröllhalde beleuchtet die Szenerie, die aus einem Horrortraum zu stammen scheint: eine Kapelle, die mit Schutt gefüllt ist. Nur zwischen den Pfeilern, die das Gewölbe der Krypta tragen, hat sich das Geröll gefestigt, sodass ein Pfad entstanden ist.

Ich erkenne ein Gewirr von Abdrücken, die in das Herz der Finsternis führen.

Lucien hat die Augen weit aufgerissen, während er sich langsam bekreuzigt. »Monseigneur Saint-Michel, steh uns bei!«

Wir gehen los, blicken nervös nach links und rechts und bewegen uns immer tiefer hinein in die Kapelle. Lucien drängt sich dicht hinter mich.

Dann entdecken wir den Toten.

Seine Kukulle ist zerrissen. In seiner Brust klaffen tiefe blutige Wunden, durch die die Knochen des Brustkorbs hindurchschimmern. Aus einem Schnitt quer über den Bauch quellen die Eingeweide. Sie sind zu einem großen Hexagramm ausgebreitet. Der Schädel ist eingeschlagen. Ein großes Loch klafft oberhalb der Schläfe, durch das das Gehirn zu sehen ist. Im Geröll kann ich kein Sigillum und kein Anagramm entdecken, nur einen Kreis um den Leichnam herum, der mit einem spitzen Gegenstand gezogen wurde. Einem Schwert?

»Mon Dieu!«, flüstert Lucien und schlägt die Hand vor die bebenden Lippen. Sein Gesicht ist schweißüberströmt.

Ich spüre eine merkwürdige Ruhe in mir, während ich die Inszenierung betrachte, ein sprachloses Staunen angesichts des Grauens. Es fällt mir schwer, den Blick abzuwenden.

Lucien würgt einen dumpfen Laut des Entsetzens hervor.

»Verschwinde. Läute die Glocken, um die anderen zu holen.«

»Mhm.« Fluchtartig verlässt Lucien die Krypta.

Gerade noch rechtzeitig: Von draußen höre ich ein röchelndes Geräusch, als er sich übergibt. Sobald er sich beruhigt hat, ruft er mit brüchiger Stimme: »Wir haben ihn gefunden! Hier drüben!«

Ich gehe zu Abelard hinüber, der blicklos zum Gewölbe hinaufstarrt. Er sieht aus, als wäre er in einer Schlacht gefallen. Die Wunden in seiner Brust sind von einem scharfen Schwert gerissen worden. Ich sehe mich um. Es ist nirgendwo zu sehen.

Ich knie neben Abelard nieder und schließe ihm die Lider. Während ich ihm die Sterbesakramente spende, höre ich über mir das Dröhnen der Glocke, das die anderen ruft.

Loïc und Brioc betreten die Krypta und kommen mit entsetztem Gesicht zu mir herüber. Die anderen Fratres folgen ihnen nach und nach, bilden Schulter an Schulter einen engen Kreis um den Toten, bekreuzigen sich und beten. *»Misereatur nostri omnipotens Deus.«*

Yvain drängt sich durch die dichte Reihe und tritt neben mich. Er ist noch blasser als vorhin. »Dieu du Ciel!«

Ich richte mich auf. »Das fünfte Siegel.«

»Das *fünfte?*«, haucht Yvain entsetzt und betrachtet seinen toten Freund. Er wusste nichts von dem Mord an Abelard, das sehe ich ihm an. Er ist zu Tode erschrocken.

In kurzen Worten berichte ich, wo Padric und ich das zweite Siegel gefunden haben. Und dass das Öffnen des vierten Siegels vermutlich in einem Giftmord endet. »›Und als das Lamm das fünfte Siegel öffnete, sah ich unter dem Altar die Seelen derer, die geschlachtet worden waren um des Wortes Gottes und um des Zeugnisses willen, das sie hatten.‹« Ich deute auf Abelards Leichnam, der nicht weit vom Altar der Krypta entfernt liegt. »›Und sie riefen mit lauter Stimme und sprachen: Bis wann, heiliger und wahrhaftiger Herrscher, richtest und rächst du unser Blut an denen, die auf der Erde wohnen? Und es wurde ihnen einem jeden ein weißes Gewand gegeben.‹« Ich hebe den Saum meines weißen liturgischen Gewandes, das ich wie alle anderen für die Laudes angelegt habe. »›Und es wurde ihnen gesagt, dass sie noch eine kurze Zeit abwarten sollten, bis auch ihre Brüder vollendet seien, die ebenso wie sie getötet werden sollen.‹«

Yvain sieht mich an, als habe er mich nicht verstanden. Er steht unter Schock. »Das fünfte Siegel«, murmelt er. »O mein Gott! Noch zwei Siegel ...«

»Drei.«

Verwirrt blickt er auf. »Drei?«

»Das vierte Siegel ist noch nicht zerbrochen.« Ich deute in die Runde unserer Konfratres. »Einundzwanzig Mönche. Es fehlt niemand.«

Alle fangen an durchzuzählen.

»Das Öffnen des fünften Siegels bedeutet jedoch, dass das vierte schon geöffnet ist. Das tödliche Gift tut seine Wirkung.«

Padric bekreuzigt sich mit aufgerissenen Augen. Schon wieder ist er dem Höllenfürsten auf der Spur. Jeden Augenblick kann er eine seiner Visionen haben. Jourdain legt ihm die Hand auf die Schulter und flüstert ihm etwas ins Ohr. Padric nickt. Was haben die beiden vorhin im Scriptorium getan?

»Wir müssen die Progression des Todes aufhalten!«

Yvain nickt schwach. »Wie?«

»Frère Loïc, Frère Brioc, Ihr bringt Frère Abelard in die Totenkapelle. Alle anderen verlassen sofort die Krypta.«

Ein Raunen erhebt sich, als die Fratres mit gesenkten Köpfen über das knirschende Geröll zum Portal schlurfen.

»Père Yvain?«

Er sieht mich an, erschöpft, verzweifelt. »Ich lasse die Totenmesse für Frère Conan, Frère Raymond und Frère Abelard vorbereiten. Und für den anderen Toten im Gerichtssaal.«

»Ist gut.«

Ich bleibe allein zurück.

Nein, nicht ganz.

Corentin tritt aus den Schatten der Arkaden, geht zum Portal hinüber und schließt es hinter Yvain. Dann legt er den Riegel vor und schließt uns ein. Während er die Maske abnimmt und die blutige und eitrige Gaze vom Gesicht zieht, kommt er zu mir herüber.

»Yann, mein lieber Junge. Wir müssen reden ...«

Alessandra

Kapitel 63

Vor dem Portal der Krypta Notre-Dame-sous-Terre
Viertel nach fünf Uhr morgens

Sobald Yvain die Galerie verlassen hat, um den anderen in die Totenkapelle zu folgen, husche ich zurück zum Portal.

Was, zur Hölle, hat Yannic mit Corentin zu besprechen?

Ich presse mein Ohr gegen das Holz.

»... dir beichten, mein Junge.«

Plötzlich ein Knirschen. Als stapfe Yannic über das Geröll.

»Yann?«

»Ihr seid exkommuniziert, Corentin.« Yannics Stimme klingt dumpf. »Ich kann Euch keine Absolution erteilen.«

»Yann, bitte!«

Ein entnervtes Schnaufen.

»Im Namen des Vaters und des Sohnes und des Heiligen Geistes. Amen«, murmelt Corentin und kniet, dem Knistern der scharfkantigen Steine nach zu urteilen, vor Yannic nieder.

»Gott, der unser Herz erleuchtet, schenke dir wahre Erkenntnis deiner Sünden und seiner Barmherzigkeit.«

»Amen.«

»Nun?« Yannic klingt angespannt. Enttäuscht. Zornig.

»Ich bereue von ganzem Herzen ...«, beginnt Corentin seine Beichte, als plötzlich Yvain aus der Totenkapelle zurückkehrt und keine fünf Schritte von mir entfernt um die Ecke biegt.

Als er mich vor dem Portal der Krypta entdeckt, bleibt er überrascht stehen und starrt mich an. Dann schnellt er herum und hastet zurück, um die anderen zu alarmieren.

Ich packe die Teufelsbibel und stürme die Stufen hinauf ins Promenoir. Als ich an der Treppe zur Salle de l'Aquilon vorbeihetze, kann ich sie die Stufen heraufpoltern hören.

Die Treppengalerie. Wohin jetzt? Nach rechts die Treppe hinauf zum Hof zwischen Kreuzgang und Kirche? Nein! Geradeaus ins Cachot du Diable? Nein! Also nach links in den Gang zwischen Scriptorium und Gästesaal.

Hinter mir eilen die Mönche ins Promenoir, während ich mich durch die Finsternis des schmalen Ganges taste. Dann stehe ich in der Galerie. Die Türen zum Gästesaal stehen offen. Die Stundenkerze brennt noch immer.

Ich haste durch den Saal und erreiche schließlich die Chapelle Sainte-Madeleine. Das Portal zum Gärtchen ist nicht verriegelt. Und jetzt? Nach rechts zur Krypta der dicken Pfeiler? Oder ... Der Regen prasselt mir ins Gesicht. Nach links! Über die mit vom Sturm abgerissenen Zweigen und nassen Blättern bedeckte Treppe hinunter in den Hof zwischen der Merveille und dem Châtelet.

Ich kann sie hinter mir hören, ganz nah.

Nach rechts, in den Saal der Wachen. Durch einen offenen Torbogen. Weiter, über die Stufen nach unten. Dann stehe ich vor dem Portal der Abtei und wuchte keuchend den schweren Riegel zur Seite. Aber ich kann das Tor nicht öffnen.

Mit aller Kraft zerre ich daran.

Aber es rührt sich nicht.

Ein panischer Blick zurück: Sie kommen. Sie sind schon da.

Wohin jetzt?

Im letzten Augenblick entdecke ich die Tür neben dem Kamin. Ich hetze durch den Saal der Wachen die Stufen hinauf, den Verfolgern entgegen, stoße die Tür auf, verriegele sie hinter mir und stürme hinauf in den Saal des Gerichts.

Am Ende der Treppe bleibe ich erschrocken stehen.

Mitten im Saal liegt ein nackter Mann auf dem Boden. Zwischen seinen gespreizten Beinen liegt in einer Lache aus Blut ein abgetrennter Kopf mit rotblondem Haar, das zu blutverklebten Zöpfchen geflochten ist.

Eine furchtbare Ahnung lässt mich zittern wie in einem Eissturm. Mit weichen Knien gehe ich weiter. Heiße Tränen rinnen mir über das Gesicht, Tränen der Hoffnungslosigkeit, der Trauer und des Zorns, als ich das blutige Schwert aufhebe.

Das zweite Siegel.

Von unten hallt ein lautes Rumpeln die Treppe herauf – sie brechen die Tür auf!

Yannic

Kapitel 64

In der Krypta Notre-Dame-sous-Terre
Gegen halb sechs Uhr morgens

Nach der erschütternden Beichte wendet Corentin sich ab und zieht die Gaze wieder vor sein Gesicht.

Ich bin wie zu Eis erstarrt. Meine Fingerspitzen schmerzen, als wären sie erfroren. Eiskristalle rieseln mir über den Rücken, während ich vor innerer Kälte bebe.

»Yann?«, fragt Corentin sanft.

Mir fehlen die Worte, um meine Gefühle auszudrücken. Ein Sturm tobt in mir, der jeden vernünftigen Gedanken mit sich fortreißt.

»Yann, mein lieber Junge!« Er streicht mir über den Arm, was mir beinahe körperliche Schmerzen zufügt. »Alles in Ordnung?«

Ich schüttele den Kopf. Aufgewühlt. Erschüttert. Traurig.

Ich habe Corentin die Absolution verweigert.

Keine Vergebung, keine Barmherzigkeit, keine Gnade.

Nur Wut. Und Trauer.

Corentin hat Conan ermordet und den Leichnam geschändet.

Ich fühle mich, als sei ich gerade aus einem Albtraum aufgeschreckt, um erschrocken festzustellen, dass ich gar nicht geträumt habe.

»Der Erzengel hat dich erwählt, Yann. Du bist sein«, redet er mit sanften und tröstenden Worten auf mich ein. »Du bist nun der Hüter der Lade, der an der Seite von Arc'hael Mikael die Mächte des Bösen bekämpft. Und du bist das neue Oberhaupt der geheimen Bruderschaft.«

»Habt Ihr mich deshalb zum Subprior gemacht?«, frage ich mit heiserer Stimme.

Er nickt. »Yvain und du, ihr werdet eng zusammenarbeiten. In der Abtei wie in der Bruderschaft. Wenn die Fratres dich in einigen Wochen zum Prior wählen, habe ich mein Ziel erreicht: Ich kann in Ruhe sterben. Ich weiß, ich habe einen würdigen Nachfolger.«

»Ich soll töten? Dieses schreckliche Mysterienspiel weiterführen? Böses tun um des Guten willen?« Die Worte kommen mir nur schwer über die Lippen, sie haben einen bitteren Nachgeschmack. »Wie Ihr, Corentin?«

»Du wirst es verstehen, Yann. Das Geheimnis muss bewahrt bleiben.«

»Welches Geheimnis?«

»Das Testament des Satans. Komm, ich zeig's dir.« Er führt mich über das Geröll in den hinteren Teil der Krypta, wo am Fuß der Halde zwei Altäre stehen, die vom Schutt befreit worden sind. »Notre-Dame-sous-Terre ist an der Stelle errichtet worden, wo Aubert das erste Sanktuarium für Sant Mikael errichtet hat und wo zuvor ein keltisches Heiligtum war. Sieh mal da drüben, Yann, hinter dem rechten Altar, in der Apsis! Die Wand aus grob behauenen Granitblöcken gehörte einst zu Auberts Oratorium. Ich habe sie vor einigen Jahren zufällig entdeckt und ausgegraben.«

Ich sehe mich in der Kapelle um, die von zwei wuchtigen Arkadenbögen in zwei Schiffe getrennt wird. Zwei Apsiden, zwei Altäre. Wie bei den heidnischen Kelten, die auf solchen Altären

Blutopfer darbrachten. Notre-Dame-sous-Terre ist eine steingewordene Erinnerung an die keltische Vergangenheit des Mont-Saint-Michel. Eine Ehrung der Ahnen.

Ich bin Kelte.

»Und wo ist die Felsengrotte, in der die legendären neun Druidinnen die Blutopfer für Ogmios darbrachten, den Gott der Toten und des Krieges?«

»Unter uns.« Corentin zieht mich in die Nische. »Hilf mir, Yann. Wir müssen den Altar verschieben.«

Gemeinsam wuchten wir die Deckplatte des Altars, der wie ein archaischer Dolmentisch geformt ist, zur Seite. Darunter kommt ein Schacht zum Vorschein, der durch den festen Granit steil nach unten führt. Er ist so eng, dass ich auf allen vieren rutschen müsste.

Corentin beugt sich vor, schiebt die Hand mit der Kerze bis zur Schulter in den Schacht und leuchtet mir. »Siehst du, Yann? Das Heiligtum unserer Ahnen. Der Tempel für Ogmios, den Führer der Seelen – wie später Sant Mikael. Die Grotte dort unten diente dem Totenkult. Ein heiliger Ort der weisen Druidinnen, die gleichzeitig Priesterinnen, Prophetinnen und Heilerinnen waren.« Corentin deutet auf einige große Steinquader, die den Einstieg umgeben. »Dieser Schacht war zugemauert, bis Vittorino da Verona unter dem christlichen Altar das Versteck der Lade entdeckte. Der einstige Eingang des Tempels an der Bergflanke, wo sich heute unser Klostergarten befindet, ist auch zugemauert. Hinter den Megalithen könnte sich noch ein altes keltisches Fürstengrab befinden. Darauf lässt der alte Name für den Mont-Saint-Michel schließen: Mont-Tombe, ›der Berg des Grabes‹.«

Wenn ich den Kopf schräg halte, erkenne ich am Ende des Schachts den unebenen Felsboden der Tempelgrotte und einen Megalithen, der vermutlich ein Blutopferaltar für Ogmios war.

Der Mont ist das Tor in eine andere Welt, er ist der Berührungspunkt von Himmel, Erde und Hölle, wo Keltentum und Christentum eins sind und wo die Legenden zur Wirklichkeit werden. Ich kann die Heiligkeit des Ortes geradezu körperlich spüren. Ein mystischer Schauer läuft mir über den Rücken.

»Du fühlst es, nicht wahr?«, flüstert Corentin ergriffen.

Ich nicke langsam. »Dieser Ort ist magisch. Er ... Wie soll ich sagen? ... Er atmet. Ich fühle mich so ... lebendig. Mir ist ganz warm. Und mein Herz klopft. Dieser Ort schenkt mir Kraft.«

»Hast du diese Kraft schon einmal gespürt?«

»Ja, schon oft. Dieses Gefühl überkommt mich stets an alten Kultorten wie Kapellen, Kirchen und Kalvarienbergen, die über heiligen Orten der Kelten errichtet wurden, oder in Cromlechs wie Carnac und Stonehenge.«

Corentin verzieht die aufgerissenen Lippen, und ein Tropfen Blut rinnt ihm über das Kinn. »Ich wusste es! Du bist Kelte, Yann, wie ich. Du bist ein Nachkomme der Druiden. Ein Priester, ein Weiser, ein Prophet, ein Heiler. Du besitzt den tiefen, unerschütterlichen Glauben der Bretonen. Wir Kelten, wir Söhne der Druiden, sind ... *anders*. Yvain ist Normanne. Er kann die Macht und die Heiligkeit dieses Ortes nicht spüren. Er kann nicht verstehen, was wir empfinden.«

Ich blicke immer noch hinunter in die Grotte der Druidinnen. »Das Testament des Satans wurde dort unten aufbewahrt?«

»Nach dem Einsturz des Chors 1421 wurde es neben einem Skelett in einer Gruft unter der zusammengebrochenen Krypta der dicken Pfeiler entdeckt. Ein Mönch hatte sich im apokalyptischen Jahr 999 mit der schrecklichen Reliquie lebendig begraben lassen. Ich habe die sterblichen Überreste des Hüters und die Reliquie dort unten eingemauert.«

»Und wo ist das Testament des Satans jetzt?«

Corentin richtet sich auf und deutet über meine Schulter hinweg in die Finsternis. Ich helfe ihm auf und folge ihm zu einer uralten Truhe, die vor dem anderen Altar steht. »Sant Mikael selbst hat das Testament des Satans im Beisein von Bischof Aubert in die Lade gelegt. Dann hat er sie versiegelt, um die Menschen vor der Macht des Bösen zu schützen. Der Arc'hael übergab die Reliquie, die nicht vernichtet werden kann, den keltischen Mönchen des Mont. Sie sollten sie im Granitfelsen unter dem Sanktuarium des Mont-Saint-Michel verbergen, damit sie vergessen würde ... Aber Satan hat die Macht, die Herzen der Menschen zu verführen. Und so wurde ein Hüter auserwählt, um die Tod und Verderben bringende Reliquie zu bewachen. Niemals darf sie in die falschen Hände geraten.«

»Wieso?«

»Das Testament, das Vermächtnis des gefallenen Engels, ist das einzige Dokument, das jemals von Satan selbst verfasst wurde. Es birgt seine Grausamkeit, seine Bosheit, seinen unbeugsamen Willen, die Menschen zu unterwerfen und Gott ähnlich zu werden.«

»Und diese Legende ist wahr?«

»Es ist keine Legende, Yann. Es ist Geschichte.«

»Wie könnt Ihr so sicher sein?«

»*Ich* war der Hüter der Lade. Ich kenne das Wesen der Reliquie, die mir vom Erzengel selbst anvertraut wurde.«

Einige Augenblicke lang schweigen wir.

»Ich nehme an, es ist eine Ehre, wenn man zum Hüter berufen wird.«

Er nickt. »Es ist ein heiliges Amt. Du bist würdig, Yann. Und du bist stark, körperlich und geistig. Du kannst die Bürde tragen. Der Hüter ist ein Auserwählter. Und er ist ein Verdammter, denn seine Berufung bringt ein langsames, qualvolles Sterben mit sich.«

Ich betrachte seine blutenden und eiternden Wunden und nicke langsam. Die Initiation ist mein Todesurteil. Sie ist meine Buße für meine Liebe zu Rozenn. Und für meine Gefühle für Alessandra.

»Du bist der Hüter eines Wissens und einer Macht, die die Menschen seit Jahrhunderten in den Bann schlagen«, sagt er eindringlich. »Das Geheimnis muss bewahrt werden.«

Ich atme tief durch.

»Ich lasse dich jetzt allein, Yann. Die Antwort auf all deine Fragen findest du in der Truhe.«

Ohne ein weiteres Wort wendet er sich um und stapft über die Geröllhalde zum Portal. Mit einem Rumpeln fällt es zu.

Mit zitternden Knien hocke ich mich vor die Lade, entriegele das uralte Schloss und hebe langsam den Deckel an. Die Truhe aus zersplittertem Holz ist mit Bleiplatten ausgekleidet. Goldene und purpurne Brokatstoffe verhüllen die satanische Reliquie. Sie fühlen sich warm an, als ob sie einen glühenden Gegenstand enthalten.

Behutsam wickele ich die erstaunlich lange und schwere Reliquie aus den Tüchern. Metall blitzt auf. Eine letzte Schicht aus schimmerndem Brokatstoff – dann halte ich das Testament des Satans in Händen.

Erschrocken starre ich die unheilige Reliquie an.

Allmächtiger Gott, nicht das!

Alessandra

Kapitel 65

Im Saal des Gerichts
Gegen halb sechs Uhr morgens

Das zweite Siegel.

Eoghan.

Heiße Tränen rinnen mir über das Gesicht, als ich das blutige Schwert aufhebe.

Das Rumpeln am Ende der Treppe wird lauter. Sie brechen die Tür auf!

Gehetzt blicke ich mich um. Wohin?

Da vorn, in der rechten Seitenwand des Saals, ist eine Tür. Mit dem Satanskodex in der einen und Eoghans Schwert in der anderen Hand laufe ich los.

Hinter der Tür beginnt ein Gang, doch der endet an einer gewundenen Treppe zum Wehrturm. Also zurück! Da ist noch ein Durchgang zu einer Treppe. Hinunter! Das Arbeitszimmer des Bailli, des Stellvertreters von Louis d'Estouteville. In einer Ecke des Raums befindet sich die Tür zu einer Wendeltreppe. Sie führt zur hölzernen Brücke, die hinüberreicht zur Krypta der dicken Pfeiler. Kurz nach Mitternacht ist Corentin vor mir über diesen Übergang geflüchtet.

Während ich über den Abgrund der Abteitreppe hinweg in die weihrauchvernebelte Krypta haste, kann ich meine Verfolger hinter mir ins Arbeitszimmer des Bailli poltern hören.

Weiter!

Ich verlasse die Krypta der dicken Pfeiler und hetze am Gärtchen vorbei die Stufen hinunter in den Hof der Merveille.

Vor mir ragt das Châtelet mit dem Portal der Abtei in den Nachthimmel. Von dort dringen Stimmen zu mir. Schritte nähern sich.

Ich werfe mich herum und husche durch den niederprasselnden Eisregen zum Almosensaal.

Die Fenster!

Hastig steige ich die Stufen hinauf zur Fensterbank in der spitzbogigen Nische und spähe durch die rautenförmig gefassten Scheiben hinab auf Le Gouffre, den Höllenschlund. Die Treppe windet sich steil hinunter ins Dorf.

Ich muss zum Bailli. Er kennt das päpstliche Breve und das königliche Geleitschreiben. Er weiß, wer ich bin. Nur Raoul de Beauvoir kann mir noch helfen.

Mit der Klinge schlage ich die Scheibe ein, biege das Geflecht der Bleifassungen zur Seite, lehne mich hinaus und spähe hinunter.

Es ist viel zu tief für einen Sprung.

Geschrei im Hof: Meine Verfolger kommen näher.

Kurz entschlossen springe ich von der Fensterbank, eile in den benachbarten Keller, schiebe das *Liber Secretorum Diaboli* hinter das Fässchen mit Whisky, schneide das Seil los, das seit meinem Abstieg über die Rampe am Laufrad befestigt ist, und hetze zurück zum Fenster, wo ich es an einer Querverstrebung unterhalb des Spitzbogens verknote. Dann werfe ich es hinunter, steige rückwärts durch das schmale Fenster und lasse mich auf der anderen Seite hinunter.

Ich bin fünf oder sechs Ellen unterhalb des Fensters, da erscheint ein Gesicht über mir. Jourdain? Oder Padric? Im prasselnden Regen muss ich blinzeln, sodass ich ihn nicht erkennen kann. Das Seil, das mir heiß und schmerzhaft durch die Finger gleitet, beginnt zu rucken. Der Mistkerl da oben schneidet mit seinem Dolch daran herum! Ich blicke nach unten. Noch zehn Ellen. Das Seil beginnt sich zu drehen, als die ersten Hanfstränge durchtrennt sind. Er stochert immer noch an dem Seil herum.

Schneller! Noch acht Ellen.

Dann reißt das Seil. Und ich stürze in den finsteren Höllenschlund.

Yannic

Kapitel 66

In der Krypta Notre-Dame-sous-Terre
Kurz nach halb sechs Uhr morgens

Erschrocken betrachte ich das glühende Schwert in meinen Händen. Es fühlt sich warm an, als sei es eben erst im Feuer der Hölle geschmiedet worden.

Noch nie habe ich ein so schönes Schwert gesehen. Trotz seines Gewichts liegt es gut in der Hand. Der Griff aus Gold ist mit kostbaren Juwelen verziert. Den Knauf bildet ein mir unbekannter schwarzer Stein. Die lange zweischneidige Klinge besteht aus einem Metall, das geheimnisvoll schimmert und seltsame Flecken aufweist. Es ist … Ich streiche mit dem Finger darüber … Es ist kein Rost. Es ist getrocknetes Blut. Schwarzes Blut.

Das Blut des Satans.

Ich reibe meine Fingerkuppen aneinander: Eine klebrige Schicht überzieht die scharfe Klinge. Ich glaube, dass Abelard mit diesem Schwert ermordet wurde.

Ich atme tief durch. Kein Zweifel, ich halte das Flammenschwert des gefallenen Engels in Händen, mit dem er gegen Sant Mikael kämpfte, der ihn besiegte und auf den Mont hinabschleuderte, das Tor zwischen Himmel und Hölle.

Schaudernd halte ich die Klinge ins Licht und entziffere die uralte Inschrift.

Entsetzen verdunkelt meinen Blick.

Das Testament des Satans. Sein Vermächtnis, von ihm selbst in der Hölle niedergeschrieben.

Ein Gefühl der Ohnmacht, der Verzweiflung, der Trauer macht sich in meinem Innern breit und wird übermächtig. Conan, der vor wenigen Stunden an dieser Stelle kniete, muss ähnlich empfunden haben wie ich. Bevor er starb, sprach er vom Reich des Satans, das über uns hereinbreche, von einer Finsternis, die sich über die Welt ausbreite, von einer Geißel der Menschheit – der gefährlichsten aller Reliquien: »... und du wirst sein wie Gott, Yannic, wie Gott!«

Ich bin wie gelähmt. Das Glühen des Schwertes brennt sich in meine Haut.

Auch Conans Hände wiesen seltsame Verbrennungen auf. Die Handflächen waren aufgerissen, als ob er ein glühendes Stück Metall umklammert hätte.

»Und versprich mir ... dass du mir nicht in die Hölle folgst. Gib die Suche auf, Yannic. Sie führt dich ins Inferno deines Gewissens. Und in die Hölle von Tod und Verderben.«

Ich betrachte das Flammenschwert des Satans. Was soll ich nur tun?

Schließlich raffe ich meinen Habit und stehe auf. Mit dem Schwert gehe ich zu dem Altar, hebe es mit beiden Händen über meinen Kopf und lasse es mit voller Wucht auf den Granitdolmen niedersausen. Die Klinge schlägt Funken aus dem harten Stein und schwingt so stark, dass sie mir beinahe aus der Hand springt, aber sie zerbricht nicht. Nochmal!

Meine Finger umklammern den Griff, als ich erneut versuche, das Schwert zu zerstören. Die Klinge kracht mit Schwung gegen den Granit. Der Altarstein zerbirst. Kleine Splitter fliegen in alle Richtungen. Aber das Schwert weist nicht die Spur eines Kratzers auf.

Nochmal!

Mit aller Kraft schlage ich die Klinge gegen die Kante des Altarsteins. Der Griff gleitet mir aus den Händen, das Schwert poltert zu Boden. Es ist noch immer unversehrt.

Corentin hat recht: Das Schwert des Satans kann nicht zerstört werden. Und die Macht seines Besitzers kann nicht gebrochen werden.

Ich weiß jetzt, was ich zu tun habe! Sant Mikael, schenk mir den Mut und die Kraft! Und vergib mir, was ich jetzt tun muss.

Wer, wenn nicht ich? Wann, wenn nicht jetzt? Wie, wenn nicht auf diese Weise?

Ich bin bereit.

Was für eine grauenvolle Nacht! Aber die Progression des Todes kann aufgehalten werden. Nur noch *ein* Opfer, nicht mehr drei.

Ich bin bereit.

Die Entscheidung brennt in mir wie die Feuer der Hölle. Aber ich lasse mich nicht beirren. Ich bin ein Diener Gottes. Ich habe meine Gelübde nicht in den Wind gesprochen. Und ich bin der Hüter der Lade.

Entschlossen lege ich das Schwert zurück in die Lade, schließe den Deckel und verriegele das Schloss. Dann ziehe ich die schwere Truhe über das Geröll hinter mir her zum Einstieg in die keltische Felsengrotte unter dem Altar.

Tränen rinnen mir über das Gesicht.

Nein, ich bin noch nicht bereit …

Alessandra

Kapitel 67

In der Grande Rue
Viertel vor sechs Uhr morgens

Dann reißt das Seil. Und ich stürze in den finsteren Höllenschlund.

Als ich auf die Wehrmauer oberhalb der Treppe pralle und mich im letzten Augenblick festhalte, bevor ich abrutsche und noch tiefer falle, wird das Portal der Abtei geöffnet.

Einen Moment lang bleibe ich in der Pfütze liegen, noch benommen vom Sturz. Mein ganzer Körper schmerzt, doch offenbar habe ich mir nichts gebrochen.

Ein Schuss. Aus dem Fenster über mir. Der Bolzen einer Armbrust schlägt neben mir ein.

Keuchend rappele ich mich auf, taumele mit einer Hand am Mauerwerk die Stufen hinunter, die auf eine Wehrmauer zuführen. Darüber schweben die in den Windböen funkelnden Lichter der englischen Garnison auf der Tombelaine. Wenn ich wenigstens bis dort …

Ein Schrei!

Mehrere Mönche poltern hinter mir die Treppe herunter – nur dreißig oder vierzig Stufen entfernt. »Da ist sie! Lasst sie nicht entkommen!«

Am Ende des Höllenschlunds biege ich auf den regennassen Pflastersteinen nach rechts um die Ecke. Der Beginn der Grande Rue, der Hauptstraße des Dorfes zu Füßen der Abtei – die Montois nennen die wenigen Häuser stolz eine ›Stadt‹ –, eine steile Treppe, die zwischen den übereinandergestapelten Fackwerkhäusern zu den Befestigungstoren hinabführt.

Rechts ein herbstlicher Garten mit hohen Eichen, am Abhang des Mont in mehreren Ebenen angelegt, die durch hüfthohe Mauern getrennt sind. Geradeaus die Grande Rue – im Haus gegenüber brennt Licht. Wie die meisten auf dem Mont besteht es aus Holz.

Ich muss zum Bailli. Also los!

Zwei Stufen auf einmal hetze ich die Grande Rue hinunter, die sich zwischen den Häusern wie in einer tiefen, finsteren Schlucht nach unten windet und etliche schmale Durchgänge und ansteigende Treppenfluchten kreuzt. Die meisten Laternen über den Hauseingängen hat der Sturm gelöscht, und in der Grande Rue ist es noch finster. Die Sonne wird erst in einer Stunde aufgehen.

Ein Pilgerladen aus Fachwerk. Zwischen den dunklen Balken quillt das Stroh des weiß verputzten Lehmverbundes hervor. In der Auslage Coquilles Saint-Jacques, Pilgerpfeifen aus gebranntem Ton, Pilgerabzeichen mit dem Bild von Saint-Michel, Pilgerausrüstung, Pilgerstäbe, Pilgerschuhe, Gebetbücher, Kreuze, Ikonen, der ganze Kram. Das letzte Mal von Spinnweben und Staub befreit, als Königin Marie mit ihrem Gefolge vor zwei Jahren den Mont besuchte.

Ein paar Schritte weiter eine heruntergekommene Pilgerherberge. Vom bunt bemalten Schild über der Tür lädt ein Michelot mit Pilgerstab und Kalebasse zur Rast ein. Die Herberge ist vermutlich seit Jahrzehnten geschlossen, seit die Engländer den Mont belagern. In einem Fenster lockt Naschwerk aus Zucker in Form von marmorierten Jakobsmuscheln, mit Spinnweben statt Seetang garniert.

Blick zurück: Sie kommen. Ich wirbele herum und renne weiter die Stufen hinunter. Eine schmale Treppe zweigt zur Dorfkirche ab. Keine Fluchtmöglichkeit!

Hinter der Kirche führen Stufen den Berg hinauf. Ich hechele sie hoch. Der ummauerte Weg macht eine Biegung. Links die rückwärtigen Dachgauben eines Hauses an der Grande Rue. Hinter mir spitzbogige Kirchenfenster. Rechts eine wuchtige Mauer, ein gusseisernes Gitter, ein Heer aufgereihter Kreuze. Der Friedhof.

Über mir ragt drohend der wuchtige Schattenriss der Abtei bis hinauf in den Himmel. Mittlerweile sind einige Fenster erleuchtet. In der Belle-Chaise, dem Gerichtssaal, wird Eoghans Leichnam abgeholt, und in der Chapelle Saint-Étienne wird die Totenmesse für die ermordeten Mönche vorbereitet.

Die Schritte hinter mir werden lauter.

Kurz entschlossen klettere ich über die Mauer und springe hinunter in den Friedhof. Guillaume d'Estouteville hat einmal im Scherz behauptet, ich gehe über Leichen – er glaubt, dass ich Kardinal Vitelleschi im Kerker der Engelsburg ermordet habe, nachdem der Kardinal, der den Papst stürzen wollte, um sich selbst die Tiara aufzusetzen, mich töten wollte. Wartet, bis ich nach Rom zurückkehre und Euch beim Abendessen von meiner Reise in die Hölle des Mont-Saint-Michel berichte, Guillaume: Heute gehe ich *wirklich* über Leichen.

Die windschiefen Kreuze aus Holz und Eisen stehen dicht an dicht. Hier sind Engländer begraben, die in der Schlacht um den Mont im blutüberströmten Watt gefallen sind, Pilger, die im Meer ertrunken sind, Bauarbeiter, die vom Gerüst gefallen sind, Fischer, Muschelsammler, Pilgerführer, Andenkenverkäufer, Gastwirte, Bogenschützen, Handwerker – Montois und Fremde, Seite an Seite. Nur die Knochen der Mönche stapeln sich im Ossuarium der Abtei. Von ewiger Ruhe kann auf diesem Friedhof keine Rede sein: Hier muss eng zusammengerückt werden.

Zwischen den Kreuzen hindurch husche ich auf die andere Seite des Friedhofs, klettere über einen verholzten Efeu auf die gegenüberliegende Mauer und schwinge mich hinüber. Gerade noch rechtzeitig.

Aufgeregtes Geschrei. »Wo ist sie hin?«

Gehetzt sehe ich mich um. Ich stehe in einer Gasse, die sich oberhalb der Grande Rue um den Mont herumwindet. Wenn ich mich nach rechts wende, laufe ich meinen Verfolgern in die Arme. Und wenn ich nach links die Stufen hinaufkeuche, komme ich vor der Treppe zum Châtelet heraus.

»Merda!«, fluche ich.

So schnell ich kann, hetze ich über die Treppenabsätze den Mont hinauf und folge der Gasse, die sich zwischen den Schieferdächern der Häuser hindurchwindet. Über mir türmt sich das Châtelet mit seinen beiden Wehrtürmen auf. Da ist der Weg, über den ich vorhin zur Saint-Aubert-Kapelle geführt wurde. Ich biege nach links ab und renne unterhalb der wuchtigen Mauern der Abtei entlang. Dann habe ich die steile Treppe erreicht, die zwischen den Dächern hinunter zur Straße führt.

Ich hetze die ummauerten Stufen hinunter, vorbei an einem Gärtchen, unter einer Wäscheleine hindurch, zwischen Schieferschindeln, Dachgauben, Kaminen und Fenstern hindurch zur Grande Rue. Jetzt kann ich die Porte du Roy sehen. Das Stadttor ist von Fackeln erleuchtet. Es ist verriegelt und wird von mehreren Bogenschützen der Garnison bewacht. An Flucht ist nicht zu denken.

Ich muss zum Bailli. Sein Haus liegt nur wenige Schritte die Grande Rue hinauf. Ich werfe mich herum und haste die Stufen der Gasse wieder hoch. Außer Atem klopfe ich an die Haustür. Nichts rührt sich. Ich trete einen Schritt zurück und blicke hinauf. Die Fenster im ersten Stock sind hell erleuchtet. Wieder hämmere ich gegen die Tür. »Gott im Himmel! Öffnet endlich!«

Eine Minute.

Dann noch eine.

Ein Knarren der hölzernen Stiege im Inneren des Hauses. Ein Hund beginnt aufgeregt zu kläffen und kann sich gar nicht mehr beruhigen. Einer der Wachhunde der Garnison?

Der Regen klatscht auf mich herunter. Obwohl ich von der überstürzten Flucht erhitzt bin, beginne ich in der nassen Kleidung erbärmlich zu frieren. Ich beiße die Zähne aufeinander, damit sie nicht klappern.

Ein Riegel wird zurückgeschoben, ein Schlüssel quietscht im Schloss, die Tür wird einen Spaltbreit aufgeschoben. Das Kläffen wird lauter – der Hund ist im Haus.

Ein altes, nicht nur vom Schlaf zerknittertes Gesicht taucht auf im matten Schein einer Kerze. Spitzenhäubchen. Schwarzes Kleid. Weiße Schürze. Die Haushälterin.

»Bonjour. Ich bin Alessandra Colonna. Ich muss sofort mit dem Bailli sprechen.«

Ein misstrauisch abschätzender Blick: wirres Haar, das sich aus einem geflochtenen Zopf gelöst hat und bis in die verkniffenen Augen hängt? Tropfnasse, blutverschmierte Kleidung: Hemd, Hosen und Stiefel? »Alessandra Colonna?« Der Tonfall ist ein Schlag ins Gesicht.

Ganz ruhig, Sandra! König Charles war bei unserem ersten Treffen genauso affektiert. Mit Frauen in Hemd und Hosen, wie Jeanne d'Arc, hat Seine Majestät so seine Erfahrungen gemacht. Aber am Ende war er ganz charmant und hat mich artig nach Amboise und Blois eingeladen.

»Ich habe gestern mit dem Seigneur gesprochen«, erinnere ich die Alte. »Contessa Alessandra Colonna, Vikarin Seiner Heiligkeit des Papstes.«

Keine Reaktion.

»Ein Kleid aus schimmerndem Atlas mit weißem Pelzbesatz, aufgestecktes dunkles Haar mit Perlenschmuck, ein Siegelring mit dem Hoheitszeichen der Colonna.« Ich zeige ihr den Ring. »Du hast mir warmen Pflaumenkuchen mit Schlagsahne und mit Nelken und Zimt gewürzten Glühwein serviert.«

»Der Seigneur ist nicht da.«

Auch das noch! »Wo ist er?«

»Auf dem Festland.«

»Seit wann?«

»Gestern Morgen, nachdem Ihr in die Abtei hinaufgestiegen wart. Der Seigneur hat Euer Pferd in die Prieuré de Genêts mitgenommen. Er will sich dort mit dem Bischof treffen.«

Kein Bailli, kein Pferd, keine Möglichkeit zur Flucht.

»Wann kommt er zurück?«

»Nach der Sturmflut«, lautet die patzige Antwort.

»Kann ich eintreten und im Haus auf ihn warten?«

»Nein.«

Bevor mir die Tür vor der Nase zugeschlagen wird, schiebe ich den Fuß in den Spalt: »Lass mich rein!«

»Nehmt den Fuß aus der Tür!«, faucht sie mich an. »Wartet in der Abtei auf den Seigneur!«

Das darf doch nicht wahr sein!

»Was ist geschehen?«

»Das fragt Ihr noch?« Vergeblich versucht sie, die Tür zuzuschieben, doch mein Fuß steckt zwischen Tür und Rahmen. »Erst kommt Ihr unangekündigt auf den Mont, ohne bewaffnete Eskorte und ohne englisches Geleitschreiben. Dann tritt mitten in der Nacht dieser verdammte Engländer die Tür ein und fragt nach Euch ...«

»Er war Schotte.«

»Was?«

»Sir Eoghan Walleys. Er war Schotte.«

»Mir doch egal! Nehmt den Fuß aus der Tür!«

Ich geb's auf. Sie wird mir nicht helfen. Ich muss weiter.

Krachend fällt die Tür ins Schloss, der Riegel rumpelt, das Schloss quietscht.

Wohin soll ich?

Kurz nach sechs. Nicht mehr Nacht, aber noch nicht Tag. Im Osten schimmert immer wieder die Ahnung eines Silberstreifens am Horizont auf und verschwindet wieder hinter den schwarzen Sturmwolken. Die Sonne geht um sieben auf. Die Montois werden in einer Stunde in die Abteikirche strömen, um mit den Mönchen die Prim zu feiern – heute ist das Fest von Saint-Michel. Ausnahmezustand.

Ich lausche. Unten an der Porte du Roy kann ich die Wachen hören. Bis auf den böigen Wind, der durch die Grande Rue fegt, ist alles ruhig. Ich fühle eine unbestimmte Erleichterung: keine Spur von meinen Verfolgern. Sind sie in die Abtei zurückgekehrt?

Egal, weiter! Am Ende der Straße, vor dem bewachten Stadttor, klammert sich das Maison de l'Arcade auf einen Mauervorsprung der Bastion. In dem windschiefen Fachwerkhaus, das nur ein Wehrturm aus Granit am Zusammenbrechen zu hindern scheint, ist ein Teil der Bogenschützen der Garnison des Seigneur d'Estouteville untergebracht – da brauche ich mich ohne die Geleitschreiben von Louis oder Guillaume und ohne Rückendeckung durch Raoul de Beauvoir nicht blicken zu lassen. In Abwesenheit des Bailli ist der Prior der Kommandant der Festung. Nicht gut, gar nicht gut.

Ich hechele eine steile Treppe hinauf zur Abtei. Oben angekommen bleibe ich schwer atmend stehen, bis sich mein Herzschlag ein wenig beruhigt hat. Der Weg führt an einer handtuchgroßen Wiese mit zwei Kühen und einem Stall voller Hühner vorbei zur Mole, wo Yannics Boot festgemacht ist.

Die einzige Chance zu entkommen. Das Problem: Ich kann nicht segeln. Schon gar nicht in diesem Sturm.

In geduckter Haltung husche ich unter den Eichen hindurch zum Abstieg, der zum Meer hinabführt. Keine Laternen, kein Licht. Der Weg wird steiler. Der Regen stärker. Er weht mir von vorn entgegen und prasselt mir wie eine kalte Sturzsee ins Gesicht. Blinzelnd rutsche ich den Sandweg hinab, den Lucien mich vorhin hinuntergeführt hat.

Das Meer. Auf der aufgewühlten Dünung, die sich gischtend gegen die Mole wirft, leuchten weiße Schaumkronen. Yannics Boot wirft sich auf den Wogen hin und her.

Ich bleibe stehen und blicke zurück. Niemand zu sehen.

Wie Fetzen, aus schwarzem Karton herausgerissen, ziehen Wolken am Himmel vorbei, der im ersten Licht des Tages in feurigem Rot und leuchtendem Blau erglüht. Die Wolkenfetzen fangen an den Rändern bereits Feuer, rollen sich ein und verglimmen, als ob ein Funke in sie geschlagen wurde. Ein apokalyptisches Szenario!

Der eisige Wind zerrt mich in die Wirklichkeit zurück, die Kälte dringt mir in die Glieder. Ich besinne mich: Ich muss zum Boot. Also hinunter zur Mole aus Granitsteinen, die in der tosend herandonnernden Brandung zu rumpeln und zu klappern scheinen. Nur noch wenige Schritte bin ich vom rettenden Boot entfernt, als ich plötzlich einen Lichtschein hinter mir wahrnehme.

Sie kommen.

Ich kann das Boot nicht mehr rechtzeitig losmachen!

Wo soll ich hin? Kurz entschlossen haste ich über die Mole zurück auf die mit glitschigem Moos überwucherten Felsen, wende mich nach links und verberge mich im Gebüsch am Abhang unterhalb der Abtei. Gerade noch rechtzeitig!

Als ich mich zu Boden werfe, zischt etwas über mich hinweg und kracht hinter mir in den Felsen. Steinsplitter prasseln auf mich herab.

Der Bolzen einer Armbrust.

Intermezzo 9

Im Keller
Kurz nach sechs Uhr morgens

Als Corentin auf der Suche nach Yann den Keller betritt, ruckt Padrics Kopf erschrocken hoch. Der Waliser hockt auf einem Fässchen Calvados oder Whisky und liest in einem schwarzen Kodex auf seinen Knien. Die Heilige Schrift? Neben ihm flackert eine Kerze im eisigen Wind, der durch die Öffnung der Lastenrampe hereinfegt.

»Padric, mein Sohn.«

»Ehrwürdiger Vater.« Hastig lässt Padric das Buch unter seinem Skapulier verschwinden und erhebt sich respektvoll.

»Was machst du denn hier?«

»Ich … lese.«

»So.«

Padric druckst herum. »Eure mahnenden Worte … vorhin nach der Beichte …« Mit dem Fuß schiebt er die Schöpfkelle, mit der er offenbar vom Whisky gekostet hat, unauffällig hinter das Fässchen. »Ihr wisst schon, dass ich mich besinnen soll … wegen meinem Vater … und wegen meiner Rückkehr nach Wales … und …« Padric macht eine verlegene Geste. Um ein Haar wäre ihm dabei der Kodex unter dem Skapulier entglitten und auf den Boden gekracht.

»Dann lass ich dich allein«, murmelt Corentin.

Padric nickt stumm und presst mit panischem Blick den weggleitenden Kodex gegen seine Brust.

Corentin will sich schon abwenden, um den Keller zu verlassen, als er zögert.

Das schwarze Buch – hat Padric die Teufelsbibel gefunden?

»Sag mal, weißt du, wo Jourdain ist?«, lauert er misstrauisch.

»Im Dormitorium. Im Bett. Er fühlt sich nicht wohl.«

»Verstehe«, murmelt Corentin mit einem missfälligen Blick auf das Fässchen hinter Padric. »Neb a gar re ar gwin a ev dour a-benn ar fin – Wer den Wein zu sehr liebt, wird am Ende Wasser trinken.«

Padric nickt verlegen.

»Und wo steckt Yann?«

»Ich dachte, er wäre bei Euch.«

»Ist er nicht. Yann ist spurlos verschwunden.«

»Myn Duw – ma Doue!« Padric bekreuzigt sich blass. »Wann habt Ihr ihn zuletzt gesehen?«

Yannic

Kapitel 68

In der Grotte unter der Krypta Notre-Dame-sous-Terre
Kurz nach sechs Uhr morgens

Als ich die Altarplatte über die Öffnung des Schachtes zog und auf den angetrockneten Mörtel sinken ließ, wurde es finstere Nacht um mich. Eine Nacht, aus der es kein Erwachen mehr geben wird. Eine Nacht ohne Ende. Ohne Hoffnung. Ohne Sehnsucht. Ohne Wärme.

Ob Robin und Padric mich suchen werden, weil sie befürchten, ich sei tot?

Bin ich das nicht schon?, denke ich traurig. Ich lehne den Kopf an die kalte Granitwand der Grotte und schließe die Augen. Die Truhe mit dem Testament des Satans steht neben mir. Ich atme tief durch.

Lebendig begraben.

Dem Tod näher als dem Leben.

Ob Padric und Robin glauben, ich sei mit Alessandra geflohen?

Robin wird nach England zurückkehren, Padric zu seiner Schwester Gwennlian nach Wales.

Heiße Tränen laufen mir über das Gesicht. Meine Gedanken verdichten sich zu Erinnerungen.

Ich denke an das Haus meines Vaters aus unbehauenen grauen Granitsteinen. Das Innere, ein großer Raum, erinnert an ein Schiff: jeder Fingerbreit Platz ist ausgenutzt. Die Möbel hat mein Vater aus gestrandeten Wrackteilen gezimmert. Der Tisch, an dem die ganze Familie zum Essen zusammensitzt, ist die Tür eines Schiffes. Die Bank davor, über die ich in mein Wandbett klettern musste, besteht aus Bootsplanken. Die Schiebetür meines Bettes ist die Lehne.

Wenn ich in meinen Erinnerungen durch das geliebte Haus gehe, in dem ich geboren wurde, begegne ich überall Rozenn. Sie steht am Herd, sie backt Brot, sie kocht Muscheln, Krabben und Hummer. Sie trägt den Korb mit den Fischen fürs Abendessen ins Haus, während eine Hand voll Katzen maunzend um sie herumspringt. Sie bessert meine Hosen aus und näht mir ein neues Hemd. Sie kommt hinters Haus und sieht mir zu, wie ich für meine Mutter neue Holzschuhe schnitze oder mein Boot kalfatere oder eine unserer Schnucken schlachte oder Pierric helfe, das Holz für das Signalfeuer auf den Leuchtturm zu schaffen. Sie sieht mir von den Klippen aus nach, wenn ich aufs Meer hinausfahre, um zu fischen. Sie geht mit mir zum Markt, wenn ich Werkzeug für das neue Boot kaufen will, das ich bauen möchte. Sie begleitet mich zum Grab meines Vaters, das leer bleibt, solange er auf See verschollen ist, und folgt mir in die kleine Kirche, um gemeinsam mit mir zu beten. Aber auch, um auf dem Rückweg mit mir zwischen den Granitfelsen der Klippen zu verschwinden. Im dichten, weichen Moos haben wir unsere schönsten Stunden verbracht …

Ich versuche zu beten, um ruhig zu werden, um mich auf Gott zu konzentrieren, aber meine aufgewühlten Gedanken kehren immer wieder zurück zu Rozenn.

Mein Herz kann nach all den Jahren keinen Frieden finden. In den ersten Monaten nach unserer Trennung haben mir die tiefen Augenblicke der Gnade und der Glückseligkeit, die nur die vollkommene Liebe einem Menschen bescheren kann, so sehr gefehlt, dass ich oft geweint habe.

Und dann kamen ihre traurigen Briefe. Ich habe um Kraft gebetet, nicht nachzulassen in meinem Glauben und meinem Vertrauen auf Gott.

Rozenn, meine Liebste, verzeih mir, dass ich keinen deiner Briefe beantwortet habe. Nicht den, in dem du mich angefleht hast, zu dir zurückzukehren. Nicht den, in dem du mir von der Geburt unserer Tochter berichtet hast. Und nicht den letzten.

Yann, mein Liebster,

das Meer war sehr ruhig heute Nacht. Am frühen Morgen bin ich aus dem Bett gekrochen, ohne Pierric aufzuwecken, habe Katarin einen zärtlichen Kuss von ihrem Papa gegeben, den sie noch nie gesehen hat, und bin in der Dämmerung zur Küste gegangen. Zur Steilklippe, wo ich dir am nächsten bin. Von dort sind es nur neunundneunzig Seemeilen bis zum Saint Michael's Mount und bis zu dir.

Es ist fünf Uhr früh. Du betest jetzt die Laudes. Ich sitze auf den Felsen von Enez Eusa und blicke nach Norden, hinüber zu dir, aber ich kann kein Licht erkennen. Es ist finster, wo du bist.

Dein Schweigen tut mir weh, Yann.

Erinnerst du dich an unsere erste Nacht? Wir saßen auf diesem Felsen und sahen hinaus auf das tosende Meer, so wie ich jetzt. Wir schwiegen, unfähig, einander die überwältigenden Gefühle von Sehnsucht nach Zärtlichkeit und Leidenschaft einzugestehen. Und dann hattest du die verrückte Idee, mitten in der Nacht im Meer zu schwimmen. Zuerst dachte ich enttäuscht, das ist es schon gewesen: keine zärtlichen Blicke mehr, keine verstohlenen Berührungen, kein verliebtes Getuschel, kein Kuss. Aber dann, als wir ausgelassen im Wasser herumtobten, erfasste uns eine Woge des Begehrens und riss uns mit sich fort. Wild und ungestüm liebten wir uns, wie das aufgewühlte Meer.

Yann, vor Gott bist du mein Mann. Und du bist Katarins Vater. Bitte komm zurück zu uns. Lass uns eine Familie sein. Lass uns glücklich sein. Ich werde mit Pierric reden. Ich werde ihm gestehen, dass Katarin nicht seine Tochter ist. Ich werde die Schuld auf mich nehmen und ihm sagen, dass ich dich verführt habe. Er wird darüber hinwegkommen. Ich liebe ihn nicht. Nicht so, wie er mich liebt. Nicht so, wie ich es tun sollte, denn ich bin seine Frau. Bitte komm zurück, Yann. Ich kann nicht leben ohne dich.

Ich habe geweint, als ich deine Zeilen las, Rozenn. Während ich im Sturm auf den Klippen des Saint Michael's Mount hockte und deinen Brief las, war es, als ob du neben mir sitzen würdest. Ich konnte dich spüren. Doch die zarten Berührungen waren nur die spritzende Gischt der Wellen, die von Süden, von Enez Eusa, heranrollten und sich an den Felsen unter mir brachen. Und deine Stimme, die ich zu hören glaubte, war nur das Geschrei der Möwen.

Die Welt, die mich umgab, war düster, der Himmel war nicht blau, das Meer rauschte nicht, und die Blumen dufteten nicht. Die Freude war aus meinem Leben verschwunden, selbst in den Träumen, in denen wir uns begegnen, in denen der Wind dein Haar zerzaust, in denen deine Augen das Licht des Sonnenuntergangs einfangen, in denen wir uns lieben. Sie endeten alle gleich. Der Platz im Bett neben mir war kalt und leer. Ich war allein.

Die Einsamkeit ist das Gefühl, das am schwersten zu ertragen ist. Verzweifelt versuchte ich, mich an jeden Augenblick zu erinnern, den wir gemeinsam verbracht haben, an all die gestohlenen Momente des Glücks, auf die wir kein Recht hatten. Ich büßte, ich geißelte mich blutig, aber ich bereute nichts, Rozenn, ich bereute nur, dass ich dich und Katarin verließ. Wenn mich das Gefühl der Einsamkeit überkam, dann musste ich weinen, während der Messe, während der Gebete oder der Psalmen, und es kümmerte mich nicht, was meine Konfratres dachten. Wenn das Stundengebet endete, quälte mich jedes Mal eine ungestillte Sehnsucht, eine innere Leere, die Gott nicht ausfüllen konnte. Nur du, Rozenn.

Und Gott? Wo war er, als ich weinte? Als ich mich geißelte? Als ich auf Trost hoffte? Als ich verzweifelt betete, dass die Leiden enden mögen und dass ich meinen Seelenfrieden wiederfinde? Mir einzugestehen, dass er mich nicht hörte, hätte bedeutet, alles infrage zu stellen, meine Mönchsgelübde, meine Priesterweihe, meinen Glauben, mein ganzes Leben, das auf der Mönchsregel basierte: ›Es wird dir gelingen.‹

Aber tat es das? Trotz des niederschmetternden Gefühls, jeden Tag aufs Neue zu scheitern?

Und wo war Gott?

Yann,

meine Liebe zu dir wurde noch tiefer durch unsere Trennung. Die Sehnsucht ist das stärkste Gefühl von allen. Es ist stärker als jeder Sturm, der dein Leben wegtreibt vom vorbestimmten Kurs. Ich habe meinen Kurs verloren, Yann, und meinen Anker. Ich bin ziellos geworden, hoffnungslos und traurig. Denn mit dir habe ich den Sinn meines Lebens verloren, die Freude, die Sinnlichkeit und die Glückseligkeit, die ich in deinen Armen empfunden habe.

Mein Schiff treibt haltlos durch einen endlosen Ozean.

Ich bin den Gezeiten ausgeliefert, den Stürmen, den Strömungen, den Riffen und den Klippen. Rette mich, Yann, rette meine Seele! Lass mich nicht ertrinken in einem aufgewühlten Meer unstillbarer Gefühle.

Ich würde alles dafür geben, wenn ich dich wieder in meinen Armen halten könnte, Yann, nur für einen Augenblick der Zärtlichkeit und des Begehrens. Mein ganzes Leben, das bisschen Lebendigkeit, das mir seit unserer Trennung geblieben ist, würde ich dagegen eintauschen. Du bist so wichtig für mich wie die Luft, die ich atme, wie die Sehnsucht nach dir, die mich um unserer Tochter willen weiterleben lässt, wie die Hoffnung, dich eines Tages wiederzusehen oder einen Brief von dir zu erhalten. Die Vorstellung, dass du hin und wieder an mich denkst, dass du dich in stillen Augenblicken an das Glück erinnerst, das wir gemeinsam erlebt haben, dass du dich danach sehnst, mich in den Armen zu halten, dass du das Begehren, das zwischen uns war, noch immer spüren kannst, nur diese Vorstellung hält mich noch am Leben.

Auf dem Saint Michael's Mount habe ich Gott meine ganze Liebe gelobt. Nie wieder wollte ich meinen Körper, meinen Verstand oder mein Herz, die allein Gott geweiht waren, einem anderen Menschen schenken. Die Sinnlichkeit, die ich nur mit der ›Disziplin‹ niederringen konnte, war immer noch da. Wie ein eigensinniges, unbezähmbares wildes Tier lauerte es auf den Augenblick der Schwäche, der Sehnsucht nach Zärtlichkeit und Liebe. Die Gefühle, die sich wie ein Sturm in mir zusammenbrauten, erschreckten mich. Ich rang sie mit Gewalt nieder. Ich betete stundenlang, doch ich spürte Gottes Gegenwart nicht mehr, nur die kalten Steine der Kapelle, auf denen ich lag und mich selbst quälte.

Diese andauernde Selbstverleugnung ging nur so lange gut, bis ich Pierrics Brief erhielt. Frommer Selbstbetrug! Mein Zusammenbruch war vollständig, körperlich wie geistig. Padric erbarmte sich meiner und brachte mich nach Wales. Denn Gott war nicht da, als ich ihn brauchte. Ich hatte keine Kraft mehr, ein Priester zu sein. Aber ein Mann zu sein hatte ich in dem Moment aufgegeben, als ich dich verließ.

Rozenn, du fehlst mir so. Ich habe dich so sehr geliebt. Dein Tod, an dem ich durch meine Unbarmherzigkeit die Schuld trage, hat eine tiefe, unheilbare Wunde gerissen. Sie schmerzt und blutet noch immer.

Eine Weile sehe ich der Kerze zu, wie sie langsam niederbrennt.

Es macht mich unendlich traurig.

Alessandra

Kapitel 69

Zwischen den Felsen oberhalb der Mole mit Yannics Boot
Kurz vor halb sieben Uhr morgens

Ich keuche. Mein Herz rast. Ich habe Kopfschmerzen. Die Panik beherrscht meine Sinne, meine Gedanken.

Yannics Boot wird von zwei königlichen Bogenschützen bewacht. Ich kann die Insel nicht verlassen.

Wohin soll ich? In jeder finsteren Nische lauern sie mir auf.

Menschenjagd.

In geduckter Haltung husche ich am Wasser entlang über die glitschigen Granitfelsen in Richtung der Kapelle. Eine andere Möglichkeit habe ich nicht. Sie sind bewaffnet, ich nicht.

Also zurück in die Abtei. Zurück zu Yannic. Nur er kann mir noch helfen.

Ein Bolzen zischt an meiner Schulter vorbei und prallt gegen den Granit.

Dann ein Schrei, den der Sturm halb übertönt: »Da … sie!«

In diesem Augenblick gleite ich aus auf dem nassen Moos und stürze auf die schroffen Felsen. Ich stöhne auf vor Schmerz, komme mühsam wieder hoch und krieche auf allen vieren weiter. Wieder pfeift ein Bolzen durch den Sturm.

Ein Felsgrat rettet mich. Mit letzter Kraft gleite ich über die Steine und ducke mich. Die Bogenschützen stehen noch auf der umtosten Mole und deuten aufgeregt zu mir herüber.

Wo sind die Mönche?

Ich sehe hoch. Oberhalb der wogenden Wipfel der Eichen schimmern die Lichter der Abtei: Kerker, Infirmarium und Apotheke, darüber die kleine Terrasse vor dem Hauptportal der Kirche. Der Hang ist zu steil. Das schaffe ich nicht.

Ein Ruf.

Einer der Bogenschützen folgt mir über die Felsen. Sieben Schritte, sechs, fünf. Nichts wie weg. Ich springe auf und haste weiter über den steil zum Meer hin abfallenden Abhang.

Der sturmdurchtoste Himmel, das aufgewühlte Meer, spritzende Gischt, prasselnder Regen. Die Sturmböen werfen mich fast um, als ich schließlich den Felssturz vor der Treppe zur Kapelle erreiche. Die Hummerreuse lehnt an der Mauer der kleinen Terrasse.

Ein Schuss. Der Bolzen streift meinen Arm.

Vor Schreck gleite ich aus, stürze mit hochgerissenen Armen den glatten Felsen hinunter und pralle auf dem Absatz zwischen den Treppen, die beiderseits zum Meer hinabführen.

Außer Sicht des Bogenschützen. Das ist meine Chance.

Mit schmerzverzerrtem Gesicht laufe ich die Stufen hinunter und springe in die gischtende Brandung. Das Wasser ist tief, es steigt immer noch. Ich muss schwimmen. An den schroffen Felsen, aus denen die Kapelle emporwächst, taste ich mich weiter von der Treppe fort.

Der Lichtschein einer Fackel kommt näher. Jetzt muss ich handeln.

Ich hole tief Luft und tauche unter. Durch die aufgewühlte Wasseroberfläche kann ich über mir das flackernde Licht sehen. Jemand beugt sich über die Mauer und sucht mich im Wasser. Hält er mich für tot?

An den Felsen ziehe ich mich tiefer hinunter und tauche an der Felsflanke entlang um die Kapelle herum. Die reißende Strömung presst mich gegen das Fundament, sodass ich nur langsam vorankomme. Kurz Atem holen, dann weiter.

Das Licht verschwindet auf der einen Seite der Kapelle und taucht auf der anderen wieder auf. Er kann mich nicht sehen, weil ich mich hinter der Kapelle verberge.

Mit dem Dolch wurfbereit in der Hand belauere ich ihn, bis er schließlich fluchend den Rückzug antritt: keine Spur von einer Kopf unter Wasser treibenden Leiche.

Ich lasse die Klinge sinken.

Wieder etwas Zeit gewonnen.

Ich wage einen Blick. Sobald er verschwunden ist, schwimme ich durch die Brandung zur Treppe, die zur Kapelle hinaufführt.

Kurze Verschnaufpause. Trotz der Kälte, die mich zittern lässt. Denn das Schwierigste und Anstrengendste kommt noch.

Yannic

Kapitel 70

In der Grotte unter der Krypta Notre-Dame-sous-Terre
Viertel vor sieben Uhr morgens

»Yannic?«

Der Ruf von oben, aus der Krypta, schreckt mich auf. Verwirrt blicke ich mich um. Ich war wohl vor Erschöpfung eingeduselt. Wie lange habe ich geschlafen?

Die Kerze ist ein ganzes Stück weiter heruntergebrannt. Ich hätte Markierungen anbringen sollen, um die Zeit abzulesen.

Das Hämmern in meinem Kopf ist schlimmer geworden, und ich fühle mich noch schwächer. Meine Nerven sind überreizt, und ich zittere vor Erschöpfung. Als hätte ich mit Robin die ganze Nacht durchgesoffen. Eine Nebenwirkung der Reliquie?

»Yannic! Bist du hier?« Padric. Panisch.

Ich lehne meinen Kopf gegen die Felswand, schließe die Augen und versuche, das Knirschen des Gerölls in der Krypta über mir auszublenden.

Die Schritte kommen näher. Dann bleibt Padric vor der schweren Altarplatte stehen, mit der ich den Schacht versiegelt habe. Ein Knistern. Er legt etwas Schweres neben sich auf den Boden. Ein Buch?

Dann ist es still.

Versucht er, die Granitplatte anzuheben?

Ein walisischer Fluch. Ein zweifaches Rascheln. Er steht wieder auf.

Trotz meiner Kopfschmerzen raffe ich mich auf, krieche zur Truhe neben mir, hebe den Deckel an und nehme das Flammenschwert heraus. Meine aufgerissenen Hände bluten wie Conans.

Wie gern würde ich Padric rufen, damit er mich aus dieser Hölle des langsamen, qualvollen Sterbens erlöst. Aber ich darf nicht aufgeben. Ich muss standhaft bleiben. Ich habe mich entschieden. Ich bin bereit.

»Yannic?«

Ein stummer Schrei: Verschwinde, Padric!

»Yannic!«

Lass mich allein, Padric! Ich habe den Tod gewählt! Lass mich allein sterben!

Plötzlich steigt die Übelkeit in mir hoch, und ich muss mich übergeben. Mühsam unterdrücke ich einen Hustenreiz und horche. Hat Padric mich gehört?

Nein.

Er ist fort. Ich bin allein.

Tränen rinnen mir über das Gesicht, während ich wieder das schreckliche Testament des Satans lese, das auf der mit dem schwarzen Blut des Satans befleckten Klinge eingraviert ist.

... und du wirst sein wie Gott.

Ich kann die Kraft des satanischen Schwertes spüren.

Niemals darf es gefunden werden.

Alessandra

Kapitel 71

Im Keller der Merveille
Das Stundengebet der Prim um sieben Uhr morgens

Zwei Mal bin auf der glitschigen Rampe abgerutscht, ein Mal beinahe abgestürzt, doch schließlich ziehe ich mich durch die Öffnung in den finsteren Keller. Vor dem Lastenrad sinke ich erschöpft zu Boden und atme tief durch. Geschafft!

Die Sonne geht auf. Und die Glocken läuten zur Prim.

Der heilige Benedikt sagt: Müßiggang ist der Seele Feind.

Also dann! Müde lege ich die Arme um die Knie und atme tief durch. Ich muss Yannic finden. Ich muss ihm vom Testament des Satans erzählen.

Ich gehe zum Whiskyfässchen hinüber, um das …

Erschrocken starre ich in die Lücke zwischen Fass und Pfeiler. Sie ist leer.

Das *Buch der Geheimnisse des Satans* ist verschwunden!

Jemand hat es entdeckt und liest es gerade. Entschlüsselt das Bilderrätsel. Findet das Testament des Satans.

Die Progression des Todes ist noch nicht beendet.

Als ich kurz darauf die Kirche betrete und leise die Tür zur Abteitreppe hinter mir ins Schloss fallen lasse, hat die Messe für den streitbaren Engelsfürsten bereits begonnen.

In der Kirche ist es trotz der prächtigen Illumination noch dunkel, denn der nach Osten ausgerichtete Chor ist eingestürzt, und die offene Vierung ist zugemauert. Guillaume hat mir in Rom die Pläne gezeigt. Sobald die Bauarbeiten abgeschlossen sein werden, hat der Mont-Saint-Michel neben der Merveille noch ein weiteres Wunder zu bieten: den neuen Chor, ein hauchzartes Gespinst aus Stein und Licht.

Durch das düstere Seitenschiff husche ich hinter einen Pfeiler, um ins Hauptschiff zu spähen.

Die Statue des Erzengels, der über Satan triumphiert, leuchtet im Glanz der brennenden Kerzen auf dem geschmückten Altar. Der Duft nach heißem Wachs und Weihrauch beruhigt mich ein wenig, ebenso der sanfte Gleichklang eines im Chor gesprochenen Gebets.

Die Mönche knien in zwei Reihen im Halbkreis vor dem Altar und beten, während die Montois unten vor dem Châtelet immer noch auf Einlass warten. Als ich gerade eben durch den Saal der Wachen ging, um die Abteitreppe zur Kirche hinaufzuhasten, habe ich ihr Poltern und Rufen gehört. Wer hat die Entscheidung getroffen, die Montois nicht in die Abtei zu lassen? Yvain? Oder Yannic?

Wo ist er überhaupt? Mein Blick gleitet über die Fratres in den weißen Chorgewändern, die sich in diesem Augenblick erheben. Yvain. Corentin. Padric. Robin. Jourdain. Lucien. Aber Yannic kann ich nirgendwo entdecken. Der nächste Gedanke versetzt mir einen Stich ins Herz: Ist er tot?

Der gregorianische Gesang verklingt mit einem grandiosen Widerhall in der gewaltigen Kirche. Die panische Angst verleiht dem Gesang der Mönche Flügel – sie singen die Psalmen lauter als sonst. Flehen inbrünstiger.

Mit gesenktem Kopf stehen die Fratres vor dem Altar und erwarten demütig die Lesung aus der Heiligen Schrift. Bei manch einem neigt sich der Kopf langsam zur Seite und ruckt dann wieder zurück. Die Vigilantes gehen mit Kerzen durch die Reihen, um zu verhindern, dass die Fratres im Stehen einnicken. Die Nacht des Grauens war lang, das Sehnen nach Ruhe wird übermächtig.

Yvain erhebt seine tiefe Stimme und liest aus dem Buch Jesaja von Satans Höllensturz: »›Wie bist du vom Himmel gefallen, du Glanzstern, Lucifer, Sohn der Morgenröte! Wie bist du zu Boden geschmettert, du Überwältiger der Nationen! Und du, du sagtest in deinem Herzen: ›Zum Himmel will ich hinaufsteigen, hoch über den Sternen Gottes meinen Thron aufrichten und mich niedersetzen. Ich will hinaufsteigen auf Wolkenhöhen, dem Höchsten mich gleich machen.‹ Doch in die Hölle wirst du hinabstür …‹«

Ein gellender Schrei hallt plötzlich durch die Kirche und reißt die Mönche aus ihrer Selbstversunkenheit: Padric in Panik.

Neben ihm kippt Jourdain mit einem erstickten Röcheln vornüber. Padric packt ihn an den Schultern, blickt ihm ins hostienbleiche, schweißüberströmte Gesicht und kann ihn gerade noch rechtzeitig auffangen, bevor Jourdain am ganzen Körper zuckend und bebend zu Boden geht.

Yvain verstummt und bekreuzigt sich, während Robin und Lucien Padric helfen, Jourdain auf den Boden zu legen. Corentin kniet neben dem Sterbenden nieder und spendet ihm die Sakramente.

Mit vor Entsetzen aufgerissenen Augen sinkt Padric neben seinem Freund nieder und stammelt etwas, das ich im Geraune der Mönche kaum verstehen kann: »… das vierte Siegel … Yannic hatte recht.« Weinend bricht er zusammen.

Wo ist Yannic?

Hinter mir verhallen die Stimmen der Mönche, während ich die Treppe hinunterhaste und die Totenkapelle betrete.

Vor dem Altar sind die Verstorbenen aufgebahrt.

Conan – das erste Siegel. Eoghan – das zweite. Raymond – das dritte. Abelard – das fünfte. Schon bald wird Jourdain neben den anderen liegen.

Und Yannic? Wird das sechste Siegel geöffnet?

Die Offenbarung des Johannes spricht von einem Sturm und einer Flut. ›Gekommen ist der große Tag des Zorns. Und wer vermag zu bestehen?‹

Bezieht sich dieser Vers auf Yannic?

Ich höre Schritte auf der Treppe. Die Mönche bringen Jourdain.

Hastig verlasse ich die Totenkapelle und husche in die Treppengalerie, die zur Krypta Notre-Dame-sous-Terre hinaufführt. Tyson hockt in den dichten Weihrauchschwaden vor dem verschlossenen Portal und beginnt, kläglich zu maunzen, als er mich sieht.

Ich springe die Stufen hinauf, nehme den Kater auf den Arm, öffne das Portal, das zu meinem Erstaunen nicht verriegelt ist, und verschwinde in der Krypta, noch bevor die Fratres die nur wenige Schritte entfernte Totenkapelle erreicht haben.

Leise ziehe ich die Tür hinter mir zu und verriegele sie. Dann setze ich Tyson auf den Boden, um Licht zu machen. Sofort entwischt der Kater über die Geröllhalde in den hinteren Teil der Kapelle.

Dort stößt er wieder dieses klägliche Maunzen aus, das an das Weinen eines kleinen Kindes erinnert.

Ich fummele mein Feuerzeug aus der silbernen Zunderdose an meinem Gürtel, entzünde den Kerzenstummel und folge Tyson, der in der Apsis vor einem zerstörten Altar hockt und mich ansieht. Seine grünen Augen leuchten im Kerzenschein.

Der Altar war einst ein Dolmentisch aus drei Granitplatten.

Die seitlichen Steine sind umgekippt. Der flache Altarstein ist mit Mörtel auf dem Boden der Krypta befestigt.

Ist darunter das Testament des Satans begraben?

»Miau!«

Ich ziehe meinen Dolch, hocke mich neben Tyson ins Geröll und stochere im Mörtel herum. Er ist noch nicht ganz ausgehärtet und gibt nach unter der Klinge meines Dolches.

Wie damals, erinnere ich mich mit einem Schaudern, als mich Dom Tristo de Castro, der portugiesische Christusritter, lebendig einmauerte, als ich im Labyrinth des Tempelbergs die verlorene Bundeslade suchte.

Mit seinen scharfen Krallen kratzt nun auch Tyson am trocknenden Mörtel herum. Immer wieder hält er inne und wittert mit zitternden Schnurrhaaren.

Bestürzt starre ich auf die Altarplatte, die ... Allmächtiger Gott! ... die eine Gruft verschließt. Tyson sucht nicht das Testament des Satans. Sondern Yannic.

Das sechste Siegel

Und ich sah, als das Lamm das sechste von den
sieben Siegeln öffnete, ein großes Erdbeben.
Die Sonne wurde schwarz.
Und der Mond wurde wie Blut.
Und die Sterne des Himmels fielen auf die Erde,
geschüttelt von einem starken Wind.
Der Himmel schwand dahin wie ein Buch,
das zusammengerollt wird.
Und jeder Berg und jede Insel wurden
von ihren Stellen gerückt.

Gekommen ist der große Tag des Zorns.
Und wer vermag zu bestehen?

Apokalypse des Johannes

Yannic

Kapitel 72

In der Grotte unter der Krypta Notre-Dame-sous-Terre
Viertel nach sieben Uhr morgens

Zwischen den schweren Schlägen auf die Granitplatte über mir kann ich Tyson maunzen hören.

Wer ist dort oben?, denke ich panisch. Padric?

Zuerst habe ich Schritte gehört. Ein Knistern, als ob jemand niederkniet, wie vorhin Padric. Ein Kratzen, wie von einem spitzen Metall. Einem Dolch. Dann war es plötzlich wieder still, eine ganze Weile. Wer auch immer die Krypta auf der Suche nach dem Testament des Satans betreten hat, hat sich auf die Schnelle Werkzeug von der Chorbaustelle besorgt: Hammer, Meißel, Stemmeisen. Ein Seil?

Bummm!

Die Schläge werden mit ziemlicher Wucht ausgeführt. Der Fels bebt. Der Mörtel zerplatzt und spritzt in alle Richtungen.

Bummm!

Robin?

Atemlos starre ich nach oben. Zwischen Granitplatte und Steinboden erscheint ein fingerdicker Lichtstrahl.

Meine Augen schwimmen in Tränen. Ich weiß nicht, ob ich lachen oder weinen soll. Mein Herz krampft sich schmerzhaft zusammen, und ich ringe nach Atem, so aufgewühlt bin ich.

Erschöpft lasse ich mich neben der Truhe zu Boden sinken, lehne den Kopf gegen den Fels, lege die Arme um die Knie und warte ab. Vielleicht gibt derjenige auf, die schwere Granit …

Von wegen!

Bummm! Bummm! Bummm!

Der zerstoßene Mörtel prasselt durch den Schacht zu mir herunter.

»Miau!«

Tyson, mein Junge! Meine Kehle wird eng. Ich muss schlucken.

Sein erneutes klägliches »Miau!« ruft nach mir. Aber ich bringe keinen Ton heraus.

Als die Altarplatte hochgewuchtet wird, dringt flackernder Kerzenschein in die Grotte und beleuchtet den archaischen Altar. Mit einem Satz springt Tyson durch den Schacht und kommt zu mir herüber. »Miau!«

Schluchzend nehme ich meinen Kater in den Arm und drücke mein Gesicht in sein weiches Fell. Ich kann mich nicht länger beherrschen, ich muss weinen.

Von oben dringt ein Knirschen in die Grotte. Ein Seil wird durch den Schacht nach unten geworfen.

Dann steht sie plötzlich vor mir. »Alessandra!«

»Yannic!«

Sie wirft mich fast um, als sie ihre Arme um meinen Hals legt und mich ungestüm umarmt. »Ich wollte dir noch was sagen …«, nuschelt sie in mein Skapulier, als sie ihre Stirn gegen meine Schulter lehnt.

»Was?«

»Ich liebe dich, Yannic.«

Sie blickt auf, will noch etwas sagen, wahrscheinlich etwas über Yared und Elija, etwas über ihre Liebe zu ihrem Mann und ihrem Sohn, aber ich schüttele den Kopf und küsse sie leidenschaftlich.

»Lass es geschehen, Alessandra, lass es geschehen«, flüstere ich. »Es ist gut, wie es ist.«

»Yannic, ich erwarte nicht, dass du dasselbe für mich empfindest. Ich wollte dir nur sagen, was ich fühle ...«

»Ich liebe dich auch«, erwidere ich leise und streiche ihr mit dem Finger zärtlich über die geöffneten Lippen. »Ich liebe dich, Alessandra.«

Unsere Gefühle überwältigen uns. Wir weinen beide, während wir uns aneinander festhalten und innig küssen.

Wir stehen noch immer eng umschlungen, ihr Kopf an meiner Schulter, ihre Hände in intimer Vertrautheit unter meinem Skapulier, als ich ihr schließlich die Truhe mit dem Testament des Satans zeige. Sie löst sich aus meiner Umarmung, kniet nieder und hebt mit beiden Händen langsam den Deckel an.

»Das Flammenschwert des Satans, mit dem er gegen den Erzengel kämpfte«, flüstert sie fasziniert.

»Du wusstest es?«, staune ich.

Sie nickt stumm. Ihre Lippen bewegen sich, als sie die Inschrift liest. Dann sieht sie auf. »Der Papst will, dass ich das Schwert zum Heiligen Jahr nach Rom bringe.«

»Um Gottes willen!«

Sie atmet tief durch. »Wir sollten so schnell wie möglich verschwinden.«

»Was hast du vor?«

»Das Schwert vernichten. Und damit seine Macht brechen.« In kurzen Worten berichtet sie mir, was während der Prim geschehen ist. Dann erklärt sie mir ihren Plan.

»Hilfst du mir?«

»Es ist mein Boot!«

»Kannst du es in diesem Sturm segeln?«

»Sicher.«

»Gut.« Sie steht auf und zeigt auf die mit Blei ausgekleidete Truhe. »Das Schwert ist tödlich. Aber die Lade ist zu schwer, um sie mitzunehmen. Wir haben keine Zeit mehr zu verlieren.« Sie zieht das Schwert, dessen Gurt sie schräg über die Schulter trägt, sodass der Griff neben ihrem Kopf herausragt – eine schottische Klinge: »Eoghans Schwert.«

Sie legt die Waffe in den Schrein, klappt den Deckel zu und verriegelt das Schloss. Dann schiebt sie das Testament des Satans in die Scheide auf ihrem Rücken.

»Ich nehme es.«

Sie betrachtet meine blutigen Hände und schüttelt den Kopf.

»Du wirst sterben«, warne ich sie.

Sie hebt die Augenbrauen. »Du nicht?«

»Alessandra, ich …«

»Verschone mich mit deinem priesterlichen Gequatsche!«

»Autsch!«

»Gleich noch eine?«

»Vielleicht später. Für's Erste reicht's.«

»Gut.« Ihre Augen funkeln. Ein Lächeln huscht über ihr Gesicht. Dann küsst sie mich auf die Lippen und nimmt meine Hand. »Komm jetzt.«

Alessandra

Kapitel 73

In der Krypta Notre-Dame-sous-Terre
Kurz vor halb acht Uhr morgens

Sobald Yannic sich das Testament des Satans in der Schwertscheide über die Schulter gehängt hat, hilft er mir mit meiner ledernen Satteltasche, aus der Tyson wild strampelnd und maunzend seinen Kopf heraussteckt. Die Tasche, die er mir umhängt, habe ich vorhin, als ich das Werkzeug herschaffte, aus dem Gästesaal geholt.

Beruhigend streichelt er seinem aufgeregten Kater über den Kopf. »Schhht! Ganz ruhig, Tyson. Alles wird gut!«

»Bist du so weit?«

Yannic atmet tief durch und nickt beklommen.

»Na dann.« Leise öffne ich das Portal der Krypta, schiebe den Kopf hindurch und spähe um die Ecke. Die Treppengalerie liegt verlassen vor mir. Die Fratres sind in der Totenkapelle. »Los geht's.«

Gerade als wir die Stufen zum Promenoir hinaufhuschen wollen, hören wir Schritte hinter uns.

»Yannic! Alessandra!«

Padric. Mit tränenüberströmtem Gesicht starrt er uns an. Und das Schwert über Yannics Schulter. Er will etwas sagen, doch Yannic wirbelt herum und zerrt mich hinter sich her die Stufen hoch.

»Yannic!«

Mit seinem unbedachten Aufschrei ruft Padric die anderen aus der Totenkapelle, wo sie Jourdain aufgebahrt haben.

Ich blicke zurück. Corentin steht am Ende der Treppe und sieht hinter uns her.

Yannic und ich hetzen hinauf zum Promenoir, die anderen folgen uns. Neben der Treppe, die zur Salle de l'Aquilon hinabführt, bleibt Yannic unvermittelt stehen und packt mich grob am Arm. »Pass auf, dass Tyson dir nicht entwischt.« Er küsst mich hart auf die Lippen. »Das Boot ist festgekettet. Ich muss den Schlüssel aus meiner Zelle holen. Wir treffen uns im Châtelet.«

Er rafft seinen Habit und eilt hinunter in den Saal unterhalb des Promenoirs.

Verdutzt sehe ich hinter ihm her.

Yannic hat das Testament des Satans.

Kann ich ihm trauen?

Ich folge ihm.

So schnell ich kann, springe ich die Treppe hinunter und hetze durch den Saal zum Gang, der unterhalb der Treppengalerie verläuft.

Wo ist Yannic?

Das Tor, das nach rechts in den Klostergarten führt, ist geschlossen. Der Gang, der nach links zum Kerker führt, ist, soweit ich sehen kann, verlassen.

Wo ist er hin?

Ich wähle den Gang, der nach wenigen Schritten zum Kerker abbiegt. Neben den Jumeaux, den beiden schachtartigen Zellen im Boden, trocknet Conans Blut.

Ich verlasse den Raum und gehe eine mit Blut bespritzte Treppe hinauf. Ein Gang. Hier entlang hat mich Corentin vorhin zur Plattform des eingestürzten Gebäudeteils geführt, wo

Yannic zuvor Conans Leichnam gefunden hatte. Nach den Plänen von Guillaume d'Estouteville muss es hier irgendwo eine Treppe geben, die hinaufführt zur Abteikirche. Von dort ist es nicht mehr weit bis zum Châtelet, wo Yannic auf mich warten will.

Hinter mir knirscht etwas.

Ich lehne mich gegen die Wand, halte den Atem an und lausche, aber bis auf den Sturm bleibt alles ruhig.

»Miau!«

»Schhht!«, beruhige ich Tyson.

»Kchhhrrr!«, faucht er, strampelt wie ein Verrückter in der Tasche und schlägt seine scharfen Krallen ins Leder.

Da ist es wieder. Ein leises Knirschen. Jemand folgt mir.

Ich muss weiter.

Vor mir liegt ein Quergang. Es ist so dunkel, dass ich die Wände nur schemenhaft erahnen kann. Obwohl Tyson immer wieder versucht, aus der Tasche zu springen, gelingt es mir schließlich, einen Funken in den Zunder zu schlagen und den Kerzenstummel aus meiner Zunderdose zu entzünden. Schwach beleuchtet er den Korridor, der vor mir liegt.

Morsche Eichenbalken stützen die Decke. Ist der Gang einsturzgefährdet?

Nach wenigen Schritten endet er an einer Zisterne. Ich bin jetzt unterhalb von Notre-Dame-sous-Terre. Der Felsen vor mir birgt den keltischen Totentempel.

Die Treppe in die Abteikirche muss ganz in der Nähe sein. Ich schütze die Flamme mit der Hand und verbrenne mir beinahe die Finger, während ich den Gang zurückhaste und um die Ecke biege.

Vor mir erhebt sich eine Mauer aus großen Granitblöcken.

Dahinter muss die Treppe hinauf in die Abteikirche liegen.

Aber hier geht es nicht weiter!

Leise nähern sich schlurfende Schritte.

Nur ein Mönch?

Ich flüchte zurück, dem Verfolger entgegen. Da vorn ist die Treppe, die wieder ins Verlies hinabführt.

Ich biege um die Ecke – und erstarre. Langsam kommt mir ein schwarzer Schatten entgegen.

Corentin.

Er trägt ein Schwert in der Hand.

Eoghans? Oder Robins?

Oder das Flammenschwert des Satans?

Wo ist Yannic?, schießt es mir durch den Kopf. Ist er tot?

Ich wirbele herum und erreiche nach wenigen Schritten die schmale Treppe mit der Tür, die zur offenen Plattform hinaufführt. Mit der Schulter werfe ich mich dagegen. Tyson kreischt protestierend, als die Tasche gegen die Mauer knallt.

Ich stoße die Tür auf und flüchte hinaus auf die Plattform.

Das Sigillum Dei aus Conans Blut. Dahinter der Abgrund, der fast senkrecht bis zur Mole mit Yannics Boot abfällt. Gewaltige Strebepfeiler, die die Abtei und die Kirche halten, wachsen wie die knorrigen Wurzeln eines alten Baumes aus dem steilen Felsabhang. Es ist Irrsinn, auch nur daran zu denken: Die Felsen sind zu schroff und zu steil, das Gras ist nass und rutschig, der Regen prasselt noch immer nieder. Nur eine einsame Eiche, deren Wipfel unterhalb der Plattform in den Böen wogen, keine Wurzel, kein Gebüsch, nichts zum Festhalten, um den Sturz abzubremsen.

Ich weiche zurück.

Corentin tritt auf die Plattform, nimmt das Schwert in beide Hände und hebt es über seinen Kopf.

Das war's!, denke ich.

»Und ich sah, als das Lamm das sechste von den sieben Siegeln öffnete, dass der große Tag des Zorns gekommen ist. Und wer vermag zu bestehen? Das sechste Siegel, Alessandra, das bist du … Sprich dein letztes Gebet. Es ist so weit.«

Yannic

Kapitel 74

Vor dem Portal des Châtelets im Saal der Wachen
Gegen halb acht Uhr morgens

Wo bleibt sie denn? Das Gefühl der Angst erstickt mich fast. Sie hätte längst hier am Portal sein müssen. Was ist bloß geschehen?

Eine Minute vergeht. Eine zweite.

Sie kommt nicht.

Ich muss sie suchen.

Das Testament des Satans schlägt mir hart auf den Rücken, während ich über den Hof hetze und die Tür der Merveille aufreiße, um durch den Klostergarten an der Nordflanke dorthin zurückzukehren, wo wir uns vorhin getrennt haben.

Keine Spur von ihr.

Und wo sind eigentlich meine Konfratres?

»Alessandra?«

Keine Antwort.

Rasch werfe ich einen Blick ins Scriptorium. Nichts. Im Gästesaal ist sie auch nicht. Also zurück, die Treppe hinunter und den Gang entlang ins Labyrinth der Treppen und Gänge im einsturzgefährdeten Flügel.

»Alessandra!«

Kein Schreien, keine Schritte, kein Miauen – nur Totenstille.

Alessandra

Kapitel 75

Auf der Plattform des eingestürzten Westflügels
Gegen halb acht Uhr morgens

»Das sechste Siegel, Alessandra, das bist du … Sprich dein letztes Gebet. Es ist so weit.«

Wer das siebte sein wird, kann ich mir denken: Yannic.

Corentin wird sich für seinen vermeintlichen Verrat rächen.

Der Hüter der Lade kommt langsam näher.

Ein Blick über seine Schulter: Hinter ihm ragt das mit Gestrüpp überwucherte Mauerwerk des abgestürzten Gebäudeteils in den Himmel. Die Reste von zwei zerborstenen Gewölbepfeilern bewahren die Wand vor dem Einsturz. Auf ihnen kann ich wie auf einer steilen Treppe hinaufsteigen.

Ich werde es schaffen, denke ich zuversichtlich. In den Bergen oberhalb von Granada bin ich tagelang herumgeklettert. Ich habe Berge bestiegen und Gletscher überquert, um mich auf die Expedition nach Timbuktu vorzubereiten. Diese Wand ist nur zwei Stockwerke hoch und bietet genügend Halte und Tritte. Zwei Minuten, höchstens drei.

Ich stürme los, ducke mich unter Corentins Schwerthieb hindurch, erreiche das zerklüftete Mauerwerk des rechten Pfeilers, nutze den Schwung des Anlaufs, um einen wackeligen Haufen von Steinen hinaufzuspringen, und strecke die Arme aus, um die Zweige eines Gestrüpps zu fassen. Geschafft! Sofort ziehe ich mich hoch, während ich mit den Füßen nach einem Halt taste.

»Du verfluchte Satansbrut!«, brüllt Corentin. »Du entkommst mir nicht!«

Behände klettere ich weiter, taste mich mit Händen und Füßen voran, während etliche Steine auf den Haufen hinunterpoltern. Kein Wunder, dass das Gebäude eingestürzt ist – das Mauerwerk der Gewölbebögen ist brüchig!

Mit den Fingern taste ich auf einem vorkragenden Stein nach einem Halt, um mich daran hochzuziehen. Der Stein trägt mein Gewicht jedoch nicht, löst sich aus der Mauer und fällt auf mich herunter, gefolgt von einem Schauer kleinerer Steine.

Ich ziehe den Kopf ein.

Tyson jault kläglich und verkriecht sich in der Ledertasche. Ist er von einem Stein getroffen worden?

Ich strecke die Arme nach oben. Über mir entdecke ich einen festen Halt. Gut so. Weiter. Jetzt brauche ich noch einen Halt für die andere Hand. Und einen für den Fuß. Langsam ziehe ich mich hoch, während die Sturmböen an mir zerren.

Eine Lawine kleiner Steine prasselt auf mich nieder, und ich ziehe die Schultern hoch.

Kurz darauf bekomme ich das Gestrüpp zu fassen, das im zerborstenen Mauerwerk zwischen den beiden Stockwerken wuchert.

Da ist ein Halt, da noch einer. Die Steine sind rutschig vom Regen. Mit aller Kraft ziehe ich mich hoch. Nur keine falsche Bewegung.

Regenwasser läuft mir über das Gesicht. Ich blicke nach unten. Corentin steht direkt unter mir und beobachtet mich.

Wenn ich abstürze, wirft er mich mit einem Tritt in den Abgrund. Also weiter.

Tief durchatmend drücke ich mich mit Füßen und Knien aufwärts, schiebe mich über die bröseligen Steine und denke an Yannic. Ob er schon am Tor auf mich wartet?

Mein Gleichgewicht haltend ziehe ich mich am Gewölbepfeiler des oberen Saals immer weiter hoch. An die Schmerzen in Armen und Beinen, an das Zittern, an die Erschöpfung und die Wunden, die die Bolzen der Armbrust und die Scheren der Hummer gerissen haben, versuche ich nicht zu denken.

Noch drei Ellen, dann kann ich mich kurz ausruhen.

Meine Schultern zucken, mein Atem kommt in schmerzhaften Stößen, aber ich klettere unbeirrt weiter.

Yannics Boot tanzt unter mir auf den gischtigen Wellen. Wir können es schaffen.

Noch zwei Ellen.

Der Pfeiler läuft spitz zu und verschwindet im Mauerwerk, das meinen Händen und Füßen keinen Halt mehr bietet. Rechts von mir ragt ein kleiner Absatz unterhalb des Kirchturms vor. Vorsichtig klettere ich hinüber.

Kurze Verschnaufpause. Dann weiter.

Ein erbärmliches »Miau!« dringt aus der Tasche. Der Kater hat sich darin zusammengerollt. Ist er verletzt?

»Gleich haben wir's geschafft, Tyson.«

Noch eine Elle.

Mit Schwung ziehe ich mich schräg nach oben auf einen schmalen, kaum handbreiten Sims. Auf Zehenspitzen schiebe ich mich unterhalb des Turms entlang.

Mein Herz klopft wild. Das aufregende Gefühl der Hoffnung schießt mir bis in die Fingerspitzen. Gleich habe ich die Terrasse vor dem Hauptportal der Kirche erreicht. Nur noch die Abteitreppe hinunter zum Châtelet, wo Yannic …

Erschrocken erkenne ich, dass ein Schatten auf mich fällt, schwarz und drohend vor der blendenden Helligkeit der aufgehenden Sonne, die durch die Sturmwolken schimmert.

Eine Kukulle flattert in den Böen.

Yvain.

Der Prior beugt sich zu mir herunter und streckt die Hand nach mir aus.

Yannic

Kapitel 76

Auf der Plattform des eingestürzten Westflügels
Kurz nach halb acht Uhr morgens

Alessandra!

Ein Schrei. Dann wieder Stille.

Gott im Himmel! Was ist geschehen?

Ich wirbele herum und renne den Gang entlang bis zur Treppe, die zur offenen Plattform hinaufführt, stoße ungestüm die Tür auf und trete hinaus in den heulenden Sturm.

Das Sigillum. Der Abgrund.

Aus den Augenwinkeln nehme ich eine Bewegung wahr und wende mich um.

Mit kampfbereit erhobenem Schwert kommt Corentin auf mich zu. Sein Gesicht ist verzerrt von Hass und Wut.

Rasch sehe ich mich auf der Plattform um. Keine Spur von Alessandra. Ist sie ... Ich blicke zum Abgrund hinüber. Ist sie ... abgestürzt?

»Du Verräter!« Corentin reißt das Schwert hoch und wirft sich zornig auf mich.

Ich habe keine Zeit mehr, das Satansschwert zu ziehen, um mich zu wehren!

Über eine Wurzel stolpernd weiche ich zurück zum Felssturz. Blick nach unten: der wogende Wipfel einer Eiche. Dahinter das gischtende Meer. Alessandras zerschmetterten

Leichnam kann ich zwischen den schroffen Felsen nicht sehen.

Nur ein Gedanke beherrscht mich: Ich darf nicht sterben! Ich muss das Testament des Satans vernichten!

Nur ein Mann, für den es um Leben und Tod geht, würde es wagen! Sant Mikael, steh mir bei!

Corentins Schwert saust nieder, doch im letzten Augenblick werfe ich mich herum. Ich breite die Arme aus wie Engelsflügel, stoße mich ab – und springe.

Ich stürze in die Tiefe, bis mich die kräftigen Äste der jungen Eiche auffangen. Mit einem Krachen breche ich durch die im Sturm rauschenden Zweige. Sie zerreißen meinen Habit und peitschen mir über Gesicht und Arme.

Der Schmerz, als ich auf dem Stamm aufpralle, presst mir die Luft aus der Lunge. Ich darf nicht abrutschen an der nassen Rinde! Verzweifelt klammere ich mich an die einsame Eiche.

Aber ich schaffe es nicht. Meine Hände finden keinen Halt mehr. Immer schneller stürze ich, wieder und wieder hart aufschlagend, die karstige Klippe hinunter in die Tiefe.

Alessandra

Kapitel 77

Vor dem Portal der Krypta Notre-Dame-sous-Terre
Kurz nach acht Uhr morgens

Ich zittere in meiner tropfnassen Kleidung. Mir ist so entsetzlich kalt!, denke ich benommen. Warum werde ich nicht wach? In meinem Verstand glimmt kein Funke auf. Es war das Wasser, das er mir eben gegeben hat. Es muss das Wasser gewesen sein.

Wie ich vom Kerker hierhergekommen bin, vor das Portal der Krypta Notre-Dame-sous-Terre, weiß ich nicht.

Als sie vorhin Yannic brachten, blutüberströmt und bewusstlos, steckte ich festgekettet in einem der beiden Jumeaux. Ich kann mich erinnern, dass ich entsetzliche Angst hatte. Seit Jerusalem ertrage ich diese finstere Enge nicht mehr.

Robin kniete sich an den Rand meines Verlieses und sah zu mir herunter. Er versprach mir, dass meine Kerkerhaft nicht lange dauern würde. Sollte das ein Trost sein?

Nachdem alle hinauf in die Kirche gegangen waren, rief ich nach Yannic, aber er antwortete nicht. Sie hatten ihn in den anderen der beiden Jumeaux gelegt. Ich habe gesehen, wie er gesprungen ist, wie er abgestürzt ist. Unten an der Mole ist sein Körper aufgeprallt. Lucien hat sich neben ihn gekniet, um ihm die Sakramente zu spenden, Robin hat sich bekreuzigt, und Padric hat sein Gesicht in den Händen verborgen, als ob er weinte. Da dachte ich, Yannic würde sterben.

Corentin gefiel sich in der Rolle des siegreichen Erzengels, der dem vom Himmel gestürzten Engel das Flammenschwert abnimmt. Padric bot sich an, das Schwert in die Abtei zurückzubringen, das konnte ich sogar aus großer Höhe sehen, doch Corentin winkte ab, hängte sich den Schwertgurt über die Schulter und verschwand hinter den Baumwipfeln. Dann hoben die anderen Yannic hoch und trugen ihn weg.

Wohin Corentin das Testament des Satans gebracht hat, weiß ich nicht. Vermutlich in die Krypta hinter mir.

Meine Arme sind ausgebreitet, meine Beine gespreizt. Ich versuche, mich zu bewegen, aber es geht nicht. Ich kann nicht einmal den Kopf drehen, um zu sehen, wo Corentin ist. Und ich kann nichts spüren, nicht einmal die Schmerzen. Hat er mich mit Stricken ans Portal gefesselt? Aber wozu?

O Gott, ich ahne es.

Angst steigt in mir auf, wie eine Hitzewelle fährt sie durch meinen Körper. Mein Herz rast. Ich muss schlucken, aber selbst das fällt mir schwer. Ich kann mich nicht wehren, ich kann nicht entkommen, ich bin ihm ausgeliefert.

Das Portal neben mir öffnet sich, und Corentin kommt aus der Krypta. Er hat seine Maske abgelegt.

»Hast du geträumt?«

Ich will ihn verfluchen, aber mehr als ein ersticktes Röcheln bringe ich nicht heraus.

Er tritt ganz nah an mich heran und sieht mir in die Augen. »Der Horror geht weiter, Alessandra. Es ist noch nicht vorbei.« Er zeigt mir den Hammer und vier lange Nägel, die er von der Baustelle geholt hat. Mit solchen Nägeln bauen die Zimmerleute die Gerüste für den neuen Chor. Mit solchen Nägeln werden Balken aufeinandergenagelt. Oder Menschen gekreuzigt.

»Du bist das sechste Siegel.«

O Gott, hilf mir doch!, bete ich, während Corentin den ersten Nagel entschlossen oberhalb des Handgelenks in meinen linken Unterarm drückt.

Ich bin das sechste Siegel. Ist Yannic das siebte und letzte? Und dann? Weiter als bis zu Yannic, der im Kerker auf seine Hinrichtung wartet, kann ich nicht denken. Die Ereignisse jenseits meines eigenen Todes sind für mich unvorstellbar.

»Ich opfere sieben Seelen, um die Menschheit zu retten«, murmelt Corentin, ohne mich anzusehen. Er wirkt wie berauscht, nein, wie besessen von einem Dämon, der ihn zu dieser schrecklichen Tat treibt. »Sieben Märtyrer, die die Macht des Bösen brechen und durch ihr Blutopfer die Welt erlösen. Sieben Siegel, die durch das Grauen, das ihr Anblick auslöst, das Testament des Satans davor bewahren, dass es entdeckt wird. Das Flammenschwert darf niemals wieder gefunden werden.«

Die Spitze des Nagels spüre ich nicht.

Dann holt Corentin aus.

Ich reiße an den Stricken, aber ich kann mich nicht bewegen. Ich will schreien, aber nur ein Seufzen kommt über meine Lippen. Ich bin wie betäubt. Gefangen in der Hölle aus Schmerz und Ohnmacht!

»Ich kenne deine Qualen, Alessandra. Deine Machtlosigkeit. Deine Angst. Deinen Zorn. O ja, ich kenne das alles sehr gut. So viele Jahre lebe ich schon damit, ohne Hoffnung auf Erlösung. Wie gern würde ich an deine Stelle treten und mich als Märtyrer opfern für Gott, aber ich kann es nicht. Ich darf es nicht. Yannic hat als Hüter versagt. Ich hatte so große Hoffnungen in ihn gesetzt, aber er hat mich maßlos enttäuscht«, murmelt Corentin verbittert. »Der Erzengel hat mich berufen, ich bin sein. Bis zu meinem Tod werde ich wieder der Hüter des Schwertes sein. Das Geheimnis muss bewahrt werden.«

Dann schlägt er zu.

Wie eine riesige Gezeitenwelle tost der Schmerz meinen Arm hinauf bis zur Schulter. Ich will die Hand zur Faust ballen, aber es geht nicht. Das Entsetzen schüttelt mich.

»Hörst du sie singen, oben in der Kirche? Es ist ein Psalm. ›*Deus misereatur nostri* – Gott sei uns gnädig und segne uns und lasse sein Angesicht leuchten über uns.‹ Nichts versetzt sie mehr in Angst und Schrecken als die Gegenwart des Bösen.«

Ganz leise weht der gregorianische Gesang zu mir.

Ein sanfter Trost.

Bummm!

Blut rinnt mir am Arm herunter. *Mein* Blut.

Aus den Augenwinkeln nehme ich oben an der Treppe eine Bewegung wahr. Ich blinzele durch die dichten Weihrauchschwaden.

Tyson hockt auf der obersten Stufe und schaut zu Corentin und mir herunter. Immer wieder ruckt sein Kopf zurück zum Promenoir. Was ist dort?

Corentin beachtet den Kater nicht und schlägt erneut mit aller Kraft zu. Das Portal besteht aus sehr hartem Holz.

Bummm!

Der Schmerz hat meinen Kopf erreicht und breitet sich darin aus wie ein loderndes Flammenmeer in den Tiefen. Jeder Atemzug wird zur Qual.

Plötzlich erkenne ich, wem Tyson immer wieder den Kopf zuwendet. Es ist Padric.

Er lehnt im Torbogen des Promenoirs und späht zu uns herunter. Dann ist er wieder verschwunden.

Und mit ihm meine Hoffnung auf Rettung.

Yannic

Kapitel 78

Im Kerker
Kurz nach acht Uhr morgens

Benommen blicke ich mich um. Ich liege auf dem Boden eines engen Schachts. Um mich herum Wände aus grob behauenem Stein. Graues Licht rinnt daran herab. Der Sturm tobt.

Die Ketten an meinen Händen und Füßen rasseln, als ich mich behutsam bewege. Mit den Schmerzen kehrt auch die Erinnerung zurück. Allmächtiger Gott! Ich fühle mich, als wäre mit Donnergetöse der Himmel der Kelten auf mich herabgestürzt.

Mühsam setze ich mich auf, lehne mich mit dem Rücken gegen die Wand und atme tief durch.

»Alessandra?«

Kein Stöhnen. Kein Kettengerassel.

Steckt sie im anderen Kerkerschacht? Lebt sie noch?

An den Ketten, die an eine Wand des Schachtes geschmiedet sind, ziehe ich mich hoch. Ich muss mich abstützen, sonst würde ich gleich wieder zusammensacken.

Das sechste Siegel. Hat Corentin Alessandra getötet?

»Alessandra!«, rufe ich sie und schlage mit meinen Ketten gegen die Schachtwand, um sie aufzuwecken. *»Alessandra!«*

Keine Reaktion.

Ich rutsche an der Wand hinunter, verschränke die Arme auf den Knien und lege mein Gesicht darauf. Ich muss schlucken. Die Brust wird mir eng, und das Atmen fällt mir schwer.

Ich will jetzt nicht weinen. Ich taste nach dem Schlüsselbund in der Tasche meines Habits. Sie haben ihn mir nicht abgenommen. Am Bund hängt auch der Schlüssel für die Ketten der Jumeaux. Als Aumônier und Hôtelier der Abtei kümmere ich mich auch um die Gefangenen.

Scheppernd schlagen die leeren Fesseln gegen die Steinwand. Ich ziehe mich hoch und blicke in den Kerker.

Plötzlich höre ich Schritte. Gebannt spähe ich nach oben.

»Padric!«, seufze ich erleichtert.

Ein Seil fällt zu mir herunter.

»Bist du allein?«

»Ja.«

»Wo ist Robin?«

»In der Kirche.«

»Weiß er, dass du hier bist?«

Padric schüttelt den Kopf. Aber wieso? Was hat er vor?

Wenig später lehne ich schwer atmend an der Wand neben Conans Blut. Wie viele Stunden ist es her, seit ich meinen Freund hier gefunden habe?

Padric zieht eine Flasche unter dem Habit hervor und gibt sie mir. »Whisky?«

Durstig stürze ich ihn hinunter. Die Wärme, die sich in meinem Innern ausbreitet, tut mir gut.

»Geht's?«

»Nein.« Ich nehme noch einen großen Schluck von Robins Schmerzmittel.

»Sollte es aber.«

Ich lasse die Flasche sinken und sehe ihn fragend an.

»Corentin ist gerade dabei, Alessandra zu kreuzigen. Am Portal von Notre-Dame-sous-Terre.«

»Um Gottes willen. Lebt sie noch?«

»Ja«, nickt er ernst. »Noch.«

Padric stützt mich, während wir die Treppe zum Promenoir hinaufsteigen, durch den Saal gehen und schließlich die Treppengalerie erreichen. Ich fühle mich schwach und hilflos.

Ein Stöhnen, halb Schluchzen, halb Schreien, dringt uns entgegen.

Dann sehe ich sie. Mit Stricken ist sie an das Portal von Notre-Dame-sous-Terre gefesselt. Ein langer Nagel ragt aus ihrem blutverschmierten linken Unterarm.

Kalte Wut lässt mir das Blut gefrieren.

Wo ist Corentin? Er ist nirgendwo zu sehen.

Wenn ich dich zu fassen kriege, du ... du Bestie, dann gnade dir Gott der Allmächtige!

Ich taste nach meinem Dolch, aber die Scheide ist leer.

Wortlos reicht Padric mir die Klinge.

In diesem Augenblick tritt Corentin aus der Tür des Infirmariums einige Stufen unter uns. In der Hand hält er ein Fläschchen mit einer wasserklaren Flüssigkeit. Ein Betäubungsmittel, damit sie nicht schreit?

Leise weht gregorianischer Gesang durch den Treppengang.

»Kümmere dich um Alessandra!«, presst Padric hervor. »Ich übernehme Corentin.« Schon eilt er los.

Ich gehe hinunter zu Alessandra.

»Yannic!« Sie sieht mich mit großen Augen an, dann kann

sie die Tränen nicht mehr zurückhalten und weint mit zuckenden Schultern.

»Ist ja schon gut, mein Liebes, jetzt bin ich da«, sage ich beruhigend, während ich mir den Nagel ansehe, der in ihrem Arm steckt. Großer Gott! Mit solch langen Vierkantnägeln habe ich mein Boot gebaut! Sie halten Segelschiffe und Kathedralen zusammen.

»Corentin …«, haucht sie.

Sie hat die Kampfgeräusche gehört, die aus dem Infirmarium dringen. Das Klingen von Metall, das aufeinanderprallt. Das Krachen von Betten, Tischen und Hockern, die umgeworfen werden. Keuchen. Schreien.

»Padric kümmert sich um ihn.« Mit einem Ruck zerschneide ich den Strick, der ihren rechten Arm ans Portal fesselt. Die linke Fessel lasse ich, wo sie ist, damit das Gewicht ihres Arms nicht auf dem Nagel lastet und die Wunde noch weiter aufreißt. Noch zwei Schnitte, dann sind ihre Beine frei.

»Kannst du stehen?«, frage ich.

Sie nickt schwach.

»Lehn dich gegen mich. Ich werde dich halten.«

Sie legt den rechten Arm um mich und lehnt den Kopf an meine Schulter. Ihr warmer Atem streift mein Gesicht. »Ich habe gesehen, wie du gestürzt bist. Ich dachte … du wärst tot.«

Ich versuche, den Nagel mit den Fingern herauszuziehen, aber es geht nicht. Er sitzt zu tief. »Der Erzengel hat mich vor dem Tod bewahrt.« Ich küsse sie zärtlich. »Alessandra, ich brauche Werkzeug. Ich bekomme den Nagel nicht heraus.«

Ich will mich schon abwenden, da kommt Robin die Treppe zum Promenoir herunter. Er stöhnt entsetzt auf, als er Alessandra sieht, die sich immer noch an mich lehnt.

»Bist du in Ordnung, Yannic?«

»Saint-Michel hat mich gerettet. Alessandra geht es schlechter als mir. Corentin hat sie ans Holz genagelt. Padric kämpft im Infirmarium gegen ihn.«

Robin wirft einen besorgten Blick zur Tür. »Wird er es schaffen?«

»Ich denke schon. Ich brauche eine Zange, um den Nagel herauszuziehen. Robin, geh zur Baustelle am Chor und hol eine. Ich bleibe bei ihr. Sie hat furchtbare Schmerzen.«

Robin nickt und läuft los.

»Yannic, wir müssen …« Alessandra verstummt, als ein lautes Krachen aus dem Infirmarium dringt, gefolgt von einem Schrei. Die Kampfgeräusche sind verklungen. »… wir müssen das Schwert des Satans …«

Padric schleift den reglosen Corentin am Skapulier aus dem Infirmarium heraus.

»Bist du verletzt?« Ich deute auf seinen blutenden Arm.

»Ich werd's überleben.«

»Und er?«

Padric schnaubt verächtlich.

»Was hast du vor?«

Er deutet auf die Tür neben Alessandra. »Ich will ihn in die Krypta schaffen und fesseln.«

»Ist gut.« Ich halte ihm das Portal auf, während er Corentin, der aus einer Wunde am Kopf blutet, am Skapulier ziemlich grob in die Kapelle und über die Schutthalden zu den Altären schleppt. Vor dem Einstieg in die keltische Felsgrotte lässt er ihn auf einen Haufen Geröll fallen.

Was will er dort?

O Gott, ich ahne es …

Er war vorhin mit Jourdain im Scriptorium. Die beiden haben in einem Kodex gelesen. Und sich danach die Blutskizzen im Dämonenloch angesehen.

Padric sucht das Flammenschwert des Satans. Will er es mit nach Wales nehmen?

Alessandra sieht mir in die Augen und flucht leise. »Und jetzt?«, fragt sie ernst. »Das Schwert muss vernichtet werden.«

Bevor ich antworten kann, kehrt Robin mit einer Zange zurück. Ich will sie ihm aus der Hand nehmen, aber er winkt ab. »Du bist zu schwach, Yannic. Setz dich auf die Stufen und ruh dich aus.«

»Robin …«

»Lass mich das tun.« Er setzt die Zange an den Nagel und sieht Alessandra an. »Schau nicht hin.«

Sie presst ihr Gesicht gegen meine Schulter, während Robin mit der Zange an dem Nagel zerrt.

Alessandra stöhnt auf vor Schmerz. Eine Sturzflut italienischer Flüche geht auf Robin nieder, während er den langen Vierkantstift herauszieht. Schließlich gleitet er aus ihrem Arm.

Alessandra sackt zusammen. Gerade noch rechtzeitig kann ich sie festhalten. Ihr Herz klopft wie wild. Sie zittert am ganzen Körper und kann sich kaum noch auf den Beinen halten.

Robin öffnet die Tür, und ich führe sie in die Krypta.

Padric ist nirgendwo zu sehen. Hat er den Schrein mit dem Schwert gefunden?

Gott bewahre, wenn er die Klinge mit nach Wales …

Ein Knarren lässt uns erschrocken herumfahren. Das Portal der Krypta wird aufgestoßen.

Intermezzo 10

Am Schacht zur Felsengrotte unter Notre-Dame-sous-Terre
Kurz vor halb neun Uhr morgens

Trotz seiner Fesseln gelingt es Corentin, sich fallen zu lassen und, auf der Seite liegend, in den Schacht zur keltischen Felsengrotte hinunterzublicken, wo Padric vor der Lade niederkniet. Dessen Bewegungen sind schleppend, als sei er erschöpft. Er hat nur Augen für die Truhe vor dem keltischen Altar, die er mit beiden Händen abtastet. Seine Finger gleiten über die Metallverzierungen, die sich warm anfühlen – das Schwert liegt in der Lade.

Padric scheint zu ahnen, welcher Anblick sich ihm bieten wird, wenn er das Schloss öffnet und den Deckel anhebt. Die Gefühle, die in seinen hellen Augen aufblitzen, als er die Lade betrachtet, scheinen intensiver und überwältigender zu sein als alles, was er bisher empfunden hat. Hat er vorhin im Keller das Liber Secretorum Diaboli gelesen?

Mit zitternden Fingern entriegelt Padric das Schloss, zwischendurch wirft er Corentin, der ihn aufmerksam beobachtet, einen raschen Blick zu. Dann widmet er sich wieder seinem Schatz. Bevor er den Deckel anhebt, betrachtet er eingehend die sieben Siegel, mit denen die Lade einst versiegelt worden ist.

Padric atmet tief durch, öffnet die Truhe und sieht beinahe andächtig hinein. »Myn Duw!«

Unverhüllt liegt das Schwert auf den Brokatstoffen. Die Klinge schimmert matt im Kerzenschein. Die kostbaren Juwelen am Griff funkeln und glitzern verführerisch. Der geheimnisvolle Stein am Ende des Hefts scheint Padric in Bann zu schlagen.

Mit beiden Händen greift er zu. Sinnt er darüber nach, welche Möglichkeiten sich ihm eröffnen mit diesem Schwert, welche Macht, welcher Mut, welche Kampfkraft, um die Engländer mit Gewalt aus Wales zu vertreiben?

Corentin schnappt nach Luft, als Padric das Schwert aus der Lade zieht wie einst König Artus Excalibur aus dem Stein. Er hält die Klinge ins Licht, liest die Inschrift und wiegt das Schwert in der Hand, wie ein Kämpfer seine Waffe vor der Schlacht.

Sant Mikael, lass nicht zu, dass er das Schwert nach Carnaerfon bringt!

Alessandra

Kapitel 79

In der Krypta Notre-Dame-sous-Terre
Kurz vor halb neun Uhr morgens

Das Portal der Krypta wird aufgeschoben. Erschrocken wenden wir uns um. Yvain bleibt abrupt in der Tür stehen. Die Messe in der Kirche ist beendet, der Gesang und die Gebete sind verstummt. Mit aufgerissenen Augen starrt Yvain uns erschrocken an.

Der Normanne verliert die Fassung. Ungestüm reißt er seinen Dolch heraus und wirft sich auf Robin, der ihm am nächsten ist. »Du verfluchter Engländer!«

Robin, im Kampf erprobt, reagiert blitzschnell. Trotz seines steifen Beins bewegt er sich geschmeidig über das wegrutschende Geröll, um Yvain auszuweichen. Doch auf einmal stolpert er und stürzt rückwärts zu Boden.

Dann geht alles sehr schnell: Bevor Yannic, der mich immer noch festhält, etwas tun kann, hebt Yvain den Dolch und sticht damit wie ein Besessener auf Robin ein. Sein lodernder Hass auf die Engländer, die die Normandie besetzt und seine Familie getötet hatten, bricht aus ihm hervor. Robin stöhnt auf vor Schmerz, tastet nach einem scharfkantigen Stein, ergreift ihn und schlägt Yvain mit voller Wucht ins Gesicht. Brüllend vor Hass und Zorn springt Yvain auf.

Stolpernd kommt Robin auf die Beine. Er folgt Yvain, der

immer weiter zurückweicht, und schlägt noch einmal mit aller Kraft zu. Blut spritzt, Knochen brechen. Yvains Dolch fällt klappernd auf das Geröll.

Robin prescht vor, hebt ihn auf, packt Yvain am Skapulier und sticht zu.

Röchelnd sinkt der Prior auf die Knie und fasst sich an die Kehle, aus der sein eigener Dolch ragt. Blut schießt aus der Wunde. Schnaufend kippt Yvain nach vorn und bleibt reglos am Boden liegen.

Keine Minute hat der Kampf gedauert.

»Er ist tot«, keucht Robin außer Atem. Er wirft den Dolch weg und bekreuzigt sich. »Allmächtiger Gott! Was ist denn nur in ihn gefahren? Wieso ist er auf mich losgegangen?«

Yannic sieht mich an. Als ich langsam nicke, wendet er sich an seinen Freund: »Robin, ich denke, es ist an der Zeit, dass du erfährst, was heute Nacht geschieht ...«

Das siebte Siegel

Und als das Lamm das letzte von den sieben Siegeln öffnete,
entstand ein Schweigen im Himmel.
Den sieben Engeln vor Gott wurden sieben Posaunen
gegeben.
Ein anderer Engel stellte sich mit einem goldenen
Räucherfass an den Altar. Und der Rauch stieg mit
den Gebeten der Heiligen auf.
Der Engel füllte das Räucherfass mit dem Feuer des Altars
und warf es auf die Erde.
Und es geschahen Donner und Blitze und ein Erdbeben.
Und die sieben Engel mit den sieben Posaunen
machten sich bereit, um zu posaunen.

Apokalypse des Johannes

Yannic

Kapitel 80

In der Krypta Notre-Dame-sous-Terre
Kurz nach halb neun Uhr morgens

Bleich wie ein Totenschädel blickt Robin mich an.

»Das Testament des Satans?«, flüstert er entsetzt, als Padric mit dem Schwert über die Geröllhalde zu uns herüberkommt.

»Um Gottes willen, lass das Schwert fallen!«, warne ich ihn.

»Eine herrliche Klinge.« Padric wirbelt sie herum, als kämpfe er gegen einen unsichtbaren Gegner, dann betrachtet er sie von allen Seiten. »Das Schwert als Symbol für Stärke und Macht. Für die Königswürde. Und für die Gerechtigkeit: Es kämpft für das Gute und vernichtet das Böse. Das Wort Gottes als scharfes Schwert.«

»Padric, leg das Schwert weg! Es ist gefährlich!«

»Nein«, trotzt er mir.

»Padric …«

»Es ist meines. Es gehört mir.«

»Padric, das ist nicht Caledfwlch, nicht Excalibur!«

»Ich weiß, Yannic. Obwohl es kelt …«

»Padric, wirf es weg!«, falle ich ihm ins Wort. »Es ist gefährlich! Es bringt nichts als Tod und Verderben! Conan hat wegen dieses Schwertes Selbstmord begangen!«

»Quoi?«, fragt Robin entgeistert. »He did *what?*«

»Es ist wahr«, nickt Alessandra. »Conan hat das Schwert entdeckt, die Inschrift gelesen und sich selbst die Pulsadern aufgeschnitten. Corentin hat den Sterbenden ermordet und mit seinem Blut das Sigillum Dei auf den Boden gemalt. Das erste Siegel der Progression des Todes.«

»Suicide ...« Robin bekreuzigt sich. »Lord, have mercy on him. And on all of us.«

»Padric, bitte sei vernünftig! Schau dir meine Hände an. Siehst du diese Risse in den Handflächen? Conan hatte dieselben Wunden. Es ist der Anfang vom Ende, dasselbe Gebrechen, an dem Corentin als Hüter des Schwertes leidet. Abelard hatte dieselben Symptome! Ich weiß nicht wie, aber das Testament des Satans verursacht diese Wunden.«

Padric starrt mich mit unbewegter Miene an.

»Fühlst du dich fiebrig, Padric? Bist du erschöpft? Hast du Kopfschmerzen? Fühlst du dich, als müsstest du dich jeden Augenblick übergeben?«, frage ich eindringlich. »So fühle ich mich, seit ich das Schwert angefasst habe. Und ich hatte es nicht so lange in der Hand wie du, Padric. Sei so gut und leg es weg! Von diesem Schwert geht eine Gefahr aus, die wir nicht begreifen können!«

Padric schüttelt langsam den Kopf. »So ein Unsinn!«

»Bitte, leg das Schwert weg, Padric!«, drängt nun auch Robin.

»Sei still!«, fährt Padric ihn an.

»Robin hat recht. Das Schwert muss vernichtet werden!«

Er sieht mich an, dann hebt er die Klinge und hält sie sich vors Gesicht, als wolle er noch einmal die Inschrift lesen. »Nein, Yannic. Es ist meines.«

»Du kannst Wales damit nicht retten, Padric!«

Mit dem Finger fährt er über die scharfe Klinge. Jetzt kann ich die Innenseite seiner Hand sehen.

»Wirf das Schwert weg!«, fordert Alessandra eindringlich.

»Worauf wartest du?«, ruft Robin. »Nun mach schon!«

»Das Schwert gehört mir!«, brüllt Padric und lässt die Klinge durch die Luft wirbeln.

»Er ist verrückt!«, ruft Robin. Er macht einen Schritt auf Padric zu.

»Bleib stehen!« Padric reißt das Schwert hoch und bedroht Robin damit. Plötzlich bricht alles aus ihm hervor, was sich in den letzten Wochen, seit dem Tod seines Vaters, aufgestaut hat. Sein Hass auf die Engländer, die Wales besetzt halten und seit Jahren den Mont belagern. Seine schrecklichen Satansvisionen. Seine furchtbare Angst. Sein Wunsch, die Abtei zu verlassen und nach Wales zurückzukehren, den er mir vorhin nach seinem Zusammenbruch anvertraut hat: »Ich kann nicht mehr. Und ich will auch nicht mehr. Ich habe Angst, Yannic, furchtbare Angst. So wie du. Das Böse ist entfesselt, etwas Unheimliches, Gewalttätiges und Blutgieriges manifestiert sich in der Abtei ...«

Robin lässt sich nicht beirren. Ungestüm prescht er vor.

Padric heult auf vor Wut. »Robin, bleib stehen!«, brüllt er, dann sieht er mich an. »Yannic, hör zu, das Schwert ist kel ...«

Robin stößt einen Fluch aus. Ungestüm wirft er sich auf Padric.

Ein wilder Kampf entbrennt, hart, erbarmungslos. Und zu kurz, als dass Alessandra und ich eingreifen könnten, um die beiden voneinander zu trennen. Nach nur wenigen Augenblicken ist alles vorbei.

Tödlich getroffen stürzt Padric zu Boden. Das Schwert gleitet ihm aus der Hand und fällt klappernd auf das Geröll.

Robin schwankt. Er tastet mit der Hand unter seine Kukulle und zieht sie blutüberströmt wieder hervor. Mit aufgerissenen Augen sieht er mich an. Er taumelt einen Schritt auf mich zu, dann noch einen – und stürzt vornüber, noch bevor ich ihn auffangen kann.

Ich knie mich neben ihn, während Alessandra nach Padric sieht. »Robin!«

»Yannic«, flüstert er heiser. »Es tut mir so leid. Ich wollte ihn nicht töten. Ich wollte das Schwert ...«

»Ich weiß, Robin. Sei ganz ruhig.«

»Es ... muss ... vernichtet werden.« Ein rasselndes Husten schüttelt seinen Körper.

»Alessandra und ich werden mit meinem Boot aufs Meer hinaussegeln und das Schwert jenseits des Watts in die Tiefe werfen.«

»Das sind ... elf oder zwölf Seemeilen ... gegen den Wind ... Wahnsinn bei diesem Sturm!« Wieder ein Husten. Robin ringt nach Atem.

»Das ist der einzige Weg. Wenn wir das Schwert ins Watt werfen, wird es mit der nächsten Flut wieder in die Bucht gespült und irgendwann entdeckt. Das darf nicht geschehen.«

Alessandra hockt sich neben mich. Das Schwert des Satans hat sie wieder in Eoghans Schwertgurt geschoben. Sie legt ihn neben sich auf das Geröll. »Padric ist tot.«

Robin schluchzt auf. »Das siebte Siegel. Gott sei uns allen gnädig ...«

Tränen steigen mir in die Augen, und ich muss schlucken.

Alessandra legt mir tröstend die Hand auf die Schulter. »Es tut mir leid, Yannic. Ich weiß, wie viel Padric dir bedeutet hat.«

Ich nicke nur. Trauer legt sich um mein Herz wie eine Schicht aus Raureif. Das Atmen fällt mir schwer. Ich fühle nur noch Erschöpfung und Schmerz.

»Ihr ... solltet ... aufbrechen«, quält Robin heraus. »Der Sturm ... wird immer stärker.«

»Robin, ich kann dich doch nicht …«

»Yannic … sei vernünftig … Gib mir … die Sterbesakramente … Mehr kannst du nicht … für mich tun.«

»Robin …«

»Alessandra … bring ihn zur Vernunft … sei so gut … und nun verschwindet endlich … alle beide!«

Ich ziehe Conans Sant Mikael unter dem Skapulier hervor und drücke ihn Robin in die Hand. »Er ist bei dir, Robin.«

Seine Augen schwimmen in Tränen. »Du brauchst ihn … mehr als ich … Yannic.«

»Nein.« Ich nehme seine Hand, lege das Amulett hinein und schließe seine Finger darum. »Nimm du ihn.«

Er nickt dankbar. »And now … get lost.«

Ich lächele über die Wortwahl. »I will.«

Die Schalen des Zorns

Und ich höre eine laute Stimme aus dem Tempel
zu den sieben Engeln sagen:
Geht hin und gießt die sieben Schalen
des Zornes Gottes
aus auf die Erde.

Apokalypse des Johannes

Alessandra

Kapitel 81

Auf dem Weg zu Yannics Boot
Viertel vor neun Uhr morgens

Sintflutartiger Regen stürzt auf uns herab. Sturmböen zerren an unseren Kleidern.

Vorsichtig folge ich Yannic den Weg hinunter zur Mole. Als er unvermittelt stehen bleibt, pralle ich von hinten gegen ihn. Ich spähe über seine Schulter und sehe, dass vor uns ein Erdrutsch niederrauscht und eine Lawine von Steinen mitreißt.

Yannic blickt nach oben. »O nein!« Er wirbelt herum und stößt mich zurück.

Entsetzt beobachte ich, wie hoch über uns eine vom Wind entwurzelte Eiche den Halt verliert und uns entgegenstürzt. Mit einem Krachen prallt sie vor uns auf den Weg. Wir reißen die Arme vors Gesicht, weil abgerissene Blätter und Zweige auf uns einprasseln.

Der Sturm und der Regen werden immer heftiger. Dachschindeln wirbeln durch die Luft, gefolgt von einem zertrümmerten Schild der Pilgerherberge mit dem aufgemalten Michelot. Die Flut steigt unaufhörlich. Der am tiefsten gelegene Teil der Grande Rue direkt hinter den befestigten Toren steht schon knietief unter Wasser. Dabei müsste in einer Stunde Ebbe sein, und das Watt rings um den Mont müsste trocken fallen.

Yannic hilft mir, über den Baum zu klettern, und prüft den Verband, den er mir vorhin angelegt hat. Der Regen hat das Blut aus dem Stofffetzen gewaschen, den Yannic aus seinem Habit gerissen hat. »Wie fühlst du dich?«

»So wie du. Mir ist kalt. Ich bin nass bis auf die Knochen. Und ich suche verzweifelt nach einer Stelle an meinem Körper, die nicht wehtut.«

Sanft streicht er mir das wirre Haar aus der Stirn und küsst mich zärtlich.

Dann streichele ich ihm über das Gesicht. »Du denkst an Robin, nicht wahr?«

Er atmet tief durch und nickt. »Lucien kümmert sich um ihn. Und um alles andere ... Padric ...« Traurig senkt er den Blick. »Lucien wird den anderen erklären, was geschehen ist. Soweit er verstanden hat, was ich ihm in der Kapelle zugeflüstert habe.«

Ich nehme seine Hand. »Komm jetzt.«

Die im Sturm wogenden Eichen als Deckung nutzend schleichen wir uns weiter an die Mole heran. Als wir aus dem Windschatten des Mont treten, müssen wir gegen den dröhnenden Wind ankämpfen.

»Um Gottes willen!« Ich stöhne auf, als ein gewaltiger Brecher mit Donnergetöse über die Mole hinwegbrandet.

Im Nordwesten ist der Himmel so schwarz wie das aufgepeitschte Meer. Hohe, gischtige Wogen, wo der Horizont sein sollte. Schleierartig aufspritzende und vom Sturm mitgerissene Gischt. Möwen schweben mit ausgebreiteten Flügeln fast unbeweglich im Sturmwind.

Der nächste Brecher, höher noch als der letzte, scheint die Mole in ihren Grundfesten zu erschüttern. Das Wasser schießt über die Granitquader, wirft sich uns zischend entgegen, umspült unsere Beine und reißt uns beinahe um. Irgendetwas trifft mich schmerzhaft am Knie. Dann ist es wieder fortgespült, zurück ins Meer.

War es ein Teil eines Bootes? Offenbar ist die Leine gerissen, mit der es an der Mole festgemacht war, und der Sturm hat es auf den Felsen geworfen. Zerborstene Planken und ein abgerissenes Ruder treiben auf den Wellen. Ich kann von Glück reden, dass mich keine Planke mit voller Wucht erwischt hat.

Erneut prallt eine Woge gegen die Mole, schießt wie ein Geysir senkrecht in die Höhe und verweht in einem Sturzregen aus feiner Gischt, der auf uns niedergeht. Wasser wirbelt um unsere Beine. Yannic legt seinen Arm um mich und hält mich fest. »Sei vorsichtig!«, brüllt er gegen den Sturm an, während er mich über die Mole führt. »Du kannst nicht sehen, was sich unter der Wasseroberfläche befindet!«

Ich deute hinüber zu seinem Boot, das auf den Wogen krängt und sich jeden Moment von der Kette loszureißen scheint. »Wie kommen wir da rüber?«, schreie ich und blinzele gegen den Regen an, der mir ins Gesicht schlägt.

Seine Antwort kann ich nicht mehr hören. Eine Welle trifft mich von der Seite und reißt mich von den Füßen. Ich entgleite seinem Griff und werde über die Granitfelsen der Mole hinweg ins Meer geschleudert. Vor Schreck schreiend schlucke ich Wasser. Die Strömung packt mich und wirft mich wie ein Stück Treibholz gegen den Felsenstrand. Neben dem gestrandeten Boot pralle ich auf und werde, bevor ich mich irgendwo festhalten kann, wieder zurück ins tiefere Wasser gerissen. Donnernd schlagen die Wellen über mir zusammen. Ich muss husten, weil mir das Meerwasser in Mund und Nase gedrungen ist. Dann bin ich plötzlich wieder an der Wasseroberfläche und kann atmen.

»Saaandraaa!«, ruft Yannic, der sich auf der Mole festklammert, um nicht auch ins Meer gespült zu werden. Durch den Regenschleier kann ich ihn nur undeutlich erkennen. Hat er das Testament des Satans noch auf dem Rücken?

Ich hebe den Arm aus dem Wasser und winke, um ihm zu zeigen, dass ich noch lebe. In diesem Augenblick bricht die nächste Welle über mich herein und reißt mich wieder in Richtung der Felsen. Prustend ringe ich nach Atem, spanne die Muskeln an und bereite mich auf den Aufprall vor. Ich strecke die Arme aus, um mich festzuhalten, aber ich habe nicht genug Kraft, um mich an Land zu ziehen.

Als ich erneut zurückgerissen werde, verfange ich mich in etwas, das unter der Oberfläche treibt. Es ist eines von den riesigen Netzen, mit denen die Fischer des Mont fischen! An acht bis zehn Ellen hohen Stangen, die sie bei Ebbe ins trocken gefallene Watt stecken, spannen sie ihre sechshundert bis achthundert Schritt langen Netze auf, um mit der heranströmenden Flut ihren Fang zu machen: Die Bucht wimmelt nur so von Meerbarben, Seezungen, Steinbutt, Lachs und Stör. Die Fischer tragen große Weidenkörbe auf dem Rücken, in denen der Fang zurück zum Mont gebracht wird, entweder zu Fuß oder auf dem Karren.

Das schwere Netz, das sich in der Dünung losgerissen hat, zieht mich unter die Oberfläche. Verzweifelt kämpfe ich mich durch das schäumende Wasser wieder nach oben. Dann erfasst mich eine neue Welle und schiebt mich, Kopf unter Wasser, zurück ans Ufer.

Plötzlich ist Yannic über mir, packt mich an den Schultern, zerrt mich auf den Felsabhang und befreit mich aus dem Netz. Keuchend sinke ich neben ihm auf die schroffen Felsen, schließe die Augen und atme tief durch. »Und ich dachte, wir hätten das Schlimmste überstanden, als wir die Abtei verließen. Das Herz der Hölle.«

»Ha!« Yannic lacht trocken. »Du weißt doch: Das Beste kommt immer zum Schluss.«

Ich stöhne entnervt und lasse mich zurücksinken.

Er streicht mir die nassen Haare aus dem Gesicht. »Wirst du's schaffen?«, fragt er ernst.

»Wenn du's schaffst.« Müde setze ich mich auf. Ich zittere vor Kälte und Erschöpfung. »Und vor allem: Wenn dein Boot es aushält und nicht zerbricht.«

»Es wird nicht sinken ...«

»... waren die letzten Worte des Seemanns, bevor die Wellen über ihm zusammenschlugen.« Ich rappele mich auf. »Komm, bevor ich's mir anders überlege.«

Mit eingezogenem Kopf kehren wir zur Mole zurück. Mittlerweile steht sie fast vollständig unter Wasser. Wir ducken uns unter der aufspritzenden Gischt hindurch und tasten uns Schritt für Schritt bis zu dem Poller, an dem Yannics Boot festgemacht ist.

»Und jetzt?«, frage ich. Besorgt beobachte ich, wie das Boot sich auf den Wellen hin und her wirft, abwechselnd mit den Fendern aus Kork gegen die Mole kracht oder an der Kette zerrt.

»Pass auf!«, ruft Yannic, als eine Woge sich hinter uns auftürmt. »Festhalten!«

Mit ganzer Kraft umklammere ich den Poller, während ein eisiger Sturzguss auf uns niedergeht und uns mit sich zu reißen droht. Wasser dringt mir in die Nase, ich verschlucke mich und muss husten.

»Wie kommen wir aufs Boot?«

Yannic

Kapitel 82

Auf der Mole
Kurz vor neun Uhr morgens

Eine Seeschwalbe fliegt von der Bootskante auf, als Alessandra mit einem gewaltigen Satz ins Boot hinüberspringt. Auf den rutschigen Planken ausgleitend hält sie sich mit beiden Armen am Mast fest und dreht sich zu mir um. Eine Woge reißt das Boot herum, und sie gleitet aus und kracht aufs Deck. Fluchend rappelt sie sich wieder hoch, verliert jedoch sofort wieder das Gleichgewicht, knallt wieder hin, kommt aber schnell wieder hoch.

»Alles in Ordnung?«

Sie winkt ab. »Jetzt du«, schreit sie gegen den Sturm an.

»Ich muss erst die Kette losmachen«, brülle ich zurück.

Sie betrachtet das tosende Wasser rund ums Boot. »Und dann?«

Statt einer Antwort beuge ich mich über den Poller, um das Boot vom Pier loszumachen. In den vergangenen Stunden hat der Sturm dramatisch an Stärke zugenommen. Der Wind heult in den Wipfeln der Eichen unterhalb der Abtei. Die herantosenden Brecher donnern gegen den Granitfelsen des Mont, der unter der Wucht des Anpralls zu erbeben scheint. In dem Moment, als ich den Schlüssel ins Schloss fummele, um die Kette zu lösen, zuckt ein bläulich-greller Blitz aus den schwarzen Wolken, dem sofort ein gewaltiger Donnerschlag folgt, der mit einem seltsamen Flattern verklingt. Besorgt richte ich mich auf und blinzele hinauf.

Ein Brecher reißt mir die Kette aus der Hand, wirft mich in die schäumende Brandung und treibt das Boot von der Pier weg.

Durch das tobende Wasser schwimme ich zum Boot hinüber, packe mit beiden Händen die Bootskante und stemme mich hoch. Alessandra greift mir unter die Arme und zieht mich ächzend an Bord.

Das Boot wird von den Wogen emporgewirbelt, bevor es mit einem Krachen erneut gegen die Pier geschleudert wird. Es wird Zeit, dass wir hier wegkommen. Auf den glitschigen Planken ausgleitend schlittere ich zum Mast, um das Schwert des Satans daran festzubinden und das Segel zu setzen.

Währenddessen rufe ich Alessandra zu: »Setz dich vorn in den Bug! Da liegen Korkbündel, die kannst du dir wie eine Weste umschnallen. Und such dir ein Seil, um dich am Mast festzubinden.«

Ich fingere an den nassen Knoten herum, um das Segel zu setzen.

»Noch ein ermunterndes Wort, bevor wir aufbrechen?«

»Wenn du die Fische fütterst, tu's nicht gegen den Wind.«

Sie schnauft. »Kann ich dir noch irgendwie helfen, bevor ich über der Bootskante hänge und kotze?«

»Hol die Kette ein, roll sie zusammen und verstau sie im Bug. Wir müssen uns beeilen. In einer Stunde ist der Kenterpunkt zwischen Ebbe und …«

»Der *was?*«

»Den Zeitpunkt der Strömungsumkehr zwischen auflaufendem und ablaufendem Wasser nennt man den Kenterpunkt der Tide. In einer Stunde ist Low Tide – Niedrigwasser. Auch wenn's nicht danach aussieht. Danach strömt das Wasser wieder in die Bucht.«

»Du meinst: Es wird noch schlimmer?«

Ich nicke ernst. »In der nächsten Stunde werden wir die Strömung des ablaufenden Wassers nutzen.«

»Gut.« Sie taumelt gegen mich und hält sich am Mast fest, als das Boot erneut emporgewirbelt wird und dabei stark zu krängen beginnt.

»Aber wir müssen gegen den Wind kreuzen, der uns aus Nordwest entgegenweht. Daher, wo wir hinwollen.«

»Nicht gut.«

»Gar nicht gut.«

»Und wo genau ist, wo wir hinwollen?«

An den Furcht erregend knarrenden Mast gelehnt bilde ich mit meinen Armen eine Art imaginärer Karte. Meinen angewinkelten linken Arm, den ich an einem Seil eingehakt habe, halte ich quer vor meine Brust. »Im Süden liegt die bretonische Küste.« Im rechten Winkel dazu halte ich meinen rechten Arm nach oben. »Im Osten liegt die normannische Küste. Die Halbinsel Cotentin.« Ich deute mit dem Zeigefinger auf meinen rechten Ellbogen. »Avranches.« Und ein bisschen höher. »Genêts.«

Sie nickt.

Ich richte meinen linken Arm auf, sodass meine Fingerspitzen auf die Hand des anderen weisen und eine Diagonale bilden. »Die Grenze des Wattenmeeres. Davor fällt das Watt bei Ebbe trocken. Dahinter liegt das tiefe Meer. Der Kanal. Und dahinter liegt Cornwall.«

»Wie weit?«

»Elf oder zwölf Seemeilen bis zur Wattgrenze. Da wir gegen den Wind aus Nordwest kreuzen müssen, ist es viel weiter. Die Strömung aus Südost versetzt bis zum Strömungswechsel in einer Stunde mit drei bis fünf Knoten. Aber mein Boot ist mit siebenundzwanzig Fuß Länge sehr schnittig und schafft mit dem großen Segel hoch am Wind acht bis zehn Knoten.«

»Ich versteh kein Wort«, unterbricht sie mich. »Gibt's von deinem Vortrag auch eine verständliche Kurzfassung?«

»Fünf bis sieben Stunden.«

»Na also, es geht doch.«

»Angst?«

»Noch nicht.« Sie versucht ein zuversichtliches Lächeln, das ihr jedoch gründlich misslingt. »Ich sag dir, wenn's so weit ist.«

»In Ordnung. Ich lass es dich wissen, wenn es Zeit ist, in Panik auszubrechen.«

Kein Kommentar von Alessandra.

Ich setze das Segel und stelle die Rute an der Mastspitze schräg, sodass eine Seite des dreieckigen Tuchs horizontal verläuft und mit dem Tau an der Spitze gespannt werden kann. Auf dem schwankenden Deck mühsam das Gleichgewicht haltend, taumele ich nach hinten zum Ruder, während Alessandra sich schon fast auf allen vieren nach vorn durch das inzwischen knöcheltiefe übergekommene Wasser kämpft, sich hastig die Rettungweste aus Kork anlegt und die Kette einholt, die sie am Bug verstaut.

Und los geht's.

Wir stehen im Wind. Steuerbords ist freies Wasser. Ich richte die Rute mit dem Segel aus, lasse mich ein oder zwei Bootslängen nach Osten, also zum Felsenstrand, drücken, gehe kurz auf Steuerbord, wende dann aber sofort nach einem kurzen Kreuzschlag auf Backbord. Dann sind wir unterwegs.

Alessandra sieht zu mir herüber. »Wir segeln um den Mont herum?« Sie muss schreien, um das Heulen des Sturms und das Donnern der Wogen zu übertönen.

»So komme ich hervorragend frei. Der Wind treibt uns nach Südosten. Im Windschatten der Abtei mache ich eine Halse.«

»Yannic!«

»Eine Halse sind zwei Wenden hintereinander, jeweils eine über Backbord und über Steuerbord.«

»Und was bedeutet das für mich?«

»Festhalten und Kopf einziehen. Bei achterlichem Wind von der Seite knallt das Segel bei den Wenden von einer Seite auf die andere. Das bedeutet Blut oder Tränen.«

»Was heißt das?«

»Im besten Fall haut es dich in hohem Bogen vom Boot, was ziemlich schmerzhaft ist, und du versuchst, wieder an Bord zu klettern, während das Boot mit vollem Segel an dir vorbeirauscht. Im schlimmsten Fall haut es dich auch vom Boot. Und wenn dich die Rute mit dem Segel mit voller Wucht am Kopf erwischt ...«

Sie winkt ab. »Ich kann's mir vorstellen.«

»Also, bei einer Halse immer den Kopf runter und die Schot erst dichtholen, wenn das Segel rüberkommt. Dann schnell fieren, bis das Segel vor dem achterlichen Wind liegt. Dann kann ich auf die Kreuz gehen.«

Sie verdreht genervt die Augen. »Und jetzt die verständliche Kurzfassung für den Trottel an Bord?«

»Bleib wo du bist und fass nichts an. Ich mach das schon.«

»Das wollte ich hören.« Sie lehnt sich gegen die Bootskante, streckt ihre langen Beine aus und versucht, sich trotz der Wogen, die sich immer wieder über das Deck ergießen, ein wenig zu entspannen. Die Böen reißen die Gischt von den Kämmen der Wogen und schlagen sie uns ins Gesicht, sodass wir blinzeln müssen. Das Salz brennt in den Augen.

Sobald das Boot mit dem Bug in eine Welle taucht, erbebt

der Rumpf unter dem harten Aufprall, ächzt und knarrt, und ich habe mit Schot und Ruder alle Hände voll zu tun, auch wenn ich das Boot gerade nicht wende. In voller Fahrt schießen wir an den Wällen und Türmen der Befestigungsanlagen vorbei – die Mole achteraus ist schon außer Sicht.

Als wir kurz darauf den Windschatten des Mont verlassen, sehe ich eine riesige Woge auf uns zurauschen, zerre am Ruder und schaffe es, sie mit dem Bug voraus zu nehmen. Das Boot wird hochgerissen, immer höher, schwebt einige rasende Herzschläge lang wie schwerelos auf dem Wellenkamm, dann taucht es mit dem Bug tief in die tosende See.

Alessandra, die sich inzwischen an den Mast gebunden hat, starrt wie gebannt nach vorn, wo sich schon die nächste Welle erhebt. Als sie sich kurz zu mir umsieht, erkenne ich, dass sie sehr blass ist und dass ihre Zähne klappern.

»Bist du schon mal in einem solchen Sturm gesegelt?«

»Ja.«

»Wo war das?«

»Draußen auf dem Atlantik. Achtzig Seemeilen westlich von Ouessant. Die Wellen waren noch ein bisschen höher.«

»Was hast du da draußen gemacht?«

Ich will sie nicht noch mehr beunruhigen, deshalb sage ich nur: »Ein bisschen gesegelt.«

Sie schüttelt den Kopf und sieht wieder nach vorn.

Als wir die Hälfte der Strecke bis zur Tombelaine geschafft haben, die zwischen den aufgewühlten Wellen kaum zu sehen ist, frage ich sie: »Geht's noch?«

»Ja.«

»Ich kann dich an der Prieuré de Genêts absetzen. Oder an der Prieuré auf der Tombelaine.«

Sie winkt ab. »Ich bleibe bei dir.«

»Alessandra ...«

»Wenn du dich mit mir unterhalten willst, komm ich nach hinten. Das Brüllen gegen die Böen ist mir zu anstrengend. Ich bin schon ganz heiser vom Salzwasser.«

»Ich muss wieder wenden. Bleib wo du bist.«

»Dann halt die Klappe.«

»Aye, Mylady!«

Eine riesige Woge ragt plötzlich vor uns auf und stürzt tosend auf uns herab. Alessandra schreit laut auf, als die Sturzsee auf sie niederprasselt.

Sobald das überkommende Wasser zum Bug abfließt, kehre ich schlitternd zurück zum Ruder – die See hatte mich von der Holzbank im Heck fortgeschwemmt. Ich packe das Ruder, reiße es herum und kann im letzten Augenblick den Bug in die nächste Woge drehen, die uns hochreißt in die Schwerelosigkeit, um uns gleich darauf wieder hinabzuschleudern.

Das Segel knallt auf die andere Seite.

Als ich es wieder unter Kontrolle habe, ist Alessandra verschwunden.

»Alessandra!«

Keine Antwort.

Ist sie über Bord gegangen?

»Alessandra!«

Dann sehe ich sie. Mit blutender Stirn kriecht sie auf allen vieren vom Bug zurück zur Bootskante.

»Alles in Ordnung?«

»Bin in die Kette gekracht.«

»Hast du Schmerzen?«

»Nicht mehr als vorher«, meint sie trocken.

»Du blutest.«

Mit dem Ärmel fährt sie sich über die Stirn und wischt sich das Blut ab, bevor der Regen und die Gischt es ihr in die Augen spülen. Das Boot schießt die nächste Welle hinauf. Alessandra klammert sich an der Bootskante fest und dreht sich hektisch zu mir um. »Zeit, in Panik zu geraten?«

»Noch nicht.«

Mit aufgerissenen Augen beobachtet sie eine hohe, überschlagende Woge, die mit einem Schleier von Gischt über dem schäumenden Wellenkamm auf uns zudonnert. Das Boot knirscht und kracht zum Gotterbarmen. Eine Melodie des Grauens. »Du meinst, weiter draußen wird's noch schlimmer?«

»Habe ich dir schon von den Riffen unter der Wasseroberfläche erzählt?«

»Nein.«

»Oder von den kleinen Felsinseln aus Granit, die man zwischen den Wogen kaum sehen kann und die das Boot vom Bug bis zum Heck der Länge nach aufreißen können?«

»Auch nicht.«

»Oder von dem Mascaret, der ...«

»Yannic!«, kreischt sie fast panisch.

»Da draußen wird's gefährlich. Jenseits der Tombelaine bricht die Hölle los.«

Intermezzo 11

Auf dem Weg zur Mole
Kurz nach neun Uhr morgens

Corentin rutscht auf einem abgerissenen Zweig aus und stürzt der Länge nach zu Boden. Nach dem erbitterten Kampf mit Padric schmerzt sein Körper überall, die Wunde am Kopf pocht unerträglich, und in der nassen Kukulle friert er so sehr, dass die Zähne klappern.

Doch die Wut treibt ihn vorwärts. Und die Angst.

Yannic und Alessandra sind geflohen – mit dem Schwert.

Corentin rappelt sich auf und stapft durch das ihm entgegenschießende Wasser hinunter zur Mole. Er flucht. Yanns Boot, die Enez Eusa, ist verschwunden.

Er lässt den Blick über den Granitstrand schweifen. Der Sturm bläst über die Felsen, der Regen prasselt nieder, die Brecher scheinen jeden Augenblick die Mole mitzureißen. Das Boot eines Fischers liegt zerschmettert auf den schroffen Felsen, daneben ein Netz, das von der Strömung losgerissen wurde.

Einige Schritte weiter liegt das Segelboot der Abtei, die Saint-Benoît, auf einem flachen Felsabhang oberhalb der tosenden Brandung. Das Segel hat sich losgerissen und flattert im Wind. Corentin greift in die Tasche seiner Kukulle und zieht eine kleine Dose hervor. Sie enthält Schweineschmalz. Damit schmiert er die wassergefüllte Rinne aus, in der der Kiel des Bootes über die Felsen gleitet.

Mit aller Kraft lehnt Corentin sich gegen den Bug des Bootes und schiebt es mit Schwung ins Wasser. Sobald das Heck in die Wellen gleitet, springt er kraftvoll ab und klettert ins Boot, das mit der nächsten Welle schon wieder auf den Strand geworfen wird. Schließlich gelingt es ihm, das Boot in den Wind zu drehen und das flatternde Segel einzufangen.

Wenig später ist er unterwegs. Er steuert den Segler an der Westseite des Mont entlang, vorbei an der Saint-Aubert-Kapelle, und folgt Yanns Boot, dessen Segel er eine Seemeile steuerbord voraus vor dem Schattenriss der Tombelaine erkennen kann.

Mit beiden Händen muss er sich am Ruder festhalten, als eine gewaltige Sturzsee sich über ihn ergießt und ihn beinahe aus dem Boot reißt. Fluchend zerrt er an der Schot, reißt das Segel herum und wendet das Boot, das in allen Fugen knirscht und kracht, als Wind und Wogen in Form einer gewaltigen, schwarzgrauen Wasserwand von der Seite kommen. Das Boot bebt in der brodelnden See und droht zu kentern, doch Corentin kann es im letzten Augenblick abfangen.

Wenden!

Das Boot saust ins nächste Wellental und rast auf der anderen Seite so ungestüm wieder hinauf, dass es einen Moment lang über dem Meer zu schweben scheint.

Wenden!

Er lächelt, als das Segel mit voller Wucht auf die andere Seite schlägt. Mit halsbrecherischer Geschwindigkeit schießt Corentins Segler vorwärts, sodass sich der Abstand zu Yanns Boot rasch verringert.

Zum Teufel mit diesem Verräter!

Bis in die Hölle wird er ihn jagen!

Alessandra

Kapitel 83

An Bord von Yannics Boot
Gegen halb zehn Uhr morgens

Während Yannic erneut das Boot wendet und das Segel mit einem Knall herumschlägt, beobachte ich, wie wir rasch die Tombelaine hinter uns lassen. Wir sind der Insel so nah, dass ich die Bewaffneten auf den Befestigungen der Prieuré sehen kann. Sie beobachten uns. Sie kennen Yannics Boot – er segelt oft in der Bucht. Wohin, glauben sie, wollen wir? Nach Cornwall?

Ich drehe mich um. »Yannic!«

»Was ist?«

»Eoghans Stellvertreter Adriano, der Befehlshaber meiner Leibwache, hat mir vor einigen Stunden gemeldet, dass Eoghan heute Nacht auf der Tombelaine gewesen ist. Und dass ein englischer Angriff auf den Mont bevorsteht.«

Er atmet tief durch und nickt, während er am Seil zieht, mit dem er nach jedem Wendemanöver das Segel neu ausrichten muss.

»Die Engländer haben unsere Leuchtsignale gesehen.«

»Weiß irgendjemand außer uns davon?«

»Nein. Wem hätte ich es erzählen sollen? Yvain, dem Prior? Oder Jourdain, dem englischen Spion?«

»Jourdain war der Spion?«

»Ich habe beobachtet, dass er Leuchtsignale zur Tombelaine sandte. Er wusste, wer ich bin. Er fürchtete, dass ich ihn enttarne.«

Yannic schweigt eine Weile. Dann sagt er: »Wir haben keine Zeit mehr zu verlieren.«

»Was heißt das?«

»Härter an den Wind.«

Der Sturm ist eiskalt, die mit Gischt gesättigte Luft schmeckt nach Salz. Obwohl ich mich elend fühle und mich festhalten muss, um von den harten Brechern nicht über Bord gespült zu werden, beginne ich zu verstehen, was Yannic das Segeln bedeutet.

Ich richte mich auf und blicke zurück zum Mont-Saint-Michel, der in der hohen Dünung kaum noch auszumachen ist. Mein Blick schweift über den Horizont, wo das schiefergraue Meer und der schwarze Himmel eins werden. Was ist denn das? Ein Segel?

Ich blinzele durch die aufspritzende Gischt, kann jedoch nichts mehr sehen. Ich sitze zu tief, um über die Dünung hinwegzublicken. Ich muss aufstehen, um besser sehen zu können.

»Yannic!«

»Was ist?«

»Ich will aufstehen.«

»Bleib sitzen.«

»Wann wendest du?«

Er spürt meine Unruhe und zögert. »Sobald du wieder sitzt und den Kopf einziehst.«

Ich rappele mich auf und taumele zum Mast, um mich daran festzuhalten, während ich über die Dünung hinwegspähe.

Da ist das Segel.

»Wir haben Gesellschaft bekommen«, verkünde ich.

»Du meinst, jemand segelt in *meiner* Bucht und in *meinem* Meer?«

Ich deute nach hinten. »Backbord achteraus, eine Seemeile entfernt.«

»Setz dich wieder hin.«

»Aye.«

Yannic wendet das Boot, das unter dem Anprall der Wellen knarrt, als zerberste es im nächsten Moment.

»Ich kann das Ruder halten, während du aufstehst und nachsiehst«, schlage ich vor. »Ich habe gesehen, was du mit dem Seil da ...«

»... mit der Schot ...«

»... mit der Schot gemacht hast, um das Segel umzulegen und das Boot zu halsen. Lass mich das Ruder halten.«

Yannic zögert, dann nickt er. »Komm her.«

Auf allen vieren krieche ich zu ihm und ziehe mich neben ihn auf die schmale Holzbank.

»Die eine Hand ans Ruder«, brüllt Yannic.

»Aye.« Ich lege meinen Arm auf das Ruder und blicke am Segel vorbei nach vorn.

Die Wellen werfen sich mit brutaler Gewalt gegen die *Enez Eusa*. Die tosende Luft rings um das Boot ist ganz trüb von Regen und Gischt, die mir ins Gesicht spritzen. Meine Augen brennen und tränen wegen des Salzes.

»Mit der anderen nimmst du die Schot.«

»Aye.« Ich beuge mich vor und nehme das Seil, mit dem das Segel gespannt wird.

»Alles klar so weit?«

»Was mache ich, wenn die ersten Eisberge in Sicht kommen?«

Er lacht. Dann küsst er mich hart auf die Lippen, steht auf und taumelt unter dem Segel hindurch zum Mast, um sich daran festzuhalten, während er nach achtern späht.

Fluchend kommt er zurück und übernimmt wieder das Ruder. »Es ist Corentin. Er kommt langsam näher.«

»Es ist also noch nicht vorbei.«

Yannic sieht mich ernst an. »Noch lange nicht.«

Nach jedem Wendemanöver blicke ich zurück. Der Mont-Saint-Michel und die Tombelaine sind längst hinter dem Horizont verschwunden. Aber das Segel, das abwechselnd an Backbord und an Steuerbord auftaucht, wird immer größer.

Ich setze mich wieder an meinen Platz an der Bootskante. »Corentin segelt, als sei Satan hinter seiner Seele her.«

Yannic antwortet nicht. Wie gebannt starrt er nach vorn.

»Was ist denn?«

»Sieh mal nach vorn. Der weiße Streifen am Horizont.«

Ich blinzele über den Bug nach vorn. »Dio del Cielo! Was ist denn *das?*«

»Die Gischt einer Riesenwelle.«

Entsetzt beobachte ich, wie sie auf uns zurast. »Ein Mascaret?«, ächze ich.

Yannic antwortet nicht. »Wir können nicht ausweichen. Halt dich fest.«

»Aye.«

»Hängst du am Seil?«

»Aye.«

Yannic packt das Ruder mit beiden Händen und steuert das Boot den fast senkrecht ansteigenden Wellenberg hinauf, wobei es immer langsamer wird. Plötzlich ist die Welle nicht mehr unter uns, sondern über uns. Yannic brüllt etwas, aber ich kann ihn nicht verstehen, weil sich in diesem Augenblick die Welle mit einem Donnergetöse über uns bricht und die Wassermassen auf uns herabstürzen.

Ich denke noch ›Das hält das Boot nicht aus! Wir werden kentern!‹, dann wirft mich die Sturzsee um, presst mir die Luft aus den Lungen und reißt mich über die Kante hinweg ins tosende Meer.

Prustend tauche ich wieder auf, drehe mich um und blicke zurück. In diesem Augenblick verschwindet Yannics Boot zwischen den Wogen.

Yannic

Kapitel 84

An Bord von Yannics Boot
Gegen halb elf Uhr morgens

Alessandra ist über Bord gespült worden!

Das Entsetzen überfällt mich wie eine eisige Sturzsee. Ich lasse das Ruder los und lehne mich über die Kante, aber ich kann sie nirgendwo entdecken.

Die Wucht, mit der das Boot in die nächste Welle kracht, wirft mich fast um. Es steigt hinauf, scheint einen Augenblick über der Gischt zu schweben, dann rast es wieder hinunter und schlägt mit Getöse unten im Wellental auf.

Alessandra ist jetzt drei oder vier Bootslängen achteraus. Sie wird in Panik geraten, weil sie in der hohen Dünung das Boot nicht mehr ausmachen kann.

Ich sehe zum Mast hinüber. Das Seil, an dem sie hängt, knarrt laut. Es ist jetzt zum Zerreißen gespannt. Das Boot beginnt zu krängen und neigt sich gefährlich zur Seite. Alessandra wird am Seil vom Boot mitgeschleppt und wirkt dabei wie ein Anker, der die bedrohliche Schieflage bewirkt. Das Boot schlägt quer, ich kann es nicht mehr halten.

Viel zu schnell nimmt es Wasser! Es geht nicht anders, ich muss das Seil kappen, an dem Alessandra hängt.

Ich lasche das Ruder fest und krieche zum Mast hinüber, wo das Schwert des Satans in den Seilen hängt. Das Boot darf nicht sinken! Das Testament des Satans muss vernichtet werden!

Erschöpft starre ich auf das gespannte Seil. Es wird bald durchgescheuert sein und reißen. Alessandra wird es niemals bis zur Küste schaffen. Nicht in diesem Sturm, nicht in diesen Wellen. Sie wird ertrinken.

Ein Blick in die Wogen: Das Seil verschwindet zwischen den Schaumkronen. Alessandra kann ich nicht sehen.

Die nächste Welle lässt das Boot beinahe kentern. Ich werde gegen den Mast geschleudert, kann mich aber im letzten Augenblick an einer Klampe am Mast festhalten.

Ich sehe nach oben. Der Mast, das Fall, das Segel – alles ist überlastet. Aber ich habe keine Zeit mehr, das Segel zu bergen. Ich muss eine Entscheidung treffen: Alessandra oder ich.

Nein!

Ich krieche zurück zum Ruder und lasche es los. Die Schot brennt in meinen Händen. Langsam, viel zu langsam, dreht sich das Boot, immer noch ist es gefährlich gekrängt. Es kämpft mit der tosenden See. Schließlich gelingt es mir, es auf Südostkurs zu wenden, zurück zum Mont – Corentin entgegen. Der Wind von achtern bläht das Segel und jagt das Boot über die Wellen.

Das Seil erschlafft, das Boot hebt sich wieder.

Hat Alessandra das Seil gekappt, als sie gesehen hat, dass das Boot zu kentern drohte?

Ich muss Acht geben, damit ich nicht über sie hinwegsegle. Einen Aufprall würde sie nicht überleben.

Mit einem Ruck strafft sich das Seil wieder. Sie hängt noch dran!

Ich fiere die Schot, lasse das Segel killen, nehme dem Wind dadurch den Widerstand und lasse das Boot Fahrt verlieren.

Kurs Südost, langsame, sehr langsame Fahrt. Durch das

überkommende Wasser, das bei jeder Bewegung des Bootes mehr als drei Handbreit über die Planken schwappt, krieche ich zurück zum Mast, packe das Seil und beginne, es mit aller Kraft einzuholen.

Wieder krängt das Schiff, immer mehr Wasser brandet über die Kante ins Boot.

Plötzlich kann ich Alessandra zwischen den Wellen erkennen. Kopf, Schultern, Arme. Sie hebt die Hand – sie lebt!

»Du schaffst es!«, brülle ich.

»...«

Kein Wort verstanden. »Halt aus, ich hol dich ein!«

»...«

»Du schaffst es, Alessandra! Zieh dich mit aller Kraft am Seil entlang!«

Dann ist sie wieder zwischen den Wellen verschwunden.

»Los, nun mach schon!«, schreie ich in Panik.

Mit der Kraft der Verzweiflung zerre ich an dem nassen Seil, das mir immer wieder durch die Finger gleitet, aber es gelingt mir, es Elle um Elle einzuholen. Ich kämpfe gegen die Fluten um ihr Leben, aber auch um meines.

Da ist sie wieder!

Die Schwimmweste aus Kork gibt ihr Auftrieb. Am gespannten Seil schwimmt sie auf das Boot zu, erreicht mit letzter Kraft die Bootskante und klettert, während ich das Tau einhole, mittschiffs ins krängende Boot.

Während sich die *Enez Eusa* endlich wieder aufrichtet, fällt sie erschöpft auf die überspülten Planken, hustet das Salzwasser aus den Lungen und atmet tief durch. Dann richtet sie sich auf den Ellbogen auf und sieht sich um.

»In deinem Boot kann man ja ertrinken!«

Alessandra

Kapitel 85

An Bord von Yannics Boot
Kurz nach elf Uhr morgens

Kurze Verschnaufpause.

Meine Schultern schmerzen vom Schöpfen. Ich stelle den Eimer neben mich, richte mich auf, strecke mich und spanne meine Schultern an.

Das andere Segel verschwindet immer wieder hinter den Schleiern aus aufgewirbelter Gischt. Corentin folgt uns noch, hat aber nicht weiter aufgeholt.

Während ich mein Gesicht in den Wind halte, damit die nassen Strähnen mir aus der Stirn wehen und ich die langen Haare zu einem Zopf flechten kann, blicke ich nach vorn.

»Wo sind wir eigentlich?«

»Irgendwo in der Bucht.«

Ich fluche. »Du weißt also nicht, wo wir sind …«

»Aber sicher weiß ich das.« Yannic deutet über die linke Schulter. »Da ist die Bretagne …«, dann über die rechte Schulter, »… da die Normandie …«, und schließlich nach vorn, »… und da drüben ist Cornwall. Davor liegen Jersey und Guernsey. Und ein paar Riffe.«

»Na toll. Weißt du, wo wir hin müssen?«

»Na klar.« Er nickt in Richtung des Bugs. »Da lang.«

Ich geb's auf.

Der Himmel verfinstert sich immer mehr, die Wolken werden immer bedrohlicher, grelle Blitze zucken durch die Schwärze, gefolgt vom Donnergrollen, aber Yannic hält weiter Kurs auf den Horizont. Er lässt sich nicht beirren, obwohl die Dünung stärker wird. Und das Segel und die Seile zum Zerreißen gespannt sind. Auch ihm fällt es immer schwerer, das Gleichgewicht zu halten. Mit gespreizten Beinen stemmt er sich gegen die Planken und hält das bebende Ruder.

Durch das Heulen des Windes und das Donnern der Wogen kann ich schon bald das Brechen von Brandungswellen hören. Ein dumpfes, beängstigendes Grollen. An Steuerbord brodelt das Wasser, als ob Milch im Topf überkocht.

Ich wende mich zu Yannic um. »Sind das die Riffe?«

Er zuckt mit den Schultern.

Er hat wirklich keine Ahnung, wo wir sind!

Ich kämpfe gegen die Angst an. »Zeit, in Panik zu geraten?«

Er schüttelt den Kopf. »Noch nicht.« Dann späht er über meine Schulter nach vorn. *»Festhalten!«*

Ich sehe noch, wie eine riesige Welle sich über uns auftürmt, dunkel und gefährlich. Das Boot scheint reglos zu warten, wie die Welle höher und höher wird. Dann krachen die Wassermassen mit erschreckendem Getöse gegen den Bug der *Enez Eusa*, reißen ihn herum und stemmen ihn hoch, bis er steil zum Himmel zeigt. Obwohl ich mich verzweifelt festklammere, werde ich von der Kante weggerissen und durch das Boot geschleudert.

Ich lande direkt vor Yannics Füßen und schlage mir den Kopf an. Stöhnend richte ich mich auf. Mir dröhnt der Kopf, der Schmerz schießt bis in den Nacken.

Yannic gibt mir die Hand. »Du blutest ja. Setz dich neben mich. Ich seh mir die Wunde an.« Er zieht mich auf die Bank und wischt mir mit dem Ärmel das Blut von der Stirn.

Ich zucke zusammen vor Schmerz.

Eine Welle überschüttet uns mit salziger Gischt.

»Wie geht's deinem Arm?«, fragt Yannic. »Kannst du das Ruder übernehmen?«

»Und was machst du?«

Das Boot schnellt in ein Wellental hinunter und steigt an der nächsten Welle wieder hoch. Ein dichter Nebel aus Wasser hüllt uns ein.

»Ich muss schöpfen. Wir nehmen zu viel Wasser. Das Boot wird immer schwerer. Bei dem Regen und der Gischt ist das Segel …«

»Das heißt?«, unterbreche ich ihn.

»Wir werden langsamer und schwerfälliger, sodass wir nicht mehr schnell genug auf Kurs gehen können. Es kostet mich sehr viel Kraft, das träge Boot bei den Wendemanövern unter Kontrolle …«

»Und die Kurzfassung?«

»Wir sinken, langsam, aber sicher.«

Yannic

Kapitel 86

An Bord von Yannics Boot
Am frühen Nachmittag

Corentin ist noch immer in Sichtweite. Seit Stunden folgt er uns mit einer Ausdauer, die mich zutiefst erschreckt. Seine Berufung durch den Erzengel, sein mörderischer Dämon, treibt ihn unbeirrbar voran. Ein Kampf ist unvermeidlich. Das Testament des Satans darf nicht auf den Mont-Saint-Michel zurückgebracht werden.

Der Abstand zwischen den Booten verringert sich Stunde um Stunde. Ein weit verzweigter Blitz zerreißt den blauschwarzen Himmel. In seinem Licht kann ich Corentin am Ruder der *Saint-Benoît* erkennen, dem Boot der Abtei. Er kreuzt in unserem Kielwasser.

Alessandra zieht sich erschöpft neben mich auf die Bank. »Ich kann nicht mehr. Die Schmerzen im Arm sind unerträglich.«

»Ruh dich aus.«

Sie versucht zu lächeln. »Wie lange noch?«

Ich atme tief durch. »Halbe Stunde vielleicht.«

»Und dann?«

Ich zucke mit den Schultern.

»Weißt du inzwischen, wo wir sind?«

»Die lange Antwort mit Kurs, Windstärke, Strömungsversatz, Kenterpunkt, Wellenhöhe und geschätzter Geschwindigkeit über Grund? Oder die kurze?«

»Die kurze.«

»Keine Ahnung.«

Sie wendet sich zu Corentin um. »Und er?«

»Er segelt uns nur hinterher.«

»Wohin, glaubt er, wollen wir?«

Ich deute mit dem ausgestreckten Arm nach vorn. »Dahin.«

Sie streicht sich eine nasse Strähne aus der Stirn und sieht mich irritiert an. »Und was ist da?«

»Der Saint Michael's Mount.«

Wie gebannt beobachtet Alessandra, die wieder die Pinne übernommen hat, während ich das überkommende Wasser lenze, Corentins Boot. Mittlerweile ist die *Saint-Benoît* auf einige Bootslängen herangekommen und rast hinter uns her. Es ist eine Frage der Zeit, wann sie längsseits heranrauscht und uns mittschiffs rammt. Er will uns versenken.

Mit großer Wucht kracht mein Boot in eine Welle. Wie ein Geysir spritzt die Gischt an beiden Seiten in die Höhe und regnet auf uns herab, während ich nach achtern krieche. Ich stemme mich auf die Bank und wage einen Blick achteraus.

Corentin segelt hart am Wind. Er hat sein Ruder festgelascht und steht breitbeinig am Mast. Was tut er denn da? Seine rechte Schulter stemmt er gegen den Mast, dann hebt er eine Armbrust und zielt.

»Deckung!«

Alessandra wirft sich herum und blickt erschrocken zurück.

Corentin zielt noch immer. Beide Boote rasen wie wild über

die Wellen. Dann schießt er. Der Bolzen zischt vorbei. Corentin lädt nach, spannt, zielt und schießt. Wieder verfehlt er uns. Aber nicht das Boot. Der Bolzen reißt ein großes Loch ins Segel, das der Sturm schnell zu einem langen Riss vergrößert.

»Wir werden langsamer!«, schreit Alessandra.

Blick übers aufgewühlte Kielwasser zurück: Corentin kommt immer näher.

»Lass mich ans Ruder.« Ich krieche neben sie auf die Bank, packe die Pinne und fiere die Schot.

»Was hast du vor?«

»Ich lasse das Segel killen.«

»Ah.« Verwirrt blickt sie hinauf zum flatternden Segel, das dem Wind keinen Widerstand mehr bietet, dann zurück zu Corentin, der jetzt mit rasender Geschwindigkeit näher kommt. »Wir verlieren an Fahrt.«

»Wir werden nicht länger fliehen. Wir werden uns dem Kampf stellen.«

»Hast du Waffen an Bord?«

»Eine Armbrust. Kannst du damit umgehen?«

»Sicher.«

Während Corentin die Schot fiert, um sein Segel killen zu lassen und trotz der hohen Dünung längsseits zu gehen, krieche ich nach vorn und lasche die Armbrust und die Tasche mit den Bolzen los. Dann krieche ich zu Alessandra zurück.

Mit entschlossenen Bewegungen legt sie den Bolzen ein und spannt die Armbrust. Sie weiß genau, was sie tut.

Ich drücke ihr die Schot in die Hand. »Sobald ich auf Corentins Boot bin, ziehst du an diesem Seil.«

Verwirrter Protest: »Aber ...«

»Das Segel strafft sich, und du nimmst Fahrt auf. Nach einer halben Stunde wirfst du das Schwert des Satans ins Meer.«

Sie schüttelt energisch den Kopf. »Yannic, ich …«

»Kurs Nordwest, hart am Wind. Und achte auf mein Boot.« Bevor sie noch etwas sagen kann, wende ich mich um und krieche zur Bootskante.

Beide Boote heben und senken sich mit den Wellen, die immer wieder gegen die Planken schlagen. Als das Boot ins nächste Wellental stürzt, spreize ich die Beine, um auf den überfluteten Planken nicht den Halt zu verlieren.

Corentin hat wieder auf mich angelegt.

Aber es ist schwierig, von einem zwischen den Wellen schlingernden Boot ein bewegliches Ziel auf einem anderen schlingernden Boot zu treffen.

Ich will mich gerade aufrichten, um über die Bootskante hinüberzuspringen, als Alessandra hinter mir schreit: *»Runter!«*

Ich ziehe den Kopf ein. Der Bolzen zischt über mich hinweg und durchschlägt Corentins Segel. Sofort lädt Alessandra nach und spannt.

»Bleib unten!«

»Aye.«

Sie wartet, bis beide Boote wieder auf einer Höhe sind, dann zieht sie durch. Der nächste Bolzen bleibt im Mast stecken, eine Handbreit über Corentins Kopf. Der lässt die Armbrust sinken und geht in Deckung.

Ich passe den kurzen Augenblick ab, als beide Boote schlingernd zusammenkrachen. Dann springe ich mit einem gewaltigen Satz hinüber auf das schwankende Deck der *Saint-Benoît*, taumele ins flatternde Segel, wende mich um und werfe mich auf Corentin, der im vier Handbreit hoch stehenden Wasser nicht so schnell auf die Beine kommt.

Er lässt die Armbrust fallen und sticht mit der Spitze des Bolzens wie ein Verrückter auf mich ein. »Du verdammter Verräter!«

Ein Kampf auf Leben und Tod entbrennt. Ich liege auf ihm, drücke ihn mit meinem Gewicht ins hin und her wogende Wasser und gehe mit dem Dolch auf ihn los. Mit schier unmenschlicher Kraft stemmt er sich gegen mein Handgelenk und lenkt die Klinge von sich weg. Eine gewaltige Woge schleudert das Boot hoch, das plötzlich querab in den Wellen liegt und zu kentern droht. Wasser schwappt ins Boot und reißt mich von Corentin weg. Ich pralle mit der Schulter schmerzhaft gegen die Bootskante und bleibe wie benommen liegen, dann richte ich mich wieder auf.

Alessandra beobachtet uns gebannt, die Armbrust im Anschlag.

»Tu, was ich dir gesagt habe!«, brülle ich hinüber. »Los! Hau ab!«

Mit einem wütenden Schrei wirft Corentin sich von hinten auf mich und reißt mich um. Das übergekommene Wasser spritzt mir über das Gesicht. Es ist so tief, dass ich darin ertrinken kann, wenn er es schafft, mich zu überwältigen.

Während er mit seinem Dolch auf mich einsticht, sehe ich aus den Augenwinkeln, wie sich das zerrissene Segel der *Enez Eusa* mit Wind füllt und das Boot langsam Fahrt aufnimmt.

Wir drehen, von den Wellen, die uns mit Wucht querab erwischen, zur Seite gedrückt. Die *Saint-Benoît* krängt jetzt sehr stark. Die Bootskante ist nur wenige Handbreit über der Wasserlinie. Jede Woge, die über uns hinwegbrandet, schlägt mehr Wasser ins Boot. Wenn keiner von uns das Ruder übernimmt und das Boot zurück in den Wind dreht, werden wir kentern.

Keine Zeit mehr!

Mit dem Mut der Verzweiflung trete und schlage ich nach Corentin und stemme ihn von mir weg. Durch die Wucht einer Woge von mir fortgeschleudert taumelt er auf Knien rückwärts und ringt ums Gleichgewicht.

Ich werfe mich auf ihn. Er liegt unter mir und kämpft um sein Leben. Seine Waffe hat er beim Sturz verloren, sie liegt irgendwo im Wasser vor der Bootskante. Ein Hieb trifft mich ins Gesicht und lässt meine Zähne knirschen. Benommen kippe ich zur Seite ins überschwappende Wasser, als die nächste Welle das Boot noch weiter herumreißt.

Wir liegen jetzt querab zu den Brechern. Mast und Segel berühren fast die schäumenden Wellenkämme.

Bei der Schräglage fällt es mir schwer, mich wieder aufzurichten. Ich schließe die Augen und atme tief durch.

Zeit für ein letztes Gebet, bevor wir sterben.

Corentin gelingt es, sich freizukämpfen. Auf allen vieren rutscht er über das steile Deck und tastet im Wasser nach seinem Dolch.

Plötzlich, wie aus dem Nichts, türmt sich eine riesige schwarze Wasserwand über uns auf.

Krachend stürzt sie auf uns nieder. Sie schleudert uns mit großer Wucht quer über das Boot, dann reißt mich die schäumende Hölle über die Bootskante hinweg ins tosende Meer. Wirbelnd schlagen die Wellen über mir zusammen.

Prustend komme ich wieder hoch, als schon der nächste Brecher über das Boot hinweg auf mich niederbrandet. Nichts als brodelndes Wasser um mich herum. Ich komme wieder hoch und blinzele mir das Salz aus den Augen. Die *Saint-Benoît* richtet sich nur langsam wieder auf.

Corentin zieht sich an der Pinne hoch und sieht zu mir herüber. Zehn Yards. Elf. Zwölf. Die Strömung erfasst meine Kukulle, und ich treibe schnell ab.

Nach einem langen Blick steckt er seinen Dolch ein, lässt sich auf die Bank fallen, nimmt die Schot und dreht das schwerfällig in der Dünung rollende, kaum noch seetüchtige Boot in den Wind. Das Segel füllt sich. Die *Saint-Benoît* nimmt Fahrt auf, erst unmerklich, dann immer schneller. Eine Welle reißt den Bug hoch, doch Corentin hält seinen Kurs. Er dreht auf Nordwest, um Alessandra zu folgen.

Schon bald kann ich die beiden Boote zwischen den hohen Wellen nicht mehr sehen.

Ich bleibe allein zurück.

Die schwere Kukulle zieht mich nach unten. Während eine Welle mich hochreißt und mit Donnergetöse wieder hinabschleudert, ziehe ich alles aus, Kukulle, Skapulier, Habit und Sandalen, und schwimme im leinenen Untergewand im lähmend kalten Wasser.

Eine Weile gelingt es mir, die Tränen zurückzuhalten, aber dann packen mich Verzweiflung und Traurigkeit. So muss mein Vater sich gefühlt haben, bevor er vor der Küste von Enez Eusa ertrank. Vergeblich wollte ich ihn retten.

So hoffnungslos. So verloren. So einsam.

Der Gedanke an den Tod allein auf hoher See wird übermächtig.

Das letzte Gericht

Und ich sah einen Engel hoch oben im Himmel.
Und er sprach mit lauter Stimme:
Fürchtet Gott!
Denn die Stunde seines Gerichts ist gekommen!

Apokalypse des Johannes

Alessandra

Kapitel 87

An Bord von Yannics Boot
Am frühen Nachmittag

Jede Seemeile muss ich mir dreifach erarbeiten, indem ich gegen den Wind kreuze. Noch habe ich das Boot nicht unter Kontrolle.

Plötzlich taucht Corentin achteraus zwischen den Wellen auf. Schnell schließt er auf.

Ich habe alle Hände voll zu tun, das Ruder und das Segel in den Griff zu bekommen. Ich zerre an der Schot und will das Segel neu ausrichten, während ich wieder zurückblicke.

Die Angst versetzt mir einen Stich ins Herz.

O Gott, wo ist Yannic? Er ist nicht mehr an Bord!

Ist er tot?

Vielleicht treibt er im Wasser. Wenn ich ihn nicht finde, wird er ertrinken.

Ein eisiges Gefühl der Hoffnungslosigkeit überfällt mich. Das Boot knirscht und kracht, der Sturm wirft es hin und her, die Wellen brechen über mir zusammen und reißen mich fast vom Boot, aber irgendwie spüre ich das alles nicht mehr. Als ginge es mich nichts mehr an. Als sei nicht *mein* Leben in Gefahr, sondern nur *seines*.

Ich ziehe das Sigillum Dei hervor, das ich um den Hals trage. Die hebräischen Schriftzeichen auf dem Anhänger lauten: ›Niemand muss sich fürchten, der Gott an seiner Seite weiß.‹

Ich muss ihn suchen.

Ich fiere die Schot, wie Yannic es mir gezeigt hat, und lasse das regenschwere Segel killen. Sofort flattert es wie wild. Gegen den Wind verliert das Boot an Fahrt, und Corentin kommt noch schneller näher.

Ich nehme die Armbrust und krieche durch den dichten Regenschleier zum Mast, wo noch immer das Schwert des Satans angelascht ist. Mit dem Seil, das vorhin fast das Boot zum Kentern brachte, binde ich mich am Mast fest wie einst Odysseus nach seinem Besuch in der Schattenwelt.

Mit zitternden Händen hebe ich die gespannte Armbrust und ziele auf Corentin. Mein linker Arm, mit dem ich die schwere Waffe halte, schmerzt entsetzlich.

Finger am Abzug. Zielen. Warten, bis die Boote auf gleicher Höhe sind und …

Schuss.

Der Bolzen geht fehl. Er zischt am Segel vorbei und fällt hinter dem Boot ins Meer.

Corentin geht längsseits.

Gut.

Komm schon!

Laden, spannen, zielen und …

Schuss.

Der Bolzen prallt ins flatternde Segel und wird in die Wogen geschleudert.

Laden, spannen, zielen und …

Mit einem zornigen Schrei hechtet Corentin von der Ruderbank auf die überfluteten Planken und geht hinter der Bootskante in Deckung. Sein Boot kommt zu schnell näher, ich kann nicht mehr schießen.

Er aber auch nicht.

Mit der Rechten lasse ich die Armbrust fallen und ziehe mit der Linken, auch wenn sie höllisch wehtut, meinen Dolch, um das Seil durchzuschneiden, das mich am Mast hält.

Corentin wartet, um den richtigen Augenblick abzupassen, wenn die beiden Boote zusammenkrachen, dann springt er über die Bootskante und steht vor mir.

Das Schwert des Satans drückt sich in meinen Rücken. Der Griff ragt über meine linke Schulter hinweg.

Corentin zieht den Dolch und kommt taumelnd näher. Er trägt keine Maske. Die Gaze, die sein von Leid und Schmerz zerfurchtes Gesicht verhüllt, ist weggerissen. Der eisige Regen rinnt ihm über Stirn und Wangen. Er sieht schrecklich aus. Wie einer der dämonischen Wasserspeier von Notre-Dame de Paris, auf den ein zorniger Steinmetz mit Hammer und Meißel losgegangen ist, um ihn zu zerstören.

»Das siebte Siegel ist zerbrochen, Corentin.«

In diesem Augenblick reißt ihn eine Welle von den Füßen. Er verliert das Gleichgewicht und stürzt aufs Deck.

»Es ist noch nicht vorbei«, brüllt er und rappelt sich wieder hoch.

»Nein.« Ich bewege mich ein Stück nach vorn, sodass das Schwert hinter mir freikommt, und zitiere die Offenbarung: »›Und ich sah einen Engel herabkommen, der den Schlüssel des Abgrundes und eine große Kette in seiner Hand hatte. Und er griff den Satan und band ihn und warf ihn in den Abgrund.‹«

Taumelnd kommt er auf mich zu, einen Dolch in der Hand.

Na komm, du Todesengel, komm näher!

Noch näher!

Los, Sandra, jetzt!

In demselben Augenblick, als ich mit dem Dolch das Seil durchtrenne, das mich am Mast hält, ziehe ich über meine Schulter hinweg das Schwert des Satans, das mit einem metallischen Klingen aus der Scheide zischt. Noch im selben Augenblick werfe ich mich Corentin entgegen, reiße die Klinge über den Kopf und lege meine ganze Wut und meine ganze Angst in diesen Schlag. Corentin schreit auf und stolpert rückwärts. Ich habe ihn an der Schulter getroffen.

Eine Woge erfasst uns beide und schleudert uns durchs Boot. Corentin prallt gegen die Steuerbordkante und bekommt eine lange Stange mit einem Bootshaken daran zu fassen.

Sofort ist er wieder auf den Beinen. Mit der Stange in den ausgebreiteten Armen fängt er die wuchtigen Hiebe meines Schwertes ab, während ich ihn zum Bug zurückdränge. Plötzlich lässt er die Stange mit einer Hand los, holt weit aus und benutzt sie wie eine Klinge.

Ich ducke mich, verliere dabei das Gleichgewicht und stürze rückwärts aufs schlingernde Deck.

Corentin wirft sich auf mich und reißt seinen Dolch hoch. Wieder schleudert uns eine Welle durch das Boot, sodass ich mit der Schulter schmerzhaft gegen die Ruderbank pralle.

Wo ist das Schwert?

Da! Das Heft hat sich in einer losen Schlinge des Seils verfangen, mit dem ich mich am Mast festgebunden hatte. Die Klinge zeigt genau auf mich. Wenn sich das Boot erneut aufbäumt, reißt es sich los, schlittert über das Deck auf mich zu und trifft mich in die Brust. Der Kork der Schwimmweste wird es nicht aufhalten.

Nichts wie weg!

Auf allen vieren krieche ich so schnell ich kann zum Schwert – so wie Corentin, der die Klinge ebenfalls gesehen hat. Mit dem Bootshaken schlägt er auf mich ein, während ich durch das mir entgegenströmende Wasser zum Mast robbe.

Dann habe ich das Schwert in den Händen. Ich richte mich auf, wirbele herum, und als das Boot wieder hochsteigt, hebe ich das Schwert über den Kopf und werfe mich mit aller Kraft Corentin entgegen.

Das Schwert des Satans zischt in einem weiten Bogen durch die Luft, und mit der Spitze durchtrennt es Corentins Halsschlagader. Blut spritzt hervor. Mit schreckgeweiteten Augen taumelt Corentin zurück und presst die Hand auf die Wunde.

Ich folge ihm.

Wieder schlage ich zu. Wuchtiger noch als beim ersten Mal. Und genauer.

Corentin stürzt röchelnd zu Boden.

Ein dritter Schlag.

Es ist der Todesstoß.

Mitten ins schwarze Herz.

Schwer atmend sinke ich aufs schlingernde Deck und starre Corentin an, der im wirbelnden Wasser an Deck hin und her schaukelt, wie ein Stück Treibgut.

Yannic!

Ich muss ihn retten.

Auf allen vieren krieche ich zu Corentin, packe ihn an den Schultern und wuchte ihn unter großen Anstrengungen auf die Ruderbank. Dann nehme ich seine Beine und schiebe sie über die Kante. Ein kräftiger Stoß, und er rollt über Bord und verschwindet in den Wogen. Wie sein Boot, das auf der Seite liegt, Mast und Segel im Wasser, und schnell sinkt.

Zurück zum Schwert.

Zum letzten Mal lese ich die bluttriefende Inschrift, das Testament des Satans.

Tod und Verderben.

In hohem Bogen schleudere ich das Schwert in die Wellen.

Kein Erzengel rauscht vom Himmel herab, um es zu nehmen. Es versinkt. Dann ist es verschwunden.

Erschöpft lasse ich mich auf die Ruderbank sinken und nehme die Schot, um das Segel in den Wind zu stellen.

Ich muss das Boot wenden.

Und Yannic suchen.

Yannic

Kapitel 88

In der Strömung der Bucht
Am frühen Nachmittag

Das Wasser über mir glitzert, es schimmert wie Perlen und Funken aus flüssigem Licht. Ein wogender Schleier, zart wie das Polarlicht.

Wie lange noch?, denke ich. Wie lange habe ich noch die Kraft, mich über Wasser zu halten? Wie lange ertrage ich die Kälte noch? Irgendwann werde ich bewusstlos und, egal wie gut ich schwimmen kann, ertrinken. Um zu überleben, muss ich mich bewegen, mehr Wärme erzeugen, als ich ans Wasser abgebe. Wenn meine Körpertemperatur absinkt, werde ich sterben.

Das Meer um mich herum brodelt und brüllt. Das hohe Heulen des Windes nervt mich, weil es jeden Rückzug in die innere Gelassenheit verhindert.

Wer am Meer geboren wird, muss auf dem Meer sterben, heißt es bei uns auf Enez Eusa. Wie mein Vater und mein Großvater, die beide während Seenotrettungen auf See verschollen sind. Man hat sie nie gefunden. Der Priester von Enez Eusa, der selbst viele Jahre zur See gefahren ist, hat ein altes Ritual für meinen Vater durchgeführt, das einen keltischen Ursprung hat. Die *Proella* ist ein Gedenken für verschwundene Seeleute, eine Totenwache ohne Leichnam, eine feierliche Prozession zur

Kirche, ein Begräbnis ohne Sarg. Der Verschollene wird durch ein Kreuz aus Wachs ersetzt. Das Kreuz wird in ein Kästchen in der Kirche gelegt. Zu all den anderen Kreuzen der auf See gebliebenen Ouessantiner. Deshalb sieht das gemeinsame Grab auch aus wie ein Schiff.

Proella ist Brezhoneg und heißt: Rückkehr in die Heimat.

Heiße Tränen steigen mir in die Augen, als ich mir vorstelle, dass Pierric die Nachricht von meinem Tod erhält. Er wird über die ganze Insel wandern und jedem, der mich kennt, von meinem Tod auf See berichten. Ronan, Gwennic, Alan und all die anderen, die ich auf Enez Eusa zurückgelassen habe. Betroffenes Schweigen, tröstendes Schulterklopfen, rauer Ton, aber sentimentale Anteilnahme, traurige Erinnerungen an meinen letzten Besuch vor acht Jahren, jede Menge ›Weißt-du-noch-wie-Yannic ...?‹ und noch mehr Calvados.

»Was ist passiert?«, wird Ronan fragen, Pierric einen Hocker am Küchentisch, eine Schale Fischsuppe und einen Becher Calvados anbieten. Seine Frau und seine Kinder werden enger zusammenrücken, damit mein Bruder Platz hat.

Pierric wird mit den Schultern zucken. »Weiß nicht genau. Aus dem Brief der Abtei geht hervor, dass Yannic während einer Sturmflut mit seinem Boot hinausgesegelt ist, du weißt schon, die *Enez Eusa*.«

Ronan wird nicken. »Hab Yannic geholfen, das Boot zu bauen. Ist ein gutes Boot. Hält jedem Sturm stand, jedem Brecher.«

»Ja, 's ist ein gutes Boot.«

»Und wieso ist Yannic bei Sturm rausgesegelt?«

»Weiß nicht.« Pierric wird versuchen, seinen Schmerz zu verdrängen, und den Calvados hinunterstürzen. In seiner Verzweiflung wird er seine Gefühle in Worte pressen und berichten, was der neue Prior der Abtei ihm geschrieben hat. »Na ja, jedenfalls ... Yannic ist nicht zurückgekehrt.« Er wird mit den Tränen ringen, weil mein Tod ihn an unseren alten Herrn erinnert. »Du und deine Familie, Ronan, ihr seid alle herzlich eingeladen. Morgen Abend wird die *Proella* für Yannic abgehalten. In unserem Haus am Leuchtturm.«

Dann wird Pierric aufstehen und zu den anderen gehen, um sie alle an seiner Trauer teilhaben zu lassen.

So viele Jahre war ich fort, aber sie werden mich nicht vergessen. Ronan wird sich daran erinnern, wie wir uns als Kinder geprügelt haben, nachdem ich sein Boot an den Steilklippen von Créac'h versenkt habe. Und Gwennic, dass ich ihm seine Freundin ausgespannt habe – wir waren damals zwölf. Und mein Bruder, woran wird Pierric sich erinnern?

Ich kann mich nicht mehr beherrschen, ich muss weinen. Meine Tränen vermischen sich mit der Gischt der Brecher, die mich immer wieder unter Wasser drücken.

Und Katarin? Ich kann mir einfach nicht vorstellen, wie sie reagieren wird. Vor einigen Monaten hat sie mir einen niedlichen Brief geschrieben, der mich sehr angerührt hat. Aber sie kennt mich nicht. Und sie weiß nicht, wer ich wirklich bin.

Der Wunsch, meine Tochter vor meinem Tod kennenzulernen, sie wenigstens mal von weitem zu sehen, um zu wissen, ob sie Rozenn oder mir ähnlich sieht, versetzt mir einen schmerzhaften Stich ins Herz. Wie gern würde ich eine Stunde mit ihr verbringen, sie zärtlich in den Arm nehmen oder ausgelassen herumwirbeln, sie zu den Klippen mitnehmen, wo Rozenn und ich so glücklich waren, und sie an der Erinnerung an dieses Glück teilhaben lassen, bevor sie mit meinem Tod für immer vergeht. Wie gern würde ich sie abends zu Bett bringen, sie ordentlich durchkitzeln und ihr noch eine Gute-Nacht-Geschichte erzählen, bis sie mit einem Lächeln einschläft.

Aber ich habe kein Recht auf dieses Lächeln … auf dieses Glück … auf dieses Kind, das zu Pierric Papa sagt und ihn liebt und nicht mich.

O Gott, du weißt, wie sehr ich mich nach ein bisschen Liebe sehne!

Alessandra

Kapitel 89

An Bord von Yannics Boot
Am frühen Nachmittag

Wie lange bin ich schon nach Nordwest gesegelt? Ich habe mit dem Boot gekämpft und nicht auf die Zeit geachtet. Ich muss auf Gegenkurs gehen, nach Südost, und in meinem Kielwasser zurücksegeln.

Aber wie schaffe ich das? Wenn ich wende, beschreibt das Boot einen weiten Bogen, und ich drifte dabei ab.

Und wo ist Südost?

In Windrichtung? Aber kommt der Sturm noch aus Nordwest, oder hat er in den letzten Stunden um einige Grad gedreht?

Verzweifelt blicke ich mich um. Kein Land in Sicht, an dem ich mich orientieren könnte. Kein Leuchtturm, keine Insel, kein Horizont. Nicht einmal die donnernde Brandung eines Riffs. Nur die hohe Dünung um mich herum. Und die Sonne, die im Westen steht? Hinter den Sturmwolken verborgen. Und die Strömung, die mich ebenso abtreibt wie Yannic?

Also los, ich habe keine Zeit mehr zu verlieren.

Irgendwie schaffe ich es, das Boot zu wenden, ohne zu kentern.

Wind von achtern, schnelle Fahrt.

Vor mir am Horizont taucht ein diffuses Leuchten am Himmel auf. Als das Boot ins nächste Wellental kracht, sehe ich es nicht mehr. Dann steigt das Boot wieder steil an einer Woge empor, und ich blinzele durch die aufspritzende Gischt.

Da ist es wieder!

Der Horizont scheint zu leuchten, als werde er von einem Blitz in helles Licht getaucht.

Aber was *ist* das?

In der letzten Nacht hat Yannic mir von den seltsamen Lichterscheinungen erzählt, die während eines Sturms wie blauviolette Leuchtfeuer über dem Mont-Saint-Michel schimmern.

Ein Elmsfeuer leuchtet bei einem heftigen Gewittersturm an einem Schiffsmast. Oder auf einem Kirchturm. Wenn das Elmsfeuer zu sehen ist, besteht die unmittelbare Gefahr, dass ein Blitz einschlägt.

Das helle Leuchten liegt über dem Mont-Saint-Michel. Es sieht aus, als brenne die Abtei lichterloh.

Terribilis est locus iste – schrecklich ist dieser Ort.

Dann geschieht es: Ein greller Blitz zuckt über mich hinweg, zerteilt den Himmel, der mit einem ohrenbetäubenden Knall zu zerbersten scheint, und schlägt mit unglaublicher Wucht in den Mont-Saint-Michel.

Das Leuchten wird heller.

Ich reiße meinen Blick vom Horizont los und sehe mich um.

Keine Spur von Yannic.

Ist er überhaupt noch irgendwo hier? Oder ist er aufs offene Meer getrieben worden?

Ich fiere die Schot und nehme das Segel aus dem Wind. Sofort wird das Boot langsamer.

Wie lange hält Yannic durch bei diesem Sturm und diesem Wellengang? Er wird nicht aufgeben, sondern kämpfen bis zum letzten Atemzug. Aber wie lange noch?

Jetzt mal langsam, Sandra. Keine Panik.

Ich atme tief durch und überlege gerade, ob ich das flatternde Segel bergen und mich treiben lassen soll oder ob ich weitersegeln soll, als ich plötzlich etwas Dunkles auf den Wellen sehe.

Ein schwarzer Habit?

Rasch greife ich zum Bootshaken.

Er ist nicht lang genug!

Ja, es ist ein Habit! Langsam treibt er neben mir her in Richtung Mont.

Ich krieche zum Ruder zurück und zerre so lange an der Schot herum, bis das Segel richtig steht. Das Boot rollt in der plötzlich querab kommenden See, aber schließlich bin ich bis auf Bootshakenlänge an den Habit herangekommen.

Schot fieren, Segel killen lassen, Ruder ausrichten, Kurs auf den Mont-Saint-Michel und das wundervolle Leuchten über dem südlichen Horizont, Pinne anlaschen. Dann durch die Brecher und die Gischt zurück zur Kante.

Mit dem Bootshaken stochere ich im schwarzen Wollstoff herum, bis der Haken am Gürtel hängen bleibt, dann beginne ich mit aller Kraft, daran zu ziehen. Vor lauter Anspannung verkrampfen sich meine Hände um die Stange.

Plötzlich dreht sich der Habit, und ein bleiches, lebloses Gesicht starrt mich an.

Es ist *nicht* Yannic. Sondern Corentin.

Die Gefühle wirbeln in mir auf wie das Wasser über einem Riff. Mit dem Bootshaken schlage ich zornig auf ihn ein. Dann stoße ich ihm den Haken in die Brust und drücke ihn unter Wasser. »Va all' inferno, Bastardo del Diavolo!«

Dann ist er verschwunden.

Zurück zum Ruder, Segel in den Wind, langsam, ganz langsam weiter auf das Leuchten zu, das immer heller wird.

Corentin ist von der Strömung der auflaufenden Flut tiefer in die Bucht gezogen worden, wie gestern die Robben von den Sandbänken weit draußen, die ich vom Kreuzgang aus beobachtet habe.

Yannic muss vor meinem Bug im Wasser treiben. Irgendwo auf den schwarzgrauen Wogen zwischen mir und dem überirdisch leuchtenden Mont-Saint-Michel.

Yannic

Kapitel 90

In der Strömung der Bucht
Am frühen Nachmittag

Alles löst sich auf: Himmel und Meer, Wolken und Horizont. Es gibt kein Oben mehr und kein Unten.

Zischend und donnernd rollt eine schwarze Wand aus Wasser auf mich zu, sie packt mich und reißt mich in die Höhe, dann schleudert mich die Welle wieder hinunter in den Abgrund.

Benommen vor Kälte und Erschöpfung kämpfe ich gegen das Meer, das immer meine Zuflucht war. Meine Heimat. Außer meiner Insel.

Und nun ist sie mein Grab.

Meine Arme und Beine fühle ich nicht mehr. Jetzt wird es nicht mehr lange dauern. Du wirst es nicht schaffen, Yannic.

Rozenn, kannst du mich hören?

Es gibt so vieles, das ich dir noch sagen möchte, aber mir bleibt keine Zeit mehr. Ich liebe dich, Rozenn, ich habe dich vom ersten Augenblick an geliebt. Ich habe nie aufgehört, dich zu lieben, obwohl ich dir nie geschrieben habe, obwohl ich dir nie gestanden habe, wie sehr unsere Trennung mir wehgetan hat, wie sehr ich gezweifelt habe, an mir, an Gott. Verzeih mir. Vergib mir, dass ich dir so viel Leid zugefügt habe. Ich hätte bei dir bleiben sollen, ich hätte alles aufgeben sollen, um bei dir und Katarin zu sein.

Ich liebe dich, Rozenn, für immer und ewig, so wie du mich liebst, über den Tod hinaus.

Genau wie du werde ich jetzt aufhören zu kämpfen gegen etwas, das stärker ist ... gegen das Meer, das wir beide so geliebt haben. Es wird mich zu dir bringen. Im Tod werden wir wieder vereint sein ...

Alessandra

Kapitel 91

An Bord von Yannics Boot
Am frühen Nachmittag

Meine Augen sind blind vor Tränen, während ich den wogenden Horizont vor mir absuche, von Nordwest rechts hinter mir über die tosende See im Süden hinweg bis nach Nordost links hinter mir. Wasser, nichts als Wasser.

Ich blicke hinauf zur Rute, an der das Segel festgemacht ist. Von dort oben hätte ich einen besseren Blick. Ich könnte vielleicht sogar den Mont-Saint-Michel sehen, auf den ich, von der Strömung der Flut mitgerissen, mit der Geschwindigkeit eines galoppierenden Pferdes zutreibe. In weniger als einer halben Stunde bin ich wieder dort, woher ich geflohen bin. Noch fünf Seemeilen, vielleicht weniger.

Erneut blicke ich hinauf zum Mast.

Vergiss es, Sandra. Nicht in diesem Sturm. Das Boot giert wie wild in den hohen Wellen von achtern. Die Böen werden dich aus der Masttopp fetzen und über Bord wehen, und das Boot wird kentern. Falls du den Aufprall auf dem Wasser überlebst, wirst du hinter Yannic hertreiben und in einigen Stunden an Land gespült werden. Ob das allerdings in der Bretagne oder in der Normandie sein wird, kann ich nicht sagen. Der Kenterpunkt der Tide rückt immer näher, bald wird sich die Strömung wieder umkehren und Yannic und mich aus der Bucht herausspülen. In Richtung Cornwall und weiter in den Atlantik.

Die Minuten vergehen. Ich blicke nach vorn.

In mir breitet sich eine erschreckende Leere aus. Das Meer besitzt eine ungeheure Gewalt, die ich mir zu eigen machen will, um Kraft zu schöpfen, aber es gelingt mir nicht.

Das blauviolette Leuchten über dem Mont spiegelt sich wider an den tief hängenden Wolken. Ein geradezu apokalyptisches Bild.

Ich blicke hoch zur Mastspitze. Auch dort züngelt nun ein Elmsfeuer. Jeden Augenblick kann ein Blitz ins Boot einschlagen.

Grausige Aussichten!

Das Segel droht zu reißen unter dem Ansturm der Gewalten.

Ruhig, Sandra, bleib ganz ruhig!

Plötzlich höre ich einen lauten Knall, und das Boot beginnt zu zittern.

Was war das?

Ich spähe über die Bootskante. Steuerbord: nichts. Backbord: Treibgut. Die Planken eines im Sturm gesunkenen Schiffes. Sie schrammen am Boot vorbei, ohne dass es leck schlägt. Ich atme auf. Mein Ruder ist unbeschädigt.

Ich beobachte die Wellen um mich herum.

Kein neues Treibgut, auch kein schwarzer Habit, nichts.

Aber meine Sicht reicht auch nicht weiter als bis zum nächsten Wellenkamm.

Bin ich an Yannic vorbeigesegelt?

Was soll ich tun? Wenden und gegen den Wind zurücksegeln?

Das Elmsfeuer züngelt jetzt wie eine blaue Stichflamme

zum Himmel empor. Ich fühle ein Knistern auf der Haut, als ob jeden Augenblick die Hölle um mich herum mit Donnergetöse explodieren und in einem grellen blauvioletten Feuerball untergehen würde.

Plötzlich entdecke ich etwas auf den Wellen, einen schwarzen Schemen, gar nicht weit entfernt an Steuerbord.

Hastig krieche ich zum Mast, um mich an der Klampe festzuhalten und hochzuziehen, damit ich nicht über Bord geschleudert werde.

Ich starre auf die Wellen. Nichts.

Was immer ich gesehen habe – es ist verschwunden.

Mein Herz rast, und meine Knie zittern so sehr, dass ich beinahe stürze. Ich atme tief durch.

Was war es? Ein schwarzer Habit? Oder Seetang?

Ich starre in die Wogen, bis mir die Augen tränen.

Da ist es wieder!

Der schwarze Schemen gleitet über einen Wellenkamm und verschwindet erneut.

»Yannic!«

Zu weit entfernt.

Ich muss das Boot wenden und zu ihm …

Da ist es wieder!

Wie erstarrt umklammere ich den Mast. Es ist nicht Yannic. Sondern nur ein paar Ellen schwarzer Wollstoff. Sein Habit?

O Gott, tu mir das nicht an!

»Yannic!«, schreie ich panisch und höre mich selbst kaum. Erschöpft sinke ich am Mast hinunter auf den schlingernden Boden. Ich bin am Ende meiner Kräfte, als ich plötzlich …

Da ist er. Direkt vor mir.

Lebt er noch? Ich weiß es nicht.

Hastig binde ich mich mit dem Seil am Mast fest und ziehe

die Korkweste aus. Ich befestige die Weste am Ende des Seils und werfe sie in den Wind, damit die Böen sie zu Yannic tragen.

Die Weste schlägt neben ihm auf.

Nichts. Er bewegt sich nicht.

Ich gebe nicht auf. So schnell ich kann, hole ich die Weste ein und werfe sie ein zweites Mal. Die Böen wirbeln sie durch die Luft und schleudern sie hinter Yannic in die Wellen.

Langsam ziehe ich sie ein. Sie treibt an ihm vorbei, aber wieder bewegt er sich nicht.

Kein Lebenszeichen.

Nochmal!

Die Rettungsweste schlägt direkt vor ihm in die Gischt, bevor er erneut hinter einem Wellenkamm verschwindet. Ich kann nicht sehen, ob er reagiert.

Dann gleitet das Boot über die Woge hinweg.

Da ist er wieder.

Ich rufe ihn, aber er hört mich nicht.

Die Rettungweste treibt auf dem Wasser. Ich ziehe behutsam an dem Seil. Kein Widerstand. Yannic hält sich nicht daran fest.

Ich lasse das Seil wieder durch meine Finger gleiten, und der Kork treibt wieder auf ihn zu.

»Yannic!«

Mir bleibt fast das Herz stehen, als endlich eine Hand aus dem Wasser auftaucht und nach der rettenden Weste tastet. Erneut hole ich das Seil ein – er hängt dran!

»*Yaaanniiic!*«, brülle ich so laut ich kann. Der Sturm trägt den Ruf bis zu ihm. Er lehnt sich über die Rettungsweste und blinzelt zu mir herüber.

»...«

Nichts verstanden.

»Halt dich fest! Ich zieh dich zum Boot.«

Er taucht unter, kommt prustend wieder hoch. »...«

Kein Wort dringt bis zu mir.

»Halt durch, Yannic! Du schaffst es.«

Wieder verschwindet er hinter einer schwarzen Woge. Doch sobald das Boot über den Wellenkamm gleitet, sehe ich ihn wieder, jetzt einige Ellen näher am Bug.

Mit aller Kraft, die ich noch habe, ziehe ich ihn am Seil zu mir heran. Sobald er den Bug erreicht und an der Steuerbordseite entlangtreibt, beginnt das Boot stark zu krängen, wie vorhin, als ich über Bord gegangen war.

Was jetzt? Das Boot neigt sich immer stärker – es wird kentern, wenn ich die Leine nicht kappe.

»Yannic!«

»Alessandra!«

»Was soll ich tun? Das Boot kippt um.«

Er deutet auf das Heck. »Nicht, wenn du mich ...« Er schluckt Wasser und muss husten. »... wenn du mich übers Heck reinholst.«

»Verstanden.« An der gespannten Leine ziehe ich ihn nach achtern, dann knie ich mich auf die Ruderbank und strecke ihm die Hand entgegen.

Yannic ergreift sie und hält sie fest.

»Komm jetzt!«, brülle ich. »Ich ziehe dich an Bord.«

Ein Brecher gischtet über uns hinweg und ergießt sich über die Planken.

»Nicht aufgeben, Yannic!«

Das Boot dreht sich in die Wellen, die plötzlich von querab kommen, doch schließlich gelingt es Yannic, ins Boot zu klettern. Er sinkt auf die Planken und bleibt schwer atmend auf dem überspülten Deck liegen. Mühsam richtet er sich auf, zieht sich auf die Ruderbank, lascht das Ruder los und dreht die *Enez Eusa* in den Wind.

Kraftlos lehne ich mich an ihn. Er legt seinen Arm um mich, während das Boot über die Wellen gleitet, direkt auf das Leuchten zu.

»Ich liebe dich«, flüstert er so leise, dass ich ihn kaum verstehen kann, und küsst mich.

Ich erwidere seinen salzigen Kuss. »Ich liebe dich auch.«

Eine Weile schweigen wir, aufgewühlt und erschöpft, und halten uns zitternd aneinander fest.

Ein Schleier aus feinem Nieselregen hüllt uns ein.

»La Clarté de Saint-Michel.« Yannic deutet nach vorn auf das Leuchten, das jetzt sehr intensiv strahlt. »Sieh nur, wie die Abtei über dem aufgewühlten Meer zu schweben scheint! Nur die Merveille und der Glockenturm sind zu sehen. Ein unwirklicher Anblick!«

Die Abtei sieht genauso aus wie auf der Zeichnung in der Teufelsbibel. Der Mont-Saint-Michel ist das himmlische Jerusalem.

Das himmlische Jerusalem

Und ich sah die heilige Stadt, das neue Jerusalem,
aus dem Himmel herabkommen.
Und ich hörte eine laute Stimme vom Thron Gottes her sagen:
Siehe, der Tempel Gottes bei den Menschen!
Er wird bei ihnen sein.
Und er wird jede Träne von ihren Augen abwischen,
und der Tod wird nicht mehr sein, noch Trauer,
noch Geschrei, noch Schmerz.
Und Gott sprach: Siehe, ich mache alles neu.

Die heilige Stadt Jerusalem,
wie sie aus dem Himmel herabkam,
hatte die Herrlichkeit Gottes.
Ihr Lichtglanz glich einem sehr kostbaren,
kristallhellen Edelstein.
Und an den Toren wachten zwölf Engel.

Apokalypse des Johannes

Alessandra

Epilog

An Bord von Yannics Boot
Am frühen Nachmittag

Sobald wir um den Mont herumgesegelt sind und die Mauern und Türme der Befestigungen und die dahinter aufschimmernden Schieferdächer der Stadt zu Füßen der leuchtenden Abtei an uns vorbeigeglitten sind, können wir einige Bootslängen voraus die Mole ausmachen, die noch immer von Brechern überspült wird.

Ich richte mich auf und spähe nach vorn. Trotz meiner Erleichterung, der Hölle entkommen zu sein, bin ich angespannt.

»Wir werden erwartet.«

Yannic blinzelt gegen die Gischt an und beobachtet die Gestalten im flatternden Habit, die dicht gedrängt an der Mole stehen, in unsere Richtung blicken, rufen und winken. »Sie haben uns bestimmt vom Kreuzgang aus gesehen.«

Ich taste nach meinem Dolch, doch er legt mir die Hand auf den Arm und deutet nach vorn. »Da ist Lucien, siehst du? Er kommt zum Ende des Piers.«

Tatsächlich, einer der Mönche kämpft sich in geduckter Haltung vorwärts und hält sich am Poller fest. Yannic hat recht: Es ist Lucien.

Sobald wir auf eine Bootslänge an die Mole herangekommen sind, stürmen die Fratres herbei, um Lucien zu helfen, das Boot festzumachen.

Während Yannic mit Ruder, Schot und Segel kämpft, um die *Enez Eusa* gegen die Böen an die Pier heranzusteuern, krieche ich nach vorn, um Lucien die Kette zuzuwerfen.

Das Boot stößt mit den Korkfendern gegen die Granitfelsen der Pier. »Wir sind dran!«, brüllt Yannic.

»Das war nicht zu überhören!«

Er grinst müde. »Festmachen!«

»Aye.« Mit letzter Kraft schleudere ich die Kette auf die Pier. In diesem Augenblick bricht sich eine Woge an den Felsen, schleudert das Wasser in die Höhe und droht, die Kette wegzureißen.

Lucien springt nach vorn und packt sie, bevor sie in den Fluten verschwindet.

»Hab sie!«, brüllt er und schleppt sie zum Poller, wo er sie festmacht. Dann wendet er sich wieder um und breitet die Arme aus. »Na los, spring! Ich fang dich auf!«

Ich lande in seinen Armen. »Willkommen zu Hause!« Ich folge ihm über die Mole zum Felsenstrand, wo die anderen auf uns warten. Irgendjemand legt mir eine Decke um die Schultern.

Yannic taucht neben mir auf und umarmt Lucien.

Dann blickt er zu den anderen und bedankt sich mit einem Nicken, als auch ihm eine Decke um die zitternden Schultern gelegt wird. »Ist alles in Ordnung?«

Lucien wischt sich den Regen aus dem Gesicht. »Leider nein.«

Yannic runzelt die Stirn. »Was soll das heißen?«

»Corentin ist entkommen, während ich mit den anderen geredet habe.«

»Er ist tot. Die *Saint-Benoît* ist im Sturm gesunken.«

Lucien nickt langsam.

»Das Testament des Satans ist vernichtet«, sagt Yannic.

Lucien seufzt erleichtert auf. »Grâce à Dieu et Saint-Michel!«

»Und an Alessandra.« Yannic wirft mir einen Blick zu.

Nach und nach fällt die Anspannung von mir ab, die Schmerzen und die Erschöpfung kehren mit der Wucht eines Brechers zurück und reißen mich beinahe von den Füßen.

Ich denke an Corentin. Ich habe seinen Leichnam im Meer zurückgelassen. Ich habe nicht versucht, ihn zu bergen und in die Abtei zurückzubringen. Für ihn wird es kein Gebet geben. Keine Vergebung. Yannic und ich haben niemals gegen übernatürliche Mächte gekämpft. Wenn es einen Dämon gab, dann war es Corentin, der glaubte, er sei von Saint-Michel zu seiner heiligen Mission berufen worden. Dem Satan sind wir nie begegnet, dafür aber Corentin de Sévérac, seinem Stellvertreter auf Erden.

Das Testament des Satans war nicht nur ein geheimnisvolles und gefährliches Schwert, das Tod und Verderben gebracht hat, nicht nur eine Inschrift mit erschreckenden apokalyptischen Prophezeiungen, die angeblich von Satan selbst in die Klinge geritzt wurden – nein, das Vermächtnis des Satans ist das Böse selbst, ein wucherndes Krebsgeschwür, das aufbricht und sich in Gewalt entlädt. Das Böse steckt in jedem Menschen. Mein Vater, der Inquisitor, wusste das.

Yannic wendet sich wieder an Lucien. »Wie geht es Robin?«

»Er schläft jetzt. Er ist nicht schwer verletzt, er hat aber sehr viel Blut verloren und ist noch schwach. Piccolet hat ihm ein Schmerzmittel gegeben. Er lässt ihn nicht aus den Augen.«

»Ich sehe gleich nach ihm. Bevor ich ins Bett falle.«

»Du kippst gleich um, ich mach's kurz. Ein Blitz hat in den Kirchturm eingeschlagen, aber die Kirche ist nicht niedergebrannt.«

»Grâce à Dieu et Saint-Michel!«

»Die beiden Bücher habe ich verbrannt, wie du gesagt hast. Ebenso die Blutskizzen aus dem Geheimarchiv.«

»Wer hat den Schlüssel zum Archiv?«

»Ich.«

»Gut.«

»Die Lade steht in der keltischen Felsengrotte. Notre-Dame-sous-Terre ist wieder verschlossen. Der Hokuspokus vor dem Portal ist verschwunden.«

»Gut.«

»Die Totenfeier für Padric, Conan und die anderen findet morgen statt. Du willst dich sicher in aller Ruhe von deinen Freunden verabschieden.« Als Yannic nickt, legt Lucien ihm die Hand auf den Arm. »Ich weiß, wie nahe Padric und du euch gestanden habt.«

Yannic senkt den Blick und murmelt: »Danke.«

»Da ist noch etwas, das du wissen solltest.«

»Mach's nicht so spannend, Lucien!«

»Wir haben abgestimmt ...«

Yannic runzelt die Stirn. »Und worüber?«

»Wer nach Yvains Tod unser neuer Prior werden soll.«

Yannic blickt in die Runde. »Und? Wer ist es?«

»Du, Père Yann Créac'h. Du bist der neue Prior der Abbaye du Mont-Saint-Michel.«

Yannic starrt ihn an.

»Aber freu dich nicht zu früh. Du hast einen neuen Subprior.«

»Wen?«

»Mich.« Lucien lächelt. »Ein frischer Wind wird durch die

Abtei wehen und Angst und Schrecken mit sich nehmen. Die Zeit der Angst, die Yvain, Corentin und Abelard verbreitet haben, ist vorbei.«

Yannic atmet tief durch und sieht die anderen an, die ihm zunicken und ihm damit ihre Ehrerbietung erweisen. »Pater Prior.«

Lucien, der Yannics Zögern bemerkt, legt ihm ermutigend die Hand auf die Schulter. »Wir blicken nach vorn, Yannic. Und wir hoffen auf dich.« Lucien deutet den Weg hinauf zur Abtei. »›In paradisum deducant te angeli, in tuo adventu suscipiant te martyres, et perducant te in civitatem sanctam Jerusalem. Ins Paradies mögen die Engel dich geleiten, bei deiner Ankunft mögen die Märtyrer dich empfangen und dich führen in die heilige Stadt Jerusalem.‹«

»Du sprichst ja doch Latein!«

Lucien lacht. »Unsere Lateinstunden haben mir immer sehr viel Spaß gemacht.«

Yannic schlägt ihm auf die Schulter. »Mir auch, du Spinner.«

Lucien legt ihm die Hand auf den Arm und zeigt hinauf zur Abtei. »Wenn ich bitten darf, Pater Prior.«

Leuchtende Augen und ein glückliches, entspanntes, aber erschöpftes Lächeln. Ich beginne zu ahnen, wieviel Yannic die Abtei wirklich bedeutet. Sie ist seine Heimat, seine Insel und sein Leuchtturm. Sie ist ein Ersatz für alles, was er mit Rozenns Tod und seiner Entscheidung, nie mehr zu Pierric und Katarin nach Ouessant zurückzukehren, verloren hat. Das Leuchten verlischt jedoch wieder, als er kurz zu mir herüberblickt.

»Augenblick noch.« Yannic wendet sich an die Fratres, die um uns herumstehen und uns aufmerksam beobachten. »Meine Brüder, es ist vollbracht. Der Kampf ist zu Ende. Der Sieg ist errungen. Nicht von Alessandra oder von mir allein, sondern von uns allen. Lasst uns zusammen wieder aufbauen, was zerstört worden ist. Die Freude. Die Hoffnung. Und den Frieden.«

Jubel brandet auf.

Yannic wendet sich mir zu. Ich weiß, er empfindet dasselbe wie ich.

Ich nicke ihm zu. »Pater Prior.«

Er hat Tränen in den Augen. Er hat sich entschieden.

Sein Blick versetzt mir einen Stich ins Herz. »Hat es dir etwas bedeutet, was zwischen uns geschehen ist?«

Er nickt. »Ja, das hat es.«

Trotz seiner Entscheidung für ein Leben als Mönch und Priester auf dem Mont-Saint-Michel umarmt er mich und küsst mich, zuerst zärtlich, als fürchte er, er könnte mir wehtun mit seinem Ungestüm, dann immer leidenschaftlicher. Er zittert am ganzen Körper und lehnt sich ebenso ermattet gegen mich, wie ich gegen ihn. »Ich liebe dich«, flüstert er und weint dabei.

Zärtlich streiche ich ihm übers Gesicht. »Und ich liebe dich.«

Wir küssen uns erneut, als Lucien neben uns tritt.

»Pater Prior, haben sich die Regeln des heiligen Benedikt bezüglich des mönchischen Lebens in letzter Zeit geändert?«, frotzelt er mit einem frechen Grinsen.

Yannic lächelt. »Nein, Pater Subprior. Nur meine Einstellung zu Liebe und Glück hat sich geändert. Und so bekenne ich mich offen und ehrlich zu meiner Liebe.«

»Auch wenn es keine Hoffnung gibt auf ein gemeinsames Leben?«, frage ich und wische mir eine Träne aus dem Gesicht.

Yannic nickt nur. Er ringt selbst mit seinen Gefühlen.

»Was nun?«, fragt Lucien und sieht uns beide an.

Ich nehme Yannics Hand, und gemeinsam gehen wir hinauf in die Abtei. »Glaube. Hoffnung. Liebe. Die Liebe ist die größte unter diesen drei, sagt Paulus. Sie erträgt alles, glaubt alles, hofft alles und hält allem stand. Sie ist die Kraft, die die Sonne und die anderen Sterne bewegt, wie Dante sagt.« Ich wende mich Lucien zu, der neben uns geht. »Aber weißt du, was noch stärker ist? Es ist nicht die Erfüllung eines Traums. Oder das Erreichen eines Ziels. Es ist die Sehnsucht. Sie lässt uns nach den Sternen greifen und den Himmel gewinnen. Nichts ist stärker als die Sehnsucht nach Liebe und Glückseligkeit.«

Dramatis Personae

Alessandra Colonna	(Alessandra d'Ascoli) Humanistische Gelehrte und Vertraute des Papstes
Abelard de Montbard	Benediktiner aus der Bourgogne
Conan de Saint-Brieuc	Benediktiner aus der Bretagne
Corentin de Sévérac	Benediktiner aus der Bretagne
Sir Eoghan Walleys	Schottischer Befehlshaber von Alessandras bewaffneter Eskorte
Jourdain des Îles	Benediktiner aus der Normandie
Lucien de Villedieu	Benediktiner aus der Touraine
Padric of Caernarfon	(Padric of Carnarvon) Benediktiner aus Wales
Raoul de Beauvoir	Bailli des Mont-Saint-Michel, Kommandant der Garnison der Bogen-

	schützen, Stellvertreter von Louis d'Estouteville
Raymond de Troyes	Benediktiner aus der Champagne
Robin of Arundel	(Sir Robin FitzAlan) Benediktiner aus Sussex, vormals englischer Ritter
Tyson	Yannics Kater
Vittorino da Verona	Leiter des päpstlichen Geheimarchivs und der vatikanischen Bibliothek, Alessandras Freund
Yannic Créac'h	(Yann de Enez Eusa, Jean d'Ouessant, John of Ushant) Benediktiner aus der Bretagne von der Insel Ouessant (Créac'h wird *Kreasch* ausgesprochen.)
Yvain de Bayeux	Benediktiner und Prior aus der Normandie
Nikolaus V.*	(1397–1455) Tommaso Parentucelli, Humanist und Papst (1447–1455)
Guillaume d'Estouteville*	(1400–1483) Römischer Kardinal (1439–1483), Erzbischof von Rouen und Abt des Mont-Saint-Michel (1444–1483), Erbauer des 1421 ein-

* *Die mit Sternchen (*) gekennzeichneten Personen sind historisch.*

	gestürzten Chors der Abteikirche sowie der Krypta der dicken Pfeiler (ab 1446).
Louis d'Estouteville*	(1400–1464) Seigneur d'Estouteville et de Valmont, Sénéchal der Normandie und Kronschatzmeister von Frankreich (1443), 1425–1444 Verteidiger des Mont gegen die Engländer, jetzt militärischer Kommandant

Die Beschreibung der Abbaye du Mont-Saint-Michel entspricht dem Bauzustand von 1449 – mit einer Ausnahme: Die von Abt Robert de Torigni* errichteten Säle an der Südwestflanke der Abtei (Gästesaal und Krankensaal) sind erst 1818 eingestürzt und bilden seitdem die offene Plattform oberhalb der mächtigen Stützpfeiler.

* *Die mit Sternchen (*) gekennzeichneten Personen sind historisch.*

Glossar

Stundengebet	(lat. Liturgia Horarum). Die Mönche beten sieben Mal am Tag zu den festgelegten Gebetsstunden: Vigil (Matutin), Laudes, Prim, Terz, Sext, Non, Vesper und Komplet. Diese liturgische Tradition leitet sich aus dem Psalmwort ›Sieben Mal am Tag singe ich dein Lob. Und nachts stehe ich auf, um dich zu preisen.‹ (Psalm 119) ab.
Vigil oder Matutin	(lat. Vigiliae oder Matutina). Nachtgottesdienst, gegen 2.00 Uhr
Laudes	(lat. Laudes, das Morgenlob). Gegen 5.00 Uhr, bei Anbruch der Dämmerung
Prim	(lat. Prima, die erste Stunde). Gegen 7.00 Uhr, bei Sonnenaufgang

Terz	(lat. Tertia, die dritte Stunde). Gegen 9.00 Uhr. Nach der Terz wird der Ordensregel Ora et labora! entsprechend gearbeitet.
Sext	(lat. Sexta, die sechste Stunde). Gegen 12.00 Uhr, gefolgt vom Mittagessen, der Mittagsruhe und der Lektüre der Heiligen Schrift
Non	(lat. Nona, die neunte Stunde). Gegen 15.00 Uhr. Nach der Non wird wieder gearbeitet.
Vesper	(lat. Vespera). Abendgottesdienst, gegen 18.00 Uhr, bei Anbruch der Dämmerung. Es folgt das Abendessen, das eingenommen wird, bevor es dunkel wird.
Komplet	(lat. Completorium). Nachtgebet, gegen 21.00 Uhr. Danach gilt das Schweigegebot, die Mönche begeben sich zur Nachtruhe.
Archivum Secretum	Geheimarchiv
Brevier	Das Buch enthält die Texte für die Feier der Stundengebete.
Dormitorium	Schlafsaal

Infirmarium	Krankensaal
Krypta	Kapelle oder Grabstätte unter der Kirche
Merveille	Die Merveille (frz. Wunder), genannt *das Wunder des Abendlandes*, ist ein großer Gebäudekomplex im Nordosten der Abtei. Im Erdgeschoss befinden sich der Keller für Vorräte und Wein sowie der Almosensaal für den Empfang von Pilgern. Im ersten Stock (über dem Keller) liegen das Scriptorium mit dem angebauten Archiv und der Bibliothek sowie (über dem Almosensaal) der Gästesaal für den Empfang von Staatsgästen. Im zweiten Stock (über dem Scriptorium) erstrecken sich der Kreuzgang und (über dem Gästesaal) das Refektorium mit der Küche. Die Stockwerke sind durch mehrere Treppengalerien miteinander verbunden.
Ossuarium	Beinhaus, Knochenhaus, Friedhof der Mönche
Promenoir	Wandelgang
Refektorium	Speisesaal
Scriptorium	Schreibsaal, Kopierwerkstatt

La Pucelle	(frz. die Jungfrau). Jeanne d'Arc
Enez Eusa	Yannics Boot, benannt nach der Insel Ouessant
Saint-Benoît	Boot der Abtei, benannt nach dem heiligen Benedikt, dem Begründer des Benediktinerordens

Was wollte Padric sagen, bevor er starb?

»Das Schwert ist keltisch. Die Inschrift ist erst viel später in die Klinge eingraviert worden. Und der schwarze Stein am Griff, der dem Schwert seine Wärme verleiht, scheint ein kleiner Meteorit zu sein, der vom Himmel gefallen ist.

Die Kelten haben geradezu einen Kult um ihre Schwerter betrieben. Sie haben ihnen sogar Namen gegeben und sie den Göttern geweiht. Wer ein so kostbares Schwert wie dieses trug, war Herr über sich selbst und seine Entscheidungen. Das Schwert war ein Symbol der Freiheit. Vielleicht stammt diese Klinge aus dem Grab eines keltischen Fürsten hier auf dem einstigen Mont-Tombe …«

Als stummer Henker war sie gezwungen, ihren Liebsten zu foltern. Jetzt muss sie fürchten, ihn für immer zu verlieren

Sabine Martin
DIE TRÄNEN DER HENKERIN
Historischer Roman
512 Seiten
ISBN 978-3-404-16731-9

Rottweil, 1332. Melisande und Wendel sind glücklich. Ihr Weinhandel läuft gut, und beide sind ganz vernarrt in ihre kleine Tochter. Doch über dem Glück liegen Schatten: Melisandes Schwiegervater setzt alles daran, die Ehe seines Sohns zu zerstören, und auf der Adlerburg lauert eine alte Feindin auf eine Gelegenheit, den Tod ihres Mannes zu rächen. Als Melisande auf einmal Gegenstände aus ihrer Vergangenheit findet, wird ihr dunkelstes Geheimnis offenbar: Sie war einst Henkerin. Ihr Mann wendet sich von ihr ab. Ihre Tochter wird entführt. Wer steckt dahinter? Um ihre Familie zu retten, muss Melisande es mit einem Gegner aufnehmen, der vor nichts zurückschreckt …

Bastei Lübbe Taschenbuch

Sie weiß nicht, wer sie ist. Sie darf den Mann ihres Herzens nicht lieben. Sie wird von geheimnisvollen Feinden gejagt.

Julia Kröhn
KINDER DES FEUERS
Historischer Roman
496 Seiten
ISBN 978-3-404-16738-8

Normandie, im Jahr 936: Als das Kloster Saint-Ambrose überfallen wird, finden alle Ordensfrauen den Tod. Einzig Mathilda, die vor vielen Jahren als Waisenkind im Kloster eine Heimat fand, und der junge Arvid, der dort ob seiner Verwundung gepflegt wurde, entkommen dem Massaker. Auf der Flucht kommen sie sich sehr nahe, doch ihre Liebe scheint unmöglich. Die Angreifer verfolgen sie. Denn um ihrer beider Herkunft gibt es ein großes Geheimnis ...

Julia Kröhn schreibt mit außergewöhnlicher Erzählstimme: dicht und atmosphärisch.

Bastei Lübbe Taschenbuch